国家社科基金丛书
GUOJIA SHEKE JIJIN CONGSHU

中国新诗叙事学

Narratology of Modern Chinese Poetry

杨四平　著

人 民 出 版 社

责任编辑:宰艳红
封面设计:石笑梦
版式设计:胡欣欣

图书在版编目(CIP)数据

中国新诗叙事学/杨四平 著. —北京:人民出版社,2024.5
ISBN 978－7－01－026449－3

Ⅰ.①中… Ⅱ.①杨… Ⅲ.①诗歌研究-中国-当代 Ⅳ.①I207.22

中国国家版本馆 CIP 数据核字(2024)第 064837 号

中国新诗叙事学

ZHONGGUO XINSHI XUSHIXUE

杨四平 著

人 民 出 版 社 出版发行
(100706 北京市东城区隆福寺街 99 号)

北京中科印刷有限公司印刷 新华书店经销

2024 年 5 月第 1 版 2024 年 5 月北京第 1 次印刷
开本:710 毫米×1000 毫米 1/16 印张:28.5
字数:380 千字

ISBN 978－7－01－026449－3 定价:98.00 元

邮购地址 100706 北京市东城区隆福寺街 99 号
人民东方图书销售中心 电话 (010)65250042 65289539

目　录

序　一

谢　冕

此书扉页引了一位中国诗人的一句话："我想抒情,但生活强迫我叙事"。这里的两个关键词:"抒情"和"叙事",涉及中国新诗发展中的重要观念,即:从中国诗歌的诗学传统看,抒情本为应有之义,具备天然的合理性,所谓"诗言志"或"诗缘情"。而从中国社会生活的现实看,外在的多种因素却始终引导、驱使(或曰"强迫"),甚至指令诗歌向着叙事的方向移动并定位。此种二者的矛盾和纠结的诗歌事实,乃是杨四平这部著作所要阐释和总结的理论前提,即他的言说基础。杨四平为他的这部新著所写的后记,用了"诗不离事,诗事绵延"八个字作标题,就是他对于新诗的叙事本位的历史认知、提醒和强调。

"强迫"一词是诗人的用语,带有夸张的修辞成分。但从中国新诗的历史看,这种对于诗歌性能的强调和重新定位,却是历久不衰的现象。五四新诗发端于内忧外患,此理人所共知。这个背景产生的初期白话诗,一开始就有"为人生"还是"为艺术"的不同主张。当日的时势决定了"为人生"的优越地位并成为诗的主潮,此乃必然。在起先有文学研究会、随后有中国诗歌会等社团的推动下,新诗表现当代生活成为一时风尚。许多具体的生活画面以及来自底层的声音,悲悯也好,呼吁也好,成为新诞生的诗歌的庄严主题。据此,也就树立了这种新诞生的诗歌的威信。

早期的新诗把关注点聚焦于新诗与社会生活实际和民生状态的联系上,这种联系证明着新诗的成功。与此同时,也曾有批评认为,新诗因为追求内容的"新",而导致诗的抒情品质和艺术性的衰退,有些社团如新月派即致力于此。但抗战的兴起冲淡了这种批评的趋向。中国新诗责无旁贷地投入了对于战时实际的描写和叙说。纯粹的个人抒情因而受到制约。"放逐抒情"是当时合乎时宜的主张。在此种形势下,新诗因表现了许多战争的实际内容而显得充实有力,例如诗人笔下的吹号兵、北方雪地上的独轮车等实景,都显示着新诗向叙事功能方向推进。

中国新诗前进的脚步始终伴随着一种明确的指认,即诗歌的功用在于记载和再现生活。这种趋势在 20 世纪四五十年代成为一个统一的、浩大的潮流,特别是在国内战争结束,开始和平建设的年代,新生活新鲜生动的素材和主题,吸引着几乎所有诗人关注的目光。来自建设工地、边疆以及边防实际场景的描绘,形成不可阻挡的新生活的颂歌主题。这一趋势当然增强了诗歌的叙事职能,并且使传统诗歌的抒情性迅速地融入叙事的主潮之中。我们在这些表现新生活的强大叙事面前,往往能发现其中隐含着热爱和激情的因素——叙事成为主体,而激情是辅助。

我的这些叙述表达的只是我个人的观察与感受,有主观的色彩,不值得认真。而杨四平的工作则显得扎实、深度而且系统,他的论述建立在他对新诗发展历史的深入考察和辨析的基础之上。他对新诗的"抒

情独大"的传统论述,有尖锐的驳难,认为这种论断"遮蔽了叙事性诗歌
与诗歌叙事性的真相"①。他在上述的长篇注释中,指出"把诗等同于
抒情诗"的歧误,而且对此有充分的辨析。他引用美国诗歌叙事学家布
赖恩·麦克黑尔的理论开启了我们所陌生的理论闸门,为中国传统诗
学带来别开生面的冲击力。无疑,这也使杨四平关于诗歌叙事学的论
证拥有了强大的理论支撑。

他以史家的眼光审视一百多年新诗行进的足迹,细致地辨析那些
过去被忽略的诗歌史实,并予以合理的判断和总结。作者在这种整理
的过程中显示出他学科覆盖、整体把握的能力。他能把"散落"在诗歌
行进的过程中的"珠子",通过他的理论脉络穿成一串晶莹的项链,从而
有效地完成他的叙述,此即他的理论建构的精彩之处。以新诗叙事的
历史演进为例,他的叙述从晚清谈起,论及初期白话诗"普遍存在粗浅
写诗实和简单白描以及过于散文化的事实",以及随后论及 20 世纪 30
年代新诗的"多声部协奏"等,观察锐敏,见解独特,概括精当,令人
信服。

基于前述的理论立场,杨四平这部著作的重点是在弃取遮蔽的抒
情面纱,而揭示出传统抒情作品中的叙事成分,并且予以重新定位。我
认为杨四平的这些工作是开拓性的,他使我们在习以为常的,甚至可能
是熟视无睹的现象中,开掘曾被我们忽略的诗歌叙事的原理,从而使原
先的诗学归纳得到新的确认,并予以合理的校正。

杨四平的这部著作有重大的学术价值,是目前关于新诗叙事学的
创新之作。他从新诗历史事实中发现、开掘和梳理了叙事性的生存状
态,能在新诗历时性过程的诸种体式中分别予以别有新意的概括和命

---

① 见本书绪论"问题由来、研究史和意义"。

名:"运事""咏事""纪事""暗事""演事"等。他的判断以史实为依据,有强大的说服力。这部篇幅巨大的著作当然也存在某些问题,可能有某些"强势话语"的偏颇,但是这都不是问题。学术研究追求的不是"一锤定音",更不宜"盖棺论定"。学术研究追求的是发现和提出新的论题。有了这一点,就值得肯定。

序　二

吴思敬

　　我一向认为,在诗歌理论批评界,做批评的人多,而致力于理论构建的人少。这是由于批评的对象比较具体,相对容易把握;而构建一种理论,则需要长期积累与思考,非一日之功。正是由于这个原因,当我读到杨四平教授《中国新诗叙事学》这本厚厚的书稿的时候,感到由衷的欣喜。这是一本凝聚了作者10多年心血的著作,是中国新诗理论之树结下的一颗丰满的果实。

　　《中国新诗叙事学》是一本研究中国新诗叙事的理论著作,也可以说是中国新诗叙事学的奠基之作。西方叙事学于20世纪60年代中期于法国诞生,很快形成一种国际性的文学研究潮流。90年代,西方叙事学著作的中译本陆续在中国出现。随之引起了中国学者对叙事学的关注与研究,先后出现了杨义的《中国叙事学》、申丹的《叙述学与小说文体学研究》、胡亚敏的《叙事学》、陈平原的《中国小说叙事模式的转变》、徐岱的《小说叙事学》等著作。这些著作大多侧重于一般叙事学理论及小说叙事理论的探讨,至于对诗歌叙事理论的系统探讨,本书应是第一部。

不过,促使杨四平探讨中国新诗叙事学的原因,不只是西方叙事学理论的输入及小说叙事学的兴起,更重要的还是新时期以来,中国新诗领域所发生的重大变化。从20世纪80年代中期开始,于坚、韩东、李亚伟等"第三代"诗人便写下了大量叙事化、口语化的诗歌。进入90年代以后,诗人们直面经济转型的大潮,直面生存处境,开始探寻从寻常琐屑的生存现实中发现诗意、将日常生活经验转化为诗歌材料的可能性,而叙事性话语的加强就是其中之一。90年代诗人的叙事与传统的叙事相关,但又不是一回事。传统叙事的基本元素是时间、环境、人物、故事,其主要特征是对已发生的事件进行客观的讲述。而在现代生存场景挤压下,当代诗人的叙事不是以全面地讲述一个故事或完整地塑造一个人物为目的,而是透过现实生活中捕捉的某一瞬间,展示诗人对事物观察的角度以及某种体悟,从而对现实的生存状态予以揭示,这是一种诗性的叙事。如果说,西方叙事学理论的输入、小说叙事学的兴起是刺激杨四平研究新诗叙事的外因的话,那么可以说,90年代以来中国新诗呈现的大范围的诗性叙事,则是促使杨四平研究新诗叙事的内在原因。

杨四平构建中国新诗叙事学,是有鲜明的针对性的,那就是他对中国新诗理论"抒情独大"状况的不满。抒情与叙事,本是包括诗歌在内的文学写作的最基本的表现手段。但是在诗歌理论的研究中,长期来却有一种独尊抒情的倾向。一位著名诗人说过:诗歌在文学领域里独树一帜,旗帜上高标两个大字——抒情。还有人根据别林斯基在《诗歌的分类和分型》中提出的文学分类的"三分法"(即把文学分为叙事类、抒情类、戏剧类),把小说看成叙事类文学的典型代表,而把诗歌看成抒情类文学的典型代表。因而长期以来,诗歌叙事的研究不被重视,只有在研究叙事诗的论文中,才会作比较认真的讨论。杨四平没有把目光局限在叙事诗的研究上,他的眼界与胸怀要宽阔得多。在本书的绪论中,他开宗明义指出:"目今,到了该将'诗歌叙事'历史化与系统化的时候了! 质言之,要将'诗歌叙事'在不同历史时期的形态表现及风格特征加以结构性呈现。……我试图对百年中国新诗叙事形态进行较为深入的历史化与系统化兼备的研究;换言之,既考察其启导、缘由,梳理其迁流曼衍,又从理论上进行提炼与归纳,以期得出符合其实际的全新的理论表述。"作者在这里给本书提出了两项任务:一是对中国新诗叙事的历史演进进行系统化的梳理;二是在此基础上构建新诗叙事学的框架。应当说,这两项任务作者都较为圆满地完成了。

历史化的叙述与理论的建构相结合,史与论相统一,是杨四平这部著作的一个明显特色。

诗歌叙事,古已有之。作者将中国古代诗歌叙事的源头,追溯到"古逸诗",其实还可进一步上溯到先民的"结绳记事"。中国古代诗歌叙事理论,在《诗经》的研究,唐代的《本事诗》,乃至宋代以后的诗话、词话中,均留下了极丰富的史料。由于本书的体制,作者没有对此作系统的回顾,但中国古代诗歌叙事的理论精华却融入了作者的审美心理结构,成为作者观照百年新诗叙事的一个出发点。在本书中,作者主要是对中国新诗叙事的历史作了系统化的梳理,不仅在第二章拿出专章,分六个阶段对百年新诗叙事作了回顾,而且这种历史化的叙述还渗透在后文对各种叙事形态的论述中。在此基础上,作者以中国古代诗歌叙事理论为参照,借鉴西方叙事学和小说叙事学,建立了自己的中国新诗叙事学的框架。他以现代性为中国新诗叙事的发生学维度,将新诗叙事形态概括为五大类型,即叙事诗叙事、抒情诗叙事、写实叙事、呈现叙事和事态叙事;并提出诗歌意义产生的最小限定单位是诗歌的"段位",即诗歌的韵律、字词句篇及空白。各种诗歌叙事均需要借助这些诗歌段位,并通过它们呈现于诗作中。这样作者便归纳出了百年中国新诗叙事的一个完整的体系:以现代性为统摄,以叙事诗叙事、抒情诗叙事、写实叙事、呈现叙事和事态叙事为支撑,以段位性为归结。从而为分析中国新诗叙事现象、总结中国新诗传统,重写中国新诗史,提供了一种新的观念和视角,这对中国新诗理论的建设无疑是有重要意义的。

一本好书,不光要给读者提供丰富的新知,更要引发读者的思考。《中国新诗叙事学》对当下读者的影响,不单纯是提供了新诗叙事的系统知识,提供了中国新诗叙事的一个理论模型,更重要的是可以在某种程度上改变读者的思维方式。如作者所指出的,在诗歌界长期存在的"唯情是瞻""唯情是从""抒情独大",不只是对"抒情"的偏爱,更是观察诗歌现象时,思维方法出了问题。其实,抒情与叙事,尽管是两种不同的表达方式,它们在诗歌写作中,却是你中有我,我中有你,水乳交融地呈现在诗歌中的。一个优秀的诗人不会孤立地、静止地写感情,而是善于把感情作为一种流动的、发展的、变化的过程来呈现,而且这种呈现总是与外界事物在时间链条上的推移联系在一起的。李清照在《词论》中曾批评秦少游的词"专主情致而少故实"。这就是说,单纯的抒情容易空泛,只有在心与物、情与事的交互作用中,才能把情感生动传神地表现出来,给人留下深刻的印象。

应当指出的是,作者写此书,尽管是针对"抒情独大",主张"诗不离事",充分地肯定叙事在诗歌创作中的位置,不过,他并没有反过来搞成"叙事独大"。他对抒情与叙事的看法是客观的、辩证的。他认为,叙事仅仅是诗歌多样表达中的一种,并不能包揽一切。不要"唯叙事论",不要把叙事泛化。他强调抒情与叙事相融合:"纯抒情与纯叙事的诗歌是不存在的。当抒情因素占主要地位时,我们将其称为抒情诗或抒情性诗歌;而当叙事因素是主导因素时,我们将其称为叙事诗或叙事性诗歌。从这个意义上讲,一切诗歌都是杂色的。但杂色并非诗的缺陷。它恰恰彰显了诗的丰富性。"(《绪论》)像这样的论述,不只让读者心服,更能给人以客观、辩证地看待文学现象的启示。

任何有创见的理论提出之初,都不一定是尽善尽美的。作者提出的这一新诗叙事理论的框架,也不无可訾议之处。例如,五大叙事形态之间是否有界限不明或重复之处。又如,新诗叙事理论的讨论属诗歌的形式范畴,应在超越诗歌具体内容的层面上展开,故而作者在论述写实叙事时,就不一定要分设"人道写实""批判写实""革命写实"来谈了,因为写实的内容实在是列举不完的。再如,有些术语的命名是否还可再斟酌一下。像"段位"这个概念,得自于美国布赖恩·麦克黑尔在《关于建构诗歌叙事学的设想》(《江西社会科学》2009 年第 6 期)里转述的迪普莱西早年提出的"段位性",而原文"段位"的汉译与中国人通常对"段位"的理解分歧较大,增加了读者接受的障碍。这些现象的产生,恐怕与作者设计体系时有过于追求完整与自洽的倾向,而对读者的接受考虑不周有关。尽管如此,作者毕竟构建了一个中国新诗叙事的体系,这一体系将会在实践中接受检验并不断完善,而作者的首创与奠基之功将会载入中国新诗理论发展的史册。

我想抒情,但生活强迫我叙事①。

① 张执浩:《岁末诗章》,见张执浩:《苦于赞美》,武汉出版社 2006 年版,第 21 页。

绪　论　问题由来、研究史和意义

唯"情"是瞻,唯"情"是从,抒情独大,制造了诗歌抒情的神话,遮蔽了叙事性诗歌与诗歌叙事性的真相。① 从对话和复调理论的角度,巴赫金信心十

---

① 许多诗歌是叙事的,与之对应的是,许多叙事是诗歌的。叙事与诗歌处于胶着状态。一直以来,有一种冥顽不化的诗歌观念:把诗等同于抒情诗。其实,在诗歌与抒情诗之间毫不犹豫地画上等号,是不正确的,也不符合诗歌发展的历史事实。在西方诗歌史上,以 19 世纪为界,之前的大部分诗歌并不是抒情诗,而是叙事诗或话语诗。而这里所说的叙事诗并非人们记忆中的狭义的叙事诗,而是广义的叙事诗。美国诗歌叙事学家布赖恩·麦克黑尔认为,叙事诗包括史诗、前期浪漫主义诗歌、民谣、"文学改编"(传记叙事诗和小说体诗歌)、抒情诗、十四行诗、自由体诗等。叙事诗的范畴远远超出我们的想象。它几乎无所不包。据此,布赖恩·麦克黑尔说:"世界上大部分的文学叙事都是诗歌叙事"。所谓"话语诗"是指"散文体的、论辩体的、说教体的、艺术体的"诗歌,即那种不是发生在故事层面而是发生在话语层面的诗歌。从这个意义上讲,诗歌叙事是一种"元叙事"。19 世纪以后,由于所谓的"抒情诗变形",传统意义上作为"默认模式"的特殊的单一的抒情诗开始"变形"为混杂型的诗歌形式,即融合着叙事诗、话语诗与抒情诗的诗歌形式。质言之,在布赖恩·麦克黑尔看来,抒情诗不等于诗,但叙事诗却可以等于诗;不仅如此,诗歌叙事甚至还等于文学叙事。([美]布赖恩·麦克黑尔:《关于建构诗歌叙事学的设想》,尚必武、汪筱玲译,《江西社会科学》2009 年第 6 期)诗歌叙事如此显赫,当代叙事理论却没有相应的研究。对此,我们应该认真反思。谈到叙事,就绕不开叙事学。由于当代研究科层化,专业分工过于精细,致使跨学科研究难以真正有效展开。研究叙事的只关心他的叙事,研究诗歌只钟情于他的诗歌,很少有人把叙事与诗歌结合起来研究。但这并不意味着就从来没有人去做这项工作;恰恰相反,西方对诗歌叙事的研究由来已久,从柏拉图到热奈特,形成了西方诗歌叙事研究的隐而不显的传统。而且,诗歌叙事研究总是在不经意间为叙事学的重大发现作出独特贡献,只是在当代叙事学中鲜见系统的诗歌叙事研究。换言之,在当代叙事理论里,诗歌一直是隐性的,抑或被当作小说或虚构散文叙事"变相"地处理了:在许多叙事学家那里,史诗被当作小说,荷马被视为"名誉小说家"(Kinney,Ckaire Regan,*Strategies of Poetic Narrative: Chaucer, Spenser, Molton, Eliot*, Cambridge:Cambridge University Press, 1992, p.3)。巴赫金把普希金的《叶甫盖尼·奥涅金》当作小说范本来研究,由此生发出了广为人知的小说话语理论。

足地说:"如果不是全部,但至少有很多抒情诗也有叙事的一面。"①因此,祛魅与祛蔽成为诗歌研究的一项要务。

诗歌叙事里的"叙事"这个术语经历了最初的趣味化和正在进行的历史化之嬗变。刚开始,作为一种高级的诗歌价值与文学标准,叙事享有很高的诗歌声誉。人们甚至把史诗或史诗性写作置于文学正宗和诗歌正典的贵胄位置。但是,在嗣后的历史化进程中,尤其是19世纪之后,诗歌叙事的趣味性与正当性逐渐丧失,乃至被视为诗歌写作的无能表现②。自此以后,在诗歌领域里,叙事遭遇了漫长的寒夜,成为某种带有轻侮性的贬称。

随着时代发展,尤其是在前现代、现代和后现代交织的多元语境里,相对主义大有取代历史主义之势。对诗而言,叙事与抒情,孰优孰劣、臧否分明的辩论,渐渐变得黯淡。如今,到了该将"诗歌叙事"历史化与系统化的时候了。质言之,要将"诗歌叙事"在不同历史时期的形态表现及风格特征加以结构性呈现。外国诗歌叙事的历史化与系统化③姑且不论,单就中国诗歌叙事的系

---

①　[美]Frank Lentricchia and Thomas Mclaughlin 编:《文学批评术语》,张京媛等译,牛津大学出版社1994版,第87页。

②　北岛说:"因为没有什么好写的,大家开始讲故事。现在美国诗歌主流叫作叙事性诗歌(Narrative Poetry),那甚至也不是故事,只是日常琐事,絮絮叨叨,跟北京街头老大妈聊天没什么区别","由于这种误导,产生了许多平庸的诗人"。(唐晓渡:《热爱自由与平静——北岛答记者问》,《中国诗人》2003年第2期)

③　20世纪以还,抒情文学和戏剧文学衰落,而叙事文学中兴,大力推动了叙事思想和叙事理论的发展。尽管它们主要的研究对象是小说和散文,但其根本立足点仍是叙事思想和叙事传统。尤其值得提及的是,在有关论述中,还偶尔论及诗歌叙事。因此,它们仍不失为本课题研究的重要借镜,如詹姆斯·费伦的《作为修辞的叙事:技巧、读者、伦理、意识形态》有一节名为"抒情诗有别于叙事"。为了求证他的观点,即"叙事与抒情诗之间的重要区别在于,叙事要求对人物(和叙述者)的内部判断,而在抒情诗中,这种判断在我们开始评价之前就被悬置起来了",他从叙事修辞的角度讨论了弗罗斯特的两首名诗《美好的事物不驻留》和《雪夜停林边》。他认为,前者"诗中的说话者并未被个性化,也未被置于特定的环境之中",后者"诗中的说话者似乎被个性化了,而且是在一个明确的场合说话的"。如果按照他所讲的抒情诗与叙事的不同常规来看,它们都符合抒情诗常规,因为它们不存在"内在判断说话的文本材料",没有形成叙事所需要的"内部判断"。([美]詹姆斯·费伦:《作为修辞的叙事:技巧、读者、伦理、意识形态》,陈永国译,北京大学出版社2002年版,第7—9页)

统化来说,我们几乎还没有起步①,毕竟我们对中国诗歌叙事的历史化都还没有来得及进行充分的学术梳理。我试图对百年中国新诗叙事形态进行较为深入的历史化与系统化兼备的研究;换言之,既考察其启导、缘由,梳理其迁流曼衍,又从理论上进行提炼与归纳,以期得出符合其实际的全新的理论表述。

任何一项研究首先必须明确自己的研究对象。本课题的研究对象比较"生僻",加之笔者对它的某些概括尚属首次,是典型的椎轮草创。所以,在展开正式论述前,很有必要对其相关概念进行厘定。

既不同于有人把中国"诗叙述"或者说"诗叙事"的源头定于《诗经》②,也不同于有人把它视为一种意境化的诗歌叙述策略,我更愿意将其追溯到"古逸诗"那里,倾向于将其视为一种"事态化"或"情境化"的诗歌叙述策略。在叙事的背后饱含着丰沛的情感,也就是说,事件是纸面上的,而情感是纸面下的。更细致地说,"诗叙事"是"诗—叙—事",意即诗歌以叙事为中介进行叙述。在"诗叙事"里,"叙事"是手段,而"叙述"才是目的。简言之,"事"是介质,"述"是本体。诗歌关注的重点并非叙述什么事,而是怎样叙述它们。言下之意是,诗只是"写",意在"唤醒"我们对语言营构世界的重新认识。这是诗歌叙事与非诗叙事之间本体上的质的区别。这种观点,在当代,尤其是在形式主义、现代语言学、新批评、结构主义、符号学和传统叙事学那里被推向了极致。

尽管中国古诗写出了如唐诗宋词那样难以企及的杰作,但终因其内容上

---

① 当然,还是有些开疆拓土的迹象。1985 年,赵毅衡、张文江曾以《春城》和《尺八》为例,论说卞之琳诗歌的"复杂的主体"与"复合的声部"。(赵毅衡、张文江:《卞之琳:中西诗学的融合》,见曾小逸主编:《走向世界文学:中国现代作家与外国文学》,湖南人民出版社 1985 年版,第495—525 页)叙事学是从结构主义衍生的,这就使得它与那些探索性的文学作品,尤其是现代主义诗歌,具有天然的互释互证之关联。因此,我们在研究中国新诗时,就不能不汲取叙事学的营养。但是,我们又不能把叙事学与现代主义诗歌的关系想象得过于密切,也不能生硬地搬用叙事学的术语和理念套解那些并不适用于它们的诗歌。一言以蔽之,我们要用"具体问题具体分析"的科学态度来处理两者的关系。

② 高楠:《中国古代艺术的文化学阐释》,辽宁人民出版社 1998 年版,第 408—428 页。

的"滥情"和形式上的"熟烂",即过于沉醉"物态化"的自然存在与儒家伦理①
以及形式上的僵硬,到了晚清,渐失其两千年来赖以存在的根基与合法性。虽
然晚清的"诗文革新"已经撼动了其根基,但真正为其掘墓的是五四文学革
命。胡适的"八事"主张,先从"文的形式"着手革新。在《谈新诗——八年来
一件大事》里,胡适说:"形式上的束缚、使精神不能自由发展、使良好的内容
不能充分表现。若想有一种新内容和新精神。不能不先打破那些束缚精神的
枷锁镣铐。因此,中国近年的新诗运动可算得是一种'诗体的大解放'。因为
有了这一层诗体的解放,所以丰富的材料、紧密的观察、高深的理想、复杂的感
情,方才能跑到诗里去。五七言八句的律诗决不能容丰富的材料、二十八字的
绝句决不能写精密的观察、长短一定的七言五言决不能委婉达出高深的理想
与复杂的感情。"②胡适把诗歌革命的希望寄托在"诗体的大解放"上,而在诗
体彻底解放背后,支撑它的是重新理解世界与表达世界的现代性的铁律。中
国古诗的"四言八句"以及一成不变的精致形式,体现的是中国古代士大夫循
规蹈矩的"唯稳"思想,也就是说,只要把形式做好了、做足了,"面子"上过得
去,至于"里子"是什么就不那么重要了。此乃中国古代士大夫通过中国古诗
所反映出来的诗歌观、世界观和价值观。胡适们十分不满意于中国古诗叙事
的致命束缚及其与现代社会发展大势之间出现的严重脱节。他们从诗歌语言
变革这一诗歌形式变革的关键着手,改用现代白话(或称"文学的国语"、现代
汉语),采用自由诗体,运用现代理性思维,表达对现代世界的现代观念。至
此,中国诗歌叙事观已从古典诗歌时期的"唯稳是求",转向了现代诗歌时期
的"唯新是瞻""唯变是从"。当然,我们也不要据此天真地以为,胡适们就真
的把包括中国古诗在内的中国古代文学/文化传统一棍子打死。我们更不要

---

①　李怡:《中国现代新诗与古典诗歌传统》(增订版),北京大学出版社 2008 年版,第 42—
43 页。

②　胡适:《谈新诗——八年来一件大事》,《星期评论》"双十节纪念号",1919 年 10 月
10 日。

妄言:胡适们不了解自己的传统,不尊重自己的传统。其实,他们并没有把传统典籍化、庸俗化和本质化。更多的时候,他们把中国新诗叙事与现代人文精神和现代民族精神紧密联系在一起加以思考,而非仅仅囿限于诗的意象、意境、语言、形式与传统的关联。他们知道,中国诗歌叙事的变革是历史的必然。他们也知道,从语言到形式的全方位的诗歌变革,纵有来自西方的看得见的社会变革的影响,其内在的看不见的需求与推动也是必不可少的。他们当年把批判的主要矛头对准的是同时代的作家及其创作,而非所有的古代作家作品;反而他们还要从古代作家作品那里寻找追随的对象及其遗泽。"胡适之体"借鉴了"元白诗""苏辛小词""小令"。初期白话诗人广泛地汲取了"以文为诗"的宋诗传统。胡适说:"这个时代之中,大多数的诗人都属于'宋诗运动'。"①郭沫若也说:"天地间没有绝对的新,也没有绝对的旧。"②其实,"新"有时也是一种"旧"。中国新诗叙事与中国古诗叙事之间差距没有我们想象的那么大。而且,对诗而言,"新"并不意味着"好"。据此,我以为,中国新诗叙事在探赜现代性的过程中,为了更出色的表现,不但没有排斥中国古诗叙事传统,反而时不时地向其寻求"支援"。如果把中国新诗叙事作为一份"小传统",将其置于整个中国诗歌叙事的"大传统"中来看,那么中国新诗叙事仅仅是在纠正中谋求发展。所谓"纠正",就是对中国古诗执迷于依赖精致的形式和圆熟的字句制造诗意的矫正。其实,在中国古诗内部,诗词曲赋的每一次文体变化,都是对此前写作样式的否定,均是一次局部的"诗意的修正",只不过"手术"较小罢了。

然而,"五四"以来,中国新诗叙事对整个中国古诗叙事的纠正,就不只是像以往那样的局部修正,而是动了"大手术",是换心和换血的"大手术",是一次"诗体的大解放"。在此过程中,作为诗歌表现手段的叙事,形塑着中国新诗的艺术形态,并最终使中国新诗在形式与话语、手段与规则上形成了一种相

---

① 《胡适文存》第二卷,台北远东图书公司1975年版,第214页。
② 郭沫若:《孤竹君之二子·幕前序话》,《创造季刊》第4卷第1期,1923年。

对稳定的叙事体系,即中国新诗的叙事形态。"新诗之'新',并不只是语言工具的更替,而在于经验方式、自我意识、精神气质等一系列的转变,借用柄谷行人的说法,即:一套特定文学'装置'的形成"。① 在这套特定的中国新诗"装置"中,叙事是重要的一环。而中国新诗"装置"性叙事,既有我们似曾相识的面孔,又有中国古诗叙事传统里所没有的"新质"。这种"新质"就是中国新诗叙事的现代性。这种现代性既指中国新诗叙事"所指"的现代性,也指中国新诗叙事"能指"的现代性,是文化/制度现代性和美学/审美现代性的涵容。

在诸种现代性的"流动"中,"时间也就获得了历史"。② 艺术形态是艺术家感知世界和表达世界的特殊方式。不同流派的艺术家为人类呈献出了不同的艺术形态。"从对象上说,艺术形态是对艺术这一存在者的描述,存在居于存在者本身,形态之中就应该有存在,因此,艺术形态就是艺术这一存在者之存在的展开,形态则具有'现象'之意义,即具有显现本质之意义,它应该是神形兼备,生气勃勃,而非仅仅是以形态学之形式。"③就中国新诗的叙事形态而言,百年中国新诗在追寻现代性的历程中,贡献出了多种现代诗歌样式。它们含有不同程度的叙事因子。帕斯在谈到浪漫主义长诗时说:"它使歌唱成了故事本身。我是说:歌唱的故事就是歌唱,诗的内容就是诗歌本身。"④申言之,中国新诗里存在的叙事形态,不只产生于文类意义上的现代叙事诗,也生成于非文类意义上的诗歌叙述(如现实主义诗歌中的叙事、浪漫主义诗歌中的叙事和现代主义诗歌中的叙事等)中,只是后者没有像前者那样明显罢了。从这个意义上讲,中国新诗在追寻多样现代性的百年里,形成了丰富多样的叙

① 姜涛:《巴枯宁的手》,北京大学出版社 2010 年版,第 167 页。
② [英]奇格蒙特·鲍曼:《流动的现代性》,欧阳景根译,生活·读书·新知三联书店 2002 年版,第 13 页。
③ 朱云涛:《缪斯的身影:面向艺术本身的艺术形态研究》,南京大学出版社 2010 年版,第 51 页。
④ [墨]奥克塔维奥·帕斯:《批评的激情》,赵振江编译,云南人民出版社 1995 年版,第 18 页。

事形态。

如此"有善可陈"的叙事形态,需要我们认真加以衡估,进行历史的、诗学的总结。综观百年中国新诗叙事的历史,研读其文本,笔者将其形态概括为五大类型,即"叙事诗叙事""抒情诗叙事""写实叙事"①"呈现叙事"②"事态叙事"③。现代汉语叙事诗叙事,追求形象化和史诗化。现代汉语抒情诗叙事,以大众化和纯诗化为特征。中国新诗的写实叙事,着力于客观再现地叙事。中国新诗的呈现叙事,是通过意象的象征和暗示曲折地叙事。而中国新诗的事态叙事,是通过细节、场景,乃至行动等戏剧化或戏剧性文法进行叙事。众所周知,中国古诗与中国新诗,除了语义学方面的不同外,语音学上的差异也十分显著。从语音学上讲,诗歌意义产生的最小限定单位是诗歌的"段位"④,即诗歌的韵律、字词句篇及其空白。各种诗歌叙事均需要借助这些诗歌段位,最终还得通过它们呈现于纸面上。诗歌段位既是诗歌叙事的介质,又是诗歌

---

① "写实派"是继浪漫派之后在西方兴起的绘画流派。19世纪30年代,伴随着产业革命和新兴市民阶层的崛起而崛起。虽然他们的文化修养决定了他们没有贵族那种思想和艺术能力,但是他们没有贵族那种对古典的沙龙趣味和癖好。他们把眼光投向了日常生活里所熟知的一切,对现实事物和实际生活保持浓厚兴趣。因此,写实性的肖像画、风景画和静物画最终取代了浪漫性的神话画和历史画。嗣后,写实主义的影响由绘画领域扩散到其他文艺领域,成了"无边的写实主义"。写实叙事是其主体。

② 呈现诗学与再现诗学、表现诗学,既有联系又有区别。再现,是对生活的真实模仿,具有复现性。由古希腊模仿说发展而来的再现主义影响深远,写实主义与之血脉相连。表现,不重视客观对象的外在形式,而注重直觉,昭显某种主观印象,具有诡异之风;由此生发出了表现主义。呈现诗学,既不像再现诗学那样强调复现性,也不像表现诗学那么偏好抽象性,而是兼采两家之长,以退为进,显示一种更具现代理性的诗学品格。

③ 笔者在本书所说的"事态"不同于《现代汉语词典》(修订本)(商务印书馆1996年版,第1153页)里所说的"局势""情况(多指坏的)"的词典语义,它是指事件发生的状态。这里的"事件"也不同于《现代汉语词典》(第1153页)里所说的"历史上或社会上发生的不平常的大事情",而是像《多功能英汉案头大辞源》(周文标主编,辽宁人民出版社1993年版,第902页)里所说的"1.事故;事件;事变。2.附带事件;小事件。3.枝节;插曲。4.偶发事件"。也就是说,它不分重大与否,平常与否。

④ 段位,指本体意义上的诗歌意义生产的最小单位。它与吕进所说的抒情诗的"段式"大异其趣,因为后者仅仅将"段式"视为抒情诗表层结构中的外在节奏。他说:"段式指集行成段,集段成诗的方式。"(吕进:《中国现代诗学》,重庆出版社1991年版,第91页)

叙事的本身。从这个意义上讲,段位性①是中国新诗叙事区别于中国古诗叙事的本体特征,是中国新诗叙事的现代性在诗歌本体意义的具体展现。需要说明的是,笔者提出的这些概念,其含义是在本课题的整体论述中慢慢被规定和明确的。概言之,中国新诗的这五种叙事形态,在数十年的历史发展、诗学探索与艺术积累过程中,形成了一套相对比较完备与稳定的诗学体系——以现代性为统摄,以叙事诗叙事、抒情诗叙事、写实叙事、呈现叙事和事态叙事为支撑,以段位性归结——丰富了中国新诗的诗学"武库",其经验与教训值得我们认真总结。

长久以来,国内外学界将"诗"等同于"抒情诗",并将"诗抒情"与"诗叙事"进行价值等级区隔,制造了"抒情诗神话",使得传统文类意义上的叙事诗,尤其是艺术形态层面上的其他诗歌叙事,包括现实主义诗歌中的叙事、浪漫主义诗歌中的叙事和现代主义诗歌中的叙事等,长期处于晦暗不明的状态。然而,"诗主情致,亦当具故实。"②纯抒情与纯叙事的诗歌是不存在的。当抒情因素占主要地位时,我们将其称为抒情诗或抒情性诗歌;而当叙事因素是主导因素时,我们将其称为叙事诗或叙事性诗歌。从这个意义上讲,一切诗歌都是杂色的。但杂色并非诗的缺陷,它恰恰彰显了诗的丰富性。"任何一部真正的诗作都以不同的方式并在不同程度上参与了所有的类的观念,而这种参

---

① 布赖恩·麦克黑尔在《关于建构诗歌叙事学的设想》里转述了迪普莱西早年提出的"段位性"。"段位性则是'一种能够通过选择、使用和结合段位说出或生产意义的能力'"。诗歌自身的段位可以是韵律、单词、短语、诗行、句子、诗节等;而诗歌中叙事的段位又可分故事层面、话语层面和视角层面;诗歌段位与叙事段位之间的互动。诗歌就是依赖这些段位以及段位与段位之间留下的空白产生意义。因此,段位性是诗歌的本体因素,就像叙事性是叙事的主要因素那样。对于诗歌而言,段位性与叙事性之间的"对位"、强化,甚至取消(反段位性),就是"诗歌性"产生的主引擎,也是诗之所以为诗的构成因素。这种深入细致的分析远远超出了人们曾经把抒情性和隐喻性视为诗歌性的认识,加深了我们对诗歌本体的认识;但也暴露了其结构主义、形式主义和符号学自身所具有的某种缺陷。由于中西诗歌的历史不同,尤其是语言的差异,当前西方叙事理论中的"段位性",对于中国新诗研究来说,既具有可贵的启迪性,又存在明显的局限性,需要我们批判地吸收和创化。

② 木心:《素履之往》,广西师范大学出版社 2013 年版,第 63 页。

与的程度与方式的不同,正是在历史上形成的品种多得一眼望不尽的原因。"①

　　新中国成立前,一批现代诗人和诗评家,如朱湘、朱自清、茅盾、周作人、田汉、梁宗岱、朱光潜、闻一多、蒲风、卞之琳、袁可嘉等,凝睇中国新诗的叙事问题,但他们谈论的主要是以现代汉语叙事诗为主体的诗歌叙事。朱湘曾说:"新诗将以叙事体来作人性的综合描写"②。朱自清在《中国新文学大系·诗集》编入冯至的三首叙事诗,即《吹箫人的故事》《帷幔》《蚕马》。在中国新诗发凡期,把一位诗人的三首叙事长诗收入如此重要的中国新诗经典选本,并在此集的"诗话"里盛赞其于"叙事诗堪称独步"③,可见现代诗人、诗评家和诗选家对中国新诗叙事之重视。

　　到了20世纪30年代,中国诗歌会的重要代表蒲风认为,在现今"该当开发长篇叙事诗、故事诗、史诗一类的东西"。④ 他从风格类型方面论述了叙事性诗歌产生的时代必然性。茅盾也十分看重现代汉语叙事诗。他认为,抗战以来,在时代强烈节奏的鼓动下,"从抒情到叙事,从短到长"是中国新诗发展的"新的倾向"。⑤ 他把现代汉语叙事诗的问题提到了中国新诗发展方向的高度。在别的场合,茅盾把叙事诗视为叙事的"长诗"。他欣赏"艾青体"长诗,甚至称赞其"雍容的风度,浩荡的气势"及其诗意的氛围。⑥ 在《抗战与诗》里,朱自清说:"诗的民间化还有两个现象:一是复沓多,二是铺叙多"。⑦ 他把

---

　　① ［瑞士］埃米尔·施塔格尔:《诗学的基本概念》,胡其鼎译,中国社会科学出版社1992年版,第4页。
　　② 朱湘:《中书集》,上海书店1986年重印本,第36页。
　　③ 朱自清:《诗话》,见朱自清选编:《诗集》,载赵家璧主编:《中国新文学大系》第8集,上海良友图书印刷公司1935年版,第28页。
　　④ 蒲风:《关于〈六月流火〉》,见《蒲风选集》上册,海峡文艺出版社1985年版,第579页。
　　⑤ (矛盾)茅盾:《叙事诗的前途》,《文学》第8卷第2号,1937年2月1日。
　　⑥ 茅盾:《文艺杂谈》,《文艺先锋》第2卷第2期,1943年。
　　⑦ 朱自清:《抗战与诗》,见朱自清:《新诗杂话》,生活·读书·新知三联书店1984年版,第39页。

中国新诗民间化与中国新诗叙事和抒情因素的增多综合起来考察,并说明了"铺叙"在抗战时期越来越多的原因。以上这些关于中国现代叙事诗的种种主张反映的是时代的新要求、现代歌谣体的风行、诗歌大众化与现实主义诗风的勃兴。

对此,也有人持异议。周作人说:"新诗的手法我不很佩服白描,也不喜欢唠叨的叙事,不必说唠叨的说理,我只认抒情是诗的本分,而写法则觉得所谓'兴'最有意思,用新名词来讲或可以说是象征"①。张秀中在《中国新诗坛的昨日今日和明日》里写道:"诗是吟咏的,不是描写的,是发现的,不是记述的,在暗示涵蓄,不可说明显露,要意在言外,言近而旨远的。"②胡风所不满的不仅这些,还有"恰恰和孤独地沉溺在个人意识里面的'感伤主义'相反,而是没有通过诗人个人情绪的能动作用和自我斗争,对于思想概念的抢夺和对于生活现象的屈服"③的"空洞的叫喊,灰白的叙述"。④ 借此,胡风批评了抗战诗歌叙事中大面积出现的客观主义和公式主义。更有甚者,某些"纯诗"诗人彻底否弃诗歌叙事。梁宗岱说:"所谓纯诗,便是摒除一切客观的写景、叙事、说理以至感伤的情调,而纯粹凭借那构成它底形体的原素——音韵和色彩——产生一种符咒似的暗示力,以唤起我们感官与想象底感应,而超度我们底灵魂到一种神游物表的光明极乐的境域"。⑤ 此乃典型的不及物写作的形式主义诗歌观。

人们脑海里已然形成了某种关于抒情诗、叙事诗、史诗和纯诗等诸如此类

---

① 　周作人:《〈扬鞭集〉序》,见杨匡汉、刘福春编:《中国现代诗论》(上册),花城出版社1985年版,第129页。

② 　草川未雨(张秀中):《中国新诗坛的昨日今日和明日》,北平海音书局1929年版,第275页。

③ 　胡风:《今天,我们的中心问题是什么——其一:关于创作与生活小感》,《七月》5集1期,1940年1月。

④ 　胡风:《今天,我们的中心问题是什么——其一:关于创作与生活小感》,《七月》5集1期,1940年1月。

⑤ 　梁宗岱:《谈诗》,《人间世》第15期,1934年11月5日。

的诗歌观念,仿佛还能确凿无误地找到相应的诗歌范本。殊不知,诗人丰富的独创性写作,总是在瓦解这种观念,消解此类范本。在此窘境中,诗歌理论家努力调解诗歌分类与诗人创作自由之间的龃龉。他们惯用的手法是,增加诗歌的类别,尽可能地囊括林林总总的诗歌现象。具体到对中国新诗的评判,有些诗评家持"中立"观点,主张容涵诗歌的叙事与抒情。早在 1920 年,田汉就把叙事诗分为"叙事的叙事诗"和"抒情的叙事诗"。① 朱光潜在 20 世纪 30 年代初径自提出"抒情叙事诗"名称。他认为,诗性叙事中的事"也通过情感的放大镜的,它决不叙完全客观的干枯的事"。②

此外,有些现代诗人和诗评家能够摆脱传统叙事诗研究的思维定式,不再简单地把中国新诗叙事完全等同于现代叙事诗,而是在诗歌现代性的意义上谈论诗歌叙事。在《雕虫纪历·自序》中,卞之琳提出要"更多借景抒情,借物抒情、借人抒情、借事抒情"。③ 20 世纪 40 年代,闻一多倡导"把诗做得不像诗"④,"说得更准确点,不像诗,而像小说戏剧,至少让它多像点小说戏剧,少像点诗。太多'诗'的诗,和所谓'纯诗'者,将来恐怕只能以一种类似解嘲和抱歉的姿态,为极少数人存在着"⑤。文学体裁之间边际的交杂,不同文学体裁的跨界与融合,恰好是文学现代性的一个重要表征。与卞、闻形成呼应的是,围绕"新诗现代化"的问题,袁可嘉发表了系列论文。他提出的"有机综合论""新

---

① 梁宗岱:《诗人与劳动问题》,《少年中国》第 1 卷第 8—9 期,1920 年 2 月 15 日至 3 月 15 日。其实,梁宗岱简约化、中国化了瓦莱里的纯诗观念。他的这些说法部分地偏离了瓦莱里关于"诗情"的纯诗目标,即诗歌应当表现那种"把我们的思想、形象与我们的语言手段之间"两方面联系的完整体系的关系世界。在瓦莱里那里,在某种意义上,可以把纯诗作为一种现实加以理解。而且,他认为:"我们所谓的叙事长诗实际上是由已变成有某种含意的材料的纯诗片断构成的。"参见[法]瓦莱里:《纯诗》,见黄晋凯、张秉真、杨恒达主编:《象征主义·意象派》,王忠琪译,中国人民大学出版社 1989 年版,第 67—73 页。

② 朱光潜:《替诗的音律辩护》,《东方杂志》第 30 卷第 1 期,1930 年 1 月。

③ 卞之琳:《雕虫纪历·自序》,见《卞之琳文集》中卷,安徽教育出版社 2002 年版,第 446 页。

④ 闻一多:《文学的历史动向》,《当代评论》第 4 卷第 1 期,1943 年 12 月。

⑤ 闻一多:《文学的历史动向》,《当代评论》第 4 卷第 1 期,1943 年 12 月。

诗戏剧化""诗剧"等现代诗学观念,切中了中国新诗叙事的深层次问题。

约言之,中国新诗叙事研究,绝大部分是围绕传统文类意义上的叙事诗展开的,较少有人从其他的诗歌叙事形态方面去研究现实主义诗歌中的叙事、浪漫主义诗歌中的叙事和现代主义诗歌中的叙事,更少去研究抒情诗中的叙事以及各种中国新诗叙事形态等。就是从 20 年代开始译介外国诗歌叙事理论时也没有走出偏好译介西方叙事诗及其诗论的怪圈。当时,章锡琛、宋桂煌、汪馥泉、孙良工、傅东华等人译介的是"英国的韩德生(W.H.Hudson),美国的贡末尔(F.B.Gnmmere)与都德里(L.Dudley),日本的本间久雄、荻原朔太郎等人不尽相同的叙事文论及叙事诗论"。① 这种"跛腿"式译介,从一个侧面表明了诗歌资源、诗歌视界和诗歌观念的时代门限。当时,人们还不可能全面深入地认识中国新诗叙事,或者说,他们把叙事诗视为诗歌叙事的全部。

时过境迁,新中国成立后,尤其是新时期以来,虽然总体上人们对中国新诗叙事的认识仍未能走出单一的现代叙事诗的阈限,但同以往的状况相比,中国新诗叙事研究还是取得了不少值得称道的成绩。在中国期刊网上,用检索项"题名"和检索词"诗,叙事"对期刊论文、硕士或博士学位论文、重要报纸文章、会议论文集和中国文学年鉴进行全面检索,发现这方面的绝大部分文章是 2000 年以后发表的,而且主要是研究中国古诗叙事和叙事诗的;只有几十篇文章研究中国新诗叙事,而且又主要是研究 20 世纪 90 年代的诗歌叙事,也就是说,比较集中地研讨中国新诗叙事的论文只有寥寥数篇。除此之外,笔者还通过重读中国新诗史上重要的诗歌理论批评文献,相关诗歌史、文学史和时人的学术著作,努力从中爬梳出中国新诗叙事研究的蛛丝马迹来。概而观之,从这些已有的、极其有限的研究成果来看,它们的成绩大约表现在以下几个方面。

第一,受近年来西方有人提出建构"诗歌叙事学"之影响,国内中国新诗研究界有人由此获得灵感,发表相关论文,提出了建构现代汉语诗歌的"诗歌

---

① 　王荣:《中国现代叙事诗史》,中国社会科学出版社 2004 年版,第 222 页。

叙事学"之构想①。第二,从本体论出发,论述中国新诗叙事的诸种可能:视意象
为中国新诗叙事的元素与构造②;把由意象叙事而形成的中国新诗视之为"现
代意象诗"③;从现代语言学里的语言组合轴(横组合)和选择轴(纵聚合)的关系,
从现代诗歌审美符号的结构机制和形态特征的维度,区分叙事诗与抒情诗在现代
符号学意义上的差异④;以现代叙述学、现代语言学、结构主义和形式主义为参照,
辨析现代主义诗歌叙述的形式与技巧⑤;不再纠缠于不同文体叙事之优劣,而是侧
重于"质"的考量,探析抒情诗与小说、戏剧和散文在叙事方面的种种不同⑥;研判

---

① 如《叙事与现代汉语诗歌的硬度——举例以说,兼及"诗歌叙事学"的初步设想》,从叙
事角度而非抒情角度,重新解读部分中国新诗经典,得出叙事是中国新诗的"钙质甚至骨架"的
结论,进而在此基础上提出建构"诗歌叙事学"(按其所说应该是"中国新诗叙事学")的简单设
想。(姜飞:《叙事与现代汉语诗歌的硬度——举例以说,兼及"诗歌叙事学"的初步设想》,《钦
州师范高等专科学校学报》2006 年第 4 期)这是中国大陆学界首次明确提出建构中国新诗叙事
学的主张,也是笔者目前所能见到的唯一一篇这方面的文章。只可惜,它发表在一份不起眼的
刊物上,没有产生实际的影响。

② 如郑敏在其著作《诗歌与哲学是近邻——结构—解构诗论》里谈到,意象"是诗歌独特
的叙述方式",这种方式的展开是通过"脱离了明喻的'似',进入'是'""从明喻到暗喻再到'是'
(即意象的诞生)"来完成的,进而形成不同于小说和散文的诗歌结构。(郑敏:《诗歌与哲学是近
邻——结构—解构诗论》,北京大学出版社 1999 年版,第 315 页)

③ 如吕家乡在其论文集《品与思》里收录了《意境诗的形成、演变和解体——兼论新诗不是意境
诗》一文,从"动"的时代精神和"静"的古典意境之间的矛盾出发,得出了中国新诗告别了"古典意境
诗"发展为"现代意象诗"的结论。(吕家乡:《品与思》,中国戏剧出版社 2004 年版,第 77—97 页)

④ 如周晓风的著作《现代诗歌符号美学》,通过隐喻的表现性结构与转喻的叙述性结构,
辨别抒情诗的动态构思和叙事诗的静态体现;并以此为尺度,解读戴望舒、卞之琳和艾青的某些
诗歌,要么由表面的具体描述构成深层次的总体隐喻,要么忽略内在的叙述关系而追求词语的
隐喻效果。(周晓风:《现代诗歌符号美学》,成都出版社 1995 年版,第 202—208 页)

⑤ 如沈天鸿的著作《现代诗学形式与技巧 30 讲》第 9 讲,依次论述了"线性、事件与叙述"
"叙述的语言与语言的叙述""叙述""叙述与时间",其主要观点有:叙述虽属叙事但不等于叙
事,"所有的诗都是叙述的""诗也是有情节的""诗的情节是主体性的",而且它"只遵循话语时
间的安排""诗歌叙事旨在表现主体'感悟'",现代主义诗歌不重"再现"而重"呈现"、不重"动
态"而重"状态"、不重"述它"式的"叙述的语言"而重"自述"式的"语言的叙述"等,致使现代主
义诗歌叙事更加内在化、主体化和空间化。(沈天鸿:《现代诗学形式与技巧 30 讲》,昆仑出版社
2005 年版,第 84—106 页)

⑥ 如《抒情诗中叙事功能及其形式转换》,主要从目的、功能和形式三个方面,厘清了抒情诗
叙事与小说叙事的"质"的不同:抒情诗叙事的目的是"言志""言情""写言外之重旨",其功能是促
成抒情诗形成象征语境、抒情语境(主观性抒情语境与客观性抒情语境)和意象语境,其形式是"简
约缺失"和"凌空蹈虚"。(袁忠岳:《抒情诗中叙事功能及其形式转换》,《诗刊》1991 年第 1 期)

诗歌叙事能否万能？是否永远有效？① 第三，如果说以上的研究过于"纯粹"，属于"纯理论"，那么也有一些学者把中国新诗叙事的本体理论和历史实践结合起来，评骘其得与失②。第四，许多学者将其研究聚焦于中国现代叙事诗③。

----

　　① 如《诗的复活：从叙事的"无能"到意义的重构——兼论一种呈现诗学》认为，诗歌叙事仅是"一种经验幻觉"，的确为诗歌写作提供了新的可能；但是如果将其风格化，势必损伤诗歌的自主性。也就是说，诗歌叙事不能刻板地复述场景和事件，不能漠视"存在的超验性、历史的同构性和语言的自足性"，不能把诗人与读者的关系绑定为主从关系，诗歌叙事仅仅能做的是"呈现"。换言之，现代诗歌叙事学是一种现代意义上的"呈现诗学"。（李佩仑：《诗的复活：从叙事的"无能"到意义的重构——兼论一种呈现诗学》，《文艺理论研究》2007 年第 5 期）诗歌叙事自有它的限定。它的无能反向地规定了它的所能，反之，它的所能也反向地显示了它的无能。

　　② 如叶维廉的《语言的策略与历史的关联——五四到现代文学前夕》，从"观物的偏向""语言本身的问题""读者(听众)的问题"三大板块展开论述，于结尾处，对中国新诗叙事作出了否定性的评判。他说："在新诗的发展里，我觉得戏剧声音和抒情声音的发展最为成功，而叙事声音则往往因为口信重于传达的艺术而落入抽象性、枯燥的说理性、和直露的伤感主义。不像抒情声音的绵密丰富。"（[美]叶维廉：《中国诗学》，生活·读书·新知三联书店 1992 年版，第 245 页）这种观点与周作人、梁宗岱、胡风等人类同。陈圣生在其著作《现代诗学》第五章"诗体的演化"中用了两节的篇幅阐述了"叙事诗学"和"交往诗学"；其中，在"交往诗学"里，论述了抒情诗的"戏剧化独白"诗体，还分析了闻一多与卞之琳的诗。（陈圣生：《现代诗学》，社会科学文献出版社 1998 年版，第 231—251 页）朱多锦在《发现"中国现代叙事诗"》一文中总结出"中国现代抒情诗与新叙事诗发展'二元倒错'的诗格局"。他认为，中国现代抒情诗具有很强的叙事性，而这种"抒情的叙事化"就是"抒情的间接化"，即抒情的客观化和象征化。这方面的成绩蔚为大观。他批评中国现代叙事诗因为受制于西方史诗原则和诗体小说"主事"之影响而依然停留在五四乃至晚清的水平。他认为要破解这一困局，必须使中国现代叙事诗里的叙事抒情化，"关键在于将中国现代诗的'抒情叙事性'引入到新叙事诗的叙事中。发现中国现代诗的'抒情的叙事性'是发现中国现代叙事诗的基础"。（朱多锦：《发现"中国现代叙事诗"》，《诗探索》1999 年第 4 期）

　　③ 如王荣的专著《中国现代叙事诗史》是这方面最具学术价值的研究成果。该书首先考察了中国叙事诗的历史与现状，其次详切地分析了从 19 世纪末到 20 世纪 40 年代中国现代叙事诗的创作实践与理论批评，再次总结出了中国现代叙事诗的四种叙事模式即情节型、情调型、缀段型和谣曲型，最后对此进行了整体反思。这是到目前为止学术界唯一一本专研中国现代叙事诗的著作，是作者在其博士学位论文的基础上花费了十年时间才告罄的。当然，也有学者从宏观角度对中国现代叙事诗的叙事语言和叙事模式进行了总结。高永年在《新诗叙事艺术概观》里指出，艾青式的"现代散文美"和李季式的"民间歌谣美"是中国新诗叙事语言的两大方向，而"故事型""散文型""情节暗寓型"是中国新诗叙事的三种方式。（高永年：《新诗叙事艺术概观》，《南京师范大学学报》2003 年第 4 期）她虽然使用的是"新诗叙事"的说法，但终究还是把"新诗叙事"几乎等同于中国现代叙事诗来论述。嗣后，在此基础上，她将其扩写成《论百年中国新诗之叙事因素》，把中国"当代"叙事诗纳入自己的研究范畴。（高永年、何永康：《论百年中国新诗之叙事因素》，《文学评论》2011 年第 1 期）

第五,有的学者将中国新诗叙事研究视野投向中国现代讽刺诗①。第六,对单个诗人的单篇作品或整体创作进行叙事学意义上研究的论述较多。其中,卞之琳的出现率和显示度最高。② 除卞之琳外,还有个别诗人的此类创作受到了学界的关注如鲁迅和何其芳等③。第七,并非所有的中国新诗叙事研究都

① 如笔者的《马凡陀:中国现代讽刺诗写作的重镇》论述了马凡陀山歌的喜剧性,既体现在喜剧性题材的选择上,又体现在"它兼具喜剧与讽刺诗'合一化'的情节设计和用'以言写形'的漫画手法来塑造讽刺形象上"。中国现代讽刺诗是中国新诗叙事的一个"特区",因为它们以"审丑"为主,容易被偏于"审美"的中国读者所忽视。(杨四平:《马凡陀:中国现代讽刺诗写作的重镇》,《中国现代文学研究丛刊》2001 年第 2 期)

② 卞之琳诗歌叙事的研究有三类。第一类,以卞之琳的某首诗为考察中心,由小见大地勘察其叙事特色,如《从〈寂寞〉一诗的分析看卞之琳抒情诗创作中的叙事因素》指出,《寂寞》的"主题取向的寓言性""主体意识的客观性""语言表达的叙述性",以及整体上的"平淡而出奇"的叙事风格特征。(孙芳:《从〈寂寞〉一诗的分析看卞之琳抒情诗创作中的叙事因素》,《新乡教育学院学报》2005 年第 1 期)第二类,试图从全局高度,通盘考虑,然后归纳出卞之琳诗歌叙事的规律,例如《论卞之琳抒情诗创作中的叙事性因素》概括了卞之琳抒情诗里的三种叙事性因素:故事和情节因素,日常生活细节和叙述性口语的运用,叙述视角的转换与叙述结构的大幅度跳跃。(陈丹:《论卞之琳抒情诗创作中的叙事性因素》,《江苏教育学院学报》2006 年第 1 期);又如《卞之琳:创新的继承》,以卞之琳诗歌中常见的意象"水""梦""镜子"为对象,分析卞之琳诗歌的视角并置、作者抽离和佛道思想,由此证明卞之琳是如何接通了中国传统的佛道思想与西方现代主义。奚密说:"中国传统的无常和逍遥的观念导致诗人接受现代主义的最初的背景。反过来说,现代主义的'非个性'论意象并置及'面具'的手法使他赋予道释思想以具体的表述。"([美]奚密:《卞之琳:创新的继承》,《江苏大学学报》2008 年第 3 期)第三类,将卞之琳的诗歌创作置于中国新诗的发展背景中,探讨它们到底提供怎样的新经验,在哪些方面有所推进,如《中国现代诗歌的智性建构——论卞之琳的诗歌艺术》认为,与以戴望舒为代表的"主情"现代派"以我写物,以物化我"不同,卞之琳为代表的"主智"现代派是"以物写我,化我为物"。具言之,卞之琳在诗歌戏剧化途径、意象凝聚和意境营构三个方面为中国新诗创造出了"新智慧诗",给传统的意境诗"增添了现代性的叙述意味"。(龙泉明、汪方霞:《中国现代诗歌的智性建构——论卞之琳的诗歌艺术》,《武汉大学学报》2000 年第 4 期)

③ 例如《鲁迅与现代汉语诗歌——以〈我的失恋〉为中心》指出,现代诗人不应该像传统诗人那样陶醉于"奴隶生活审美化"的趣味,不能像郭沫若和徐志摩那样被情感俘虏,而应该像鲁迅和冯至那样通过"撄人心"来审视自己的情感。(钱伟:《鲁迅与现代汉语诗歌——以〈我的失恋〉为中心》,《学术论坛》2006 年第 7 期)又如《鲁迅新诗的叙述模式与叙述者身份》认为,鲁迅新诗注重叙述"结构","并隐藏着一个观照、审视与评判的叙述者",显示了高度的新诗文体自觉。(蒋道文:《鲁迅新诗的叙述模式与叙述者身份》,《西南农业大学学报》2008 年第 2 期)再如《论何其芳诗歌叙事因素的迁移》,在界定诗歌中的叙事可能是"一条情绪的串连线""几个事实的片断""一种叙事性结构"后,以何其芳的两本诗集《预言》和《夜歌》为例,分别总结了它们各自的叙事性因素,同时揭示了何其芳前后期诗歌叙事倾向的变化,最后得出的结论是:何其芳诗歌叙事因素经历了由隐性到显露、从审美到实用的迁移和嬗变。(谢应光:《论何其芳诗歌叙事因素的迁移》,《文学评论》2003 年第 2 期)

是专题研究,也不见得都以独立的单篇论文呈现出来。不少此类研究夹杂在文学的总体性研究之中,以关联性话题及论著的形式出现,力求从文学史的角度进行勾勒,事与史熔铸,局部与整体互动,显示了史家眼光和理性维度①。此外,还有个别中国古典诗学研究专家,在论述中国古诗叙事时,间或牵涉中国新诗的叙事问题。②

　　从上述研究成果中,我们明显看到了现代中国学人对叙事学的大胆殷鉴。他们把叙事学的理论与分析方法应用于中国新诗的研究领域。他们不但用叙事学的方法研究中国现代叙事诗,而且从"叙事层"的角度,将现实主义诗歌中的叙事、浪漫主义诗歌中的叙事和现代主义诗歌中的叙事等置于跨文类的

---

　　①　《中国新诗史(1916—1949)》具有典型性,比如,在谈"湖畔"诗人的抒情小诗时,陆耀东说:"几乎都是抒情与叙事相结合,至少带有一点情节。"(陆耀东:《中国新诗史(1916—1949)·第一卷》,长江文艺出版社2005年版,第184页)《中国现代新诗语言研究》从现代价值观念下的线性时间维度、实证思维中的"他者演绎"及其中国新诗的语言选择与表达等方面着手,分析了中国新诗叙事的叙述人称,尤其是"叙事语态的繁华"等命题。(陈爱中:《中国现代新诗语言研究》,中国社会科学出版社2007年版,第223页)《中国新诗五十年》既谈到了"现代诗的散文化倾向,其实并非出于叙事性的加强,而首先是自我内心律动的需要,自由的需要",又说殷夫把写诗视为自己"革命生活的一部分"而不是为了与自己没有多大关系的政治宣传,但他那些"新闻式的制作"终因缺少"遥远的目光"而显得局促。(林贤治:《中国新诗五十年》,漓江出版社2011年版,第8—26页)《语言之维》较为详细地评述了中国新诗草创期的"纪游诗"之争。(王晓生:《语言之维》,上海三联书店2010年版)《新文学发生期语言选择与文体流变》论述了早期白话诗在说理、抒情、叙事和写景四个方面的开掘。(张艳华:《新文学发生期语言选择与文体流变》,山东大学出版社2009年版)《诗人陆志韦研究及其诗作考证》谈到了早期"写实诗"及其人道主义之表现。(赵思运:《诗人陆志韦研究及其诗作考证》,东南大学出版社2012年版)《古典诗词与现当代新诗》第十二章"叙事性与戏剧化"的第三节"新诗中的惯用手法",从创作到理论回溯了中国新诗常用的叙事手法及其戏剧化。(杨景龙:《古典诗词与现当代新诗》,河南文艺出版社2004年版)《中国现代诗歌欣赏》第六章"中国现代叙事诗与诗歌中的叙事"分两节:第一节"中国现代诗歌中的叙事",第二节"现代诗歌中的叙事与抒情",对中国新诗中的叙事及其与抒情的关系作了"教科书式"的讲解,有明显经典化努力之意向。(李怡主编:《中国现代诗歌欣赏》,高等教育出版社2004年版)

　　②　如董乃斌的《古典诗词研究的叙事视角》在论述"事在诗外"时写道:"所谓'事在诗外',则是指那些作品本身对事件描述不细不清,必须参照作品以外的相关资料才能了解其事的那类情况"。在分析了古典诗词"借释诗以探寻和复原故事"之后,他紧接着说:"现代文学研究者则通过徐志摩、林徽因诗作对他们早年交往之事进行探索等等。"的确,依据诗歌文本探秘诗歌本事,结论固然并不见得都客观、可靠;但是,我们既不能武断,也不能嗤之以鼻。(董乃斌:《古典诗词研究的叙事视角》,《文学评论》2010年第1期)

叙事学和"对话理论"的研究畛域。同时,还能从诗歌叙事话语入手对某些中国新诗经典文本进行结构剖析。这些有益的探索,给了我很大的学术启发。不过,与中国新诗叙事丰富的美学经验和诗学传统相比,它们无论是在广度、深度上,还是在力度、精度上,均有待进一步拓展和深入。第一,大多数研究者仍然受制于"诗言志"和"诗缘情"的抒情主义一统"诗天下"的固有认识,没有摆脱中国新诗抒情传统优胜于中国新诗叙事传统的思维惯性,造成厚此薄彼的偏识格局,因而也就不能一视同仁地对待中国新诗的叙事传统,无法认识到它的价值。往深里说,也就不能真正全面把握中国新诗。第二,许多研究既不能很好地以中国新诗叙事的实践与理论为出发点和立足点,又不能踏实地借鉴中国古诗叙事的实践经验和理论总结。而把中国新诗中的叙事与西方叙事学中的叙事简单对应,生硬地用后者"套解"前者,终因不能"对症下药"而显得不伦不类,尽显削足适履之窘态。第三,对丰富多样的诗歌叙事形态认识不清,没有认真辨析现代汉语叙事诗中的叙事、现代汉语抒情诗中的叙事,也没有厘清现实主义诗歌中的叙事、浪漫主义诗歌中的叙事和现代主义诗歌中的叙事之间的区别,常将它们混同、交叉地使用。第四,正是由于没有对中国新诗中的叙事这个核心概念进行厘定,致使现有的研究出现了"两极化"倾向:要么把复杂问题进行简化处理,要么仅仅止步于阐释某一局部现象而无法提升至理论高度,对中国新诗叙事的丰富性进行了有意或无意的遮蔽。第五,现有的绝大部分研究仅仅停留于把叙事视为中国新诗的表现手段,常常将单一文类意义上的叙事诗与多姿多彩的诗歌叙事形态混为一谈,更罕见将其升格至"诗叙事"/"诗言事"的诗学本体论高度,因而其话语价值得不到很好揭示,其现代性意义亦未能充分昭显。第六,几乎看不到真正意义上的对中国新诗叙事传统的系统研究,与成绩斐然的中国新诗抒情传统研究比较起来,它几乎还是一块尚待开垦的处女地。

有鉴于此,我们必须打破"诗唯情"的思维定式,区分"诗叙事""诗歌叙事类型""叙事诗"等概念,依据百年中国新诗叙事的实践与理论,归纳百年中国新诗叙事的不同形态,总结符合中国新诗叙事实际的叙事规律。同时,反思其利弊,进而思考如何进一步创新和推进当前的诗歌叙事。唯有如此,我们才能认识到叙事在中国新诗中的地位,为全面萃取中国新诗传统提供一种新视野。

对"诗体的大解放",对普遍意义上的中国新诗"装置"及其各种细节,我们已经有了丰硕的研究成果,而唯独对其中的叙事鲜有精深的研究。如前所述,在西方叙事学影响下,在企图建构具有民族特色的"中国叙事学"的努力中,中国古诗叙事研究取得了一批重大成果。而且,自 20 世纪 80 年代中后期开始,中国新诗的叙事性问题日益突出,乃至"叙事性"成为 90 年代诗歌的关键词和核心观念。这就给人造成一种中国诗歌叙事的残缺现象,仿佛此前此后的中国新诗叙事是其发展链条上的一个空档。难道说新时期以前中国新诗就没有叙事可言了吗? 这显然与历史事实不符。我们的问题不是中国新诗有没有叙事,而是百年中国新诗的叙事到底是什么,它有哪些表现,而这些表现具有怎样的现代性;这些现代性的叙事对中国新诗的发展是好是坏,还是不好也不坏;它有没有给此后的汉诗写作留下什么启迪,如果有,那又是些什么。正是带着这样一连串的疑问,笔者开启了研究百年中国新诗叙事之旅。

从整个中国诗歌的发展进程来看,百年中国新诗的确是中国诗歌发展史上一个至关重要的关捩。当历史的车轮驶入现代,科举制度的废除,士大夫阶层的兴起,通商口岸报刊的创办,现代意义上的职业作家和专业读者的出现,社会变革风潮的劲吹,加上中国古典文学内部机制的调适以及外国文学的猛烈刺激,抒情文学和戏剧文学逐渐让位于叙事文学。这种种因素"合力"催生了中国新诗,并表现出对叙事性的倚重,就连抒情诗里也含有叙事。这不但是现实的时势逼迫与现代的诗学选择所致,也是现代诗人和诗论家共同促成的结果。

百年中国新诗叙事发展比较充分且变化多端,而且又处在中国诗歌发展史上一个相当特殊的历史阶段,选择它作为切入点来展开研究,无疑具有重大的理论价值和实践意义。具体来说,中国新诗叙事研究的理论价值如下。第一,中国新诗叙事,虽然受到了西方诗歌叙事的影响,但是也与中国古诗叙事传统的影响分不开。从这个意义上讲,中国新诗叙事是中国古诗叙事传统在新的历史条件下的创新性承衍。换言之,研究中国新诗的叙事传统就可以从诗歌叙事这个层面把中国诗歌前后扭结起来,叙事成了中国古诗与中国新诗的牵肘线。如此一来,我们至少可以从抒情与叙事的双重角度,尤其是从叙事的角度,为"重写文学史""重写中国新诗史",寻找一个结构性的线索与框架;同时,能从现代汉语和中国新诗的角度,为现代中国文学史的历史分期与学科命名,找到一种本体论上的支撑。这是它在文学史认识及其研究方面的意义。第二,把诗歌叙事纳入当代叙事理论研究,突破以"抒情性"统领中国新诗格局的僵化模式,彰显"叙事性"在中国新诗发生与嬗变中不可替代的历史功用,以及有别于常规抒情所表现出来的本体特质、艺术手法、诗学形态和美学光彩。在中国新诗的抒情传统外,挖掘、梳理和归结出中国新诗的叙事传统,显示中国新诗叙事与抒情互动互益的诗学景观,强化问题意识,提出若干理论和实践问题,努力在诗歌叙事理论建设方面有所建树。笔者提出的叙事诗叙事、抒情诗叙事、写实叙事、呈现叙事和事态叙事,有利于人们从这五大叙事类型上理性把握百年中国新诗,至少可以将其作为某种"工具"去阐释具体的诗歌现象以及诗人的特殊创作。这是它在思维、问题与方法论方面的意义。第三,有助于其他叙事研究,尤其可以为丰富的非诗文体的叙事研究,提供中国新诗叙事经验方面的诗学剔抉。这是它在跨文类研究和跨学科研究方面的意义。第四,为反思"抒情至上"的神话,乃至为破解当前"新诗迷雾"这一难题,提供观点与方法层面上的学理支撑。这是它在批判现实方面的启迪意义。

中国新诗叙事研究的实践意义如下。第一,为当下诗人写作提供中国新诗叙事的传统资源,增强自觉意识,调适努力方向。第二,从叙事角度重新解读百年中国新诗经典,呈现有别于以往从抒情角度细读的特异风貌。这种"另类"的陌生,一方面给中国新诗经典赋予更多的价值和意义,另一方面激发读者重读中国新诗经典的兴趣与激情。第三,为读者提供解读叙事性中国新诗的钥匙,减少长期横亘在诗歌文本与接受读者之间的晦涩问题,发挥涵化中国新诗叙事与读者期待视野的作用。第四,在全球汉语热和中国文化热中,昭显现代汉语、中国新诗与现代中国经验的世界意义。

第一章　中国新诗叙事发生的因由

我以往的牧歌陷入危机。①

　　中国新诗叙事的发生绝非偶然。自中国社会发展至晚清过后,中国以"被殖民"的屈辱方式打开门户。中国儿女一方面反躬自省地痛斥中国传统文化的痼疾,另一方面急切地向西方的先进文化学习,努力跟上世界现代化的脚步。现代中国知识分子彻底抛弃几千年来误己亦误人的清谈无为,将经世致用作为救亡图存、建立现代民族国家的首选。因此,现代中国知识分子思考与行动的出发点是把自己与时代、社会和现实紧密联系在一起。这是中国新诗叙事发生的外在原因。

　　就诗歌自身的内在原因而言,中国新诗叙事的发生,除了受到域外诗歌的直接启导外,主要动力源自此期中国诗歌内部传统的激变。至于域外诗歌的影响,则与日本诗歌启蒙运动及其"新体诗"有关,申言之,与日本诗歌启蒙运动的"父亲"——欧洲现代诗歌的影响有关。然而,不可忽视的是,此期中国诗歌内部传统能相时而动,不断进行自我调适,以适应诗歌现代化的要求。尤其是现代汉语的使用,使得书写与言说统一起来,在给诗歌写作松绑的同时,

---

　　① 梁小斌:《金苹果》,《诗刊》1980 年 10 月号。

也给诗歌叙事打开了方便之门。具言之,清谈、雅致与古典抒情是中国古诗的"共同体",也就是俞平伯宣称要推翻的"诗的王国"①。而这个给了中国人几千年慰藉、满足与自信的诗歌与文化"共同体",遭到了现代中国知识分子的否弃。他们要凤凰涅槃般地建立中国新诗的"共和国"②。在这个现代意义上的诗歌"共和国"的规划方案里,除了具有现代性质的现代抒情外,记录时代沧桑的史诗性叙事也当仁不让地成为中国新诗的重要选择。换言之,时代不同了,内忧外患了,一切变得复杂了,诗人的角色需要改变了,诗歌的表达方式也需要作相应的调整了,现代汉语和中国新诗的叙事能力也越来越强了。中国新诗不再是"在抒情诗里也用得着叙事的因素"③那么勉强了,叙事的动机及变革因素在中国新诗中得到了前所未有的强化。

第一节　现代生活、诗人与诗相互寻找

漫长而庞大的前现代社会,使得中国人形成一种超稳定的家天下的封建意识。在那里,小桥流水、犬吠鸡鸣;在那里,"老树枯藤昏鸦""断肠人在天涯";在那里,诸侯争雄、穷兵黩武、民不聊生;在那里,耕读传家、科举取士;在那里,先年、帝国、犬儒、腐水、废船;在那里,历史悠久、文明灿烂。与西方社会的动荡不安相比较,中国前现代社会"平稳"得多。不少西方哲学家认为古代中国崇尚一种静态美学。中国古诗也以营构相对比较封闭的境界作为自己的美学理想,产生了令世人引以为傲的难以企及的唐诗宋词。

进入近代以来,中国社会的积贫积弱全都显露出来,祸不单行的是,此时外敌加大了入侵中国的步伐和力度。这种内忧外患彻底打破了中国在政治、经济、社会、文明和意识形态方面运作了几千年的超稳定体系,换言之,文化、

---

① 俞平伯:《诗底进化的还原论》,《诗》第1卷第1号,1922年1月15日。
② 俞平伯:《诗底进化的还原论》,《诗》第1卷第1号,1922年1月15日。
③ [德]黑格尔:《美学》第三卷下册,朱光潜译,商务印书馆1996年版,第197页。

生活、技术、观念和制度面临全面刷新,终于促成了从辛亥革命向五四新文化运动的历史嬗变。面对时代更迭的急剧震荡,中国古代文明、中国古诗和古典汉语遭到了全面的质疑与清算,从而在文学界、文化界和思想界展开了轰轰烈烈的文学革命、道德革命和政治革命。其中,文学革命是"主旋律",而在这个主旋律中,诗歌革命又是其最主要的乐章。胡适的文学改良"八事"里,要革五种中国古诗的命:"摹仿""无病之呻吟""滥调套语""用典""对仗";倡导"言之有物""讲求文法""不避俗字俗语"。① 五四文学革命之所以既"破"又"立"、边"破"边"立",是因为古典文学与同时代文学,尤其是诗歌在时代急遽变化面前显得捉襟见肘、无所适从,难以及时有效地回应社会关切,也不适应诗歌内部革命之大势。这就导致它们在语言和形式上势必让位于现代汉语和自由体或者现代"韵律体""规律体"(不一定是"格律体")中国新诗。笔者并没有像某些乐观主义者那样,天真地设想:新时代来临之后,中国古诗全面无效,立马"消失"。其实,它们不但没有退出历史舞台,而且在象征诗派、新月诗派到现代诗派那里,都可以看到中国新诗在意境淬炼方面有向中国古诗折返的倾向,只是因为我们过分看重其西化倾向而忽视了其"古典现代化"之努力。

　　不同于古典生活的抒情性,现代生活本身,无论是启蒙,还是救亡,几乎是叙述性/叙事性的。作为修辞的艺术,叙事刚好适应了现代生活的这种新要求。现代生活往往是"非诗意"的,或者说"反诗意"的。在这样一种很现实、很功利的语境中,只有叙述而无"故事"的抒情诗,是无法予以回应的。也就是说,抒情无情与叙事无事一样都是乏力的。那么,到底什么样的诗歌方能回应现实生活并清晰、有力地揭示其实质呢? 显然,只有既有叙述又有"故事"的诗歌叙事才能担此重任。因为只有那种内在的述说欲望、思辨冲动和抒情气质,才能使中国新诗的叙事成为可能。同时,我们也应该明白,叙事仅仅是

① 胡适:《文学改良刍议》,《新青年》第2卷第5号,1917年1月1日。

诗歌多样表达中的一种,它不能包揽一切。在中国新诗叙事的背后,与其说暗藏着对叙事本身的潜在反动,不如说是对叙事的理性把控。前者依然执着于抒情至上观,后者才是"叙""抒"融合观。诗歌叙事是一种诗性叙事,即"准叙事""亚叙事",既不唯抒而抒,也不唯叙而叙。只有叙抒融合,方能对现实生活进行有效发言。

现代生活的步步紧逼,使得置身其中的诗人不得不相时而动地转变身份与转换角色。"现代人和现代化进程之间就存在着这样一种互动的复杂的经验关系:现代生活锻造出了现代意义上的个体,锻造出他们的感受,锻造出他们的历史背影;同样,这个现代个体对现代生活有一种前所未有的复杂经验。"①众所周知,中国古诗几乎都是士大夫写的,写的大多是才子佳人和帝王将相的奇闻逸事,体现的是士大夫的生活情趣和文学趣味。五四文学革命发轫期,它们被陈独秀贬称为"贵族文学""山林文学"和"古典文学"。② 姚雪垠说:"'温柔敦厚'的教义,和老庄思想相结合,就产生了一般士大夫们的文学趣味。"③他认为,正是这种士大夫的生活情趣与文学趣味及其自我催眠和美学催眠,既误了国,又误了诗,致使"中国多产短的抒情诗,不产生伟大的叙事诗",毕竟"地主士大夫的诗着重于内心表现,再加之儒家的平实思想,温柔敦厚之教,一方面反对诗人接触深刻的现实问题,一方面反对用神话材料以丰富想象"。④ 尽管这些话是就中国古代为什么没有产生伟大的叙事诗而言的,但我们由此可以认识到中国古代士大夫趣味之偏狭。自从科举制度被废除以来,士大夫失去了通过读书和科考跻身士绅官宦行列的门径;同时,他们也就难以把自己的聪明才智直接呈献给朝廷和皇帝。他们只得退而求其次,将自己的热血、激情、学识和思想,奉献给社会和民众。借此,一方面启发民众,一

---

① 汪民安:《现代性》,南京大学出版社 2012 年版,第 7 页。
② 陈独秀:《文学革命论》,《新青年》第 2 卷第 6 号,1917 年 2 月 18 日。
③ 姚雪垠:《略论士大夫的文学趣味》,《大公报·战线》,1943 年 5 月 23—30 日。
④ 姚雪垠:《略论士大夫的文学趣味》,《大公报·战线》,1943 年 5 月 23—30 日。

方面"救人""救国",另一方面实施"自救"。他们有点像堂吉诃德,与大风车搏斗,既激荡人心,又空茫无比。汉学家舒衡哲说:"中国知识阶级对于国家的疏离,并不像19世纪中期的俄国知识阶级对于国家的疏离那样的决绝和完全……它(中国知识阶级)面对的是国家的瓦解。"①中国现代知识分子既疏离了传统,又与自身所从属的阶级分隔,还自外于当时的晚清政府、北洋军阀政府和国民政府。最要命的是,就连他们意欲投身服务的社会和民众也与之若即若离。所以,他们始终感受到的是强烈的疏离感、孤独感和漂泊感。

1917年12月11日,胡适拟"数来宝",用白话快板的语言节奏写就了《老鸦》:"(一)/我大清早起,/站在人家屋角上哑哑的啼。/人家讨嫌我,说我不吉利:——/我不能呢呢喃喃讨人家的欢喜!/(二)/天寒风紧,无枝可栖。/我整日里飞去飞回,整日里又寒又饥。——/我不能带着鞘儿,翁翁央央的替人家飞;/也不能叫人家系在竹竿头,赚一把黄小米!"如上所述,因为中国现代知识分子没有很好地沟通社会和民众。他们既不见容于当局,也不被社会和民众所理解。他们显得有些"另类"。胡适对此有自知之明,所以,他以在中西文化里均被视为不吉利的老鸦自喻,聊以自慰。与之异曲同工的是,西汉贾谊写过《鵩鸟赋》,以猫头鹰这种厄运之鸟获取宽慰。中国民谚云:"喜鹊报喜,乌鸦叫丧"。但乌鸦也有一些优点,如反哺和忠诚等。1845年,爱伦·波写了《乌鸦》一诗,nevermore("永不再")于诗中反复出现,"笼罩全诗的是一种忧郁、恐怖、绝望、神秘、阴郁的气氛"②。汪剑钊说:"这是一个诗歌的乌鸦时代。在一个浪漫不再的背景下,做一只说明真相的乌鸦,应该是每一位诗人(这里似乎应该添加上'研究诗歌的学者')的宿命和光荣。"③由此我们不难体味到,中国现代知识分子"无根"之尴尬与困境,以及现实和理想之

---

① 王一川主编:《现代文学中的汉语形象——文学现代性的语言论观照》,北京师范大学出版社2012年版,第168页。

② 汪剑钊:《诗歌的乌鸦时代:汪剑钊自选集》,河南大学出版社2011年版,第291页。

③ 汪剑钊:《诗歌的乌鸦时代:汪剑钊自选集》,河南大学出版社2011年版,第499页。

矛盾;同时也反映出他们承担之重、道路之曲。

20世纪20年代,在《为要寻一颗明星》里,徐志摩写自己"骑着一匹拐腿的瞎马",快马加鞭,冲入黑夜,直至累死了自己和"拐腿的瞎马""天上透出了水晶似的光明"。明星出现了,人和马却死了。言下之意是,此时明星虽然出现了,但那又有什么意义呢! 诗人使用了反语、悖论和复调,由此获得了丰沛的张力和诗意。但是,中国现代知识分子为寻找理想的那种飞蛾扑火的精神及其与现实世界不可调和的矛盾,已经发展到你死我活的地步了。关于此诗,我们在后面还要展开分析。

即使是到了抗战时期,何其芳仍在《夜歌·后记》里告白:"叙述一个抗战的故事,一个泥水匠参加抗日军队的故事,却是为了使一个知识分子的意志更坚强些。"①也就是说,何其芳写抗战故事,不是为写故事而写故事,而是试图从他笔下的抗战故事与抗日人物那里寻找道义、理想、人格和精神的支撑,使自己能够去掉旧式知识分子的感伤和脆弱,变得坚强、快乐起来。如此一来,诗歌形象与诗人形象就能产生有效的对话和交流。以诗自慰,以诗疗伤,以诗给自己打气,以诗给自己壮胆,既表明中国现代知识分子内心的脆弱,又体现为中国现代知识分子深切的自我辨识。

当年,许多知识分子出身的诗人,如冯至、艾青、何其芳等,他们愿意改变自己,努力融入时代,贴近民众,致力于民族独立和国家解放。因此,他们不但关心周边事态、国家大事,进行诗歌叙事,而且精心呵护自己独立的精神空间,同时将外界风云变幻吸纳其间,并通过诗呈现出来。不管是哪个时代、何种流派的现代诗人,不管他们之间的分歧有多大,他们都愿意自比"老鸦""瞎马""春鸟",坐言起行,从未放弃诗人与诗人、诗人与民众、诗人与时代、诗人与诗之间的相互寻找,并对此寄予厚望,充满信心。

新中国成立后,历史进入真正和平期,忆苦思甜与奋力建设,成为中国当

---

① 何其芳:《夜歌·后记》,诗文学社1945年版。

代诗人叙述的主题。一批叙写革命传统和英雄人物及其光辉事迹的叙事性诗篇纷纷涌现。李季、阮章竞、张志民等创作的叙事长诗,是其中的优秀代表。尽管受到了时代局限和自身修养的影响,他们的这些写作留下了图解政治和跟风赶潮的符号化与公式化的历史印迹,但是他们创作史诗性作品的雄心和为新中国而歌的诚心还是值得我们称道的。在社会主义革命和社会主义建设浪潮冲击下,诗人们几乎完全抛弃了"小我"的知识分子趣味,全身心投入"大我"的工农兵世界,叙述他们的翻身解放、建功立业和幸福生活。工农兵时代造就了工农兵诗歌,而工农兵诗歌记录了工农兵时代。几十年来,这种"造就",这种"记录",在此前和之后的任何历史时期都没有像此期这样的紧密与突出。

进入新时期,批判与反思极左思潮和极左政治,成为"归来者"诗群和朦胧诗人共同的创作主题。公刘在《沉思——读摄影作品〈最后的时刻〉》的开头和结尾两节诗反复呼告"既然历史在这儿沉思,/我怎能不沉思这段历史",只是"归来者"是用较为写实的手法追忆那段悲情的历史,像艾青的《鱼化石》;朦胧诗人是用西方现代主义诗歌表现技巧反讽那段荒诞岁月,如北岛的《触电》。也就是说,老中青三代诗人,在拨乱反正和改革开放的时代大潮推动下,他们走到了历史前台,进行思想启蒙。此外,还有一些青年诗人,开始感觉到仅仅将反思触角伸到极左思潮那里是远远不够的,他们要反思中华民族的文化根源。因为,在他们看来,中华民族的历史和文化,造成了中华民族的心理、个性和气质。他们从朦胧诗写作阵营里游离出来,创作一批广有影响的"文化寻根诗",如杨炼和江河等人写的"现代史诗"。

到了20世纪80年代中期以后,一批更为青年的诗人,对以上这些重大题材的写作极为不满,口口声声要打垮他们,另起炉灶,创作一种以普通老百姓生活为题材的所谓的"第三代诗"。这股诗风一直吹进了21世纪。如果从叙事题材和叙事角度进行区分,我们可以把20世纪80年代中期以前的诗歌叙事叫"大叙事",而把这之后的诗歌叙事叫"小叙事"。由此,日常生活美学,在这些"小叙事"性诗歌写作里,取代了启蒙美学和革命美学。当然,我们也可以把这种"小叙事"称为"后叙事",因为它们明显受到了思想大解放和西方后现代主义思潮的强劲影响。

从以上简略梳理中,我们不难发现,进入现代以来,动荡的政局,复杂的社会,紧迫的生活,复杂的心情,是古代中国的诗意所无法想象和表现的。换言之,单一的诗意的抒情,再也满足不了现代中国诗人去书写如此庞杂现实的客观要求。那种叙事性的,乃至戏剧性的诗歌写作,比以往历史上任何时期都要显得更加迫切的了。质言之,从晚清开始,现代生活与现代诗人通过现代诗歌在彼此寻找,最终现代诗歌完成了现代诗人对现代生活的精彩表现。

第二节　意志化和事态化的诗学新变

不可否认的是,中国古诗为我们提供了不竭的经验和传统,几乎可以说方方面面都写到了,而且各种方法都尝试过了,只是有些说法与现代人的表述不同而已,例如,古人叫"兴",今人称"象征"。现代诗人要做的,仿佛只能从一首已有的诗中写出另一首诗,即"诗生诗"。这种美学惯性,乃至可以说是美学伎俩,使得诗人在语言的幻觉中,因韵造诗,因诗补韵,乐"诗"不倦、玩"诗"不恭。换言之,诗歌基因遗传的影响力巨大,仿佛我们已经没有了多少创新的空间与可能。在《传统与个人才能》里,艾略特也谈到了,面对广博的传统,不能说我们有多少创新,而只能说我们与传统到底发生了多少联系;①我们仅仅是把传统延续下去的一个个"历史中间物"、一个个"过客";换个角度说,就是我们的个人才能及其创造到底有没有给传统增点光、添点彩的问题。从这个意义上,我们可以询问的是,我们有没有部分地刷新传统,形成新传统,或者说给传统以新面貌。这种状况不仅存在于诗歌创作领域中,人文社科研究领域

---

① 《艾略特文学论文集》,李赋宁译,百花洲文艺出版社 1994 年版,第 1—11 页。

亦然。本雅明反对学院派貌似博学的论证式"引文写作",因为它顶多只能算是"词生词"式的牵强附会的写作。他主张"引文"要与"点评"结合起来,尤其是通过引文对那些支离破碎的能指进行具有"震惊"意味的还原,使其产生非同寻常的美和新的意义。他的《发达资本主义时代的抒情诗人》就是这种引文写作的典范。在《单行道·五金店》中,他还用隐喻的方式形象地解说道:"引文在我的文章里就像路边的强盗,手持凶器跳出来,把我从自我的桎梏中解救出来。"①也就是说,我们可以使用引文,但不能死守引文,更不能将其作为炫耀自己博学的外在标识,而是要使引文为我所用,活学活用,用得妥帖。

面对传统,我们应该持有"常"与"变"的辩证态度。既然如此,我们是不是可以这样说:中国新诗叙事是对中国古诗叙事传统的继承与发展呢? 如果此说成立,那么这里面,哪些是"常",哪些是"变"? 从它们的联系中,我们能够理解中国新诗叙事怎样的现代性处境? 要回答这样的追问,我们就应该折返到中国古诗叙事传统那里去寻找答案。

理解古今诗学之变,理解中国古诗与中国新诗在思想、语言和审美方面的差异与关联,是把握中国新诗现代性的前提。李怡在这方面的研究令人信服。他把"中国古典诗歌的思维方式概括为物态化"②,"亦即社会化"③。他甚至认为连自我都物态化和社会化了。而这种"泛物态化"的文化精神也大面积地衍生于中国新诗中。首先,比兴依然是促成中国新诗叙事生成与修辞的艺术手段。其次,社会化题材占据了中国新诗"题材库"的不少空间。它们需要内化为诗人的精神事件,但却常常被人格化、政治化和道德化。这是中西诗歌在处理社会化题材时所显示出的不同面向。我们似乎可以说,中国古诗存在

---

① [德]本雅明:《本雅明:作品与画像》,孙冰编,石涛译,文汇出版社1999年版,第45页。

② 李怡:《中国现代新诗与古典诗歌传统》(增订版),北京大学出版社2008年版,第43页。

③ 李怡:《中国现代新诗与古典诗歌传统》(增订版),北京大学出版社2008年版,第45页。

"有物"而"无我",甚至是"无人称"的状态。直到中国新诗开始向西方那些主体性和意志化很强的现代性诗歌学习之后,这一局面才得以扭转,"有人称"(尤其是"有我")、"有物"且"有事"的诗歌才真正以现代面貌出现在中国新诗里。"反映在语言上的是'我有话对你说',所以'我如何如何'"。① 显然,这是从西方现代诗歌"有我"的叙述语法那里借鉴而来的。惠特曼《草叶集》里"Song of Myself"的叙述语法,鼓舞了中国现代诗人超越他们的先人,汪洋恣肆地发挥想象,酣畅淋漓地倾诉。20 世纪 20 年代有郭沫若式的"我是一条天狗呀"的狂飙突进。三四十年代有艾青式的"我也应该用嘶哑的喉咙歌唱"的愤激与深沉。用叶维廉的话来说,"有我"这种新出现的意志化诗歌先后形成了"过早乐观的文学"和"批判社会的文学"两种诗歌类型。综上所述,我们不难看出,中国新诗的发展,是物态化和意志化、社会化和主体化之间的交相辉映。其实,事态化是它们的凝聚。

中国古诗纵然以情取胜,然而"仅是情感力量或仅是情感外溢不能创造出诗来。自我感情的丰富充沛仅是诗的一个要素和契机,并不构成诗的本质"。② 何况人类的情感存在同质化,如喜怒哀乐。换言之,我们不缺少情感,反而出现了情感恶滥。我们缺少的是,对情感的个体的体验方式与言说方式。对诗而言,经验比情感重要,真实的经验比普通的情感重要,还有就是这些经验和情感传达方式往往又比它们自身重要。简言之,"说法"比"想法"重要。

请先读汉代乐府民歌《上山采蘼芜》:"上山采蘼芜,下山逢故夫。长跪问故夫:'新人复何如?''新人虽言好,未若故人姝。颜色类相似,手爪不相如。''新人从门入,故人从阁去。''新人工织缣,故人工织素。织缣日一匹,织素五丈余。将缣来比素,新人不如故。'"再请读胡适的《"应该"》:"他也许爱我,——也许还爱我,——/但他总劝我莫再爱他。/他常常怪我;这一天,他眼泪汪汪的望着我,/说道,'你如何还想着我?/想着我,你又如何能对

---

① ［美］叶维廉:《中国诗学》,生活·读书·新知三联书店 1992 年版,第 217 页。
② 《于坚诗学随笔》,陕西师范大学出版总社有限公司 2010 年版,第 137 页。

他？/你要是当真爱我。/你应该把爱我的心爱他，/你应该把待我的情待他。'/他的话句句都不错——/上帝帮我！/我'应该'这样做！"《上山采蘼芜》和《"应该"》，前一首是古代民歌，后一首是中国新诗，中间跨度有几千年，写的都是婚恋关系中新人与故人之间剪不断理还乱的复杂情感纠缠。但是，它们都没有采取常见的直抒胸臆、一吐情怀的抒情方式，而是采用了叙事的方式，将此情此感、那人那事叙述出来。不同于《上山采蘼芜》采用"对话体"叙事，《"应该"》运用的是"独白体"叙事。胡适对此诗颇为自得。他说："用一个人的'独语'写三个人的境地，是一种创体，古诗中只有《上山采蘼芜》略像这个体裁。"①于此，胡适既指出了两者的差异，也指出了两者的关联。其实，他更看重差异，并自认为《"应该"》"是一种创体"。在《谈新诗——八年来的一件大事》里，他以此诗为例，是为了彰显中国新诗与中国古诗之间的巨大沟壑。他说："这首诗的意思神情都是旧体诗所达不出的。别的不消说、单说'他也许爱我——也许还爱我'这十个字的几层意思可是旧体诗能表得出的吗？""那样细密的观察、那样曲折的理想决不是那旧式的诗体词调所能达得出的"②。这两首诗在叙述方式上的差异明显：《上山采蘼芜》的作者仿佛是旁观者，在向读者转述一个悲欢离合的别人的故事，比较含蓄；而《"应该"》的作者与叙述者几乎是同一个人，仿佛在向读者讲述一个发生在自己身上、令人头疼的风花雪月的情事，直接、细密而缠绵。质言之，中国新诗找到了与生活、事态和语言一致的表达方式，因为诗人所写的是自己的或者是与自己有关的事件，而不像中国古诗那样从思想到形式都偏好装饰性。这些差异大概暗合了胡适所说的"用具体的做法，不可用抽象的做法"③和俞平伯倡导的"增加

---

① 胡适：《尝试集再版自序》，见胡适选编：《中国新文学大系·建设理论集》，上海良友图书印刷公司 1935 年版，第 315 页。
② 胡适：《谈新诗——八年来的一件大事》，《星期评论》"双十节纪念号"，1919 年 10 月 10 日。
③ 胡适：《谈新诗——八年来的一件大事》，《星期评论》"双十节纪念号"，1919 年 10 月 10 日。

诗的重量""不可放进旧灵魂"。① 同时,中国新诗在叙述个人经验时,需要诗人的"灵敏",就像瑞恰慈所说的,它对于经验的组织非同一般,②经验如果组织得好,就会取得很好的表达效果。九叶诗派能够"恰当而有效地传达最大量的经验活动"。③ 最好的经验组织与传达,就是自然而然地在组织和传达过程中使经验具备超越性,如此一来,诗歌就能达到包容各种异质经验之目的,从而使诗歌变得丰厚而充盈。

第三节　现代汉语与中国新诗叙事能力增强

变动不居的现代生活,意志化和事态化的诗学观念,催生了现代诗人思维的现代化,进而,使得现代诗人使用的语言也跟着要现代化,毕竟"语言的成长要充分依赖思维的发展"④。语言的现代化,对现代中国诗人来说,就是放弃用古代汉语写中国古诗,而改用现代汉语作中国新诗。而"语言差异绝不仅仅是一个表层结构问题,它牵涉到我们的文化所衍生的喜闻乐见的表现法,更牵涉到一个民族的历史、哲学观所衍生的思维方式和思想风格"⑤。也就是说,用现代汉语写中国新诗,跟用古代汉语写中国古诗相比,不仅"表层结构"和"表现法"不同,而且"思维方式和思想风格"也不同。与中国古代意象性思维重整体性、直觉性和模态性不同,中国现代思维是实证性思维,看重具体性、理性和知识性。同时,也与古代中国人推崇天人合一的循环时间观不同,现代中国人认同历史进化的线性时间观。现代实证的思维方式和线性时间观念,

---

① 俞平伯:《社会上对于新诗的各种心理观》,《新潮》第 2 卷第 1 号,1919 年 10 月。

② [英]艾·阿·瑞恰慈:《文学批评原理》,杨自伍译,百花洲文艺出版社 1992 年版,第162—163 页。

③ 袁可嘉:《新诗现代化的再分析》,《大公报·星期文艺》,1947 年 5 月 18 日。

④ [美]爱德华·萨丕尔:《语言论》,陆卓元译,商务印书馆 1985 年版,第 15 页。

⑤ 刘宓庆语,见李瑞华主编:《英汉语言文化对比研究》,上海外语教育出版社 1996 年版,第 32 页。

使得以现代白话和现代汉语为语言媒介的中国新诗,必然在文体形态上告别"诗"(诗词格律),而倾向于摒弃外在形式约束的"文"(自由诗/散文诗)。当年威廉·冯·洪堡特在谈论汉语语法时,谈的是古代汉语。他说:"在汉语里,跟隐藏的语法相比,明示的语法所占的比例是极小的"①。从晚清放弃文言、选择白话开始,现代汉语"明示的语法"的比例与地位明显上升,且高于"隐藏的语法",毕竟五四先驱将"言文合一"作为自己奋战的目标之一。当然,现代汉语语法到底要"明示"到何等程度,怎样"明示",成为当年大家关注的焦点。大多数人主张"欧化",但有部分激进人士力主"全盘西化",取消汉字,废除汉语,实现拼音字母化。

具有讽刺意味的是,草创期中国新诗诗人,一方面要"打倒孔家店",反对儒家思想;另一方面"他们的作品竟然是叙述和演绎性的(discursive),这和中国旧诗的表达形态和风貌距离更远"②。现代汉语"明示的语法"增多,中国新诗出现了叙述主体彰显的"叙述语法"③。质言之,中国新诗抛弃了中国古诗的高雅诗意,转向叙述性较强的逻辑言说。中国古诗里有些诗词尽是名词,有些诗词全是意象组合,这种"因句成篇"的现象,与日常语言表达完全不一样。而现代白话诗重"白话"而不重"诗",追求"作诗如作文"④、作诗如说话那样,要使诗歌叙述与口头叙述保持一致。如此一来,白话诗就成为"说话的诗歌"⑤了。康白情主张写"散文的诗:作诗要用白话,又要用散文的语风"⑥。这种说话的、散文的"语风",非常适合诗歌叙述/叙事。而说话式的、散文式

---

① [德]威廉·冯·洪堡特:《致雷米萨的信,论语法形式的性质和汉语的特征》,见徐志民:《欧美语言简史》,学林出版社 1990 年版,第 42 页。

② 叶维廉:《中国诗学》,生活·读书·新知三联书店 1992 年版,第 251 页。

③ 叶维廉:《中国诗学》,生活·读书·新知三联书店 1992 年版,第 217 页。

④ 胡适:《戏和叔永再赠诗却寄绮城诸友》,见胡明编注:《胡适文存》,人民文学出版社 1989 年版,第 101 页。

⑤ 唐欣:《说话的诗歌:20 世纪 80 年代以来的口语诗研究》,中国社会科学出版社 2012 年版。

⑥ 康白情:《新诗底我见(有引)》,《少年中国》第 1 卷第 9 期,1920 年 3 月 15 日。

的诗歌叙述/叙事,与"诗歌情绪是连续性的、非跳跃的"①非常贴合。由此可见,中国新诗比中国古诗更加适合于叙述/叙事。

理论上虽说是如此,但实际操作及效果也会是这样吗?在捷克汉学家普实克眼中,"文言只能用来表达'二手的现实'","也就是已经被表达或阐释过的现实","而白话却不断地自我调整,以适应每一个新的现实"。② 1933 年 6月,针对几乎已成定局的中国新诗,柳亚子半开玩笑地说,"郭诗是一条疯狗","徐诗是一只野鸡","闻诗是一匹家猫"③。显然,在他的心目中,到了 20世纪 30 年代,中国新诗已经打败了中国古诗,而且郭沫若、徐志摩和闻一多三人功不可没。只不过,他们在与古代汉语和中国古诗进行血战时,各自的角色、特点和价值不尽相同——郭沫若"他在对于'传统汉语言'的战斗中发挥了'爆破手'的作用",徐志摩"他所做的是努力输入西洋体制的实验,用汉语言、汉文字体现洋诗的格律和味道",闻一多提倡"三美"期望中国新诗成为"中西艺术结婚后产生的宁馨儿"。④ 柳亚子的观点,代表了当时一大批对现代汉语欧化和中国新诗欧化极为不满人士的观点。从"疯狗""野鸡""家猫"的比喻中,我们能够感受到柳亚子对汉语和汉诗的深爱,但这种深爱是通过辛辣的讽刺体现出来的。瞿秋白就不同了。他秉持强烈的阶级斗争观念,强烈谴责五四先驱。他说他们虽然是"中国写实文学的第一辈作家",但毕竟是些"欧化的落拓文人"⑤。瞿秋白不但指责五四文学执意于建设的"国民文学""写实文学""社会文学"大多浮在表面,没有"革心",而革命重在革心;而且五四文学先驱使用的是"'五四'式新文言"——"是中国文言文法、欧洲文法、

---

① 敬文东:《诗歌在解构的日子里》,北京大学出版社 2008 年版,第 184 页。
② [捷]亚罗斯拉夫·普实克:《抒情与史诗　现代中国文学论集》,李欧梵编,郭建玲译,上海三联书店 2010 年版,第 95 页。
③ 柳亚子:《我对于创作旧诗和新诗的感想》,见张志欣、何香久主编:《二十世纪中国散文大系》,河北教育出版社 2001 年版,第 565 页。
④ 鲁枢元:《文学的跨界研究:文学与语言学》,学林出版社 2011 年版,第 163—165 页。
⑤ 瞿秋白:《论中国文学革命》,生活·读书·新知三联书店 2014 年版,第 59 页。

日本文法和现代白话以及古代白话杂凑起来的一种文字,根本是口头上读不出来的文字"①。因而,五四文学先驱先是打倒"古代古典",接着又创作了"现代古典"。② 尽管如此,但"现代古典"毕竟比"古代古典"要现代,尤其是采用了现代文法改造了现代汉语——通过提高动词地位,增加关联词、词尾、系词、补足用语等,使句子结构多样化和复杂化,对再造汉语和用活汉语,还是不可小觑的。

在看到问题的同时,不要抹杀成绩,反之亦然。30 年代,革命文学最终取代了文学革命。要"人腔",不要"鬼腔";③既要"革面",更要"革心",成为革命文学的时代强音。这股革命大潮彻底冲刷掉了文学革命时代知识分子思想上的虚无、颓废和动摇,转而聚焦于"写大时代的'实'!"④显然,鲁迅是光辉榜样。瞿秋白说:"他才从进化论最终的走到了阶级论,从进取的争求解放的个性主义进到了战斗的改造世界的集体主义"⑤。从中国新诗叙事来讲,从此前偏重叙述个体的事,已经变成偏重叙述集体之事了。如果单以现代汉语叙事诗为观察点,我们也能看到这种变化。"汉语语体本身的模糊表述逻辑注定了"⑥古代汉语叙事诗落魄,但"随着在印欧语系影响下的现代白话取代文言成为汉语诗歌的表达媒介"⑦,现代汉语叙事诗开始发展。直到现实主义诗歌强劲登台后,尤其是从革命文学时期开始,现代汉语叙事诗大兴,中国新诗叙事语态繁华摇曳,但其艺术粗糙、政治感伤和标语口号化也体现了那个红色激进年代的时代使然、必然和局限。这种状况一直延续到新时期。

新时期的改革开放,使得"知识型构"发生转换。当长期禁锢的大门再次

① 瞿秋白:《论中国文学革命》,生活·读书·新知三联书店 2014 年版,第 122 页。
② 瞿秋白:《论中国文学革命》,生活·读书·新知三联书店 2014 年版,第 63 页。
③ 瞿秋白:《论中国文学革命》,生活·读书·新知三联书店 2014 年版,第 58 页。
④ 瞿秋白:《论中国文学革命》,生活·读书·新知三联书店 2014 年版,第 61 页。
⑤ 瞿秋白:《论中国文学革命》,生活·读书·新知三联书店 2014 年版,第 21 页。
⑥ 陈爱中:《中国现代新诗语言研究》,中国社会科学出版社 2007 年版,第 223 页。
⑦ 陈爱中:《中国现代新诗语言研究》,中国社会科学出版社 2007 年版,第 223 页。

打开之后,饥渴难耐的中国人,像干燥的海绵那样尽其所能地在知识的海洋里吸收营养,此种盛况被有的专家描述为"人们才惊异地发现,第二次'文学革命',第二次'语言革命',第二次'文学与语言的血战'又严峻地摆在当代中国人的面前","再次对'汉语言'掀起了一场强烈地震:术语大爆炸、文体大解放、句法大突破、思维方式大转换、思想观念大回流、符号体系大裂变、西方学术思想大引进",①使得此前已有的思想、精神、语言和文学陈规发生了危机,产生了动摇,且一直波及当下。具体到中国新诗来讲,"生活流诗歌""第三代诗歌""女性诗歌""口语诗歌",使得自革命文学时期开始远离个体日常生活的政治写作,重新回到诗歌写作的历史轨道上来。当然,这种日常生活化的个人写作,又与五四文学革命时期启蒙性的精英写作不同:他们完全放弃了知识分子精英启蒙立场和姿态,平静地、平面地、平常地叙述日常生活的细枝末节。几乎同时,有一批年龄稍小于朦胧诗人的诗人或者说朦胧诗末期的诗人,他们既绝对反对之前的革命写作,但又不满朦胧诗的暴力美学性写作。他们也要求诗歌写作回到正常轨道上来,只不过,他们理解的诗歌正道与前面那批诗人的理解出现了偏差。他们依然坚持知识分子启蒙的精英立场,依旧向西方汲取思想资源和文学营养。他们决不苟同诗歌写作的"形而下",而坚守诗歌写作的"形而上"。由此,引发了90年代的"民间写作"和"知识分子写作"之争。尽管这场论争现在不再有当年那么的针尖对麦芒,但它还是"在"那里,只要外界有一个机缘,有一个触发点,有一个导火索,它还会随时被点燃,乃至再次爆发,因为它所牵涉的诗学观念的分歧至今仍然没有得到解决。但这两大类诗歌写作都主张叙事/叙述,因而叙事性/叙述性就成为这些诗人诗歌批评里出现的"高频词"。

任何一次革命,都是一次绝处求生。从文学革命来讲,它牵涉语言革命、思维革命和思想革命等方方面面。所以,我们在讨论中国新诗叙事发生的时

---

① 鲁枢元:《文学的跨界研究:文学与语言学》,学林出版社2011年版,第165页。

候,就要从古代汉语过渡到现代汉语的语言革命谈起,要考察这种语言革命的发生、发展和深入对中国新诗叙事的发生、发展和深入带来怎样的影响。反过来看,这种影响又如何影响了现代汉语?影响到了何种程度?有无再造之功?卡西尔当年就是从这个角度来看待文学大师伟大的文学创作对于各自民族语言的再造之功。他说:"意大利语、英语和德语在但丁、莎士比亚和歌德死时与他们生时是不同的。这些语言由于但丁、莎士比亚和歌德的作品经历了本质性的变化,这些语言不仅为新的词汇所丰富,也为新的形式所丰富"。① 虽然,在从古代中国文学转向现代中国文学的进程中,没有出现像但丁、莎士比亚和歌德那样的伟大人物及其伟大创造,但是在现代中国文学家的集体努力下,现代汉语取代了古代汉语,中国新诗战胜了中国古诗,汉语里有了许多"新的词汇",而汉诗里也有了不少"新的形式",其中现代汉语叙事诗以及中国新诗叙事性就是这种"新的形式"之一。因此,这让我们引以为傲,值得我们深入探究。

综上,我们从现代生活的尖锐和紧逼、中国新诗叙事主体——现代诗人的出现、在域外诗歌启发下中国诗歌传统自身发展经历由物态化/社会化向意志化/事态化的诗学嬗变,以及现代汉语与中国新诗叙事能力显著增强四个方面,分析了中国新诗叙事发生的外因和内因。中国新诗叙事由此起步,踏上了追寻现代性的艰难旅程。这种现代性旅程,既包括叙事形式的现代性追寻,也包括叙事内容的现代性嬗替。然而,长久以来,人们容易将"形式"等同于"形式主义"。殊不知,形式是与内容相对举的;而形式主义是与历史主义相对立的。也就是说,对形式的分析,不能自陷于为技巧而技巧的形式主义,不能忽视形式的内容及其历史语境,要关注不同叙事内容的结构与表达方式的变化,毕竟"历史主义与形式主义之战似乎已经结束,现在已经可以承认历史研究

---

① [德]恩斯特·卡西尔:《语言与神话》,丁晓等译,生活·读书·新知三联书店1988年版,第142页。

中有叙事的形式而叙事形式中又有历史的成分"①。具体到中国新诗而言,我们除了要勘察它的几大叙事类型及特色外,还要探究其发展的历史进程,以及"这种形式上的发展使现代作家得以探索如何再现思维、意识及主体性"②。

正是因为如此,在接下来的七章,我们先用一章的篇幅论述百年中国新诗叙事形态的历史演进轨迹,然后再用五章的篇幅详细论析百年中国新诗叙事的五大类型及特色,最后用一章来辨析百年中国新诗叙事的诗意段位问题。

---

① ［英］马克·柯里:《后现代叙事理论》,宁一中译,北京大学出版社 2003 年版,第 74 页。
② ［英］马克·柯里:《后现代叙事理论》,宁一中译,北京大学出版社 2003 年版,第 28 页。

第二章　中国新诗叙事的历史演进

故此诗亦须学习

置其情操之融金属于一冷藏中，

俟其冷凝，

然后歌唱。①

　　文学艺术形态是复数的。一个时代有一个时代的文学艺术形态。传统的文学艺术形态与现代的文学艺术形态明显不同。当然，不同文体的艺术形态又有很大的差异。也就是说，文学艺术形态具有历史阶段性和文体差异性。如上一章所述，伴随着古典时代的终结，传统诗词的正宗地位迅速瓦解。在急遽变化的现代社会，抒情文学逐渐让位于叙事文学成为时代的必然。换言之，在并非抒情的时代，叙事诗学应运而生。从晚清到"五四"，从"五四"到"四一二"反革命政变，从"四一二"反革命政变到抗战全面爆发，从抗战全面爆发到新中国成立，现代中国经历了一场场波澜壮阔的斗争，激发了诗人们创作史诗性作品的灵感与热情。记录时代，书写时代，为时代立言，成为现代诗人的伦理担当。为了顺应时代潮流，拓展诗歌空间，增加诗歌容量，叙事性的自由体

---

① 路易士：《太阳与诗人》，见路易士：《夏天》，诗领土社 1945 年版。

诗歌或中国现代叙事诗成为诗人们长期倚重的诗歌体式。不独中国古诗叙事传统为中国新诗叙事提供持续的内援,西方现代诗歌叙事资源也已成为中国新诗叙事的不竭外援与直接借镜。

正是因为如此,从晚清开始,中国新诗叙事就同中国古诗叙事区分开来,在哲学观念与时间意识等方面都焕然一新。这种"新"就是流贯于中国新诗叙事之中的所谓现代性的东西。詹姆逊认为,现代性不是什么概念,我们不能对它进行界定,只能对它进行描述,比如将它放在现代化、现代主义和后现代性的场域中,乃至将它置于科技、商品和资本的语境里进行考察;同时,不能忽视它的意识形态性,即以多种现代性叙事压抑其他非现代性叙事。① 具体到从晚清开始一直到 21 世纪初期的中国新诗叙事而言,如果细致梳理其演进历史,那么我们能够看到一部内容丰富、情节生动和形式多样的现代"诗剧",其演进逻辑依次是:晚清至 20 世纪 20 年代中国新诗叙事格局的成形,30 年代中国新诗叙事"多声部"书写,40 年代中国新诗叙事的深度熔铸,50—70 年代中国新诗叙事的乌托邦,新时期中国新诗叙事的理性回归和诗学分野,以及新世纪中国新诗叙事的扁平化和口语化。

第一节　晚清至 20 世纪 20 年代
中国新诗叙事成形

晚清以降,诗人们不再满足于以旁观者的身份打量这个世界,而是要以参与者的角色介入这个时代。当他们需要急切地把自己目睹和亲历的一切叙说出来的时候,并非一味承衍中国古诗原本拥有的庞大的抒情传统,而是不断创作出与现代复杂经验相适应的新的叙事性诗歌。换言之,晚清社会的转型,引发了中国新诗从抒情性,到抒情性的变体,再到叙事性的"知识转型"。

---

① ［美］詹姆逊:《现代性的神话》,张旭东译,《上海文学》2002 年第 10 期。

晚清不是一个本质化的晚清。晚清诗界内部驳杂多样。我们至少可以从"龚魏"到"梁黄"那里,看到晚清诗歌从"诗文革新"到"诗界革命"的历史性嬗替。龚自珍和魏源均反对清末诗文里"义理""辞章""考据"的形式主义流弊,力主经世致用,重构"志""道"和"经"的一体化关系。

龚自珍的大型自传性组诗《己亥杂诗》,叙述自己晚年辞官南归的经历与感悟,既可视为诗人的血泪史,也体现了诗人忧国忧民的剑气箫心。它们固然以真实性和独创性为标识,但仍用七绝形式纪实、感事,且其基础依旧是性灵说和童心说,正如他自己所言:"夫诗必有原焉。"①同样,尽管魏源呼吁诗歌变革,"忧患天下来世"②,但他仍然是将其纳入"中学为体,西学为用"③的"天不变,道亦不变"④的思维与框架之中,致使他所主张的诗文革新虚弱乏力。他的叙事性组诗《江南吟》和《都中吟》,虽然揭露了鸦片战争的罪恶,但仍未脱掉旧体诗词的束缚,有明显模仿白居易的痕迹。

梁启超径直从日文中移译"革命"这个新名词,"将'革命'与'诗界'相搭配,已包含新的语法结构,在中国传统'革命'的语境之外另辟新大陆,和改朝换代、暴力以及天命等观念无关"。⑤ 梁启超号召大家进行"诗界革命"⑥,主张写"能以旧风格含新意境"⑦的革命性诗歌,极力推举黄遵宪的"新派诗"。大声疾呼"我手写我口,古岂能拘牵"⑧的黄遵宪,其诗歌世界性视野的获得,

① 龚自珍:《送徐铁孙序》,见《龚自珍全集》,上海书店 1994 年版,第 553 页。
② 魏源:《诗古微序》,见夏剑钦编:《中国近代思想家文库·魏源卷》,中国人民大学出版社 2013 年版,第 282 页。
③ 沈寿康语,见吴雁南等主编:《中国近代社会思潮》,湖南教育出版社 1998 年版,第631 页。
④ 董仲舒:《举贤良对策三》,见唐明邦、程静宇编:《中国古代哲学名著选读》,武汉大学出版社 1988 年版,第 282 页。
⑤ 陈建华:《"革命"的现代性——中国革命话语考论》,上海古籍出版社 2000 年版,第40 页。
⑥ 梁启超:《汗漫录》,《清议报》第 36—38 册,1900 年 2 月 10 日。
⑦ 梁启超:《饮冰室诗话》,人民文学出版社 1959 年版,第 51 页。
⑧ 黄遵宪:《杂感》,见《人境庐诗草笺注》上册,黄遵宪著,钱仲联笺注,上海古籍出版社1981 年版,第 42 页。

与他对中国诗歌传统的了解,他的"日本经验"和"英美经验",尤其是日本诗歌启蒙运动及其"新体诗"的直接影响以及欧洲现代诗歌的启发密不可分。黄遵宪的现代观念,以及在此观念激发下他吁请诗歌变革,并且尝试写作面向现代世界的诗篇,有力塑造了他近现代首位具有世界观念的诗人形象。对此,就连后现代诗人伊沙都感慨不已:"君不见,在中国诗歌史上,所有繁盛期,都趋向于'口',《诗经》如此,唐诗宋词皆如此;所有衰落期,都依赖于'典'其实是'书'。黄遵宪喊出'我手写我口',是在长久衰落后的一声呐喊。"①黄遵宪身体力行地创作了大量"新派"的叙事性诗歌和叙事诗。这些纪实性诗歌可以分为两类。第一类是所谓的"杂事诗"。它们"网罗旧闻,参考新政"②,如大型组诗《日本杂事诗》,以诗记史,横贯古今,全面记述了日本明治维新前后的沧桑巨变,目的是让国人开阔眼界,向日本学习,革故鼎新,走现代化道路。第二类是所谓的"时事诗"。它们"开口揽时事,论议争煌煌"③,聚焦于国内外的重大事件和特殊人物,具有"时事诗"的新闻性和史诗性。《冯将军歌》和《降将军歌》用歌吟的方式叙述了抗日将领、国之干城冯子材和丁汝昌的英雄事迹及其英雄气概。《番客篇》通过记述南洋华侨婚礼上的几位贵客,写他们在海外漂泊之隐痛,创业之艰辛以及对故土之思念。《逐客篇》用长篇纪实的方式描写了华人在美国所遭受到的民族歧视和屈辱。《纪事》叙述了美国选举,意在向国人传递民主思想。此外,他还写了长篇叙事诗《新嫁娘诗》,用诗的方式较为客观地记述客家的婚嫁习俗。他的这些叙事性极强的诗篇,都是用"即今流俗语"④——既有山歌民谣里的"方言",又有时髦的汉译外来

---

① 伊沙:《口语诗论语》,《诗潮》2015年第2期。

② 黄遵宪:《日本杂事诗自序》,见《人境庐诗草笺注》下册,黄遵宪著,钱仲联笺注,上海古籍出版社1981年版,第1095页。

③ 欧阳修:《镇阳读书》,见张春林编:《欧阳修全集》,中国文史出版社1999年版,第10页。

④ 黄遵宪:《杂感》,见《人境庐诗草笺注》上册,黄遵宪著,钱仲联笺注,上海古籍出版社1981年版,第42页。

词——写就的,力求"适用于今,通行于俗",①以期实现言文合一的理想。尽管在思想上"梁黄"都求"新诗"现代性之"杂",着力营造杂语化语境以摒弃传统诗词诗意之"纯";但是他们均面临化古、融欧和"固本"等系列诗学难题。他们只能做到"熔铸新理想以入旧风格"②,没能从诗歌形式和语言方面进行革故鼎新。换言之,他们的诗歌及其诗论只是促使了诗歌的渐变,因而,他们的"诗界革命"也就只能是半吊子革命。但是,晚清诗人和诗论家对于叙事性诗歌,乃至叙事诗的理论倡导及其创作实践,的确直接启导了五四叙事诗学,并影响后世。

如果说晚清诗词还只是"改良诗"和"改良词"的话,那么真正催生中国诗歌发生突变的是五四文学革命。以胡适为首的早期白话诗人,他们的写作实践与诗歌理论,促成了中国诗歌在语言和形式上的激变。仿佛自此以后,中国诗歌,在语言上,一下子就"白话"了、"现代汉语"了;在形式上,一下子就"自由体""规律体"了。而这种从语言到形式全面的自由化,更加有利于诗歌的叙事与抒情。诗歌叙事因素的逐渐增强,因此具备了"天时地利人和"的有利条件。

朱自清在《中国新文学大系·诗集·导言》里,把1917—1927年的中国新诗分为"自由诗派""格律诗派""象征诗派",但并未指出这三派之间的逻辑关联,也就不能如某些人所愿:由此能够看出1917—1927年中国新诗历史演进的内在理路。他的朋友抱怨说:"这三派一派比一派强,是在进步着的,《导言》里该指出来。"③的确,朱自清当初并未秉持越来越好的"诗歌进化观"和"诗歌目的论"。他让它们同时并置,由此昭显中国新诗发展过程中各种力量之间的相互错杂、多元共生。这并非保守封闭的诗歌观,而是开放包容的诗

---

① 黄遵宪:《日本国志》33卷《学术志二·文学》,上海图书集成印书局1898年版,第15页。
② 梁启超:《饮冰室诗话》,人民文学出版社1959年版,第2页。
③ 参见朱自清:《新诗的进步》,《新诗杂话》,北京三联书店1984年版,第7页。

歌观。但是,这种分类一方面固然表明当时诗歌格局之复杂,另一方面也显示出朱自清对此进行分类时标准不一。自由与格律是相对的,但它们与象征均不在同一层面。象征应该与写实、说理、描写之类相对。在朱自清这种影响甚巨的诗歌经典化的谱系里,没有写实诗歌的位置。而写实是中国新诗的重要倾向,是中国新诗的主曲。为什么朱自清对其视而不见? 为什么他不讲写实派,而专门提出象征派? 在他提出的自由派和格律派里是否隐含了写实派? 这些问题均表明,朱自清对 1917—1927 年中国新诗写实叙事持相当谨慎的态度。其实,《新青年》"三驾马车"(胡适、沈尹默和刘半农)的中国新诗写实性很强。

下面,我们选取《尝试集》第四版里的 50 首诗,分别就其中 32 首,或有副标题、或有序、或有跋、或有注解的情况进行统计,如表 1 所示。

表 1　《尝试集》第四版里写实性"超文本"统计

超文本	副标题	序	跋	注解
篇数	2	21	2	7
比例	6.25%	65.6%	6.25%	21.9%

从这些叙述干预性的"超文本",尤其是其中的序言和注解的数量及其所占的百分比,不难见出《尝试集》作为中国新诗史上第一本个人诗集其实具有很强的写实特征。

"新潮社"里的俞平伯和康白情赓续了他们老师的写实诗风,申言之,他们师徒一起共同塑造了 20 年代中国新诗写实叙事的历史形象。早在 1919 年3 月,俞平伯就将写实诗列为中国新诗领域里的一个重要门类。他说:"虽力主写实,亦必求其遣词命篇之完密优美。"①其实,我们从胡适和朱自清对俞平伯诗集《冬夜》的不同评价上可以看出,他们并不反对中国新诗写实,只是在

① 俞平伯:《白话诗的三大条件》,《新青年》第 6 卷第 3 号,1919 年 3 月 15 日。

如何写实的问题上出现了意见分歧。具体来说,胡适以"深入浅出"作为中国新诗的理想标准,批评《冬夜》"深入深出"式写实之不足;朱自清则从艰深诗意的角度为之辩护。也就是说,在对待中国新诗写实的问题上,朱自清不赞同胡适的说法和写法。朱自清偏好中国新诗"曲包的馀味"①。质言之,朱自清理想中的诗歌写实是曲折幽微地写实。他的《小舱中的现代》采用的是类似于电影蒙太奇的叙事手法,尤其是一开始:"'洋糖百合稀饭,/三个铜板一碗,/那个吃?'/'竹耳扒,②破费你老人③家一个'板;/只当空手要的!'/'吃面吧,那个吃饺面吧?'/'潮糕④要吧?开船早哩!'/'行好的大先生,你可怜可怜我们娘儿俩啵——/肚子饿了好两天啰!'/'梨子,一角钱五个,不甜不要钱!'/'到扬州住那一家?/照顾我们吧;有小房间,二角八分一天!'/'看份报消消遣?'/'花生,高粱酒吧?'/'铜锁要吧?带一把家去送送人!'/'郭郭郭郭,一叠春画儿闪过我的眼前;/卖者眼里的声音,'要吧!'/'快开头⑤了,贱卖啦,/梨子,一角钱八个,那个要哩?'/拥拥挤挤堆堆叠叠间,/只剩了尺来宽的道儿;/在溷浊而紧张的空气里,/一个个畸异的人形/憧憧地赶过了——/梯子上下来,梯子上下去。/上去,上去!/下来,下来!"通过叫卖者可怜巴巴的叫卖声,争抢着做生意的慌乱情形,将底层民众视现实为"战场",在生死线上"受伤似地挣扎"的艰辛,活灵活现地呈现于眼前,以致诗人在诗末和盘托出全诗的寓意:"从小舱的一切里,/这样,这样,/悄悄认识了那窒着息似的现代了。"这种寓言性写实或者说写实性寓言,是朱自清诗歌的艺术特色。由此,我们就不难理解他对那些将特定事件及情绪纳入寓言性叙事框架的长诗的充分肯定:"'具体的做法'不过用比喻说理,可还是缺少余香回味的

---

① 朱自清:《导言》,见朱自清选编:《中国新文学大系·诗集》,上海良友图书印刷公司1935年版,第4页。

② 耳挖。——原注。

③ 读轻音。——原注。

④ 食品名。——原注。

⑤ 开船之意。——原注。

多。能够浑融些或精悍些的便好。像周启明氏的《小河》长诗,便融景入情,融情入理。"①这种并非直来直去的写实,像陆志韦那样用现代主体意识烛照且手法比较丰富的写实,显示了 20 年代中国新诗写实叙事的水准。1922 年 7 月至 11 月间,陆志韦自印了他的第一本诗集《不值钱的花果》。尽管总体上所获评价不高,但诗集里的写实诗还是赢得了诗评家畹春的好评,并随后在《学灯》上发表评论,将其作为中国新诗未来发展的一个新方向:"写实诗之可贵全在他能够注意到社会宇宙同鸣底情性;中国既缺少这类诗,我们若要开拓诗国的境界,除非努力去做写实诗;抱人道主义的新诗人啊! 尽量地呼吁罢!"②后来,茅盾也说:"初期白话诗的最一贯而坚定的方向是写实主义"。③

尽管如此,我们不能否认初期白话新诗普遍存在粗浅写实和简单白描以及过于散文化的事实。这也许就是朱自清不提"写实派",而用自由派和格律派将其笼统囊括其中的重要原因。换言之,在朱自清看来,那时还没有出现太多理想中的写实诗歌,更没有出现许多足以支撑一类诗歌流派的代表性作品。

新月派的理论主将梁实秋受其"文学贵族观"和"新诗格调论"的影响,对初期白话新诗,尤其是写实性白话新诗的批评更加严苛。他以胡适的《尝试集》为例,尤其以其中写实性极强的《人力车夫》为样本,指出它虽然表面上还说得过去,"但这首诗的取材命意,以至于格局,谁能说在当时是不新颖可喜?新颖,在中国文学里新颖;这样的诗若译成外国文便不新颖了"④。他认为中国新诗应该从取材、命意、格局到格调上全面追摩外国诗歌,在此基础上进行自己的创造。也就是说,他认为,初期白话新诗徒有貌似新颖的躯壳,而无现代性之魂灵! 因此,他很严厉地批评:白话诗"注重的是'白话',不是

---

① 朱自清:《导言》,见朱自清选编:《中国新文学大系·诗集》,上海良友图书印刷公司 1935 年版,第 3 页。
② 畹春:《〈不值钱的花果〉》,《时事新报·学灯》,1922 年 11 月 24 日。
③ 茅盾:《初期白话诗》,《文学》第 8 卷第 1 期,1937 年 1 月 1 日。
④ 梁实秋:《新诗的格调及其他》,《诗刊》创刊号,1931 年 1 月。

'诗'"①。其实,梁实秋这种诗学观念的形成有个历史化的过程。此前,就康白情的诗集《草儿》,他就发表过类似的评论。他认为,《草儿》里的白话诗过于散漫化,充其量只能算作"私人'日记'"的"纪事的文字",而不能称之为"诗"。② 这就表明,从"纪事文"到"纪事诗"之间还有一段很长的路要走。此间,对外国诗歌的深度殷鉴是必不可少的,好在白话新诗的倡导者和实践者几乎都有学习外国文学的经历。而且,在梁实秋看来,对诗的理解不能固守一偏之见。他说:"诗的种类很多,抒情不过是一种,此外如叙事诗、史诗、诗剧、讽刺诗、写景诗等等哪一种不是充满了丰富的希望,值得致力于诗的人去努力。"③他认为,"抒情的偏重""浅尝的倾向"是导致当时"新诗之所以不兴旺的两个主因"。④

如果说梁实秋还只是从诗的一般定律上泛泛而谈的话,那么同样属于新月派的闻一多则在中国新诗理论和实践方面提供了更有价值的探索与实绩。在《诗的格律》里,闻一多将"绝对的写实主义"与"伪浪漫派"等而视之。在这一点上,闻一多将梁实秋引为同调。闻一多认为,不论是"绝对的写实主义",还是"伪浪漫派",都是"诗的自杀政策""艺术的破产"。⑤ 除了提倡中国新诗"音乐的美""绘画的美""建筑的美"等形式建设外,闻一多在突出幻想和情感这两大诗歌重要质素的前提下,力主诗"言之有物",诗与历史关涉,以及诗的"具体境遇"。正是有了这样一些诗学主张,不少新月诗派诗歌显露出戏剧化的倾向,也就是说,它们不是直接陈述某件事,而是将事件通过戏剧或准戏剧的形式演绎出来。这就是笔者所说的中国新诗的"事态叙事"。

早期象征派诗人李金发、穆木天、王独清和冯乃超等,尽管不看好闻一多

---

① 梁实秋:《新诗的格调及其他》,《诗刊》创刊号,1931年1月。
② 梁实秋:《〈草儿〉评论》,见陈子善编:《雅舍谈书》,山东画报出版社2006年版,第8页。
③ 梁实秋:《现代中国文学之浪漫的趋势》,《晨报副刊》,1926年3月25日。
④ 梁实秋:《现代中国文学之浪漫的趋势》,《晨报副刊》,1926年3月25日。
⑤ 闻一多:《诗的格律》,《晨报副刊》第7号,1926年5月13日。

那样的"三美",也不大关心诗歌的戏剧化,但他们注重运用象征,音色浑融,挖掘诗的最大"暗示能"①,增强了诗的现代意蕴,同时又在暗地里接通了中国古诗意象的深层结意,从而使中国新诗的叙事具有表层以外的多重性,使其写作别开生面、别有洞天。这就克服了梁实秋、闻一多等人曾经苛责过的"直言纪实"和"直言咏事",获得"曲言喻事"的诗美效果。当意象、象征和隐喻与事件发生潜在的关联时,中国新诗就具有叙事的韵味。这就是我所说的中国新诗的"呈现叙事"。

一直以来,有这样一种观念,那就是认为象征派诗歌的象征仅仅是其外衣,其骨子里仍然是抒情,而且是不同于浪漫主义"热抒情"的另类的感伤性的"冷抒情";因而,它们与格律诗派、自由诗派一样,走的仍是抒情的老路子。其实,不管是"热抒情"还是"冷抒情",我们都可以视之为诗人对"情事"的不同的艺术处置。

从以上对晚清至 20 世纪 20 年代中国新诗叙事的历史检讨中,我们可以得出这样的结论:晚清至 20 年代中国新诗的叙事探索形成了写实叙事、呈现叙事和事态叙事三种叙事形态;历经晚清与中国古诗叙事的"断裂",五四自由诗派的诗体大解放、格律诗派的现代格律体建设以及象征诗派的诗歌内在品质提升,质言之,中国新诗的叙事格局从晚清至 20 年代逐步形成。至于写实叙事,自由诗派和格律诗派都不同程度地尝试过,而且以自由诗派居多;但他们对于写实叙事的态度明显不同:自由诗派偏好直来直去地写实,而格律诗派主张有所节制地、艺术地写实,体现出 20 年代中国新诗写实叙事的不同追求及风貌。其实,格律诗派因越来越追求诗体形式建设,其写实叙事也就逐渐让位于事态叙事,乃至出现了向象征诗派的呈现叙事靠拢的倾向。总之,20年代中国新诗的写实叙事,尽管遵循了晚清客观写实的传统,而且在当时也出现了写诗人数和诗篇增多的现象;但是,它与自由诗派里的抒情派,格律诗派

---

①　穆木天:《谭诗》,《创造月刊》第 1 卷第 1 期,1926 年 3 月。

里的"始乱终弃派",以及整个象征诗派等各种诗歌力量,在相互抗争中艰难地生长。

第二节　20世纪30年代中国新诗叙事的"多声部"协奏

20世纪30年代的中国新诗叙事,除延续了晚清至20年代中国新诗写实叙事、呈现叙事和事态叙事的叙事格局外,其内部力量彼此之间的较量与冲撞比此前更加激烈。"很明显的,'九·一八'以后,一切都趋于尖锐化,再不容你伤春悲秋或作童年的回忆了。要香艳,要格律,……显然是自寻死路。现今唯一的道路是'写实'"。[①] 由于国内外形势的急遽变化,尤其是日本帝国主义的入侵,使得中国社会的政治矛盾和民族矛盾日益加深,此前的现实主义和象征主义均在相时而动地发生转型,转变成了新现实主义和新浪漫主义。新现实主义尽管在历史合理性和社会现实性方面优势明显,但它并未完全掌控整个诗坛,而是在与新浪漫主义的相互渗透之中进一步探索属于自己的道路。申言之,当时那种将"写实"视为中国新诗发展的唯一选择及路径,显得过于理想化和浪漫化。其实,它更多地表现为新现实主义诗人的一种诗学愿景。它以太阳社、普罗诗派和中国诗歌会为代表。与初期白话诗的写实叙事过于依赖客观纪实不同,此期的写实叙事是叙抒结合,如蒋光慈的长诗《哭诉》叙抒融合;殷夫的"红色鼓动诗"有形象,类似素描;柯仲平的长诗《海夜歌声》和诗剧《风火山》均以底层人物为中心,都采用了边叙边抒;钱杏邨的长诗《饿人与饥鹰》,尤其是"饥鹰"部分,用了较大篇幅记叙细事微物,侧重具体形象塑造;蒲风通过独白和对话形塑"卑贱的一群";王亚平的诗"长于描述"而"少了一些空虚的呐喊式的抒情"[②];等等。在总体评说中国诗歌会的历史功绩时,

---

① 蒲风:《五四到现在的中国诗坛鸟瞰》,《诗歌季刊》第1卷第1—2期,1934—1935年。
② 蒲风:《序》,见王亚平:《都市的冬》,国际书店1935年版。

茅盾认为,"'从抒情到叙事','从短到长'",表面上看仅仅是中国新诗写作形态的拓展;其实,从深层次上看,它们具有重大的诗学意义:"这简直可说是新诗的再解放和再革命"。① 茅盾的意思是,如果说胡适们在中国新诗发展史上最主要的贡献是提出了"诗体的大解放",那么,这之后的诗歌叙事,乃至长篇诗歌叙事,就是中国新诗史上的又一次解放和革命。足见,30 年代中国新诗的叙事对中国新诗发展的重要意义。当年,这种诗歌叙事氛围极其浓烈,乃至影响到小说家提笔写作类似的诗。比如,吴组缃的一组短诗《嫩黄之忆》,运用流畅的叙事笔调,蘸着淡淡的惆怅,回忆早已逝去的乡间生活,间接地暗示出 30 年代皖南乡村经济的破产及其给人们带来的不幸;《游河》则是用荒诞的笔法,非常态的意象,曲折地传达出他对现实的诅咒。又如,也是以小说名世的王统照,在主写小说之余,出版了诗集《这时代》和《夜行集》等。他在日常生活中发掘诗意象征,并用激情去点燃现实世界。综而观之,在 30 年代革命现实主义诗人和现实主义作家如吴组缃和王统照等人那里,中国新诗的写实特征越来越突出,但也出现了由写实叙事向呈现叙事转变的倾向,写实与象征开始熔铸在一起,形成了 30 年代的叙事特征。

后期创造社诗人,在革命高潮之中,急促地转向新浪漫主义。穆木天、王独清和冯乃超是其代表。他们一改此前呈现叙事的写作面貌,进而从事缺乏真实生活和形象书写的激进写作。此期,穆木天为自己以前"不要脸的在那里高蹈"②而忏悔。蓬子也自惭形秽于自己此前的象征诗"都是我变态的情绪的表现"。③ 他们意识到了"新世纪"的到来,要"捉住现实",以诗歌叙事的方式,在政治低气压中发出革命的呐喊。质言之,如果说,30 年代中国新诗的写实叙事在向呈现叙事借鉴,那么 30 年代中国新诗的呈现叙事也在向写实叙事学习。它们之间少了一些 20 年代的对抗性,多了一些包容性。它们并没有真

---

① 《茅盾文艺杂论集》上册,上海文艺出版社 1981 年版,第 633 页。

② 穆木天:《我的文艺生活》,《大众文艺》第 2 卷第 5—6 期合刊,1930 年 6 月 1 日。

③ 蓬子:《自序》,见蓬子:《银铃》,上海水沫书店 1929 年版。

的全盘否弃自身的历史和特性。它们向外部世界敞开各自的襟怀,力求在开放状态中处理日益繁复的现实经验。也就是说,我们在看到这些不同的诗歌叙事在走向融合的同时,还是能够从"众声合唱"中辨别出它们各自的声音来。比如,同样是受到了勃洛克的长诗《十二个》的影响,在极左诗人钱杏邨的笔下就是反映"四一二"的"记事诗"《暴风雨的前夜》,而在创造社诗人王独清的笔下就是表现广州起义的象征性长诗 *IIDec*,由于后者采用了其惯用的呈现叙事因而避免前者的艺术偏至与观念书写。

将现代主义因素融入现实主义里,在 30 年代,做得最为出色的是艾青和臧克家。正是这种不同诗歌元素的融入,使得当年的评论界认为存在两个艾青和两个臧克家。杜衡说:"两个艾青一个是暴乱的革命者,一个是耽美的艺术家。"①臧克家也有两面:一面注重揭示现实社会的黑暗,另一面追寻人生永久的真理。尽管他们都创造了中国新诗史上的"土地诗学",但是这种"土地诗学"又有着不同的面向:艾青的诗歌写实凝重、阔大;臧克家的诗歌写实瘦硬、醇厚。由于学术界对此研究得相当充分,我们在这里就不赘述。

一些"铁杆"现代派,并不像后期创造社诗人那样"善变"。他们仍然坚持呈现叙事和事态叙事,只不过,他们力求在保持"纯诗"本色不变的前提下,使其融入部分的现实因素,也可以说,他们此期的呈现叙事和事态叙事比此前的同类写作更加自觉。这种自觉首先得益于他们以及周边诗人对于西方呈现叙事和事态叙事诗歌及其诗论的译介。1927 年底,原本主张艺术地写实的朱自清翻译了《纯粹的诗》,之后,又与李健吾合译了《为诗而诗》,此外,还同叶公超、卞之琳、曹葆华、赵萝蕤等人一起翻译了艾略特的《荒原》《传统与诗人的才能》以及瑞恰慈的"新批评"理论。曹葆华出版了译介西方现代主义诗论的著作《现代诗论》和《科学与诗》。徐迟着力译介美国意象派诗人庞德、现代派诗人艾略特和城市派诗人林德赛的作品,发表了《意象派的七个诗人》《艾兹

---

① 杜衡:《读〈大堰河〉》,《新诗》第 1 卷第 6 期,1937 年 3 月 10 日。

拉·邦德及其同人》《〈荒原〉评》等。梁宗岱的情况尤为特殊。在留法期间，他就与罗曼·罗兰、瓦雷里、里尔克等西方现代派大师交往甚笃。此间，他发表了译诗《水仙辞》和译介性的文章《象征主义》《论诗》《保罗哇莱荔评传》等。正是有了如此众多的译介资源，加上报刊以及出版社的大力推介，特别是中国现代诗人机智的创化，使得30年代现代派的呈现叙事和事态叙事千姿百态：戴望舒用法式象征诗学拆解了新月诗派的音乐和色彩之壁垒，并将象征诗学融入写实诗学的融创之中，乃至有了像《乐园鸟》之类的优秀的超现实主义诗篇；施蛰存以戴望舒为榜样提倡"意象抒情诗"①；徐迟提出有名的"抒情的放逐"②，与金克木倡导的"新的智慧诗"③一样，不以情动人，而是促人深思，"追求智慧的凝聚"；④卞之琳擅长于日常事物中发现现代诗意，尤其是他某些诗中的"对话"，能够恰到好处地演绎出"平淡的生活里蕴藏着悲喜剧"⑤，换言之，他通过诗的事态叙事体现出了人世情怀；冯至的诗在浓郁的哲理抒情中，寄寓了隐而不显的玄学思考，而他的十四行诗又用隐约可见的事态叙事逻辑，将那些事关生存的问题演绎得美轮美奂。

　　从以上描述中，我们不难看出，比起晚清和20世纪20年代，30年代中国新诗的写实叙事走出了先前一味"受贬"的被动局面，适度地融合了抒情与象征。但是，总体而言，30年代中国新诗叙事的革命色彩越来越浓烈，其观念书写的毛病依然十分明显。虽然，在诗歌事件和诗歌运动中，写实叙事已成主角；但是，它在艺术观念及其表达方面遭受质疑的声音不绝于耳。反倒是呈现叙事与事态叙事以其深厚的艺术功力和高明的表达技巧赢得了诗歌界的尊重。它们已经完全摆脱了在20年代与写实叙事处于"半斤八两"的难分高下的尴尬。从这个意义上讲，呈现叙事和事态叙事体现了30年代中国新诗叙事

---

①　施蛰存在他主编的《现代》第1卷第5期以"意象抒情诗"为名目发表自己的5首诗。
②　徐迟：《抒情的放逐》，《星岛日报》"星座"第278期，1939年5月13日。
③　柯可（金克木）：《论中国新诗的新途径》，《新诗》第4期，1937年1月10日。
④　柯可（金克木）：《论中国新诗的新途径》，《新诗》第4期，1937年1月10日。
⑤　朱自清：《诗与感觉》，见朱自清：《新诗杂话》，上海作家书屋1947年版，第23页。

的高水准。只不过它们是以曲折的方式进行诗歌叙事的,与处于主导地位的写实叙事比较起来,它们只得屈居次要地位了。它们同样以委婉的方式对推进中国新诗叙事发挥了不可替代的历史作用。

第三节　20 世纪 40 年代中国新诗叙事的深度融合

　　20 世纪 40 年代的中国新诗叙事处于全面抗战和民族解放的高涨情绪之中。特别是在抗战大局下,所有的艺术纷争,诗界内部的所有分歧,都让位于全民族抗日统一大业。外倾型的写实叙事与内倾型的呈现叙事,在此期走向了内外兼顾的事态叙事,从而奏响了中国新诗叙事的合奏曲。换句话说,中国新诗叙事在 40 年代出现了前所未有的深度融合的趋势。

　　在抗战的背景下,中国形成了解放区、国统区和沦陷区。虽然三个区域有着各自独特的语境,但是大众化与写实化成了诗人们共同的诗学追求。质言之,只有在抗战语境下,诗坛才会如此团结,才能出现一体化的倾向。吴晓东说:"只有到了战争年代,贯穿抗战诗歌发展始终的大众化、写实化的倾向才真正奠定了主流诗潮的历史地位。"①不只是解放区的现代派转向了写实化、群体化,国统区和沦陷区的诗歌也出现了大众化的倾向。此期的写实叙事大有独占诗坛之势。任钧宣称:"象征派的晦涩、未来派的复杂、达达主义的混乱,等等,都是应该从现阶段的诗歌当中排除去的。"②当写实成为雄霸天下的诗歌主潮时,它自身内在的矛盾,即政治与艺术、他律与自律这类固有的矛盾,也容易集中暴露出来,以致在抗战诗坛上出现了大量新式的无病呻吟、风花雪月的"抗战八股""写实八股"。"抗战写实八股"是 40 年代中国新诗叙事的泡

---

　　①　谢冕主编,吴晓东分册主编:《中国新诗总系·第三卷》(作品.1937—1949),人民文学出版社 2009 年版,第 5—6 页。
　　②　任钧:《谈谈诗歌写作》,见任钧:《新诗话》,上海国际文化服务社 1948 年版,第 143 页。

沫,是没有将现实、象征和玄学进行深度融合的"偏至"写作。40 年代中国新诗叙事中真正有价值的写作是像"七月派"和"九叶派"那样的将现实主义和现代主义有机糅合的沉潜性写作。质言之,它们才代表了 40 年代中国新诗叙事的水准。

40 年代中国新诗叙事有两个突出的特征。第一个特征是叙事诗的繁荣,尤其是长篇叙事诗异常发达。40 年代被诗人和诗评家称为"叙事诗时代""民族叙事诗时代"。① 不少诗人有创作"现代史诗"的强烈愿望,而且,有的诗人还写出了具有史诗性的作品,只不过他们集中歌颂抗战大业,而对战后重建关注不够。朱自清说:"他们集中力量在歌咏抗战;试写长诗,叙事诗,也就是史诗的,倒不少,都只限在抗战有关的题材上。"②基于此,他呼吁诗人们也花些精力去创作"促进中国现代化"与"中国诗的现代化"兼具的"现代史诗"。③ 正是从这个角度,他肯定了杜运燮的《滇缅公路》。④ 强烈的写史意识,无疑促使了长篇叙事诗或者说"准现代史诗"创作的繁荣。此期,在国统区出现了一批具有杜甫般深沉的忧患意识和博大襟怀的优秀的史诗性诗歌,如力扬的《射虎者及其家族》、穆旦的《神魔之争》、杭约赫的《复活的土地》、唐祈的《时间与旗》等。此外,还有以豪放粗犷风格著称的七月派诗人阿垅的《纤夫》等。在解放区,尽管此时没有明确提出长诗写作的诗学目标,但是它也成为部分诗人自觉选择的诗体,如柯仲平以真人真事为题材创作了两部长诗《边区自卫军》和《平汉路工人破坏大队的产生》,如艾青创作了长诗《雪里钻》等。这里尤其需要提一下田间。此前田间以写"小叙事诗"而名世,此期他创作了"大叙事诗"如《戎冠秀》和《赶车传》,博得了胡风的高度赞誉:"终于开辟了纪念碑式的大叙事诗的方向"。⑤ 真正将叙事长诗创作推至解放区

---

① 穆木天:《民族叙事诗时代》,《时调》创刊号,1937 年 11 月。
② 朱自清:《诗与建国》,《新诗杂话》,上海作家书屋 1947 年版,第 45 页。
③ 朱自清:《诗与建国》,《新诗杂话》,上海作家书屋 1947 年版,第 45 页。
④ 朱自清:《诗与建国》,《新诗杂话》,上海作家书屋 1947 年版,第 45 页。
⑤ 胡风:《给战斗者·后记》,见《胡风评论集》中册,人民文学出版社 1984 年版,第 455 页。

叙事长诗创作顶峰的分别是阮章竞和李季以"新民歌体"创作的《漳河水》和《王贵与李香香》。笔者以为,一首诗的叙事性程度越高,就越是硕壮如牛。而在东北和华北沦陷区的校园诗人的长诗写作,风格更加沉郁,写实性较弱,而呈现性较强,几乎可以说是沉重的独语。吴兴华此期写了近20首长诗,基本上是"古题新韵",具有新古典主义倾向。黄雨的长诗多暗示性意象,具有情节性的叙事构架。它们在很长一段时间内没有引起人们的注意,也没有产生什么实质性影响。只是近年来由于学界对于"民国文学史"研究的特别关注,使得这些沦陷区的长诗写作渐渐浮出历史地表。总之,40年代中后期,叙事诗,尤其是长篇叙事诗已经克服了就事论事的"讲故事"的写作瓶颈。它们不但要"讲故事",而且看重"故事"背后的深味,更讲究诗歌故事的"讲法"。因此,它们的文学地位"在这一时期的空前提高,在迄今为止的中国诗歌史上,都是绝无仅有的"。① 与如此丰富的长篇叙事诗创作相伴生的是对叙事诗和长诗理论的探讨,诸如叙事框架、戏剧性场面、片断性情节、"情""事""理"之间的糅合以及形象化、戏剧化等诗学命题,以前所未有的面貌出现在诗歌评论界。在众多议题的几乎没有结论的争辩中,有一个问题达成了共识,那就是,大家都认为,叙事诗不是抛弃了情感,而是对情感进行了高度浓缩,并使其在诗中处于一种隐性状态。

40年代中国新诗叙事的第二个特征是,明确提出并践行了中国新诗叙事的小说化和戏剧化。如前所述,闻一多在这方面旗帜鲜明。针对抗战以来诗坛上普遍存在的政治媚俗性的"说教"与"感伤",袁可嘉说:"诗的惟一的致命的重要处却正在过程! 一个把材料化为成品的过程"②;"设法使意志与情感都得着戏剧的表现"③。他认为,中国新诗是"一曲接受各部分诸因素的修正

① 王富仁:《文化与文艺》,北岳文艺出版社1990年版,第225页。
② 袁可嘉:《新诗戏剧化》,《诗创造》第12期,1948年6月。
③ 袁可嘉:《新诗戏剧化》,《诗创造》第12期,1948年6月。

补充的交响乐,更可看作一拘调和种种冲突的张力的戏剧"①。由此,我们发现,中国新诗戏剧化的事态叙事与西方古典叙事学所主张的叙事差异很大,因为西方古典叙事学往往把"摹仿动作"和"叙述动作"作为艺术结构中心。②西方古典叙事学提倡的是"诗的戏剧",对"动作"十分倚重;而中国新诗叙事的戏剧化,走的是"戏剧的诗"的路线,以"对话""潜对话"或"准对话"为标识,类似于"对话式的剧诗"。③卞之琳、冯至和穆旦都在诗中用戏剧化综合了理智、经验和思想。如果说卞之琳和冯至的戏剧性综合是一种溶解性综合的话,那么穆旦的戏剧性综合就是一种另类的陌生化综合。由于穆旦诗中始终存在一个"分裂的主体",而且一贯坚持"用肉体思考",致使他的诗无论是在主体性上,还是在思维上,乃至在语言上,均存在无法调和的冲突、辩难和悖论。这就使得他的事态叙事达到了无人能比的高度。一句话,40年代,无论是闻一多,还是卞之琳、冯至和穆旦,都致力于摒弃一切诗的僵化规则与陈腐风格,借助戏剧化修辞及智性策略,把诗写得不像已有的诗,不但规避了使其成为糟糕的诗的可能,反而促使其成为优秀的诗。总之,比起20年代、30年代中国新诗叙事略显机械的现代化,40年代中国新诗叙事的现代化、小说化和戏剧化,中西合璧,现实与艺术互融,给束缚已久的中国新诗彻底松绑,使其获得了充分的自由,探索出了一条中国新诗叙事的新路子。

第四节　20世纪50—70年代中国新诗叙事的乌托邦

新中国成立后,20世纪40年代探索中国新诗叙事的多元局面渐渐朝着

---

① 袁可嘉:《诗与民主——五论新诗现代化》,见袁可嘉:《论新诗现代化》,生活·读书·新知三联书店1988年版,第47页。

② 参见[古希腊]亚里士多德:《诗学》,罗念生译,人民文学出版社1982年版,第30页。

③ 余上沅:《论诗剧》,《晨报副刊·诗镌》第5号,1926年4月29日。

"延安文艺座谈会讲话精神"规整与归一。党和国家强化了对文艺创作的意识形态管控。"什么人写"与"写什么"同等重要。1950 年,郭沫若对新中国诗人提出了新的政治要求。他说:"写诗歌的人,首先便得要求他有严峻的阶级意识、革命意识、为人民服务的意识、为政治服务的意识"①。如果没有这些"意识",或者说这些"意识"比较淡化、比较模糊,那么这样的诗人就得真诚地接受"改造"。一些老诗人,尤其是从国统区来的知识分子诗人,面对这种新形势、新现实和新要求,一时难以调适,有的惊慌失措,有的停止歌唱,有的受到批判,如胡风、艾青、穆旦等。而一些老派革命诗人,或者是与共和国一起成长起来的"新文艺"队伍里年轻的工农兵诗人,几乎没有什么包袱和顾虑,在当家作主的意识形态幻觉中,全身心地投入新中国建设。年轻的工农兵诗人迷恋于此种意识形态幻觉,决心以自己创作计划和创作行动,像"抓革命、促生产"那样,将文艺创作置于无条件服务于国家意识形态之中。1950 年,有些工农兵诗人公开发表了自己近期创作计划,比如,王亚平当年的创作计划之一是,用一个月的时间完成 2500 行的歌谣体《李秀真传歌》,表现"农民翻身英雄,在党的教育下培养起来的高贵品质"②。由此可见,当时的文学创作、发表和传播,都被国家意识形态全面掌控。

如果有谁不识时务地冲破"禁区",那么就会被毫不留情地群起而诛之。1956 年 11 月 29 日,《人民日报》发表了共和国第一代工农兵诗人邵燕祥的叙事性讽刺诗《贾桂香》,辛辣讽刺了害死农场青年女工的幕后黑手的官僚主义和形式主义,但是这种讽刺之声却被一些人说成是诗人对党、对社会主义制度、对基层党团组织的恶毒"进攻"。③ 其实这首颂扬独立人格的诗篇,是邵燕祥"血管中流出的血,真诚的血"④。像如此歪曲的批评、肆意的批判,在那个

① 郭沫若:《关于诗歌的一些意见》,《大众诗歌》第 1 卷第 1 集,1950 年 1 月 1 日。
② 中华全国文学工作者协会编辑部:《一九五零年文学工作者创作计划调查》,《人民文学》1950 年第 6 期。
③ 洪永固:《邵燕祥的创作歧路》,《诗刊》1958 年 3 月号。
④ 邵燕祥:《献给历史的情歌》后记,《读书杂志》1980 年第 4 期。

极左年月里比比皆是,如《长江文艺》1956 年第 7 期开辟"长诗《杨秀珍》的讨论"专栏,又如,1958 年不少刊物发表文章批判长诗《丁佑君》①和《红缨》②等。随着一体化和同质化进程进一步加快与落实,到了 60 年代,此类批判的范围越来越大、程度越来越激烈、火药味越来越浓,就连郭小川这样的革命诗人也因为在诗中保留了心灵歌声而遭到猛烈炮轰,比如,当他的叙事长诗《白雪的赞歌》发表后,有人发表批判文章《唱什么样的赞歌》,指责诗里革命知识分子女主人公是一个被诗人严重"歪曲了的失败的形象"③,诗人借此给中国革命唱了一曲哀歌!

在"社会主义的现实主义"创作方法的政治律求下,塑造"社会主义新人",表现新生活、新世界和新理想,成为 50—70 年代文艺创作的全新要求。这种"社会主义新人"的文学典型,在理论探索和设计方面,经历着从最初提出的"各种英雄模范人物"到"正面的英雄人物"的转变,最后定型为"新英雄人物"。它为"文革"进一步提出文学典型塑造方面的"三突出"做了理论铺垫。既然文学要塑造"社会主义新人"这种"新英雄"典型,同时文学抒情尤其是诗歌抒情在那时有可能被指认为宣扬人道主义和人性论而受到批判,那么有利于塑造典型人物形象的文学叙事尤其是诗歌叙事作为主流创作方法、主要艺术形态和重要文学理论在 50—70 年代受到了作家、诗人和批评家的推崇。正是从这个意义上,洪子诚说:"当代对于文学写作,要求表现、歌颂新的生活、新的世界,新诗也不例外。歌颂的主题要求遂转化为'颂歌'的诗歌范式,而从内心向外在生活形态的转移,推动了'叙事'繁荣的气候"④,"在五六十年代,对于从诗中传来'城市、农村、工厂、矿山、边疆、海滨各个建设和战斗岗位发出来的声音'的要求,为当代的诗歌'叙事'规定了明确含义,也推动叙

---

① 如《诗刊》1958 年 12 月号发表商文健的《这不是我们的丁佑君》等。
② 如《解放军文艺》1959 年第 1 期发表北京师范大学中文系学生写的《〈红缨〉不是一部成功的作品》等。
③ 殷晋培:《唱什么样的赞歌》,《诗刊》1960 年 1 月号。
④ 洪子诚、刘登翰:《中国当代新诗史》,北京大学出版社 2005 年版,第 21 页。

事诗创作保持异乎寻常的势头"①。50—70 年代出版了近百部叙事长诗。它们中有些几乎能够克服那个极左年代诗风浮泛以及公式化、概念化和口号化的缺点,成为那个年代值得记忆和书写的文学成就。

这些长篇叙事诗,从题材和内容上,可以分为三类。第一类是描写民主革命斗争生活的叙事长诗。它们直接继承了 40 年代解放区以叙事诗创作为主的诗歌传统。新中国成立后,田间完成了近 2 万行的七部长诗《赶车传》,以主人公石不烂寻找乐园和建设乐园为主线,具有史诗色彩。郭小川的"将军三部曲"(《月下》《雾中》《风前》)和《一个和八个》等,在高压态势和严格律求下尽力坚持个性追求和艺术创新,使其激情澎湃的革命叙事饱含深邃哲理。李季的叙事三部曲《杨高传》,以评书手法再现中国现代革命伟大斗争的历史画卷。闻捷的叙事三部曲《动荡的年代》《叛乱的草原》《觉醒的人们》类似于"诗体小说",尤其是诗中巴哈尔的形象可以说是中国当代叙事长诗里成功的"圆形人物"。乔林的长篇叙事诗《白兰花》,描写大别山人民波澜壮阔的革命斗争,成功塑造了农村姑娘白兰花在革命斗争中成长为革命战士的英雄形象,"是深邃地反映了人民的血与泪,思想与感情的史诗"②。第二类是关注火热现实生活的叙事长诗,如李季的《生活之歌》,可以说是我国第一部描写石油工人的叙事长诗。这类题材的叙事长诗稍微少些,而叙事性短诗比较多。第三类是反映少数民族人民斗争生活的叙事长诗,如白桦的叙事长诗《鹰群》,是诗人在"心底里的兴奋、辛酸和欣慰"写就的"一部诗体故事"③。此外,还有公刘近千行的叙事长诗《望夫云》和韦其麟的叙事长诗《百鸟衣》等。这类叙事长诗,以民间故事和民间传说为题材,书写民族斗争、民族爱情和民族解放,凸显党在少数民族人民翻身解放进程中发挥的关键性作用,同时彰显无处不在的伟大的人民性。民间资源和民族形式再次有力支援了革命叙事诗

---

① 洪子诚、刘登翰:《中国当代新诗史》,北京大学出版社 2005 年版,第 21—22 页。
② 巴人:《革命的里程碑》,人民文学出版社 1958 年版,第 36 页。
③ 白桦:《后记》,《鹰群》,中国青年出版社 1956 年版。

的想象与创作。叙事长诗不见得就比叙事短诗好写。它们在材料筛选、手法变化、修辞技巧、结构意识及其整体把握上要求都很高。当年,有些叙事长诗写作就不够理想,如艾青的民歌体叙事长诗《藏枪记》,就是一首失败之诗,虽然随后他又创作了叙事长诗《黑鳗》,但进步不大;又如臧克家的人物传记体长诗《李大钊》,也不能令人满意。像艾青与臧克家等人的不少叙事长诗,均因题材范围狭窄、手法单一、叙事形态固化、叙述节奏拖沓和呆板而缺乏感染力。

尽管有这样或那样的缺憾,但是瑕不掩瑜。50—70 年代诗歌以颂歌为主。谢冕说:"共和国诗歌的实质是对新生活的歌颂,可以认为,它开创了一个完整的颂歌的时代"①。这种新中国的赞歌,着力塑造英雄的人民形象,具有磅礴的崇高美,使得"诗的概念和英雄主义理想主义的概念相一致"②。

长篇叙事诗是 50—70 年代诗歌写作的一大特色,也是颂歌范式的生动展示。除此之外,无以数计的叙事短诗也加入了颂歌大合唱。其中,有一种叙事短诗,专门用情歌形式写时代颂歌,开创了中国当代诗歌的牧歌体式,有人称之为"爱情诗体式"③。马凡陀说:"我们赞成诗歌主要是抒情的这种说法。此外,所谓诗歌中要有人,有事,也是重要的见解。民歌虽则短到只有两句,也还是大多数有人、有事的。"④这种牧歌以闻捷《天山牧歌》为代表。闻捷的《吐鲁番情歌》里 5 首小叙事诗,里面有生活片段、动人故事、具体细节、情感秘密、美好情感、民族特色和强烈乐感,与那些受到普遍质疑、指责和批评的布尔乔亚式诗歌抒情有天壤之别。

这样的颂歌,如此的牧歌,"四人帮"还嫌它们不够激进!他们还要搞什么"革命样板诗歌"!有人以西方马克思主义关于"镜像中的革命"为理据,认

① 谢冕:《中国现代诗人论》,重庆出版社 1986 年版,第 19 页。
② 杨匡汉:《矫矫不群》,陕西人民出版社 1991 年版,第 6 页。
③ 谢冕:《和新中国一起歌唱》,《文学评论》1979 年第 4 期。
④ 马凡陀:《诗歌与传统的关系》,《文艺报》第 1 卷第 12 期,1950 年 3 月 10 日。

为它们一边改造人们的主观世界,一边重构"自我"与"他者"二元对立的阶级关系,最终"为更大规模的社会变革提供了语言、形象和意义"①。因而,"四人帮"炮制的"革命样板诗歌"成为西方马克思主义者心目中的美学化政治乌托邦。显然,它们的工具意义远远大于文学意义,乃至可以说把文学意义挤到了最小值。"文革"时期的"诗报告",如仇学宝等的《金训华之歌》和张永枚的《西沙之战》之类的帮派诗,已经完全蜕变为政治投机品。显然,在把"政治标准"唯一化的原则前提下,"革命样板诗"的叙事,使得中国新诗完全丧失了诗的基本质素。

概言之,无论是叙事性的叙事长诗,还是牧歌性的叙事短诗,或者是报告性的"革命样板诗歌",都服务于意识形态,都以塑造社会主义新人为首要目标,并最终建构起50—70年代中国新诗领域里的政治乌托邦与美学理想国。

第五节　新时期中国新诗叙事的
理性回归与诗学分野

20 世纪50—70年代中国新诗叙事,由"十七年"严格遵循社会主义现实主义,到"文革"偏执于"三突出",致使诗歌所叙之事和事之所叙,越发变得严重失实、失真、失味。如当年闻一多的《死水》所喻:只有让死水彻底腐臭,才有可能开拓出新世界。粉碎"四人帮"后,历史迈入新时期。这意味着中国新诗叙事的场域发生了巨变。而叙事场域的变化势必会影响中国新诗叙事的选材、趣味、观念、方法、形态和特征发生相应的变化。

经过"拨乱反正"和"实践是检验真理的唯一标准"大讨论,人们认识到极左狂热的错误,渐渐回归理性,呼吁改革开放。一批曾经被打成右派的老诗人

---

① 唐小滨:《再解读——大众文艺与意识形态》,牛津大学出版社1993年版,第16页。

复出,重新开始创作,史称"归来者诗群"。他们用传统象征手法,叙述他们曾像海洋里的鱼儿那样,被海底突发的火山或地震致死,并最终成为"鱼化石"的悲惨命运(艾青《鱼化石》);或者讲述他们曾像森林里生长着的大树那样,突然被一股"奇异的风"吹到了悬岩边缘,遭受着风吹雨打(曾卓《悬岩边的树》)。但他们没有被这突如其来的打击击垮,尽管已然是"鱼化石"了,他们仍希冀"把能量发挥干净";尽管已然是"悬岩边的树"了,他们"却又像要展翅飞翔"。这类"归来的歌",通常采取"政治寓言叙事"的诗歌策略,表达"归来者"对祖国"虽九死其犹未悔"的爱国精神和执着信念。而一批青年诗人,或曾是红卫兵,或曾是上山下乡的知青,或曾是秘密聚会的文艺青年,伴随着思想逐渐解放,慢慢从"地下"走到"地上",浮出历史地表,登上现实诗坛,成为"崛起的诗群",创作当年被人蔑称的"朦胧诗"。不像"归来的歌"的叙事那么明显,"朦胧诗"的叙事比较隐晦。前者采取的是传统诗歌写法,反思历史;后者主要采取西方现代主义诗歌的技法,表现自我。如果仅从叙事角度来讲,两者又都属于"政治寓言叙事";因为无论是年长一些的"归来者",还是年轻一些的"朦胧诗人",他们的思维都是二元对立的政治思维。"自50年代以来,意识形态在诗歌中行使着它二元对立思维的权力。这种思维模式形成了一个因果关系的怪圈。"①这就使得他们的写作仍未真正摆脱意识形态幻觉,依然是政治性叙事、对抗性叙事和暴力性叙事。

　　政治性对抗思维和政治寓言叙事,也让朦胧诗人在不同时期对其进行过反思。对此,北岛和梁小斌觉悟得迟些,而杨炼和江河当年就已警觉到了。艾略特、叶芝、帕斯和埃利蒂斯等西方现代诗人的写作经验告诉我们:现代与传统可以贯通,而且传统可以疗救时弊。这给了杨炼和江河等人以启迪和信心,使他们对迷恋于"一代人""自我表现"的朦胧诗写作表示不满,并开始与其分道扬镳,转而倾心于"介入历史",着力创作一种与传统文类意义上"史诗"有

---

① 程光炜:《不知所终的旅行:90年代诗歌综论》,《山花》1997年第11期。

别的"现代史诗"①,以此回应现实、认识历史、重审文化、获取价值。也就是说,对朦胧诗的反叛,不仅来自外部力量(如第三代诗),也来自朦胧诗内部诗人的"出走"(如文化寻根诗)。质言之,是文化寻根诗和后起的第三代诗一起将朦胧诗赶下诗坛的。但是,这并不意味着朦胧诗人就心甘情愿地退出历史舞台。他们不但没有退出舞台,反而进行内部调整和"自我修复",以适应诗歌自身发展规律和外部发展的需要,尤其是其启蒙姿态、精英角色和英雄情结,一直延续到了90年代所谓的"知识分子写作"那里。但是,巴尔特说:"任何一种政治写作都只能证明存在一个警察的世界;而任何一种知识分子的写作也只能构成一种副文学,那是不可以称为文学的。所以,这些写作在总体上是毫无出路的,它们只能返回一种同谋的关系"。② 换言之,知识分子写作与政治写作有亲缘关系,很容易形成同谋,因为知识分子写作隐性地附庸意识形态,而难以彻底地反叛意识形态、决绝地疏离意识形态。

当然,第三代诗不只是反对朦胧诗,也反对文化寻根诗。从20世纪80年代诗歌叙事角度来看,先是从政治诗叙事转向文化诗叙事,后又从文化诗叙事转向平民诗叙事。这种轮番诗歌叙事转向的背后,反映出的恰恰是,80年代中期诗歌写作从"二元对立"到"多元开放"的思维改变,从"激情"到"理性"的美学更张,以及从"抒情"到"叙事"的结构变化。张曙光说,"当时我的兴趣并不在叙事性本身,而是出于反抒情或反浪漫的考虑",所以才"用陈述话语代替抒情,用细节来代替意象"。③

如果说文化寻根诗叙事,是象征化叙事,是为文化而叙事,崇尚厚重的文化诗学;那么第三代诗叙事,就是本体化叙事,是为叙事而叙事,推崇后现代性

---

① 江河说:"我最大的愿望,是写出史诗",见《请听听我们的声音》,《诗探索》1980年第1期。
② [法]巴尔特:《写作的零度》,见伍蠡甫选编:《西方文艺理论名著选编》,北京大学出版社1987年版,第448页。
③ 张曙光:《关于诗的谈话》,见孙文波编:《语言:形式的命名》,人民文学出版社1991年版,第236页。

的现象学。第三代诗标榜"反英雄""反意象""反语义""反文化""回到日常生活本身""回到个人"①"回到口语""回到诗歌本身"。第三代诗的诗学主张和写作实践,一直延续到了90年代所谓的"民间写作"。第三代诗是个庞杂的写作群体。庞杂、无序、自由,恰恰就是第三代诗所倡导的。1988年,在《选择体现价值》里,谢冕满怀诗情画意地写道:"已经不存在一个统一的诗歌运动。一个完整的诗歌太阳已经破碎,随之出现的是成千上万由碎片构成的太阳。它们旋转,且闪闪发光。在这个天宇里,有的星体是长久发光的恒星,有的星体的使命只是在天边划出一道匆匆的蓝色的弧线"。② 第三代诗呈现给人们的是"碎片"的诗意。

有一段时间,诗界和学界几乎将"民间写作"和"知识分子写作"等同于"90年代诗歌"。其实,这种认识的错误在于:它既没有看到中国新诗自身发展的历史延续性(历时性问题),也没有看到中国新诗在90年代发展的诗学复杂性(共时性问题)。如前所述,90年代的诗学问题不是孤立的,是从80年代诗学那里一路延续下来的。显然,人为地划出一个"孤悬"式的"90年代诗歌"是难以成立的。我们倒是可以说,90年代的某些诗学论争是80年代的某种诗学紧张的公开化和深入化。为什么说是凸显深化,而不是另起炉灶?因为,80年代中后期诗学里的"叙事""日常性""反讽"之类的命题,既启发了90年代诗歌写作,也在90年代诗学探讨中得以展开。

但是,90年代的诗歌叙事场域,的确与80年代不同了。尤其是中国自90年代初实行市场经济以来,消费主义大潮席卷而来,"后现代"急切地闯入中国社会。"利奥塔认为,后现代时期的特点是从大叙事到小叙事的转变"③。这既意味着原有的共识破裂,多元化状况出现;也意味着"小叙事时代"的全

---

① 韩东和于坚讲的"个人",不是依附的,而是独立的,具有"生命的具体性、自足性、现时性和不可替代性"。见韩东、于坚:《现代诗歌二人谈》,《云南文艺通讯》1986年第9期。

② 谢冕:《选择体现价值》,《诗刊》1988年第1期。

③ [英]马克·柯里:《后现代叙事理论》,宁一中译,北京大学出版社2003年版,第14页。

面到来。

90 年代中国新诗的"小叙事",主要表现在历史个人化叙事和语言狂欢化叙事两个方面。所谓历史个人化,就像一个潜水员由历史长河的浅表潜入河流深处,看到了和感受了在浅表完全看不到也感受不到的历史——一个人的历史。所谓语言狂欢化,就是把诗歌写作当作一场语言盛宴:互文叙事的王家新,彰显后政治学;现象学叙事的于坚,死守语言自觉;智慧叙事的欧阳江河,把玩悖论、技艺、"小思想"和饶舌;变异叙事的西川,常显现代隐者高士风范;孤独叙事的张曙光,给人以生存沉痛感、挫败感和荒谬感;此外,还有翟永明的小说化/戏剧化叙事、臧棣的吊诡叙事、柏桦的挽歌叙事、庞培的怀旧叙事、杨键的禅宗叙事、朱朱的巴洛克叙事,等等。总之,他们在诗歌创作和诗学批评中均将个人化历史与狂欢化语言相拥入怀,如切如磋。值得特别指出的是,90 年代诗歌提倡叙事性,与现代汉语叙事诗没有什么关系,它"是针对 80 年代浪漫主义和布尔乔亚的抒情诗风而提出的"①。在那里,叙事不是目的,叙事是为了触发、激活和增强诗歌虚构的能力。换言之,叙事的目的是使诗歌叙事变得不可能,进而"在非诗的时代展开诗歌"②。从这个意义上讲,90 年代诗歌倾心于叙事性,是作为一种诗歌方法和一种诗歌修辞而出现的。

综上,随着诗歌叙事场域的改变,新时期中国新诗叙事发生了几次叙事转向:一开始从 50—70 年代浮夸的政治叙事转向新时期激情的政治寓言叙事,再由激情的政治寓言叙事转向文化寻根叙事,最后又由文化寻根叙事转向日常生活叙事;而且,在此过程中,朦胧诗内部出现了诗学分野,文化寻根诗与第三代诗之间出现了诗学矛盾,"民间写作"与"知识分子写作"之间出现了诗学对峙。但不管是怎样的叙事转向,无论是何种的诗学分歧,它们均接受由"大叙事"转变为"小叙事",由现代进入后现代或者说由前现代、现代和后现代混杂时代的历史事实。

---

① 程光炜:《不知所终的旅行——九十年代诗歌综论》,《山花》1997 年第 11 期。
② 王光明:《中国新诗的百年演变》,河北人民出版社 2003 年版,第 601—636 页。

第六节　21世纪初中国新诗叙事的
扁平化与口语化

20世纪90年代"小叙事"已成定局,也有人称之为"小时代"。这种形势、潮流、力量和情绪,已经跨世纪地弥散到了21世纪。"它透露出社会转型与文学发展的内在联系,体现出文学发展在社会转型语境中的必然趋向,显示出影响着、制约着文学发展的各种构成性或条件性属性,如价值性、商品性、传统性、文化性、伦理性等相互纠缠地作用于文学的情况","如文学商品属性的社会认同、文坛权力格局的变动、意识形态的文学潜势、文化市场的文学运作、大众文学趣味的象征性权力导致文学越界的生活艺术化、'80后'写作群体的起落、现实主义基本原则的拆解与转用、新现实主义的城市情结、文学传统的破碎与回归、生活图像化与文学性、大众趣味中的文学经典解构、文学想象的现实取向与突围等等"①。

你既可以说这是一个"大时代",也可以说这是一个"小时代",关键要看你是站在哪个角度上。笔者以为,这是一个大小混杂、多元共生、包容生长、持续发展的"新时代""新世纪"。这么复杂的新世纪,如此繁复驳杂的新生活,是以往任何历史时期未曾经历过的。笔者认为:中国思想发展史上一共经历了三次影响最大的思想变革:第一次是佛教传入中国,改造了中国人的语言、思维和思想;第二次是19世纪末至20世纪初,中国由古典进入现代,人们弃古代文言用现代白话;第三次是从20世纪末到21世纪初,中国由现代迈进后现代或者说迈进全球化的"大IP时代"(网络文化时代)。对于这种时代转型及其思想变化,笔者赞同本节一开头引用他人的那种描述。

在这个全球化时代和大IP时代,纷繁复杂的现实生活、应接不暇的虚拟

---

① 　高楠、王纯菲:《中国文学跨世纪发展研究》,人民文学出版社2008年版,第1页。

空间、娱乐至死的快餐文化,疲于奔命的日常事务,使得人们被新时代大潮裹挟而下。在《岁末诗章》里,张执浩无可奈何地、垂头丧气地说:"我想抒情,但生活强迫我叙事"。也就是说,在诗人看来,进入 21 世纪之后,生活里已经没有诗情画意,抑或是有那么一点点但诗人也无暇或无意顾及它,只得被动地"应对生活"、记录和叙说生活。质言之,在新世纪,诗人们不再能够像以往那样"全知视角"地关注生活,也不能像以往那样信心满满地把握生活,乃至主宰生活;诗人们仿佛卷入了"被生活"的旋涡……这种"被生活"的现实与感受,迫使诗人们只能"移位"到主观的、想象的、虚拟的时空——民刊、诗社、自印诗集、博客、诗歌网站、微信公众号等——去找寻做生活主人的感觉和活着的证据。这在网络世界里尤为明显,那种"我选择,我参与,我做主"的心态已经成为人们在虚拟世界里的普遍心态。

一方面是全球化的美好愿景,是大 IP 时代的虚拟自由;而另一方面却是"被生活"的被动的客观现实。它们之间紧张的"拉锯"关系,致使 21 世纪诗人无所适从,只能在"被生活"的状况下进行"被叙事"(所谓"被叙事",指自己被动地叙述,或者是自己被他人叙述,或者是自己被动地叙述自己)。我曾从伦理维度缺失或偏误的角度,将"21 世纪诗歌"归纳为 4 种:"低俗化的欲望狂欢写作、空洞化的城市写作、美学策略化的'底层生存写作'和沉迷传统精神的'向后看'写作"[1]。时间已经过去 8 年了,诗歌写作出现了新面貌、新样态。因此,在这里再谈 21 世纪诗歌时,在原有 4 种写作类型的基础上,笔者要补加 2 种写作类型,即笔者所谓"能指滑行的网络写作"和"流水账式的口语写作"。21 世纪诗歌的最大问题依旧是"真实伦理"的缺失![2]

---

[1] 曹万生主编:《中国现代汉语文学史(第二版)》,中国人民大学出版社 2010 年版,第 701 页。

[2] "即以关心道德的普遍状况为己任的理性伦理和以关心道德的特殊状况为己任的书写伦理的缺失"。杨四平:《中国新诗理论批评史论》,安徽教育出版社版 2008 年版,第 306 页。

2000 年,沈浩波创办民刊《下半身》,并自印诗集《一把好乳》,提出"诗歌从肉体开始,到肉体为止"①,开启了"肉体写作"/"身体写作"的新局面。这种"下半身"的肉体,说白了,就是毫无遮拦的性;因此,倡导"下半身写作",就是倡导"性写作"。性是人的基本需求,不可不谈,也不可大谈而特谈,也就是说,人们不可以无视性,也不能小视或放大性。"下半身写作"言必称性,就是在放大性。在特定场合和特定条件下,作为一种临时策略,偶尔放大性,还是可以理解的,比如当人们以性去消解强权和伪善的时候。然而,我们在"下半身写作"里看到的却是,"全诗尽是荷尔蒙"。他们是想以此吸引别人的眼球,争夺诗坛话语权。所以,我们可以说他们只是 20 世纪以邵洵美为代表的"颓加荡"派的新世纪变种。显然,"下半身写作"与理性伦理严重龃龉。如何莫让把流派"耍"成了流氓? 如何莫把用意很好的"'性'政治"变成另一种顽劣的"政治'性'"? 这些成为大家都必须警觉的问题。可喜的是,近年来,"下半身"群体的写作,均有不同程度的"收敛"或调适。

没有哪个时代和哪个国家像 21 世纪中国这样高速地城市化。城市、郊区和城镇的边界日趋模糊。高速发展推进的城市化,使 21 世纪中国人的身份——城市的乡下人抑或乡下的城市人——处于一种游移状态。与此同时,城市在诗人笔下,渐渐成了"物质""欲望""消费""堕落""颓废""染缸"之类负向性的代名词。在 21 世纪城市诗歌叙事中,因其内部缺少城市感性及其文化指向而显得苍白乏力。比如,朱零的组诗《赵挺五二三事》里的《啤酒肚》首节:"这几年,赵挺五/发福了/啤酒肚日渐凸起/早上一起床/头发掉了一枕巾/即使撒尿/也有一种力不从心的/感觉　昨晚/他的老婆/摸着他的大肚子/感慨道/都说有本事的男人/把别人的肚子搞大/你怎么把自己的/肚子搞大了呢"。在此,城市文明被降格为变态发福、饱食终日、打情骂俏和狡黠幽默。总之,21 世纪城市诗歌叙事滑向了市民文化和享乐文化一边,严重缺少

① 沈浩波:《下半身写作及反对下半身》,见杨克主编:《2000 中国新诗年鉴》,广州出版社 2001 年版,第 546 页。

精、气、神。

乡下进城的打工者,虽然人在城市,并拼命想挤进城市,乃至还想最终在文化上融入城市。但是陌生、冷漠和市侩的城市,总是有意或无意地排挤他们、拒绝他们,使他们处于主观上极力想"扎根"城市而客观上无奈地"漂泊"城市的万般尴尬之中。其实,从宽泛的意义上讲,谁不是打工者? 而且,如果说打工者就是"底层",那么这样的底层就不止是那些在建筑工地和工厂卖苦力的底层,在公司上班的小职员和在地方各级政府上班的小公务员也是名副其实的底层了。正如朱剑在《底层》里所写:"在底层/你也常常/一脚/踩空//所谓底层/也并不是/最后一层/那里/还有/很多级/台阶"。总之,打工诗歌和"底层生存写作"里的打工者和底层总是游移不定。2002 年,一批在城里打工的诗人自掏腰包印刷《打工诗人》诗报。之后,有人公开出版"打工诗选""北漂诗选"之类诗歌选本。这些都是 21 世纪打工者诗歌写作的精神记录和时代见证。大体而言,打工诗歌/"底层生存写作",叙述的是打工者在城里过着连狗都不如的、劳苦辛酸且毫无尊严的打工生活。他们的诗就是他们的"哭诉状",只见血泪,难见当年臧克家笔下底层小人物的"坚忍"和"苦斗"精神。正是从这个意义上,笔者曾说:"与其说'底层生存写作'强化了我们这个时代的写作伦理,不如说是使之淡化了。"①打工诗歌的社会性十足,而诗性稀薄。也就是说,它们的社会文献价值较大,而诗学意义明显不足。"难道因为'底层写作'表现出了写作伦理的虔诚就可以无视其'诗味儿'转淡的焦虑?"②难道因为打工诗歌关心了弱势群体就可以无原则地放低对它们的"诗性要求"? 如果打工诗歌只捡起"打工",丢了"诗歌",那就不再属于诗歌写作和诗歌评价分内事了。打工者固然是弱势群体,是扶助对象。但是,我们不能因此对打工诗歌持有"诗歌扶贫"的非诗态度。一句话,打工诗歌关心的不是

① 杨四平:《中国新诗理论批评史论》,安徽教育出版社 2008 年版,第 307 页。
② 杨亮:《新时期先锋诗歌的"叙事性"研究》,人民出版社 2017 年版,第 78 页。

真正的人文精神,它重"人"轻"文",而且重的是"后人民性"①的人。

　　所谓"向后看写作",通常背对当下现实,转身投向历史文化。这里的"向后看"之"后"有两个面向:一个面向是中国传统文化,一个面向是西方已成"传统"的现代主义即"19世纪化"(从后现代主义立场上看)。关于后者,西川曾撰文批评这种"诗人观念和诗歌观念的历史性落差"②。笔者曾经这样说过,"这类'向后看'写作对中国传统伦理德性的推崇,是想在当下道德秩序迷乱的情形下,寻找并重构那种确定性、内在性的伦理资源,是对当下铺天盖地的'流动的现代性'的省思。但是,如果仅仅只是把传统资源作为全球化语境下诗歌想象贫乏的一种弥补,诗歌写作不能面对现实,不努力去解决现实矛盾,那么这类诗歌将是何等的贫血与暗淡!"③无论是沉溺于中国传统文化世界,还是迷思于西方现代主义天地,这些新世纪诗人都是在以"超然"态度看待一切,同时,以此炫耀自己深谙中外文化。总之,那些不接地气的"向后看写作",为了彰显自己的文化身份,频繁在诗中使用中国传统文化符号("菊""兰""梅""竹""茶""剑""箫""笛""古桥""栈道""暮色""蝴蝶"等)和西方现代主义诗歌符码("玫瑰""咖啡""瓮""城堡""夜莺""天使""孤独""寂寞""苦闷""颓废""流亡""叙事曲"等)。如果我们拿21世纪获"鲁迅文学奖"的诗歌来检测,那么我们很快就能得到这样的印象。总之,"向后看写作"符号化、装饰化、空洞化和同质化十分明显。你不能说他们写得不好。你也不能说他们写得好。你反而会说他们写得"太好",好得太像诗了。它们的确太像诗了,技法与表达都没有问题,都在一般水准之上,但就是没有体温和灵魂。当然,也有例外,像杨键就能以传统文化回应现实关切。他高明之处在于:

---

　　① 陈晓明:《"后人民性"与美学的脱身术》,《文学评论》2005年第2期。

　　② 西川:《大河拐大弯——一种探索可能性的诗歌思想》,北京大学出版社2012年版,第43—56页。

　　③ 曹万生主编:《中国现代汉语文学史》(第二版),中国人民大学出版社2010年版,第703—704页。

"向后看"是为了"向前看"。请读杨键的《母羊与母牛——赠庞培》第一诗章：

> 有一年，
>
> 在山坡上
>
> 我的心融化了。
>
> 在我的手掌上，
>
> 在我捏碎的一粒粒羊粪里。
>
> 那原来是田埂上的青草，
>
> 路边的青草。
>
> 我听见
>
> 自行车后架上
>
> 倒挂母羊的叫声，
>
> 就像一个小女孩
>
> 在喊：
>
> "妈妈、妈妈……"
>
> 我的心融化了，
>
> 在空气里，
>
> 在人世上。

只可惜在21世纪像这样能够摆脱纯粹的复古气息，且不装神弄鬼，反而具有强烈的现代主体性、自由的生命感觉以及理性的生命伦理的优秀写作太少了。

常听到这么一说：中国网络文学与美国好莱坞电影、日本电游动漫、韩国电视剧，是21世纪世界四大文化现象。其中，网络诗歌的数量远超网络文学其他文体的数量。中国网络诗歌数量之庞大，是世界上其他国家的网络诗歌无法比拟的；可以说，中国是世界上网络诗歌第一大国。欧阳友权说，网络文学与传统文学的不同在于"作家身份的网民化""创作方式的交互化""文本载体的数字化""流通方式的网络化""欣赏方式的机读化"①;而且,网络文学具有"新民间精神",具体表现在:民间本位的大众化立场、"粗口秀"的叙事方式、"我手写我口"的语言向度和否弃崇高的写作姿态。② 像其他文体的网络文学那样,网络诗歌也以草根性和自由性著称。但与之不同的是,网络诗歌的娱乐性要少得多。网络文学的匿名制度、零审查制度、即写即发和"一过性阅读特点"③,使草根性网民诗人在网络诗歌世界里能够轻而易举地获得虚拟的满足和短暂的快感。总之,速写、速发、速读、速逝,给网络诗人以"诗歌过客"的闪客感。对网络诗歌而言,至于写什么仿佛已不重要,重要的是快写快发,"我写故我在""我发故我在";不写,写了不发,仿佛自己就什么都不是。因此,在网络诗歌写作中出现了"能指滑行"、叙事表演,乃至集体复制的窘况,并最终使网络诗歌的叙事空转、失禁、失据。可以说,网络诗歌写作误读了网络自由,更滥用了网络自由。我以为,只有当自由与创造结合在一起,才是有价值的、有担当的、理想状态的自由。网络诗歌绝大多数只有"网络"而无"诗歌"。难道我们仅仅因为网络诗歌能使诗人充分享有创作、发表和交流的自由,就可以在诗歌质量要求上为它们网开一面吗? 优秀的网络诗人"应该使得作品具备一定的大师品相,使得网络文学成为'作品',而非'产品'"④。

与网络诗歌一起"大兴"的是所谓的"口语诗歌"。"口语诗歌"原本是对抗"书面语诗歌"的。众所周知,口语诗歌写作在推进中国新诗发展方面,战功赫赫。⑤ 而21世纪已经不存在20世纪90年代所谓的"民间写作"和"知识分子写作"之抗辩了,也就是说,21世纪口语诗歌写作没有了对抗性,如果硬要找出其对手,在笔者看来,那就是它自身。拿自己开刀,本是件大好事。但

---

① 欧阳友权:《网络文学:挑战传统与更新观念》,《湘潭大学学报》2001年第1期。
② 欧阳友权:《网络文学概论》,北京大学出版社2008年版,第104—105页。
③ 何弘:《网络时代之文学》,《网络文学评论》2018年第4期。
④ 黎保荣:《网络文学评论的关键词》,《网络文学评论》2018年第5期。
⑤ 唐欣的《说话的诗歌:20世纪80年代以来的口语诗研究》(中国社会科学出版社2012年版)是为口语诗歌树碑立传的著作。

21世纪口语诗人只有口语姿态,难见真正的诗歌作为与写作建树。几乎与网络诗歌写作差不多,口语诗歌写作也只在乎"写",因此也是一种口语狂欢式的快感写作。这种只关注"写"的网络诗歌和口语诗歌,塑造了21世纪诗歌写作的一种新的意识形态。它们的自由伦理稀薄,因为它们都没有去"激发个人的道德反省"和"激发个人的伦理感觉"①。

21世纪口语诗歌尽是"口语"而几无"诗歌"。如果说21世纪口语写作除了口语外还关心点什么,那么它们还关心一点包括自己在内的平民百姓(尽管他们之中许多诗人不是平民百姓,但他们宁愿将自己"矮化"或降格为平民百姓)的细枝末节的日常生活。21世纪口语诗歌叙事,是一种典型的微末叙事。微末叙事本身没有错,关键要看如何微末叙事。事在人为,乃真理也!向杜甫学习!向杜甫致敬!在开始"小叙事"之前,我们要扪心自问:我们学了杜甫没有?我们学好了杜甫没有?对于杜甫的名诗《北征》,古人赞不绝口。张上若说:"每于忙处借以无要紧事写得极情尽态,反觉意趣无穷,此惟老杜能之。"②查慎行说:"叙事言情,不伦不类,拉拉杂杂,信笔直书"。杜甫的此番作为是传统意义上的意象抒情诗所无法比拟的。写"大"事不易,写"小"事更难。而在杜甫那里,"小事不小""杂事不杂""闲事不闲",关键是要转化,要进行艺术处理,要用思想和诗性的光亮去照亮它们。

21世纪口语诗人迷恋平民生活日常化的"诗趣"。他们误把"事实"当作"真实",错把记流水账视为诗的直接性,③进而使自己成为自己或他人日常琐屑生活的记录员。他们不懂得审视自己的情感,提高自己的理性,更不知道去关心民生国计和生存哲学。因此,他们的写作几乎是匍匐在地上,站不起来,连头也抬不起来,更看不见远方。他们误把"生活材料"等于"生活经验",误

① 刘小枫:《沉重的肉身——现代性伦理的叙事纬语》,上海人民出版社1999年版,第7页。

② [日]吉川幸次郎:《读杜札记》,李寅生译,凤凰出版社2002年版,第71页。

③ 殊不知诗的直接性不是说诗就是直接记录,更不是"为赋新词强说愁";诗的直接性指诗是从心灵直接流淌出来的。——作者注。

把"生活经历"等于"生活经验"。而诗的经验"即来源于诗人个人所体验到的自然、社会、现实和生活"①。也就是说,诗的经验不是客观主义的,更非物质主义的。试想:如果没有想象、情感、隐喻、悖论,加上没有很高的修养、境界和襟怀,口语诗歌叙事的诗性将如何获取?"实"如果没有与"虚"相伴相生,口语诗歌写作连艺术都谈不上,更遑论诗性!总之,21世纪口语诗人迷失了口语诗歌写作的正确方向,认识不到口语诗歌写作追求的真谛之所在。21世纪口语诗歌写作,已由21世纪之前抗辩性的"姿态化",发展到了21世纪以来自恋性的"风格化"。如何破解这种无节制的僵硬的风格化?如何不把絮絮叨叨的口语"喷"成了人人厌恶的口水?笔者想到:首先,要学习鲁迅"抉心自食"的自我启蒙的卓见、胆量和修为,因为只有这样的口语诗歌写作方能"知本味"(《墓碣文》),也就是要来一次彻底改造的新的"凤凰涅槃";其次,除了关心"写",关心诗歌本体,更要关心人,而且是一种理性的现代人,要使口语诗歌写作达到鲁迅所期盼的"撄人心"之目标;最后就是使口语诗歌里充盈着现代的公民意识。笔者曾经这样说过:"新世纪诗歌有着一致的文化诉求:公民意识",它不同于古代中国的臣民意识,也迥异于现代中国的准人民意识和人民意识,"它包含着权力意识与义务意识,具体来说,它指平等意识、独立人格、公共精神、自主理性等"。②

全球化和大IP时代,的确给新世纪诗歌叙事带来了极大的自由和时空。但是,我们在谈论和享受自由之前,一定要像弗洛姆那样区分"消极自由"与"积极自由":前者是指"摆脱束缚,获得自由",后者是指"自由地发展"。③我们只有警惕"消极自由"而发展"积极自由",才能使21世纪诗歌叙事大有可为。

概言之,百年中国新诗叙事是在曲折中变化发展的:晚清至20世纪20年

---

① 龙泉明、邹建军:《现代诗学》,湖南人民出版社2002年版,第57页。
② 杨四平:《公民意识、中产阶级立场写作与当代中国诗歌》,《南方文坛》2011年第2期。
③ [美]艾瑞克·弗洛姆:《逃避自由》,刘林海译,国际文化出版公司2000年版,第27页。

代形成了中国新诗叙事格局;30年代出现了中国新诗协奏曲式的"多声部"叙事;40年代中国新诗叙事克服了此前种种的束缚与壁垒,获得了较大的自由,出现了前所未有的叙事盛况;50—70年代在极左力量的推动下,中国新诗叙事朝着政治的乌托邦和理想国,一路高歌猛进;80年代在改革开放春风吹拂下,中国新诗叙事的启蒙理性得以回归,并重启了诗学建设;90年代中国新诗叙事尽管延续了80年代的诗学分野局面,但诗学探讨和诗歌叙事进一步走向深入;21世纪在全球化和大IP推涌下,中国新诗叙事滥用了自由,问题丛生,危机频频,但"化危为机"又能为其提供发展前景。

在本章中我们从历时性的维度,勾画了百年中国新诗叙事发展的路线图及其主景区,为接下来研究它的叙事形态及特性提供了历史背景与动力。其实,如果从诗歌艺术形态方面考察,除了本章上文所呈现的百年中国新诗叙事的历史形态外,百年中国新诗的叙事形态更多时候是共时性的。因此,接下来的五章,我们将侧重从共时性的角度,依次论述百年中国新诗的叙事诗叙事、抒情诗叙事、写实叙事、呈现叙事和事态叙事及其特征。

第三章 "运事":现代汉语
叙事诗中的叙事

叙事诗在 20 世纪之所以衰落,根源在于诗人们已经不会使用韵律语言去"讲故事"。①

在《辞海·文学分册》里,"体裁"词条写有:"按作品的内容、性质划分,诗中有叙事诗、抒情诗"②;"诗歌"词条写着:"按有无比较完整的故事情节,可分为叙事诗和抒情诗"③。虽然有些人偶尔提出质疑:"叙事诗"是一个自相矛盾之词,因为"叙事"与"诗"相龃龉;"抒情诗"亦是一个重复啰唆之语,因为"抒情"原本就是"诗"的属性。但是把诗分为叙事诗和抒情诗两大类,基本上已成共识。

由于地理环境、历史合力、种族性格、文化传统、美学厚植、文学创造等因素的制约和影响,中外诗歌传统表现出相异其趣的诗学景观。就叙事诗而言,外国叙事诗传统发达,而中国叙事诗传统较弱。弱到什么程度了呢? 王国维

---

① 脱剑鸣:《美国当代"新叙事诗"运动和戴那·乔亚的叙事诗创作》,《当代外国文学》2007 年第 3 期。

② 《辞海:文学分册》,上海辞书出版社 1979 年版,第 14 页。

③ 《辞海:文学分册》,上海辞书出版社 1979 年版,第 15 页。

当年十分遗憾地表示:"在中国古代文学史上,作为一种专门的文学类型,叙事诗从未能由其他文类中独立出来"。① 严格来说,中国古代叙事诗写作还是比较丰富的,只是中国古代叙事诗理论比较贫瘠。这是因为:一方面中国古代文学分类比较含混,另一方面中国古代叙事诗理论十分散杂。老舍指出,"中国人心中没有抒情诗与叙事诗之别"②,"中国人对于史诗、抒情诗、戏剧的分别向来未加注意"③,"因此提起诗的分类,中国人立刻想到五绝、五律、七律、五古、七古、乐府与一些词曲的调子来"④,"作诗的人的眼中只有一些格式"。⑤ 也就是说,中国古人的"诗歌文体学"的理论自觉和知识建构,乏善可陈。我们只能在聊以自慰的"诗话"里拿着放大镜寻找叙事诗和抒情诗理论探究的蛛丝马迹。

从近代开始,在睁眼睛看世界的普遍需求下,有些文人、学者和诗家像王国维那样开始从现代文类意义上注重叙事诗的理论摸索和创作实践。20 年代,叙事诗理论研讨比较自觉。到了 20 世纪 30—40 年代,叙事诗理论研讨和创作更是如火如荼。但是,这之后,虽然偶尔也出现过短暂的叙事诗写作热潮,虽然 90 年代也掀起了关于诗歌"叙事性"问题的论争,但它们均不着眼于叙事诗理论的探讨。不过有几个特例,如 1962 年作家出版社出版了安旗的薄薄 193 页的诗论集《论叙事诗》⑥。尽管有人在 1993 年底就写出了中国现代叙事诗发展史方面的博士学位论文,但是拖延了 10 年之后,才最终整理成书

---

① 王国维:《文学小言》,见郭绍虞主编:《中国历代文论选(4)》,上海古籍出版社 1980 年版,第 381 页。

② 舒舍予:《文学概论讲义》,北京出版社 1984 年版,第 151 页。

③ 舒舍予:《文学概论讲义》,北京出版社 1984 年版,第 151 页。

④ 舒舍予:《文学概论讲义》,北京出版社 1984 年版,第 151 页。

⑤ 舒舍予:《文学概论讲义》,北京出版社 1984 年版,第 151 页。他还说:"大概的说起来呢,五古、七古诗多用于叙述的;五绝、七绝诗用于抒情;律诗与词里便多是以抒情兼叙事了。"

⑥ 该书评论的主要对象是,当时出现的、较有影响的、反映中国现代革命历史题材的叙事诗(如李季的《五月端阳》、闻捷的《动荡的年代》和郭小川的《将军三部曲》等)和反映新中国成立后工业建设题材的叙事诗。

得以正式出版。① 而这部具有筚路蓝缕意义的《中国现代叙事诗史》也只是以断代史的面目呈现,对新中国成立后的"中国当代叙事诗史"无暇顾及。此外,值得特别一提的是,有的学者试图从新诗文体学角度,以一章的篇幅,全面考察"中国现代叙事诗",且在2008年出版这方面的研究成果。② 虽然到目今为止,对现代汉语叙事诗的叙事形态,偶尔有人予以关注,但对其进行整体研究的却很少。

第一节 现代汉语叙事诗写作的形象化

从广义上讲,有没有"韵",是区分诗与散文的根本依据。瑞士文论家埃米尔·施塔格尔把韵文分为"抒情式""叙事式""戏剧式"三种类型,而叙事诗是运用词语,直观地表达,使记忆得以呈现,并使生存当前化、图像化。③ 那么,他说的是谁的"记忆"、谁的"生存"? 显然,它们既是叙事诗诗人的记忆和生存,也是叙事诗中人物的记忆和生存。而这两种记忆和生存均以诗的图像化"形象"得以呈现。

黑格尔说:"诗的观念功能可以称为制造形象的功能,因为它带到我们眼前的不是抽象概念而是具体的现实事物,不是偶然现象而是显现实体内容的形象,从这种形象我们可以通过外貌本身以及尚未和外貌割裂开来的个性,就直接认识到实体,也就认识到事物的本质(概念)及其实际存在(现象)是内心观念世界中的一个整体"④。黑格尔理念中的诗的形象化,是通过写诗"制

---

① 王荣:《中国现代叙事诗史》,中国社会科学出版社2004年版。

② 吴欢章主编:《中国现代分体诗歌史》,上海大学出版社2008年版。该书第二章"现代叙事诗"分六节:"叙事与叙事诗""叙事诗的分类""叙事诗的特征""现代叙事诗的发展轨迹""现代民歌体叙事诗""现代叙事诗的发展前景"。

③ [瑞士]埃米尔·施塔格尔:《诗学的基本概念》,胡其鼎译,中国社会科学出版社1992年版。

④ [德]黑格尔:《美学》第3卷下册,朱光潜译,商务印书馆1981年版,第57页。

造"出具体的、结实的、既可看见外貌又可把握个性的形象；反过来，人们可以通过这样的诗的形象，既能认识实实在在的外在的物质世界，又能透过这种具体的微观现象的物质世界，上升到对一般的精神世界的抽象总结。他既讲到了诗歌形象化的发生过程，又讲到了诗歌形象化的认知功能。这大概就是中国新诗形象化理论的现代性源头及其中国化、合法化的诗学理据，毕竟在中国古代诗话里没有形象化这么一说。

在中国新诗理论批评谱系里，人们通常将"意象"与抒情诗、"形象"与叙事诗捆绑在一起，而罕见将"意象"与叙事诗、"形象"与抒情诗混搭在一起。一旦出现这种情形，就会引发诗学论争，比如，在 20 世纪 40 年代就出现了关于新诗的"情感与形象之争"。对此，已有专家进行了很好的分析与总结："事实上，新诗的'情感与形象之争'可划分为两个基本派别。在光谱一端，伍禾、劳辛、臧克家从文艺学角度普泛地提出诗的思想情感之'形象化'的必要，穆木天主张塑造'典型形象'以反映抗战建国的精神，唐琅诉诸人类学以寻求'形象化'的历史依据，维山从美学角度阐发'艺术形象'有洞见客观现实和历史真理的能力，艾青对'形象'表现出拳拳服膺和夸大其词的倾向。在光谱另一端，胡风、周刚鸣、黄药眠、阿垅对'形象（化）'保持怀疑、省察和批判态度，它们从抒情主义的立场出发，反对把'形象化'化约为客观主义描写，强调形象的衍生性和社会性、形象产生于情感、形象的'情感化'的必要性以及'主观战斗激情'的优先性。"①其实，这只是现实主义诗学、抒情主义诗学、大众化诗学、民族化诗学"形象化"光谱的两端。现代主义诗学、纯诗化诗学从根底上就否弃诗的叙事/叙述，因而很少有人谈及诗的形象问题。而现实主义的诗人和诗家在谈论新诗的形象化时，总是偏好从文艺学、美学、诗学、社会学，乃至人类学的角度笼统来谈，很少从诗歌文体学角度进行辨析，即区别看待叙事诗的形象化和抒情诗的形象化。

---

① 张松建：《抒情主义与中国现代诗学》，北京大学出版社 2012 年版，第 187 页。

现代汉语叙事诗的形象十分丰富,有自然形象、社会形象、历史形象和文化形象,以及由此在诗人或读者心中形成的心理形象和精神形象,进而将它们融合在一起并最终凝结于文本里的那种"合于一"的诗歌形象,乃至包括叙事诗本身在流布过程中被读者接受和重塑的诗歌形象。

那么,在百年历史进程中,现代汉语叙事诗其形象化的叙事形态到底如何? 在此,我们仅以叙事诗中人物形象变迁为中心,从一个侧面观察百年现代汉语叙事诗形象化的历史面影,毕竟在人们的印象中叙事诗的形象是以人物形象为主的。

一、"把勇敢的五十榨成了肉酱"

朱自清把沈玄庐的《十五娘》视为"新文学中第一首叙事诗"①。这首具有"纪元"意义的现代叙事诗,报载于 1920 年 12 月 21 日《民国日报·觉悟》。沈玄庐做过知县,后流亡海外,接受过孙中山民主革命思想,回国后,受到十月革命和马克思主义思想的鼓舞参加革命,但随后思想右倾,最后遭暗杀。沈玄庐的思想忽新忽旧,政治观念时左时右,但人道主义流贯始终。虽然,现今只有他的"文存"面世,仍不见他的诗集出版,但有他的这首长达 80 多行共 11 个诗节(章)的《十五娘》为现代中国叙事诗奠基,足矣!《十五娘》写的是,一对年轻的农村夫妇——妻子"十五娘"和丈夫"五十",尽管勤劳肯干,但仍不能养家糊口,于是,丈夫不得不背井离乡外出打工,此间他们通信,缓解彼此的思念。不料,祸不单行,丈夫被垦殖场挖掘机"榨成了肉酱",而垦殖场主人竟然隐瞒实情,不告知"十五娘",害得她在家中日思夜想苦等着丈夫永远也不可能的归来。诗人把满腔的愤怒和控诉,深深藏匿在全诗平静的叙述文字和语流之下,但那种具有一定现代意味的反讽质素,使得《十五娘》不同于通常意义的"白话叙事诗"滞重的传统的写实。比如,写丈夫被轧死的诗句:"掘地

---

① 朱自清:《诗话》,见朱自清主编:《中国新文学大系·诗集》,上海良友图书印刷公司1936 年版,第 25 页。

底机器,居然也嫉妒他来,/把勇敢的五十榨成了肉酱,/无意识的工作中正在凝想的人儿,这样收场。/但只是粉碎了他底身躯,倒完成了他和伊相合的一个爱底想";又如,写丈夫死后,蒙在鼓里的十五娘还在日思夜想地盼望着他回来穿做好的"新衣裳":"破瓦棱里透进一路月光,/照著伊那甜蜜蜜的梦,同时也照著一片膏腴垦殖场。"诗题虽为"十五娘",主要采用的是第三人称"伊"的叙事视角,但通过这个悲惨故事,这个中国古代文艺里常见的贫贱夫妻百事哀的经典叙事模式的现代翻版,塑造了两位具有代表性和时代性的20世纪初中国底层农村青年男女形象——勤劳诚实地追求最基本生存权和发展权而不得的悲苦民众,寄寓了诗人朴素的启蒙思想。

二、"我已救伊上天了!"

要想更好地启发民众、改造社会,中国现代知识分子一边要改变中国古代知识分子居高临下的教化姿态及其迂阔形象,一边还要加强自身修养以提升自身人格形象与现代魅力。申言之,中国现代知识分子是把"启蒙他人""被他人启蒙"与"自我启蒙"视为同等重要的世纪工程同时开工建设的。20世纪20—30年代,中国现代诗人在写作叙事诗处理诸如此类的时代命题时,总喜欢借用古今中外的历史题材,借镜浪漫主义和唯美主义,宛如闻一多在《红烛·李白篇》篇首援引李白《赠孟浩然》里的诗句"醉月频中圣,迷花不事君"所示,借古喻今,以古烁今。因此,像李白、济慈等中外诗人及其事迹就自然而然地进入中国现代叙事诗写作的视野,成为写作题材和颂扬典型。朱自清曾甚赞闻一多用典"繁丽"[1],且"喜欢用别的新诗人用不到的中国典故"[2],"真教人有艺术至上之感"[3]。闻一多第一本诗集《红烛》,除"序诗"《红烛》外,第一首诗是《李白之死》。它是这本诗集的第一诗篇"李白篇"三首诗里的第一

① 见朱自清主编:《中国新文学大系·诗集》,上海良友图书印刷公司1936年版,第7页。
② 见朱自清主编:《中国新文学大系·诗集》,上海良友图书印刷公司1936年版,第7页。
③ 见朱自清主编:《中国新文学大系·诗集》,上海良友图书印刷公司1936年版,第7页。

篇,足见它在闻一多这本诗集里的重要性,也足见它在闻一多心目中的分量。此诗前面有三句题记性的话:"世俗流传太白以捉月骑鲸而终,本属荒诞。此诗所述亦凭臆造,无非欲籍以描画诗人底人格罢了。读者不要当作历史看就对了"①。闻一多不以"史实"中李白生平事迹为据,而以坊间流行的传说为凭,以李白"捉月骑鲸而终"为此诗"底本",以看似荒诞不经却十分传神的诗仙/酒仙为此诗"述本",为人们重新勾画出了蔑视王权、不屑世俗、狂放不羁、才气冲天的天下第一诗才李白形象——"我本楚狂人,《凤歌》笑孔丘""十五观奇书,作赋凌相如""大鹏飞兮振八高,中天摧兮力不济"。诗中,诗人的叙述(外视角)与李白的自述(内视角)相互交织,诗、酒与月相互辉映,推动了整首诗的叙事,最终使一个精神饱满、个性生动、人格伟大的李白形象"立"于纸上、活于读者心中。这首长篇叙事诗之所以能够获得如此成功,是因为闻一多高妙地将传说中李白"捉月"改写为他想象中的李白"救月":

> 他听着吃了一惊,不由得放声大哭:
>
> "哎呀!爱人啊!淹死了,已经叫不声了!"
>
> 他翻身跳下池去了,便向伊一抱,
>
> 伊已不见了,他更惊慌地叫着,
>
> 却不知道自己也叫不出声了!
>
> 他挣扎着向上猛踊,再昂头一望,
>
> 又见圆圆的月儿还平安地贴在天上。
>
> 他的力已尽了,气已竭了,他要笑,
>
> 笑不出来,只想道:"我已救伊上天了!"

由此,我不由自主地联想到《红楼梦》里"黛玉葬花"。林黛玉以花自喻,如《葬花吟》所吟:"质本洁来还洁去,强于污淖陷渠沟。尔今死去侬收葬,未卜侬身何日丧?侬今葬花人笑痴,他年葬侬知是谁?试看春残花渐落,便是红颜老死

---

① 蓝棣之编:《闻一多诗全编》,浙江文艺出版社1995年版,第6页。

时;一朝春尽红颜老,花落人亡两不知!"《李白之死》里的李白与《红楼梦》里的林黛玉,一个"救月",另一个"葬花"。在李白看来,天上的月亮掉进"丑陋的尘世"池子里快要淹死了;而在林黛玉看来,"花谢花飞花满天,红消香断有谁怜"。李白救月成功了,富有浪漫情调;而林黛玉是"花落人亡"了,极具悲剧色彩。总之,他们的所思所想、所作所为,在世人看来,全是"痴"!其实,与其说是李白和林黛玉"痴",不如说是塑造他们的闻一多和曹雪芹"痴"。这种文本内外的"痴",造就了伟大的文学形象,但能真正懂得个中滋味的人并不多见。所以,在《红楼梦》的开篇,曹雪芹苦笑着说:"满纸荒唐言,一把辛酸泪。都云作者痴,谁解其中味?"再回到《李白之死》,闻一多以"救"代"捉",既反映了他对李白全面深入的把握,又体现了他由此感悟到并提炼出的时代精神——在他看来,李白儒道侠思想中占主导地位的是儒家"入世"和"救世"思想,就像李白所云:"苟无济代心,独善亦何益"(《赠韦秘书子春二首》)。质言之,闻一多笔下的李白,写的其实就是他自己,他自己就是当代的李白,是那个被唤醒了、复活了的李白。闻一多自比李白,是为了以此对抗污浊窒息的现实世界;表面上"救月",实际上是为了救己救世,进而高扬中国现代知识分子孜孜以求的个性独立和思想自由。由此可见,闻一多早期的浪漫主义和唯美主义,不唯"独善",兼顾"济代",不凌虚蹈空,而脚踏实地。也就是说,闻一多早年是用理想照亮现实。他早年的浪漫主义和唯美主义不是照搬西方的浪漫主义和唯美主义,而是对其进行了中国的、现实的改造,最终成为中国式的浪漫主义和唯美主义,即现实的浪漫主义和现实的唯美主义。到创作《死水》时期,闻一多转向幽玄严谨的现实主义,就不足为奇了。

三、"我要吃饭!"

"五四"时期中国新诗写作,经历了早期的"写实诗"阶段和随后的"浪漫诗"阶段,有如沈玄庐那样关心民生疾苦,如闻一多那样聚焦超脱现实的理想之花,也有科学与民主思潮席卷大江南北,以及马克思主义在中国早期的译介与部分接受。但是五四诗人难以摆脱蜕变期的新旧纠缠,常常深陷"问题"与"主义"之争,为寻不到信仰出路而苦闷彷徨,尤其是在"四一二"反革命政变后,一部分知识分子在马克思主义影响下,走到了无产阶级革命战斗的前列,成为信仰与意志坚定的无产阶级革命战士。殷夫就是这样的集战士与诗人于一身的中国先进知识分子。他的叙事诗《在死神未到之前》以自己参加革命被捕入狱为素材,叙写一个青年在"四一二"反革命政变后,思想上经历由"惊怖"到"觉悟"再到勇于献身的思想激变,塑造一个成长型的革命青年形象,具有警世、醒世和救世的时代意义。藻雪的《妈……妈妈……我饿了!我要吃饭!》写一个受了工伤的普通工人鲜明的阶级立场、强烈的革命意识和赴死的战斗决心:"兄弟们,我们只知道做工吃饭,/一切不劳而食,拿金钱,权力,压迫我们的都是我们的仇敌!/兄弟们!来,来,来,大家杀他一个痛快!/为冤死的弟兄们报仇,为人类的平等而战死,又何足惜!"这种早期无产阶级革命叙事诗,除了暴露惨绝人寰的社会现实,还形塑了与之战斗到底的勇担时代重任的新型无产阶级革命战士,使人们看到了在"五四"诗歌那里几乎看不到的希望之光。所以,像这样的早期无产阶级革命诗歌是"真正能合乎时代的伟大文艺作品"①。如果说以上两首诗还只是写到了城市里觉醒了的,并已经自觉站到斗争前列、与敌人作你死我活斗争的无产阶级革命战士的话,那么到了蒲风的长篇叙事诗《六月流火》那里,中国广大农村里曾被鲁迅指认为"哀其不幸怒其不争"的蒙昧农民,在他们最基本的生存权——农民与土地的关系——被敲骨吸髓的地主劣绅血腥剥夺后,不得不铤而走险地发起"农村暴动",使得几千年来中国社会的根基发生了动摇。城市知识分子的革命斗争启发了农村的农民暴动,而农民暴动更有力地推进了中国革命斗争。

四、"她也要杀人!"

无论是城市革命叙事诗,还是农村革命叙事诗,它们都经历了由最初塑造

---

① 藻雪:《卷头语》,《泰东》第 2 卷第 2 期,1928 年 10 月。

个体的革命形象到随后塑造群体的革命形象。当抗日战争来临时,这些原本是反封建的革命形象就成了反帝反殖民的民族革命战士以及合二为一的反帝反封建的左翼革命战士。随着斗争形势越来越严峻,革命现实主义、左翼现实主义阵营的作家和评论家,不但要求文学写什么、怎么写,而且要求是什么人所写、为什么人写。如此一来,往往会把一个文学问题转变成一个政治问题。所以,我们在研究左联文学、左翼文学、革命文学时,常常看到诗人的身份问题、世界观问题、修养问题、人格问题,乃至文学写作的资源问题盖过了诗学问题。这就构成了那个时代文学批评的思维习惯、写作逻辑和诗学思想。因此,我们在谈论 20 世纪 30 年代以来革命叙事诗形象时,就不能只研讨诗歌的文本形象、诗歌里的人物形象和社会形象,还需要顾及写这些革命叙事诗的诗人形象以及接受它们的读者形象。1940 年,胡风在自己主编的《七月》上发表由"《七月》的读书者杨云琏"的"来信"和胡风的"回信"两部分书信构成的书信体诗评文章《关于诗与田间的诗》。他在文中写道:"田间是第一个抛弃了知识分子底灵魂的战争诗人和民众诗人"①,"然而,同时我们也应该知道,田间还是一个没有完成自己的诗人(我们已有多少完成了他们自己的诗人呢?)"②。早在三年前,胡风就已经为田间的诗集《中国牧歌》作序,指出其诗虽"气魄雄浑有余",但"作品内容的完整性"不足;采用"一个字一行两个字一行"有陷入新形式主义的危险。③ 胡风的这种观点,得到了茅盾的响应和赞同。虽然他俩都以田间作为讨论 30—40 年代长篇叙事诗的焦点,但是胡风是把田间与艾青比较来谈,茅盾则将田间与臧克家比较而论。由此可见,田间在此期长篇叙事诗创作上的代表性地位。茅盾这篇文章名叫《叙事诗的前途》。他在该文里将"现有的长篇叙事诗的两极"——田间的《中国·农村的故事》和臧克家的《自己的写照》进行比照,目光犀利、观点鲜明地指出:"单就作家

---

① 胡风:《关于诗和田间的诗》,《七月》第 5 集第 2 期,1940 年 2 月。
② 胡风:《关于诗和田间的诗》,《七月》第 5 集第 2 期,1940 年 2 月。
③ 胡风:《田间的诗——〈中国牧歌〉序》,《现实文学》第 2 期,1936 年 8 月 1 日。

注意的范围来说,我嫌田间太把眼光望远了而臧克家又太管到近处";"长篇叙事诗的前途就在两者的调和"。至于如何调和这种"远"(中国、宏观、抽象)与"近"(自己、微观、具体)?茅盾的设想是"先布置好全篇的章法"("大章法"),然后再细化落实到字词行段的推敲上(小章法)。① 这就是茅盾所构想的"叙事诗的前途"。

叙事诗,尤其是长篇叙事诗,一般有故事、人物和对话,只不过不能用小说叙事的方式来写,不能写成"韵文小说""诗体小说"。茅盾说:"我认为叙事诗并非一定要有形式上的故事"②,"我觉得《农村底故事》那种没有人物也没有对话和动作的办法是可以用的"③。请注意茅盾在谈这个问题时的用词:"并非一定要有""是可以用的"。也就是说,对于长篇叙事诗而言,有无故事、人物、行动和对话这些"小说叙事因素"并不重要,重要的是,如何使之成其为诗,如何使之成为诗的血肉,如何能够使之为营造诗意服务。1944 年,何其芳用了一个点穴式的"咏"字,可谓一针见血。他说:"叙事诗也就是咏事诗"④;它"不是在讲说一个故事,而是在歌唱一个故事"⑤。也许田间从胡风、茅盾和何其芳的这些诤言里悟出了某些改进长篇叙事诗写法的道理,尝试新的长篇叙事诗写作,努力做一个"完成自己"的战争诗人和民众诗人。因此,在成功写完长篇抒情诗《给战斗者》七年之后,他先后写出了长篇叙事诗《戎冠秀》《她也要杀人》(后改成《她的歌》)和《赶车传》等,尤其是前两者聚焦于农村妇女——中国底层社会之底层的觉醒与成长之路。《她也要杀人》写一位普普通通的北方农村妇女"她",平日里安分守己,胆小怕事,连一只小蚂蚁都不敢踩死。但当日本侵略者进村杀了她的儿子、蹂躏了"她"、烧毁了"她"的房子之后,绝望之余,"她"终于克服了怯懦和死的欲念,举起刀子,冲向旷野,与

① 矛盾(茅盾):《叙事诗的前途》,《文学》第 8 卷第 2 号,1937 年 2 月 1 日。
② 矛盾(茅盾):《叙事诗的前途》,《文学》第 8 卷第 2 号,1937 年 2 月 1 日。
③ 矛盾(茅盾):《叙事诗的前途》,《文学》第 8 卷第 2 号,1937 年 2 月 1 日。
④ 何其芳:《谈写诗》,见《作家谈创作》,花城出版社 1981 年版,第 174 页。
⑤ 何其芳:《谈写诗》,花城出版社 1981 年版,第 174 页。

此同时,还肆无忌惮地、声嘶力竭地呐喊出来那句"惊天地泣鬼神"的全民族
抗战之声:"我也要杀人!"

五、"他死在第二次"

在民族存亡的历史关口,连农村最底层的妇女都起而杀敌,中国社会其他
阶层就更不用说了。如果要说,那就应该说说他们坚定的意志和不破楼兰终
不还的决心。毛泽东当年作出英明的判断:中国抗战是一场"持久战"。因
此,中国抗战军民不能抱有速战速决的幻想,要面对严酷的抗战现实,要时刻
准备战斗、战斗、再战斗!要勇敢去赴死、赴死、再赴死!

这方面最具代表性的长篇叙事诗要算 1939 年艾青发表的《他死在第二
次》。"他"在前线身负重伤被抬到医院进行救治,九死一生,捡回来一条命。
这个已是"死"过一回的人,视死如归,为了未竟的民族解放事业,他决心再次
准备去死。因为对他而言,"一个兵士/不晓得更多的东西/他只晓得/他应该
为这解放的战争而死",为了"如此不可违反的/民族的伟大的意志"——这
"比爱情更强烈的什么东西"——而死!

　　——那么,我们为这而死

　　又有什么不应该呢?

　　背上了枪

　　摇摇摆摆地走在长长的行列中

　　……

　　竟是那么迅速

　　不容许有片刻的考虑

　　和像电光般一闪的那惊问的时间

　　在燃烧着的子弹

> 第二次——也是最后一次呵——
>
> 穿过他的身体的时候
>
> 他的生命
>
> 曾经算是在世界上生活过的
>
> 终于像一株
>
> 被大斧所砍伐的树似的倒下了

像"他"这样无名无姓的无名战士，是千千万万个普通抗日战士的代表。他们不惧怕死，勇敢赴死。所以，在弥留之际，他们流露出的是"生的平凡，死的光荣"的笑容——该诗第十二诗章"他倒下了"里有这样感人至深的叙述："在他把从那里可以看着世界的窗子/那此刻是蒙上喜悦的泪水的眼睛/永远关闭了之前的一瞬间/他不能想起什么"。为什么竟会如此？因为"他"是"死在自己圣洁的志愿里"，因为"这死就为了/那无数的未来者"。"他"不是不留恋这个世界，"他"不是不深爱"这土地"，"他"也迷恋过给"他"清洗和包扎伤口的护士"那纤细洁白的手指"，但是"他"把这些暂且放下了……也许是从这个意义上，穆旦才肯定地说，这"不算是黑暗面的暴露，而是光明的鼓舞"[1]。艾青的高明之处在于，他没有把如此默默奉献、默默牺牲的"兵士"当作一个民族脊梁的空洞符号去套写，而是还原"兵士"的血肉之躯，首先从一个"人"写起，同时，写其钢铁意志和英雄品质是在残酷战争中磨砺而成的。可是有些评论家却不满意艾青把"他"写得复杂，尤其写到"他"凡人的一面，似乎如此一来有损于"他"的光辉形象。诗评家吕荧说："'他'在实质上是一个诗化了的知识分子的情感与生命的化身"[2]。其实，这种说法有它"片面的深刻"。不过，它只看到了"他"的一面。"他"应该既是深明大义、反复赴死的民族英雄，也是诗人抗战理想的诗化表现。因此，"他"是浮雕式的中国抗战军民形象。这样的民族英雄，何止"死在第二次"！可以死在第三次、第四次……第 N 次！只

---

① 穆旦：《〈他死在第二次〉》，《大公报·综合》（香港版），1940 年 3 月 3 日。

② 吕荧：《吕荧文艺与美学论集》，上海文艺出版社 1984 年版，第 255 页。

要祖国和人民需要，只要抗战形势需要，他们都会无条件地付出他们的所有。《他死在第二次》的意义深远：它不只写中国军民要去"杀人""战斗"，还写到了要打"持久战"，进而又由"持久战"写到了"持久死"。最后由"持久死"写到了"民族未来"。理所当然，如此这般的中国抗战军民形象的意义是持久的、彪炳史册的。

总之，随着国内外形势的激变，中国人民，不论是"五四"时期被启蒙的农村贫贱夫妇，启蒙与自我启蒙的城市知识分子，还是30—40年代城市青年的斗争、城市工人的革命、农民的暴动和农妇的抗战，他们由最初的蒙昧渐渐觉醒，到能够自觉地进行反抗、持久反抗，最后从"我要吃饭"的愤怒呐喊发展到"我要杀人"的殊死搏斗，进而发展到"他死在第二次"的虽九死其犹未悔的持久抗战。这就是现代汉语叙事诗里的人物形象塑造的演进史，而这种人物形象史也从侧面反映了现代汉语叙事诗的发展史。

六、"我们遍插红旗"

最早直接使用"形象的思维"这个术语的是别林斯基。他提出："诗歌是寓于形象的思维"。[①] 而最早把"形象思维"作为一个独立概念使用的是法捷耶夫。在他看来，艺术家先要有"明确的世界观和明确的思想"，进而得出"直感印象"，"这些直感印象组成了形象，组成了形象体系"。[②] 1965年，毛泽东在给陈毅的一封信里，谈到"诗要用形象思维，不能如散文那样直说，所以比、兴两法是不能不用的"，"用白话写诗，几十年来，迄无成功"[③]。也就是说，在毛泽东看来，白话新诗之所以"迄无成功"，是因为没有采用形象思维，没有注意运用比兴手法而致使其形同散文了。这封信推迟了13年，直到1978年才

[①] ［俄］别林斯基：《艺术的观念》，见《别林斯基选集》第2卷，满涛译，上海文艺出版社1963年版，第15页。

[②] ［苏］法捷耶夫：《争取做一个辩证唯物主义的艺术家》，见人民文学出版社古典文艺理论译丛委员会编：《古典文艺理论译丛》第11册，人民文学出版社1966年版，第152—155页。

[③] 《毛泽东给陈毅同志谈诗的一封信》，《诗刊》1978年第1期。

公开发表。这期间的曲折暂且不论。新中国成立后,形象思维的论争,与抽象思维、典型、典型性、典型化、真实性、倾向性、概念化、公式化、辩证唯物主义、唯心主义等艺术问题、美学问题、思维问题、世界观问题、政治问题的论争是联系在一起的。

新中国成立后一直到新时期,中国新诗惯用形象思维,其采用形象思维比历史上任何时期更加自觉、更加普遍、更加突出。这一方面与新中国继续坚持毛泽东在延安文艺座谈会上指出的文艺方向有关;另一方面也与自1952年肇始于胡风文艺思想批判所涉猎的形象思维论争有关;还与引进苏俄所谓"先进"的形象思维理论有关;最为直接的是,与新中国诗人,尤其是工农兵诗人,对形象思维的独到认识和情有独钟有关。关于最后一点,正如有新中国"石油诗人"之称的李季所表白的,"我一直在探索怎样使诗为广大工农兵群众所易于接受,乐于接受,以便更好地为他们服务"。① 作为延安派的"新生代"诗人,他们总是自觉地把自己的中国新诗写作同当代中国新诗发展的理论与实践紧密地联系在一起。质言之,他们常常会思考中国新诗为什么人以及如何为的问题——中国新诗如何为工农兵服务,中国新诗的普及与提高,中国新诗的内容与形式,以及中国新诗的歌颂与讽刺等问题。这些中国新诗写作的律令关系着中国新诗写作的重大问题,常常决定着当代工农兵诗人的世界观和创作思想,生发并制约着他们的直观感受,由此形成他们的中国新诗形象,并最终派生出他们的中国新诗"形象体系",即他们关于中国新诗的形象思维。

李季在这方面极具代表性。1946年他的长篇叙事诗《王贵与李香香》发表,被郭沫若视为"文艺翻身"的"响亮的信号"。② 所谓"文艺翻身",是指按"讲话"精神培养起来的工农兵作家、诗人、艺术家,在"讲话"精神鼓舞下,在文艺战线上打破了几千年来知识分子作家、诗人、艺术家独霸文艺舞台的垄断局面,以自己的代表性名作,取得了在当代中国文艺领域里的一席之地,首次

---

① 李季:《后记》,见李季:《难忘的春天》,人民文学出版社1959年版。
② 郭沫若:《序》,见李季:《王贵与李香香》,(香港)中国出版社1947年版。

发出了工农兵自己的声音,而非"被代言"的假声唱腔,成为当代中国文艺的主人之一,至少可以与知识分子作家、诗人、艺术家平起平坐了。此外,从工农兵作家、诗人、艺术家主体自身而言,在"讲话"精神感召下,在集体帮扶下,通过自己的不断努力,终于自己战胜了自己,在取得"政治翻身"之后,在文艺创作方面取得了骄人成绩,从目不识丁的扫盲对象淬炼成为深受人民大众欢迎的具有中国作风和中国气派的人民艺术家。"文艺翻身"后,李季继续锻炼、采风、写作,创作出了许多有影响的包括叙事诗在内的工农兵诗歌,实现了"文艺自立""文艺成名"的愿景,打消了那种认为工农兵作家、诗人、艺术家"无功底""无后劲"的疑虑。

新中国成立后,中国当代文学加快了"一体化"进程。像抗战时期艾青《他死在第二次》复调的诗化知识分子声音受到了严重质询;像蔡其矫抒写历史和现实苦难的《川江号子》被指认为资产阶级的艺术趣味和美学理想,并被扣上给当代中国诗歌创作插"灰旗"的修正主义的政治大帽子;进而有人提出"抒情诗要插红旗"①的口号。

李季和闻捷等工农兵诗人立即响应并出版了《我们遍插红旗》"报头诗"诗集。② 由此,我们不难想见,从新中国成立到新时期这段历史时期,诗人们,尤其是工农兵诗人,你追我赶地通过写作到处"插红旗"。因此,在新诗领域时时处处可见"插红旗"的诗歌能手和诗歌形象。接下来,我以李季、郭小川等人叙事诗创作为主要考察对象,评析此期叙事诗的形象化以及形象的"红旗化"问题。此期中国新诗"插红旗"主要通过"战歌""赞歌""颂歌""生活牧歌"等形式得以体现。

从"叙事战歌"角度来看,中国新诗叙事主要表现在三个方面。第一个方面是此期叙事诗写在抗日战争、国内革命战争和土地革命时期中国人民在共产党领导下,如何翻身解放,如何当家作主。它们通常运用对比手法,写旧社

---

① 沙鸥:《一面灰旗》,《文艺报》1958 年第 15 期。

② 李季、闻捷:《我们遍插红旗》,敦煌文艺出版社 1958 年版。

会如何使人变成鬼,新社会如何使鬼变成人,由此凸显共产党的伟大、人民斗争的力量,以及这份光荣的革命传统在现实生活中发扬光大。李季的长篇叙事诗《菊花石》,紧扣"刻盘菊"这一中心,塑造了一位献身艺术的民间艺人形象,但因"作者把人物局限在刻盘菊这一事上,而盘菊又和革命缺乏有机联系,因而人物未能在阶级斗争中充分表现他们的性格"①。也许是因为作者不太熟悉民间艺人的生活所致。同样是写民间艺人,韩起祥以自己的身世为蓝本,创作出了长篇叙事诗《翻身记》。该诗描写一位双目失明的民间艺人从"政治翻身"到"文化翻身"的苦难历程,民间艺人翻身形象栩栩如生。马萧萧的长篇叙事诗《石牌坊的传说》,将一位个性耿直、历经磨难的老石匠置于农民起义的斗争激流中,凸显他像石头一样坚韧品性。总之,这一类叙事诗,既写普通劳动人民的翻身史,也描写共产党领导的中国现代革命史,以及中国人民的心灵史,而这一切均凝聚于普通大众形象身上。除了塑造普通大众形象之外,此期叙事诗还聚焦于为中国人民翻身解放作出卓越贡献和巨大牺牲的战士们、烈士们和将军们。臧克家的人物传记长诗《李大钊》通过李大钊的生活和斗争等典型场面,尤其是李大钊不遗余力地在中国传播马克思主义,塑造了早期中国共产党人李大钊为了共产主义事业英勇献身的光辉形象。日本汉学家仓田贞美说:"臧克家的诗抒情不足,而以叙事见长,他确立了明快、博大、雄健、具有'崭新的姿态'的独特诗风。"②白桦叙事长诗《鹰群》,以藏族民间传说为依托,写在贺龙领导的红军影响下,藏民积极投身民族革命的洪流中,揭示藏族民族解放的正确道路;与此同时,贺龙的高大形象也就在这个"诗体的故事"叙述中站了起来。此外还有,高缨的《丁佑君》塑造了革命烈士丁佑君的形象等等。总之,这类以革命历史题材为故事蓝本、叙述革命故事、

① 安旗:《沿着和劳动人民结合的道路探索前进——略论李季的诗歌创作》,《文艺报》1960 年第 5 期。

② [日]仓田贞美:《论臧克家的诗》,胡世樑译,见赵明顺、刘培平主编:《战士·学者·诗人》,山东大学出版社 2005 年版,第 573 页。

塑造英雄人物的"战歌"式长篇叙事诗,其叙述视角往往是历史回溯式的。诗人们正是通过回望光辉峥嵘岁月,"回望传统",向革命英雄人物致敬,以此证明中国共产党领导中国革命取得胜利、建立新中国的历史合法性和政治正确性,进而为新中国的发展和强大提供的合乎历史逻辑的源泉与动力。值得一提的是,在此期的战歌中,还有一种直面现实斗争的长篇叙事诗写作。比如,李季始于1976年、成于"四人帮"粉碎后的长篇叙事诗《石油大哥》,一方面写石油工人与大自然搏斗,另一方面写石油大哥石占海与"四人帮"爪牙吕士元之间的斗争,进而从这两场斗争中塑造在中国当代特殊历史时期石油大哥的战士形象。需要说明的是,这部长诗,因受到多种主客观条件限制,没有取得令人满意的成功。

从"叙事赞歌"的角度看,中国新诗叙事,不管是"小叙事诗",还是"大叙事诗",均聚焦于新中国"新主人"的新生活。刚刚建立的新中国,百废待兴:在国内,面临着重建的压力;在国外,反华势力气焰嚣张。只有把新中国建设好了,才有安定团结的局面。因此,诗人们大声疾呼"致青年公民们"(郭小川)、"到远方去"(邵燕祥)。李季的《厂长》写主人公从部队转业到地方工作,完成了由部队干部到工厂厂长的角色转变,不变的是一颗滚烫的战斗恒心和爱国红心。诗中涉及的人物身份转变,这在新中国成立初期十分普遍,因而此诗塑造的"身份转变型"新中国建设者形象就具有一定的典型性。李季的《生活之歌》是第一部正面描写新中国石油工人工作、生活和思想的叙事长诗。青年石油工人赵明勤劳肯干,刻苦钻研,发明了采油新法,既体现了新中国新青年的新作为,也反映了新中国工业建设的喜人局面。

除了李季以"赞歌"塑造新中国新工人形象外,"农民诗人"王老九在新中国成立初期也致力于长篇叙事诗创作,写出了像《王保京》那样的在当时影响很广的作品。王保京时任咸阳地委副书记,也是全国劳动模范。他依靠群众、发动群众、勇夺高产的故事在当时被广为传颂。王老九在诗中写道:"白灵原上一棵松,根子扎在土壤中。有了阳光和水分,不怕严寒四季青。"王老九诗歌的叙事特点是好用比喻、善用比喻。他说:"话不要说得直戳戳的,要多形容,多打比喻。有时十句话都说不清的,一个比喻就说清了,还有劲。"①难怪柯仲平对他赞不绝口:"好个诗人王老九,劳动写诗一把手。黄河一带打红旗,打着唱着飞着走。"

概言之,从新中国成立到新时期,叙事诗写作面对的"母课题"是如何处理叙事诗与政治的关系问题,而其"子课题"是叙事诗题材、主题和形式的选择、人物形象的塑造,以及如何处理歌颂与暴露的关系。此期的叙事诗,无论是战歌,还是赞歌,一味追求单纯,避免复杂。因此,它们很少描写矛盾,有时还刻意淡化矛盾、回避矛盾。如此一来,人物性格难以揭示,人物形象也会单薄软弱,比如《生活之歌》对赵明与他哥哥之间业已存在的矛盾,就没有从正面充分展开去写,而仅仅从侧面轻描淡写,削弱了对赵明形象塑造的力量。有的叙事诗即使正面提到了矛盾,但也是把它们作为阶级斗争的符号来写,违背了客观规律,失去了科学依据。比如,受极左思潮的影响,长篇叙事诗《杨高传》第三部《玉门儿女出征记》,把"尊重科学""依靠科学""科学钻井"的钻井大队长与只需靠发扬"天不怕地不怕"干劲钻井的党委书记杨高作为对立面来处理,致使第三部没有前两部写得从容。依附在此期叙事诗身上强烈的政治火药味,要到新时期思想解禁后才渐渐消散。也就是说,进入新时期以后,叙事诗写作才慢慢从此前的政治捆绑中挣脱开来。

七、"为了说出一点真情"

粉碎"四人帮"后,一系列解放思想的举措取得了成效,历史车轮进入新时期。"讲真话"成为新时期诗人们的共同诉求。正如诗人胡昭在《神秘果》中所言:"为了说出一点真情,/我们曾赔上身家性命,/咸的泪水冲洗过的唇舌,/只能把生活品味得更真。"虽然新时期文体意义上的叙事诗写作没有"十

① 初红:《农民诗人王老九》,《工农文学》2018年第2期。

七年"多,有影响的长篇叙事诗也不多见,但还是有不少诗人在这方面继续探索。胡昭的小叙事诗《山恋》是一首反思性诗歌。它以女主人公为叙事视角,通过她的血泪诉说,描写身为林业科学家的男主人公在极左年代遭遇种种政治磨难,仍不放弃他所钟爱的科研事业,最后以身殉职的悲剧故事。诗人以如此血腥的故事及其教训,一方面揭批了极左思潮给中国当代知识分子带来的深重灾难,另一方面讴歌了中国当代知识分子追寻真理、献身真理的决心、恒心和勇气。"山恋"既喻指对祖国大好河山的依恋,也喻指对科研事业的依恋,还喻指对风清气正的人际关系和良好政治生态的依恋。

极左思潮不只是祸害了一群人,还祸害了一代人,乃至还影响着几代人。为什么这么说? 因为极左思想的影响,尤其是"文革"的影响,不仅影响了当年正值青春的诗人,而且影响了当年还是孩子的"祖国花朵"。而后者在回忆叙说当年这段血腥历史时,不像比他们年长的诗人那样大哭大悲、惊心动魄。他们通常不从正面直接叙写那段历史的重大题材,也不用宏大话语进行宏大政治叙事,而是从侧面间接触及"文革"时期发生的孩提往事,然后以"后叙事"的姿态,用"小叙事"的方式,对其进行貌似漫不经心的"平静"叙述。侯马的《小柿子》是这方面的代表:"一九七四年或者/是一九七五年/肯定不到七六年/七六年粉碎四人帮/我已经在城里的小学/拉小提琴了/就是说一、二年级时的某一天/我毒打了小柿子/在他的脸上/一连扇了几十个巴掌/小柿子开始还笑/表示他理解这是玩耍/而他依然相信我的友谊/后来,痛的受不了/他开始抽泣/一道道泪水划过/又红又肿的脸/我没想到/他竟然不还手/一放纵/左右手交替/又扇了他几巴掌/这完全演变为/一个人对另一个/意志的控制/小柿子让我觉得/我有权利这么打人/我有这么威风/后来我想起来/这么一个人/竟然是我最好的朋友/他怎么配/拥有我的友谊/不由得/又扇了他几巴掌/他有点迷惑/一开始他就不解/我城里来的弟弟哭了/而我怪罪他/想证明我可以保护弟弟/还是想证明/朋友与血缘相比/根本就他妈不重要/想起我一个人被扔在乡下/还要靠打人证明自己/我不由得接连扇着小柿子/我的手终于打痛了/弯腰脱鞋/教室后面/高我半头的小柿子/就那么靠墙站着/看我脱鞋/没有还手/也没有跑/他像是有点被打傻了/也有点像是想尝尝鞋子的滋味/等我脱下鞋/就用鞋扇他/几下/血就流下来了/我弟弟目睹了这一幕/值日的同学目睹了这一幕/多年来我忘不了这一幕/忘不了小柿子/我三十年没见他了/那事过去不久/我就回城读书了/粉碎四人帮的时候/还在舞台上假装拉小提琴/上初中时/我回村见过小柿子/实行家庭联产承包制了/他在田里干农活/见到我/竟然羞涩地笑了/我觉得这冤仇化解太容易了/当年/我能这样欺压他/绝非一己之力/现在，有时也麻木不仁地/助纣为虐"。这首叙事诗的叙事性很强。时间：粉碎"四人帮"前后。地点：教室与农田。人物："我"与"小柿子"。故事："我"城里的弟弟来到"被扔在乡下"小学读书"我"的教室，莫名地哭了；"我"因此怪罪并惩罚"小柿子"。先是反复用手扇他巴掌，直到手打痛了，便脱下鞋来打，打得他都流血了；一两年后，返城读小学的"我"回到乡下，再次看见"小柿子"时，他不但不记仇，反而"羞涩地笑了"……这首叙事诗没有直接写"四人帮"对青少年的毒害，极左思想只是作为全诗若隐若现的背景。诗里说当年"我"之所以如此肆无忌惮地像发了疯似的毒打"小柿子"，"绝非一己之力"，是因为看得见的"一己"力量与看不见的群体势力——"文革"整体的环境气候乃至还有城市文明的优越感——"合谋"促使"我"干了这么一桩坏事。虽然"小柿子"从不记仇，但是他羞涩的笑像一条鞭子那样抽打着"我"的心灵，同时，也令"我"反躬自省眼下自己依旧麻木不仁的生活情状和心理状态。这首叙事诗更为深层含义是，透过外在的政治意义，直抵人性之恶。这种原始状态的恶，在特定情景下会展露无遗，面目狰狞可恶，而这是在正常状态下难以发觉和表现的。也许正是在这个意义上，诗人在该诗的最后直接点题说"助纣为虐"。

同样是吐露真情，新时期不同的叙事诗吐露真情的姿态、方式、情感、语调和内容均不尽相同。而且，它们塑造的人物形象也有很大差异，要么是像胡昭那样年长一些的诗人塑造的历经磨难的文化英雄形象，要么是像侯马那样年轻一些的诗人塑造的受到政治和人性摆布的民间小人物形象。后者在此后的新型叙事诗写作中越来越多。换言之,20世纪80年代中期以后的叙事诗写作(民间写作、知识分子写作、打工诗歌、网络诗歌)取材越来越偏离宏大的政治意识形态,对"真"的理解也从本质性"真理"渐渐过渡到现象性"真实",叙事话语更加日常化和生活化、人物形象也越发俗世化与个体化。

第二节　现代汉语叙事诗写作的史诗化

虽然中国到底有无史诗仍聚讼纷纭,但是古代汉族的确没有西方现代文类意义上的史诗。亚里士多德在《诗学》里论及"史诗"①,他谈的史诗比较普泛,非现代严格意义上的诗体划分。"史诗本来是古希腊的一种诗体,它有特定的内容(记述英雄事迹);它有特定的格律(六步格);它有特定的历史作用,在文学艺术还没有形成现代各种样式的古代,史诗是兼有诗歌和长篇小说的功能的。"②

笔者以为,史诗有广义和狭义之分:史诗既可以是"特定的"、狭义的,也可以是普遍的、广义的。从这个角度看,基本上可以说每个民族都有属于自己的史诗③。但作为史诗,无论是广义的还是狭义的,都应具备一些基本特性,如"精博的史料,丰富的想象,雄厚的气魄"④。马克思认为,史诗应有7种要素:歌谣、传说、神话、创作时期(人类初期)、形象、情节、叙述的方式。⑤ 马克

---

① [古希腊]亚里士多德:《诗学》,罗念生译,人民文学出版社1982年版,第17页。亚里士多德说,史诗、叙事诗,通过"创造情节",表现"普遍性",宏阔壮美。
② 安旗:《论叙事诗》,作家出版社1962年版,第59页。
③ [德]黑格尔:《美学》第三卷下册,第108页。尽管黑格尔从欧洲中心主义立场出发,尤其是从中国人"散文性"的观照方式和中国人的"宗教观点"两个方面,认定中国没有史诗;但是他又说:"作为这样一种原始整体,史诗就是一个民族的'传奇故事','书'或'圣经'。每一个伟大的民族都有这样绝对原始的书,来表现全民族的原始精神"。
④ 冯沅君:《读"宝马"》,天津《大公报·文艺》第336期,1937年5月6日。
⑤ 张松如:《论史诗与剧诗》。马克思《〈政治批判学〉导言》中所说的"史诗"的七个要素。

思讲得比较具体,而《辞海》里说得比较笼统:"有比较完整的故事情节和人物形象。一般包括史诗、英雄颂歌、故事诗和诗剧等"①。由此可知,"有比较完整的故事情节和人物形象"不一定是史诗,它可以是其他文体,但史诗应该"有比较完整的故事情节和人物形象"。上一节我们谈到的长篇叙事诗显然与史诗之间有交叉关系。问题是,史诗里的"故事情节和人物形象"是什么时代的"故事情节和人物形象"?综合来看,西方学者倾向于认为,史诗,"正式史诗"②,是先人在"英雄时代"创作的反映本民族开天辟地历史与伟绩的百科全书式民族诗篇。显然,中西学者在对待史诗之"史"的问题上存在很大分歧。西方学者认为,史诗里的"史",是"人类初期"最为古老的历史,甚至连中世纪"英雄传奇"里的历史都不能位列其中,更遑论文艺复兴以来的历史。而在中国学者眼里,史诗里的"史",既可以是古代史,也可以是近代史,乃至还可以是现当代史。由此看来,西方史诗只一味地念古怀古,而中国史诗既幽思怀古,又立足现实,还面向未来。

综上,笔者以为,史诗应以重大历史(从古代史到当代史)事件或古代神话传说为内容,以塑造英雄人物和弘扬民族精神为己任,篇幅较长,结构恢宏,矛盾错综,想象丰赡,美感崇高,典型性与整体性、传奇性与神秘性兼具,以叙事诗为基本表现形式,同时,借鉴抒情诗和戏剧诗的表现方式。

中国现当代诗评家在用史诗这个概念时,常常将史诗、"史事诗"③、"伟大的诗歌"④、史诗性、史诗化、史诗体、史诗式、史诗型、现代史诗、新型民族史诗、"新的史诗"⑤、史诗意识、史诗情结,乃至长篇叙事诗、长诗、诗史等,不作

① 《辞海·文学分册》,上海辞书出版社1979年版,第16页。
② [德]黑格尔:《美学》第三卷下册,朱光潜译,商务印书馆1981年版,第115页。
③ 朱湘:《朱湘全集·书信卷》,安徽文艺出版社2017年版,第259页。
④ 海子:《诗学:一份提纲》,见西川编:《海子诗全集》,上海三联书店1997年版,第898页。
⑤ 杨匡汉:《诗美的崇高感》,《文学评论》1983年第4期。

严格区分地混用。21 世纪初,有人径直提出创建"中国史诗学"①体系的构想。正是在如此庞杂的史诗知识背景下,加上诗人们对于西方史诗的钦慕以及对创造出新型中华民族史诗的热望与尝试,有的学者归纳出了自 20 世纪以来中国诗人们念兹在兹的、风格各异的"史诗情结"——晚清客观纪实的"诗史"式写作,20 世纪 20 年代长篇叙事诗写作的史诗化自觉、20 世纪 30 年代呐喊型、颓废型和歌咏型叙事诗的史诗化写作,20 世纪 40 年代庄严的"民族革命的史诗"写作,新中国成立以来"创世"史诗性、英雄史诗性和历史史诗性的诗歌写作,新时期以来"文化寻根诗""现代史诗"写作和海子的"伟大的诗歌"。②

一、晚清客观纪实的"诗史"式写作

如前所述,中国叙事诗传统不发达,中国叙事诗写作中的史诗意识比较薄弱。但是在渴求建立现代民族国家的进程中,中国新诗诗人们的史诗情结愈加凸显,创作了一大批以诗述志、以诗存史、以诗彰艺的优秀叙事诗。然而,中国文学向来以"抒情传统"为尊,在诗里,又以抒情诗为上;加之 20 世纪 90 年代以来在中国大陆受到青睐的一些西方中国现当代文学研究专家更是要以"抒情传统""众声喧哗"、日常生活现代性消解"五四"叙事与左翼叙事传统、以知识地理超越政治地理、以"'文化'文学"取代"国家文学";还有西方现代主义"纯诗"观念持续深入的影响。于是,中国现当代叙事诗一而再再而三地受到压抑、排挤、污名、冷落、漠视,几乎处于历史的暗角,很少站在诗学观照的聚光灯下。好在,就是在如此严酷的诗学背景下,近代以来,有些文人、诗家和学者像王国维那样开始从现代文类意义上注重叙事诗的理论探索和创作实践。中国现代叙事诗写作多姿多彩,史诗化与现代化的追寻是其重要构件。

---

① 朝戈金:《构筑"中国史诗学"体系》,《中国社会科学院院报》2003 年 7 月 3 日。
② 王荣:《中国现代叙事诗史》,中国社会科学出版社 2004 年版,第 328 页。

中国现代叙事诗的史诗化是指它努力以史诗写作作为自己的目标,进而使其具备某些史诗形态和特征,比如由叙事短诗写到叙事长诗就是其外在的文体特征。中国现代叙事诗的现代化既指它以建立现代民族国家为旨归,又指它在不同历史时期不断调整写作观念、策略和技法进而使之不断革新。无论是史诗化,还是现代化,中国现代叙事诗写作均以抒情作为底色。如上所述,往往在历史发生重大转折的当口儿,容易产生人们常说的"史诗情结"。晚清是中国从近代向现代转型的关键期。在经世致用思想和愤时忧国情感的驱使下,在诗歌内部发展规律的作用下,念及过往,面对当下,记录时事,抒发情怀,教化民众,成为晚清进步诗人的共同追求,因此一批以"纪实""纪事"和"感事"为标识的长篇叙事诗纷纷面世。龚自珍开一代诗风的 315 首同题"联章体"长诗《己亥杂诗》,尽管是自叙性抒情长诗,但"可以作为时代的史诗来读"①,也可以作为"抒情史诗"②来读。此外,还有许多乐府歌行体叙事长篇"超群脱俗、雄健博丽、卓然自立于近代文坛"③。以龚自珍为代表的、主张"更法"改革的晚清进步诗人,创作了大批纪事性和感事性兼具的长篇叙事诗,"反映晚清政局,堪称诗史"④。

　　中国历代重视"诗"与"史",且"以诗补史"⑤、诗史互补。这种诗史互动的传统对晚清叙事诗的影响,既表现在晚清叙事诗的叙事观念上——"实录"和"春秋大义",又体现在晚清叙事诗的叙事技法上——"诗史"和"龙门笔法"等。不过晚清叙事诗"诗史互补"里的史,通常不是久远的古代史,而是正在发生的当代事件。诗人写这种"诗史"性叙事诗表明他要做时代的采风者、

---

　　① 管林等:《龚自珍研究》,人民文学出版社 1984 年版,第 21 页。
　　② 黄宗英:《抒情史诗论——美国现当代长篇诗歌艺术管窥》,北京大学出版社 2003 年版。黄宗英用"抒情史诗"这个概念总结美国现当代长篇诗歌抒情性与史诗性兼容并蓄的特点,以此区别于西方传统史诗的主题内容和艺术形式。
　　③ 郭延礼:《中国近代文学史》(1),高等教育出版社 1993 年版,第 33 页。
　　④ 钱仲联编著:《近代诗钞》(3),江苏古籍出版社 1993 年版,第 1499 页。
　　⑤ 黄宗羲:《南雷文定》前集卷一,商务印书馆 1936 年版,第 11 页。

记录者和档案者。难怪梁启超发出如此感叹:"公度之诗,诗史也"①。从"诗史"的叙述学角度看,这类叙事诗重视细节刻画和场景描写,同时,采用限知视角,并尽可能减少诗人的干预。问题是,"诗史互补""诗史互证"中的诗还是不是诗? 史还是不是史? 显然,诗已不是普通的诗,史也不是通常意义上的史。这个时候的诗已有可能是新型史诗了,这个时候的史也有可能是接近真理的历史了。毕竟"诗史叙述"的真实,是另一种虚构的真实,比"历史叙述"更接近真理,因为它更具规律性。黄遵宪当年提倡诗人们写"弃史籍而采近事"的"杂歌谣"之类的通俗性叙事诗,他自己还身体力行地创作了如《日本杂事诗》之类的"杂事诗"和《冯将军歌》之类的"时事诗"。当年的《新小说》《绣像小说》《申报·自由谈》等通商口岸报刊纷纷刊载这类"新派"叙事诗,有力推动并促进了"新派"叙事诗的繁荣。这些"新体诗史",连同传奇性的"韵文体"小说,都可以视为晚清文人创作史诗性作品的努力。这些努力,尽管在开拓"新意境"和使用"新语句"方面有很大的创新,也开创了诗歌创作的新生面。但是"须以古人之风格入之"②的旧形式和旧风格紧紧地捆住了它们的手脚,给人以"旧瓶装新酒"的不痛不痒之感。

二、"五四"长诗化写作的史诗化自觉

如果说晚清诗人的史诗情结倚重"史"些,那么"五四"诗人的史诗情结就偏重"诗"些。由此可见,从晚清向"五四"的转型,伴生着从"诗史"向"史诗"的过渡。申言之,如果说晚清是史诗意识的朦胧期,那么"五四"就是史诗意识的自觉期。

"五四"时期,中国现代叙事诗史诗化的动力系统已经发生了很大改变,除了一开初延续晚清整体写实倾向外,五四叙事诗史诗化进程开始由纪实一

---

① 梁启超著,舒芜校点:《饮冰室诗话》,人民文学出版社 1959 年版,第 63 页。
② 梁启超:《饮冰室合集·夏威夷游记》,中华书局 1989 年版,第 189 页。

脉跌宕开来,或者将视角投向象征世界,或者将笔触伸向幻想天地,或者引经据典、活用典故、扩写古籍,而且,自觉写长诗的意识愈加明晰和强烈。所有这一切,均显示了五四叙事诗史诗化向度的拓展。

五四叙事诗的史诗化与五四叙事诗的"长诗化"密切相关。史诗通常是长诗,但长诗不一定就是史诗,所以,在此,笔者在"史诗"之后加了一个"化"字。五四初期,小诗一度泛滥,致使中国新诗一味往议论和哲理的"死胡同"里跑。① 面对这种中国新诗写作"偏食"与偏向的症候,朱自清等人大力提倡并身体力行地创作长诗。为此,朱自清专门撰写《短诗与长诗》一文,揭示诗坛小诗多而长诗少(此前像周作人的《小河》和刘半农的《敲冰》那样有影响的长诗极少)的根源在于"一般作家底情感底不丰富与不发达!"如果听任其发展,那么诗人们就会面临"情感将有萎缩、干枯底危险!"因此,他勉励那些"有丰富的生活和强大的力量的人能够多写写长诗,以调剂偏枯的现势",因为长诗能够表现"磅礴郁积"和"盘旋回荡"的深厚感情,"长诗底好处在能表现情感底发展以及多方面的情感,正和短诗相对待"②。朱自清既写现实性较强的"纪游"诗,也写象征色彩较浓的诗,而把写实与象征成功地糅合在一起的是他的长诗《毁灭》。当它发表于1923年3月10日的《小说月报》之后,俞平伯写了推崇性的评论《读〈毁灭〉》,甚赞其与《离骚》相仿佛③。显然,这言过其实了。该诗诗前有段题记性的文字,其中写道:"六月间在杭州。因湖上三夜的畅游,教我觉得飘飘然如轻烟,如浮云,丝毫立不定脚跟。当时颇以诱惑的纠缠为苦,而亟亟求毁灭。"由此看来,诗人想以毁灭的方式来克服现实诱惑,或者说毁灭掉现实诱惑以求脚踏实地地生活,这就是诗中反复出现的主旋律——"回去! 回去!"——的具体所指。诗在临近结尾时,出现这样的告白:

---

① 梁实秋:《〈繁星〉与〈春水〉》,《创造周报》第12号,1923年7月29日。他批评冰心小诗存在"表现力强而想象力弱""理智富而情感分子薄"等不足;同时,由于他的新古典主义审美趣味所致,他主张创作"抒情长诗",而非叙事长诗。

② 朱自清:《短诗与长诗》,《诗》第1卷第4期,1922年4月。

③ 俞平伯:《读〈毁灭〉》,见朱自清:《毁灭》,商务印书馆1924年版,第8页。

> 小姑娘呀，
>
> 黑衣的力士呀，
>
> 我宁愿回我的故乡，
>
> 我宁愿回我的故乡；
>
> 回去！回去！
>
> 归来的我挣扎挣扎，
>
> 拨烟尘而见自己的国土！
>
> 什么影像都泯没了，
>
> 什么光芒都收敛了；
>
> 摆脱掉纠缠，
>
> 还原了一个平平常常的我！
>
> 从此我不再仰眼看青天，
>
> 不再低头看白水，
>
> 只谨慎着我双双的脚步；
>
> 我要一步步踏在土泥上，
>
> 打上深深的脚印！

诗中传达的思想与我们常说的"既要仰望星空，也要脚踏实地"有很大出入。它带有 20 世纪 20 年代初期知识界鲜明的时代印记——过多地"看青天""看白水"，即执迷于空茫的幻想，对现实问题关注不够。朱自清现身说法表示，要抛弃空虚，关注现实。在《刹那》一文里，朱自清认为，生活中每一个刹那都有其各自的价值和意义，关键是要把握好"现在的刹那"，唯其如此，方能真正占有过去和拥抱未来。这就是人们常常提及的朱自清的"刹那主义"。这种思想与朱自清《匆匆》的主旨十分吻合。因此，我们可以说，朱自清的"刹那主义"就是他的"匆匆主义"。总之，《毁灭》告诉人们的是，抛掉幻想，珍视现在，把握好了现在，就意味着拥有了一切。同时，该诗努力践行朱自清的长诗构想，用"繁音复节"，"尽态极妍，畅所欲发"，"这种情感必极其层层堆叠、曲折顿挫之致。"①

白采的长诗《羸疾者的爱》赢得了草川未雨的赞美:"在中国像《荷马》一类的史诗,弥尔登的《失乐园》之类的作品是没有的,就连结构铺张一些的东西也很少,长篇的诗结构上的铺张不只是横长,同时更要纵的一方面的进展,长诗所以难的地方,是必须使情感的涵蓄,停留,结构上既比较费功夫,而且还得有深刻而美的思想做全诗的血肉。新诗兴起后,合于这样的长诗的创作更是少而至于将无,所仅有的就是这篇《羸疾者的爱》了。"②草川未雨对《羸疾者的爱》情有独钟,钟爱得将其比拟为中国独一无二的"准史诗"——几乎接近于荷马史诗和《失乐园》那样的世界经典史诗了。到了 1937 年,当孙毓棠的《宝马——献给闻一多先生》发表后,冯沅君很快就发表文章评价道:"'宝马'确是首新诗中少见的佳作,还可以说是史诗,虽然篇幅还不够长。"③41 年后,新文学史家司马长风受其观点影响,断言《宝马》是中国新文学史上"唯一的一首史诗"④。对这两首诗的具体分析,我们将会在后面的论述中展开。

20 年代,一群新月派诗人有意识地将中国现代叙事诗由"长诗化"转向史诗化。与那些倾心于创作写实性叙事长诗和"问题"式叙事长诗的诗人不同,他们比较看重历史、神话和精神题材,由此深入掘进,以此彰显人性深度、人格光辉、国族魂灵。即或是处理现实题材,也不会用写实手法,而多采用象征或寓言方式。除了前面所论及闻一多的《李白之死》外,朱湘在这方面成绩喜人。23 岁那年,他就写出了影响很大的叙事长诗《王娇》。此诗共 7 节,以王娇和周生的爱情为主线,依次写他们上灯节邂逅、对话、书房相会、七夕成亲、分别、王娇自尽、尾声。沈从文说:"原来故事的间架,由诗人的想象加以改变,不相干的还必须节删去,而人物心理方面则添出许多琐碎细致的描写,不但使几百年

① 朱自清:《短诗与长诗》,《诗》第 1 卷第 4 期,1922 年 4 月。
② 草川未雨:《中国新诗坛的昨日今日和明日》,海音书局 1929 年版,第 174 页。
③ 冯沅君:《读"宝马"》,天津《大公报·文艺》第 336 期,1937 年 5 月 6 日。
④ 司马长风:《中国新文学史》中卷,昭明出版有限公司 1978 年版,第 187 页。

的僵尸复活,而且使她变为一个具有现代人灵性的亭亭美人了"①:

　　书案边静坐着女郎,

　　一阵困倦侵入胸内,

　　幻影在她前面飞扬,

　　水在壶中单调地沸,

　　暖风轻轻拂来,催她入眠。

朱湘高度重视人性,乃至视之为诗的本质追求②,这与"五四"追求自由和个性解放的时代精神十分熨帖。他虽然借用"今古奇观",但绝不止步于"陈义陈用"③,而是要"借他人之酒杯,浇胸中之块垒"。朱湘说:"我是要用叙事诗(现在改为史事诗)的体裁来称述华族民性的各相"④。他的好友柳无忌在《为新诗辩护》里吁请道:"新诗的作者应该有种觉悟","试写着长篇的史诗,歌颂着中华民族过去的光荣与文化,传达着新的伟大的国民文学的降临"。⑤朱湘写此类诗的灵感往往来源于中国古代典籍如《警世通言》和《今古奇观》等,他的叙事长诗《王娇》《庄周之一晚》《收魂》是这方面的代表性作品。比如《庄周之一晚》,反思了中国文化里的庄子形象及其道家虚无主义思想,揭示了中华民族文化特点和人性弱点。这类诗往往借助中国古代传奇人物及其离奇故事,淋漓尽致地发挥诗人的想象,上天入地,古今穿越,用反讽、幽默、戏剧等手段,深入探究人的生存困境、人性的根本和中华民族的文化根性。现实生活中的朱湘,极具魏晋风骨、名士做派,并且恃才傲物、狂放不羁,将人性张扬到了极致。难怪柳无忌称他为"诗人的诗人"。⑥ 如果说朱湘代表了新月派

---

① 沈从文:《论朱湘的诗》,《文艺月刊》第3卷第1期,1931年。

② 《朱湘全集·散文卷·北海游记》,安徽文艺出版社2017年版,第15页。朱湘说:"诗的本质是一成不变万古长新的;它便是人性。"

③ 沈从文:《论朱湘的诗》,《文艺月刊》第3卷第1期,1931年。

④ 《朱湘书信集·寄罗皑岚》,人生与文学社1936年版,第136页。

⑤ 柳无忌:《为新诗辩护》,《文艺杂志》第1卷第4期,1932年9月。

⑥ 柳无忌:《朱湘:诗人的诗人》,见《二罗一柳忆朱湘》,三联书店1985年版,第58页。

诗人里倾向于写作历史题材叙事长诗的话,那么徐志摩则是新月派里偏向写作精神题材叙事长诗的代表。1922 年 7 月,徐志摩在英国康桥写出了长达 6 章的散文诗《夜》。正如发表该诗的编者所言:"志摩这首长诗,确是另创一种新的格局与艺术"。① 这首长诗一改诗人长期沉溺在自己情爱天地的布尔乔亚式温婉诗风,而是将视角不断向内聚焦,在精神世界里突破时空、上天入地、上下求索,探寻自我存在和宇宙存在的"本真状态"。他先是凝神静听:"我却在这静温中,听出宇宙进行的声息,黑夜的脉搏与呼吸,听出无数的梦魂的匆忙踪迹;也听出我自己的幻想,感受了神秘的冲动,在豁动他久敛的习翮,准备飞出他沉闷的巢居,飞出这沉寂的环境,去寻访黑夜的奇观,去寻访更玄奥的秘密——听呀,他已经沙沙的飞出云外去了!"② 既听外在世界,听宇宙,听黑夜;也听内在世界,听自我,听灵魂。听得入了迷,听得出了神,于是,那个精神的自我就能够"飞出时间的关塞","精骛八极,心游万仞"。他既看到了神灵的"明星似的眼泪",也来到了"湖滨诗侣"的故乡和海岱尔堡的跳舞盛会,还回溯到了"人类文明的摇荡时期";同时也"到了二十世纪的不夜城",那里"是恶俗文明的广告,无耻,淫猥,残暴,肮脏,——表面却是一致的辉耀"。他一度陷入迷惘:"夜呀,你在哪里? /光明,你又在哪里?"但"一个声音"在提醒他、牵引他、拯救他、解放他:

> 若然万象都是空的幻的,我是终古不变的真理与实在;你方才遨游黑夜的胜迹,你已经得见他许多珍藏的秘密,——你方才经过大海的边沿,不是看见一颗明星似的眼泪吗? ——那就是我。

> 你要真静定,须向狂风暴雨的底里求去;你要真和谐,须向混沌的底里求去;你要真平安,须向大变乱,大革命的底里求去;你要真幸福,须向真痛里尝去;你要真实在,须向真空虚里悟去;你要真生命,须向最危险的方向访去;你要真天堂,须向地狱里守去;这方向就是我。

① 《编者附言》,《晨报·文学旬刊》1923 年 12 月 1 日。
② 蒋复璁、梁实秋编:《徐志摩全集》第一卷,台湾传记出版社 1980 年版,第 337 页。

这首诗的主题是失落与寻找的变奏,是对自我、世界和宇宙的认识与探究,有点"神曲"的韵味,是一首难见中国印迹的现代人的心灵史诗。当然,如果把它解读成关于遮蔽、敞开和澄明的复调,把它解读成一首存在主义的长诗,那也未尝不可。但是,基于该诗里反复出现英国湖畔派诗歌的影子,以及徐志摩一贯坚持的浪漫主义诗风,笔者还是愿意将其解读成具有浓郁浪漫色彩的、关乎现代人精神状态的心灵史诗。这是它与徐志摩以往诗风同中有异的地方。

总之,20 年代叙事诗史诗化的特点可以归结为:诗体上,长诗写作越来越兴盛,在规模、数量和质量上均远超晚清;诗材上,历史、神话和精神题材占主体,而现实题材较少;诗质上,将写人性和国族置于首位,现代性很强;技法上,写实与象征交相辉映,晚清那种客观纪实的"诗史"式写法减少了许多;美学上,现实主义和浪漫主义诗风成为主导风格,写实主义降到次要地位;还有就是创作主体诗人,留学西方的现代知识分子渐渐取代了由传统向现代转型的晚清知识分子,成为创作史诗化叙事诗的生力军。

三、20 世纪 30 年代呐喊型、颓废型和歌咏型叙事诗的史诗化写作

"四一二"反革命政变以及此后国共两党两军之间一系列的"围剿"与反"围剿",使得中国社会发生了深刻变化,尤其是 1931 年日本悍然发动侵华的"九一八"事变,从此,中国社会深陷内忧外患的痛苦泥潭中。也就是说,20 世纪 30 年代是风云激荡的年代,是被中国诗歌会主将蒲风称之为"产生史诗的时代"①。这样"史诗的时代""我们需要伟大的史诗"②。这是 30 年代叙事诗史诗化的时代使然。此期诗歌理论界加强了对域外史诗和长诗的译介,与此

---

① 蒲风:《关于〈六月流火〉》,见黄安榕等编:《蒲风选集》(上),海峡文艺出版社 1985 年版,第 580 页。
② 蒲风:《关于〈六月流火〉》,见黄安榕等编:《蒲风选集》(上),海峡文艺出版社 1985 年版,第 580 页。

同时,还在叙事诗的诗学传统、现代叙事诗的知识形态、文体特征和审美趣味,以及叙事诗与长诗、"伟大的诗"等方面进行了深入探究,为30年代叙事诗史诗化作了很好的诗学准备和诗学参照。此外,如上所述,20年代诗人们在中国现代叙事诗史诗化方面的创作实绩,也为30年代诗人在这方面继续创造提供了宝贵经验,增强了他们的创作自信。从20年代到30年代,中国现代文学发生了从文学革命到革命文学范式上的转变,此期长篇叙事诗的史诗化也随之经历着从重个性转向重社会,从重沉思转向重行动,从重诗意格调转向重叙述报道,从重个性解放到重国家大事,从重礼教与爱情冲突到重革命与爱情冲突,诗人也从士绅文人扩大到社会各阶层。

在国民党白色恐怖与日本帝国主义淫威下,中国知识分子,尤其是革命的、左翼的诗人基本上走出了彷徨,用新诗写作的方式发出了激昂的呐喊。"四一二"反革命政变后不久,太阳社诗人、批评家钱杏邨出版了他的第一部长篇叙事诗集《暴风雨的前夜》。该诗直接叙写了武汉汪精卫政府叛变革命、屠杀共产党的"七一五""分党"事件,同时也描写了蒋介石"四一二"反革命政变及其白色恐怖给广大革命青年造成的愤激心理。在《后记》里,诗人自我评估道:"在意义方面,是很重要的一篇史诗"①。显然,诗人自己高估了此诗。毕竟它没有摆脱时代的局限,尤其是诗人自身诗学思想的局限。作为一首典型的早期无产阶级文学里的史诗化叙事长诗,它的特点十分明显。首先,正如钱杏邨所主张的无产阶级文学——"新兴文学"——那样,该诗将文学的阶级性、斗争性和工具性强化到了极点。因为在他看来,唯其如此,方能表现"无产阶级的活力"②。因此,该诗将20年代末严重影响中国现代化进程的、革命与反革命之间的血腥斗争作为全诗的主体构架,试图写出那段历史中重大政治事件对现代中国前途和命运的深重影响。其次,由于受到"革命持续高涨

---

① 钱杏邨:《后记》,见钱杏邨:《暴风雨的前夜》,泰东图书局1928年版。
② 钱杏邨:《叶绍钧的创作的考察》,见《现代中国文学作家》第1卷,泰东图书局1928年版。

论"的影响,钱杏邨对当时的革命形势认识不足,过于乐观,激进地认为革命形势一片光明,因此,诗中流露出很多不切合实际的想法。最后,为了突出钱杏邨心目中无产阶级文学政治宣传的特殊功效,诗中出现了许多呐喊性和鼓动性的革命标语与口号。钱杏邨说:"标语口号文学都含有宣传文学的本质意义"①。不是标语口号能否入诗的问题,关键是如此作诗的诗人有无这种诗歌意识,而非一窝蜂、凑热闹、随大流。郭沫若说:"口号标语也不失为诗的一种,做到好处也正好","事实上,标语和口号实在是最难做的,有经验的人自会知道。"②只不过,此期的钱杏邨,机械地照搬苏联"拉普"文艺思想,没能使之与中国无产阶级文学实践联系起来,因此犯了"左"倾幼稚病,乃至还错误地将批判矛头对准鲁迅和茅盾等"五四"老一辈作家。对此,1932 年,瞿秋白在《大众文艺的问题》里痛批道:"革命文艺的初期,正因为不会估计现实的形势,所以只有些标语口号的叫喊。这不是向敌人进攻,不是向反动意识去攻击,而只是叫喊。"③这种无产阶级诗歌史诗化进程中的"左"倾幼稚病,到左翼诗人那里得到了部分纠正。换言之,左翼诗人创作的史诗化叙事诗是"新诗人们和现实密切拥抱之必然的结果"④,从而规避了中国新诗创作机械化、形而上学化和完全阶级化。这批"新诗人"主要指中国诗歌会主将。他们将目光聚焦于阶级意识觉醒了的工农及其领袖。中国诗歌会发起人杨骚的长篇叙事诗《乡曲》具有代表性。它有"在写信""黎明""骚动""锄声""短简"5 个诗章,由妹妹"阿梅"写给哥哥的信作为叙事线索串联起来。该诗描写故事发生的时代背景:"我们吃的饭早是米糠和麸皮;/我们走的路早是悬崖和绝壁。/我们的男人只好到城里当奴隶;/我们的女人只好到镇上当娼妓。"⑤在如此恶劣的生存环境下,"我们"及其农民暴动的领导"老三"与地主阶级的代

① 钱杏邨:《批评与抄书》,《太阳月刊》1928 年 4 月号。
② 郭沫若:《七诘》,《质文》第 4 号,1935 年 12 月。
③ 瞿秋白:《论中国文学革命》,生活·读书·新知三联书店 2014 年版,第 125 页。
④ 矛盾(茅盾):《叙事诗的前途》,《文学》第 8 卷第 2 号,1937 年 2 月 1 日。
⑤ 杨骚:《乡曲》,上海乐华图书公司 1937 年版。

表"陈爷"之间展开了硬碰硬的革命斗争——抢夺陈家米店和捣毁陈家老巢,以及最终被反动军警血腥镇压的惨烈故事,全方面、多视角地反映了当时中国农村社会的政治黑暗、经济破产、民生凋敝、民怨四起、民变风涌。诗人是以悲壮的乡曲,谱写了一曲现代中国农民寻求政治和经济翻身的革命斗争史诗。诗中的"乡曲",不是田园牧歌,更不是农民哀歌,而是现代中国农民的"英雄交响曲"。这种英雄交响曲式的中国底层社会的呐喊,体现的是前所未有的新时代的新意识,遵循的是中国诗歌会的诗学纲领:"我们要捉住现实,歌唱新世纪的意识"①。在这方面较有代表性的是蒲风自称"长篇故事诗"的《六月流火》。该诗是蒲风在日本创作完成的,并于 1935 年 12 月 25 日在日本出版。目前的史料显示,它是"五四"至 1935 年底唯一一本在日本东京印刷发行的现代汉语诗集。之所以取名"六月流火",而非《诗经》里的"七月流火",是因为蒲风征询并最终采纳了当时也在东京的郭沫若的建议——七月已经入秋,天气转凉了,而六月正是艳阳普照,十分火热。全诗由 24 个有题诗章组成,近 2000 行。虽是长篇故事诗,但诗中的故事显然是虚构的,或者说是对种种时事的典型化处理。全诗以军队筑路与农民反抗之间的武装斗争为主要矛盾线索,牵涉农民与土地,以及农民与地主劣绅之间的紧张关系,"充分表现大时代下的农村动乱的主题"②,指出了唯有武装斗争才是中国农民的正确出路,同时预言:在各地风起云涌的轰轰烈烈武装斗争的推进下,"旧的世界即将粉碎"。尤为可贵的是,诗人还写到了此时正在进行的红军长征,并对此作了激情似火的颂赞,体现在第 19 章《怒潮》"咏铁流"一节:"铁流哟,到头人们压迫你滚滚西吐,/铁流哟,如今,翻过高山,流过大地的胸脯/铁的旋风卷起了塞北沙土,/铁流哟,逆暑披风,/无限的艰难,无限的险阻! /咽下更多数量的苦楚里的愤怒,/铁流的到处哟,建造起铁的基础"③。就现有掌握的材料看,

---

① 本刊同人:《发刊词》,《新诗歌》创刊号,1933 年 2 月 11 日。
② 蒲风:《关于〈六月流火〉》,见《蒲风选集》上册,海峡文艺出版社 1985 年版。
③ 蒲风:《六月流火》,见《蒲风选集》(上),海峡文艺出版社 1985 年版,第 433 页。

这是中国新诗发展史上最早歌颂长征的新诗。如果说斯诺叙写的是"红星照耀中国",那么蒲风颂扬的是"红火燃遍中国"!这也就是蒲风所说的"伟大的时代""伟大的现实"。他宣誓要主动承担起"暴露社会的责任",虽然"技术的贫弱",但丝毫不影响蒲风对此"整个的表现",进而"预言社会,指导社会,鼓舞社会",开发"新世纪"的伟大"史诗"。①

　　要言之,30年代呐喊型叙事诗的史诗化,大多着眼于重大事件和先进人物,并将其置于革命与反革命的血腥斗争之中,通过对重大政治事件的叙述,凸显中国工农阶级意识的觉醒,赞美他们的革命行动,进而发出了捣毁黑暗社会、消灭剥削制度和改变不公正命运的呐喊。毋庸讳言的是,有的呐喊型诗人把时代政治理解成时事政策,较少从政治理念上宽泛地理解政治。与革命叙事诗史诗化一味推崇"力"相比,左翼叙事诗史诗化已经有意识注意"真"与"美"了,尤其是普罗大众能够接受的,既体现在内容和主题方面又体现在技术和文字方面的"大众美"。因此,左翼叙事诗史诗化,已经不是笼统的文艺大众化,而是左翼的文艺大众化了。

　　与30年代呐喊型叙事诗史诗化不同的是,"民族主义文学"的叙事诗写作偏重于"民族主义"的题材与情愫。它们倾向"民族",可以理解;而执迷于"民族主义",就走向了种族主义和血统论。

　　1931年4月10日《前锋月刊》第1卷第7期发表了黄震遐的长篇剧诗《黄人之血》。该诗有"帖尼博耳河畔""沙漠之魂"等7个诗章,3万余字。据诗人在《写在黄人之血前面》里交代,刚开始想以蒙古人西征为题材写篇小说,但因材料匮乏,加上出版困难,更因不擅写小说,最终只好作罢,而写蒙古人西征的想法一直未泯。后来,有机会读到了《蒙古史》和《俄国浪漫故事》,写诗的冲动愈发强烈,最终花了三个月写成此诗。公元1240年,成吉思汗的孙子拔都率领五十万蒙古骑兵西征欧罗巴。这支军队由汉人、鞑靼人、女真

----

① 蒲风:《关于〈六月流火〉》,见《蒲风选集》(上),海峡文艺出版社1985年版。

人、契丹人即"黄人"组成联军。当黄人战胜白人斡罗斯（俄罗斯），攻下计掖甫城后，胡作非为，尤其是掠走计掖甫城郡主华兰地娜，使得爱恋着她的居普罗司岛王子"海中人"记恨于心，"海中人"利用蒙古军中汉人和鞑靼人之间的矛盾，乘机报仇，最后全歼蒙古军。在中华民族危机四伏的当口儿，如此宣扬民族主义，的确在客观上起到了一定作用，尤其是它宣扬"大亚细亚主义"的惨败给日本侵略者以迎头痛击。但是，它确实存在很多问题且问题相当严重。比如，它"认不清'友'与'仇'，结果还是谬想与虎谋皮吧了"①；又如，它宣扬的"大亚细亚主义""大东亚""民族精神"等思想，有为日本军国主义张目或被其利用的危险；再如，这场战争进攻的对象是"今之苏联"，"那时就有人指出现在的拔都的大军，就是日本的军马，而在'西征'之前尚须先将中国征服，给变成从军的奴才"②，因此有借日本帝国主义"进攻苏联的意旨"③，"以消灭无产阶级的模范——这是'民族主义文学'的目标"④；还如，诗里描写的战争，不是不同阶级之间的斗争，而是不同种族——黄人与白人——之间的斗争，是一场血淋淋的、不仁不义的侵略战争，与"左联"的"国际主义"路线背道而驰，因此，甫一发表就受到了"左联"的猛烈抨击，最后还引发了中国现代文学史上著名的"两个口号"之争。此外，还需补一句，这种思潮很有市场，40年代初重庆所谓的"战国策派"/"战国派"，仍在宣扬以"恐怖""狂欢""虐恪"为文学命题的、尼采式的权力意志和英雄崇拜；最后如，全诗在美学风格上，"颓废多于呐喊，不曾抓住整个民族大众的真实的苦痛"⑤，有急于宣扬其"民族主义"的"主题先行"之弊端，诗中常常出现"民族之光""伟大的死"等凸显其

① 蒲风：《五四到现在的中国诗坛鸟瞰》，《现代中国诗坛》，诗歌出版社1938年版。
② 晏敖（鲁迅）：《"民族主义文学"的任务与运命》，《文学导报》第1卷第6—7期，1931年10月23日。
③ 石崩（茅盾）：《〈黄人之血〉及其它》，《文学导报》第1卷第5期，1931年9月。
④ 晏敖（鲁迅）：《"民族主义文学"的任务与运命》，《文学导报》第1卷第6—7期，1931年10月23日。
⑤ 蒲风：《五四到现在的中国诗坛鸟瞰》，《现代中国诗坛》，诗歌出版社1938年版。

"民族主义"的干瘪字眼。虽然这种颓废型史诗化的叙事诗写作不算多,但它们产生的影响很大,值得引起我们高度重视。

"处于今日中国的时代,写史诗是诗人的惟一的方向——这话,不是没理"。① 30 年代,中国社会发生了一系列重大事件,如国民党反动派多次"围剿"、共产党领导下的反"围剿"及长征、全国人民艰苦卓绝的抗日战争等等。同时,五四新文化运动要求科学和民主的使命也远未完成。此时的中国青年经历着人生成长和心理发展等多方面的考验和历练。时代浪潮的潮起潮落,深刻影响着中国青年的精神、思想和信仰。他们有的追求,有的动摇,有的幻灭,有的献身,有的新生,有的执着……要之,史诗性时代产生史诗性青年、史诗性事件和史诗性诗篇。梁宗岱将这种以《神曲》和《浮士德》为楷模的、抒写"诗人积聚在内在世界里的毕生的经验与梦想,怅惘与创造底结晶或升华"的、"歌咏灵魂冒险"的、体现"建筑家底意匠"的长诗,视为 30 年代中国新诗创作的"合理的愿望",并鼓励诗人进行创作。② 这类长篇叙事诗的史诗化因为着眼于"歌咏灵魂冒险",所以我们不妨称之为歌咏型叙事诗,如徐沁君的《灵魂的梦》、孙大雨的《自己的写照》、孤雁的《心声》、羽音的《幽梦曲》、壁儿的《忏悔》、老舍的《鬼曲》、曹葆华的《幻变》、窦隐夫的《一个诗人的故事》、金克木的《少年行》等。接下来,我们以金克木的《少年行》为例,分析歌咏型史诗化长篇叙事诗的特征。金克木在《论中国新诗的新途径》里指出,"新起的诗",从内容上看,有三大主流:"一是智的,一是情的,一是感觉的",而从新诗形式看,有三大发展可能,即"散文诗,叙事诗,诗剧"。③ 由此可见,他对叙事诗和"诗剧"的重视。他的叙事诗创作在写法上已经完全不同于呐喊型和颓废型的纪实性叙事诗,而朝着暗示、象征、朦胧、晦涩的现代主义诗歌写作方向

---

① 商寿(徐迟):《读〈蝙蝠集〉》,《新诗》第 1 期,1936 年 10 月。

② 梁宗岱:《按语和跋 论长诗小诗》,见梁宗岱:《诗与真二集》,商务印书馆 1936 年版,第 112—113 页。

③ 柯可(金克木):《中国新诗的新途径》,《新月》第 1 卷第 4 期,1937 年 1 月 10 日。

发展了。金克木总想在中国新诗写作上超越自己,"试验用旧诗作法作新诗,用外国诗作法作中国诗"①。《少年行》(甲、乙)写一个农民少年从农村来到城市的种种经历及其触发的感想,将个人的成长与中国的命运紧紧联系在一起,所以本诗既写"少年行"也写"中国行",而且诗人是把人物及其故事置于五四运动、五卅惨案、北伐战争和"四一二"反革命政变等重大历史时期及其重大历史事件中,这就使得人物和故事有可能拥有重大的历史意义。但是,诗人并没有将侧重点放在对外部历史事件的详尽记述上,而是专注于它们对一个来到城里的少年农民心理和精神上的深刻影响。所以,诗中所写农村少年的成长,不是写他的生理成长,而是写他的心理成长和精神成长。

一言以蔽之,30 年代叙事诗写作的史诗化与现代化表现十分丰富、成绩斐然,既有激昂的呐喊型叙事诗写作,又有偏激的颓废型叙事诗写作,还有复杂的歌咏型叙事诗写作,它们共同谱写了 30 年代中国叙事诗写作的诗学风貌、时代精神和文学成就。

四、20 世纪 40 年代庄严的"民族革命的史诗"写作

20 世纪 40 年代,中华民族进入全面抗战的紧迫形势。这极大地提振了各族人民的国民精神和民族意志,增强了中华民族的凝聚力和向心力。经历了五四新文化运动的启蒙,尽管中国人改变了以往"家天下"的封建意识,进而认识到了中国仅仅是世界版图里的一个"现代民族国家",但是经过纷繁复杂的政治变局后,这种现代性民族国家的"想象的共同体",或者说对现代民族国家共同体的想象,仍然比较模糊。只有到了抗日战争全面爆发以后,只有当中国人真切痛彻体会到亡国亡家的时候,"第一次我们每个国民都感觉到有一个国家——第一次我们每个人都感觉到中国是自己的"②。质言之,在日本军国主义加速要亡我中国的危局下,中国人放弃很多内部的积怨和争斗,团

① 金克木:《挂剑空垄·新诗集序》,生活·读书·新知三联书店 1999 年版,第 8 页。
② 朱自清:《爱国诗》,见《朱自清全集》(2),江苏教育出版社 1996 年版,第 358—359 页。

结一心,一致抗日,保家卫国。因而,抗日救亡,成为全社会和全民族共同追寻的时代主题。而文学艺术创作、传播和接受,是抗日战争又一个不可小觑的战场。无论是沦陷区文学、国统区文学,还是解放区文学,一切文学艺术均由此前的"多声部"汇聚成抗日救亡的"主旋律"。"诗人们努力的方向","不再是一味狂热地高歌了,而是逐渐产生了从战时生活中来的真实的抒情诗和造型的叙事诗"。更有甚者,"很多人企图描绘出庄严的史诗,于是数千行、万行的长诗也都出现了"。① 此期长篇叙事诗产量很高,在中国诗歌史上拥有崇高的位置。除了坚持革命现实主义的诗人继续创作长篇叙事诗外,不少现代主义诗人也在此期创作了不少长篇叙事诗。除了出版长篇叙事诗专集外,一些期刊如《诗创作》还编辑出版"长诗专号"②,还有就是通过主办"诗人节"③推出长篇叙事诗。用"盛况空前"来形容此时长篇叙事诗创作、发表和传播的景况,一点也不为过。

显然,抗日救亡是 40 年代史诗化叙事诗在题材、主题和人物形象方面的不二选择。我们先来谈谈臧克家的长诗《古树的花朵》。他说,这是他自抗战以来"平生最卖力气"创作的"英雄史诗"。④ 该诗当年作为"东方文艺丛书"之一,由东方书社出版发行。在该书《序》里,臧克家交代了他写作这部长诗的良苦心:"写长诗特别需要气魄和组织力。为了紧张的场面叫起来的不羁的情感,为了使气势不受窒息,字句就不能太局限于谨严的韵律和韵脚下了。因此,在格调上,这个诗篇也就有些不同。同时,意识和材料也在压迫着我试探改变自己的风格,使它更恢廓些。这篇东西也许可以作为起点的第一

---

① 王瑶:《中国新文学史稿》(下),上海文艺出版社 1983 年版,第 393 页。
② 1942 年 6 月《诗创作》第 11 期推出"长诗专号",发表了田间的《她也要杀人》、艾青的《赌博——长诗"溃灭"代序》、厂民(严辰)的《春耕》、戈茅的《草原故事》和征军的《小红痣》等。
③ 1943 年 6 月的"诗人节",推出了 4 部长篇叙事诗,即臧克家的《感情的野马》、臧云远的《虎子》、王亚平的《二岗兵》和力扬的《哭泣的年代》。
④ 臧克家:《我的诗生活》,读书出版社 1942 年版,第 56 页。

个步子"①。可见,臧克家写作长诗的文体意识十分自觉和清晰。他认识到写长诗与写短诗不一样,并且要在风格方面有所改变,从而形成专属自己的长诗风格。而不像当时有些人写长诗"动机不纯"。1942 年,《诗》第 3 卷第 3 期发表社论《我们的广播》:"写长诗的风气很为流行——这是好现象,但有些人的动机却非常错误,第一,他们以为长诗很容易写,既无题材的选择,以为只要把一些小说的故事就可以分行排成诗;第二,有些人是为了'万行'而写诗,以为质不能胜人,必得以量胜人;第三,以为短诗已无价值,便硬写长诗。怕写短诗是落伍。"②至于这部长诗为什么取名叫《古树的花朵》,是因为它以著名抗日将军范筑先矢志抗日的感人故事为题材。在《序》里,臧克家说:"范筑先,是一个新的英雄。他以惊人的老龄和毅力推开过去,用战斗为国家民族和自己另辟一个崭新的生命","他是一个古树,在大时代的气流里开出了鲜红的花朵",③即老树开新花之喻。这部长诗出版后不到两个月,《学习生活》就刊登一则"广告":"这本诗集又名《范筑先》,是描写民族英雄范筑先老先生在鲁西北抗日堡垒——聊城英勇斗争的史诗","作者搜集材料一直到完成这本诗,差不多费了一年的功夫"。④ 这部长诗由 18 章组成,可以说是一部"纪念坊"⑤式的现代民族史诗,"是一部为民族自由而斗争的新时代的英雄史诗"⑥。该书 1947 年 3 月在上海再版后,谢冰莹撰文予以高度赞誉:"这是克家一部五千行的壮烈史诗,以革命家范筑先将军为题材,可怜范夫人和他的儿女至今还困在西安,不能回到故乡去,叙述范将军一生的历史和他们父子殉国的经过,这是活生生的惊天地、泣鬼神的好题材,因此诗人写来是那么自然、沉痛、壮烈、伟大,使读者不但深刻地了解范将军人格的伟大,而且

---

① 臧克家:《序》,见臧克家:《古树的花朵》,东方书社 1942 年版。
② 《我们的广播》(社论),《诗》第 3 卷第 3 期,1942 年 8 月。
③ 臧克家:《序》,见臧克家:《古树的花朵》,东方书社 1942 年版。
④ 见《学习生活》第 4 卷第 2 期,1943 年 2 月 1 日。
⑤ [德]黑格尔:《美学》第三卷下册,朱光潜译,商务印书馆 1981 年版,第 108 页。
⑥ 简壤:《古树的花朵》,《新华日报》1943 年 2 月 9 日。

更进一步认识全中国每个角落里与敌人苦战的人都是像范将军似的国民只知国家,不知个人,以范将军来代表国人不屈不挠的牺牲精神和伟大崇高的人格,实在使人深受感动,百读不厌。更因为材料丰富的关系,所以诗的结构也非常严谨,作者一向就以文字流利见长,而这部诗更是特别的流利,范将军的精神不朽,克家这部有历史价值的《古树的花朵》,也将成为不朽的杰作。"①

在那个如火如荼、群情激昂的抗战时代,除了新近走上诗坛的工农兵诗人外,许多诗人都不同程度地调整写作策略,乃至写作方向,努力使自己的写作汇入抗战时代的巨大洪流中。为抗日救亡写作,为建立现代民族国家写作,成为抗战时代诗人们发自内心的召唤、共同的追求和最高的律令。如上所述,臧克家把《古树的花朵》视为自己创作现代民族英雄史诗"起点的第一个步子"。而曾以"吹芦笛的人"②著称的艾青,此期也毅然决然地吹起了抗日救亡的时代号角,转而创作史诗性极强的长诗。有的评论家认为,艾青的叙事长诗《火把》最能体现艾青叙事诗创作风格的新变与"进步"。③《火把》最初发表在重庆出版的《中苏文化》第6卷第5期"高尔基纪念文艺专号"上。当抗日战争进入相持阶段,日本侵略者对国民党以政治诱降为主、以军事打击为辅,在此背景下,国民党反动派从1939年12月到1940年2月掀起了抗战以来第一次反共高潮。恰在此时,桂林爆发了纪念"七七事变"两周年的火炬游行,大游行的口号是"精诚团结,粉碎敌寇阴谋"。这次火炬大游行,那场面,那氛围,那口号,那歌声,那亢奋的人潮,那通红的火把,那饱含的泪水,使艾青通身战栗,感受着被"一种完全新的东西"——"群众的行动所发挥出来的集体的力量,群众本身所赋有的民主的精神,群众的不可抵御的革命精

---

① 谢冰莹:《臧克家的诗》,《黄河》复刊第4期,1948年6月1日。

② 1937年12月,胡风在《文学》上发表《吹芦笛的人》。他说:"艾青底诗使我们觉得亲切,当是因为他纵情地而且是至情地歌唱了对于人的爱以及对于这爱的确信。"

③ 雷石榆:《诗评——〈火把〉照着什么》,《西南文艺》第1卷第1期,1941年1月。

神"①——所袭击②。它迫使艾青思考:在抗战相持阶段,抗战应该与民主运动结合起来。在孕育了 10 个月后,终于在 1940 年 5 月 1 日至 4 日,艾青灵感喷涌地写出了这首近千行的叙事长诗。全诗共 18 章,分 5 个意义单元。第一个意义单元是第 1 章至第 3 章,写李茵邀请唐尼一起参加纪念"七七事变"两周年火炬大游行;唐尼一方面感受着盛大而火热的游行场面,另一方面因恋人克明的冷落而失意。第二个意义单元是第 4 章至第 9 章。这是全诗的高潮,写火炬游行的群众大聚会,聚会上慷慨陈词的爱国演讲,高举火把行进的游行队伍,火光照亮了整个夜空……第三个意义单元是第 10 章至第 13 章,写唐尼虽然受到火炬游行场面的震撼——"当我看见那火把的洪流摆荡的时候,/的确曾想起了一种东西/看见了一种东西,一种完全新的东西,/我所陌生的东西",但她很快又陷入自己个人情爱的小天地,竟至将这种巨大的时代洪流逼退了,也就是说,她个人的"火把"刚要燃烧时却"最先熄灭了"!第四个意义单元是第 14 章至第 17 章,写李茵以自己痛苦的经历,现身说法地规劝唐尼走出自己个人的情感世界,融入时代发展进步的洪流;这里不时回闪着左翼文学里常见的"革命+恋爱"的面影;最后,唐尼幡然醒悟,并为自己的脆弱而悔恨:"这时代/像一阵暴风雨/我在窗口/看着它就发抖/这时代/伟大得像一座高山/而我以为我的脚/和我的胆量/是不能超越它的"。最后一个意义单元是《尾声》,写唐尼在火炬大游行结束后回到安静的家中,站在哥哥遗像前,思绪万千,并在心里默默念道:"哥哥 今夜/你会喜欢吧/你的妹妹已带回了火把/这火把不是用油点燃起来的/这火把 是她/用眼泪点燃起来的……"。诗中的火把,既是实写的游行的火把,也是抗日的爱国热情在普通中国民众内

---

① 艾青:《关于〈火把〉》,《新蜀报》1940 年 10 月 12 日。

② 至于艾青到底有没有亲自参加这次火炬大游行,他自己前后说法不一。见叶锦编著:《艾青年谱长编》,人民文学出版社 2010 年版,第 77 页。

心点燃的火把。艾青说:"《火把》,这可以说《向太阳》姊妹篇"。① 在《抗战与诗》里,朱自清说,如果《向太阳》还保留了艾青惯用的象征手法,那么"《火把》却近乎铺叙了"②。不同于"抒情诗的原则是收敛或浓缩",史诗"是铺开来描写"。③ 尽管铺叙是《火把》主要的结构性特点和叙述手法,但象征和隐喻几乎无处不在,比如在《尾声》里,唐尼的母亲对她说:"孩子 别哭了/来睡吧/天快亮了",就是用象征手法昭示抗战的胜利指日可待,光明就在前面。艾青说:"《火把》是对于'人群'、'动'、'光'的形象,当然,这形象必须有思想的内容,有生命,她的思想内容就是'民主主义'。"④由此可见,抗战时期,尤其是延安文艺座谈会之后,艾青像《火把》中的唐尼那样身处矛盾痛苦之中,只不过艾青的矛盾痛苦在于:努力摆脱知识分子的固有面貌,做一个爱国工农兵;努力剥离掉西式象征,采用通俗易懂的表达方式。质言之,艾青想拥有思想火把和诗学火把,把知识分子印记和隐晦的象征物燃烧掉,以使自己成为一个为主流话语和工农兵所接受的爱国诗人。但从效果来看,这个火把燃烧得并不尽如人意。有艾青这样想法的诗人,尤其是知识分子诗人,大有人在,可以作为一种特殊的文学现象加以系统研究。

需要特别说明的是,抗日战争胜利后,在历经时代风云激荡、诗学探索日趋深入、诗歌创作经验渐渐丰富之后,中国现代叙事诗写作的史诗化与现代化已由之前的"译诗化"、精英化和西方化转向了谣曲化、大众化和民族化,产生了一批像《赶车传》那样优秀的作品,鉴于篇幅原因,只有留待另文论述了。新中国成立后到新时期之前,叙事诗也曾有过比较火热的时期,只是到新时期

① 艾青:《为了胜利——三年来创作的一个报告》,《抗战文艺》第 7 卷第 1 期,1941 年 1 月。
② 朱自清:《抗战与诗》,见朱自清:《新诗杂话》,生活·读书·新知三联书店 1984 年版,第 285 页。
③ [德]黑格尔:《美学》第三卷下册,朱光潜译,商务印书馆 1981 年版,第 212—213 页。
④ 艾青:《为了胜利——三年来创作的一个报告》,《抗战文艺》第 7 卷第 1 期,1941 年 1 月。

后,在西方现代主义纯诗观念冲击下,叙事诗写作衰落了。如果置身于世界诗歌发展史上的"长时段"去看,整个叙事诗写作都衰落了。所以,有人说:"叙事诗在 20 世纪之所以衰落,根源在于诗人们已经不会使用韵律语言去'讲故事'"①。其实,除了韵律之外,史诗化诗歌写作还有题材、结构、语言、品性等方面的严苛要求。黑格尔说:"史诗并不完全排除抒情诗和戏剧诗的题材,不过不把这两种诗的题材形成全部作品的基本形式,而只是让它们作为组成部分而发生作用,不能因为采用它们而就使史诗丧失它所特有的性格"②。所以,要写好叙事诗,要科学评价叙事诗,均需要专业的叙事诗知识。

概言之,从晚清到 20 世纪 40 年代的中国现代叙事诗写作在史诗化追寻方面均表现出了难能可贵的现代性。这种现代性的叙事形态、叙事诗体和诗歌成就,使其足以成为一份崭新的中国现代叙事诗传统,一方面与中国古代叙事诗传统并肩而立,另一方面赋能当代叙事诗的创作与探讨。

五、新中国成立以来"创世"史诗性、英雄史诗性和历史史诗性的诗歌写作

从新中国成立一直到粉碎"四人帮",是中国当代文学史上俗称的"十七年文学"和"文革文学"时期。在这近三十年的时间里,中国社会全面进入"一体化"的快车道。毛泽东《在延安文艺座谈会上的讲话》精神,成为新中国文艺发展的方向和指针;革命现实主义和革命浪漫主义"两结合",成为新中国文艺创作必须遵循的方法和原则。文艺的大众化、民族化和一体化成为不容置疑的"金光大道"。文艺世界出现了乌托邦式的"艳阳天"。因而,中国当代叙事诗写作、出版和接受都主动或被动地置于中国当代政治、思想、文化和文艺的一体化的共同体之中。

---

① 脱剑鸣:《美国当代"新叙事诗"运动和戴那·乔亚的叙事诗创作》,《当代外国文学》2007 年第 3 期。
② [德]黑格尔:《美学》第三卷(下册),朱光潜译,商务印书馆 1981 年版,第 163 页。

新中国成立后,人民当家作主,国家民族高度统一。这显然是中华民族历史上最重大的政治事件,也是世界发展史上的重大事件,是名副其实的、"创世"的、史诗的时代。而史诗的时代激励诗人们创作时代的史诗。可以这样说,中华民族历史上还没有哪一个时代那样,几乎是"全天候"、全领域地为诗人们提供创作史诗的素材、题材、语境和激情。诗人们不负时代使命、历史重托和人民希望,热情高涨、灵感喷涌,创作出大批史诗性的大型组诗和长诗。这一点,我们只要查看厚厚两大本《中国新诗编年史》①就知道,仅记录在册的长诗就有近三百部,而且其大部分是长篇叙事诗。

这些叙事长诗,大多以史诗性追求作为自己写作的最高目标。如果从内容方面粗略地进行划分,笔者认为,它们至少可以分为三大类。当然,这种分类也只是相对的,是为了分析、归纳和总结这方面的问题而作的权宜之计。

第一大类是"创世史诗性"叙事长诗。这里所谓的"创世",既不是中国神话传说里盘古开天地之类的"元史诗"意义上的"创世",也不是西方宗教里的上帝"创世",而是指在中国历史和世界历史发展进程中具有天翻地覆和改朝换代意义的"创世"。这些"创世史诗性"叙事长诗,既写"创世"大事,也写主导"创世"大事的历史伟人。就中国近现代发展史而言,没有哪一件事比中国共产党带领中国人民翻身解放和建立新中国更为重要,更加具有史诗意义的了。也没有哪一个人物比得上这一惊天动地的主导者毛泽东的了。1978 年,徐刚创作出版的长诗《毛泽东之歌》,可以视为这类"创世史诗性"的作品。需要特别指出的是,放眼近现代世界历史长河,具有如此"创世"意义的重大事件也有很多。法国巴黎公社的建立就成为当年诗人们书写的对象,出现在诗人的笔端。1979 年,孙静轩的长诗《七十二天》由四川人民出版社出版,除《献辞——献给过去和未来的公社战士们》外,共有《暴风雨的前夜》《在暴风雨中诞生》《光辉的典范》《血与火的五月》等 6 章。此类域外题材的"创世"史诗

---

① 刘福春:《中国新诗编年史》(上下卷),人民文学出版社 2013 年版。

性写作,最终还是为了映衬新中国的"创世"的世界性意义。当然,"创世"事件及"创世"人物,就像人类远古"创世"传说和"元史诗"那样,多多少少都喜欢将事件和人物神秘化和神圣化。

第二大类是"英雄史诗性"叙事长诗。与"创世史诗性"作品里伟人不同的是,"英雄史诗性"叙事长诗里的英雄,通常是要比作为"英雄中的英雄"的伟人地位低一些,但这些丝毫不影响他们在人们心目中永不褪色的英雄形象。1959 年,臧克家出版了传记性质的长诗《李大钊》。除序曲和尾声外,该诗共16 章。诗人选取能够突出表现李大钊一生中几个重要阶段的战斗姿态、精神思想和伟大人格的战斗场面、家庭生活、乡下生活和山中生活等十几个场景,既依凭材料,又进行概括,同时还发挥想象,抒发个人情感,以期塑造出"一个伟大而又平凡,严肃而又活泼,政治原则性很强但又很容易使人亲近的形象来"①。鲁迅无疑是现代中国的文化英雄和精神导师。1977 年,徐刚出版长诗《鲁迅》,为享有"民族魂"美誉的鲁迅立传。此期,很多"英雄史诗性"叙事长诗为那些在现代中国革命中默默无闻奉献自己青春,乃至生命的"平民英雄"树碑立传。像高缨的长诗《丁佑君》就是写给烈士丁佑君的英雄赞歌,称颂她"荷花一样美丽,泥土一样朴素,白玉一样纯洁,钢铁一样坚强"。像田间的长诗《戎冠秀》赞美的是有"人民子弟兵的母亲"之称的戎冠秀:为了救治在她家养病的战士小万,不惜把自己砍伤,跑到敌占区去买药。1958 年《收获》第 5 期发表李季长诗《五月端阳》。1959 年《人民文学》1 月号发表李季长诗《当红军的哥哥回来了》。它们分别是李季长诗《杨高传》的第一部和第二部。1960 年,李季出版了《杨高传》的第三部《玉门儿女出征记》。它们既是连贯的整体,又是独立成篇的叙事长诗。它们以传主杨高为主人公,诗意再现了从土地革命战争一直到第一个五年计划这一波澜壮阔的历史时期像杨高和端阳那样的中华英雄儿女的革命斗争生活,着力塑造了杨高和端阳高大光辉的英

---

① 臧克家:《后记》,见臧克家:《李大钊》,作家出版社 1959 年版。

雄形象。新中国成立初期,抗美援朝既是保家卫国的重大战役,又是彰显中国人民团结世界无产阶级的光辉典范。作为文艺兵的未央,在战时并未想到写诗;只是到了1953年从朝鲜战场归国后,在回味、反刍中,才开始学写诗,1956年,发表了叙事长诗《杨秀珍》。① 该诗反映朝鲜前线生活,塑造志愿军战士杨秀珍这一英雄形象。有专家充分肯定它是"新的颂歌,新的收获"②。毕竟作者是一个文艺新兵,虽然此诗的政治热情和生活激情高涨,但人物形象塑造还欠鲜明,个性还不够突出,构思不是很完整,语言也存在散文化倾向。同年,早已出名的诗人张志民的长诗《金玉记》由中国青年出版社出版。该诗男女主人公金槐和玉鸽,是在狼牙山下长大的青梅竹马,还曾与狼牙山五壮士一起参加过轰轰烈烈的抗日战争。新中国成立,他们俩结了婚,婚后不久,他们积极响应国家号召,先后奔赴朝鲜战场,一起在战火的淬炼中成长为出色的革命英雄。在"十七年文学"里素有"工人诗人"之称的黄声孝,1962年中国青年出版社出版了他的长诗《站起来了的长江主人》(第一部)。在《序》里,徐迟写道:"这是一个码头工人写的,写码头工人的生活和斗争的一部英雄叙事诗"。这部长诗写作的动机和目的是,"把我国文学中从来没有地位的工人阶级,它的身世,它的血泪,它的自发到自为的斗争,它的翻身解放,它的恢弘的事业,它的伟大的建设,它的宽阔的胸怀和它的英雄气概,把这一切等等,反映出来,尽力将它们推置到我们文学中的前列去。"③1966年《长江文艺》5月号又发表了该诗的第二部。这两部长诗塑造了何铁牛等先进工人形象。比较起英雄的军人形象和农民形象来,这种英雄的工人形象,在当时叙事长诗写作中,甚至在中国新诗史上,都是不多见的。至于如何塑造无产阶级和劳动人民的形象?如何描写英雄人物形象?他有没有一个转变过程?诸如此类的诗学命题,当

---

① 未央:《我学写诗的体会》,《长江文艺》1956年3月号。

② 潘旭澜:《新的颂歌,新的收获——试谈未央长诗"杨秀珍"》,《长江文艺》1956年7月号。

③ 徐迟:《序》,见黄声孝:《站起来了的长江主人(第一部)》,中国青年出版社1962年版。

时就已经提到了议事日程,至少对当时的史诗性长诗写作具有提醒意义。

第三大类是"历史史诗性"叙事长诗。这里讲的历史,其实是指已经发生和正在发生的中国现当代革命历史。这些历史史诗性作品,往往以全景式和长镜头的方式再现发生在中国现当代历史领域里的波澜壮阔的沧桑巨变。比如,1949年,李冰的叙事长诗《赵巧儿》,叙述赵巧儿翻身解放的故事:滹沱河边的好姑娘赵巧儿,被"东霸天"抢去,受尽煎熬。1947年,"赵家园敲起了斗争鼓,/乡亲们忘不了受苦的闺女"。1950年《人民文学》第2卷第2期发表阮章竞的叙事长诗《漳河水》,同年9月,作为"中国人民文艺丛书"之一,新华书店出版了该诗的单行本。它有《往日》《解放》《长青树》3部,着力描写3位女性翻身的故事,并在翻身前后的对比中,凸显她们美好的性格①。在写中国农民翻身解放的"历史史诗性"叙事长诗中,大多数作品聚焦中国农村妇女翻身解放的历程,因为她们是中国社会最弱势群体。如果连这些最弱势群体都翻身解放了,那么其他的社会阶层就可想而知了,也就是说,她们是中国人民翻身解放的晴雨表和试金石,也是中国共产党领导中国人民得解放最有力的证明。

中国人民在政治翻身、文化翻身和精神翻身过后,摆在他们面前的巨大任务之一是如何"物质翻身",即如何改变中国一穷二白的被动局面？如何把新中国建设好？如何真正当好家做好主？1950年,戈壁舟的长诗《把路修上天》由劳动出版社出版。这既是一部献给修建青藏公路的解放军英雄群体的赞歌,也是一部唱给如火如荼建设新中国的时代颂歌。当时,许多"历史史诗性"叙事长诗,号召刚刚翻身解放的中国人,响应国家的召唤,到新中国建设最需要的"远方"去,去修路,去架桥,去开采油田,去挖煤矿……在新长征路

---

① 1953年2月15日《文艺报》第3号刊登该诗集的广告云:"这是作者以漳河两岸人民自己创作的新民歌为基础而写出的一部叙事诗,叙述三个妇女翻身故事。诗中将她们在封建势力下被压迫、被凌虐的痛苦生活和解放后勤劳愉快与美满婚姻的幸福生活作了一个强烈的对比;劳动妇女的勇敢斗争和优美性格,也有比较鲜明的描写。"

上续写新历史。

这里值得特别指出的是,有关部门决定有选择性地重版和再版那些早年就已经产生过很好影响的叙事长诗。一方面,是为了满足翻身解放的中国人民日益增长的精神文化生活的需要;另一方面,延安文艺座谈会以来,脱颖而出的工农兵诗人总体来说还不算太多,而许多诗人在新中国成立后受到了这样那样的批判,重版和再版为了解决矛盾,以便更好地推进新中国建设。比如,1950 年,张志民的诗集《死不着》出版,收入了 1947 年使他蜚声诗坛的长篇叙事诗《王九诉苦》和《死不着》。与常见的"土改诗"不同的是:张志民直面残酷的现实,为站起来的农民而歌。他写得很细致,描写了农民未翻身前被压迫的悲惨生活及其顽强斗争。

总之,从新中国成立到粉碎"四人帮"这段时间,史诗性叙事长诗写作,为历史作证,为历史立传,为历史高歌,并且以历史照亮现实,为新时代、新生活和新中国喝彩鼓劲,其成绩有目共睹,值得嘉许。但是,并非所有的这类写作都得到了应有的褒奖。有的诗人诗作不但没有得到赞赏,反而遭受了严厉的质询;有的还遭遇严重的误读甚至歪曲,受到了持续的批判。那时,绝大部分史诗性叙事长诗,偏好以"大团圆"结局。这种情节构思和思想处理上的"千人一面",后来也就常常成为有些人批评这类写作拖着一条光明尾巴的口实。当时,某些有胆有识之士,提出这个时代能不能写悲剧? 能不能塑造悲剧英雄形象? 比如,当年"老舍一再提出'我们这时代的悲剧有什么规律'?"郭小川认为:"革命者的悲剧也是可以写的,只看怎么写"。[①] 1957 年 5 月 26 日这一天,郭小川花了 9 个小时,写完了 960 行的长诗《一个和八个》。这首长诗和他的其他长诗如《深深的山谷》和《白雪的赞歌》一起,在反右斗争中屡遭批判。长诗里的某些诗句及其那些革命者的悲剧故事,就像一个个谶语那样,最终郭小川本人因之成为他自己所处时代的悲剧主人公之一。

---

① 刘福春:《中国新诗编年史》(上卷),人民文学出版社 2013 年版,第 520 页。

由于新中国成立后意识形态"一体化"愈演愈烈，由于史诗性叙事写作诗过于倚重政治，甚至有图解政治之弊，原本追寻叙事诗的史诗性变成了演绎叙事诗的政治性，形成了一种可以名之为"政治叙事诗"的新诗体。中国现当代革命史上的一些重大事件和重要人物，在新中国成立以来的政治叙事诗里几乎都有突出表现，换言之，新中国成立以来的政治叙事诗成了中国现当代革命史的诗性言说与诗体版本。

六、新时期以来"文化寻根诗""现代史诗"写作

粉碎"四人帮"后，在思想解放的时代浪潮冲击下，"一体化"受到了质疑，广大人民群众要求丰富多彩的精神生活和文化享受，以往以政治挂帅、政治统摄和政治至上的创作圭臬越来越不适应新时期新形势的时代要求。因此，一批冲破禁区、开拓新天地的先锋写作破冰而出，引起了人们的普遍关注。"归来者诗群"的反思性诗歌，对那段极左政治进行了整体反思，呼吁思想解放。与"归来者诗群"直面极左政治不同，朦胧诗诗人则通过象征和隐喻婉曲地批判极左政治，提供了批判与反思极左政治的另一条路径和可能。但是，正如后来朦胧诗人再次觉悟到的那样（北岛不满自己的《回答》，梁小斌为写《中国，我的钥匙丢了》而忏悔①），他们与"归来者诗群"都犯了同样的错误，那就是他们的写作依然是政治写作，只不过不是那种战歌性政治写作、颂歌性政治写作和牧歌性政治写作，而是对抗性的政治写作和反思性的政治写作，诗中到处弥漫着情绪失控的美学暴力。但诸如此类的难能可贵的思想和诗学反思，使得那些具有先锋精神的诗人们，进一步向前探索，把诗歌写作的目光从死盯政治扭转过来，投向政治视域之外的其他更为广阔领域。历史文化成为某些先锋诗人的首选。也许正是因为在他们看来，中国的问题不是一时一地形成的，而是长期以来历史地积淀下来的，所以，他们从现实中转过身来，专注于"长

---

① 梁小斌：《我为写出〈中国，我的钥匙丢了〉而忏悔》，《诗歌月刊》（下半月）2007 年第 1—2 期。

时段"的"大历史"。比如,1980 年,"九叶诗人"唐湜的叙事诗集《海陵王》由
江苏人民出版社出版。该诗集共收 3 首叙事长诗,最后一首《海陵王》"近乎
史诗"①。它由近百首变体的十四行诗连贯写就,成功描绘了惊心动魄的采石
之战,刻画了海陵王既粗豪残暴而又励精图治的复杂性格,也就是说,海陵王
这位英雄是一位打引号的英雄,海陵王这个王也是一个打引号的王。又如,在
朦胧诗诗人队伍里,江河和杨炼等人率先将笔触从当代中国现实转向幽深中
国历史,致力于创作"文化史诗",并进行踏实的诗艺探索,最终形成了新时期
诗歌史上一个小小的"文化寻根诗派",呼应了新时期小说史上那个大大的
"小说寻根派"(即文学史常常谈论的"寻根文学"),并于 1984 年掀起了"文
化寻根诗"/"现代史诗"写作的小小热潮。

在对待中华民族"文化之根"的态度上,"文化寻根诗"/"现代史诗"写作
形成了两派(派中派)。一派是以杨炼、江河、宋渠、宋炜等为代表,大体上相
信宿命性的历史循环论,主张"归根",满怀敬畏,重建价值。② 一派是以老威、
欧阳江河和周伦佑等为代表,认为历史轮回的链条是断裂性的,主张"除根",
着力批判,消解价值。"文化寻根诗"最早的行动者和最强的坚定者,非杨炼
莫属。1983 年,他以长诗《诺日朗》轰动诗坛,引发了多方争鸣,赢得了巨大声
誉。尽管他还写了不少比较有影响的长诗,但人们还是习惯上把杨炼声名锁
定在《诺日朗》这首史诗性作品上。换言之,在中国当代诗歌史上,杨炼与《诺
日朗》几乎成为同义词。这首诗除了当年曾被官方视为"资产阶级精神污染"
受到政治批判外,在业界也聚讼纷纭。1984 年,诗评家石天河重评《诺日朗》
时说:"《诺日朗》是一组写得十分晦涩难懂的意象诗"③,"这组诗的内容,主
要是把藏族地区祭祀'男神'(藏语:诺日朗)的迷信活动,作为'文化大革命'

---

① 丁芒:《〈海陵王〉》,《诗刊》1981 年 1 月号。
② 杨炼:《叙事诗》,华夏出版社 2011 年版,第 7 页。杨炼所持的历史循环论,就像他在谈论他的长诗《同心圆》的哲学意蕴时所说的那样,"思想同心圆取代了线性的进化论"。
③ 石天河:《重评〈诺日朗〉》,《当代文坛》1984 年 9 月号。

中造神迷信的象征,来表现作者对'文化大革命'的批判性认识。其中'日潮'是整个'文化大革命'的象征;'黄金树'是那一时期盛行的'权力崇拜'的象征;'血祭'是运动中期'武斗'的象征;'偈子'是运动终结后遗留的'信仰危机'的象征;'午夜的庆典'则是'丧歌'的形式,表现这一段历史终结后的社会现象、及其在作者心灵中留下的烙印"①。这种一厢情愿地把《诺日朗》绑定在批判"文化大革命"的单一解读上,致使全诗的意义被框定在一个小小区域里了。固然此诗写作有"文化大革命"的影子,但它既在"之中",又在"之外",还在"之上"。复杂生活和本源生命,使我们很难将现代诗归束为单一主题。杨炼自己解释道:"它是我所追求的构造多层次空间的一个标本。我力图通它来表现人类生存的整体真实,既不仅是面对生存中被压抑的方面,也不只是反映人类未经过思考的盲目乐观精神,'入乎其内',体验人的生存现实;'出乎其外',甚至超乎其上,表现人生活在现实中而又要求超越的愿望。这两个层次存在、发展、碰撞,再经过分化,最终趋向整体的统一","《诺日朗》旨在把生活中具体的感受提升为一个与世界相呼应而又独立的诗的存在。"②质言之,《诺日朗》既写个体,也写人类;既写压抑,也写乐观;既写现实生存,也写超越愿望;既是生活感受,也是诗学空间;它在如此繁复的张力场域中,为中国新诗开拓了壮丽辉煌的生命空间。此后,杨炼一直坚持史诗性写作,而且时不时地就给人们以惊喜,如《太阳与人》(1991年)、《YI》(2001年)、《同心圆》(2005年)和《叙事诗》(2011年)等。它们有的是以中国原典如《易经》、楚辞和远古实物遗址构成象征体系,同时又向当代中国现实敞开怀抱;有的是以诗人在海外漂泊经验为依托,时空交织,像涟漪那样从一个中心出发,一层一层荡漾开去;有的则是重组并融合中外文化资源和生活经验,努力做到中外合一。这些史诗性写作,乍一看似乎彼此之间没有什么关系,其实认真去看,你

---

① 石天河:《重评〈诺日朗〉》,《当代文坛》1984年9月号。
② 杨光治、杨炼:《与杨炼谈诗》,见杨光治:《诗艺·诗美·诗魂》,花城出版社1986年版,第299页。

会发现它们之间存在着潜在的关联,那就是由中国—海外—中外合一构成的像黑格尔所说的正题—反题—合题之关系。总之,杨炼的史诗性写作具有原始泛神论色彩、《易经》式玄思冲动、传统文化沉积、种族生存苦难、形而上生死、预言拯救欲望、精神跋涉历程、智性哲学启悟、信心十足傲慢姿态、斑斓想象综合力和恢宏时空构架。

1985 年,从朦胧诗群体里走出来的、另一位重要的、"文化寻根诗"的代表诗人江河,在《黄河》第 1 期发表他的史诗性组诗《太阳和他的反光》。同期,还配发了谢冕的诗论《诗在超越自己——论当代诗的史诗性》。谢冕说:"这个组诗是以中国最古老的神话为系列,展示了他对民族文化心理结构的揳入和历史的反思以及生命经验在心灵的呼应。继《从这里开始》以后,他从现实的'纪念碑'转向'开天''补天''追日''填海''移山',寻觅他的诗情。他通过对于闪烁着原始智慧和力量的神话太阳求得心灵和现实世界的反照。以神话作为最早的启迪,贯及青铜,秦砖汉瓦,浑重的墓雕和青雅的瓷器,他寻求以东方文化艺术的气韵催动诗情。他写的是神话,表现的却是作为整体的人生,他的思考和追求都借神话获得了生命。"①像杨炼那样,江河此前的现代史诗写作,也是激情燃烧式地处理原始精神、种族记忆、历史原型、集体传记、个人哀乐,乃至激进到把自我也视为历史。也许是随后他意识到这种激进其实仍未摆脱朦胧诗"暴力美学"的倾向,同时,这种激进也与东方文化及其中国精神的平和冲淡渐行渐远。所以,自《太阳和他的反光》起,江河的现代史诗写作由狂放转向沉稳,先前那种强力意志和英雄意志归于宁静致远②,宛如太阳的反光那样宁静沉稳,而不像太阳直射光那样强烈炫目。这种对传统有起有伏的看法,最终导致江河在"文化寻根诗"写作群体里最早转向,转而以当代日常生活替代远古神话传说,成为"日常生活流诗歌"写作的早期诗人。概言

---

① 谢冕:《诗在超越自己——论当代诗的史诗性》,《黄河》1985 年第 1 期。

② 参见肖驰:《〈太阳和他的反光〉的反光——江河新作的民族性独创性》,《文学评论》1985 年第 5 期。

之,江河在短短几年的写作生涯中出现了两次"写作转向":先是从朦胧诗写作里"出走",走进"文化寻根诗"写作;后又从"文化寻根诗"写作里"出走",走向"日常生活流诗歌"写作。

如前所述,如果说杨炼的"文化寻根诗"是努力从具有启发性的中华传统文化源头寻求智性启悟的话,那么老威则以决绝姿态拒绝与中华传统文化和解,当然他也不会因此而为中国现代文明辩护。也许正是由于他长期迷恋"垮掉一代"、嬉皮士和流浪汉的生活方式和行为艺术,所以在他的现代史诗写作中,既与传统中国疏离,又与现代中国断裂,以一种永远"在路上"的姿态和立场,奉艾略特的《荒原》和但丁的《神曲》为宝典,以拥有"荒原情结"①和"神曲情结"自傲,并以此类西方文学资源作为自己精神源头。这就是他所倡导的"新传统主义"的题中之义。因此,在他的长诗《巨匠》和"先知三部曲"(《黄城》《幻城》《死城》)等作品里,常常以它们作为自己写作的底色,有时还引用它们作为自己诗歌的"题记"。此乃他的痛苦与追求。② 只不过,他的追求,是绝望的追求;他的写作,是狂人般无意识的四处流淌的疯言臆语。

在"文化寻根诗"写作中,欧阳江河以机智的饶舌、玄学的追问、哲学的辨析和思维的辩证著称。在他的这类写作中,所谓的"文化之根",仅仅是他进行预设、展开思辨和无边想象的"药引子"。由是观之,他的"文化寻根诗"出现了"文化虚空"和"文化空门"的现象。换言之,在他的"文化寻根诗"里,欧阳江河将文化悬置起来,就像他 1984 年发表的长诗《悬棺》里的"悬棺"所隐喻的那样。《悬棺》里尽管堆满了文字,而且是来不及分行或者说是懒得分行的文字,就像汉赋体所呈示的那样,但正如该诗第一章章名所示,均是"无字天书"(诗里满是文字,相当于没有文字,两者之间充满了反讽)。也像该诗第二章章名所喻,都是"无行遁术"。欧阳江河十分迷恋这个"术"。它就像诗中所言"被无手之紧握、无目之逼视"。这个"术"既可以说它独立于历史文化和

---

① 李劼:《〈荒原〉情结与死亡焦虑——〈死城〉系列》,《人民文学》1989 年第 1 期。

② 唐晓渡:《痛苦与追求——儿子们的年代》,《星星》1985 年 9 月号。

现实生存之外，又可以说存在于历史文化和现实生存之中。这就是欧阳江河在诗歌写作中惯用的诡辩和悖论。也许是担心人们解读他的《悬棺》之类的作品一时难以找到门径，所以在《悬棺》的开篇引用了狄德罗一段悖论色彩极其浓烈的、"似非而是"的话——"他们向一座巨大的城堡走去。城堡的正面写着'我不属于任何人，而是属于所有的人。你们在尚未进来之前就已经置身其间，而当你们出去之后依然身在其中'"。由此可见，欧阳江河的史诗性写作是思想与激情、智慧与想象的完美结晶体。其实，欧阳江河的某些现代史诗具有哲学性质，就像罗马共和国晚期的伊壁鸠鲁主义者卢克莱修留的哲学长诗《物性论》那样。

以"非非主义"而蜚声诗坛的周伦佑，在对待传统和历史问题上更加具有学理性。他有较为完整的诗学体系：20 世纪 80 年代他宣扬"非非主义"，大呼"反价值"；90 年代他提倡"红色写作"①，力陈以血为墨的诗观。前者是破，后者是立，这一破一立、一反一正，形成了周伦佑诗学体系的迷人张力。他早期产生影响的史诗性作品是《带猫头鹰的男人》。他否弃那种将传统不分青红皂白、照单全收的文化守成，也就是说，他嫌弃当年诗人们动辄就煎熬"文化中药"的跟风现象。因此，对历史、文化和传统，他始终持冷漠和缄默的态度。他主张以朴素的心态、简单的办法，恢复事物本来面目。2002 年，他在创作札记里写道："我首先刺瞎双眼，然后再看见你；我首先咬断舌头，然后再说出你。"在《带猫头鹰的男人》里，他写道："我却讲着毁灭我祖先的这个部族的语言；/我却冠着毁灭我祖先的这个部族的姓氏"。由于战争原因，胜利一方在文化上扼杀"我"、重塑"我"，所以，"我"被姓氏、被语言。为了正本清源，"我"必须消解这被的姓氏和语言，还原属于"我"的真正姓氏（血统）和语言。这个"我"就是诗中那个"带猫头鹰的男人"。这个男人不是人们想象中具有

---

① 周伦佑：《红色写作——1992 艺术宪章或非闲适诗歌原则》，花城出版社 2006 年版。他把充斥诗坛的闲适写作统称为"白色写作"（它与罗兰·巴尔特的"白色写作"迥异），而把用心血、精血和热血为墨的，使生命与艺术同一的写作称为"红色写作"。

传奇色彩的英雄好汉,也没有什么值得大书特书的丰功伟绩。周伦佑写道:
"我本身就是一块墓碑,/扛着自己沉重的命运走来走去"。这就是"我"、那个
"带猫头鹰的男人"的"宿命与反抗宿命"①。正是在这种诗学和思想的烛照
下,也是在"经验或超验中神性之光的照临"②下,周伦佑经年累月地以"切身
疼痛,关乎生死"③为话题,撇开由一系列语词、修辞和观念系统"前定"与"规
定"的"前中国"④,而以当下中国即"不华不夏、不中不西、不道不德、不仁不
义之中国"这一他名之为"后中国"⑤为主题,最终功德圆满地完成了他甚是
满意的《后中国六部诗》。周伦佑旗帜鲜明地反对"翻译体写作"。他主张以
中国的、本土的、饱含疼痛感和介入感的情感经验、知识思想、审美趣味和价值
观念作为写作资源,进而期盼诗人们介入现实,丰富自我,找寻语词对应物,唯
有如此,方能写出既优秀又重要的大诗,乃至成就最高的艺术。

　　谈到中国新诗里的史诗写作,不但不能遗忘或绕开海子,反而要深刻认识
海子长诗或史诗在整个中国史诗性写作里的示范价值、标杆地位和诗学意义。
而这些价值、地位和意义的获得,既与海子汲取了中外史诗资源有关,又与同
时代优秀史诗性写作的影响分不开,也与海子本人对史诗的宏图韬略以及天
才加勤奋的不朽展示息息相关。这也是笔者在前文花那么多篇幅对新时期史

---

　　① 周伦佑:《反价值时代》,四川人民出版社 1999 年版,第 105—106 页。"当有的评论家从
我早期作品《带猫头鹰的男人》中发现某种宿命的阴影时,我并不感到惊讶;因为那只猫头鹰正
是我生命中始终无法摆脱的宿命力量的象征。这种宿命感不是来自书本,也不是来自于别人的
暗示,而是与生俱来,深入灵魂与肉体的黑暗之光,穿过时间与生命的漫长隧道——那紧紧攥住
我脆弱生命的锋锐爪子一刻也没有放开过我。命运的形象是多变的'宿命感'只是它向我显示
并刻意让我感知到的一种形式,并由此萌发了我最初的生命意识,宿命与反抗宿命则成为我诗
歌写作的两个中心主题。"
　　② 周伦佑:《后中国与六部书》,见新死亡诗派、天读民居书院编选:《后中国六部书》,内部
交流资料 2012 年版,第 2 页。
　　③ 周伦佑:《后中国与六部书》,见新死亡诗派、天读民居书院编选:《后中国六部书》,内部
交流资料 2012 年版,第 2 页。
　　④ 周伦佑:《后中国与六部书》,见新死亡诗派、天读民居书院编选:《后中国六部书》,内部
交流资料 2012 年版,第 3 页。
　　⑤ 周伦佑:《后中国与六部书》,见新死亡诗派、天读民居书院编选:《后中国六部书》,内部
交流资料 2012 年版,第 4 页。

诗性写作进行粗略梳理的原因,也是笔者在后文即将对海子长诗或史诗写作展开论述的缘由。1984 年,海子油印诗集《传说——献给中国大地上为史诗而努力的人们》,诗集前面有他的自序《民间主题:月亮还需要在夜里积累月亮还需要在东方积累》。海子期望自己的写作,包括同时代诗人们的写作,要从抒情开始,经由叙事,进而到史诗,最终建立"诗歌帝国"。长久以来,西方人老说中华民族没有史诗,仿佛没有史诗就低人一等。20 世纪 20 年代以来,不少诗人有意或刻意写"现代史诗"。尽管这些写作还没有被西方人承认,海子却信心满满。他说:"但我们这个民族毕竟站起来歌唱自身了。我决心用自己的诗的方式加入这支队伍。"①海子擅长以诗剧的形式写史诗,其代表作是《太阳·七部书》。骆一禾说:"《七部书》的想象空间十分浩大,可以概括为东至太平洋沿岸,西至两河流域,分别以敦煌和金字塔为两极中心;北至蒙古大草原,南至印度次大陆,其中是以神话'鲲(南)鹏(北)之变'贯穿的。这个史诗图景的提炼程度相当有魅力,令人感到数学之美简赅"②。海子史诗性写作的包容量、穿透力和艰涩性是无与伦比的。在激情及其冲力方面,海子史诗性写作融合了梵高、尼采和荷尔德林。在史诗结构方面,海子借镜了《圣经》、原始史诗(如荷马史诗)、主体史诗(如但丁的《神曲》、歌德的《浮士德》和莎士比亚史诗性作品)和体系型史诗(如印度史诗《摩可婆罗多》和《罗摩衍那》)。③ 这就使得海子史诗性写作出现了多声部变奏,并在内部分裂成多个化身,其广度、密度、力度、深度和强度出现了超负荷的爆炸状态。这种爆炸状态,是东方传统诗歌的文人气质与文人所趣味无法想象的;这种爆炸状态,使得"诗不是诗人的陈述"④,而是海子青睐的"实体"(如土地与水)自身在倾诉。也就是说,这种自发性的倾诉,极具超现实的神秘,不是智力所能为之的,

① 《海子诗全编》,西川编,上海三联书店 1997 年版,第 869 页。
② 转见《海子诗全编》,西川编,上海三联书店 1997 年版,第 2 页。
③ 骆一禾的概括,见《海子诗全编》,西川编,上海三联书店 1997 年版,第 3 页。
④ 《海子诗全编》,西川编,上海三联书店 1997 年版,第 870 页。

要仰仗诗人的充沛情感和天才异禀。至此,我们已明白:海子钟爱诗歌写作的"实体",就是"物自体",如酒就是酒,太阳就是太阳,而不是别的东西;海子心仪的是"原始粗糙的感性生命和表现"。① 这种"实体",加上古典理性主义式的语言,就会使诗人既能"走进心灵"又能"走出心灵"(后者比前者难得多),就会使其史诗性写作具备"一种明澈的客观"②。《太阳·七部书》里的"太阳王",是神魔合一的化身,聚光明与黑暗于一身。"太阳王"是"太阳王子"的父亲;其地位就分别像海子心目中的"诗歌之王"③(如但丁、歌德和莎士比亚)和"诗歌王子"④(如马洛、韩波和雪莱)那样。海子自称是以"但丁的眼"⑤阅读《神曲》,创作他的史诗。同样,在阅读海子史诗性写作时,我们是不是需要用"海子之眼"才能看得清、读得懂呢? 那么,这个"海子之眼",至少是"诗歌王子之眼",或者说是"准诗歌王之眼",甚或大胆地设想为"诗歌王之眼"!

无论是"文化寻根诗""现代史诗"写作,还是特立独行、信马由缰和庞杂无边的海子史诗性写作,新时期以来,中国新诗叙事的史诗意识强烈,成绩卓越,影响广泛。

概言之,现代汉语叙事诗在形象塑造和史诗追寻方面均表现出了难能可贵的现代性,这种现代性的叙事形态及其诗体,使其足以成为一份崭新的现代汉语叙事诗传统与古代汉语叙事诗传统并肩而立。现代汉语叙事诗的叙事,是运筹和运转事件,笔者因此称其为"运事"。这种"运事"显然不是照搬事件,复制事件,实实在在叙述事件,而是采取跳跃式的"虚点叙事"的精神与技法。这种"运事"尽管有故事、人物、行动、对话和一定长度的篇幅,但它必须借助场景、片断、细节、白描等叙事手段,跳跃着叙事,歌唱着叙事。

---

① 《海子诗全编》,西川编,上海三联书店1997年版,第890页。
② 《海子诗全编》,西川编,上海三联书店1997年版,第874页。
③ 《海子诗全编》,西川编,上海三联书店1997年版,第896页。
④ 《海子诗全编》,西川编,上海三联书店1997年版,第896页。
⑤ 《海子诗全编》,西川编,上海三联书店1997年版,第897页。

第四章 "咏事":现代汉语 抒情诗中的叙事

如果不是全部,但至少有很多抒情诗也有叙事的一面。①

请先读梁小斌的类似于散文诗的"片段写作"《抒情》:

观看战争场面,我有这样的感觉,总觉得持枪的男人在雪地里奔跑,好像是患了腹泻一样。持枪的男人后面,有装满行李的大车,有产妇,还有抒情诗人、艺术家。持枪的男人后面拖泥带水。

这形成一个整体,被包裹起来,最外面是坚硬的壳,是刺刀和步枪。这种包裹有如男人的内脏,如果男人倒下了,他的内脏肯定暴露出来。抒情家也有如同肠子一样,在雪地里拖得很长很长。②

抒情艺术由抒情家和抒情家的"内脏"组成有机整体。人们往往只看到了抒情家本人外在光鲜的一面,难以看到他的内脏,即看不见他后面的"拖泥带水"。这表明,抒情不只有抒情一面,抒情背面还有很多故事和细

---

① [美]Frank Lentricchia、Thomas Mclaughlin 编:《文学批评术语》,张京媛等译,牛津大学出版社 1994 年版,第 87 页。本文在考察中国新诗叙事形态时,既分析文类意义上的现代汉语叙事诗,也聚集于"热抒情"或"冷抒情"的抒情诗的叙事性以及非文类意义上的诗歌叙事形态。

② 梁小斌:《抒情》,见梁小斌:《独自成俑》,天津社会科学出版社 2001 年版,第 25 页。

节。梁小斌明明把这篇"片段"取名为"抒情",但我们恰恰看不到任何抒情,看到的却是抒情内部的元件、组织、肌理和结构,而且并没有想象的那么美。在《抒情》里,梁小斌不作传统意义上的抒情,而是机智地、文学性地揭示出"抒情的真相"。

众所周知,情总关事,事总关情,情事不分,事情耦合。作为人类抒发情感和叙说生活的抒情诗与叙事诗,也应该你中有我,我中有你。只不过,因时因地因人因事因情不同,抒情和叙事在其中的权重有波动。叙事诗中有抒情成分,抒情诗中有叙事成分,当其中"另类"的成分超过极值时,诗体性质就会发生变化。申言之,当叙事诗中的抒情成分上升到主导地位时,它就变成抒情诗;同理,当抒情诗中的叙事成分远超抒情成分时,它就变成叙事诗。所以,任何唯抒情独尊或唯叙事独尊,由此产生的抒情主义①或叙事主义,都是错误的,都是诗的迷失。因为无论是抒情主义还是叙事主义,都是一种诗学上的霸权结构,都是趋同单一的诗歌本体论和诗歌动力学方面的思维方式、价值判断、诗学传统、美学追寻和诗体归属。

谈到诗体划分,施塔格尔的《诗学的基本概念》比较权威。他认为,不是自然科学,而是"精神科学",引导我们从事诗歌分类学研究。"任何一部诗作都或多或少地参与了所有的类,仅仅是这个或多或少,决定着我们究竟把这一部诗叫作抒情式的或叙事式的或戏剧式的"②。抒情式与叙事式不同在于,前者通过音节、语言的感性表达阶段,抒发情感,使生存得以回忆;而后者通过词、语言的直观表达阶段,呈现图像,使生存当前化。③ 而且,抒情式的(形容词)与抒情诗(名词)不能截然分开。"当我说,抒情式在浪漫派的歌里可以最

---

① 梁实秋:《现代中国文学之浪漫的趋势》,梁实秋:《浪漫的与古典的》,新月书店 1927 年版,第 16 页。梁实秋说:"现代中国文学,到处弥漫着抒情主义。"
② [瑞士]埃米尔·施塔格尔:《诗学的基本概念》,胡其鼎译,中国社会科学出版社 1992 年版,第 206 页。
③ [瑞士]埃米尔·施塔格尔:《诗学的基本概念》,胡其鼎译,中国社会科学出版社 1992 年版,第 116 页。

清晰地被人听到的时候,我并没有把'抒情诗'这个大科目缩小成浪漫派这个小科目"。① 有一种意见认为,"抒情诗"这个概念表述重复,因为在他们看来,诗本来就是抒情的,所以在"诗"前面就没有必要加"抒情"二字了;同样,"叙事诗"这个概念表述也是问题丛生,诗不"叙事","叙事"是小说和戏剧的事。其实,对于诗的认识,已经远不止抒情一端,还有诸如以下一些说法:诗是感觉,诗是经验,诗是语言等等。以复调和对话理论闻名于世的巴赫金指出,作为典范的抒情诗,济慈的《夜莺颂》是"有机统一的形象系统"(抒情)与"微型的叙述"(叙事)之间的对立统一!② 华兹华斯《抒情歌谣集》的诗集名称,把"抒情"和"歌谣"并置在一起,就是"抒叙"合一观念的外化。在该诗集序言里,华兹华斯一方面直截了当地指出:"诗是强烈感情的自然流露"③,另一方面又把这种自然流露的强烈情感与日常生活事件和情节、各种观念、根本规律、丰富趣味及其语言、想象、呈现和方式联系在一起予以通盘考量④。

　　百年中国新诗,抒情诗是其基石之一,但很少有人关注现代汉语抒情诗中的叙事问题,即现代汉语抒情诗中有无叙事成分? 如果有,那这种叙事成分怎样? 为什么会出现这些叙事成分? 这些叙事成分对现代汉语抒情诗发展有何作用和意义? 下面,我们将从百年现代汉语抒情诗的大众化叙事和纯诗化叙事两大方面来考察并解答这些问题。

---

　　① [瑞士]埃米尔·施塔格尔:《诗学的基本概念》,胡其鼎译,中国社会科学出版社1992年版,第128页。

　　② [美]Frank Lentricchia and Thomas Mclaughlin编:《文学批评术语》,张京媛等译,牛津大学出版社1994版,第87页。

　　③ [英]华兹华斯:《抒情歌谣集·序言》,见伍蠡甫编:《西方文论选》(下卷),上海译文出版社1979年版,第17页。

　　④ [英]华兹华斯:《抒情歌谣集·序言》,见伍蠡甫编《西方文论选》(下卷),第5页。华兹华斯说:"诗的主要目的,是在选择日常生活里的事件和情节,自始至终竭力采用人们真正使用的语言加以叙述或描写,同时在这些事件和情节上加上一些想象的光彩,使日常的东西在不平常的状态下呈现在心灵面前;最主要的是从这些事件和情节中真实地而非虚浮地探索我们的天性的根本规律——主要是关于我们在心情振奋的时候如何把各种观念联系起来的方式,这样就使这些事件和情节显得富有趣味。"

第一节 现代汉语抒情诗的大众化叙事

中国新诗的初心之一是"言文一致",就是要用现代白话写作,以使普通大众能够接受中国新诗,进而接受中国新诗里传播的"科学"和"民主"思想,最终得以启蒙。换言之,白话新诗是为大众而生,为大众着想,并力求为大众所接受。因此,大众化是白话新诗最重要的目标追求。白话新诗的社会角色与历史担当,与生俱来。所以,白话新诗最早出现了写实倾向,就连早期白话抒情诗也无不染有写实色彩。但是,人们偏好将抒情诗置于本体论分析框架内,不大喜欢对抒情诗作社会学分析,如齐马在《社会学批评概论》里所言:"许多理论家过去(和现在)认为抒情诗倾向于'主观性'和'情感'方面,几乎不适于进行社会学分析:在大多数情况下,它既不表现社会也不表现历史事件。"[1]显然,将抒情诗取材限定在"情人、大自然和孤独"[2]这样狭窄领域内,只会使抒情诗窒息。抒情诗的题材没有限制,可以无所不包。正是大千世界的诸多事端,点燃了诗人抒情的柔情、激情或深情。因时代和现实等外部环境的变化,百年现代汉语抒情诗中的大众化叙事表现出不同的历史面貌和艺术风貌。

在白话新诗写实被泛化的背景下,五四时期现代汉语抒情诗染上了较重的叙事色彩。白话新诗叙事一边被泛化,一边被浪漫化,由此开启了中国新诗现代化和中国化的历史进程。五四时期现代汉语抒情诗人中,影响最大的莫过于郭沫若。他坦承:"我的想象力实在比我的观察力强"。[3] 热情奔放、天马

---

[1] [奥地利]彼埃尔・V.齐马:《社会学批评概论》,吴岳添译,广西师范大学出版社 1993 年版,第 74 页。

[2] [奥地利]彼埃尔・V.齐马:《社会学批评概论》,吴岳添译,广西师范大学出版社 1993 年版,第 74 页。

[3] 郭沫若:《论国内的评坛及我对于创作上的态度》,《时事新报・学灯》,1922 年 8 月 4 日。

行空、上天入地和纵横八荒的想象,使得郭沫若创作出了反映五四时代狂飙突进精神的瑰丽诗篇。《天狗》①全诗 4 个诗节 26 行,均以拟物化的"我"(天狗)开头,不间断地从头至尾、一以贯之地铺排下去。而且,在不同诗节内部,行与行之间又不断地重复。这种重复加快了诗歌叙述的频率,而"频率必然涉及重复,而重复是通过排除每一时间的独有特性而只保留其类似事件共有的特性而实现的一种心理构成"②。与此同时,这些重复在不同诗节里又有变化,如第一个诗节里有 5 个"吞了",第二个诗节里有 4 个"光",第三个诗节里有 7 个"飞跑",此外,"狂叫"和"燃烧"也出现了重复,最为重要的是,第一个诗节的末行和第四个诗节的首行之间出现了大体重复——"我便是我了!"和"我便是我呀!"诸如此类链条式叙述和圆圈式结构完全打破了中国古诗严谨整饬、保守中和的品性,毫无顾忌地彰显了抒情主人公狂放不羁、弃旧图新、孔武有力、死而后生的五四时代新人形象。这种"绝对精神"与诗中"绝端的自由,绝端的自主"③的艺术表现之间天衣无缝。《天狗》构思宏伟、想象丰赡、节奏响亮、叙述急骤、诗境开阔、形式自由。但是,在这首激情四射的现代抒情诗里,我们也可以找到叙事因子及其叙事逻辑。"无论这样的'事'如何细微,都会具有情—事发生发展的逻辑过程,以及情—事萌发、变化的时间进程,这当中可能既包含因果与逻辑关系,也可能暗含着时间的关系。"④包括这首诗在内,郭沫若很多抒情诗都以古代神话和传说"起兴",如《凤凰涅槃》中的凤凰"集香木自焚,复从死灰中更生"之传说、《日出》中的"亚坡罗"(阿波罗)

---

① 《天狗》:"一/我是一条天狗呀!/我把月来吞了,/我把日来吞了,/我把一切的星球来吞了,/我把全宇宙来吞了。/我便是我了!/二/我是月底光,/我是日底光,/我是一切星球底光,/我是 X 光线底光,/我是全宇宙底 Energy 底总量!/三/我飞奔,/我狂叫,/我燃烧。/我如烈火一样地燃烧!/我如大海一样地狂叫!/我如电气一样地飞跑!/我飞跑,/我飞跑,/我飞跑,/我剥我的皮,/我食我的肉,/我嚼我的血,/我啮我的心肝,/我在我神经上飞跑,/我在我脊髓上飞跑,/我在我脑筋上飞跑。/四/我便是我呀!/我的我要爆了!"
② 沈天鸿:《现代诗学:形式与技巧 30 讲》,昆仑出版社 2005 年版,第 105 页。
③ 郭沫若:《文艺论集》,人民文学出版社 1979 年版,第 215—217 页。
④ 谭君强:《论抒情诗的叙事学研究:诗歌叙事学》,《思想战线》2013 年第 4 期。

等。这类似于中国古诗中"用典"，而"用典"显然增加了诗歌的叙事元素和叙事含量。《天狗》从天狗吞月吞日（月食日食）写起，但又不满足于此，而是由此荡开去，进而写到天狗吞食"一切的星球"和"全宇宙"，一次比一次厉害，一次比一次强悍。为什么会有如此神力呢？因为"我"吸纳了月、日、一切星球、X光线的"全宇宙Energy底总量"。既然"我"用全宇宙的总能量吞进了全宇宙，这巨大的能量促使"我"飞奔、狂叫、燃烧和自食，然后，"我的我要爆了"，就像凤凰涅槃那样，毁掉旧皮囊，诞生一个崭新的"我"，并最终向全宇宙发出惊天地泣鬼神的感叹："我便是我呀！"这就是《天狗》的叙事线索及其精神事件，当然也可以说是抒情线索及其精神事件。郭沫若的名诗《炉中煤——眷恋祖国的情绪》，采用了男女情爱模式——"我"与"青年的女郎"之间为爱情而燃烧——"有火一样的心肠"、至死不渝，就像济慈临死前写给范妮情书所做的表白："我的胸膛里象是有煤块在熊熊燃烧"①。诗人又通过"副标题"，把这种男女之间的情爱上升为对祖国的眷恋。整首诗形式整齐，通篇押韵，节奏鲜明，具有回环往复之美。其实，作为自由诗派旗手的郭沫若，向来不反对现代格律体或半现代格律体的中国新诗写作。而且，他认为，现代格律体的中国新诗因为便于读者朗诵，所以比那些无韵的自由诗，更容易为大众所接受。他曾在《关于诗的问题》里说："诗歌还是应该让它和音乐结合起来；更加上'大众朗诵的限制'，则诗歌应当表现大众情绪的形象的结晶。要有韵才能诵。要简而短，才能接近大众。"②郭沫若先前受雪莱等浪漫派影响，主张自由诗是"裸体的美人"③。其实，雪莱说，诗是一种真理的显示，一种发现，是显露出来的"那裸体而又睡着的美"。雪莱所讲的裸体美人是睡着的，而不是醒着的。当睡着的裸体美人醒来发现自己裸体时，她会立刻穿上华服的。这里的裸体与睡着，就是自由与格律之喻，一句话，自由须有法度，有法度的自由才称

---

① ［英］济慈：《济慈书信选》，王昕若译，百花文艺出版社2003年版，第353页。
② 郭沫若：《关于诗的问题》，见《郭沫若谈创作》，黑龙江人民出版社1982年版，第15页。
③ 郭沫若：《论诗三札》，见《郭沫若谈创作》，黑龙江人民出版社1982年版，第8页。

得上美。总之,郭沫若抒情诗里既有现代精神、燃烧激情和狂飙节奏,又有叙事因子和叙事线索,同时还有排比押韵、回环往复,收放自如,俨然是当年的"摇滚歌词",深受广大读者的喜爱。尽管郭沫若早期主张唯美主义、印象主义和表现主义,但他的诗歌创作的确与之出现了较大偏移,更多地与时代、现实、社会和大众结合在一起,而且到了20世纪20年代中期后,就自然而然地转向无产阶级文学观了。虽然郭沫若属于浪漫派,但笔者没有把他放到纯诗化写作里谈,而是将其置于大众化写作领域里来谈。这是需要特别说明的。

但到了"五四"落潮后,现代汉语抒情诗的大众化明显弱化。这种现象,在革命文学家和理论家眼里,是诗歌创作的滑坡与"退化"。他们认为,很多抒情诗人沉溺于自我幽暗天地,把"五四"涨潮期张扬个性独立的自我变成了没有主心骨的小我,为赋新词强说愁,出现情感泛滥、情感干枯、情感暧昧、"伪感伤"的不良写作倾向。一是因为抒情诗人脱离社会,灵感枯竭;二是因为抒情诗人想象力贫弱;三是因为抒情诗人失去了把控自己情感的能力;四是因为抒情诗人没有很好地完成把自己情感转化成为艺术。总之,从中国新诗大众化的角度来看,这既是时代之使然,也有诗人个体的原因。只有当时代与个人再次建立起密切的联系时,抒情,有血有肉的、有质有量的、有品有格的抒情,才会再现抒情诗坛。

20世纪30年代初"左联"成立,进一步旗帜鲜明地提出文艺大众化。瞿秋白认为,五四文学出现了贵族化、文言气太重;五四文学革命与以往旧文学没有彻底断裂开来;因此,五四文学革命"差不多等于白革"①。文艺大众化是大势所趋。瞿秋白细致辨析了文艺大众化的不同侧面。他认为,五四文艺有

---

① 瞿秋白:《学阀万岁!》,见瞿秋白:《论中国文学革命》,生活·读书·新知三联书店2014年版,第39页。

"反动的大众文艺"①、"非大众的革命文艺"②和"革命的大众文艺"③,而"现在是要非大众的革命文艺的大众化,同时继续在知识青年的小资产阶级群众中进行反对一切反动的欧化文艺的斗争;而在大众之中创造出革命的大众文艺出来,同着大众去提高文艺的程度,一直到消灭大众文艺和非大众文艺之间的区别,就是消灭那种新文言的非大众的文艺,而建立'现代中国文'的艺术程度很高而又是大众能够运用的文艺"④。抗战的到来,在家庭、国家和民族处于生死存亡关头,全体中国人同仇敌忾,凝聚起了强大的爱国力量和必胜的抗战力量。1938年,中华全国文艺界抗敌协会成立时,提出了"文章下乡,文章入伍"。1939年,又有人强调"文化从军",那就是"文化工作,文化工作者,应该尽量地到战区去,到前线上去,到战壕中去。"⑤这些提法均旨在通过文艺广泛动员全民族抗战。有的专家指出:"整个20世纪40年代诗歌可以说是时代谱写的三部曲——抒情·叙事·讽刺"。⑥ 其实,这也是贯穿整个抗战时期中国新诗的三部曲。也就是说,抗战时代,既是抒情的时代,又是叙事的时代,还是讽刺的时代。

但就抗战抒情诗(穆木天语)而言,其内里也含有叙事因子或讽刺元素。换言之,叙事或讽刺,从侧面有力深化了抗战抒情。现代汉语抒情诗通常由假定情境起兴、开头。前面提到的《天狗》一开始就把自己假定为"一条天狗",然后怎么样怎么样。《炉中煤》隐晦些,它不是从第一句开始,而是将其提前

---

① 瞿秋白:《大众文艺的问题》,见瞿秋白:《论中国文学革命》,生活·读书·新知三联书店2014年版,第117页。

② 瞿秋白:《大众文艺的问题》,见瞿秋白:《论中国文学革命》,生活·读书·新知三联书店2014年版,第127页。

③ 瞿秋白:《大众文艺的问题》,见瞿秋白:《论中国文学革命》,生活·读书·新知三联书店2014年版,第119页。

④ 瞿秋白:《大众文艺的问题》,见瞿秋白:《论中国文学革命》,生活·读书·新知三联书店2014年版,第128页。

⑤ 张申府:《战时文化应该怎样再开展——文化的从军》,《战时文化》第2卷第1期,1939年1月10日。

⑥ 龙泉明:《中国新诗的现代性》,武汉大学出版社2003年版,第235页。

到了从诗题就开始"入戏"。如果仅从诗题"炉中煤"看，给我们的审美期待应该是一首"咏物诗"，但是从全诗的第一行而且也是每一节的第一行"啊，我年青的女郎！"这种急切而深情的呼告来看，我们就能认识到这是一首情诗，一首感恩使人重生的情诗，因为诗中比较隐性地吟唱了一段情事。由此，我们回到诗题，就整首诗的抒情故事来讲，它可以潜在地表述为"假如我是'炉中煤'"，也就是说，从诗题开始诗人就假定情境了。虽然郭沫若这两首诗都不属于抗战抒情诗，但它们似乎昭示着抗战抒情的抒情起笔与结构。

不同于五四抒情诗，抗战抒情诗需要的是与时俱进的"强烈的律动，洪大的节奏，欢快的调子"的"新的抒情"。① 只有这种理性的抒情，方能起到召唤国魂、凝结国体和建立国家的宏伟目标。因为，在抗战的非常时期，"私人世界""公众世界"和"私人生活""公众生活"没有界限了，已经无所谓公与私了，"私有经验的世界已经变成了群众、街市、都会、暴众的世界"②。

田间和艾青是抗战时期最有代表性的、最重要的，影响也最大的两位诗人。在《叙事诗的前途》里，茅盾把田间的诗与臧克家的诗进行对比，觉得在写作视野的远近上两者可以形成互补，进而指出中国新诗写作从他们这里开始已经从此前的客体和书房拓展到了田野和街头，而这对整个中国新诗发展来讲具有"再解放和再革命"的重大意义。③ 胡风三年内写了两篇关于田间诗歌创作的评论，即《田间的诗》和《关于诗和田间的诗》。在后一篇文章里，胡风再次肯定地说："田间是第一个抛弃了知识分子底灵魂的战争诗人和民众诗人"④，但"还是一个没有完成自己的诗人（我们已有了多少完成了他们自己的诗人呢？）"⑤。在这篇文章中，胡风是把田间与艾青的创作进行比较，明

① 穆旦：《〈慰劳信集〉》，《大公报》"文艺"副刊826期，1940年4月28日。
② ［美］麦克利什：《诗与公众世界》，见［美］韦勒克：《近代文学批评史》第6卷，杨自伍译，上海译文出版社2002年版，第390页。
③ 矛盾（茅盾）：《叙事诗的前途》，《文学》第8卷第2号，1937年2月1日。
④ 胡风：《关于诗和田间的诗》，《七月》，1940年2月。
⑤ 胡风：《关于诗和田间的诗》，《七月》，1940年2月。

显表露出对田间的偏向。闻一多在两年多的时间里写了两篇推介田间诗歌的
论文,即《时代的鼓手》和《艾青和田间》。早在1943年,在西南联大任教的闻
一多与汉学家白之合作编译《中国诗选》。一个偶然的机会,他读到了朱自清
从成都休假返校时带回来的诗稿,对田间诗歌产生了浓厚兴趣,并在新学期的
唐诗课上介绍了田间诗歌。在《艾青和田间》里,闻一多说:"我们能欣赏艾
青,不能欣赏田间,因为我们跑不了那么快。今天需要艾青是为了教育我们见
到田间,明天的诗人"①。无论是茅盾,是胡风,还是闻一多,他们在谈论田间
的创作时,都把田间同臧克家和艾青进行比照,几乎一致认定田间的抗战诗创
作意义更为重大,而且代表了未来诗歌的走向。

  巧就巧在,田间的《假如我们不去打仗》和艾青的《我爱这土地》都以"假
如"这种虚拟情境开篇:前者以"假如我们不去打仗"开篇,后者以"假如我是
一只鸟"开篇。我们先来看田间的抗战抒情诗《假如我们不去打仗》:

  假使我们不去打仗,

  敌人用刺刀

  杀死了我们,

  还要用手指着我们骨头说:

   "看,

   这是奴隶!"

这首短小精悍的抗战抒情诗,有假设,有描写;有行动,有呵斥;有画面,有音
响;有普通字体,有黑体字体;有逗号,有冒号,有引号,还有感叹号! 这些诗歌
元素,既在抒情,也在叙事,还在议论。它是一篇简洁有力的鼓动全民抗战的
总动员令,也是一篇掷地有声、铿锵有力的抗战檄文。它寓正于反——假如大
家不去抗战,结果就不是好死不如赖活的问题,而是赖活不成,反而不得好死,
且死得很惨,死得很贱! 这还涉及中国人的人格问题、国格问题和国民性问

---

① 闻一多:《艾青与田间》,《联合晚报》,1946年6月22日。

题。诗人从可以预见的结果来让中国人作出正确而光荣的选择——我们都要
去抗战！田间也有单刀直入、直击敌人心脏的、干净利索的、短兵相接的抗战
抒情小诗，如《坚壁》：

狗强盗，

你要问我么：

"枪、弹药，

埋在哪儿？"

来，我告诉你：

"枪、弹药，

统埋在我的心里！"

在敌人坚壁清野的过程中，诗人设想假如被敌人俘获，被敌人威逼利诱、严刑
拷打时，如何应对？其威武不屈、凛然赴死、保家卫国的英雄形象，通过斩钉截
铁的一问一答，鲜活地立于纸上，跃然在眼前，铭刻在脑海。这种英雄形象的
塑造，与其说是通过抒情获得的，不如说是通过描述和叙事、双关和重复获取
的。诗中都采用了"说话者"的视角，"作者让我们通过说话者的眼睛看世
界"①，让我们在大是大非面前，不能被懦弱和蒙昧挡住了眼光，要认识到日本
帝国主义穷凶极恶的法西斯野心，以及抗战的持久性、艰巨性和必胜性。这首
小诗不但以情动人，而且以理服人，还以思想感染人。"思想会变成士兵/而
每一只短歌都是一把神圣的宝剑"！（哈特曼的《圣杯与宝剑》）而且，作为抗
战诗，它还有"鼓点"②式节奏和魔力感人。这是力的节奏，力的鼓点，力的号
角，力的旗帜，力的钢枪，力的宝剑，力的诗篇；动力、热力、张力、磁力、魅力等
所有力量都汇集于这短短6行诗里。它是极富力量的诗歌榜样，鼓舞了无数

---

① ［美］詹姆斯·费伦：《作为修辞的叙事：技巧、读者、伦理、意识形态》，陈永国译，北京大
学出版社2002年版，第11页。
② 闻一多：《时代的鼓手》，《生活导报》1943年11月13日。

中国人成为真正的"战斗者",无所畏惧地奔赴战场。同时,也激起了他们抗
战杀敌的责任感、使命感、自豪感和荣誉感,并将诗的以少胜多发挥到了极致。
因此,包括《假如我们不去打仗》在内的田间的许多"街头诗""诗传单"、蒲风
的"明信片诗"和卞之琳的"慰劳信诗"等大众化的抗战诗,"写在墙上或贴在
城门楼旁以后,马上便围上一群人,有手执红缨枪的,有手持纪念册的,有牵着
山羊的,有嘴含打烟锅的,都在看,都在念。还有的急匆匆地抄在他的本本
上。"①由此可见,田间鼓点式的抗战抒情诗在大众化方面卓有成效。有的汉
学家说,田间的抗战抒情诗和抗战叙事诗,宣扬了仇恨与暴露,属于异端主义
的、灵智主义的、诺斯替式的净化部分。② 这显然是不了解中国抗战诗与抗战
时代之间的紧密关系,不理解中国人民巨大的爱国热情。贬低革命文学、左翼
文学和抗战文学的作用、地位和价值,是西方霸权主义和唯美主义的集中体
现,值得我们认真反驳和严肃矫正。这还不只是国内长期以来存在的艺术的
人性论与阶级论之争,它还牵涉不同国族之间艺术的人性论与国族论之争!
再来看看艾青的《我爱这土地》:

> 假如我是一只鸟,
> 我也应该用嘶哑的喉咙歌唱:
> 这被暴风雨所打击着的土地,
> 这永远汹涌着我们的悲愤的河流,
> 这无止息地吹刮着的激怒的风,
> 和那来自林间的无比温柔的黎明……
> ——然后我死了,
> 连羽毛也腐烂在土地里面。

---

① 《田间自述》,见沈用大:《中国新诗史 1918—1949》,福建人民出版社 2006 年版,第567 页。
② [德]顾彬:《二十世纪中国文学史》,范劲等译,华东师范大学出版社 2008 年版,第187 页。

为什么我的眼里常含泪水？

因为我对这土地爱得深沉……

不像田间的抗战抒情诗具有未来主义色彩,诗韵铿锵,毫不含糊。如前所述,艾青的抗战抒情诗被不少著名诗人和文艺理论家挑挑拣拣,尤其是当把它们与田间抗战抒情进行比较时,就逊色了。之所以得出如此结论,是因为那些文艺大咖觉得田间的抗战抒情诗是"时代的鼓点"[1],而艾青的抗战抒情诗是"画者的行吟"[2]。他们认为,到了抗战时期,艾青思想上依然没有克服知识分子的习气和影响。这种将诗人身份与诗歌写作进行互证,把诗人的情感与诗中的情感混淆了。于是,有人为之鸣不平,为之辩护。为此,冯雪峰撰写了《论两个诗人及诗的精神和形式》。他说:"艾青,就正是这样的一个诗人:他的诗的外表自然式极知识分子式的,但他的本质和力量却建筑在农村青年式的真挚、深沉,和爱的固执上,艾青的根是深深植在土地上"[3]。这种内外之间的张力使得艾青的抗战抒情诗沉雄而绵远。大家知道,诗句一味地雄壮比较容易写,但沉雄而绵远的诗句就比较难写了。清人乔忆说:"诗句欲雄壮不难,雄壮而有锦至之思为难"。在《我爱这土地》里,这种难度体现在抒情的技术和手段上:首先,诗人用曲笔,自比一只鸟,这是一折;人与鸟共有"歌唱"的喜好,但人与鸟毕竟有异,鸟歌唱不会累,但人唱歌唱久了会使声音"嘶哑",尽管如此"我"还要不停歇地歌唱,歌唱什么呢？有什么重要的事情值得"我"反反复复地歌唱下去呢？接下来,诗人一连用三个"这"和一个"那"来统领他所歌唱的土地、河流、风和黎明,总之,是这土地上的一切,所以诗人用了一个省略号;紧接着,诗人用了一个表转折的破折号和"然后",笔锋一转,说到他死了,死了也不能切断与这土地的联系,尽管再也不能歌唱了,但是还可以把

① 闻一多:《时代的鼓手》,《生活导报》1943年11月13日。

② 沈用大:《画者的行吟》,见《中国新诗史1918—1949》,福建人民出版社,2006年版,第542页。

③ 冯雪峰:《论两个诗人及诗的精神和形式》,见《中国新文学大系1937—1949》(第一集文学理论卷),上海文艺出版社1990年版,第571页。

自己最后的尸骨"腐烂"在土地里，与土地彻底融为一体；由此，"鸟"对土地的挚爱，和"我"对土地的深爱，被形象化地传达到了较为完美的程度。但诗人还嫌不够，于是，在隔了一行，停顿了一会过后，将视角一转，由比转赋、再由赋转议，在抒情和叙事的力量积集到极点之后，在全诗情感饱和点上进行最后的、最高亢的、最深沉的大爱抒发。艾青这首诗妙就妙在，"我"与"鸟"之间角色转换不着痕迹，而且诗里的抒情和叙事逻辑"一波三折"，由近至远、直外而内、从浅及深，层层推进，最终自然而然地把情感推到了最高点。时隔三年后，臧克家写出了名诗《春鸟》，在用了大量篇幅描写春鸟的歌唱后，最后六行终于由春鸟回到了"我"这里：

> 而我，有着同样早醒的一颗诗心，
>
> 也是同样的不惯寒冷，
>
> 我也有一串生命的歌，
>
> 我想唱，像你一样，
>
> 但是，我的喉头上锁着链子，
>
> 我的嗓子在痛苦地发痒。

因为他们都要唱出"真理一样的歌声"！《春鸟》里，"春鸟"和"我"分得很开，最后扭结在一起也显得比较生硬，其比兴手法过于简单。因此，比起《我爱这土地》来，《春鸟》逊色得多。穆旦说："为了使诗和时代成为一个感情的大谐和，我们需要'新的抒情'！这新的抒情应该是，有理性地鼓舞着人们去争取那个光明的一种东西"[1]。穆旦在这里推崇的"新的抒情"就是针对艾青的抗战抒情诗而言的。抗战抒情诗要进步，必须"大谐和"，不要"歇斯底里"！[2]

　　总之，从五四抒情诗到抗战抒情诗，抒情的声音越来越响亮，抒情的内里越来越充实。申言之，相较于五四抒情诗而言，抗战抒情诗的叙事成分越来越

---

[1] 穆旦：《〈慰劳信集〉》，《大公报》"文艺"副刊826期，1940年4月28日。

[2] 穆旦：《〈慰劳信集〉》，《大公报》"文艺"副刊826期，1940年4月28日。

多,且篇幅也有所增加,这对于整个中国新诗而言,无疑具有"再解放和再革命"①的文体意义和美学价值。而且,这种"从抒情到叙事"及其"从短到长"的发展态势一直延续到 20 世纪 80 年代中期,只不过其内涵、手段和风格在不同时段有着不一样的表现而已。

新中国成立之初,百废待兴,群情激昂,建设新中国的使命担当鼓舞着青年诗人们纷纷投身于各行各业中,因此,出现了一批面目一新、阳光灿烂、欣欣向荣、青春沸腾、声韵铿锵、振奋动人的"生活诗"。邵燕祥号召大家《到远方去》,把诗、新闻和日记结合在一起写,他从"采访途中的日记本上直接辑录的,故曰'日记诗抄'"②。许多青年诗人如流沙河、雁翼、梁上泉、孙静轩、公刘、严阵、王书怀等创作的"生活诗"具有浓郁的地域色彩和行业特点。在这些"生活诗"中,诗人们几乎是以代言人的身份,用比较单一的叙事视角和抒情声音,通过高度形象化乃至符号化的语言,塑造新中国第一代建设者的青春豪情和凌云壮志,其写实倾向多少制约了宣泄的情感、抽象的观念和政论的叙说。

"生活诗"多为颂歌,但有一类"生活诗"是牧歌,闻捷的诗是其代表。这种诗歌并未局限于抒写新中国建设,而是把新中国的建设与青年男女的爱情糅合在一起写,因此也被称为"生活的牧歌"。20 世纪 50 年代中期,闻捷出版了这类诗集《天山牧歌》。比如《苹果树下》,写春天、夏天和秋天姑娘和小伙子在果园一边劳作一边恋爱,且随着季节的推移、苹果的生长,他们的爱情也开了花结了果,"说出那句真心话吧!/种下的爱情已该收获。"爱情的故事、种植苹果的故事,通过双关手法和象征技法得到了完美无缺的、有滋有味的诗意表现。又如《葡萄成熟了》:"马奶子葡萄成熟了,/坠在碧绿的枝叶间,/小伙子们从田里回来了,/姑娘们还劳作在葡萄园。//小伙子们并排站在路

---

① 矛盾(茅盾):《叙事诗的前途》,《文学》第 8 卷第 2 号,1937 年 2 月 1 日。
② 邵燕祥:《后记》,见邵燕祥:《给同志们》,作家出版社 1956 年版。

边,/三弦琴挑逗姑娘心弦,/嘴唇都唱得发干了,/连颗葡萄子也没尝到。//小伙子们伤心又生气,/扭转身又舍不得离去:/'悭吝的姑娘啊!/你们的葡萄准是酸的。'//姑娘们会心地笑了,/摘下几串没有熟的葡萄,/放在那排伸长的手掌里,/看看小伙子们怎么挑剔……//小伙子们咬着酸葡萄,/心眼里头笑迷迷:/'多情的葡萄!/她比什么糖果都甜蜜。'"①。穆旦曾在《春天与蜜蜂》里写道:"春天的邀请,万物都答应,/说不得的只有我的爱情"②。这是中国人东方式的恋爱作为和爱情观念。但是,天山脚下新疆哈萨克族青年人表达爱恋的方式与汉族人不大一样。他们既热烈大方,又含蓄隐晦;他们既打情骂俏,又理性节制;他们既用心呵护,分外珍视"致情贵隐",又偶尔表现出喜剧性的"由爱生嗔"——"红到耳边娇更甚,唤郎偏作骂郎声"③。《葡萄成熟了》乃"蕴含衹在言中,其妙更在言外"。在葡萄园里,收工回来的小伙子们,先是用三弦琴边弹边唱"挑逗"姑娘们,在没有得到他们期望中的回馈后,他们又进一步用言语挑逗姑娘们,当姑娘们明白他们的心意,又故意捉弄小伙子们后,小伙子们最后心满意足地赞美姑娘们。诗中"葡萄""姑娘""她""爱情"是"四位一体",并在挑逗、佯装、嗔怪、幽默、机智、善良等复杂情愫的全方位碰撞中产生了意趣和诗境,由此,日常生活的喜剧性就自然而然地转化成了天山牧歌的喜剧性,成为人们争相传唱的经典诗篇。梁上泉的《姑娘是藏族卫生员》也是如此充满边疆风情的生活牧歌。该诗分三章,每一章有两节,一节引用一个人的话。前两章都是由藏族女卫生员和年轻牧人的对话组成,充满健康的、积极向上的柔情蜜意,如首节:"'不要那样看我/不要那样看我/我脸红得像团火/年轻的牧人啊/不要把我认错/姑娘是藏族卫生员/到你帐篷里来是作防疫宣传/不是找你有话说……'"。

①　谢冕、洪子诚主编:《中国当代文学作品精选(1949—1989)》,北京大学出版社 1995 年版,第 17—18 页。

②　穆旦:《春天和蜜蜂》,《大公报·文艺》(天津版),1947 年 3 月 12 日。

③　汪静之:《漪漪讯》,西泠印社 2006 年版,第 182 页。

　　由于特定历史和政治原因，爱情的声音在当时被指认为纤弱的声音。那个沸腾激越、热火朝天、全民欢唱、普天同乐的大时代，不需要伊萨柯夫斯基式的甜美爱情，"我们需要更多一些马雅可夫斯基"，"我们不要只着重于小的地方的细腻亲切，而忽视了意义更大的、能够反映时代的东西"①。正是有如此的政策导向和创作号召，所以20世纪50—60年代出现了"政治抒情诗"创作的热潮。尽管它因"文革"而中断，但到80年代初期再次掀起了创作"政治抒情诗"的高潮。"与新民歌'民间形态'的浪漫主义不同，政治抒情诗'文人形态'的浪漫主义情绪与正统意识形态有着更为悠久的'共谋关系'"。② 因此，政治抒情诗也被称为战歌或颂歌。

　　20世纪50—60年代，政治抒情诗以郭小川和贺敬之为代表。他俩的政治抒情诗有着不同的面向。与贺敬之政治抒情诗一贯表现出的坚定不移不同，郭小川的政治抒情往往表现出一种犹疑状态，就像《甘蔗林——青纱帐》首尾两节所示——"南方的甘蔗林哪，南方的甘蔗林！/你为什么这样香甜，又为什么那样严峻？/北方的青纱帐啊，北方的青纱帐！/你为什么那样遥远，又为什么这样亲近？"既"香甜"又"严峻"，既"遥远"又"亲近"。郭小川的政治抒情诗《投入火热的斗争》《向困难进军》等往往用感物咏志、借景抒情、"集短为长"的"长廊句"（又称"新赋体"）写成。请读《甘蔗林——青纱帐》：

　　　　可记得？我们曾经有过一个伟大的发现：

　　　　住在青纱帐里，高粱秸比甘蔗还要香甜；

　　　　可记得？我们曾经有过一个大胆的判断：

　　　　无论上海或北京，都不如这高粱地更叫人留恋。

　　　　可记得？我们曾经有过一种有趣的梦幻：

　　　　革命胜利以后，我们一道抖着白须、游遍江南；

---

① 臧克家、郭小川：《沸腾的生活和诗》，《文艺报》1956年第3期。
② 程光炜：《中国当代诗歌史》，中国人民大学出版社2003年版，第132页。

可记得？我们曾经有过一点渺小的心愿：

到了社会主义时代,狠狠心每天抽它三支香烟。

可记得？我们曾经有过一个坚定的信念：

即使死了化为粪土,也能叫高粱长得秆粗粒圆;

可记得？我们曾经有过一次细致的计算：

只要青纱帐不倒,共产主义肯定要在下一代实现。

可记得？在分别时,我们定过这样的方案：

将来,哪里有严重的困难,我们就在哪里见面;

可记得？在胜利时,我们发过这样的誓言：

往后,生活不管甜苦,永远也不忘记昨天和明天。

诗中用了四组八个"可记得"组成接二连三的、排山倒海的排比句,一是把读者带回到历史时空,二是又能回转现实,三是还能穿越时空畅想未来。同时,抒情、叙事和议论自由转换,祈使句、疑问句、感叹句、陈述句、比喻句、拟人句轮番登场,使得全诗的逻辑表达一波三折,最终形成既顿挫有致又脉络通畅、一唱三叹的艺术效果。

而像贺敬之那种高亢激越和理想纯洁的政治抒情诗,可以称为"放歌型"政治抒情诗。它们常常采用马雅可夫斯基式的楼梯体。贺敬之的《西去列车的窗口》构思精巧。列车的窗口虽然很小,但是以小见大,从这里放眼望去,看到和想到的很多很多,其中最为明显的就是"青年一代跟着时代列车前进"[1]。对此,贺敬之说:"作为一首有人物有一定叙事成分的长篇抒情诗,要想始终充满浓郁的感情,必须掌握感情起伏变化的脉络,当缓则缓,当急则急,不能一根弦绷到底,另外,还得调动各种艺术手法,对或急或缓、或高或低的感情旋律

---

[1] 公木主编:《新诗鉴赏辞典》,上海辞书出版社1991年版,第663页。

作出生动细致的表现。为此,我作了这样一些尝试:一是通过景物描写烘托人物的感情,如开首三节:'在九曲黄河的上游,/在西去列车的窗口……//是大西北一个平静的夏夜,是高原上月在中天的时候。//一站站灯火扑来,象流萤飞去。/一重重山岭闪过,似浪涛奔流……'第一节点明地域,第二节点明时间,第三节则从列车旅客的视角出发描写了富于动态的感受和印象。有了这三节,就为底下人物的活动交代了背景,渲染了气氛。二是选择人物具有典型意义的表情动作来表现他们内在的感情波澜,我让'那些年轻人闪亮的眼睛','遥望六盘山高耸的峰头',让'头一阵大漠的风尘',翻卷起年轻人'新装的衣袖',我还写到了带队的老战士把年轻人的铺位安排好以后,'悄悄打开针线包','给新兵们缝缀衣扣',以此来表现老战士对青年的一片深情。三是在必要的时候,'我'也站出来直抒胸臆,以便把诗作的感情推向高潮。这就是诗篇最后几节的内容。"①由此可见,诗人在"放声歌唱"时,是把大量的篇幅用于描写和叙事,只是在"必要的时候"才"站出来直抒胸臆"。政治抒情诗里的大量描写和叙事,其实也就是在抒情或者说为抒情作铺垫,而直抒胸臆是为了把诗人的感情进一步推向高潮。

　　粉碎"四人帮"后,"文革"期间的种种倒行逆施及其时代悲剧,激起了全国人民的愤慨。诗人们重新思考诗与政治、诗与时代、诗与现实的关系,不再以盲目服从政治需要为自己创作的使命,不再一味地抒写战歌和颂歌,而是针对以往的政治悲剧,"通过自己的心灵感受正在不断变化的世界","这就赋予青年诗人的创作中'申诉'和'道德审判'的思想品格"②。雷抒雁的《小草在歌唱》以张志新烈士坚持真理的英雄事迹以及被"四人帮"残害致死的经过为抒情依托,既控诉了极左淫威,又揭露了现代迷信,还传达了痛定思痛的真诚忏悔。毕竟,这场悲剧既是张志新烈士的个人悲剧,更是全体中国人的民族悲剧。叶文福的《将军,你不能这样做》和熊召政的《请举起森林一般的手,制

---

① 公木主编:《新诗鉴赏辞典》,上海辞书出版社1991年版,第663—664页。
② 程光炜:《中国当代诗歌史》,中国人民大学出版社2003年版,第199页。

止!》都是写个别共和国将军,在和平年代,丢掉了理想信念,以权谋私,腐化变质。于是,诗人们通过创作政治抒情诗来揭批他们,告诫他们"不能这样做",同时号召大家一起对此进行"制止"。由此可见,不同于50—60年代政治抒情诗以歌颂为主调,新时期政治抒情诗"不满"地诉说"问题",并想重新唤回民主、自由和正义。它们产生了巨大的社会反响,具有不同凡响的广场效应,既使中国新诗重新赢得了大众的喜爱,也使中国新诗重新充当了思想解放的急先锋。

从五四开始急切呼唤个性解放的抒情诗,到50年代牧歌体抒情诗和50—60年代颂歌型和战歌型政治抒情诗,最后到80年代不满的、控诉的、申诉的政治抒情诗,中国新诗抒情一路高涨,情满华夏,掌声不断。"这种抒情主义从'五四'到80年代,延续了70年之久,直到90年代之后,新诗界不再把'抒情'指认为诗歌本质而是从语言方面重思诗歌的本质,这可以说是一个结构性的变化,虽然关于抒情性和叙事性的话题还会出现,但不再作为一个支配性的解释框架了。"①

第二节　现代汉语抒情诗的纯诗化叙事

有人认为现代汉语叙事诗的主要特征是"叙事的抒情化",即"叙事的心灵化";把现代汉语抒情诗的主要特征归结为"抒情的叙事化",即"抒情的间接化",也就是抒情的客观化和抒情的象征化。② 我们在本章第一节里讲到现代汉语抒情诗中的大众化叙事,其抒情比较直接和主观,如果把控不好,就会出现滥情和伪情的糟糕局面。而纯诗化的现代抒情,讲求理性和机智,尤其看重审美自主和艺术至上,使情、理、事、艺、美达到一种饱和状态。

---

① 张松建:《抒情主义与中国现代诗学》,北京大学出版社2012年版,第63页。
② 朱多锦:《发现"中国现代叙事诗"》,转见吕家乡:《品与思》,中国戏剧出版社2004年版,第207页。

20 世纪 40 年代初,当朱自清回顾中国新诗走过的历程时,他认为,自由诗偏重写实、描写和说理,而"格律派才注重抒情,而且是理想的抒情,不是写实的抒情"①,"从格律诗以后,诗以抒情为主,回到了它的老家。从象征诗以后,诗只是抒情,纯粹的抒情,可以说钻进了它的老家"②。其实,哪里有什么"纯粹的抒情"! 朱自清的意思应该是,从抒情角度看,与格律诗比较,象征诗更客观些、间接些。

20 年代的象征诗,不但抒情,而且叙事。从宽泛的意义上讲,象征诗也是抒情诗或叙事诗的一种,如果我们把诗大而化之分为抒情诗和叙事诗两个大类的话。请读李金发的《弃妇》:"长发披遍我两眼之前,/遂隔断了一切羞恶之疾视,/与鲜血之急流,枯骨之沉睡。/黑夜与蚊虫联步徐来,/越此短墙之角,/狂呼在我清白之耳后,/如荒野狂风怒号:/战栗了无数游牧。//靠一根草儿,与上帝之灵往返在空谷里。/我的哀戚惟游蜂之脑能深印着;/或与山泉长泻在悬崖,/然后随红叶而俱去。//弃妇之隐忧堆积在动作上,/夕阳之火不能把时间之烦闷/化成灰烬,从烟突里飞去,/长染在游鸦之羽,/将同栖止于海啸之石上,/静听舟子之歌。//衰老的裙裾发出哀吟,/徜徉在丘墓之侧,/永无热泪,/点滴在草地/为世界之装饰"③。那么,《弃妇》是如何通过抒情来叙事和象征的呢? 或者说,它是如何通过叙事和象征来抒情的呢? 第一、二节是叙事主体在诉苦以及不被外界所理解,第三节由诗人出面进行直接叙事,如此内外结合,立体地、流动地塑造了现代弃妇形象。具体来说,《弃妇》首节通过弃妇自述和独白,象征地写弃妇经过客观努力将现实生活中的一切丑恶阻隔在自我世界之外,但由于黑暗力量过于强大且无孔不入,弃妇的种种努力变得无济

---

① 朱自清:《抗战与诗》,见朱自清:《新诗杂话》,生活·读书·新知三联书店 1984 年版,第 55—56 页。
② 朱自清:《抗战与诗》,见朱自清:《新诗杂话》,生活·读书·新知三联书店 1984 年版,第 55—56 页。
③ 谢冕主编,姜涛分册主编:《中国新诗总系》第 1 卷,人民文学出版社 2010 年版,第 596—597 页。

于事——它们攻破了弃妇所设的阻隔,最终突入弃妇的生活世界和精神空间,令弃妇像被暴风雪裹挟着不知所终的牧民那样战栗不已。第二节写弃妇绝望后,试图乞求于上帝,想从那里获取支援和安慰。显然,仅凭"一根草"是靠不住的,何况上帝与现实互为同谋,对弃妇漠不关心。所以,弃妇的哀戚只有同病相怜的"游蜂"或流水关心着,或随"红叶"流向远方。其实,这一切都是弃妇的一厢情愿,而现实不但不予理会,反而会变本加厉。这就是第三节所指。连"游鸦"都载不走弃妇的隐痛,而到海边去聆听船歌就更是遥不可及的妄想了。末节写弃妇在越来越深重的不幸中,迅速衰老;弃妇面对死亡,欲哭无泪,乃至无须用眼泪这种装饰性的东西来告别世界。因为,不幸的生,已毫无留恋之处,它并不比死更温暖些,诗人以死之微温来反讽生之冰凉!这个弃妇惨不忍睹的悲情故事,是通过许许多多的意象暗示出来的,需要我们把隐藏在这些意象背后的线索找到,才能转述出这个若隐若现的诗歌故事。换言之,《弃妇》的抒情和叙事都是内在的、神秘的、象征的。后面我们在谈论中国新诗的呈现叙事时,还要谈及李金发及其象征主义。这恰恰体现了中国新诗的丰富性和多向性。

我们所说的现代汉语抒情纯诗化叙事,更多的时候是指其叙事是浪漫的、超越的和普通的,而不像现代汉语抒情诗大众化叙事通常是写实的、具体的和特殊的。《弃妇》里的弃妇是局部象征与整体象征相结合的"四位一体"——她既可指像《诗经·氓》里那样可怜的弃妇,也可指被命运乃至被死亡抛弃的妇女,又可指广义的被生活抛弃的人,还可以是诗人的自况。再如戴望舒的《雨巷》:

> 撑着油纸伞,独自
> 彷徨在悠长、悠长
> 又寂寥的雨巷,
> 我希望逢着
> 一个丁香一样的

结着愁怨的姑娘。

她是有
丁香一样的颜色,
丁香一样的芬芳,
丁香一样的忧愁,
在雨中哀怨,
哀怨又彷徨;

她彷徨在这寂寥的雨巷,
撑着油纸伞
像我一样,
像我一样地
默默彳亍着,
冷漠,凄清,又惆怅。

她静默地走近
走近,又投出
太息一般的眼光,
她飘过
像梦一般的,
像梦一般的凄婉迷茫。

像梦中飘过
一枝丁香地,
我身旁飘过这女郎;

她静默地远了,远了,
到了颓圮的篱墙,
走尽这雨巷。

在雨的哀曲里,
消了她的颜色,
散了她的芬芳,
消散了,甚至她的
太息般的眼光,
丁香般的惆怅。

撑着油纸伞,独自
彷徨在悠长,悠长
又寂寥的雨巷,
我希望飘过
一个丁香一样的
结着愁怨的姑娘。①

这首脍炙人口的现代诗,叙述的完全是一场隐秘的精神事件,也可说是一种单相思和单恋。除了淅淅沥沥的小雨浅吟低唱着轻柔的哀曲外,世界一片寂静:雨巷是寂寥的,"我"是默默行走的,姑娘来去都是静默的,连梦也是凄婉迷茫的。而"我"的期盼是火热的、滚烫的。这一热一冷,由希望到失望,更加重了冷漠、凄清、寂寥和惆怅。此情此景,与李璟所言"丁香空结雨中愁"超越时空地应和着。蓝棣之曾经到杭州进行"文学地理学"意义上的诗歌考察。他发现,从戴望舒的家到他就读的宗文中学有大小塔儿巷,而且大塔儿巷里有破落

① 梁仁编:《戴望舒诗全编》,浙江文艺出版社1989年版,第27—28页。

的清宰相府。由此,蓝棣之得出结论:"雨巷"很可能是大塔儿巷,那位让戴望舒神魂颠倒的"丁香一样地结着愁怨的姑娘"可能是住在宰相府的姑娘。至于蓝棣之找出的《雨巷》的"本事"到底存不存在,那是另外一个话题。但作为一场精神事件,是没有任何问题的。这个精神事件相对完整,有开端——首先"我"热切地希望邂近一位高雅而愁怨的姑娘;有发展——这位姑娘如"预言中年轻的神"果然出现了;有结局——"我"由于胆怯或紧张,致使连个招呼都没有打,姑娘就和"我"擦肩而过,很快就消失了。首尾两节完全一样,既可以看作首尾呼应、重章叠唱、回环往复;也可以视为一个"开放结构",末节重复首节,预示着新一轮的开始——既然错失了这次良机,那就再等一次、等两次……也许下次就不会再失之交臂了,说不定能够擦出爱情的火花,成就美丽的艳遇了。当然,这种"纯粹的抒情"也不一定非要就事论事,还可以荡开来看,如此一来,诗中的姑娘就不一定是爱恋的对象,而可以解读成诗人的另一个自我,由此全诗就可以解读成是诗人现实中的"我"与心灵世界的"自我"之间的交往与错位;我们还可以把诗中的姑娘解读成诗人追求的理想,由此全诗就可以看成诗人对理想的追求、期盼与失落以及再追求、再期盼……

现代汉语抒情诗中的纯诗化叙事,尽管纯粹,但并不单纯,而往往比较繁复。苏珊·斯坦福·弗里德曼说:"叙事被解作一种模式,突出了能动地运行于时空之中的一序列事件。抒情诗被解作一种模式,突出了一种同时性,即投射出一个静止的格式塔的一团情感或思想。叙事以故事为中心,抒情诗则聚焦于心境,尽管每一种模式都包含着另一种模式的因素。"①纵然抒情诗以"聚焦于心境"为本质特征,但是抒情诗中的叙事,即"能动地运行于时空之中的一系列事件",我们在很多抒情诗里随处可见。就是一首抒情小诗,里面往往都有一些故事片段,如徐志摩的《四行诗一首》:"忧愁他整天拉着我的心,/像一个琴

---

① [美]詹姆斯·费伦:《作为修辞的叙事:技巧、读者、伦理、意识形态》,陈永国译,北京大学出版社 2002 年版,第 6 页。

师操练他的琴"①,由于最后一章最后一节还要分析此诗,这里就不赘述。

如上引述,朱自清认为现代汉语象征诗,"纯粹的抒情",纯到唯美,纯到纯美;而现代汉语格律诗,"以抒情为主",应还葆有写实成分。如果我们用叙事学里作为角色的隐含作者与显示身份的真实作者来看,我们完全可以根据戴望舒和徐志摩的诗,乃至可以根据林徽因的诗,索隐出他们当年的情感往事。笔者曾在《戴望舒:现代焦虑的诗性表达》和《徐志摩:诗化生活的分行抒写》②里对此进行了考证、梳理和论述。也就是说,戴望舒、徐志摩和林徽因的很多诗是"本事诗"。

徐志摩的《再别康桥》和林徽因《你是人间的四月天》等都是中国新诗中著名的"本事抒情"。请读《再别康桥》:

轻轻的我走了,

正如我轻轻的来;

我轻轻的招手,

作别西天的云彩。

那河畔的金柳,

是夕阳中的新娘;

波光里的艳影,

在我的心头荡漾。

软泥上的青荇,

油油的在水底招摇;

在康河的柔波里,

---

① 谢冕主编,姜涛分册主编:《中国新诗总系》第 1 卷,人民文学出版社 2010 年版,第 518 页。

② 杨四平:《20 世纪中国新诗主流》,安徽教育出版社 2004 年版,第 82—137 页。

　　　　我甘心做一条水草！

　　那榆荫下的一潭，
　　　　不是清泉，是天上虹；
　　揉碎在浮藻间，
　　　　沉淀着彩虹似的梦。

　　寻梦？撑一支长篙，
　　　　向青草更青处漫溯；
　　满载一船星辉，
　　　　在星辉斑斓里放歌。

　　但我不能放歌，
　　　　悄悄是别离的笙箫；
　　夏虫也为我沉默，
　　　　沉默是今晚的康桥！

　　悄悄的我走了，
　　　　正如我悄悄的来；
　　我挥一挥衣袖，
　　　　不带走一片云彩。①

1920 年徐志摩进入剑桥大学读书,形成了由爱、美与自由构成的"康桥理想"。
1928 年,当徐志摩再次来到康桥时,已物是人非！此间,徐志摩经历了与林徽
因的爱恋和失恋,徐志摩与张幼仪离婚而同陆小曼结为连理,但陆小曼婚后依

———————————

　　①　谢冕主编,孙玉石分册主编:《中国新诗总系》第 2 卷,人民文学出版社 2010 年版,第
562—563 页。

旧醉生梦死,致使徐志摩因苦闷而到欧洲散心。八年了,理想与现实,恋爱与婚姻,形成了鲜明对照。尽管诗一开始"我"故作潇洒地"轻轻",到最后"我"万般无奈地"悄悄",但诗中自始至终贯穿着一条忽隐忽现的叙事线索,寻梦→入梦→梦灭→梦醒。这条叙事线索和这种叙事背景,构成了全诗抒情的基础,使得情、景、事、理相得益彰。徐志摩在独自漫游中,完成了发现风景与发现自我的风景结构和语义结构相熔铸的纯粹澄明之境。

同为格律派,闻一多反对"抒情主义",即拒绝诗人变成情感的奴隶。绝对的抒情主义像绝对的写实主义一样都是艺术的破产。抒情主义是抒情的失效,抒情的无能。但是闻一多并不反对诗歌抒情。闻一多主张"与其刻露,不如空疏"①。也就是说,闻一多主张对情感进行冷处理。他关于中国新诗"三美"主张就是把控诗歌抒情的优秀方案。

施蛰存提出"意象抒情诗"②,造意象以抒情。他的"意象抒情诗"不同于一般的意象诗和抒情诗,而是一种"感觉诗"。与其说他主张抒情,不如说他主张以意象写感觉。请读《银鱼》:

横陈在菜市里的银鱼,

土耳其风的女浴场。

银鱼,堆成了柔白的床布,

魅人的小眼睛从四面八方投过去。

银鱼,初恋的女人,

连心都要袒露出来了。③

---

① 闻一多:《闻一多书信集》,北京群言出版社 2014 年版,第 292 页。

② 施蛰存:《意象抒情诗》,《现代》第 1 卷第 2 期,1932 年 6 月 1 日。

③ 谢冕主编、姜涛分册主编:《中国新诗总系》第 1 卷,人民文学出版社 2010 年版,第 449—450 页。

施蛰存说:"我在这首小诗中,只表现了我对于银鱼的三个意象(Image),而并不预备评论银鱼对于卫生有益与否? 也不预备说明银鱼与人生之关系,更不打算阐述银鱼在教育上的地位。仅仅是因为某日的清晨,从菜市场上鱼贩子的大竹筐里看到了许多银鱼,因而写下了这三节诗句。若有见过银鱼的人,读了我底诗,因而感觉到有相同的意象者,他就算是懂了我的这首诗,也就是:我底诗完成了他的功效"①。反之,若无此,在别人看来就是"太晦涩了"。不同于"诗是抒情的""诗是经验的""诗是词语的",施蛰存主张"诗是感觉的"。这就要求诗从直接性那里撤退,转而去追寻诗的内在意义,仿佛唯有如此方能保持诗的纯粹自足,进而将意义建立在诗人自我感觉的基础上——大胆探索变化无常的日常经验背后始终在发生作用的自我,或者将意义建立在已有的诗歌传统上——通过接通传统来给自己的写作赋予意义。这种完全信赖诗人的自我感觉行为,是对外部复杂变幻世界的一种回应。诗不再轻易为外物所动。自我与传统是诗的救命草。而一味地进行自我探险和幽微开掘,背对现代社会现实,有可能使感觉越来越微弱。据此,何其芳说:"抒情诗的范围为什么很狭小"②,那是由于我们诗人所接触的世界太局部且还带着知识分子思想情感的缘故。所以,从 20 世纪 40 年代起,中国新诗的现代性开始拥抱中国新诗的时代性。但是这种现代性与时代性的更迭在台湾现代诗那里,表现得不是很明显。台湾现代诗人,向来倡导"现代诗",而非"现代诗歌",表明他们要彻底摒弃抒情性的"歌"。纪弦的《把热情放到冰箱里去吧!》,主张运用角色和面具,形成立体的、形态化的、客观的现代诗。如此一来,台湾现代诗就出现了具有矫正意味"反抒情"和标新立异的"新抒情"。郑愁予的《错误》、痖弦的《红玉米》和洛夫的《边界望乡》等都发挥了"意象抒情性",均把一代人的"两岸往事"和"两岸阻隔",通过极富大陆文化传统的诗歌意象,极为克制地表达出来,成为史家与诗家交口称赞的"乡愁诗"。

---

① 沈用大:《中国新诗史 1918—1949》,福建人民出版社 2006 年版,第 480 页。
② 何其芳:《谈写诗》,见何其芳:《关于现实主义》,新文艺出版社 1956 年版,第 84 页。

　　现代汉语抒情诗叙事的时代性,在白洋淀诗群和朦胧诗派那里表现得尤
为突出。食指的《相信未来》,前三节写人们受到命运打击后并不气馁,第四
五节交代要相信未来的原因——历史和真理都会客观评定一切,最后一节直
接呼告,就像《飘》的主人公所说的那样,明天一切都会好。我曾说,这首诗既
可以从积极角度阅读,如上所述;也可以从消极角度读解,这些表面温暖的诗
句下面潜藏着诗人乏力的挣扎和无望的希望以及透彻全身心的隐痛。在"文
革"开始不久的两年时间里,诗人较早地认清了"文革"的荒诞性和悲剧性。
但是,诗人无法超脱这个特定的时空,他只得睁着双眼做噩梦,并且不知道何
时才能摆脱这驱之不去的梦魇。诗人不得不自己说些给自己壮胆、鼓劲的话,
像鲁迅《祝福》里祥林嫂自己祝福自己,也像老舍《茶馆》终场的时候已经死去
的王利发等人自己给自己烧纸钱! 所以,这样想来,《相信未来》里的"'未来
人们的眼睛'是厌世的,而'坚定地相信'也显得多么的无力和苍白!《相信未
来》是分裂的文本,是矛盾重重的诗篇"。① 而且,这种分裂和矛盾,还表现在
前几节与后两节之间在诗体建构和语言表达上的严重失衡,前面是雅言,后面
是大白话。那时的食指才二十来岁,有热情,有憧憬,但缺乏历练。因此,他就
不会像写《悬崖边的树》和《有赠》的曾卓那样老练和沉稳,心境的凌乱致使诗
体也凌乱不堪。诗人这样做,也许是故意为之的吧。但不管怎么说,最后两节
明显是败笔。多多写于1974年的《玛格丽和我的旅行》:"A//像对太阳答应
过的那样/疯狂起来吧,玛格丽://我将为你洗劫/一千个巴黎最阔气的首饰
店/电汇给你十万个/加勒比海岸湿漉漉的吻/只要你烤一客英国点心/炸两片
西班牙牛排/再到你爸爸书房里/为我偷一点点土耳其烟草/然后,我们,就躲
开/吵吵嚷嚷的婚礼/一起,到黑海去,/到夏威夷去,到伟大的尼斯去/和我,你
这幽默的/不忠实的情人/一起,到海边去/到裸体的海边去/到属于诗人的咖
啡色的海边去/在那里徘徊、接吻,留下/草帽、烟斗和随意的思考……//肯吗,

---

　　① 杨四平语,见谢昭新、吴尚华主编:《中国现当代文学作品选》,安徽教育出版社2003年
版,第28—29页。

你,我的玛格丽/和我一起,到一个热情的国度去/到一个可可树下的热带城市/一个停泊着金色商船的港湾/你会看到成群的猴子/站在遮阳伞下酗酒/坠着银耳环的水手/在夕光中眨动他们的长睫毛/你会被贪心的商人围往/得到他们的赞美/还会得到长满粉刺的桔子/呵,玛格丽,你没看那水中/正有无数黑女人/在像鳗鱼一样地游动呢!//跟我走吧/玛格丽,让我们/走向阿拉伯美妙的第一千零一夜/走向波斯湾色调斑烂的傍晚/粉红皮肤的异国老人/在用浓郁的葡萄酒饲饮孔雀/皮肤油亮的戏蛇人/在加尔各答蛇林吹奏木管/我们会寻找到印度的月亮宝石/会走进一座宫殿/一座金碧辉煌的宫殿/驼在象背上,神话般移动向前……//B//呵,高贵的玛格丽/无知的玛格丽/和我一起,到中国的乡下去/到和平的贫寒的乡下去//去看看那些/诚实的古老的人民/那些麻木的不幸的农民/农民,亲爱的/你知道农民吗/那些在太阳和命运照耀下/苦难的儿子们/在他们黑色的迷信的小屋里/慷慨地活过许多年//去那里看看吧/忧郁的玛格丽/诗人玛格丽/我愿你永远记得/那幅痛苦的画面/那块无辜的土地://麻脸的妻子在祭设感恩节/为孩子洗澡,烤热哄哄的圣糕/默默地举行过乡下的仪式/就开始了劳动人民"①。这首浪漫的抒情诗,抒写"我"与国外恋人玛格丽一起畅想的旅行:先是到世界各地做环球旅行,其异域风情及其特色文化,的确给人神话般的感觉;再回到中国农村,体味中国农民的痛苦,原本"高雅和无知"的玛格丽一下子就变得十分"忧郁"了。这是此诗浅层的诗歌故事,其实诗人是把文明的国外与落后的中国进行对比,从而激起人们睁开眼睛看世界,一边知晓自己落伍,一边奋起直追,要赶超国外。如此一来,"心境"就变得非常开阔了。在"文革"后期,就有如此吁请改革开放之先声,实在难得!

进入新时期,现代汉语抒情诗叙事的时代性越发浓烈和高涨。这种时代性表现在:一是揭批极左思潮的危害,二是呼吁改革开放和现代化,三是呼吁

---

① 《多多诗选》,花城出版社 2005 年版,第 26—29 页。

人性的觉醒、复归和高扬。请读北岛的《宣告——给遇罗克烈士》:

> 也许最后的时刻到了
>
> 我没有留下遗嘱
>
> 只留下笔,给我的母亲
>
> 我并不是英雄
>
> 在没有英雄的年代里,
>
> 我只想做一个人。
>
>
> 宁静的地平线
>
> 分开了生者和死者的行列
>
> 我只能选择天空
>
> 决不跪在地上
>
> 以显出刽子手们的高大
>
> 好阻挡自由的风
>
>
> 从星星的弹孔里
>
> 将流出血红的黎明

遇罗克烈士为坚持真理而惨遭杀害。这是当时一个震惊全国的政治事件。诗取名为《宣告》,既可以看成烈士遇罗克的宣告,也可以看成诗人北岛的宣告或者是北岛那一代觉醒了的中国人的集体宣告。为什么要宣告? 宣告什么? 宣告的意义何在? 这些问题就形成了贯穿《宣告》的抒情逻辑或叙事线索。因为到生命终结的时候了,"我"所能做的是要用自己的死来证明:这是一个没有英雄的时代,在如此平庸的时代"我只想做一个人"。而且当"我"被处死时,"我"一定要气宇轩昂地站着死,好让自由的风吹拂大地,也只有这样,黑夜才能褪去而黎明就会降临。梁小斌的《中国,我的钥匙丢了》,通过失落的悔恨和寻找的执着之时代变奏,叙说了一代人带着身心伤痕继续追梦的心路历程和理想风采。舒婷的《致橡树》,通过假想中的恋爱双方,应该是保持各自独立和个性前提下的相爱,而且也是能够共享幸福与共担风险的相爱。因为在诗人看来,只有这样的爱,才是现代的爱,才是伟大而坚贞的爱,才是成熟的爱——"我被爱,因为我爱人"①。舒婷后来回顾此诗创作时说:"1977 年 3 月,我陪蔡其矫先生在鼓浪屿散步,话题散漫。爱情题材不仅是其矫老师诗歌作品的瑰宝,也是他生活中的一笔重彩,对此,他襟怀坦白从不讳言。那天他感叹着:他邂逅的美女多数头脑简单,而才女往往长得不尽人意,纵然有那既美丽又聪明的女性,必定是泼辣精明的女强人,望而生畏。年轻的我气盛,与他争执不休。天下男人(不是乌鸦)都一样,要求女人外貌、智慧和性格的完美,意味自己有取舍受用的权利。其实女人也有自己的选择标准和深切的失望"②;"当天夜里两点,一口气写完《橡树》,次日送行,将匆就的草稿给了其矫老师。他带到北京,给艾青看",③再后来,艾青、北岛等一致认为诗题改成《致橡树》为佳。总之,不论是白洋淀诗群写的诗,还是朦胧诗,都是现代汉语抒情诗的宏大叙事。它们往往取材重大,主题宏大,时空辽阔,构架巨大,"大词"频出,语调激越,情绪高亢,气势磅礴。

到了 20 世纪 80 年代中后期,当第三代诗人致力于反英雄、反文化和反意象时,海子还在坚持写他的"麦地诗歌",用天然去雕饰的纯美语言,抒写他的农业文明理想,并以此对抗碎片化的外部世界。请读海子的《村庄》:

> 村庄里住着
>
> 母亲和儿子
>
> 儿子静静地长大
>
> 母亲静静地注视

---

① [德]弗洛姆:《爱的艺术》,赵军译,外文出版社 1998 年版,第 32 页。成熟的爱,既能合而为一,又能一分为二。

② 舒婷:《都是木棉惹的祸》,《诗江南》2012 年第 1 期。

③ 舒婷:《都是木棉惹的祸》,《诗江南》2012 年第 1 期。

芦花丛中

村庄是一只白色的船

我妹妹叫芦花

我妹妹很美丽

像白色船只一样的村庄,极其简洁、安静、祥和。这里有母亲、儿子("我")和大片大片白色的像"我妹妹"一样亲切的芦花。这里仿佛不是人间,而是天上,是神话般美妙的世界。你几乎看不到诗人在抒情,但他又的确通过干净利索的叙述,以"大道至简"的语言,完成了"很美丽"的抒情。海子的短诗与他的长篇史诗不一样:他的短诗抒情浓烈,而他的长诗叙事至极;他的短诗十分纯粹,而他的长诗梦想成为"诗歌王"。我们往往因过分关注他的短诗,而忽视了他的长诗。关于他的长诗,我已在上一章详细论述过。

现代汉语抒情诗中抒情不像人们想象的那样简单、直接、空洞,至少它会借助叙事,有时还会借用议论。我们完全没有必要去比较诗的叙事、抒情和议论谁易谁难! 只是我们要时刻防范诗的情感泛滥。鲁迅曾经谴责过中国古代诗人美化奴隶生活,因为那种将奴隶生活审美化的陈腐诗趣完全忘记了自己应该去启发奴隶心智。何止中国古代诗人如此,中国现当代诗人也常常不知不觉地成为情感的奴隶。这是因为他们不懂得审视自己的情感,更不知如何把控好自己的情感。抒情有它自身的悖论,它是"一张捕风的网"。作为抒情诗,它必须捕风捉影,但又不能空洞无物。抒情诗要在大众化和纯诗化、时代性和现代性之间找到平衡。汪国真和席慕蓉之类的"热潮诗",没有控制好情感,在大众化和时代性方面走得很远,从而使其抒情容易失去意志力。抒情不能失去主体意志力,不能成为脱缰野马。只有这样,才有获取抒情胜利的可能,就像海子所写的那样,"尸体是泥土的再次开始/尸体不是愤怒也不是疾病/其中包含着疲倦、忧伤和天才""黑夜从大地上升起/遮住了光明的天空/丰收后荒凉的大地/黑夜从你内部上升"。同时,抒情又不能太迷信纯诗化和现代性,如果是那样的话,诗歌就沉溺于内部黑暗而看不到光明的天空,诗歌的大地将会荒凉凄清。由此可见,抒情性要与现代性融合。但它们如何融合? 融合度怎样? 奚密认为,"抒情性与现代性的相互表述",是反思现代主义的最佳途径,就像郑愁予把"古典"与"抒情"融合那样。① 笔者主张,现代抒情诗,要以抒情性为主体,同时融合叙事性、大众化、纯诗化、现代性和时代性,才会最后取得抒情的成功。

概言之,中国新诗的大众化与纯诗化,在时代性和现代性之间,此强彼弱,此弱彼强,彼此激荡,相互推进,共同奏响了现代汉语抒情诗的美丽乐章。

---

① [美]奚密:《反思现代主义:抒情性与现代性的相互表述》,《渤海大学学报》2009 年第 4 期。

第五章 "纪事":中国新诗的写实叙事

这样的社会新闻

在人的眼睛下一滑

就过去了。①

在《我为什么要做白话诗——〈尝试集〉自序》里,胡适说:"我主张用朴实无华的白描功夫"②,"我的第一条件便是'言之有物'"③。嗣后,在《谈新诗》里,他又说:"就是写景的诗,也须有解放了的诗体,方才可以有写实的描画"④。在胡适看来,白话诗无论是"写物",还是写景,均需要"写实"。然而,初期白话诗的"写实"差异很大,有的平淡,有的深曲。质言之,新文学先驱几乎都是按照各自的理解来言说"写实",且在创作实践中对"写实"的处理又个性独具。

---

① 臧克家:《生命的零度》,新群出版社1947年版,第45—46页。
② 胡适:《我为什么要做白话诗——〈尝试集〉自序》,《新青年》第6卷第5号,1919年5月15日(实际出版于9月)。
③ 胡适:《我为什么做白话诗——〈尝试集〉自序》,《新青年》第6卷第5号,1919年5月15日(实际出版于9月)。
④ 胡适:《谈新诗——八年来一件大事》,《星期评论》"双十节纪念号",1919年10月10日。

　　在新文学先驱的理论倡导和自觉尝试下,尤其是在胡适的"实验主义"精神及其"尝试"实绩的鼓舞与感召下,初期白话诗人自具炉锤,出炉了第一批写实诗。由"新诗社"编辑出版的中国新诗史上第一本现代诗集《新诗集》,对才诞生两三年的中国新诗进行遴选,除了"摸摸家底"并努力使之经典化外,还有为草创期的中国新诗提供样板的意图。在该选本的序言《吾们为什么要印新诗集?》里,编者把发凡期的中国新诗依次分为四类:"写实类""写景类""写意类""写情类"。在解释"写实类"的中国新诗时,编者这样写道:"这一类诗,都是描摹社会上种种现象"。① 其实,"写实类"里的"实"更加接近客观的"事"。

　　中国新诗的写实叙事,题材广泛、内涵丰富、手法灵活、诗体多样。除了主要写现实生活、政治斗争和现代战争外,也以历史事实和神话传说为题材;既揭示现实意义,又意涵人生哲理;以实写为主,以虚写为辅。约言之,中国新诗的写实叙事有"人道写实""批判写实""革命写实"三种。它们纵横交错,互为推进,谱写了中国新诗写实叙事的新篇章。

第一节　人道写实:失声平民成为怨恨叙事主体

　　五四文学革命发轫期,胡适等人的"文言合一",陈独秀的"国民文学",都包含"平民文学"思想的萌芽。在《人的文学》的基础上,1919 年,周作人发表了《平民文学》,正式提出了"平民文学"的理论主张。他不满旧文学里贵族式的才子佳人,提出新文学应当普遍地、真挚地表现普通男女,从而弘扬他的"个人主义的人间本位主义"。② 这是一种人本主义的价值观、道德观和文学观。

　　其实,在新文学先驱那里,"平民文学"有着不一样的意思。周作人讲的是平民精神,胡适指的民间文学,而鲁迅说的却是革命胜利后的工农文学。尽管它们并不具有同一性,却在歧义中使"平民文学"获得了丰富性。十月革命

---

① 新诗社编:《新诗集》,新诗社 1920 年版,第 2 页。
② 周作人:《人的文学》,《新青年》第 5 卷第 6 号,1918 年 12 月 15 日。

的胜利，"劳工神圣"的思想盛行开来，一时间以"劳工"为题材，尤其是以"劳工问题"为题材的诗歌写作出现了井喷现象。

刘半农淑世心切、彰善瘅恶，以社会最底层的芸芸众生为题材，创作了许多类似于当下流行的"底层生存写作"的诗歌。处女作《相隔一层纸》是写乞丐的，此外他还写了用人（《他们的天平》）、饥民（《饿》）、学徒（《学徒苦》）、铁匠（《铁匠》）、木匠（《老木匠》）、牧童（《牧羊儿的悲哀》）、菜农（《卖菜》）、车夫（《中秋》）、奶娘（《奶娘》），等等。之后，像刘半农这么集中为底层民众雕像的要数被称为"农民诗人"的臧克家。他笔下的难民、老仆、当炉女、洋车夫等也是现代中国底层民众的缩影。与刘半农思想中的"劳动神圣"不完全相同，臧克家信奉的是"坚忍主义"。也就是说，这股"平民主义"的诗歌潮流，一直流贯整个中国新诗史，影响深广。

眼光朝下，扎根民间，关心民瘼，关注日常生活，体现中国新诗的平民主义倾向。这其中有着许多不同的表现侧面，横看成岭侧成峰，远近高低各不同，需要认真辨析，方能看出子丑寅卯来。为什么平民诗歌就必然写实或者说倾向于写实呢？因为平民诗歌把曾经长期处于旧文学叙述场域暗角中的平头百姓推到了历史前台的聚光灯下，使读者看到普通平民的真实生活。那些不着调的寻章摘句、生涩偏狭的"集句"式的诗歌文字游戏，那些"雕琢的阿谀的贵族文学""陈腐的铺张的古典文学""迂晦的艰涩的山林文学"①，统统因为避实拓空、铺采摛文，疏离现实社会和普通百姓，而遭遇历史的唾弃，寿终正寝。不像封建时代的"谤书"、谴责文学和黑幕文学，以事无巨细地展示官场和欢场种种"怪现状"取乐、消遣，从而满足读者的好奇心和偷窥欲；现代诗人否弃文学的"休闲"趣味，通过扎根性的写实叙事，艺术地再现民间大地上的苦难，目的是"引起疗救的注意"②。毕竟人是道德的存在。在存在的意义上，克尔

---

① 陈独秀：《文学革命论》，《新青年》第 2 卷第 6 号，1917 年 2 月 1 日。

② 鲁迅：《我怎样做起小说来》，见《鲁迅全集》第 4 卷，人民文学出版社 1981 年版，第512 页。

凯郭尔认为伦理大于美学。① 在五四文学先驱眼中,优于旧道德的新道德主要在于新道德的自由精神即新的道德本质,而非令人窒息的道德规范。诗人是一切条条框框的破坏者。诗人要为自己立法,要使社会法则遵从自己的律令。诗人对世界充满爱心和道义。在客观写实、优美抒情、嬉笑怒骂或晦涩朦胧的文字背后,始终跳动着诗人深爱人类的真心和热心。

在五四文坛上,曾经出现过一个小小的"人力车夫派"。人力车夫是现代中国病态社会里不幸一群的代表,他们的一芥之微引发了现代知识分子的同情,恰当又及时地成为新文学写实主义最初集中描写的对象。有趣的是,早期胡适和沈尹默写了两首同题诗《鸽子》和《人力车夫》。这里只说同题诗《人力车夫》。沈尹默的确是很有情趣的文人,一会儿与钱玄同在《新青年》上演双簧,一会儿与胡适写同题诗,且大有唱反调之势。沈尹默跟着胡适写《人力车夫》是否也是嫌新文坛太寂寞?是不是也是为了借此以引起诗坛的"注意"?至少注意"人力车夫"这个重要的社会群体与诗歌题材。沈尹默的《人力车夫》采用了他惯用的对比手法。他摆出了两种"奇怪"现象:坐车人穿得很厚却冷得受不了,而拉车人穿得很少却汗流浃背。好就好在他没有对此作任何评论。申言之,他只"摆事实",不"讲道理",因而使他的诗表现出客观写实的风格。如果说沈尹默的《人力车夫》像一场"默剧",那么胡适的《人力车夫》就像一场"活报剧"。后者写的是"我"一开始因顾虑车夫年少而不想坐他的车,继而又想,倘若"我"不坐他的车,他拉不到客,就没饭吃、缺衣穿。一时间,"我"骑虎难下,左右为难,"心中惨凄"。经过一番思想斗争,"我"终因同情他而选择坐了他的车。这个诗歌故事是通过"我"与年少的人力车夫之间的对话来完成的,情节明显。对像人力车夫这样的平民,作为启蒙意义上的现代知识分子,除了酸悲和同情外,难以找到最终解决问题的方法,因为他们当时

---

① [丹麦]克尔凯郭尔:《恐惧与颤栗——辩证的抒情诗》,刘继译,贵州人民出版社1994年版。

并没有找到产生这些问题的社会根源。可贵的是，他们并未因此而放弃继续探索切除社会病灶的努力。1919年7月，胡适在《每周评论》发表引发"问题与主义"论争的著名文章《多研究些问题，少谈些主义》。他从"实验哲学"的角度指出，要一点一滴地、脚踏实地地逐步解决中国的社会问题，切忌高谈阔论。

后来，在重编《尝试集》时，胡适请周氏兄弟、他的老朋友和学生帮忙，提出修改或删除意见，同时他自己也不断修改，足见他对《尝试集》的审慎。就是在如此郑重其事而又谨小慎微的经典化处理过程中，胡适竟然将这首当时已有一定名气的《人力车夫》删掉了。对此，鲁迅等人并没有提出异议。我以为，这首诗固然体现了胡适"言之有物"的"诗的经验主义"①的中国新诗理想，但它毕竟过于"散文化"，形式感稀薄，所以，胡适最终忍痛割爱地将它"拿下"了。其实，胡适把《人力车夫》抽掉，还有其他更为复杂的原因。针对这首诗，随后诗坛上出现了两种截然相反的声音。素有文坛"黑旋风"之称的成仿吾发表"酷评"文章《诗之防御战》，毫不客气地点名批评了不少当时的名人名诗，其中就包括胡适及此诗。成仿吾说："坐在黄包车上谈贫富问题劳动问题，犹如抱着个妓女在怀中做了一场改造世界的大梦。"②对此，朱自清则不以为然。在被公认为中国新诗理论重镇的《中国新文学大系·诗集·导言》中，他肯定了胡适的《人力车夫》所体现的人道主义精神，婉曲地称赞道："这也是时代的声音，至今还为新诗特色之一"。③

其实，"人力车夫派"里人力车夫的角色形象始终处于变化过程中。为了说明这个问题，笔者在这里列举大家很少提及的陆志韦于1921年2月5日写的《某车夫言》："杨柳树已经枯死了，/一团团的影子睡得好懒。/凤仪门来的车夫缓步走，/左手一把汗，右手一把汗。//'端午帅，端方，听说他是鞑

---

① 胡适：《梦与诗·自跋》，见《尝试集》（增订四版），上海亚东图书馆1922年版，第92页。
② 成仿吾：《诗之防御战》，《创造周报》，1923年5月13日。
③ 朱自清：《导言》，见朱自清选编：《中国新文学大系·诗集》，良友图书印刷公司1936年版，第2页。

子,/革命党冤死他,把他杀死了。/我们小百姓也不至于此了。/这一带杨树,前面的,那边的,/一棵棵都是他手里种的。/我还记得清清楚楚的。/密密的没有一段路空的。/那一定是冬天,我的老子病了,/我帮他推车,两只手好冻呀!/树苗只有车杆子的粗细,/他老人家说'那有什么用呀!'/好热! 还亏得这几棵杨树。/树叶子倒像有一些动。/我们拉车的真算不得人,/这一条路总是走不通……"。上一章提到过的诗评家畹春,对收录此诗的陆志韦诗集《不值钱的花果》发表了公开的评论。他一方面不满于这些诗"想象力的薄弱",一方面又为诗集中那些"描写社会心理"的写实诗、平民诗而高兴,写下了如下赞语:"他的写实方法,是用客观来描写的""写实诗最妙的地方,是在描写诗中的人物,仍旧还他一个本来面目,丝毫不撒入一些主观的见解""陆先生最善于描写平民心理"。[①] 这些鞭辟入里的评价,都是从现代写实诗的写作角度做出的。如果换个角度看,它们的艺术价值会得到更加细致的显现。在西方叙事学那里,叙事体态是指叙事者观察故事的方式,也就是"故事"里的"他"和话语中的"我"的关系,即人物与叙事者的关系。这种关系通常有三种:叙事者大于人物,叙事者小于人物,叙事者等于人物。显然,胡适的《人力车夫》、沈尹默的《人力车夫》和陆志韦的《某车夫言》里的叙事体态都是比较传统的,属于叙事者大于人物类型。叙事者以全知全能的身份"从背后"观察故事的进展及其人物的活动,体现一定的真实性。但是,在叙事体态内部,陆志韦的《某车夫言》与胡适和沈尹默的《人力车夫》有细微的不同。后者都有两个人物,其中的"客人""车上人"既可以是故事里另一个身份与地位均高于车夫的人,也可以是叙事者本人。如果是叙事者本人,那他就是作者的化身,即西方叙事学里所谓的集作者崇高人格于一身的"隐含作者"了。而陆志韦的《某车夫言》采取了大故事套小故事的传统叙事结构,即在叙事者所述"某车夫"的故事中,插入了"某车夫"讲述的另一个故事,类似于《十日谈》戏中戏

---

① 畹春:《评〈不值钱的花果〉》,《时事新报·学灯》,1922 年 11 月 24 日。

的"框形结构"。比起胡适和沈尹默的《人力车夫》来,陆志韦的《某车夫言》在叙事结构上多了一些变化。除了叙事语法上的差异外,《某车夫言》的语义结构也比较复杂,现代性较强。同样是写人力车夫,三首诗里的车夫形象是不一样的。胡适和沈尹默的《人力车夫》里的人力车夫,代表的是"沉默的民众",而且,沈尹默笔下的人力车夫完全是无声的。胡适笔下的人力车夫尽管发出了微弱的哀求声,但它仍不是主张自己权益的声音,因而也可视为无声。也就是说,在现代社会弱肉强食的"丛林法则"中,底层民众几乎没有什么话语权,他们总是处于"失声"状态。《某车夫言》里人力车夫的境况起了变化。我们从那里看到了"革命党",像阿Q所臆想的那样的"革命党"。那种"革命党"脱离群众与盲目革命,导致了无视民生和正义的乱象。当时的普通民众对此已是牢骚满腹、怨声载道。这与马克斯·舍勒所说的怨恨伦理相吻合。马克思·舍勒认为,像爱一样,恨也是现代人的一种精神气质、一种对于社会正义的合理呼求。①

　　由此,我想起了鲁迅《记念刘和珍君》里的那句名言:"不在沉默中爆发,就在沉默中灭亡。"②陆志韦的《某车夫言》就是失声平民在沉默中爆发的生动体现。我们不难想象山雨欲来、地火奔突,真正的革命大潮即将来临。到了30年代,卞之琳以"冷淡盖深挚""玩笑出艰辛"③之诗句,白描了一群街头小人物的灰色形象,勾勒了他们无言抑或寡言的病恹恹的日常样态,揭示了他们无意义的生存困局。特别值得指出的是,此期,臧克家也写了《洋车夫》。他注重把热情包裹在"苦吟"的字句里,不让它一览无余,但这种含蓄的追求却被人误读了。臧克家在给自己编的《十年诗选》写序时说:"十年前一位先生

---

　　① 〔德〕马克思·舍勒:《道德意识中的怨恨与羞感》,林克译,北京师范大学出版社2014年版。

　　② 鲁迅:《现今的新文学的概观》,见《鲁迅全集》第三卷,人民文学出版社1973年版,第52页。

　　③ 卞之琳:《自序》,见卞之琳:《雕虫纪历1930—1958》(增订版),人民文学出版社1984年版,第4页。

在《大公报》上评《烙印》中的《洋车夫》一诗的末句:'夜深了,还等什么呢!'他说:'诗人连这也不明白,让我告诉你吧,他在等一家人的饭钱呀!'这位先生真比我聪明多了。这,叫我说什么呢?"①从以上的描述中,我们不难发现中国新诗写实叙事从人道主义转向革命现实主义的历史脉络。

第二节　批判写实:在道德盘诘与政治针砭之间

辛亥革命时期的"诗文革新""诗界革命"和"小说界革命",具有极强的政治革命色彩。五四文学没有那么直接,在"文学革命"与"政治革命"之间添加了"道德革命"的中介。② 道德是一座桥梁,连通着两头的文学与政治。因此,五四文学的道德功用十分突出。

与人道写实主义关注群体的自觉状态不同,批判写实主义更加重视个体的自由意识。换言之,如果说人道写实主义诗歌的主体性还比较弱化的话,那么批判写实主义诗歌的主体性就日益得以昭显。批判写实主义诗人不再满足于客观地摹写现实,而是直接"突入"现实,或者借助史事、神话、传说和宗教含沙射影地触碰现实,或者综合利用各种素材与艺术手段,以表达他们对现实的认识和批判。总体来说,20 世纪上半叶中国新诗的批判写实有三种写法:直接式批判写实,间接式批判写实和综合式批判写实。

一、直接式批判写实

人与世界相遇后,主要采取的是直接沟通的方式。这是一种很实用的途径。但人们又不满足于此,还需要审美享受,于是就有了间接交流的产生,艺术是其中最重要的媒介和形式。当间接的艺术方式过于烦琐而日显做作和虚

---

① 臧克家:《序》,《十年诗选》,现代出版社 1944 年版,第 15 页。
② 刘纳:《嬗变——辛亥革命时期至五四时期的中国文学》,中国人民大学出版社 2010 年版,第 18 页。

假时,人们就要求更为质朴和真实的直接艺术取而代之。所以,对于艺术而言,直接与间接的关系涉及原始与现代、简朴与缛节、真实与虚假、诗与非诗等复杂命题。我们不要简单地看待诗歌的直接性和间接性,更不能非此即彼、厚此薄彼。直接性固然更为原始质朴,体现原始思维的全息性与灵感的突发性,具有"思接千载""视通万里"①的神奇功效,以至英美意象派把直接性置于其三条写作定律之首。但是,如果这种直接性是干巴巴的没有灵魂的技巧,没有肉体的感觉,没有包容性,没有乐感这样一些诗歌必备的质素,那么它就是实实在在的美学垃圾。质言之,直接性要与间接性共存互融。只不过,在历史的某个时期,基于某种特殊的考量,不得不凸显其中某种质素,以达成最终的协和。所以,我们尽可以说,所有的诗都是直接的、叙事的,或者说,所有的诗都是间接的、抒情的,只是要限定在某一特定时期和场合。一句话,所谓的直接与间接都是相对的。

直接式批判写实中的"直接"就是直接进入现场,直陈事实,发表观感。中国新诗直接批判写实有两种情况。第一种情况是,诗人把批判矛头对准自己周遭的环境,展示旧中国的不太平、不公道。其中,最具有代表性的要算讽刺诗人。他们直面人世间的假丑恶,以审丑之眼,以辛辣之笔,间或采用夸张和漫画手法,竭力鞭挞之。质言之,现代讽刺诗人插科打诨、皆在净丑。1947 年 2 月 6 日,贫病交加、在上海一家报纸副刊任主编的臧克家,在上海某家报纸的"本市新闻"里读到一则报道:"经过一整天的大风雪,昨夜慈善机构在各处检收了八百具童尸",旋即"周身的血液好似黄浦江的怒潮",奋笔疾书,写下了感人至深、催人泪下、激人警醒的《生命的零度》,继续发挥他关注弱势群体与底层民众之优长,一如既往地走写实主义的诗歌道路。帕斯说:"在好的文学作品中总有一种新闻因素。某种意义上,好的作家也是自身情感的报道者。"②首先,臧克家把这则

---

① 刘勰著:《文心雕龙译注》,陆侃如、牟世金译注,齐鲁书社 1995 年版,第 375 页。
② [墨]奥克塔维奥·帕斯:《批评的激情》,赵振江编译,云南人民出版社 1995 年版,第253—254 页。

新闻报道的人间活报剧转化成旧体诗词式的"对句":"前日一天风雪,昨夜八百童尸",并把它作为诗前小序、题记,以增加此诗的真实性和叙事性,同时点明了此诗写作的背景与缘起。接着,在大面积叙述和描写的基础上,将大上海的纸醉金迷、富人的麻木不仁与人间惨剧的大爆发进行对比,并贴切地使用了形象的比喻:"一夜西北风/扬起大雪,/你们的身子/像一支一支温度表,/一点一点地下降,/终于降到了生命的零度!"最后,诗人忍不住发出振聋发聩的诅咒:"让这些尸首流血,溃烂,/把臭气掺和到/大上海的呼吸里去。"这是另类"死水"的别样的诗意表达。整首诗以叙述事件为主,掺杂着诗人主体的所感所思,"我"常常从叙述语流中跳脱而出,发表评议与抒发感想。八百童尸的人间现实惨剧,促使诗人来不及委婉含蓄,义愤填膺驱使诗人秉笔直书。难怪阿尔多诺认为"奥斯威辛之后",任何文化都是野蛮的,包括写诗。① 其实,阿尔多诺批评的"写诗",指的是那种既无仁爱、同情和正义,也没有形而上沉思的"软体抒情"及其典雅的"意为词累"的写作倾向,并非全盘否弃所有的诗歌写作。所以,为了避免误解,他急忙补充说:"日复一日的痛苦有权利表达出来,就像一个遭受酷刑的人有权利尖叫一样。因此,说奥斯威辛集中营之后你不再写诗了,这也许是错误的。"②阿尔多诺肯定的是那种铁肩担道义的诗歌写作,因为只有它们才能纪念死者,告慰生者,防止悲剧重演。显然,臧克家的这种直接式批判写实,丝毫没有阿尔多诺所担心的"野蛮"。因为除了对历史负有承担意识外,它还注重诗味之隽永。就《生命的零度》而言,它讲究熔铸意象,"苦吟"字句,如诗中"你们死了,/八百多个人像约好了的一样,/抱着同样的绝望,/一齐死在一个夜里!"言有尽而意无穷! 诗歌的批判写实,的确不能忽视对韵味的经营。

还有另一种不常见的中国新诗的直接批判写实。诗人把目光从中国转向域外,以更加开放的心态,放眼世界,批判西方现代工业文明进程中人性的异

---

① [德]特奥多·阿尔多诺:《否定的辩证法》,张峰译,重庆出版社1993年版,第368页。

② [德]特奥多·阿尔多诺:《否定的辩证法》,张峰译,重庆出版社1993年版,第363页。

化。20 世纪 30 年代初,孙大雨写出了计划写作千余行的长诗《自己的写照》的第一部分,发表在 1931 年 4 月 20 日后期新月社主办的《诗刊》上。在《前言》中,徐志摩写道:"概念阔大,情感深厚,观照严密,笔力雄浑,气魄莽苍",是"十年来最精心结构的诗作"。① 无独有偶,1935 年,臧克家也写了自传体长诗《自己的写照》,着力于记述自己的行旅(下一节我们将详细评说此诗)。而孙大雨的这首长诗,虽名为"自己的写照",但诗人并未像臧克家那样用心写自己的行藏,而是叙述自己行走在现代美国大地上的"意识、感受和遐想"②。诗人一开始总写现代美国社会给他的总体印象:"森严的秩序,紊乱的浮嚣"。在这种"秩序"与"紊乱"并存的现代社会里,诗人在偶尔感觉到些许"快乐"的同时,更多时候感受到的是现实的沉痛,就像艾略特在《荒原》中所领受的那样。诗人觉得那里的每一个人,包括蚂蚁般的"打字女工",要么整日眉头紧蹙,要么"匆匆挖掘着自身的墓穴"。这些均表明,西方社会尽管文明程度很高,但人们饱受着来自物质、精神、生态和政治等方面的多重压力,尤其是那些地位低微的"上班族""蚁族",更是不堪重负。由此可见,诗人对西方现代文明深刻批判的力道。

二、间接式批判写实

间接式批判写实是委婉地、批判地写实。它虽然偶然启用现实题材,但绝大部分是借用非现实题材。也就是说,按题材区分,20 世纪上半叶中国新诗的间接式批判写实有两大类。

第一大类是以现实题材为写作对象,目的是借此弘扬民族精神和人文精神,而不像前面所论及的直接式批判写实是为了痛斥时弊,鉴照时代。郭沫若诗集《女神》里的《胜利的死》是这方面的代表。这首壮烈的诗叙事性很明显。诗前有题记,诗末有自跋,主体分四章,创作时间前后历经半个月。它具有双

---

① 徐志摩:《前言》,孙大雨:《自己的写照》,《诗刊》,1931 年 4 月 20 日。
② 沈用大:《中国新诗史(1918—1949)》,福建人民出版社 2006 年版,第 310 页。

重的间接批判写实性。第一层间接批判写实性体现在：它是以 1920 年发生在外国的故事——爱尔兰独立军领袖马克司威尼被捕后，因坚决不食"英粟"而在 73 天后死于狱中——来启发同样处于水深火热之中的中国同胞。无独有偶，我国古代也有伯夷、叔齐因不满周武王伐纣这种诸侯叛君的做法，誓死不做周朝臣民，不食周粟，隐居首阳山，以野果为食的节烈故事。第二层间接批判写实性更加间接：它采用了叙事框架，热烈抒情，在酣畅淋漓的抒情中，把"胜利的死"的价值提升到现代民族国家寓言层面："悲壮的死哟！金光灿烂的死哟！凯旋同等的死哟！胜利的死哟！"进而，抒发诗人获得的启悟："我感谢你呀！赞美你呀！'自由'从此不死了！"这是一曲英雄赞、自由颂！

第二大类是以非现实题材为写作对象。这是间接式批判写实的主体。这种非现实题材通常包括神话传说、宗教故事和历史事实。诗人以现代意识对其进行深刻解读，除了从中总结经验与教训、以古鉴今、针砭时弊外，还有自我审视、自我救赎和自我形塑的功效，更重要的是对现代民族国家灵魂之塑造。这种批判写实通常由中国现代叙事诗承担，中国现代抒情诗在这方面显得弱了不少。有人认为，辛亥革命文学显"魂"，而五四文学见"心"。① 其实，如果认识到了中国新诗通过间接批判写实铸造现代国魂和民族魂的远大抱负及其努力，如果看到了它们对辛亥革命诗歌传统在这方面的继承与拓展；那么我们不但会改变那种"心""魂"分离的看法，而且能看到辛亥革命文学与五四文学之间前后相续、血脉相连。可喜的是，已有学者注意到，间接式批判写实，不仅在诗歌题材上，而且在诗学内涵的开掘上，与直接式批判写实之间存在差异："即重视叙事内容的现代性诠释与伦理道德'劝戒'意味的消解，强调人性立场的深度揭示及评判，塑造一种独立的人格精神及美学风范"，"更为重要的，还寄寓着他们重构民族生命意识与传统，以及在此前提下建设'国魂'的新文

---

① 刘纳：《嬗变——辛亥革命时期至五四时期的中国文学》，中国人民大学出版社 2010 年版。

学及美学理想的一种努力"①。依据题材划分，20世纪上半叶中国新诗的非现实题材的间接式批判写实有以下三种。

（一）神话题材的间接式批判写实

《不列颠百科全书》给诗下的定义是："诗是一种特殊的运用语言的方式，也是语言的原始形式。"②神话是人类想象力的源头，是人类的文化基因和思维编码，③是人类最初以口头或书面形式流传下来且不断被再造的精神遗产。因此，诗歌与神话是"近亲"，虽然它们在"语言的原始形式"这一点上具有天然的亲缘关系，但在运用语言的特殊性方面有着各自不同的面向。柏拉图曾把叙事话语分为"纯叙事"和"模仿"，④并将前者指认为神话，把后者指认为艺术；且有明显的褒奖前者而否定后者的倾向。到了现代，神话仍是西方人文社会科学研究的重要课题。神话在荣格那里是"原型"，在施特劳斯那里是"深层结构"，而在拉康那里是"语言编码"。尽管众说纷纭，但是作为一种文化符号和思维符号，神话承载了初民生活的丰富信息。对现代人来说，神话是一笔丰厚的文化资本。现代人运用神话思维，对神话原型编码进行解码，可以把握人类的文化传统和信仰系统。如此一来，神话就不再是尘封在历史典籍中的古董，而能够在现代人现代思维的激发下"复活"过来。神话与现实的勾连，既能丰富现代人的精神世界，又能激发现代人的想象力。韦勒克和沃伦说："'神话'是一种叙述的故事"⑤，"人类头脑中存在着隐喻式的思维和神话式的思维这样的活动，这种思维借助隐喻的手段，借助诗歌叙述与描写的手段

---

①　王荣：《中国现代叙事诗史》，中国社会科学出版社2004年版，第116页。

②　中国大百科全书出版社编辑部、中国大百科全书总编辑委员会编：《不列颠百科全书》第七卷，中国大百科全书出版社1994年版，第239页。

③　叶舒宪：《"神话学文库"17种书出版：论神话学的当代意义》，《人民日报》2014年1月28日。

④　［法］托多罗夫：《巴赫金、对话理论及其他》，百花文艺出版社2001年版，第299页。

⑤　［美］韦勒克、沃伦：《意象、隐喻、象征和神话》，见杨匡汉、刘福春编：《西方现代诗论》，花城出版社1988年版，第383页。

来进行的"①。与西方远古神话的"强叙事性"不同,中国古代原生神话表现出"弱叙事性"。它们的片段性、零散性和抒情性比较明显,因而更加接近通常意义上的诗歌表达方式。

中国古代以神话为题材的诗歌不胜枚举。楚辞里大量的中国上古神话元素,为其插上了浪漫主义的绚烂翅膀,在诗国的天空纵情翱翔,发挥了不可估量的作用。在中国新诗领域,冯至是这方面不可忽视的诗人。他的第一本诗集《昨日之歌》下卷,收录了四首叙事长诗。它们均以爱情神话或传说为题材。其中,最为人称道的《蚕马》,径直从《搜神记》中获取灵感。反复失去父爱和社会关爱的孤独少女,只有一匹忠实于她的宝马与之为伴,始终不离不弃,替她分忧解难,却被她的父亲宰杀了。终于,在一个电闪雷鸣之夜,在极度恐惧与悲凉中,奇迹发生了,挂在墙上的马皮突然讲话了,而且"马皮裹住了她的身体,／月光中变成了雪白的蚕茧",人马合二为一、融为一体了。这个凄厉而唯美的故事,既是对世俗生活的否定,又是对世间苦难的超越,其浪漫主义色彩分外浓烈。显然,冯至的叙事诗是对五四浪漫主义诗歌中盛行的感伤主义的一次超越与一种提升。朱自清赞其"堪称独步"②,正是从这个意义上来讲的。

(二) 宗教题材的间接式批判写实

宗教是一种特殊的人生观和世界观。不同的历史时期、民族国家、文化传统、思维方式、民族心理、政治条件和经济环境,宗教存在的样态各不相同。与西方文化里政教合一的悠久传统相异,中国宗教比较松散、随意、多元,没有牢固的稳定性,集体认同度不高。中国宗教的散漫性,决定了宗教在中国只有"宗"的行为,很难说有"教"的体系。从这个角度看,中国宗教是一种宽泛意

---

① 〔美〕韦勒克、沃伦:《意象、隐喻、象征和神话》,见杨匡汉、刘福春编:《西方现代诗论》(上),花城出版社1988年版,第387页。

② 朱自清:《诗话》,见朱自清选编:《中国新文学大系·诗集》,上海良友图书印刷公司1935年版,第28页。

义上的宗教。宗教世俗化和世俗宗教化的混生状态是常有之事。不管是本土培养的宗教，还是域外传来的宗教，最终都被世俗化和中国化。质言之，这种泛化的宗教观，难以进一步上升为中国人的精神信仰，而顶多成为中国人特有的一种日常行为和生活方式，乃至成为某些中国文人写作上的一种美学追求和审美境界。从这个意义上讲，中国人对待宗教态度总是建构与解构同在。因此，中国的宗教传统不大适宜于叙事，换言之，中国的宗教叙事传统不发达。但是这并不影响中国古代禅诗的产生和发展，也不妨碍我们对中国新诗宗教叙事问题的考察。

在这种知识背景下，我们就能够理解中国现代诗人对宗教问题的处置。在中国现代诗人中，真正成为宗教徒的屈指可数，绝大多数的中国现代诗人是用实用理性的精神来看待宗教的。他们把宗教生活视为一种前现代的生活状况，要以横向—水平的现代时间观念取代那种垂直—纵向的宗教共同体观念，用现代理性"除魔""祛魅"，进而建构崭新的现代主体。在这种现代启蒙观念的影响下，中国现代诗人很容易就把宗教当作愚弄百姓的"封建思想"或者视为西方传教士所从事的"文化侵略"而加以否弃。作为前者，汪静之的诗具有代表性。《小和尚》写"小和尚"对前来烧香拜佛的女子，难以掩饰"希求的眼色羡慕的神情"。《灵隐寺》写春回大地、万物复苏之际，灵隐寺的和尚压抑已久的爱情发芽开花。这些都表明人性的力量对于宗教禁锢的冲击，也是诗人对旧时代"旧人"的否定，对新时代"新人"的呼唤。在此，佛教成了非理性的象征，成了压抑人性与妨碍社会进步的消极力量。韦伯主张对包括天主教和新教在内的所有宗教魔力进行清除。① 汪静之的这类写作无疑暗合了韦伯这种清除宗教迷信的现代思想。

如果从中国现代诗人处理现实经验的角度来看，那么选择宗教作为题材进行写作，显示了他们对现实的回避。因此，不论他们是从积极态度看待宗

---

① ［德］马克斯·韦伯：《新教伦理与资本主义精神》，于晓、陈维纲译，生活·读书·新知三联书店1992年版，第78—136页。

教,还是消极态度看待宗教,都是对现实的间接否定。

(三) 历史题材的间接式批判写实

古希腊史诗和叙事诗女神喀利奥帕,是记忆女神漠湿摹绪涅和宙斯的女儿。在古希腊文化里,史诗和叙事诗与远古记忆有关。后叙事学理论家费伦认为:抒情诗是"某人讲述某个事情",抒情诗讲述"某事是什么"或"对某事的思考",而叙事性诗歌就不同了,它是表示"发生了某事"。① 从时间上看,某事既然已经发生了,那就成为过去和历史了。因此,叙事与历史攸关。从历史、叙事和虚构的关联性角度讲,一切历史都是被叙述出来的,都是当代史。叙事有创造历史的特殊作用。西方起源史,大多是由荷马史诗叙述出来的。中国远古历史,也与史传叙述密不可分。尽管古代中国,诗歌叙事不够发达,叙述历史的任务大都由"文"来承担,但是,到了宋代,诗歌叙事的历史意识明显增强,并一直延展至现当代。

不少中国现代诗人,尤其是新月诗派,演绎古事,篇幅较长,辞藻富丽。一是出于对此前浪漫主义和感伤主义的纠偏,二是为了大力倡导理性和仁慈的人文精神,三是为了推进"诗的试验,而不是白话的试验"②。新月派诗人在诗歌体式上"创格"③,写作现代格律体诗歌。1926 年前后,他们发表了大量现代格律体叙事诗,以期达到节制性的诗学目标。朱湘是其中翘楚。他把叙事诗直呼"史事诗"④,可见他对历史叙事与现代格律体诗歌之间关联的重视,乃至还认为这涉及对诗歌本质的认识,更有甚者,深入到了关乎人性和国民性这样一些命题。足见,现代格律体"史事诗"之重要。而这么重要的诗体,在此前似乎没有得到应有的重视。朱湘毫不隐晦地把自己的第二诗集取名为《草

---

① [美]布赖恩·麦克黑尔文:《关于建构诗歌叙事学的设想》,尚必武、汪筱玲译,《江西社会科学》2009 年第 6 期。

② 梁实秋:《新诗的格调及其他》,《诗刊》创刊号,1931 年 1 月 20 日。

③ 志摩(徐志摩):《诗刊弁言》,《晨报副镌·诗镌》第 1 号,1926 年 4 月 1 日。

④ 朱湘:《朱湘书信集·寄罗皑岚》,天津人生与文学社 1936 年版,第 136 页。

莽集》。他直言这本诗集才是他写诗"正式的第一步"①。为了践行他的这种诗歌观念，朱湘写作了不少"现代史事诗"。他从中国古诗、古代寓言、诸子散文、历史著作和话本小说那里借用题材，以史佐诗，以诗补史，联系现实境况，发表评论，彰显理想。除了已经写出的"现代史事诗"外，他还计划写《杜十娘》《韩信》《文天祥》等。可见，对此，他不是偶一为之，而是有想法，有规划，有实践，有定力。朱湘常常被人提起的叙事诗是近千行的《王娇》。它取材于明代冯梦龙的《警世通言·王娇鸾百年长恨》。在朱湘的《王娇》里有两个王娇：一个是冯梦龙笔下的王娇，另一个是朱湘笔下的王娇；一个是古代的王娇，另一个是现代的王娇；却有"一成不变"的命运，那就是都受到了封建道德的压迫而酿成了婚姻的悲剧。显然，朱湘是要为天底下所有因为封建伦理而遭受婚恋不幸的有情人鸣不平，从而弘扬美好的人性及其价值。这与五四运动以来，知识青年反对封建宗法制度、追求婚恋自由的时代主潮十分合拍。闻一多也写了不少历史题材的现代叙事长篇。比如，他根据坊间流传的"太白以捉月骑鲸而终"写成的《李白之死》，把中国诗仙狂放不羁、桀骜不驯、骄傲睨世、宏放博大和献身理想的"狂人"形象及其性格彰显到了极致，与那个时代呼唤的个性解放精神无比熨帖。这首诗的言下之意是，现代中国社会缺少像李白这样的狂人及其大胆创新的精神，而这恰恰是改造国民性与推动社会进步的不可小觑的力量。

以上谈的是中国新诗中以历史人物为题材的间接批判写实的例子，中国新诗中也有以历史事件为题材的间接批判写实的现象。闻一多不但自己以历史为题材写诗，而且还鼓动自己的学生大胆尝试。1933 年，他向当年还是清华大学学生的孙毓棠建议："拿李陵的故事作底……偷闲写篇叙事诗试试看。"②笔者认为，这有几个原因。第一，以古喻今，从历史中汲取动力资源，这

①　朱湘：《朱湘书信集·寄罗皑岚》，天津人生与文学社 1936 年版，第 145 页。
②　孙毓棠：《我怎样写〈宝马〉》，《大公报·文艺》第 336 期，1937 年 5 月 16 日。

是新月派诗人追寻和建构人文精神的重要体现。第二,比较而言,以历史作题材写诗,可以避免心浮气躁,容易达到用理性节制情感之目标,实现"三美"的中国新诗理想。第三,孙毓棠在汉史研究方面表现出色,以叙事诗的形式重新演绎汉代历史,应当手到擒来。在《孙毓棠诗集·序》里,卞之琳说:"孙毓棠要不是史学专家,就不会写出他的《宝马》一类代表诗作"。[1] 孙毓棠遵从师命,从1934年开笔,到1936年终于写出七百多行的叙事长诗《宝马》。全诗气势磅礴、布局妥帖、结构恢宏、行行严谨、字字考究,在历史题材的现代叙事诗写作方面可谓成绩骄人。该诗取材于《史记·大宛列传》。为了得到西域大宛国王的汗血宝马,汉武帝悍然派遣李广利将军率兵西征,经过两次血雨腥风的战斗,最终夺得宝马。这个叙事的整体构架与历史事实基本吻合,尤其是在一些历史细节的处理上,诗人动用了相当专业的汉史知识,进行精雕细刻的描写,尽可能地复原历史,体现了历史真实与艺术真实的凑泊融合。这些均符合通常意义上的现代史诗标准。歌德说:"如果诗人只复述历史学家的记载,那还要诗人干什么呢?诗人必须比历史学家走得远些,写得更好些。[2] 笔者的意思是说,如果孙毓棠能够进一步以汉史为基础,以现代意识为统摄,充分发挥自己的想象,使历史叙述饱含现代诗性,在诗与史的权重分配中,更加倾向于诗,那么其史诗性品格就会更高:

> 战胜汉兵的不是恐惧,焦急,不是
>
> 疲劳(他们的意志硬过他们的刀矛)
>
> 战胜汉兵的却是阳春暖雨天,
>
> 和大宛国红唇白肉体的年轻女子。
>
> 军法的皮鞭下抽得死灵魂,可是
>
> 抽不死毒蛇样一条男子的欲望。
>
> "如今有两条路请陛下

---

① 卞之琳:《孙毓棠诗集·序》,《文论报》,1986年5月21日。

② [德]爱克曼辑录:《歌德谈话录》,朱光潜译,人民文学出版社1978年版,第114页。

裁度:是今夜大家去拿生命换点威风,

还是陛下为几十万人肯牺牲宝马?"

"要雪恨得洗清你们的军营,先除尽

淫?你的仇敌,吞了雄心的怪魔鬼!"

全军一声呼应,奔回了军营,转眼

在平野的中心,山堆起一堆赤条条

雪白又颤抖着湿红的女人的尸体。①

　　战争、权力、女人、财富和荣耀等是史诗构成的基本要件。在《荷马史诗》中,倾国倾城的美女海伦是战争的导火线。在这里,宝马成了美女的替代品。仿佛它们都是历史祸水。其实,这些仅仅是问题的表象。在《宝马》中,围绕宝马的得与失,为了满足一己之私欲和虚荣心,汉武帝与大宛王互不相让,大动干戈,置国家、民族和人民的死活于不顾。《宝马》具有双重结构:浅层叙述的是,西征大宛和抢夺宝马的历史故事;深层寓意揭示的是,欲望的膨胀及其恐怖。显然,后者暗合并影射了当时的中国政治,具有很强的现实针对性。蓝棣之说:"因为《宝马》叙事的笔调相当客观,作者和叙事者深深隐藏在事件的后面"。②《宝马》的主旨除了痛斥汉武帝的穷兵黩武外,还表明恶欲是推动历史行进的原动力。《宝马》发表后,文学史对其评价是"高开低走"。所谓"高开"是说,刚开始,好评如潮。所谓"低走",是指后来越来越不受重视了。对此,学术界进行了反思。在《中国新文学史》里,司马长风先是充分肯定它的价值和意义,认为它是新文学史上"唯一的一首史诗""一首伟大的史诗,前无古人,至今尚无来者";紧接着提出了质问:"至今何以悠悠四十年竟默默无闻?唉,我们的文学批评家是不是太贪睡呢?或者鉴赏心已被成见、俗见勒

---

① 洪子诚、程光炜总主编,王毅分册主编:《中国新诗百年大典》第五卷,长江文艺出版社2013年版,第228页。

② 蓝棣之:《现代诗歌理论:渊源与走势》,清华大学出版社2002年版,第103页。

死,对这一光芒万丈的巨作竟视而不见、食而不知其味!"①司马长风一针见血地戳到了文学批评家内心的隐痛:在庞大抒情传统的笼罩下,对于史诗性作品的不屑一顾;在汉代盛世正史观的历史荣光里,不愿意提及具有消解性质的历史叙述。司马长风的诘问,具有倒逼作用,应该能够促使文学批评界重新审视像《宝马》这样间接批判的写实作品。当然,我们需要对司马长风的反思进一步反思,也就是说,他的评价是不是客观? 有没有拔高的倾向? 他的评价里诗歌本体性尺度到底如何? 笔者认为,《宝马》本身过于陷入历史叙述,诗人主体色彩比较稀薄,而且诗歌文体太过散文化;这些也许是它未能受到持续关注的原因吧。

简言之,不管是以历史人物为题材,还是以历史事件为题材,都是在现代诗人现代思想的烛照下,以今人的眼光和新的时代要求,进行"失事求似"的艺术处理,让历史题材为表达现代思想提供材料依据,从而达到婉曲批判现实之目的。同时,我们也应该认识到,对诗而言,仅仅满足于以历史抨击现实的"内容"还不够,还应当注重这种"内容"是用何种"语言",通过怎样的"形式"来表达的。布罗茨基说:"语言比国家更古老,格律学总是比历史更耐久。"②

三、综合式批判写实

综合式批判写实,是中国新诗批判写实常见的表达方式。它往往是立体地展开叙述,巧用各种叙事元素,最终使诗歌批判写实建筑在丰厚的语义基础上。

1924 年初,英年早逝的白采,写出了数百行的长诗《羸疾者的爱》。全诗由包括羸疾者在内的五个人在四个场景的对话组成,叙述一个羸疾者的浪漫奇遇。首先,写羸疾者在一个桃花源式的山村巧遇一位美女,女孩热恋着羸疾

---

① 司马长风:《中国新文学史》中卷,昭明出版有限公司 1978 年版,第 187—188 页。
② 毛信德、朱隽编:《诺贝尔文学奖获奖作家随笔精品》,百花洲文艺出版社 2011 年版,第300 页。

者,女孩的父亲也信任他。但是羸疾者觉得不能接受他们的爱,置这对父女的恳切挽留于不顾,毅然离开。其次,写羸疾者返乡后对母亲陈述在山村那些难忘的日日夜夜。再次,写羸疾者继续向他的伙伴回忆这一切。最后,写女孩为了爱情,只身追寻到了羸疾者的身边,祈求着羸疾者的爱情,但仍旧遭到了拒绝。羸疾者说:"我正为了尊重爱,/所以不敢求爱;/我正为了爱伊,/所以不敢爱伊的爱"。为什么? 一是因为"我"是一个羸疾者,而且是一个"狂人哲学者的弟子"。二是因为羸疾者认识到"我们萎靡的民族;我们积弱的国"(这一点与郁达夫《沉沦》中的主人公类似),更加觉得那个女孩"该保存'人母'的新责任"及其"神圣的爱"。意思是,作为一个具有健康身体和健全人格的女孩,应该舍弃"小爱"而拥抱"大爱",更何况她爱的是一个"病恹恹"的男孩。由此,我们可以感受到羸疾者在对现实世界的冷嘲热讽中,饱含着他对生活的深挚爱恋。

顺便提一下,《羸疾者的爱》里的美好山村、纯情女孩和厚道老人以及被女孩爱恋着的男孩,与时隔十年后出现在沈从文《边城》里"湘西世界"的情形有些相似,尤其是它们对"原乡"的一往情深以及对美好景象背后的隐忧,还有就是对历史暴力的轻描淡写。当然,它们之间也有明显的不同:《边城》把关注点放在翠翠身上,而《羸疾者的爱》的重点人物是羸疾者,即一个重女、一个重男。而且,它们里面青年男女之间的默契程度差异很大。我的问题是,《羸疾者的爱》在叙述框架、叙事体态、叙事时空和语义元素等方面有没有启发过《边城》? 当然,这是另一个课题。这里暂且存而不论。

朱自清、俞平伯、夏丏尊和刘薰宇等人十分看好《羸疾者的爱》。尤其是朱自清,早在1926年8月27日,他就写了书评《白采的诗——羸疾者的爱》,称赞该诗"建筑的方术颇是巧妙",除了"开场时全以对话人的气象暗示事件的发展"外,还应归功于诗人对主人公的处理:"本篇的人物共有五个,但只有两个类型;主人公独属于'全或无'的类型,其余四人共属于'中庸'的类型。

四人属于一型,自然没有明了的性格;性格明了的只主人公一人而已"。① 在《中国新文学大系·诗集·导言》里,他只点名表扬了两首长诗,一首是周作人的《小河》,另一首就是《赢疾者的爱》。在这么重要的文献里,他慷慨地用了一小段的篇幅,专门推介《赢疾者的爱》,说它"是这一路诗的压阵大将"。② 其潜台词是,《小河》尽管值得肯定,但比起《赢疾者的爱》来,在长诗方面,它只能算是中国新诗第一个十年的开路先锋。显然,朱自清是把《赢疾者的爱》视为中国新诗第一个十年最具代表性的长诗。似乎这样说还不过瘾。于是,在《中国新文学大系·诗集·诗话》"白采"条目里,朱自清说:"主人公'赢疾者'是生于现在世界而做着将来世界的人的;他献身于生之尊严而'不妥协的'没落下去,说是狂人也好,匪徒也好,妖怪也好,他实在是个最诚实的情人。他的思想是受了尼采的影响的,他的选材多少是站在'优生'的立场上"。③ 这位主人公与现实生活中的白采一样,落落寡合、绝俗遗世,喜欢尼采,以尼采弟子自居,将自己目为尼采式的狂人,由此,可以看见鲁迅《狂人日记》里狂人的影子。也就是说,白采笔下的赢疾者是一个狂人、超人,是超越自身、弱者和庸人之人,像查拉图斯特拉那样,成为真理和道德的准绳以及价值规范的创造者。此外,这个狂人却又是一个身患疾病的瘦弱困顿的男人。他想成为一个超人,显然,要比那些体格健壮的男人困难得多。质言之,他要想最终成为超人,只有冲破"复杂的诸种关系网"④,才能了解到那些在现代社会"伴随知识制度的确立所遮蔽了的东西"。⑤ 这是一种罗曼蒂克。所以,在

---

① 自清(朱自清):《白采的诗——赢疾者的爱》,《一般》第 2 期,1926 年 10 月 5 日。

② 朱自清:《导言》,见朱自清选编:《中国新文学大系·诗集》,上海良友图书印刷公司1936 年版,第 4 页。

③ 朱自清:《诗话》,见朱自清选编:《中国新文学大系·诗集》,上海良友图书印刷公司1936 年版,第 32 页。

④ [日]柄谷行人:《日本现代文学的起源》,赵京华译,生活·读书·新知三联书店 2006年版,第 108 页。

⑤ [日]柄谷行人:《日本现代文学的起源》,赵京华译,生活·读书·新知三联书店 2006年版,第 99 页。

现代文学中,疾病常常被隐喻为某种社会与文化的征候。在《疾病的隐喻》中,苏珊·桑塔格说:"对疾病的罗曼蒂克看法是:它激活了意识。"①在《日本现代文学的起源》第四章"所谓病之意义"里,柄谷行人阐发了有关疾病的想象对日本现代文学制度产生之价值。而在现代中国文学中,把"病"与"文"联系在一起的最杰出代表是鲁迅。他不只是用文学实绩显示了疾病对于现代中国文学制度建立的独特意义,而且把"疾病"与"疗救"的关系提升到了现代民族国家寓言的层面,并由此凸显了启蒙的必要性、紧迫性以及启蒙者不可或缺的历史作用。从这个角度讲,白采这首诗,尤其是羸疾者对于"优生"的看法、对于国家和民族的积重难返以及大多数人对此不理解的揭示,可谓极具鲁迅神韵。合而观之,《羸疾者的爱》从故事层面讲,它是直接地批判写实;但如果从隐喻层面讲,它又是间接地批判写实;而从全局来看,《羸疾者的爱》却是笔者所说的综合式批判写实。

中国新诗的批判写实,通常把人与环境的关系作为矛盾纽结的中心,而且,后者常常对人构成种种压迫,是黑暗的力量。因此,张扬人性,彰显人文精神,追求真理就成为此类写作的主题。它们虽然涉及的题材十分广泛,诗人寄寓的思想又十分深厚,但是诗人并不给出解决矛盾的处方,也不指明现实的出路和未来的可能。

需要补充说明的是,"人道写实"和"批判写实"则在 21 世纪初出现的"打工诗歌"和"底层写作"那里得到了部分"复活"。而打工诗歌和底层写作一度还引发了关于"诗歌与伦理"问题的热议。郑小琼的写作被视为这方面的代表。请读她的《内心工地·流水线》:"在流水线的流动中,是流动的人/他们来自河东或者河西,她站着坐着,编号,蓝色的工衣/白色的工帽,手指头上工位,姓名是A234、A967、Q36……/或者是插中制的,装弹弓的,打螺丝的……/在流动的人与流动的产品中穿行着,/他们是鱼,不分昼夜地拉动着/老板的订单,利润,

---

① [美]苏珊·桑塔格:《疾病的隐喻》,程巍译,上海文艺出版社 2003 年版,第 35 页。

GDP,青春,眺望,美梦/拉动着工业时代的繁荣/流水的响声中,从此她们更为孤单的活着/她们,或者他们,相互流动,却彼此陌生/在水中,她们的生活不断呛水,剩下手中的螺纹,塑料片/铁钉,胶水,咳嗽的肺,辛劳的躯体,在打工的河流中流动/流水线不断拧紧城市与命运的阀门,这些黄色的/开关,红色的线,灰色的产品,第五个纸箱/装着塑料的灯、圣诞树、工卡上的青春、李白/发烫的变凉的爱情,或者低声读着:啊,流浪! /在它小小的流动间,我看见流动的命运/在南方的城市低头写下工业时代的绝句或者乐府"①。而郑小琼又在随笔《流水线》里写道:"作为个体的我们在流水线样的现实中是多么柔软而脆弱,这种敏感是我们痛觉的原点,它们一点一点地扩散,充满了我的内心,在内心深处叫喊着,反抗着,我内心因流水线的奴役感到耻辱,但是我却对这一切无能为力,剩下的是一种个人尊严的损伤,在长期的损伤中麻木下去,在麻木中我们渐渐习惯了,在习惯中我渐渐放弃曾经有过的叫喊与反抗,我渐渐成为了流水线的一部分"②。一群进城的农民工,尤其是那些进城的女农民工,在城市工业文明里用血泪讨生活,企望能在城里扎根,但无情的命运对她们关上了大门,致使她们像流水线上的产品那样不停地流动。悖论的是,她们拼命地制造流水线上的产品,没想到她们自己却成了城市和命运这两条看不见摸不着的流水线上的特殊产品,她们最终被产品完全吞没了。她们成了改革开放转型期的螺丝钉和废弃品。新时代打工诗歌和底层写作的亮点之一是,它们将其写作的伦理观照拓展到了海外"新移民"。"新移民"离开了自己的祖国,到目的地国家去"打工",其生活艰辛和难以融入乃至被排斥的屈辱是可想而知的。笔者手头上刚好有一本 2018 年 6 月印刷的民刊《打工诗歌》,开卷的"特稿"是"新加坡马来西亚移民诗赛 2017 年译作选"。看来,进入新时代的打工诗歌和底层写作,也开始有了"人类命运共同体"的意味。换言之,

---

① 赵宏兴等著:《金橙子文丛——1985—2005 中国打工诗歌精选》,珠海出版社 2007 年版,第 78 页。

② 姜超:《论打工诗歌对借居城市的苦难表现》,《名作欣赏·文学研究》2011 年第 1 期。

新时代打工诗歌和底层写作拥有开阔的国际视野和国际情怀。总之,打工诗歌和底层写作仍是未来"人道写实"和"批判写实"的主力军。

第三节 革命写实:民族危局中营构时代华章

五四文学过后的革命文学,继承和发扬了辛亥革命文学的传统,暂且把五四文学的核心命题如个人、人性、人道、科学和自由放在一边,而把国族、群体、民主和政治作为当务之急提上了议事日程里的中心工作。也就是说,社会矛盾盖过了精神问题,国魂铸造置换了心灵呵护,渴求社会进步和民族独立的革命现代性已然成为革命时代的主旋律。这种人类学精神意义上的现代民族,"它是一种想象的政治共同体——并且,它是被想象为本质上有限的(limitied),同时也享有主权的共同体。"①它内在地驱使革命诗人朝着建构这样的"共同体"而不懈努力。从诗歌表达方式上看,"默想"开始让位于"叙说","写实"更加倾向于"现实"。质言之,由于革命大潮的持续冲击,那些自由知识分子和保守知识分子的写作,被视为"新贵族"文学和"新文言"文学遭到了否弃,左翼文学脱颖而出,渐成文学主流。它们豪气干云,铁肩担当,以其革命性和战斗性冲上了历史前台,发出了洪亮的声响,"反映在诗歌里的,第一个最明显的倾向是叙述性,而文类的选择是叙事诗,或带有较大篇幅故事性的抒情诗,如果兼有革命的浪漫主义的普罗诗人,便又会加上了许多的顿呼。"②

革命诗人急于把时代巨变"广而告之"。他们要做新闻通讯、报告文学、传记文学、纪实小说和写实散文等文类应当承担的工作,似乎想在"叙事"方面与后者一比高下、决一雌雄。《文学的历史动向》里,在谈到"新诗的前途"

---

① [美]本尼迪克特·安德森:《想象的共同体——民族主义的起源与散布》,吴叡人译,上海人民出版社 2005 年版,第 6 页。

② [美]叶维廉:《中国诗学》,生活·读书·新知三联书店 1992 年版,第 221—222 页。

时,闻一多说:"至少让它多像点小说戏剧,少像点诗"。① 这明显带有规避"纯诗"、修正"介入"的意味。20世纪30年代末期,艾青说,虽然"近来常常有一种企图抹煞刻画现实面貌的任何诗作的恶劣的倾向",但是"新诗已在进行着向幼稚的叫喊与庸俗的艺术至上主义可以雄辩地取得胜利的斗争。而取得胜利的最大的条件,却是由于它能保持中国新文学之忠实于现实的战斗传统的缘故"。② 艺术地"刻画现实面貌"是革命写实主义的战斗传统与时代要求,而那些过于抒发自己内心飘忽不定的意绪的"主情诗"和那些象征主义、现代主义的"纯诗"均受到了新时代的新质疑。在《徐志摩论》里,针对徐志摩的《我不知道风——》,茅盾一方面肯定了它"形式上的美丽",一方面却说:"但是这位诗人告诉了我们什么呢? 这就只有很少很少一点儿。"③由此可见,对于革命写实主义诗歌来说,"内容"远比"形式"重要。

当然,我们不能因此就完全否定"主情诗"和"纯诗"的价值。纵然它们没有能够告诉人们更多的讯息,却曲折地、含蓄地暗示出了诗人隐秘的内心世界。其实,"写实诗"与"主情诗""纯诗"各有优长和局限。我们只能说,在中国新诗发展的某个特定的历史阶段,哪一种诗歌与时代精神更加契合,哪一种诗歌与时代精神相对疏离。显然,当革命高潮来临之际,写实诗更能发挥其独特优势,展示其表达潜能。从宽泛意义上看,革命写实主义诗歌的名目与形式繁多,如告别诗、明信片诗、报告长诗、小型报告诗、大叙事诗、小叙事诗、生活叙事诗、剧诗、仿剧诗、传单诗、街头诗、"慰劳信诗""现代民族史诗"等。尽管这些术语的界定及其内涵与边界都不严密,甚至不科学,比较感性和随意,但是它们的确展示了当年人们试图求新求变的急切愿望,以及对各种新出现的诗歌现象进行归纳、总结和命名的诸种努力。

在传统文学观念里,小说重形象和本质,诗歌重意象和意境,它们自守领

① 闻一多:《文学的历史动向》,《当代评论》第4卷第1期,1943年12月。
② 艾青:《序》,见艾青:《北方》(增补本),文化生活出版社1942年版,第3页。
③ 茅盾:《徐志摩论》,《现代》第2卷第4期,1933年2月1日。

地,各司其职。但是,文学史上文体跨界、交叉和互渗的情况比比皆是。在写作的创新性面前,理论的滞后性似乎是永在的。诗向非诗文类跨界形成了新型的诗歌种类,如叙事诗、剧诗、散文诗、史诗等;同时,也给传统抒情诗进行了内部改造与升级,在原本淡得几乎没有内容的意绪里掺入了叙事性因子,形成叙抒共生的新景象。正是因为如此,形象思维以及诗歌形象塑造就成了中国新诗的题中之义。远的不说,单就 20 世纪上半叶中国新诗而言,诗歌的形象思维与革命典型形象的塑造,在革命写实主义诗歌中,占据了相当突出的位置。

那么,20 世纪上半叶革命写实主义诗歌如何塑造典型形象? 它与小说塑造典型形象有什么区别? 其特点何在? 这是我们必须回答的问题。在我看来,它们通常有两种方法和途径。

一、写本事,既现身说法,又抽身事外

诗歌毕竟是有感而发的,"切己性"十分明显,非诗文类难以匹敌。诗歌写本事有悠久的传统,只不过,有的外露,有的内隐。唐代孟棨编著的诗话《本事诗》,将诗人及其诗歌的逸事分为情感、事感、高逸、怨愤、征异、征咎、嘲戏等 7 类,收入 41 个故事,集中展示了据诗索事和还原本事的功力。这显然与"以意逆志""知人论世"的文学评论传统有关。虽然其客观性和可靠性需要反复钩考,但是我们却不能因此就否定其价值和意义。在中国新诗中,不仅诗歌批评继承了文学社会学和传记批评传统,而且有些诗人的确把本事引入诗歌写作中,使其诗歌带有很强的自传色彩。在这方面,大家经常谈论的现代诗人有浪漫主义诗人徐志摩和汪静之、象征意义诗人戴望舒(后期倾向于革命的象征性写实)和梁宗岱,而对写实主义诗歌、革命写实主义诗歌的本事谈得相对少些。其实,由于写实的追求,革命写实主义诗人更容易把本事带入诗歌写作中,只是人们不大关注罢了。其实,中国现代本事诗有着不俗的表现。

（一）写自己与亲人的本事

在"四一二"反革命政变两周年的日子里，只有 19 岁且有两次入狱经历的革命诗人殷夫，写出了早期无产阶级革命诗歌的代表性作品《别了，哥哥》（算作是向一个 Class 的告别词吧）；1930 年 5 月，与他署名为 Ivan 的书信《写给一个哥哥的回信》（1930 年 3 月 11 日作）一同发表在左联刊物《拓荒者》第 1 卷第 4—5 期合刊上。同一题材和主题，而且是自己的真实生活、思想和情感，殷夫分别以诗歌和书信的形式同时发表出来，是想把诗歌中没有表达清楚的事实通过书信的形式表达出来，或者反过来说，是想将书信里没有抒发出来的强烈情感通过诗歌的形式宣泄出来。它们之间同时并置的互文关联，使得抒情性与叙事性互相激荡，迸发出夺目的文学光彩。当然，生活真实和人生经验，并不等于诗歌经验。写本事固然可以避免空泛的浪漫主义和理想主义，增强诗歌的客观性、真实性和亲切性，但如果仅仅停留于客观再现诗人自己真实的生活场景，而没有用诗人丰沛的情感去拥抱它们，没有用心去发现它们的社会意义，那么它们就是一堆冷漠的事件叙述与景象描写，就会滑向自然主义的泥淖——把人的生物性展露无遗。这里单说《别了，哥哥》。与那封书信不同，诗中既有本事的具体性，又有超越本事的普遍性，也就是说，诗中的"我"和"哥哥"，正如诗的副标题所示，已经由自然的血缘关系上升到社会的阶级关系了，由此，诗的主题在末节——"别了，哥哥，别了，/此后各走前程，/再见的机会是在，/当我们和你隶属着的阶级交了战火"——得以升华。在与"哥哥"所隶属的资产阶级的对立中，"我"所代表的无产阶级站起来了，至少在革命精神这一方面"自立"了。"我"不但战胜了自己以及自己此前所从属的家庭和阶级，而且"我"走向了"我们"，走向了无产阶级革命群体。这种阶级分野，弃旧图新，精神自洁，抛弃个人走向社会的"红色诗人"的典型形象就从诗里、在纸上"立"起来了。总之，这首带有鲜明自传色彩的红色鼓动诗，得益于其本事与"外事"、具体性与抽象性的融合。

中国新诗史上，这种将个人身世与阶级对立结合起来的情形不少，就是那种抒情性很浓烈的朗诵诗也概莫能外。朗诵诗如果没有一些真实感人的日常生活场景和细节，如果尽是一些大词伟语或靡靡之音，那么就难以调动听众的情绪，更不能抓住他们的心，也就达不到朗诵诗的现场效果。高兰的著名朗诵诗《哭亡女苏菲》写于他7岁爱女苏菲因患疟疾无钱医治而亡一周年之际。他念女、想女、哭女、唤女。他想到了女儿生前饥寒交迫，有病不能医，以致最终撒手人寰，从此他们生死相隔，为此他深深自责，抱憾不已，愤懑至极。他对亡女的挚爱与思念，并没有因女儿的死而终止，反而在持续升温，且愈演愈烈、愈陷愈深，致使他还想到了苦命、短命和贱命的女儿在另一个世界里是不是同样地孤苦无依、缺衣少食，乃至还幻想着亡女某一天能给父母来封信报告那边的信息……这些细节和场景，或实写或虚写，无不感人肺腑、催人泪下。《哭亡女苏菲》不但以亲情和至情感人，更以诗中间披露的悼亡细节和场景感人："孩子啊！/我曾一度翻看箱箧，/你的遗物还都好好的放起；/蓝色的书包，/深红的裙子，/一迭香烟里的画片，还有……/孩子！你所珍藏的一块小绿玻璃！/我低唤着苏菲！苏菲！/我就伏在箱子上放声大哭了！/醒来夜已三更，月在天西，/寒风里阵阵传来/孤苦的老更人遥远的叹息！"

> 因为你爱写也爱画，
>
> 在盛殓你的时候，
>
> 你痴心的妈妈呀！
>
> 在你右手放了一支铅笔，
>
> 在你左手放下一卷白纸。
>
> 一年了啊！
>
> 我没接到你一封信来自天涯，
>
> 我没看见你有一个字写给妈妈！

那么，仍旧生活在现实世界的诗人将何以告慰小爱女苏菲的亡灵呢？他只有振作起来，化悲痛为力量，以实际行动去改变这个夺走他爱女生命的丑恶世界。进而,诗人在末节里写道:"旷野将卷起狂飙! /雷雨闪电将摇撼千万重山! /我要走向风暴, /我已无所恋系"。全诗的主旨,就这样在悲痛→自责→仇恨→抗争的内在情绪的逻辑演进中,一步步得以强化和升华。在此过程中,你很难分清哪是写实、哪是抒情、哪是控诉、哪是行动。这表明一首朗诵诗的成功需要兼具多种因素。在《诗的朗诵与朗诵的诗》里,高兰提出朗诵诗必须具有"可朗诵性的因素",即"热烈与现实的情感""文字通俗化"和"要有韵律"。① 正是有了如此的朗诵诗写作的文体自觉,加上感人至深的"本事",所以《哭亡女苏菲》获得了巨大成功。如果光从题材的特殊性来讲,我们是不是也可以说,不是高兰成全了《哭亡女苏菲》,而是《哭亡女苏菲》成全了高兰。此诗在不同场合被不同的人朗诵过,效果俱佳。高兰在回忆自己朗诵时说:"在我自己被约请朗诵的许多次中,印象最深的一次,是在中央大学的一次。那次我应中央大学学生公社之请,在报告诗歌创作漫谈之后,当场对群众朗诵,朗诵中许多人为之泣下,有的竟痛哭失声"。② 著名表演艺术家张瑞芳曾经在全国文协会上朗诵过此诗。"一开始朗诵,她就动了感情,音调真挚优美,泪花欲坠,台下听的人引起了共鸣,受了感染,落下了眼泪。这是一首感人的诗作,一次成功的朗诵"。③ 诗人自己朗诵写自家事情的诗,与朗诵家朗诵别人写的优秀朗诵诗,同样达到了感人肺腑的效果。这既是诗歌写本事的成功,也是朗诵诗歌与诗歌朗诵的成功。

如果只是简单罗列活生生的生活事象,那么就难以产生感人至深的艺术真实。大多数现代诗人深谙此道。戴望舒在香港避难时,住在一栋背山面海的 3 层楼房的 2 楼,他还给它取了个雅名"林泉居"。他们一家人曾在那里度过了一段幸福快乐的时光,我们可以从他回忆性的、片段性的"诗歌传记"《过旧居》和《示长女》以及散文《失去的园子》见出。诗文里的温情回忆都是写实

---

① 高兰:《诗的朗诵与朗诵的诗》,《时与潮文艺》第 4 卷第 6 期,1945 年 2 月 15 日。
② 高兰:《前言》,见《高兰朗诵诗选》,新文艺出版社 1956 年版,第 1—3 页。
③ 臧云远:《雾重庆诗朗诵小记》,《诗刊》1979 年第 11 期。

的,没有一点假想的成分。《过旧居》里有这样写真性的、写生般的三节:

> 这带露台,这扇窗,
>
> 后面有幸福在窥望,
>
> 还有几架书,两张床,
>
> 一瓶花……这已是天堂。

> 我没有忘记:这是家,
>
> 妻如玉,女儿如花,
>
> 清晨的呼唤和灯下的闲话,
>
> 想一想,会叫人发傻;

> 单听他们亲昵地叫,
>
> 就够人整天地骄傲,
>
> 出门时挺起胸,伸直腰,
>
> 工作时也抬头微笑。

和睦家庭,其乐融融;圆满自足,宛若天堂! 它远胜于沈复《浮生六记》里单写夫妻恩爱的"记乐""记趣""记快",何况里面还有一记《坎坷记愁》呢! 欢乐总是短暂的,幸福也像闪电,加上戴望舒生性敏感,工作繁忙,以及国祚休裂,世事艰难。平静快乐日子的背后有暴风雨在酝酿。不久,戴望舒与穆丽娟之间关系逐渐变冷,直至穆丽娟回上海奔丧后向他提出离婚,这美好的一切,像一场美梦,像一处幻境,破灭了,留下来见证曾经发生过这一切的只有"旧居"。所以,当戴望舒重访旧居时,感慨万千。但他能发乎情、止乎礼。他尽量不去想现实生活中的种种不快,而是尽情铺叙他的"白日梦",并忘情地享受着这趟难得的"寻梦之旅"! 不同于此前专写"自己的生活片段集锦"①,

---

① 朱光潜:《望舒诗稿》,《文学杂志》第1卷第1期,1937年5月。

"始终没有越出个人的小天地一步"①;抗战前夕,戴望舒的诗歌写作,尽管仍以写"本事"为主,但他没有沉溺于家长里短、儿女情长,而是把家庭变故与国家危难紧密扭结在一起。如此一来,诗中的本事就与国事、天下事绾结起来,诗的意境自然就会阔大和高远。

(二) 写"准"亲人的"本事"

中国新诗叙事除了写纯属诗人自己和家人的本事外,也写与诗人亲密无间的、不是亲人胜似亲人的人与事。这方面影响最大的是艾青的《大堰河——我的保姆》。它是艾青童年生活的诗歌自传,完全按照诗人当年的真实经历来写。"大堰河"是他儿时保姆"大叶荷"的谐音。她对童年艾青比对自家孩子还要好,使得童年艾青在她那里感受到了连自己亲生父母都没有给他的爱,正是在这种"错位"的养育和关爱中,两个不同阶级的对比,孰优孰劣,臧否分明。这首诗的成功得益于纪实、抒情、象征和排比的综合运用。艾青用排比来纪实,也用排比来抒情;同时,在大面积的纪实与酣畅的抒情中,借用了象征的现代手法,使得纪实与抒情摆脱了走马观花式的粗浅,而向纵深掘进。由此,大堰河,就成了像她那样的千千万万个中国普通农妇的代表,也可以说是中国劳苦大众的典型。中国新诗史上,"大堰河"这一经典的诗歌形象,彪炳史册。它的第一读者是与艾青同狱的一个死刑犯。据说,它把一个即将赴死的犯人都感动得痛哭流涕。如果说它感动了无数的中国读者还不足为怪的话,那么它同样能够令国外读者感动不已就的确不简单了。据艾青的好友后来回忆,《大堰河——我的保姆》"传到日本,轰动一时,有人读了落泪,有人译成日文"。②《大堰河——我的保姆》是写给旧社会劳动妇女的赞美诗,如果换个角度来说,它也是写给旧社会、旧思想和旧制度的咒语。它的影响不

---

① 艾青:《望舒的诗》,见《戴望舒诗选》,人民文学出版社 1957 年版,第 10 页。
② 李又然:《诗人艾青》,《长春》1979 年第 7 期。

限于普通读者的接受,诗歌评论界也有热议。持现实主义诗歌观点的评论家充分肯定此诗。茅盾最早从专业角度评价过此诗。他说,这首诗与初期白话诗不同,"描写社会现象的初期白话诗多半是印象的、旁观的、同情的,所以缺乏深入的表现与热烈的情绪"。① 胡风说:"虽全篇流着私情的温暖,但他和我们中间没有难越的界限了。"②《现代》派对此诗却有异议。当它写好后,交由艾青的辩护律师沈钧儒带到狱外,投给《现代》。杜衡在诗稿上批了两个字:"待编",但压了一年未发。无奈之下,艾青请好友李又然索回,并改投《春光》;之后,发表于1934年5月1日出刊的《春光》。20世纪70年代,艾青回忆道:"象征派就反对我写《九百个》、也不同意我写像《大堰河》这样的作品。说应该写《芦笛》那样的。"③其实,总体而言,艾青的诗歌道路是现实主义的,但它又不是封闭的现实主义,而是以现实主义为主,兼容并包,将浪漫主义、象征主义和现代主义都囊括进来,有时还把绘画艺术也考虑进来。看来,我们不能用条条框框去框定他,面对艾青的丰富,那种做法显然是徒劳的。我们只能说艾青诗歌写作有某种主体倾向。戴望舒到了香港后,从象征主义往回走,走向他先前不赞同的革命现实主义或者说左翼现实主义。如此一来,在走了一段"弯路"后,他最终与艾青殊途同归了。

与艾青写自己的保姆相似,臧克家写自家的长工,在他家干了大半辈子,成了"老哥哥",年老力衰,终被辞退的真实故事。此事深深触动了臧克家。虽然时隔多年,每每想起,他还记忆犹新。除了写对话体诗《老哥哥》纪念此事外,他还写了同题散文,将诗中那些隐而未发的情绪,进一步抒写得淋漓尽致。全诗由当年还是孩子的"我"与老长工"老哥哥"之间的对话构成,具有很强的写实性和戏剧性。1948年,在一场清华大学举办的诗歌朗诵会上,朱自清和李广田两位著名教授将其搬上舞台:朱自清扮演老长工,李广田扮演童年

---

① 茅盾:《论初期白话诗》,《文学》第8卷第1期,1937年1月1日。
② 胡风:《吹芦笛的人》,《文学》第8卷第2期,1937年2月1日。
③ 冬晓:《艾青谈诗及写长篇小说的新计划》,香港《开卷》1979年第2期。

臧克家;他们力图还原历史场景,揣摩这一老一少的复杂心理,一问一答,情真意切,活灵活现,生动感人,效果颇佳。

"本事诗"最显著的特点是,"我"始终在其中。不过,这个"我"在中国现代本事诗与中国古代本事诗里有不同的表现。中国现代本事诗中的"我",是一个与古代士大夫完全不同的现代主体;而且,这个"我"不囿于自己,而是以"我"为发散中心点,关切周边事态以及相关群体,意志化色彩比较浓烈。

二、概写总体境况,塑造典型形象,体现时代动向

塑造典型形象仅仅是现实主义小说的文体追求,并非所有小说的根本任务。有些现代主义小说以叙事技巧为旨归,既无人物,又无情节,还无环境,成为"三无"小说。也就是说,塑造形象,并非小说的专利。诗歌,尤其是叙事性较强的诗歌,或者说叙事诗、史诗和剧诗,也可以塑造形象,也可以有人物、情节和环境三要素。向来厌恶学究气和市民气的歌德,曾从自由精神、真实性和客观性的角度,盛赞雨果诗中很美的"顶好的形象",[1]并表示要写一首既有"引人入胜的人物",又有"引人入胜的场所和背景"的六音步诗行的史诗。[2]在中国新诗史上,革命写实诗歌,尤其是那些追求史诗性的革命写实诗歌,注重在特定语境中概写人物形象。当然,我们应当看到,诗与非诗文类在塑造人物形象方面的差异。诗不以此为目的。诗歌塑造典型的主要目的是以此认清现实,寻找未来的可能性和预见性。

20 世纪上半叶中国新诗塑造形象的方式多种多样,总体说来,大约有以下三种情况。

(一)以篇幅较长和超长的革命写实诗歌为主体

纵观中国新诗史,不少诗人刚开始写短诗,且多为抒情短诗,体制精悍,情

---

① [德]爱克曼辑录:《歌德谈话录》,朱光潜译,人民文学出版社 1978 年版,第 103 页。
② [德]爱克曼辑录:《歌德谈话录》,朱光潜译,人民文学出版社 1978 年版,第 144 页。

感内敛,音韵低沉,节奏暗淡;随着革命形势的深入发展,诗人们为革命潮流所鼓舞,情感奔放,激情四射,抛弃个人悲欢,转而关注民族国家命运,创作音韵铿锵、节奏明快、博大雄健的史诗性长诗。他们把创作"民族史诗"或者说"准民族史诗"这种"有韵之春秋"视为诗歌发展的正鹄,以诗纪事、以诗纪史、以诗论事、以诗论史,在诗史思维主导下,将史家之笔与诗人之诗谐适起来。柯仲平、臧克家、力扬、艾青、田间、公木、老舍、黄宁婴、邹荻帆、唐湜、彭燕郊、鲁藜等在这方面作出了贡献。

臧克家是其中极富特色的一员。他既有感于外在形势的急遽变化,又对自己的诗歌写作进行不断反思,正是这种时代和诗学的双重力量使他调整自己诗歌写作策略,作出新的诗学选择,创作新的诗篇。

文学史通常把短诗《老马》和长诗《罪恶的黑手》作为臧克家早期诗歌的代表。1934 年 10 月,以《罪恶的黑手》为名的第二本诗集,由生活书店印行。在序言中,臧克家表达了"结束"短诗写作,开始"写长一点的叙事诗"的意愿。这是因为,短诗"过分的拘谨",而且内容上又偏执于"个人的坚忍主义";而叙事长诗形式"博大雄健",可以更好地"向着实际着眼"。① 显然,在臧克家的诗歌创作生涯中,《罪恶的黑手》具有转型性的标志意义。其实,之后,短诗写作不但结束不了,而且仍然是臧克家写作的主要诗体,但他的叙事长诗写作的确取得了不俗的成绩。如上一节所述,1935 年底,臧克家写出了与孙大雨同名的千余行长诗《自己的写照》。虽然名为"自己的写照",其实,诗中几乎没有有关"我"的分析,而是通过写"我"在童年时期、学生时期和青年时期的种种经历,反映大时代的沧桑巨变。也就是说,"我"只是时代的见证者和书写者,"我"仅仅是贯穿三个不同时代的线索。由此可知,这首长诗,与其说是"自己的写照",不如说是"时代的写照",因为诗人重于感时述怀。而且,诗人并没有在这个三个时代中平均分配力量,而是侧重于写自己的青年时代,即第

① 臧克家:《序》,见臧克家:《罪恶的黑手》,生活书店 1934 年版。

一次国内革命战争时期中国社会的巨大变动。茅盾赞扬这首长诗不愧为
"'长江万里图'似的大时代的手卷",同时也指出了它的两点不足:"作者的情
绪太冷静一点,写军校入伍与征西缺乏了激昂,写东下被缴械缺乏了悲壮,写
回北方以后的险阻缺乏了沉痛","我还觉得有些材料他大概舍不得剪去,一
并放着,以致抽不出手来把紧要场面抓住用全力对付而在全书中形成几个大
章法,没有大章法,全书就好像一片连山,没有几座点睛的主峰了"。① 臧克家
没有写长诗的丰富经验,而且不时受到抒情短诗写作经验的侵扰。他似乎不
明白写叙事诗不应把眼光尽盯着自己脚下,而应该着眼未来;同时,他似乎又
不明了写长篇叙事诗不仅要将着力点放在炼词造句上面,还需要以点睛性的
主要场面来作结构性的艺术支撑。

有的叙事长诗是超长的。唐湜的《英雄的草原》共三部,约 6500 行。倘
若这是一首超长的抒情诗,我简直不敢想象它抒的是什么情!扩言之,如果一
首抒情诗写这么长,我真的不知道它究竟如何去抒情。这首超大规模的长诗,
不可能一蹴而就。它是渐渐"生长"的。它的完成,前后历时近五年,而且是
从一开始的不自觉到渐渐觉悟。诗人完全是在西方浪漫主义诗歌和莎士比亚
诗剧《罗密欧与朱丽叶》的直接影响下,凭借激情与才情,写出了这样一部"史
诗型作品""天真的理想主义的寓言"②。第一部"草原的梦",有 2000 多行。
第二部"波浪,波浪"和第三部"宇宙的孩子",约 4500 行。在第一部里,尽管
两家有世仇,但是在大神腾格里的眷顾下,王子希德斯和公主茜娜达的浪漫爱
情终于开花结果。接下来的两部转向写实,一开始,写正义向邪恶宣战,命运
悲剧色彩浓烈;但经过王子和公主的共同努力,正义最终战胜了邪恶,并预言:
"一个新人类的希望/在我们前面的阳光里闪耀"。在此,诗人有意将正义与
邪恶的战争纳入那个时代的最大的叙事——抗战叙事——这一宏大构架中
去,让一个民间流传的传奇故事发散出时代精神的光彩。当然,这首长诗的牧

① 茅盾:《叙事诗的前途》,《文学》第 8 卷第 2 号,1937 年 2 月 1 日。
② 周筱云主编:《一叶的怀念——唐湜纪念文集》,中国戏剧出版社 2008 年版,第 157 页。

歌性较强而史诗性较弱。这是因为诗人的情感表达过于浪漫,盲目乐观的情绪和传统大团圆的思维定式,致使其没能很好地深刻认识和把握时代精神,缺少应有的悲剧精神和苦难意识。诗人自己也在《关于〈森林的太阳与月亮〉》一文里,对此进行了反思。他自认为,这首长诗缺少史诗所要求的"力"的线条,应该思考"怎么才能叫抒情与叙事相互渗透,凝合为一"。[1] 在他后来创作的历史传说叙事诗如《海陵王》和南方风土故事诗如《划手周鹿之歌》中,这些问题得到了部分纠正。

(二)不少革命写实诗着力于人物形象塑造

20 世纪 40 年代,革命写实性的长篇叙事诗高度繁荣。艾青的《他死在第二次》和《火把》、田间的《她也要杀人》和《赶车传》、柯仲平的《边区自卫军》和《平汉路工人破坏大队的产生》、李季的《王贵与李香香》、阮章竞的《漳河水》、李冰的《赵巧儿》、张志民的《死不着》等,是其中的佼佼者。在茅盾看来,到了 40 年代,长诗写作已经形成了独特的局面,出现了长诗写作的三驾马车:文人气的"艾青体"、鼓点式的"田间体"和民歌风的"柯仲平体"。相对而言,茅盾"比较中意'艾青体'"[2]。因为,他认为,"雍容的风度,浩荡的气势"[3]应该是长诗必备的气度,而"艾青体"在这方面上做得好些。然而,当时的许多长诗普遍存在对现实介入程度不够、对生活概括能力不足、对时代总体氛围把握不到位等毛病。这"三体"的出现,尤其是"艾青体"的出现,克服了那些长诗的通病,显示了与时代和题材相适应的总体风格与基调。除此之外,有人还将"艾青体"与"田间体"的激情写作和"柯仲平体"的讲故事写作相比,把"艾青体"的另外两个特征总结为:"通过人物特写,揭示人物灵魂,突出人物性

---

① 唐湜:《关于〈森林的太阳与月亮〉》,《语林》第 243 期,1944 年。
② 茅盾:《文艺杂谈》,《文艺先锋》第 2 卷第 2 期,1943 年。
③ 茅盾:《文艺杂谈》,《文艺先锋》第 2 卷第 2 期,1943 年。

格,塑造人物形象";以诗意化为本,"加重了叙事的容量和成分"。①

艾青写于 1939 年的《吹号者》就很有代表性。表面上,诗人运用概括性和暗示性的叙述语调,截取吹号者在不同时空里的现实画面和生活形象,通过号角这一显示吹号者身份、职责和精神的特殊事物,铺叙吹号者先后吹响起身号、吃饭号、集结号、行进号和冲锋号,直至最后中弹身亡:"在震撼天地的冲杀声里,/在决不回头的一致的步伐里,/在狂流般奔涌着的人群里,/在紧密的连续的爆炸声里,/我们的吹号者/以生命所给与他的鼓舞,/一面奔跑,一面吹出了那/短促的,急迫的,激昂的,/在死亡之前决不中止的冲锋号,/那声音高过一切,/又比一切都美丽,/正当他由于一种不能闪避的启示/任情地吐出胜利的祝祷的时候,/他被一颗旋转过他的心胸的子弹打中了!/他寂然地倒下去/没有一个人曾看见他倒下去,/他倒在那直到最后一刻/都深深地爱着的土地上,/然而,他的手/却依然紧紧地握着那号角"。虽然从总体来看,全诗的叙述逻辑是完整的;但是具体到吹号者每一种吹号的场景来说,却是跳跃着叙述的。就像上文引诗里所写吹号者吹冲锋号的场景,在极其简单交代吹号者吹冲锋号过程的同时,诗人强烈的主观情感渗透于强有力的叙述之中,其抒情性的诗意和诗味十足。如此一来,诗中的吹号者和号角以及与之相关的周遭事物,就不再是原来那种客观的样子,都起了变化,均显露了生机,尤其是吹号者及其号角成了民族解放的召唤者、先驱者和冲锋者不死的文化精神的总体象征:"而太阳,太阳/使那号角射出闪闪的光芒……//听啊,/那号角好像依然在响……"。由此,诗的叙述获得了某种隐喻意义,使得全诗的艺术内涵丰富、深厚,艺术感染力强烈、持久。质言之,整体而言,全诗表面上的具体描述构成了一种总体隐喻。在《为了胜利——三年来创作的一个报告》里,艾青说:"《吹号者》是比较完整的,但这好像只是对于'诗人'的一个暗喻,一个对

---

① 龙泉明:《中国新诗的现代性》,武汉大学出版社 2005 年版,第 270—271 页。

于'诗人'的太理想化了的注解"。① 诗人与吹号者,诗人与诗里的主人公之间浑然不分。因此,有人说,《吹号者》宣扬了"末世学革命",就像西方创世神话所预示的那样,时间的终结与历史的黎明,通过吹号者的末世式革命,得以转换与生成;于此,诗人、宗教圣徒和革命者彼此相像或一致。② 当然,这类人物形象并非只有个体意义,而是代表了革命群体形象。力扬的《射虎者及其家族》,以 18 章的大篇幅,借用中国民间有头有尾的"讲故事"——面对剥削、压迫和欺侮,射虎者及其家族四代复仇——的叙述方式,穿插西方现代叙事诗歌中常见的象征、倒叙、跳跃等手法,用哀歌的形式,成功塑造了复仇者"家族"的群像。

20 世纪上半叶中国新诗革命写实叙事所塑造的革命者形象,大多是革命诗人和革命圣徒的复合体,带有强烈的理想主义、英雄主义和乐观主义色彩。他们既是黑暗世界的终结者,又是光明世界的预言者和创造者。

(三) 暗示历史新动向,揭示时代发展本质

中国新诗的革命写实叙事,不管是叙述某一件事情,还是塑造某种人物形象,都不会按照现实生活的"老样子"原原本本地写。一是它们不可能一成不变地被叙写出来,就连自称自然主义者也办不到;二是完全没有这个必要。明智的做法是,择取那些与事件发展和人物精神面貌密切相关的片段,围绕叙事主旨,按照一定的情感逻辑将其串联并表现出来。不然,"何以普实克在热心支持中国史诗式革命写实的同时,还能感应到'新文学'中的抒情精神?"③也就是说,既不像革命抒情采用告白直抒胸臆,也不像革命象征用意象婉曲暗示,革命写实叙事依靠的是人物与事件,并将它们置于叙述流程中,在叙述中生发出意义和价值来。人不是单面的人,事不是"完整"的事,但是经过诗人

---

① 艾青:《为了胜利——三年来创作的一个报告》,《抗战文艺》第 7 卷第 1 期,1941 年 1 月 1 日。
② 曲春景、耿占春:《叙事与价值》,学林出版社 2005 年版,第 167—168 页。
③ 陈国球:《如何了解"汉学家"——以普实克为例》,《读书》2008 年第 1 期。

叙述逻辑的种种组合后,人就成了典型的人,事也成了典型的事。所谓典型,就是有了去伪存真、去粗取精的总结和提升之意义。因此,革命写实叙事,其典型塑造就在于使人物和事件渐渐脱去具体状貌,进而获得其历史与时代的本质意义。

萧三写于 1944 年的《敌后催眠曲》,就是这样一首感人至深的作品:在日本侵略者抵近"扫荡"的危急时刻,一位深明大义的普通母亲,为了不使大家暴露,躲进山洞,同时,为了不让自己的小宝宝哭出声来,将其包裹得严严实实,以致最后窒息而亡。这与艾青笔下的"大堰河"为奶养童年艾青而亲手溺死自己孩子的情形有异曲同工之妙。《敌后催眠曲》通篇以母亲心理独白式的自言自语为叙述主体,同时,穿插一些外在的叙事成分。具言之,全诗以小宝宝的死活为中心,以这桩民间妇女抗日觉悟的典型事件,成功地塑造了一位抗日英雄母亲的光辉形象。进而,在全诗末节,还通过孩子父亲之口,发掘了"敌后催眠曲"这一悲壮事件所蕴藏的重大意义:"'孩子他妈,你不要伤心。/我们的宝宝没有白牺牲。/他救了我们多少人的性命,/我知道,我们该恨的什么人!'"诗人以小宝宝之死,以及小宝宝父母崇高的思想境界,进一步唤醒了人们对敌人的仇恨以及解放民族国家的"大义"。所以,这里的爱与恨,是大爱与大恨;这里的"催眠曲"其实是"英雄赞"。换言之,诗人通过简洁明快而又相对完整的叙事结构,将"敌后催眠曲"提升至事关中华民族生死存亡的高度。连普通老百姓都有如此高的抗日觉悟,人们完全有理由相信:抗战的最后胜利必将属于英雄的中国人民。

1946 年 9 月 22 日至 24 日,《解放日报》分 4 次连载了李季的叙事长诗《王贵与李香香》①。该诗 740 行,分 3 部 12 章,叙述故事比较完整,叙事结构张弛有度。它采用陕北信天游的民歌体,以革命和恋爱作为贯穿全诗叙事的两条主线,成功塑造了自觉成长为革命战士的穷长工王贵和觉醒了的善良明

---

① 1946 年夏,曾以《太阳会从西边出来吗? ——三边民间革命历史故事》为题,连载于《三边报》上。

理的农家姑娘李香香这两个成长型的正面人物形象，以及穷凶极恶的土皇帝崔二爷这一腐朽型的反面人物形象。正是这两股阶级力量之间的你死我活的斗争，导致了王贵与李香香婚恋上的悲欢离合，进而揭示了陕甘宁边区土地革命时期发展的深刻主题："不是闹革命穷人翻不了身，/不是闹革命咱俩也结不了婚！"40年代解放区民歌体、谣曲化的长篇叙事诗大面积衍生。它们借鉴传统诗词的比兴手法和民间说唱的铺叙艺术，以压迫—反抗—解放为习见的叙事模式：先痛陈旧时苦难，接着讲述现时斗争与新生，最后希冀于未来。它们以毛泽东《在延安文艺座谈会上的讲话》为指导，努力探索和践行中国现代诗的民族化和大众化。

如果说短篇叙事诗《敌后催眠曲》和长篇叙事诗《王贵与李香香》里有悬念、起伏和高潮之类的微型小说化因素的话，那么许多革命写实诗就没有那么明显的小说化特征。朱自清肯定了何达诗集《我们开会》里的"控诉诗""行动诗""纪实诗""形象诗"，与朗诵诗略微不同的是，它们主要诉诸视觉，供人默读，有形象化倾向，注重组织与暗示，重在调动读者想象力。① 请读《我们开会》："我们开会/我们的视线/象车辐/集中在一个轴心//我们开会/我们的背/都向外/砌成一座堡垒//我们开会/我们的灵魂/紧紧地/拧成一根巨绳//面对着/共同的命运/我们开着会/就变成一个巨人"。此诗写于新中国即将诞生前夕，面对"两个中国"和"两种命运"的历史性抉择关头，诗人认清了历史发展方向，揭示出"团结就是力量"这一时代主题，既跟上了时代，也引领了时代。它既与抗战时期张天翼对华威先生抗日形式主义的讽刺截然不同，也与当年马雅可夫斯基所讽刺的"开会迷"之形式主义和官僚作风相异。这里的开会，是一种切实的革命行动，是中华民族历史转折时期各种正义力量的汇聚，体现了历史发展的正当性、合法性和先进性。

需要特别指出的是，"革命写实"在新中国成立很长一段时间以来不但没

---

① 朱自清：《序：介绍何达诗集：〈我们开会〉》，见何达：《我们开会》，中兴出版社1948年版，第13—14页。

有消失,反而在革命历史题材长诗和英雄传奇题材长诗写作中得到了"放大"的拓展式发展,如白桦的长诗《鹰群》、李冰的长诗《刘胡兰》、高缨的长诗《丁佑君》、郭小川的长诗《将军三部曲》、周而复的长诗《周恩来》、桂兴华的长诗《邓小平之歌》和王久辛的长诗《狂雪》等。因为这些长诗有很多我们在前面的章节里有论述,这里就不展开了。这种"革命写实"性的长诗写作热潮,一直持续到20世纪80年代改革开放。这之后,"革命"让位于"改革","革命写实"在中国新诗写作中渐趋萎缩。

三、歌谣化和散文化的现代变奏

诗歌写实叙事,包括"实写"和"抒写",但无论是启蒙要求,还是抗战所需,都把对叙事意义的追寻,或者说对现代性的追寻,作为首要目标。总体而言,不只是"五四"前后,整个现代文学时期都是散文时代,除了纯诗派和现代格律诗派外,许多中国新诗特别看重"意义",自然而然就把"形式"有意或无意地忽视了。

当然,我们在这里所讲的重"意义"和轻"形式"是相对的。其实,中国新诗的革命写实叙事,也有它们自己的形式追求,那就是歌谣化和散文化,是两者的变奏。只不过人们常常不愿客观公正地审视之,总觉得它们是"小儿科",根本不足挂齿!我们不能以纯诗和现代格律诗的形式观来判定革命写实诗的形式观,不能以一种诗歌审美意识形态去抹杀另一种诗歌审美意识形态,因为通往诗歌堂奥的秘径是多种多样的。中国新诗革命写实叙事在形式上追求的大众化、歌谣化和散文化,是纯诗和现代格律诗所提供不了的诗歌经验。

中国诗歌大众化一开始或者说主要表现为歌谣化。它渊源于民间化的《国风》和乐府,而非文人化的屈骚;其发展既不在讲究纯粹艺术化和精致化的唐诗宋词那里,又不在以说理与议论见长的宋诗和清诗之处,而在以追求民间化、通俗化和叙事化为己任的那些浩如烟海的诗词曲赋之中。但是由于中国古代诗人崇尚抒情而不屑于叙事,扬抒情传统,抑叙事传统,导致歌谣化和叙事化的写作难登大雅之堂而大多流落民间,而文人化和抒情化的写作则始终被供奉于高雅的文学圣殿。到了清代,这种超稳定的诗歌格局并没有发生什么本质变化。因此,面对白居易效仿《孔雀东南飞》之类的民间叙事诗样式创作出来的名篇《长恨歌》,苏辙毫不买账,痛斥其"拙于纪事,寸步不遗,犹恐失之"。[①] 毕竟与西方古典主义时期文人诗歌与民间歌谣决然对立的情形不同,在中国古诗发展进程中,尽管文人诗歌处于正宗地位,但它并没有完全排斥民间歌谣的存在,反而会从那里汲取养分以充实自己。也就是说,大众化、歌谣化的诗歌写作传统历久弥新且曲曲折折。

五四文学先驱们,与那些中国古代贵族化诗人的看法、认识和作为刚刚相反。他们认为,中国的黑暗与积贫积弱之所以如此沉重而漫长,与腐朽的贵族文学以及与之密切相关的文言文脱不了干系,乃至有人还认为"文言之祸亡中国",[②]用文言文写作的贵族文学更为助纣为虐。因此,要改变中国的命运,必须推翻具有几千年荣光的贵族文学以及使用了几千年的文言文。但是,五四文学先驱们并没有全盘否定古典文学。他们的激进态度主要体现在反对贵族文学上,而对平民文学、通俗文学和民间文学是批判性继承吸收。

五四文学初期,周作人提倡的"平民文学"和"人的文学"是对古典贵族文学脂粉气的反叛。具体到中国新诗,除了向国外诗歌学习外,就是向民间歌谣学习,同时还不忘向"拟民歌民谣的文人诗"[③]学习。这种向歌谣学习的情况十分普遍和深入,且贯穿于中国新诗几十年。胡适、俞平伯、茅盾、朱自清、朱光潜、钟敬文等学院派理论家和诗人积极从理论上加以爬梳,乃至还引发了关于"民族形式问题的讨论"。尽管各派之间意见分歧很大,但他们之中,有的

---

① 苏辙:《诗病五事》,见苏辙:《栾城第三集》卷八,载曾枣庄、马德富点校:《栾城集》下册,上海古籍出版社1987年版,第1553页。

② 陈荣衮:《论报章宜改用浅说》,《近代史资料》1963年第2期。

③ 祝宽:《五四新诗史》,陕西师范大学出版社1987年版,第299页。

从肯定意义上,有的从否定意义上,有的从辩证意义上,"承认了古典传统('旧形式')与民间艺术('民间形式')之间紧密联系"。"从这里,我们可以看出,民间艺术与古典传统的内在联系既是中国文学发展中的一个客观事实,又是中国现代作家的一个心理事实,而后者的意义更为深远"。① 刘半农、刘大白、沈玄庐、任钧、田间、柯仲平、马凡陀、李季等现代诗人在创作实践中吸收、转化和运用,就连一些新月诗派诗人和现代诗派诗人也尝试着写现代歌谣。当然,也有人对这种原本在口头上流传的民间歌谣,经过现代诗人的加工处理后,能否真正转化为所谓的现代歌谣,或者说,这种经过文人改造过的民间歌谣还能否称之为歌谣或现代歌谣,乃至有没有现代歌谣这一说,均提出了质疑。废名就断然否定诗歌与歌谣之间的联系。他说:"事实上歌谣一经写出便失却歌谣的生命,而诗人的诗却是要写出来的"②。

对待中国新诗与歌谣的关系,不管是持积极态度、消极态度,还是持辩证态度,均促使了诗人在中国新诗大众化、本土化、民族化、中国化和现代化方面作出了不懈的努力。在谈到初期白话诗时,胡适说:"除了会稽周氏兄弟外,大都是从旧体诗、词、曲里脱胎出来的"③。在胡适的评判中,傅斯年、俞平伯、康白情,包括他本人的中国新诗都带有浓重的词曲味道,可以说是一种"词曲化了新诗";而沈尹默的初期白话诗基本上是从古乐府转化而来的,可以说是一种"乐府化的新诗"。尤其是后者,具有明显的歌谣化意味。但是,无论是"词曲化了新诗",还是"乐府化的新诗",均因为其古典性和中国性,而与中国新诗所追寻的现代性和西方性相抵牾,所以长期处于压抑状态和民间状态。正是在这个意义上,朱自清说:"照诗的发展的旧路,新诗该出于歌谣",④"但是新诗不取法于歌谣,最主要的原因还是外国的影响;别的原因都只在这一个

---

① 李怡:《中国现代新诗与古典诗歌传统》(增订版),北京大学出版社 2008 年版,第104 页。
② 冯文炳:《谈新诗》,人民文学出版社 1984 年版,第 232 页。
③ 胡适:《谈新诗》,《星期评论》"双十节纪念号",1919 年 10 月 10 日。
④ 朱自清:《真诗》,《新诗杂话》,作家书屋 1947 年版,第 87 页。

影响之下发生作用"。① 也就是说，向西方学习成了中国新诗发展的主要动力。但这并未否认中国新诗要向民间歌谣学习。俞平伯坚决反对中国新诗走中国古诗的老路和死路，否定中国新诗文人化和贵族化倾向，主张推翻诗的王国，建立诗的共和国。② 在中国新诗发展是"西化"还是"中国化"的问题上，他倾向于后者。而且，他意念中的"中国化"等同于歌谣化。刘大白写得最成功的诗篇不是那种"诗统"气味太重的白话诗，③而是歌谣体的白话诗，如《卖布谣》（一）（二）和《田主来》等。《卖布谣》写洋货入侵，导致手工业破产，加上官绅压榨，致使本已不堪重负的乡村手工业者的悲剧更是雪上加霜："土布粗，/洋布细。/洋布便宜，/财主欢喜。/土布没人要，/饿倒哥哥嫂嫂！"从劳动不但不能脱贫，反而导致赤贫这种不合理的现实中，揭示了国内封建势力和国外侵略势力所造成中国社会问题的本质。刘大白的歌谣体白话诗，虽然不是为配乐而作，但可以称之为"现代乐府诗"。它们有人物，有故事，有铺垫，有悬念，有高潮，有起伏，继承了汉魏乐府诗的风骨，用朴实无华、朗朗上口的语言，通过白描农民或乡村手工业者的心态，反映了民间疾苦。当然，歌谣体白话诗也有弊端，正如刘大白坦言："我的诗用笔太重，爱说尽，少含蓄"。④ 被朱自清称为"新文学中第一首叙事诗"⑤的《十五娘》，采用民歌加古典诗词的形式，从春写到冬，叙述十五娘夫妇为了活下去，丈夫不得不外出"打工"，不幸被垦殖场上机器轧死，场主不但不给抚恤金，还隐瞒着不通知家人，而十五娘整日整夜地痴等丈夫归来。这首叙事诗尽管是以铺叙为主，有小说化倾向；但注意了剪裁，做到了叙事与抒情结合。"由通俗谣曲开始的文体形式的'尝试'，以及五四文学运动中的'白话叙事诗'创作与'诗体大解放'理论，全面开

① 朱自清：《真诗》，《新诗杂话》，作家书屋1947年版，第86页。
② 俞平伯：《诗底进化的还原论》，《诗》第1卷第1号，1922年1月。
③ 刘大白：《旧梦·付印题记》，见刘大白：《旧梦》，商务印书馆1923年版，第1页。
④ 刘大白：《旧梦·付印题记》，见刘大白：《旧梦》，商务印书馆1923年版，第1页。
⑤ 朱自清：《中国新文学大系·诗集·诗话》，良友图书印刷公司1936年版，第25页。

启了中国叙事诗创作及其理论批评向现代形态转变与发展的新纪元"。① 这里讲的虽然是白话叙事诗,其实适用于所有白话写实性诗歌。五四歌谣化中国新诗的理论提倡及其创作实践,促进了此后中国新诗歌谣化的发展。

中国新诗歌谣化经历了五四时期的人道写实和批判写实之后,在接下来的两个十年,轰轰烈烈地进入革命写实阶段,取得了骄人的成绩。

20世纪30年代,受到世界无产阶级文学观念的影响,根据中国的国情和"诗情",中国诗歌会提出了革命现实主义的大众诗歌运动。它一方面要"捉住现实"②,另一方面要使"新诗歌谣化、诗歌还原化"③。所谓"捉住现实",是指诗歌要贴近现实,反映时代,关注社会生活的重大问题,歌唱"新世纪"的意识。所谓"新诗歌谣化"是指中国新诗写作要批判性地采用民谣、儿歌、鼓词和小调等旧形式,创作出音节自然流畅,朗朗上口的中国新诗。所谓"诗歌还原"就是要把由视觉主宰诗坛的局面更改为由听觉把持,提倡中国新诗的朗诵性。对此,朱自清后来总结说,现代朗诵诗"没有'我',有'我们',没有中心,有集团。这是诗的革命,也可以说是革命的诗""更多的朗诵诗是在要求行动,指导行动,那就需要散文化、杂文化、说话化"。④ 中国诗歌会倡导的大众化诗歌写实模式,当其成为诗坛一种具有支配性和约束力的结构方式时,反映出的就不仅仅是诗人艺术想象力的某种局限,而且也是诗人在发挥想象方面所受限的政治正确性和规定性。

抗战期间,在救亡图存的时代大潮助推下,中国新诗的大众化和歌谣化进程更加踏实地走向了深入的境界。歌谣化诗歌写作,成为众多诗人的首选,发出了时代最强音。除前面我们已经说到的"艾青体""田间体""柯仲平体"

---

① 王荣:《中国现代叙事诗史》,中国社会科学出版社2004年版,第43页。

② 本刊同人:《关于写作新诗歌的一点意见》,《新诗歌》创刊号,1933年2月11日。

③ 任钧:《关于中国诗歌会》,见杨匡汉、刘福春编:《中国现代诗论》(上),花城出版社1985年版,第461页。

④ 朱自清:《序:介绍何达诗集〈我们开会〉》,《我们开会》,上海中兴出版社1948年版,第3页。

外,抗战诗歌歌谣化写作还有李季对"信天游"的现代改造,阮章竞对"漳河小曲"娴熟运用,以及马凡陀对吴歌的讽刺化处置等等。并且,这些歌谣化抗战诗歌不只适宜于短诗,叙事长篇在这方面同样可以发挥优势,如柯仲平用民间歌唱形式,铺叙故事,写出了长篇叙事诗《边区自卫军》和《平汉铁路工人破坏大队的产生》;老舍用民间大鼓的调子,铺叙景物,写出了长诗《剑北篇》。

大众化的革命写实诗歌写作,从来就不是把"采诗"等同于"写诗",也就是说,民间歌谣只是作为大众化革命写实诗歌写作的一种资源,内化于其间,或了无踪迹,或若隐若现,或特色明显。从外在表现形态上看,比较常见的情形是歌谣化与自由化、散文化并存,形成一种现代的诗意变奏。力扬长达429行的《射虎者及其家族》分18章。每一章里面的分段出现散文化倾向:最短的两行一段,最长的十行以上。粗略一看,杂乱无章;仔细品读,则颇见匠心:这种自由开合的分段结构与全诗总体质朴舒畅的内在精神相一致。全诗沿用中国民间有头有尾"讲故事"——面对剥削、压迫和欺侮,射虎者及其家族四代复仇——的叙述方式,穿插西方叙事文学中常见的象征、倒叙、跳跃等手法。尤其是"长毛乱"一章,诗人还能够运用历史唯物主义理性地评判太平天国运动,对于当时社会上出现的"美化"农民革命及其领导的倾向具有警示作用。1949年5月《太行文艺》第1期发表的民歌体长篇叙事诗《漳河水》,"作品刻画了三个妇女形象:荷荷、苓苓、紫金英。荷荷勇敢、苓苓机智、寡妇紫金英则较懦弱。她们性格不同,但最终殊途同归,都走上了争取幸福的道路"。[①] 该诗由《往日》《解放》《长青树》三个部分组成,以常见的新旧对比、解放前与解放后对比、人物性格与命运前后变化对比为主导的革命写实叙事模式,间以人物多重对照和总分戏剧化结构,既表达了宏大主题,又避免了单调呆板。"戏剧化结构、多种歌谣形式解决的是叙事诗歌的大框架问题,阮章竞还解决了叙事诗大结构和小细节的融合问题、叙事性跟民歌体式相融合问题、诗歌篇幅有

---

① 阮章竞:《异乡岁月·太行山》(未刊稿),阮章竞口述,方铭执笔,1989年7月,第188页。

限性跟多线人物的复杂性相协调问题、讲故事与塑造人物的问题、写景与抒情的结合问题、诗歌如何进行心理描写问题。必须承认,在一首诗中把所有这些问题解决并非易事,然而,《漳河水》却努力进行尝试,并且成功了"。① 为了使这个故事讲得生动、形象、感人,阮章竞借鉴了流行在漳河一带的《开花》《四大恨》《割青菜》《漳河小曲》《牧羊小曲》等民间小曲,仅第三部《长青树》就由"漳河谣""翻腾""牧羊小曲"三组套曲组成。换言之,阮章竞是根据情景变化、基调明暗和情节起伏来取舍诸种歌谣,杂采成章,形成了歌谣"大杂烩";但是,为了更利于表达主题、传达情感,使大众喜闻乐见,阮章竞对它们进行了加工,最终形成了拟歌谣体的文人诗。

有人把中国新诗歌谣化的基本特征概括为:求"真"的基本原则;怨愤与反抗的主要情绪;"注重对具体行为、具体事件的叙述、表现""语言朴素、平实,大量采用本色口语";"自由宽松而又富于强烈节奏感的音乐效果"。② 这些总结很有见地。在此,笔者只是想就中国新诗的基本原则作一点阐发。上述的"真",或者说中国新诗诗人和诗评家笔下的"真",通常被理解成"真实"。其实,它并不是哲学意义上"真善美"里的"真",更多的时候,它是"善",是伦理道德。五四文学先驱把创建"新文学"和追求"新道德"捆绑在一起,由此,就有了新文学与旧文学、新道德与旧道德之争。在这样一个你死我活的革命性的文学论争方式和格局影响下,我们的现代文学太偏好、也太善于批评现实生活。具体到中国新诗而言,它总是喜欢把生活政治化,将现实道德化。换言之,中国新诗过分依赖于道德和政治,总是轻易地把中国新诗与政治和道德一体化,而很少去细致分辨"到底是谁的道德""是谁的政治"这种关键性的前提。笔者倒觉得,诗人的使命和职责是要否弃现成的种种意识形态,努力去发现生活及可能。这才是中国新诗自身的政治和道德,即"真"和"善"。

---

① 陈培浩、阮援朝:《阮章竞评传》,漓江出版社 2013 年版,第 94 页。
② 李怡:《中国现代新诗与古典诗歌传统》(增订版),北京大学出版社 2008 年版,第 105—109 页。

从中国新诗大众化的角度看,过于歌谣化,或者说照搬和套用民间流行的歌谣,只能被歌谣牵着鼻子走,束缚了中国新诗写作和发展的手脚,因此不能过于依赖民谣,要理性对待"旧瓶装新酒","正确的运用民谣,是诗人的被赋以主观的精神突击的严酷的提汲的处理过程",①这是问题的一个方面;问题的另一个方面,如果过于散文化,既不要现代格律,又借鉴民间歌谣,乃至不依从一定的规律,那么中国新诗写作将会变得枝枝蔓蔓、没有诗魂。初期白话诗常常被人诟病:重"白话",轻"诗"。其言下之意是指中国新诗写作轻视了现代性。臧克家曾说:"无论是什么样式,必须把诗写成诗！削去半截脚趾头去穿韵脚鞋,我绝对反对,但像新近一位写过多年诗的朋友来信中所说的:'现代有许许多多的诗,不能算诗,只能算是诗料'的过于散漫的分行写的一些东西,我也期期以为不可"。② 歌谣化与散文化问题,在这里被上升到了长期困扰中国新诗形式发展的格律与自由的高度。其实,对于中国新诗而言,歌谣化与散文化,格律与自由,内容与形式,都是有机统一体,是血肉不分、盐溶于水的化合关系。袁可嘉说:"把诗的散文意义从诗中抽象出来简化为一个说明或命题的看法","最流行,最能害人";那是"最必须被肃清的一个邪说"。③如果不能正确认识它们之间的关系,取此舍彼,或者患得患失,那么就会导致中国新诗写作的失败。在中国新诗史上,有不少这方面的教训可以汲取。比如,因《黑鳗》写作的失败,艾青最终放弃了用民歌体创作多部长篇叙事诗的计划。在现代革命诗歌里,那些只有空洞革命情绪的抒情诗暂且不说,单就革命写实性诗歌而言,诗意稀薄的作品比比皆是,原因在于:"第一,是太急于传达批评的信息,第二,故事的叙述的文字并没有超过小说里叙述的文字";"本来,由于当时政治及国情的变化,有许多口信要传达,用叙述的程序也是无可

---

① 洁泯:《诗的战斗前程》,《新诗歌》第1卷第4号,1947年4月。
② 臧克家:《序》,见臧克家:《十年诗选》,现代出版社1944年版,第15页。
③ 袁可嘉:《诗与民主——五论新诗现代化》,见袁可嘉:《论新诗现代化》,生活·读书·新知三联书店1988年版,第47页。

厚非的,但 20 世纪三四十年代有许多诗人的诗常是这样写的:'我如何如何,我们应如何如何……'一片纯属传教式、口号式的、散文的说明,其滥用程度极为惊人,连当时注重口信传达的左派批评家都受不了。至于 40 年代一些现代主义诗人和台湾早期的现代主义诗人力求修正这种趋向,那是后话"。①

综而观之,中国新诗的写实叙事,无论是启蒙的律求,还是抗战之所需,都把对叙事意义的追寻,或者说对现代性的追寻作为首要目标。可以说,20 世纪上半叶是个"散文的时代",除了耽美的纯诗派和现代格律诗派外,许多中国新诗特别看重"意义",自然而然就把"形式"有意或无意地忽视了。当然,我们在这里所讲的中国新诗重"意义"而轻"形式"是相对的。其实,20 世纪上半叶中国新诗的革命写实叙事,也有它们自己独特的形式追求,那就是诗歌的大众化。它是歌谣化和散文化的现代变奏,只不过人们常常不愿客观公正地对待它,总觉得它是"小儿科",不足挂齿! 我们不能以纯诗和现代格律诗的形式观来判定革命写实诗的形式观,不能以一种诗歌的审美意识形态去抹杀另一种诗歌的审美意识形态,因为通往诗歌堂奥的秘径是多种多样的。也就是说,新中国成立前中国新诗革命写实叙事的大众化、歌谣化和散文化,是纯诗与现代格律诗所提供不了的新的诗歌经验。

中国新诗的写实叙事,不仅反映世路人情,摹写生命百态,而且体现诗歌话语的自觉。从清末民初的"新派诗"开始,诗歌写实开始流行,至"五四"形成热潮,"人道写实"冷峻登场。随即,诗歌写实以大力针砭时弊为己任,"批判写实"成为主潮。之后,左翼诗歌力量日益壮大,"写实"明显倒向"现实",于是"革命写实"大兴,诗歌写实的政治色彩愈演愈烈。当然,人道写实、批判写实与革命写实均是相对而言,其实,它们常常胶着存在。由此,我们看到,百年中国新诗里,诗歌写实叙事的文化场域、文学典律和审美技巧变动不居。中国新诗叙事在写实与想象、知识与权力之间盘诘不已。数十年来的诗歌理论

① [美]叶维廉:《中国诗学》,生活·读书·新知三联书店 1992 年版,第 222 页。

和实践表明,写实叙事是检验中国新诗现代性的重要标准之一。吊诡的是:在叙事方面,诗歌原本不与小说、散文、戏剧争高低,但中国新诗偏偏以写实开局,一以贯之,且一路"高开高走"。写实诗人并不完全把诗歌写作视为想象与虚构,而是也将其视为现实与历史之一种,把诗歌看成知识与权力交织的场域,把写作写实诗与写作"非写实诗"、写作优秀的写实诗与写作普通的写实诗进行价值等级处置,由此上演了一曲曲诗歌写实的扣人心弦的活剧。

远的暂且按下不表,单就中国新诗叙事而言,在写实诗人看来,唯有他们才是中国新诗叙事的时代主脑,能够包汇万状、别出机杼、驾轻就熟地写出诗歌叙事的时代华章;而那些"非写实"诗人,是些只会抒情的"软体动物",或是胡言乱语的西式"梦呓者",顶多只能算是中国新诗写作领域中不起眼的无关紧要的配角。显然,这种唯"写实"是瞻,一心想"写实"雄霸天下的心态和认识极其褊狭,与中国新诗写作的丰富实践极其不符。何况有不少写实诗存在浮光掠影、啰唆散漫、叙述过剩之弊端,"写实味毕竟是一种人间味","神秘的世界自能为写实的世界,只要经过作者的一番忠诚的体验。由浅的写实进到深的写实,由外面的写实进到心理的写实!"①同时,写实诗人认识不到,除了他们自己的正面写实形成了诗歌叙事的"正体"之外,许多"非写实"诗人从侧面隐晦地叙事也是中国新诗叙事的重要方式,可以目之为诗歌叙事的"变体"。而且,中国新诗叙事的"正体"与"变体"之间是互补、同构、共生、平等和共荣的关系,它们具有同样重要的诗学价值。所以,接下来,笔者将用两章的篇幅,对中国新诗两种典型的曲折叙事方式——呈现叙事和事态叙事——展开论述。

---

① 穆木天:《写实文学论》,《创造月刊》第 1 卷第 4 期,1926 年 6 月。

第六章 "暗事":中国新诗的呈现叙事

舞者怎样叙述,用她圣洁的身体①。

在人类诗歌史上,"荷马甚至把思想当作在空间发生的事情呈现在自己面前"。② 埃米尔·施塔格尔认为,诗人从某种立场出发,理性把控叙事距离,"摆"出主体与客体的关系,使讲述转向展示,并通过图像性的词语,使记忆中的一切,那些具有独特性的事物及其发展过程"当前化"。在这种意义上,"'呈现'(Vorstllung)便是叙事式韵文的本质。"③

初期白话诗议论和说理的倾向十分明显,饱受时人和后人诟病。不管是古体的"直陈诗",还是白话的"直陈诗",都受制于过强的理性逻辑。它们往往以追求哲理、意义和警句见长,留给人们回味的空间较少,更谈不上暗示、含混、象征和神秘。马拉美说:"直接描述等于压抑掉四分之三的诗歌享受。"④

---

① 郑敏:《二元论》,见郑敏:《诗集1942—1947》,文化生活出版社1948年版,第52页。

② [瑞士]埃米尔·施塔格尔:《诗学的基本概念》,胡其鼎译,中国社会科学出版社1992年版,第80页。

③ [瑞士]埃米尔·施塔格尔:《诗学的基本概念》,胡其鼎译,中国社会科学出版社1992年版,第78页。

④ 张隆溪:《马拉美:空白的意义》,见张隆溪:《道与逻各斯》,冯川译,四川人民出版社1998年版,第180页。

与"直陈诗"相比,"呈现诗"体现的是"一点一点地引出某物以透露心绪"①的艺术。清人吴乔说:"文则炊而为饭,诗则酿而为酒。饭不变米形,酒形质变尽"。② 同样是米,若"炊"之,得到的是饭;若"酿"之,得到的是酒。前者发生的是物理反应,而后者发生的是化学反应。同理,同样面对的是生活,如果仅仅只是"直陈",可能收获的只是散文;如果采取了"呈现"的方式,得到的将是诗歌。"呈现诗"偷听生活,而非倾听生活;"呈现诗"是跳舞,而非散步。

呈现诗学重视艺术直觉,类似于禅宗的顿悟,其原生性、突发性、偶然性、全息性、内在性十分明显。但是,它又与荒诞诗学之类的"无厘头"之非理性有别。它在直觉思维与逻辑思维之间寻找平衡点。质言之,呈现诗学具有复合思维的特征。彼埃尔·让·儒夫说:"诗意其实是一种复合性质的思维(或心理状态)。换言之,爱好、形象、模糊记忆的反响、惋惜,以及各种不同程度的希望仿佛交织在一起,同时在诗歌中出现","既无'纯粹的诗意',亦无非纯粹的诗意;既不存在有目的性的诗意,也不存在无目的性的诗意;只存在着某种东西,这种东西渴望本身能够在某个复杂心理状态的总和之中得到体现,并且渴望把在各个方面的心理状态都吸引到自己这方面来","最高的诗意确实是心灵的现象而不是理智的现象。只有心灵才能产生出特殊的动力,把大量错综复杂地混合在一起的感情变成'美的现象'"。③

如前一章所述,写实是以"实写"为主兼顾"抒写"的诗歌叙事方式,而呈现注重的是心灵、直觉、意象、暗示、复调和言语,它们之间的差异甚大。如果我们一定要从叙事的角度看待它们的话,那么写实叙事属于"热叙事",而呈现叙事则属于"冷叙事"。中国新诗的呈现叙事,既遭到"热抒情"和"热叙事"的否弃,也受到"冷抒情"的误读。如果说前者是它生存发展的

① [英]查尔斯·查德威克:《象征主义》,周发祥译,昆仑出版社1989年版,第2页。
② 王夫子等:《清诗话》上册,丁福保辑录,中华书局1963年版,第311页。
③ [法]彼埃尔·让·儒夫:《一个诗人的辩解》,夏志义译,见杨匡汉、刘福春编:《西方现代诗论》,花城出版社1988年版,第541—542页。

外部阻力的话,那么后者则是来自它自身内部的压力。正是在这种内外交困的诗学境遇中,中国新诗的呈现叙事曲折地嬗替着:20 世纪 20 年代以象征性的呈现叙事为主体,30 年代以"非个人化"的呈现叙事为主体,40 年代以"有机综合"的呈现叙事为主体,而新时期以来以蒙太奇的呈现叙事为主体。在百年发展进程中,它们各自都有着出色的诗学表现,显示了中国新诗呈现叙事的不同面向及成就,既为我们从呈现叙事的角度重新解读中国新诗提供了新视角,也从呈现叙事层面丰富了中国新诗的语义学和语音学的新时空。

第一节 音、色、形的及物性暗示

20 世纪 20 年代,除了"文白之争"、白话诗派与复古诗派之类的新旧之争外,在中国新诗内部也出现了"为人生"或"为艺术"的诗学分歧,前者以《新青年》诗人群和文学研究会诗人群为主,后者以创造社诗人群、新月诗派和象征诗派为主。象征诗派从西方引进"纯诗"观念并对其进行"中国化"处置,使呈现叙事显露出最初的光芒,李金发、王独清、穆木天、冯乃超和梁宗岱等是其代表。

呈现诗学重视艺术直觉,类似于禅宗的顿悟,其原生性、突发性、偶然性、内在性和全息性十分明显。但是,它又与超现实主义、荒诞诗学之类的"无厘头"之非理性有别。它努力在直觉思维与逻辑思维之间寻找平衡点。质言之,呈现诗学具有复合思维的特征。彼埃尔·让·儒夫说:"诗意其实是一种复合性质的思维(或心理状态)。换言之,爱好、形象、模糊记忆的反响、惋惜,以及各种不同程度的希望仿佛交织在一起,同时在诗歌中出现","既无'纯粹的诗意',亦无非纯粹的诗意;既不存在有目的性的诗意,也不存在无目的性的诗意;只存在着某种东西,这种东西渴望本身能够在某个复杂心理状态的总和之中得到体现,并且渴望把在各个方面的心理状态都吸引到自己这方面来","最高的诗意确实是心灵的现象而不是理智的现象。只有心灵才能产生出特殊的动力,把大量错综复杂地混合在一起的感情变成'美的现象'"。① 质言之,呈现诗学,既不像再现诗学那样强调对生活真实的复现性,也不像表现诗学那样偏好诗人主观自觉的抽象性,而是兼采两家之长,以退为进,显示一种更具现代理性的诗学品格。相对于写实叙事而言,呈现叙事比较隐蔽。因此,很少有人把呈现诗学与叙事诗学联系起来。而这种不能一望而知的诗歌叙事,在很多时候,需要抽丝剥茧才能弄明白,因为它常常借助意象、象征、暗示、隐喻、反讽、悖论、含混、插入、停顿、断裂和空白等现代主义诗歌技法以及声音、色彩和形式将情节片断连接起来进行叙事。

暗示,是中国古诗的修辞法宝,是古代诗人魂牵梦绕之所系。但在儒家实用观念的牵引下,他们往往将生命与语言分割开来,仅仅将语言视为出发点,而不是归宿。换言之,得"意"忘"言",成为古代诗人写作的常态。而暗示性呈现,即通过类型化和风格化的诗歌意象与母题间接地呈现,是中国古诗产生催眠作用的根本遵循。申言之,中国古诗的暗示是柔软的、抒情式的、不及物的,就像欧洲浪漫主义以降的现代诗歌那样,语言的魔术"产生了更愿意发音而不表意的诗句。语言的声音材质获得了暗示性的强力"②。

与这种古典性的暗示不同,中国新诗的暗示是叙事式的、及物的、及事的、及人的。正如埃米尔·施塔格尔所说:"叙事式的语言在呈现。它指向某物。它把事物指给人看。"③据此,笔者用"暗事"(暗示事件)来取代"暗示"。具体来说,现代性的"暗事",既暗示生命事件,又暗示语言事件。"暗事"与"呈

---

① [法]彼埃尔·让·儒夫:《一个诗人的辩解》,夏志义译,杨匡汉、刘福春编:《西方现代诗论》,第541—542页。

② [德]胡戈·弗里德里希:《现代诗歌的结构:19世纪中期至20世纪中期的抒情诗》,李双志译,译林出版社2010年版,第37页。

③ [瑞士]埃米尔·施塔格尔:《诗学的基本概念》,胡其鼎译,中国社会科学出版社1992年版,第78页。

现"表面上的矛盾,"质感"与"语感"之间常在的悖论①,恰恰反映出中国新诗叙事的活力与魅力。具言之,"暗事"一方面力避"词生词"的写作惯性及其"词语泥石流",变静态叙述为动态叙述,着力于使生命与语言发生关联,形成张力场域,构成具有内在冲突的生命事件与语言事件;另一方面又不把生命事件和语言事件简化为庸俗社会学意义上的现实问题、时代精神、道德责任、价值审判和意识形态绳墨,而是在借助意象、象征、暗示和隐喻的基础上,通过语言直接参与事件、评判事件,乃至改变事件,最终促使中国新诗的现实性题材与在场性语言得以完美呈现。

既然呈现诗学与直陈诗学、直抒诗学都不相同,那么它与当下人们常说的诗歌的直接性这种直接诗学又有什么联系和区别? 人们通常是从直抒诗学的意义上谈论诗的直接性的,简而言之,将诗的直接性等同于诗的抒情性。其实,这是对直接诗学的俗世化理解。诗歌的直接性,是针对非诗的间接性,乃至诗歌的间接性而言。从纯粹与否的角度看,诗歌的纯粹不是指诗人不食人间烟火,不考虑现实利益关系,逃避人生困难这样一些外在因素;而是指诗人应当尽量发挥精神上的直接作用,在诗歌语言上力避中间环节,"直接呈现诗人自己的精神感受"②,在语言自身的张力和意蕴中呈现出诗人的精神感受。也就是说,相对于小说、散文和戏剧需要借助故事、环境、情节、形象和人物来

---

① 如"绪论"中所述,不但新中国成立前"纯诗"诗人反对诗歌叙事,而且新中国成立后"朦胧诗人"也持如是观。这种声音及影响一直没有停歇过。20世纪80年代中期之后,所谓的"口语诗人"也把"叙述"与"叙事"对立起来,仿佛"诗"一旦沾染了"事",就会庸俗不堪,"语感"滞涩,例如,伊沙说:"口语诗人只说'叙述'而不说'叙事',因为'叙述'是口语诗的天生丽质,'叙事'是抒情诗人在抒情诗走到穷途末路后的紧急输血。在一首口语诗,'叙述'不是工具,它可以精彩自呈。"但是,他的说法难免前后矛盾,例如,在同一篇文章里,他又说:"如果说'前口语'还只是一些想说的话,那么'后口语'便有了明显的结构,通常是由一些事件的片段构成,所以,口语诗人写起诗来'事儿事儿的''很事儿逼'——在我看来这不是讽刺和调侃,而是说出其'事实的诗意'的最大特征。"(伊沙:《口语诗论语》,《诗潮》2015年第2期)。此间的矛盾、张力和悖论,恰恰表明中国新诗的叙事辩证:既在事,又不在事。质言之,好诗的叙事,需要既能到得了事里去,又能从事里出得来。

② 王富仁:《序》,见李怡:《中国现代新诗与古典诗歌传统》(增订版),北京大学出版社2008年版,第3页。

表达思想而言,诗歌更加依赖于语言。诗歌的直接性就是诗歌的语言性。进而言之,如果我们把视野聚焦于诗歌内部,就可以看到诗歌内部也存在直接性与间接性的问题。此时,诗的直接性是指诗的抒情性,或者说抒情性就是直接性的体现;诗的间接性,就是指诗歌既不直陈也不直抒,而是要通过暗示、象征、隐喻、反讽、悖论,曲折地传达出诗人的观念。从这个意义上讲,呈现诗学与诗的间接性更加接近。当然,这种诗歌内部的间接性也是相对而言,它并不仅仅是语言之外的手段,而是诗歌本质的一个部分。质言之,象征不是文学修辞上的象征手法,而是象征主义诗学中的象征;隐喻也不是我们惯常思维中以此喻彼,不是"词生词"的语言魔方游戏,不是那种用太阳象征政治领袖的隐喻成规,而是回到太阳就是太阳的词语的原初状态,也就是回到"元象征""元隐喻""元事物",回到汉语原初就具有的神秘性、叙事性、象征性、隐喻性和呈现性里。对此,于坚解释说:"拒绝隐喻,当年说的是'一种作为方法的诗歌'。我强调的是通过对陈词滥调的再隐喻的拒绝而复活神性的'元隐喻'。我说拒绝隐喻,一般来说,就是要拒绝 A 是 B。A 是 B 的方式,可以说是 20 世纪中国新诗最普遍的,那些受苏俄诗歌影响的新诗都擅长于 A 是 B。斯大林的语言工具论在中国很有影响。A 就是 A。我理解的隐喻式在中国诗歌的传统中,A 就是 A,语言直接说话,言此意彼的空间是语词的组合的自然呈现的。"①质言之,诗歌内部的间接性,其实也就是诗歌最初的语言直接性;"间接"只不过是为了一次次回到"直接",回到诗歌的"元话语"的源头那里。这个过程,可以说是诗歌写作中词语的"历史化"和"去蔽化"的还原,诗意在诗人的当下经验中被再次激活。李金发的《有感》写道:"如残叶溅/血在我们/脚上//生命便是/死神唇边/的笑"。"残叶溅血""死神暗笑",在汉语词典里,在中国古诗的意象库里,在人们的文化记忆中,从未出现过,因而属于诗人在生命体验过程中逐渐生成的骚动而又愤懑的现代经验,是"元经验""元词

---

① 《于坚诗学随笔》,陕西师范大学出版总社有限公司 2010 年版,第 215—216 页。

语""元意象""元象征""元隐喻"。我们只能按自己的阅历去领悟其中的部分"意思"。李金发把原本恐怖的死亡写得很凄美,乍一看,令人毛骨悚然。但在诗人那里,死亡却是他长期追寻的一份安慰与美丽,这是象征主义诗人、唯美主义诗人的别样表达。其实,这些观念并不是诗人"直陈""直抒"出来的,是我们作为读者阐释出来的。诗里仅仅呈现了一些语象、物象、事象和心象,或者说,诗人只是对词语进行了跨行、错落、破碎意象、断裂节奏等"有意味"的排列组合。宋代梅圣俞讲"诗分内外意"①。无独有偶,"新批评"理论家兰色姆提出了"构架—肌质说"②。"外意"相当于"构架",而"内意"相当于"肌质"。其实对于呈现性质的现代诗歌而言,"体用合一",即架构与肌质化合不分。

在《谭诗》里,穆木天写道:"诗的世界是潜在意识的世界。诗是要有大的暗示能。诗的世界固在平常的生活中,但在平常生活的深处。诗是要暗示出人的内生命的深秘。诗是要暗示的,诗最忌说明的。说明是散文的世界里的东西。"③这里的暗示就是笔者所说的呈现叙事,而且呈现在文字里的是"潜在意识"和"内生命的深秘"。此乃呈现叙事"及物性"之体现,即我所讲的"暗事"。扩言之,中国新诗所叙之事,并非全是实在的"人事"或微言大义的寓言,也可以是像象征主义诗歌那样婉曲地叙述个人内心最隐秘的"心事"。李金发的《景》《忆韩英》《墙角里》,通过断断续续的叙述,暗示出了无情的时间侵蚀有情的爱情,以时间之伤暗示爱情之痛!尤其值得提出的是,后者在架构和肌质上都是对魏尔伦的《感伤的对白》的"改写"(没有照搬其较为完整的戏剧性的爱情故事)。这表明,李金发的象征性的"暗事诗"杂糅了中西诗歌的叙事方式以及"意象的内容"。只不过这种"意象的内容"是经由诗的章法、造

① 魏庆之编:《诗人玉屑》,上海古籍出版社1978年版,第197页。
② [美]兰色姆:《纯属思维推理的文学批评》,见赵毅衡编选:《"新批评"文集》,中国社会科学出版社1988年版,第97页。兰色姆说:"一首诗有一个逻辑的构架(Structure),有它各部的肌质(Texture)"。
③ 穆木天:《谭诗》,《创造月刊》第1卷第1期,1926年3月16日。

句、色调和音质等叙述方式暗示出来的。① 申言之,李金发异国情调式的写景、抒情和叙事的象征主义诗篇,"冷静的描述,对现实思考和理性的评论,都表现出现代诗歌特征,远远地超出了写实本身。"②他除了受到魏尔伦和波德莱尔等象征主义诗人的启发外,还偶尔借鉴浪漫主义诗人雨果的创作,只不过剥离了雨果式的浪漫抒情倾向,而将其中国化为人生批判。"李金发诗歌中的叙事方法却与雨果近似,叙事成分的增多,使李金发的诗歌技巧大大的取得了进展。"③这种技巧就是"暗事"。"暗示能"有多大,现代诗歌的"呈现叙事能"就有多大。显然,直陈地说明,直抒地议论,都与象征主义的"暗示诗学"无涉。这种暗示诗学、梦幻诗学、象征诗学并非空穴来风。我们可以在西方象征诗学那里找到其诗学父亲。马拉美说:"与直接表现对象相反,我认为必须去暗示。对于对象的观照,以及由对象引起梦幻而产生的形象,这种观照和形象——就是诗歌。"④请读王独清发表于 1926 年 3 月 16 日《创造月刊》第 1 卷第 1 期上的《我从 Café 中出来》:

> 我从 Café 中出来,
>
> 身上添了
>
> 中酒的
>
> 疲乏,
>
> 我不知道
>
> 向那一处走去,才是我底
>
> 暂时的住家……
>
> 啊,冷静的衢街,

① 1934 年,李金发说:"我做诗全不注意韵;全看在章法,造句,意象的内容。"见李金发:《诗问答》,《文艺画报》第 1 卷第 3 号,1935 年 2 月。
② 彭建华:《现代中国作家与法国文学》,上海三联书店 2013 年版,第 55 页。
③ 彭建华:《现代中国作家与法国文学》,上海三联书店 2013 年版,第 63 页。
④ [法]马拉美:《关于文学的发展》,见伍蠡甫编:《西方文论选》下册,王道乾译,上海译文出版社 1979 年版,第 262 页。

黄昏,细雨!

我从 Café 中出来,

在带着醉

无言地

独走,

我底心内

感着一种,要失了故国的

浪人底哀愁……

啊,冷静的街衢,

黄昏,细雨!

在具体分析了这首诗后,陈思和总结说:"五四初期,新诗为反对旧体诗的格律束缚,故意夸大'明白如话'、'直抒胸臆'的审美功能,结果是走向反形式主义的极端,造成白话诗语言的粗制滥造和形式上的虚无主义。二十年代中有一批诗人意识到这个问题的严重性,他们从各自的立场出发,有的提倡现代格律诗,有的强调诗的形式美,企图用以救正白话诗的病根。王独清从法国象征主义诗歌中汲取了音乐性和色彩感等创作特点,以求在新诗形式上的创新,这首诗正反映了诗人的这一努力和实践。"[①]这是从中国新诗发展史的角度对王独清以及这首诗的独特价值和意义所做的积极评价。王独清旅欧多年,对法国后期象征主义诗歌兴趣极大,诗歌与诗论都明显受其影响。[②] 此诗是一首特征十分突出的象征诗,在音乐性的追求上极具"规律化":首先,它的两节都是 9 行,而且相对应的各行的字数几乎相等,甚至连断句的位置、标点符号的使用都极其相似;其次,每节都是第二行与第五行、第三行与第六行、第四行与

---

① 陈思和语,见公木主编:《新诗鉴赏辞典》,上海辞书出版社 1991 年版,第 225 页。

② 王独清在写给穆木天的信中说:"要治中国现在文坛审美薄弱和创作粗糙的弊病,我觉得有倡 Poesie pure 的必要。"见王独清:《再谭诗》,《创造月刊》第 1 卷第 1 期,1926 年 3 月 16 日。

第七行押韵；最后，首节与尾节第一行与第八行和第九行完全一样，形成一种前后复沓、重章叠唱、回环往复的艺术效果。这种中国新诗的形式探索，并非无趣的文字游戏。它至少表现在以下三个方面。第一，诗中叙述语句的断断续续、语无伦次，与"我"醉酒后歪歪倒倒的行动，以及起起伏伏、苦不堪言、残破碎裂的心灵状态吻合。第二，诗中有一条若隐若现的情节线索，那就是："寻醉"—"中酒"—"出来"—"哀愁"，而且，它不是一条直线，而是一个圆：因怀乡之苦而去咖啡馆寻醉，而寻醉不但没有化解乡愁，反而使其变得更浓烈、更凄苦，就像每节的首行与倒数两行所暗示、呈现的。质言之，这条情节线索形成的圆圈与现代人走不出生存困境的怪圈暗合。第三，诗中第一人称"我"是多元的：既可说是夫子自道；又可说"我"非自道，而是指具有"神经症人格"的浪人、精神上的流浪者、现代城市里的"漫游者"，乃至像废名《小园》中的"我"那样代表人类共有的情感经验。一言以蔽之，诗中的"我"可以是作者，也可以是作为第二自我的隐含作者，还可以泛指一切患有世纪忧郁症的现代人，甚至可以理解为"非个人化"的语法修辞。从这个角度讲，诗中的个人象征就成了总体象征，个别情境呈现了一般状况；个人经验被转化和提升到具有普遍意义的高度，具体的生命对应物呈现了抽象的生存本体状态。陈超在鉴赏这首诗时说："整首诗就是一个摇晃着的醉汉的行程"，"它采用的宣叙的调性。在体式相同的两节诗里，诗人仿佛讲述了一个醉汉的'故事'。"①面对另一个世界的真实，或者说梦幻般的真实，呈现叙事一点一点地呈现，一点一点地叙述。重要的不是讲述的"故事"以及表现思想，而是最终所呈现出来的那些东西及其在读者心中所引起的某种感应。这种"契合"类似于黑格尔所说的"朦胧的同情共鸣"②。呈现、暗示、叙述、象征、契合本身就是思想，或者说"诗想"。

　　20年代中国新诗的呈现叙事，由于才开始受到西方象征诗学的影响，还处于吸收与消化阶段，难免出现像李金发和王独清那样西而不化的"夹生"现

---

① 陈超：《中国探索诗鉴赏辞典》，河北人民出版社1989年版，第17页。
② ［德］黑格尔：《美学》第三卷上册，朱光潜译，商务印书馆1996年版，第342页。

象。需要说明的是,这种"夹生"现象因人而异。王独清的象征呈现叙事中糅合着浪漫主义,而李金发的象征呈现叙事里夹杂着现实主义。在《作家》一诗中,李金发纠结于"Symboliste! non, Rèqliste?"("象征主义! 不,现实主义?")。李金发游移于象征主义与现实主义之间,使其象征主义不免呈现出现实主义色素。这恰好反映了他对西方象征主义的中国化处置,而非照单全收! 接下来以李金发为例生发一下。李金发不但在宗教观念上中西"夹生",而且在象征呈现叙事方面也存在照搬"恶之花"之弊端。在宗教问题上,李金发的思想比较复杂。新中国成立后,在回答台湾诗人痖弦关于宗教观念的提问时,李金发说:"中国的家庭多数是崇信佛教的。我的家庭当然不例外。我自小即受佛教的熏陶。"①后来,他到法国留学,大量阅读魏尔伦、波德莱尔、兰波等西方神秘主义诗人的作品,以及斯维东堡(Swedenbory)和叔本华等人的哲学著作。再后来,与一个中文名叫展姐的信仰基督的德国女郎(Gerta Scheuermann)结婚,更加深了他对西方宗教的了解。当这种家庭的宗教氛围与域外的"异国情调"结合在一起时,会开出怎样的奇葩呢? 李金发宛如一块磐石,如此强烈的中外宗教的交叉影响,不但没有使他成为一个宗教的崇拜者和朝圣者,反而最终促使他成为一位宗教的怀疑者和批判者。因此,他的象征主义诗歌既不像西方象征主义诗歌那样神秘、邈远、不及物,也不像上一章第二节里所说的"批判写实"那样现实、实在、及物,而是象征性与批判性兼备的呈现叙事。他最长的一首诗,也是他写作当中少见的现实主义倾向明显的诗《无依的灵魂》,叙写的是美少女赫尔泰在中国抗战中家破人亡的悲剧,说明上帝不但救不了不信基督教的中国人,也救不了信仰基督教的外国人,用血的教训和铁的事实猛烈抨击了宗教的虚妄性和欺骗性。虽然,李金发诗歌中时不时地出现一些宗教意象,但那只不过是其象征手法及其神秘主义的表征而已。然而,在法国象征主义看来,现实世界和精神世界是分裂的,需要通过象

---

① 李金发:《答痖弦先生二十问》,《创世纪》第39期,1975年1月。

征和暗示来沟通它们。所以,我们在借鉴象征主义时,需要同时看到这"两个世界",不要捡了芝麻丢了西瓜。然而,现代文学批评界在批评李金发时,往往喜欢用非此即彼的判断。赵毅衡认为,李金发生硬地"搬用"象征主义,致使其诗中只有现实世界而无精神世界。① 王富仁也说:"神秘虚幻是他的文字,而不是他的内在精神。"②这些观点都忽视了神秘主义对李金发象征主义的影响。古代弃妇诗《氓》几乎真的只有现实世界而没有精神世界,而李金发的《弃妇》"靠一根草儿,与上帝之灵往返在空谷里"就是试图沟通"两个世界",只不过这种沟通并不顺畅。但上帝与现实是同谋,根本不关心弃妇的死活。这就间接构成了对上帝的否定。无论是李金发式的"现实+象征"的呈现叙事,还是王独清式的"浪漫+象征"的呈现叙事,它们所叙之事,都是"情"事(情绪)、"理"事(观念),是反常之事、暗夜之物、精神磷火、末世景观、无机景象,是给人阵阵惊悚的现代性的诗歌意涵。

在评说瓦莱里的《水仙辞》时,梁宗岱说:"在一首诗中吟咏数事,或一句诗而暗示数意,正是象征派底特别色彩。"③在象征派、纯诗派那里,"事"需"吟咏","意"需"暗示"。理性十足地直接陈述某件事情、某种心绪、某个道理,显然不是诗歌的优长。但是如果诗歌的呈现过于隐晦与繁复,又会把诗歌引向不知所终的旅程。如果说简单地直陈降低了四分之三的诗歌美感,那么我们可以说晦涩而繁复地呈现会减少一半的诗歌享受。诗歌当以最少的材料,恰切地表达并呈现最大的意涵。

第二节 "非个人化"的小与大辩证

虽说新月诗派和象征诗派对初期白话诗的感伤诗风具有一定的纠偏作

---

① 赵毅衡:《是该建立比较文学学科的时候了》,《读书》1980 年第 12 期。
② 王富仁:《矛盾中蕴含的一种情绪》,《读书》1993 年第 5 期。
③ 马海甸等编:《梁宗岱文集Ⅱ》,中央编译出版社 2003 年版,第 13 页。

用,但是那种用理性节制情感的做法,并不见得总是奏效,没有时时处处发挥作用,就是在新月诗派和象征诗派内部也有不少诗人在注重中国新诗形式建设的同时,倾向于写作唯美的、抒情的、高蹈的、幻觉的诗篇。质言之,浪漫主义、唯美主义和感伤主义的诗风从来就没有退出过诗歌舞台,其流波所及,比比皆是,只不过时隐时现、时强时弱罢了。

20 世纪 30 年代,文学革命逐渐为革命文学所取代,"力"的时代强音远远超过了"美"的自艾自怜。在此种时代语境的逼压下,一批诗人开始了从"旧式"的传统知识分子向革命的现代知识分子蜕变。于是,他们开始"清算"自己的过去,并信誓旦旦地表示要弃旧图新、日新又新。何其芳就是这个庞大群体中的一员。1936 年,他写了《送葬》一诗,以"作别"自己的过去:"我再也不歌唱爱情/像夏天的蝉歌唱太阳。//形容词和隐喻和人工纸花/只能在炉火中发一次光"。在新形势的催逼下,同样是《送葬》里,何其芳又写道:"在长长的送葬的行列间/我埋葬我自己"。不仅如此,在《谈写诗》里,何其芳还深刻检讨了必须这样做的原因。他说:"这个时代,这个国家,所发生过的各种事情,人民,和他们的受难,觉醒,斗争,所完成着的各种英雄主义的业绩,保留在我的诗里面的为什么这样少呵。这是一个轰轰烈烈的可歌可泣的世界。而我的歌声在这个世界中却显得何等的无力,何等的不和谐!"[1]在《〈夜歌和白天的歌〉初版后记》里,何其芳进一步自我剖析道,抗战以前,自己是一个旧式知识分子,主张为艺术而艺术,为个人而艺术,"只为了抒写自己,抒写自己的幻想、感觉、情感";抗战以后,决心除去自己身上的旧式知识分子的气味,去掉空想和脆弱,"用文艺去服务民族解放战争"[2]。因此,在写作勤力求新求变的短诗的同时,何其芳还计划写作长诗《北中国在燃烧》,试图把 1938—1939 年

---

① 何其芳:《谈写诗》,见杨匡汉、刘福春编:《中国现代诗论》上册,花城出版社 1985 年版,第 454 页。

② 何其芳:《〈夜歌和白天的歌〉初版后记》,见《何其芳文集》第二卷,人民文学出版社 1982 年版,第 253 页。

他从四川、陕西、山西到河北一路的所见所闻、所思所想写出来,尤其是要把他自己思想上由旧向新的转变写出来,但是"却写得比较吃力,比较慢。后来停顿了下来,也是因为不满意于其内容上旧知识分子气太浓厚,而且在形式上也发生了疑惑与动摇"。① 由此可见,要想在短时间内改变自己,既改变自己的思想,又舍弃已经习惯了的表达形式,的确是一件不容易的事情。我们应该看到充斥其间的矛盾、愁戚、痛苦、挣扎、怨尤、无奈与沮丧,而对那种"说变就能变"的浪漫主义姿态保持应有的警惕。回顾中国新诗发展史,当年的白话诗人,在口头上和行动上,都要革旧体诗词的命,但在他们的白话诗中却常常闪现旧体诗词的鬼影。尽管当年他们就有这种自知之明,但终究无可奈何。何其芳很清楚要埋葬自己的过去,费尽周章,但收效甚微。无独有偶,就是到了新中国成立后,这个现象还一直存在着。1957 年,穆旦写了具有同样思想倾向的《葬歌》,为没有改造好自己、跟不上时代而心焦。毕竟,诗学的染色体难以变更!

回到现代诗人自我认识和自我改造的问题上来,之所以他们中的不少人没有取得明显的"进步",还因为他们对当时诗歌发展状况及其走向缺乏深刻的了解,不同程度地犯有客观主义和公式主义的新毛病。也就是说,老毛病还没有根除,新毛病已开始发作。所谓"老毛病"是指那种"人工纸花"式的伪浪漫。所谓"新毛病"是指过于简单机械地理解个人与时代以及诗与生活的关系,容易犯"左"倾幼稚病,从一个极端走向了另一个极端。其实,不管是老毛病还是新毛病,根源都是没有真正深入生活、时代和现实,没有真正处理好它们与诗之间的互动。

当然,现代诗人中也有转变成功的例子,像戴望舒,转变得比较顺当。我想,一方面与他不断思考和充实自己的诗学有关;另一方面也与他在香港抗日的那段艰难经历有关。

---

① 何其芳:《〈夜歌和白天的歌〉初版后记》,见《何其芳文集》第二卷,人民文学出版社1982 年版,第 256 页。

但是,卞之琳的"转变"最耐人寻味。新中国成立后,在回顾其 20 世纪 30 年代的诗歌创作时,卞之琳讲了这样一段引用率颇高的话:"当时由于方向不明,小处敏感,大处茫然,面对历史事件、时代风云,我总不知要表达或如何表达自己的悲喜反应。这时期写诗,总像是身在幽谷,虽然是心在峰巅。"[1]其中,"小处敏感,大处茫然"成了卞之琳诗学最核心的观念。对此,有褒奖,也有奚落。在中国新诗批评史上,"小"与"大"似乎构成了一种非此即彼的评价间架,成了各家评说中国新诗的共同的价值尺度,只是他们的立足点、出发点和归结点各不相同而已。在中国新诗的特定语境中,"小"似乎由中性词变成了不证自明的贬义词,它常与"小我""小情调""小资""小格局""小玩意儿""小把戏""小聪明""小词""小调""小曲""小型"等联系在一起。其实,"小"与"大"之间充满微妙的张力,它们之间可以辩证地转化。很多诗人和诗评家没有意识到这一点,就连像何其芳这样的现代派诗人也是如此,所以,他竭力要把自己此前诗歌中的"小"挤掉,勉力去写"大"。卞之琳则慧眼独具,定力十足,我们不能被他的某些言词所惑。他的功劳就在于发现诗中的"小",并没有就事论事孤立地看待它,而是将其置于由"小"与"大"共同构成的语境中辩证地审视之。如此一来,"小"就不会只有"小"。这又分两种情况:一是"小"本身就是"大";二是虽然"小"自身真的就是"小",但它能超越自身,变成"大"。卞之琳当年翻译的《魏尔伦与象征主义》里有这么一句话:"魏尔伦自以为他经验里最小的事件也是了不得的有趣,差不多是天大的重要"。[2] 想必这种思想对他触动很大、很深、很持久。所以,当诗人们在时代大潮的裹挟下,纷纷弃"小"从"大"时,卞之琳虽然在写作题材和文体上也有所调整,但总体上仍保持着写作的相对稳定性,没有当时那种随处可见的"告别"和"决

---

[1] 卞之琳:《〈雕虫纪历〉自序》,见《卞之琳文集》中卷,安徽教育出版社 2002 年版,第 446 页。

[2] [英]哈罗德·尼柯孙:《魏尔伦与象征主义》,卞之琳译,《新月》第 4 卷第 4 期,1932 年 11 月。

裂",而是在暗地里保持着螺旋上升的势头和韧劲,叙抒结合、虚实相生、小大由之、运思自如。只是在 20 世纪 30 年代的最后两年,也就是抗战全面爆发以后,卞之琳由此前写私生活到写抗战中的"真事真人",以"'慰劳信'体"的诗歌形式,①写了 20 首叙事性较强的中国新诗;1940 年以《慰劳信集》为集名在香港明日社出版。虽然题材上变了,但诗风仍未除去晦涩。

那么,这种一贯的"小大由之"的现代诗学是如何形成的?它的内涵是什么?此间又经历了怎样的深化?

尽管卞之琳很早就翻译过莎士比亚、波德莱尔、魏尔伦、马拉美,但是真正影响他、改变他,使他最终形成自己诗学主张的是艾略特(20 世纪 30 年代后期纪德的影响也不可小觑)。在叶公超的指导下,他翻译了艾略特的《传统与个人的才能》,发表于 1934 年 5 月 1 日《学文》月刊创刊号上。艾略特是英美新批评的先驱。在他的"非个人化"诗学里,有一个最经典的论断:"诗不是放纵感情,而是逃避情绪,不是表现个性,而是逃避个性"②。艾略特认为,现代诗人在处理材料时,仅仅像催化剂那样只起中性作用,而不能掺杂进自己的感情和个性;诗中尽管可以有感情存在,但那也是普遍意义上的感情,而且要通过形象、情境和情节等媒介,找到与之相匹配的"客观关联物"(objective correlative)。总之,艾略特的"诗歌不是经验的直接艺术再现"③的"非个人化"诗学,逃避主体,彰显客体,通过运用含混、反讽、张力、"奇喻"、矛盾语等,以现代理性抵制浪漫夸饰,逃避感情和个性,从而达到客观呈现的效果。卞之琳的诗学观念直接受惠于艾略特。虽然它们在表述上有所不同,而且卞之琳也曾经将自己的诗歌写作及其观念变化划分出不同的阶段。对此,学术界具有

---

① 卞之琳:《重印弁言》,见卞之琳:《十年诗草》,台北大雁书店 1989 年版,第 20—21 页。

② [美]T.S.艾略特:《传统与个人的才能》,卞之琳译,《学文》第 1 卷第 1 期,1934 年 5 月 1 日。

③ [美]雷纳·韦勒克:《近代文学批评史》第 5 卷,杨自伍译,上海译文出版社 2002 年版,第 228 页。

代表性的观点是,"从 1935 年开始,卞之琳的声音有了很大变化"①,而这种变化是"卞诗从情景的写实一下子转入观念的象征"②。但是万变不离其宗,在卞之琳诗学中有一些最基本的观点。例如,他说:"我自己着重含蓄,写起诗来,就和西方有一路诗的注重暗示性,也自然容易合拍。"③又如,他说:"这种抒情诗创作上小说化、'非个人化',也有利于我自己在倾向上比较能跳出小我,开拓视野,由内向到外向,由片面到全面。"④再如,他说:"我写抒情诗,像我国多数旧诗一样,着重'意境',就常通过西方的'戏剧性处境'而作'戏剧性台词'。"⑤由此,我们不难发现,卞之琳诗学观念的核心词是"暗示性""小说化""戏剧性""非个人化"。文学史将这种诗歌理论称为"知性诗学"。卞之琳的诗以晦涩著称,它们曾被普通读者贬称为"糊涂诗"⑥,乃至被诗歌批评行家刘西渭和朱自清"误读"。下面,我们以饱受争议的《距离的组织》为例,谈谈卞之琳的诗是如何小大由之地客观呈现叙事的:

想独上高楼读一遍"罗马衰亡史",

忽有罗马灭亡星出现在报上。

报纸落。地图开,因想起远人的嘱咐。

寄来的风景也暮色苍茫了。

(醒来天欲暮,无聊,一访友人吧。)

灰色的天。灰色的海。灰色的路。

哪儿了? 我又不会向灯下验一把土。

① 蓝棣之:《现代诗的情感与形式》,华夏出版社 1994 年版,第 71 页。
② 江弱水:《卞之琳诗艺研究》,安徽教育出版社 2000 年版,第 15 页。
③ 卞之琳:《〈雕虫纪历〉自序》,《卞之琳文集》中卷,安徽教育出版社 2002 年版,第 459 页。
④ 卞之琳:《〈雕虫纪历〉自序》,《卞之琳文集》中卷,安徽教育出版社 2002 年版,第 450—451 页。
⑤ 卞之琳:《〈雕虫纪历〉自序》,《卞之琳文集》中卷,安徽教育出版社 2002 年版,第 459 页。
⑥ 絮如:《看不懂的新文艺》,《独立评论》1937 年 6 月 13 日。

忽听得一千重门外有自己的名字。

好累呵！我的盘舟没有人戏弄吗？

友人带来了雪意和五点钟。①

1935 年 2 月 10 日《水星》第 1 卷第 5 期发表此诗时,在诗末加了"附注",对第二行、第七行和第九行做了注解。在后来的版本里,注解由原先的三条扩展至七条。全诗共十行,只有第一行、第三行和第八行没有加注。注解字数约占全诗字数的一半。足见此诗的叙事性很强。当然,"附注"这种"次文本"明显属于写实叙事,而诗的主体即"正文"则属于呈现叙事了。诗题"距离的组织"意味着将一些有"距离"的关联体"组织"在一起,加以客观呈现,按照诗人自己的说法,这样做的目的"并非讲哲理,也不是表达什么玄秘思想,而是沿袭我国诗词传统,表现一种心情或意境"②。诗虽然不是哲学,但可以寄寓哲思。从注解中,我们得知,通过"忽有罗马灭亡星出现在报上"呈现了时空关系——罗马灭亡时爆炸的一颗星因与地球相隔很远很远直至现在其光才传到地球;通过"寄来的风景也暮色苍茫了"呈现了实体与表象的关系——风景与风景片;通过"好累呵！我的盘舟没有人戏弄吗?"呈现了微观世界与宏观世界的关系——盘舟与汪洋中的船;通过"友人带来了雪意和五点钟"呈现了存在与觉识、佛学与科学的关系。这些深蕴的哲思,潜藏于四个依次展开的情节线索:登楼读史—想起友人—渐入梦境—友人唤醒。因为这些情节并非写实性的,而是暗示性的,需要读者参与,才能解读出来。纵然诗中运用了《聊斋志异》里的故事,引用了两则新闻报道,而且作了比较详细的注解;但是这些写实叙事,因为时空转换、小大往还、联想跳跃、情感克制和结构开放而变得扑朔迷离。而戏剧性因素的掺入、电影蒙太奇手法的运用、暗示性的复杂呈现、将一个句子镶嵌于整个文本之中,以及形式上的艰涩,使整首诗晦涩异常。难怪朱自清在解读此诗时也"犯迷糊":起先,他把括号里的话,解读成"我"的

---

① 《卞之琳文集》上卷,安徽教育出版社 2002 年版,第 56—57 页。

② 卞之琳:《音尘集外》,见《卞之琳文集》上卷,安徽教育出版社 2002 年版,第 57 页。

话;但后来,卞之琳对他说,那是"友人"的话。①

包括此诗在内的卞之琳诗歌陌生化的语言建构及其召唤结构,与朱自清和李健吾的阐释以及诗人自己的实证性自释之间所形成的矛盾与张力,本身也形成了从某种诗歌文本之外解读的召唤结构,再次彰显了卞诗文本饱满的开放性。在"读者接受与反应批评"那里,诗歌文本面世后,它既不属于作者,也不属于解读者,它只属于它自己,它自身的存在就是最本真的阐释。换言之,它拥有最终的一切解释权。这是"肯定"的。如果我们把诗歌文本本身视为"肯定"的,把对它的任何一种解读均视为"误读"——不管是解读者的阐释,还是诗人本人的说辞——的话;那么,我们就可以把解读者的阐释视为一种"否定",而把诗人本人的说辞视为"否定之否定"。在诗歌文本自身、解读者的解读和诗人的说辞之间,就形成了一种诗歌解读,尤其是现代主义诗歌解读的三个环节:"肯定""否定""否定之否定"。在整个过程中,"否定"貌似动摇了"肯定"的地位,渐渐消解"肯定"的价值。其实,如果从最终"否定之否定"的角度上看,在整个过程的三个环节中,"否定"仅仅充当了确证"肯定"原有的正当性;而"否定之否定"也只不过再次强化了它这种认识:"肯定"一开始就是正确的,而且一贯正确。具体到朱自清对《距离的组织》解读以及李健吾对《圆宝盒》和《断章》的解读,既可以看成对这些诗的一次次试探性的闯入,也可以说是误打误撞式的"误读"。而卞之琳对此"误读"的不满以及他本人作为原诗作者所给出的辩说,则是"否定之否定",尽管他的说法显得比朱自清和李健吾的阐释"确凿",但是他也不是真理最终的掌握者。真正真理在握的是这些诗歌文本自身!

显然,对诗而言,晦涩、朦胧、含混,都不是贬义性的,甚至不是消极性的,

---

① 朱自清说:"括弧里我起先以为是诗中的'我'的话,因为上文说'入梦',并提到'夜色苍茫',下文又说走路。但是才说走路,不该就'醒',而下文也没有提到'访友',倒是末行说到'友人'来'访'。这便逗不拢了。后来经卞先生指点,才看出这原来是那'友人'的话,所以放在括弧里。"(朱自清:《序》,见朱自清:《新诗杂话》,第3页)。原本这句诗除了括号外,还加有引号。

尤其是在现代主义诗学范畴内。它们是现代主义诗歌的品质和标识,能够把读者鉴赏与批评的兴趣从诗人引向诗本身,聆听诗歌叙事的大小回旋曲。换言之,不是通过诗去了解诗人个性,而是进入诗的文字方阵。唯有如此,我们才能甄别好诗与坏诗。

卞之琳的诗歌写作"从新月派的格律诗,脱胎为自成一格的象征诗,以至抗战期间的爱国诗""在本质上卞之琳始终是个对生命的玄思者,诗句出口这么平常,却又这么洗练而含义深远,把他从生命感悟得来的吐成浑圆的诗句,读者知道那不是鱼目。"[①]在中国新诗史上,卞之琳诗歌的客观呈现叙事,具有承上启下的意义——上承20世纪20年代的以李金发为代表象征诗派,下启40年代的以穆旦为代表的九叶诗派,并而新时期现代主义诗人产生了影响。

总体而言,中国新诗常常以抒情为傲,不仅浪漫主义诗歌如此,就是在不少现代主义诗人眼中,抒情,只不过叫"冷抒情",仍是他们的诗歌理想。[②] 他们青睐"深文隐蔚、余味曲包"(刘勰《文心雕龙·隐秀第四十》),因而写实、叙事、叙述等手法被视为诗的等而下之之策,长期受到冷遇。质言之,他们只赞同现代主义性质的呈现诗学,不认为呈现诗学与叙事诗学有"交集",就像有人始终不认为现代主义与现实主义有任何瓜葛那样。其实,在主观上,这些人不愿承认中国新诗叙事,总认为那是水平比较粗糙的现实主义诗歌所为;而客观上,他们在诗歌写作中又浑然不觉地采用了中国新诗叙事的新模式,只不过这种不同于中国新诗写实叙事的新模式是以呈现叙事的方式来表现而已。这是中国新诗呈现叙事的悖论。

---

① 张曼仪、黄继持等编:《现代中国诗选1917—1949》第1册,香港大学出版社1974年版,第710页。
② 如梁宗岱说:"所谓纯诗,便是摒除一切客观的写景、叙事、说理以至感伤的情调,而纯粹凭借那构成它形体的原素——音韵和色彩——产生一种符咒似的暗示力,以唤起我们感官与想像底感应,而超度我们底灵魂到一种神游物表的光明极乐的境域。"(梁宗岱:《谈诗》,《人间世》第15期,1934年11月5日)。

第三节　线团型有机综合人生与艺术

晦涩诗风是一把双刃剑。驾驭得好,可以探入诗与思的深邃之境;如走偏锋,可能将诗拖进美学泥淖。卞之琳、冯至、艾青、何其芳等现代诗人对此存有戒心。换言之,在写作过程中,他们对晦涩保持了足够的敬畏。他们都思考过如何"转型"的诗学难题,乃至尝试过写作长诗,甚至创作过长篇小说,以弥补此前写作的某些缺陷和当前写作之不足。

进入 20 世纪 40 年代,像袁可嘉所描述的那样,诗坛上依然存在着普遍的情绪感伤和政治感伤。袁可嘉认为,为了破解各种诗歌"迷信",必须"返回本体",对中国新诗中的感觉、感情、想象和理智进行"有机综合",也就是试图对艾略特的"文化综合"和奥登的"社会综合"进行更高层次的综合。① 为此,他提出了"新诗戏剧化"②,即把人生经验转化为艺术经验,将人的情绪提升为艺术的情绪,使人生和艺术融合起来,而非两立。唯有如此,中国新诗才有可能拥有艺术张力;也只有这样,中国新诗才配称"现代化"的中国新诗。这种现代性强烈的中国新诗给我们创造出的"新传统"是,"现实、象征、玄学的综合的传统;现实表现于对当前世界人生的紧密把握,象征表现于暗示含蓄,玄学表现于敏感多思、感情、意志的强烈结合及机智的不时流露"③。而这份可贵的新传统是医治诗坛顽疾的妙方良药。这个使命主要由当时诗坛上出现的"新生代"承担,并以他们的创作实绩,形成了两个"浪峰":"一个浪峰该是由穆旦、杜运燮们的辛勤工作组成的,一群自觉的现代主义者,T.S.艾略特与奥登、史班德们该是他们的私淑者","另一个浪峰该是由绿原他们的勇敢的进击组成的。不自觉地走向了诗的现代化的道路,由生活到诗,一种自然的升

---

① 袁可嘉:《新诗现代化——新传统的寻求》,《大公报·星期文艺》,1947 年 3 月 30 日。
② 袁可嘉:《新诗戏剧化》,《诗创造》第 12 期,1948 年 6 月。
③ 袁可嘉:《新诗现代化——新传统的寻求》,《大公报·星期文艺》,1947 年 3 月 30 日。

华,他们私淑着鲁迅先生的尼采主义的精神风貌,崇高、勇敢、孤傲,在生活里自觉地走向了战斗","这两方正可以相互补充,相互救助又相互渗透呵,因为诗的新生代要求着自然的与自觉的现代化运动的合流与开展"①。前者是文学史上常讲的九叶派,后者是七月派。依据唐湜的意思,九叶派自觉而不自然,七月派自然而不自觉,所以需要相互取长补短,"抱团"发展。从中国新诗"有机综合"呈现叙事的自觉角度来看,九叶派表现得明显些。而在九叶派里,穆旦是一面最具代表性的探险的风旗。

穆旦十分看重现实。只不过,他对现实的看法以及诗化处理尤为现代与诗性。他曾说:"诗应该写出'发现底惊异'"②,"要把普通的事奇奇怪怪地说出来"③。当然,这里面也包括普普通通的人。同样是写普普通通的人和事,现实主义诗人通常就会平平常常地写,如臧克家的《两个小车夫》,用极其写实的方法,叙述"小兄弟两个"一前一后在陡坡上,在逆风中,使尽吃奶的劲,拉车与推车的过程,令人心酸! 穆旦不同,他偏要"奇奇怪怪"地写,目的是使习以为常的一切"再陌生化",使之摆脱既有的语义框定,返回原初状态,给人以新鲜感。1945 年 7 月,他写的《农民兵》,既写到了"国家的法律要他们捐出自由""而我们竟想以锁链和饥饿/要他们集中相信一个诺言"这类强加于农民兵身上的"国家"意志;也写到了他们"不知道自己是最可爱的人""也不知道新来的意义""看各种新奇带一点糊涂"之类的愚昧、麻木和狭隘的小农思想。这种独到的发现、敏锐的思辨以及深刻的内省是普通的现实主义诗人所不具备的。

穆旦的优长,就是善于从平凡的生活中发现不平凡的东西,其实,这里的"不平凡"是那种返璞归真后的平凡。如果用佛家修行的三重境界④来比,写

---

① 唐湜:《诗的新生代》,《诗创造》第 1 卷第 8 期,1947 年。
② 《穆旦诗文集》第 2 卷,人民文学出版社 2006 年版,第 184 页。
③ 《穆旦诗文集》第 2 卷,人民文学出版社 2006 年版,人民文学出版社 2006 年版,第 181 页。
④ 宋代禅宗大师青原行思曾提出参禅的三重境界:参禅之初,看山是山,看水是水;禅有悟时,看山不是山,看水不是水;禅中彻悟,看山还是山,看水还是水。

诗通常也有"见山是山、见水是水""见山不是山、见水不是水""见山还是山、见水还是水"三重境界,普通的现实主义诗人、浪漫主义诗人和现代主义诗人大约常常处于第一、第二重境界。只有少数诗人方能抵达第三重境界。无疑,穆旦属于这少数诗人中的一员。写抗战的诗,数不胜数,同质化倾向十分明显,而真正有独到发现和表现的优秀诗篇不是很多。穆旦用"反讽叙事"和"复调叙事"写抗战,如《防空洞里的抒情诗》最后两节:"那个僵尸在痛苦地动转,/他轻轻地起来烧着炉丹,/在古代的森林漆黑的夜里,/'毁灭,毁灭'一个声音喊,/'你那枉然的古旧的炉丹。/死在梦里!坠入你的苦难!/听你极乐的嗓子多么洪亮!'//胜利了,他说,打下几架敌机?/我笑,是我。/当人们回到家里,弹去青草和泥土,/从他们头上所编织的大网里,/我是独自走上了被炸毁的楼,/而发现自己死在那儿/僵硬的,满脸上是欢笑,眼泪,和叹息"①。"不谐和"因素往往是诗的重要构件,它们于张力中推动诗的延展。此诗处处将现实(在敌机轰炸下,各色人等躲逃进防空洞)、象征(由防空洞一角象征抗战全面爆发后部分中国人的"黑色"思想)和玄学(僵尸在动,"我"发现自己死在被炸毁的楼上了,还"满脸上是欢笑,眼泪,和叹息")有机综合在一起,不分彼此,完整有力。显然,反讽与复调是此诗的主导风格:首先,诗题与诗里的内容构成了反讽;其次,抗战的严肃与世人的麻木构成了反讽;最后,相对工整的诗体与散漫的自由体,相互交杂,进而形成了语义反讽和诗体反讽。穆旦也用"张力叙事"写抗战,如《赞美》,运用了高密度的象征,肆意铺排语象,在低压、悒郁、坚毅和希冀的语流中,使复合象征与中心意象——"一个民族已经起来"——交相辉映。同时,在赞美、自省、剖析与批判之间,在具象与抽象之间,在个体与全体之间,在善良与隐忍之间,在失望与希望之间,在压迫与抗争之间,在诗行的或长或短之间,形成了巨大的包容性的张力场。这一切最终促成了此诗的史诗性和哀歌性,它与艾青式的"象征的写实、写实的象征"相同,

---

① 《穆旦诗文集》第1卷,人民文学出版社2006年版,第11—12页。

不同的是它具有更强大的综合能力以及更大面积的辐射力。如果说卞之琳的《距离的组织》可以被解读成民族寓言——用罗马帝国倾覆的命运隐喻当时中国之命运,那么《赞美》既可以看成一则民族寓言,也可以看成一则中国新诗的诗学寓言,其思维之繁复、情感之缠绕、结构之多层、叙述之综合、意义之错综,充分彰显了穆旦诗歌的超拔特色。

穆旦从平凡生活中开掘出来的现代诗意,集中了现代生活的全部复杂性,而非传统浪漫诗歌中的单纯的、唯美的、静态的古老诗意。穆旦虽然在中国古诗的山山水水中长大,虽然也很想从那里借力来丰富自己的中国新诗写作,但最终发觉其意象、词语、章法和诗意都过于陈旧,都不足以应对犬牙交错的历史鬼魅、充实与空虚纠结的现实境遇以及复杂多变的语言幻觉。因此,穆旦只得忍痛割爱地暂时搁置中国诗歌传统,直接借镜于西方现代主义诗歌,尤其是奥登等人的诗歌。他觉得自己的诗"传统的诗意很少"[1],有人讥之为"伪奥登风与非中国性"。[2] 但也有人为之辩护说,穆旦的"去中国化"只是手段和表象,其最终目的是使中国新诗"再中国化"、更"中国化"、更"中国性",并坚信"穆旦之于奥登,正如冯至之于里尔克,构成了文学史意义上的'光辉的对称'"。[3] 我们以发表于 1942 年 5 月 26 日《贵州日报·革命军诗刊》里的《春》为例,具体谈谈穆旦诗歌思辨性的复调叙事及其在中国新诗中的独特价值:

> 绿色的火焰在草上摇曳,
>
> 他渴求着拥抱你,花朵。
>
> 反抗着土地,花朵伸出来,
>
> 当暖风吹来烦恼,或者欢乐。

---

① 《穆旦诗文集》第 2 卷,人民文学出版社 2006 年版,第 145 页。

② 江弱水:《伪奥登风与非中国性:重估穆旦》,《外国文学评论》2002 年第 3 期。

③ 王家新:《穆旦与"去中国化"诗学问题》,见王家新:《为凤凰找寻栖所——现代诗歌论集》,北京大学出版社 2008 年版,第 204 页。

　　如果你是醒了,推开窗子,

　　看这满园的欲望多么美丽。

　　蓝天下,为永远的谜迷惑着的

　　是我们二十岁的紧闭的肉体,

　　一如那泥土做成的鸟的歌,

　　你们被点燃,却无处归依。

　　呵,光,影,声,色,都已经赤裸,

　　痛苦着,等待伸入新的组合。①

　　诗人写诗,对某些常见的物象、事象和心象,需要反其意(或者"逆其意")而用之。卞之琳的《距离的组织》一开始就写独上高楼去读史,而非常见的登高望远。乍一看,穆旦的《春》,题目普通得不能再普通了,但就是这样一个"烂熟"的题目,穆旦却写得非同凡响,足见其思想的穿透力和艺术的表现力。这主要归功于他采用了思辨性、线团型的复调叙事。春天是一个很抽象的东西。对于抽象的题目,必须用具体的做法。用穆旦自己的话来说,就是"给诗hard and clear front 以严肃而清晰的形象"②。那么,如何使抽象具体化呢?穆旦使用了系列意象。不同于意象派对意象进行直接处理,穆旦依凭的是诗人的自觉,加上玄学思维,使得整首诗的思辨色彩比较玄奥。穆旦没有将春天与欲望直接等同起来,而是通过春草、春花、土地、春风、春园、"二十岁的紧闭的肉体"以及它们之间的微妙关系——生长与反抗、烦恼与快乐、沉睡与唤醒、紧闭与打开、死寂与歌唱、点燃与焦躁、痛苦与等待——有机综合地呈现出来。也就是说,穆旦写春天,更是为了写欲望,通过"谜",把两者糅合起来写:一开始,他以大自然肆意宣泄原欲的春天,反观长久遭遇压抑的人类的青春;接着,写青年人紧闭的欲望一旦被大自然之春唤醒,所显露出来的慌张、焦虑、进退

---

① 穆旦:《春》,《贵州日报·革命军诗刊》,1942 年 5 月 26 日。

② 《穆旦诗文集》第 2 卷,人民文学出版社 2006 年版,第 145 页。

无措,由此反衬出青年欲望压抑之深重。这里的自然的原欲与青春的欲望以及两者之间的内在关联体现了九叶诗派追求的繁复。同时,不要忘了这首诗写于 1942 年这样一个在中国现代史上具有特殊意义的年份。这一年穆旦 24 岁。那时,像穆旦一样具有担当意识的中国青年,拥有青春力量,却无处施展;有青春理想,"却无处归依"。他们追寻、彷徨、疑惑、挣扎、痛苦、焦灼,他们"等待伸入新的组合",他们要创造与大自然春天一样美丽的人类的春天!

此外,穆旦于 20 世纪 40 年代用现代主义诗歌手法创作了长篇叙事诗《神魔之争》《隐现》《森林之魅——祭胡康河上的白骨》等。它们通过呈现"丰富的事实进入关于整个民族生命存在的久远的话题","展现人们感到陌生的浩瀚的精神空间"。在这些现代性十足的叙事诗里,"丰富的事实""民族生命存在""精神空间"不是像写实叙事那样直截了当地"讲"出来,而是寄寓于戏剧化的叙事处境、多声部的对话与玄学化的沉思之中,使得穆旦的叙事诗或者说叙事性诗歌"总是透过事实或情感的表象而指向深远。"①至此,在穆旦线团型复杂情感及叙述中,玄学、象征和现实有机综合起来了。全诗的思辨中有肉体,抽象中有具象,具有无与伦比的磁场吸力和核聚变般的辐射力。

第四节　蒙太奇叙事中的文化、政治和冷风景

新中国成立后,因两岸政治制度的巨大差异,大陆诗歌与台湾诗歌形成了迥然不同的风貌:大陆诗歌继续沿着"讲话"精神指引的道路往前走,且越来越"一体化";而台湾诗歌则继续沿着大陆现代主义诗歌的写作路子往下走,且愈加玄奥古怪;到了粉碎"四人帮"后,两岸诗歌写作的路向才慢慢趋同,合流成一条浩浩荡荡的诗歌大河,奔涌到世界各地,彰显中国新诗的魅力和光彩。尽管如此,两岸诗歌各自的侧重点又有所不同,尤其是 20 世纪 50—80 年

---

① 谢冕:《一颗星亮在天边——纪念穆旦》,见李方编:《穆旦诗全集》,中国文学出版社1996 年版,第 15 页。

代台湾现代主义诗歌、80 年代大陆现代主义诗歌和 80 年代中期以来的后现代主义诗歌，在题材选择、价值取向和艺术表达上出现了显而易见的差异。接下来，笔者将主要以洛夫的《金龙禅寺》、北岛的《古寺》和韩东的《有关大雁塔》为代表，附带评析一些相关诗作，比较两岸现代主义诗歌和后现代主义诗歌在叙事方面的异同。

　　50 年代以来，除了乡土文学的短暂兴起外，台湾诗坛主要由"三驾马车一顶笠一片葡萄园"①主导。其中，除了葡萄园诗社提倡"健康、明朗与中国——即健康的内容、明朗的风格、中国的特质"②外，其他四大诗社基本上是力推现代主义，要么是西方现代主义，要么是中国现代主义。不过，综合起来看，在题材和内容方面，台湾当代诗歌偏好文化元素，乃至在地理乡愁和时间乡愁外，还出现了影响非凡的文化乡愁及其文化乡愁诗，余光中的《乡愁》、郑愁予的《错误》、洛夫的《边界望乡》和痖弦的《秋歌》等脍炙人口，长久传诵。在台湾现代派诗群里有"诗魔"之称的洛夫，他的诗歌写作的魔力既来自超现实主义，又来自"知性的现实主义"③，还来自他对"新型民族诗型"④的建构，更来自他对中国新诗世界化的孜孜以求；而最具魔性的是，洛夫以现代手法化用传统文化，在日常生活中复活传统，可谓出神入化、无人能敌。请读《金龙禅寺》：

　　　　晚钟

　　　　是游客下山的小路

　　　　羊齿植物

---

　　①　所谓"三驾马车"指现代诗社、蓝星诗社和创世纪诗社；"一顶笠"指笠诗社；"一片葡萄园"指葡萄园诗社。

　　②　文晓村：《健康、明朗与中国——谈现代诗的三个基本观念》，《文风》1978 年第 32 期。

　　③　[日]鸟居昭美：《育人金典》，《育人金典》编译组译，中国轻工业出版社 2001 年版，第 96 页。鸟居昭美所说的"知性的现实主义"指"只把感兴趣的东西依自己知道的，而不是看到的样子画出来"。

　　④　参见 1954 年 10 月 10 日《创世纪》创刊号发表《创世纪的路向——代发刊词》。

沿着白色的石阶

一路嚼了下去

如果此处降雪

而只见

一只惊起的灰蝉

把山中的灯火

一盏盏的

点燃

对此,洛夫坦言:"以超现实主义的观念和手法表达禅悟,或禅趣"。① 诗与禅的关系由来已久。诗与禅相通,乃至出现了王维禅诗那样杰出的作品。诗与禅都讲灵感、顿悟、神境、妙趣,都力求"不著一字,尽得风流",以少胜多,言近旨远,而这恰恰也是中国新诗"呈现叙事"惯用的艺术手段及其追求的最高境界。我为此诗写过推荐语:"这是一首精妙的现代禅诗。它注重将现代主义的技巧——意象的变形和错位、通感和拼接等——融入东方趣味的古典禅境。具体来说,诗中运用了时空置换——晚钟敲响时游客下上,时间化的悠扬钟声与空间化的蜿蜒'小路'对接;动静移位——植物沿着雪白的台阶以其羊齿嚼了下去,静态的'羊齿植物'与动态的'游人'相互错位叠合;感觉幻象——奇特的遐想打通了听觉和视觉,产生了类似电影蒙太奇的艺术效果。人与自然化合了。最后,在蓦然回首的刹那,传达出了一种生命的顿悟和瞬间生成的心境。总之,通过对现代主义诗歌技巧娴熟运用,把黄昏时分游客下山这一平凡至极的普通景象,营造出一个充满禅趣的耐人寻味的空灵境界。"② 而且,此诗第二节只一句话孤悬于诗中,其意义和功能不可小觑:从意义上讲,它与诗人

---

① 洛夫:《超现实主义的诗与禅》,《江西社会科学》1993 年第 10 期。

② 杨四平等:《〈金龙禅寺〉鉴赏·杨四平荐语》,《扬子江诗刊》2005 年第 3 期。

在衡山"晚钟暮雪"的山居生活相关,也可以说是由"白色的石阶"引发的内在联想并由此生发出的幻境——人既在现实中又可以偶尔超然物外抵达澄明,并使无情与有情、不可能与可能勾连和化合,毕竟有"如果"两字统摄全句;从功能上看,它起到逻辑上的承上启下的结构作用:从首节的金龙禅寺的禅境过渡到尘境(禅与蝉同音互通),至此,从听觉到视觉到幻觉再到视觉,从山上到山中到山下,从冷冷清清到灯火闪烁,金龙禅寺的禅意无处不在、无时不在。是因为金龙禅寺的禅意感化到诗人,点燃了诗人心中的佛灯;还是诗人佛心满满,所听、所见、所感、所想的一切于是就无不充满禅意、禅趣、禅心、禅境。至此,我们很难区分主体与客体、主动与被动、外在与内在、理性与禅趣。它们都不分彼此了,浑然一体了。这大概就是诗人顿悟到的"真如"的禅境吧。进一步深入下去,如果我们把第二节那一句删掉,把第一节和第三节之间的逻辑纽带和叙述桥梁切断,同时把虚词和个别动词删掉,该诗的叙述节奏跳跃得更快,它所呈现的时空是不是就会更大? 也就更能符合禅家悟道之"不立文字",尽量少用文字、多心灵相契的意趣呢? 倘若果真是那样的话,我们不妨将此诗修改如下:

晚钟
游客下山小路
羊齿植物
沿白色石阶
嚼下去

惊起灰蝉
把山中灯火
点燃

笔者做这样的修改,是想强化诗歌叙事的客观性,让叙述者深深隐藏起来,使其呈现的戏剧化和无个性化更加显著。洛夫很重视诗歌修辞。他的《死亡的修辞学》,在诗题中就直接出现"修辞学",可见他对诗歌修辞的青睐和重视。全诗如下:"枪声/吐出芥末的味道//我的头壳炸裂在树中/即结成石榴/在海中/即结成盐/惟有血的方程式未变/在最红的时刻/洒落//这是火的语言,酒,鲜花,精致的骨灰瓮,俱是死亡的修辞学//我被害/我被创造为一种新的形式"。诗人不直接言说死亡,而是通过展示死亡发生过程和结果的一系列意象以及意象与意象之间的组接,达到对死亡的修辞效果,即对死亡的诗性呈现——火的语言、酒、鲜花、骨灰瓮;唯一存在的客观事实是,鲜活的生命陨落了,连命都没有了,那些漂亮的颂词和崇高的奖赏又有什么意义!那样的"修辞学"的确死亡了! 也就是说,此诗的高妙就在于,诗人由"死亡的修辞学"写到"修辞学的死亡",并由此构成了现代性的反讽。洛夫的《独饮十五行》也是一首讲究诗歌呈现叙事修辞的佳作:

> 令人醺醺然的
>
> 莫非就是那
>
> 壶中一滴一滴的长江黄河
>
> 近些日子
>
> 我总是背对着镜子
>
> 独饮着
>
> 胸中的二三事件
>
> 嘴里嚼着鱿鱼干
>
> 愈嚼愈想
>
> 唐诗中那只焚着一把雪的
>
> 红泥小火炉
>
> 一仰成秋
>
> 再仰冬已深了
>
> 干

　　退瓶也只不过十三块五毛

诗人为什么"独饮"？为什么"总是背对着镜子"？说明诗人不敢或不想或不能面对现实，而是被唐诗、长江黄河之类的乡愁搞得借酒消愁愁更愁，因此喝得"醺醺然"，竟至没有按商籁体十四行去写，而写成了带有浓烈酒味的"十五行"了！洛夫诗歌修辞常常以"洛夫警句"惊艳出场，其大胆穿越时空因其"无理而妙"，被人记住，被人称道。《独饮十五行》里的警句"一仰成秋/再仰冬已深了"与洛夫《烟之外》里的警句："潮来潮去/左边的鞋印才下午/右边的鞋印已黄昏了"，都是写乡愁，写时间之伤的绝妙诗句。这些警句往往也是洛夫诗歌的诗眼。它们时空跨度那么大，就像电影蒙太奇镜头推拉摇移十分迅速，这边还未看完，一下子就切换到那边了，目不暇接，迅雷不及掩耳，妙哉妙哉！

　　郑愁予笔下的乡愁也是古典与现代之诗意和鸣。请读《错误》：

　　我打江南走过

　　那等在季节里的容颜如莲花的开落

　　东风不来，三月的柳絮不飞

　　你的心如小小的寂寞的城

　　恰如青石的街道向晚

　　跫音不响，三月的春帷不揭

　　你的心是小小的窗扉紧掩

　　我达达的马蹄是美丽的错误

　　我不是归人，是个过客……

　　笔者曾为解读此诗撰写了专文《对经典阅读要有主体意识——谈〈错误〉的可写性》，至今读来仍觉得能够说明中国新诗呈现叙事，尤其能够用来进一步论证台湾现代主义文化乡愁诗的呈现内容和技法，所以这里用大篇幅引证：

"这首典型的以乡愁为主题的台湾现代主义诗歌，从1953年发表以来，就从来没有被充分理解过。对于现代主义诗歌，人们常常认为它更多时候是在装神弄鬼。就连朱自清当年也说过这样的话，现代主义诗歌部分好懂而整体就不知所云了。到了80年代，袁可嘉还在说，现代主义诗歌整体好懂而部分就难懂了。就是在近代的梁启超和俄国的普列汉诺夫等人都曾主张审美直觉、审美的整体领会。好象现代主义诗歌整体和部分之间始终难以协调。其实不然。对《错误》主题的认识，人们一直停留在这样单一层面上，即把它视为一首现代'闺怨诗'，抒写的是一个倦守春闺的少妇落寞的心绪和等待的怅然；或者依据本诗的'后记'来推断它的现代性表现在它不是写'妻盼夫归'而是写'母盼子归'。'后记'写道：'童稚时，母亲携着我的手行过一个小镇，在青石的路上，我一面走一面踢着石子。那时是抗战初起，母亲牵着儿子赶路是常见的难民形象。我在低头找石子的时候，忽听背后传来轰轰的声响，马蹄击出金石的声音，只见马匹拉着炮车疾奔而来。母亲将我拉到路旁，战马与炮车一辆一辆擦身而过。这印象永久地潜存在我意识里。打仗的时候，男子上了前线，女子在后方等待，是战争年代最凄楚的景象，自古便是如此；因之有闺怨诗的产生并成为传统诗中的重要内容，但传统闺怨诗多由男子拟女性心态摹写。现代诗人则应以男性位置处理。诗不是小说，不能背弃艺术的真诚。母亲的等待，是这首诗，也是这个大时代最重要的主题。以往的读者很少向这一境界探索'。其实，这首诗在主题上远远超出了诗人的'预设'。它还写出了海峡两岸人们渴盼回归和和平统一的心绪。再进一步，如果把诗中的'你'、'我'分别看成是现实的影子和历史的影子，那么它们就分别指代抒情主人公的现在和过去；所以，我们据此将本诗的主题提升为现代人对历史的探寻及其探而不得之后的感伤。正所谓'作者之用心未必然，读者之用心何必不然'（谭献语）；'作者用一致之思，读者各以其情而自得'（王夫之语）。可见，人们没有真正品味出诗中意象象征的多指性；更谈不上对诗歌主题多义性的挖掘了。从当代接受美学理论来说，对于《错误》意义的挖掘显然是一种'曲解'。'曲解'——或径用布鲁姆自己的语汇:'误解'——被看作是阅读阐释和文学史的构成活动。我们决不能象传统批评所相信的那样去复述一首诗或'接近'于它的本意。我们最多只能构成另一首诗,甚至这种系统的再阐释也总是一种对原诗的曲解'(霍拉勃语)。当然,这种不确定性又是由确定性暗示出来并受其制约的。因此,再阅读诗歌文本时,要遵守诱导和规范之间平衡的原则。下面,我就逐字逐句地解读这首诗。第一话很好理解,是说'我'打马从江南走过,是一句叙述性的话,是此诗'新诗戏剧化'中'我'这方的出场。而第二句话显然是此诗'新诗戏剧化'中另一方的出场,也就是'那等在季节里的容颜'了。这个'容颜',人们一直在想当然地将其想象成一位女子或者少妇。这是相当狭隘的。而根据与其紧紧相连的比喻性意象'莲花'来考察,'容颜'应指乡愁中的人;因为莲花不仅指女性,而是包括女性在内的君子(我们可以从周敦颐的《爱莲说》得到这样的启示)。所以说,仅仅将此诗理解成闺怨诗是褊狭的。而这里的'容颜'就是第二节里反复出现的'你'。第二句诗里的关键词是'等'。就是这个'等'字和'如莲花的开落'一起生发出、沿展出第二节。是'你'在等人,等得很久、很凄苦、很无奈,就像年复一年莲花开了又谢了、谢了又开了那样,就是不见被等的人出现!从这个意义上讲,第二句话统领了第二节;换言之,第二节是对第二句话的推演,是对其进一步具象化、情景化。所以,我有时候就在想:假设把第二节删掉,或者,既把第二节删掉,又把末节两句倒换一下位置,那会出现一种什么样的效果?下面我就将我删改后的两首全新的《错误》排出来,以便大家审读。第一首《错误》:'我打江南走过/那等在季节里的容颜如莲花的开落//我达达的马蹄是美丽的错误/我不是归人,是个过客……'。第二首《错误》:'我打江南走过/那等在季节里的容颜如莲花的开落//我不是归人,是个过客……/我达达的马蹄是美丽的错误'。我觉得,删改过后,诗显得更简炼、更含蓄,也更耐读。当然,我删掉的是不是真的就是"不利于表现的词语",还有待于与作者、读者商榷。徐志摩的《沙扬娜拉》由原来的18节删改后只剩下一节。庞德的《地铁车站》也是由原来的一百多行改定为最后的两行。第二节主要是对第二行'如莲花的开落'般的等待进一步具象化、意境化、丰富化。'东风不来,三月的柳絮不飞'。显然,客观世界并非如此;而是'你'在长期的苦等之后,终日闭门不出,所以,在'你'的世界里就无所谓季节的变化,换言之,'你'已经麻木于时间,不关心季节的变更了。'你'只关心'你'的'归人',而不关心外在世界的存在。正是因为如此,'你'就越来越寂寞。所以,诗人接着写道:'你的心如小小的寂寞的城'就不难理解了。而将寂寞比喻成小城,这样寂寞就成为有长度、宽度、深度的,且有重量的东西了。寂寞,这样一种很抽象的东西,就具象化了。由寂寞的小城,诗人进一步想象,聚焦到城中向晚的青石的街道,是为了进一步强化寂寞的程度。这一节中最后的两行诗,是突出'你'在如此寂寞的状态下等待空寂、孤苦与无奈。同时,这两行诗与'东风不来,三月的柳絮不飞'构成了因果关系。这样它们之间在第二节里就形成一个首尾呼应圆行结构系统。而第二节和第三节之间形成了很大的断裂、间隙和沉默,需要读者来填补此间的'空白'。这就是,在'你'等待到几乎绝望的时候,突然听到了外面街道上传来达达的马蹄声。我们可以想象得到,此时'你'是多么的兴奋,多么的喜出望外!'你'一定会迫不及待地打开尘封已久的紧掩的窗扉,满怀幸福地迎接'归人'的归来。可是,随着马上人可以看清了,'你'终于认出了'我'不是'你'等的人。'我'仅仅是个'过客'。'你'是多么的失望啊!而'我'也是在无意间给'你'带来了如此的精神折磨。所以诗人说这种过失是'美丽的'。这首诗明显地受到了'花间词'的浸染。因为在其所承载的文化信息里可以看到花间词派的遗韵。请读温庭筠的《望江南》:'梳洗罢,独倚望江楼,过尽千帆皆不是,斜辉脉脉水悠悠,肠断白蘋洲'。再请读柳永《八声甘州》:'想佳人,妆楼颙望,误几回,天际识归舟'。郑愁予'典化'了它们。还有一个重要的问题,那就是怎样理解诗题'错误';因为对它理解的深浅涉及到对本诗主题把握的深浅。我提出:这既是错误,又非错误。为什么说它是错误的? 这是从具体的'你'和'我'以及两者之间的关系来说的。如果从宽泛的角度,对海峡两岸所有乡愁的人来说,这种类似的等候,这种文化意义上的乡愁(既非地理意义上的乡愁又非哲学意义上的乡愁),又是没有错误的。这样想来,此诗的主题和意义就很大了"。① 总之,正是中国新诗呈现叙事倚重蒙太奇、象征、神秘和含混,使这类中国新诗出现了难能可贵的可写性,大大提升了中国新诗叙事的表现时空,为读者带来无穷无尽的审美享受。

与台湾中国新诗呈现叙事聚焦文化乡愁不同,相隔十年左右的大陆中国新诗呈现叙事则偏向政治反思。粉碎"四人帮",提倡改革开放,禁锢了十年的大陆知识分子,拨云见日,重获新生。他们开始整理行装,重新出发,而重新出发的逻辑起点就是像尼采当年那样"重估一切价值"。重估以往那些所谓的价值后,竟然发现那些"高大上"的价值是虚无的:"卑鄙是卑鄙者的通行证,/高尚是高尚者的墓志铭"(北岛《回答》)。它们是非不辨,黑白颠倒,使得觉醒过来的诗人们郑重向世界宣告:"告诉你吧,世界,/我——不——相——信!",进而建构"一无所信"的知识范型(对不信的信仰)。在一片废墟上,诗人们领受着历史的凝视、现实的转机、使命的召唤。他们不再满足于宣告"我不相信",也不满足于"做第一千零一名"挑战者,而要"让人类重新选择生存的峰顶"! 对一个死而后生的新时期大陆诗人来讲,如何才能做到这一切? 北岛的构想是:"诗人应该通过作品建立一个自己的世界,这是一个真诚而独特的世界,正直的世界,正义和人性的世界"②。梁小斌说:"中国,我的钥匙丢了"(见他的同名诗)。顾城在《一代人》里写道:"黑夜给了我黑色的眼睛/我却用它寻找光明"③。在《神女峰》的结尾处,舒婷用金石之声宣告了现代女性觉醒及其对新时期现代价值的大胆确认:"沿着江岸/金光菊和女贞子的洪

---

① 杨四平:《文学本位、历史逻辑与人生关怀——中国现当代文学教学的问题及对策》,《长江师范学院学报》2007 年第 3 期。

② 《上海文学》1981 年第 5 期在发表北岛《古寺》和《我们每天早晨的太阳》两首诗前面发表了一则"北岛诗论"。

③ 顾工编:《顾城诗全编》,上海三联书店 1995 年版,第 121 页。

流/正煽动新的背叛/与其在悬崖上展览千年/不如在爱人肩头痛哭一晚"①。失落、背叛和寻找，就构成了大陆朦胧诗情感表达的三重奏。寻找什么？寻找自我、自由、民主、公正、人性、人文精神和人道主义。正如杨炼《火把节》里所写："我寻找火把，穿过纵横寥廓的大地的空气/……/啊！火把，火把在哪里呢——星星般/寂寞的孩子们张开焦渴的嘴唇"；也像北岛《迷途》最后三行所写："在微微摇晃的倒影中/我找到了你/那深不可测的眼睛"②。也就是说，大多数大陆朦胧诗最后呈现给读者的是英雄气概、理想主义和乐观主义，体现出尼采超人式的精神气质和叶甫图申科式的政治激情。

大陆朦胧诗人既通过翻译接受了包括现代主义在内的西方诗歌的影响，也通过地下手抄本受到了以食指为代表的白洋淀诗群的影响。仅以朦胧诗时期的北岛为例，我们就很容易辨识出这些外部影响。相关资料显示，陈敬容在20世纪50年代翻译的《恶之花》对朦胧诗人影响甚巨。北岛的《雨夜》从标题开始，具体到诗中"让墙壁堵住我的嘴唇吧/让铁条分割我的天空吧"，类似于波德莱尔诗中写到的雨水像监狱的栅栏分隔着、禁锢着我们。北岛《回答》开头那两句格言，我们既能看到裴多菲的影响（《为什么我还要活在世界上》："我看见坏人连连取得胜利/看见好人走向永久的死亡"），也可以看到食指的影响（《命运》："好的声望是永远找不开的钞票/坏的声誉是永远挣不脱的枷锁"）。后来，北岛严肃反思了此期包括《回答》在内的朦胧诗写作。他说："我对那类诗歌基本持否定态度。在某种意义上，它们是官方话语的一种回声。那时我们的写作和革命诗歌关系密切，多是高音调，用很大的词，带有语言的暴力倾向"③。但不管怎么说，用蒙太奇呈现意识流，仍然是朦胧诗的主要特征。

同样是写寺庙，1970年，洛夫写的是禅诗《金龙禅寺》；而这之后，北岛写

---

① 谢冕总主编，王光明分册主编：《中国新诗总系》第7卷，人民文学出版社2009年版，第171页。

② 《北岛作品精选》，长江文艺出版社2011年版，第17页。

③ 唐晓渡：《热爱自由与平静——北岛答记者问》，《中国诗人》2003年第2期。

的却是反思性的朦胧诗《古寺》:"逝去的钟声/结成蛛网,在柱子的裂缝里/扩散成一圈圈年轮/没有记忆,石头/山谷里传播回声的/石头,没有记忆/在小路绕开这里的时候/龙和怪鸟也飞走了/从房檐上带走暗哑的铃铛/和没有记载的传说/墙上的文字已经磨损/仿佛只有在一场大火之中/才能辨认/荒草一年一度/生长,那么漠然/不在乎它们屈从的主人/是僧侣的布鞋/还是风/残缺石碑支撑着天空/也许会随着一道生者的目光/乌龟复活起来/驮着沉重的秘密/爬出门槛"①。巧就巧在,这两首相似题材的现代诗,都是从寺庙里传出来的钟声写起,都以寺庙的钟声起兴,但它们把各自的诗引向了各自熟悉的方向。如上所述,洛夫将其导向了禅境,而北岛则将其引向了历史和现实。此诗呈现的是诗人的瞬间感受和潜意识,采用了隐喻、象征、透视、通感、跳跃、蒙太奇等现代手法,使其叙事线索忽隐忽现,但总体上没有偏离"失落—背叛—寻找"这一朦胧诗写作常见的内在叙事逻辑。古寺的钟声虽然消逝了,但它们化身为"蜘网"和"柱子的裂缝里"的"一圈圈年轮"。也就是说,后者记下了钟声,钟声并未消逝,只不过转换了存在形式而已。古寺为什么废弃了?是因为"一场大火"!总之,古寺的一切,以废墟形式,无声地控诉那个制造了这场灾难的时代。此情此景,给人以"亡国去如鸿,遗寺藏烟坞"(杜牧《题宣州开元寺》)的况味!好在寺中乌龟死而复生,这一切又有了"复活"的希望。对此,笔者赞同伊沙的评点。他说:"从技术上讲,《古寺》堪称北岛式蒙太奇意象组接的'百科全书'。但我要说的是:《古寺》是一首'史诗'——现代汉语的'史诗',只有19行,十年'文革'或比'文革'更大的历史空间都全在里边了。而比北岛晚生的某类中国诗人,竟是靠古希腊人和古印度人的老旧说法来理解'史诗'的,野心勃勃的诗人犯了常识性错误。"②然而,欧阳江河在《冷血的秋》里告诫道:"活着就得独身活着/并把喊叫变成安静的言词/何必惊动那世世代代的亡魂/它们死了多年,还得重新去死"。欧阳江河劝告朦胧诗人

---

① 洪子诚、程光炜编选:《朦胧诗新编》,长江文艺出版社 2004 年版,第 18—19 页。

② 伊沙编:《被遗忘的经典诗歌》(上卷),太白文艺出版社 2005 年版,第 22 页。

和文化寻根诗人不要轻易唤醒神明与亡灵，要从沉迷于悠久文化和纠结于历史阴影里的"惯性"走出来，活在当下鲜活的现实中，从事更有价值的生命创造。

到了 20 世纪 80 年代中后期，台湾现代主义诗歌的文化呈现、大陆文化寻根诗的文化呈现和大陆朦胧诗的政治呈现，都被视为"诗歌不能承受之重"。许多青年诗人要给诗歌减负，让诗歌回到它应有的位置上，回到语言上来。请读陈东东的《点灯》：

> 把灯点到石头里去，让他们看看
>
> 海的姿态，让他们看看
>
> 古代的鱼
>
> 也应该让他们看看亮光
>
> 一盏高举在山上的灯
>
>
> 灯也该点到江水里去，让他们看看
>
> 活着的鱼，让他们看看无声的海
>
> 也应该让他们看看落日
>
> 一只火鸟从树林里腾起
>
>
> 点灯。当我用手去阻挡北风
>
> 当我站到了峡谷之间
>
> 我想他们会向我围拢
>
> 会来看我灯一样的语言

中国现代主义诗人喜欢"灯"这个意象。前面讲到的《金龙禅寺》和《古寺》都写到了点灯。这之前，还有如冯乃超的《红纱灯》和陈江帆的《灯》等。"点灯"有照亮的意思。"点灯"使得原本在黑暗中的事物呈现于光明之中。《金龙禅寺》点灯呈现了禅意禅趣禅境。《古寺》点灯呈现的是幽暗的政治及其伤痕。而陈东东《点灯》里的点灯呈现了三层境界。首先呈现的是，"把灯点到石头里去"；其次呈现的是，把灯"点到江水里去"；最后呈现的是，把灯点到语言里去。它们最终的目的，或者说前两次点灯的最终目的，是让人们"看我灯一样的语言"。发光发热的语言，就是诗的语言。诗对语言是一种提升。诗使语言增值。艾略特说，诗负有提高语言的使命。① 每个诗人都有各自点亮语言的方式，因此，不同诗人的语言边界是不尽相同的。如果说点灯、点燃，使语言发光、发热、增值，诗人的主观性、主体性和干预性还比较强的话，那么第三代诗人韩东提出"诗到语言为止""写诗就是为了写诗"②就呈现一种平静、客观、自然的诗歌风貌。陈旭光编选的诗歌诗论集《快餐馆里的冷风景》③的开卷诗人韩东的开卷诗歌是《有关大雁塔》。陈超说："韩东的《有关大雁塔》中的大雁塔，不是什么文化意义上的东西，而是诗人真实的个人感觉。在这首诗中，诗人没有强调语义，而表现出淡漠的、局外的、相对的特征。它以平淡的表面性直接处理语言，在单纯到使读者的意识趋临停滞的刹那，顿悟出与诗歌表层结构构成反讽的深层结构。"④这种深层结构就是诗中反复出现的那两行诗"有关大雁塔/我们又能知道些什么"，貌似知道了些，但仔细想来却什么都不知道，或者说，什么也不想知道(不像杨炼的《大雁塔》那样包含丰富的文化意蕴)！爬上去了、看了四周风景了，对于普通观光客来说就足够了。这首诗的呈现叙事具有强烈的反讽色彩。诗中的叙事者既像莱蒙托夫《当代英雄》里的、不知为什么而活着的"多余人"毕巧林；也像波德莱尔所说的漫游者、花花公子，他们是"颓废中的最后一线英雄主义之光"⑤；还像本雅明所讲的"现

---

　① 《叶维廉文集·第三卷·秩序的生长》，安徽教育出版社 2002 年版，第 203 页。

　② 张清华主编：《中国当代民间诗歌地理》(上)，东方出版社 2015 年版，第 81 页。笔者更愿意说"诗到文字为止"，毕竟现代诗是用文字书写下来的，而非用语言记载传世的。

　③ 陈旭光编：《快餐馆里的冷风景》，北京大学出版社 1994 年版。

　④ 陈超：《中国探索诗鉴赏辞典》，河北人民出版社 1989 年版，第 492 页。

　⑤ [法]波德莱尔：《现代生活的画家》，见《波德莱尔美学论文选》，郭宏安译，人民文学出版社 1987 年版，第 501 页。

代英雄不是英雄,而是扮演着英雄"①。总之,诗中的主体性通过"非我"、他性和物性被嘲讽、被消解。这就使得20世纪80年代中后期以来的诗歌呈现出一道道"冷风景"。杨黎有《冷风景》一诗,就连西部老诗人昌耀都写有《冷色调的有小酒店的风景》等等。"冷风景""冷色调",冷到何种程度? 出国后的北岛依然反对诗歌叙事,既不主张太热,也不主张太冷,但可以冷到"零度以上"。如此一来,就既可以与抒情主义区分开来,也可以同现代主义和后现代主义保持适当距离,从而呈现一种超现实主义、超抒情主义、超现代主义、超后现代主义的独有风格,因此他写有《零度以上的风景》。纯客观的诗是没有的,就像纯抒情的诗也不存在一样。但是,后现代主义诗歌理想状态中的"冷",基本上还是悬停于零度,既不在零度以上,也不在零度以下。也就是说,后现代主义诗歌之"冷",乃罗兰·巴特眼中的"符号美学"。"他们走到诗歌构思的极端,并且接受诗歌时不把它当作一种精神活动,一种灵魂状态或一种姿态,而把它视为一种梦幻语言所产生的灿烂辉煌和清新爽目的东西。"②我们再回过头来看《冷风景》。这首诗有一个副标题"献给阿兰·罗布—格里叶",而阿兰·罗布—格里叶是法国"新小说"的代表作家。他认为,新小说的新就在于,不是"人"而是"物",居于小说中心;小说家所要做的是,客观描写叙述直观实体,保持事物原初的真实状态,进而把自己对于实体事物的经验降低至最低点。这种"零度写作"就是让"物自体"自己呈现自己。在诗歌写作中,诗人是用纯粹语言,呈现"物自体",使得诗成为类似于集成电路的、"有意味"的文字拼图。请读杨黎的《撒哈拉沙漠上的三张纸牌》:

> 一张是红桃 K
>
> 另外两张
>
> 反扣在沙漠上

---

① ［德］瓦尔特·本雅明:《巴黎,十九世纪的首都》,刘北成译,上海人民出版社2006年版,第170页。

② ［法］罗兰·巴特:《符号学原理》,黄天源译,广西民族出版社1992年版,第119页。

看不出是什么

三张纸牌都很新

新得难以理解

它们的间隔并不算远

却永远保持着差距

猛然看见

像是很随便的

被丢在那里

但仔细观察

又像精心安排

一张近点

一张远点

另一张当然不近不远

另一张是红桃 K

撒哈拉沙漠

空洞而又柔软

阳光是那样刺人

那样发亮

三张纸牌在阳光下

静静地反射出

几圈小小的

光环

这是一首纯客观叙述的现代诗,纯粹得好像一连串"废话"。作为废话,就是
要尽可能去掉语义。杨黎心目中的"废话诗"就是诗人自己不说话,不插话,
不抒情,不热议,而让诗中的文字和语言自说自话。因此,我们在后现代主义
诗歌里看到的是一行行一篇篇文字的"能指",几乎看不见文字的"所指";或

者说,只能听到诗歌语言的"能指",却听不见诗歌语言的"所指"。罗兰·巴特说:"现代诗歌是一种客观的诗歌。自然本性成为一种孤独而可怕的客观物的断续,因为,这些客观物只有一些潜在的联系;没有人能为它们选择一个特定的涵义或一个用途,或一个效应,没有人能强加给它们一个等级,没有人能把它们局限于一种精神行为或一个意向的意义,这就是说,不论怎样,也不能把它局限于一种温情。"①那么,杨黎笔下的"撒哈拉三张扑克牌"到底有何用意? 在笔者看来,只有一个用意,那就是充分呈现能指,剥离人们历来附加在这些耳熟能详能指上的所指。诗人的主观意图少了,诗歌本身的含量和"不确定性"就变大了。最佳状态是,当诗人主观意图归零时,诗自身的包含值就最大。这也就是为什么从 80 年代中后期以来,诗人们,尤其是先锋诗人们,越来越迷恋冷风景和冷色调以及"物自体""言自体""能指极值"的深层次原因。但是,如此癫狂状态的"零度写作",能否写出既影响现在和将来、也影响过去的伟大诗歌? 换言之,它们能否最终创作出冲刷旧传统、创造新传统的伟大诗歌? 让我们拭目以待。

总之,中国新诗呈现叙事,尽管技巧和方法是从西方借来的,但它们自始至终以民族传统文化底色为主色调。不像西方现代诗和现代中国的"翻译体"诗歌写作动辄就是西方教堂和城堡,中国新诗写寺庙和古塔,写晨钟暮鼓,要么呈现内心梦幻,要么呈现世界原貌,要么呈现语言能指风景。这一切均极大地丰富了中国新诗呈现叙事的武库,有力地推动了中国新诗叙事的深度掘进。

长久以来,人们容易将"形式"等同于"形式主义"。殊不知,形式是与内容相对举的,而形式主义是与历史主义相对立的。也就是说,对形式的分析,不能自陷于为技巧而技巧的形式主义,不能忽视形式的内容及其历史语境,要关注不同叙事内容的结构与表达方式的变化。具体到中国新诗而言,我们除

---

① [法]罗兰·巴特:《符号学原理》,黄天源译,广西民族出版社 1992 年版,第 119 页。

了要勘察它的几大叙事类型及特色外,还要探究其发展的历史进程,以及"这种形式上的发展使现代作家得以探索如何再现思维、意识及主体性"①。有鉴于此,我们需要特别指出的是,中国新诗的叙事形态是在历史发展进程中形成的,在不同的历史阶段有着不同的艺术表现。因此,在考察中国新诗的叙事形态时,我们总是既将其视为历史性的诗艺表征,又将其看成本体性的诗艺体现。也就是说,历史描述与诗学归纳常常是交叉进行的。本章也是历时性研究与共时性研究共用、互见。申言之,中国新诗的呈现叙事在 20 世纪 20 年代、30 年代、40 年代和新时期各有不同的面向与侧重点,对其进行历史和诗学的双重论述,除了说明中国新诗的呈现叙事在不断发展中日趋成熟外,也表明它的多姿多彩。如此一来,既切合了中国新诗呈现叙事的基本史实,又有效地规避了历史主义和本质主义的风险。

如果说李金发们迷恋法国象征主义,逃避现实,呈现叙事存在"夹生"的现象;如果说卞之琳们钟情于艾略特,与现实若即若离,晦涩之风盛行;那么穆旦与他们都不同:他取法奥登和艾略特,自由出入现实与艺术之间,同时,对中国古诗保持足够的戒心。他的诗表面上"去中国化",其实是为了使其更加"中国化"。穆旦的诗,虽然失去了像林庚诗歌那样的"晚唐的美丽",②却为中国新诗贡献出了一份现代性的美丽!新时期中国新诗既充满传统文化,又反思现实政治,同时还迷恋后现代冷风景,其先后流变进程本身就像蒙太奇那样,让人心迷目眩,一起上演了传统、现代和后现代的中国新诗大变奏。

正是因为呈现诗学把明确与不明确的东西有机地糅合在一起,追求曲折、含蓄、隐晦、含混和反讽,使之既与纪事性的写实诗学相扞格,又与明白、晓畅、夸饰的抒情诗学区分开来,而与意象诗学、象征诗学、隐喻诗学、叙事诗学相互融合。尤其值得指出的是,与写实叙事的"纪事"不同,呈现叙事动用了多种现代主义诗歌的理念及技法来"暗事"。正是通过意象、象征、隐喻等知性诗

---

① [英]马克·柯里:《后现代叙事理论》,宁一中译,北京大学出版社 2003 年版,第 28 页。
② 冯文炳:《谈新诗》,人民文学出版社 1984 年版,第 185 页。

学手段,包括间或采用戏剧化手法来"暗事",使得呈现叙事与下一章要论述的以"演事"为主体的事态叙事有着密切的勾连。可以说,呈现叙事是事态叙事的基础,而事态叙事是呈现叙事的拓展与深化。

第七章　"演事"：中国新诗的事态叙事

> 新世界,无数新的事态
>
> 曾经在每个不同的火苗上
>
> 试验燃烧,大的火,强烈的火,
>
> 就要从闪光的河那边过来。①

晚清以降,中国社会发生了几千年来从未有过的大变局,中国现代知识分子登上了历史大舞台。与此同时,中国诗歌传统内部也在产生阵痛与震荡,那种古旧的物态化诗学逐渐退至历史暗处,而西式主体化和意志化的现代诗学赢得了中国现代诗人的青睐。

中国现代诗学所崇尚的西式主体化和意志化与笔者所说的事态化高度吻合。自晚清肇始到21世纪,事态叙事的现代性诗篇渐渐多了起来,成为中国新诗叙事领域里一支不可小觑的诗歌力量。它们有的侧重于动态,有的偏向于状态,有的是动态与状态兼备,而后者是中国新诗事态叙事的常态。

中国新诗事态叙事有的表现明显。它们要么有较为清晰的诗歌故事,要么表现出一定的戏剧性/戏剧化特征,要么在诗歌体式和叙事方式上采用现代诗剧、独白体、对话体及其变体。当中国新诗叙事事态非常严重时,中国新诗

---

① 唐祈:《时间与旗》,《中国新诗》第 1 期,1948 年 6 月。

就会演变为叙事诗(我在前面有专章论述)、剧诗、诗体小说。然而,有的中国新诗事态叙事表现比较隐蔽。它们通常隐含在现代抒情诗、现代主义诗歌,尤其是一些短悍的纯诗之中,这就需要我们对此类诗歌文本进行叙事形态意义上的细读与甄别。但是,到了20世纪80年代中期以后,现代汉语事态叙事越来越外在化,乃至出现了散文化和小说化等"非诗化"的倾向。这种狂欢化叙事,一来受到了日益强大的市场经济影响,二来受到了西方后现代主义思潮尤其是狂欢诗学的强劲冲击,这种冲击更为直接。

质言之,中国新诗丰富多样的事态叙事,是中国新诗若隐若现的诗学财富,对其进行挖掘、研究与展示,无疑有利于我们重新认识中国新诗这部分的价值,沉淀中国新诗这方面的诗学传统。

第一节 从古典意境到现代"事境"

对于诗而言,一切事件均是精神事件。臧克家在谈写政治讽刺诗时说,政治事件本身不是诗,只有当诗人把自己的真情、热情、激情和深情全部交给它,使之成为"诗人心中的政治事件"①时,才能成为诗歌事件。而且,对于这种精神事件、诗歌事件,又需要采取"歌咏"的方式。何其芳说:"其实严格说来,我觉得叙事诗应改称咏事诗","他们不是在讲说一个故事,而是在歌唱一个故事"。② 黑格尔说:"真正的抒情诗人并无须从外在事件出发",③而可以从自身情感,也就是从由外在事件引发的主体感性出发,因为"美就是理念的感性显现"④;同时,他还说:"在抒情诗里也用得着叙事的因素"。⑤ 据此,我们知

---

① 臧克家:《向黑暗的"黑心"刺去——谈政治讽刺诗》,《新华日报》1945年6月14日。
② 何其芳:《谈写诗》,见杨匡汉、刘福春编:《中国现代诗论》上册,花城出版社1985年版,第453页。
③ 〔德〕黑格尔:《美学》第三卷下册,朱光潜译,商务印书馆1981年版,第197页。
④ 〔德〕黑格尔:《美学》第一卷,朱光潜译,商务印书馆1981年版,第142页。
⑤ 〔德〕黑格尔:《美学》第三卷下册,朱光潜译,商务印书馆1981年版,第197页。

道,诗歌是可以叙述事件的,因而也是可以有情节的。只不过,诗歌里的情节,是诗人心灵事件中的"行动单元"及其运动。它们的含量多寡及表现方式,决定了该诗是倾向于写实性叙事,或是倾向于呈现性叙事,还是倾向于写实与呈现兼而有之的我所说的事态叙事。

王昌龄在《诗格》里说,诗有"物境""情境""意境"。① 中国古典诗论中的"意境说"最早出于此。此后,"意境"与"境界"常常联系在一起使用。这在王国维那里尤为突出。现在,学界基本上把优秀的中国古诗视为意境诗。意境诗主张以性灵为诗,反对以文字为诗、以议论为诗、以说理为诗、以学问为诗。它追求象外之境、弦外之音、味外之旨、韵外之致;它追求整体圆融的和谐美与东方美;它注重"物感""物象"和场景。总体而言,中国古典意境诗追寻静穆的美学效果。这既与中国古代人稳定而封闭的生活境况相称,也与中国古代天人合一的哲学观融通,还与那种为数不多的格律极严的经典范式熨帖。在"绪论"里,我们已经谈到过,胡适认为,中国古典诗词的有限形式与狭窄格局满足不了表达纷繁复杂的现代生活之所需。因此,五四白话诗先驱借镜于英美意象派,用现代意象诗逐渐取代古典意境诗。尽管这个过程十分曲折艰难,但它的确给中国诗歌营构了新的景观。当然,由于古典意境诗具有几千年的深厚传统,而且它也能面对新的现实语境在某些方面进行自我调适,以适应新形势的变化。所以,尽管意境诗不再是中国新诗的主流,但作为旁支,以现代面目出现,形成了某种意义上的现代意境诗。

其实,在笔者看来,诗的境界,除了王昌龄总结的"物境""情境""意境"三境外,还应该有个"事境"。有的中国古诗研究者把事境界定为"事件的情境",并把"对事境的营造"视为宋诗叙事的总体特点。② 无论是物境、情境、意境,还是事境,都要通过语言及其"上下文"来表现,从根本上讲是一种"语境"(context)。由此,我们知道事境和语境相连,后者表达前者,展现心灵状

---

① 王运熙:《王昌龄的诗歌理论》,《复旦学报》(社会科学版)1989 年第 5 期。
② 周剑之:《宋诗叙事性研究》,中国社会科学出版社 2013 年版,第 310 页。

态,触摸灵魂深度。因为人是行动的主体,而人的一系列行动构成了事件;正是这些行动及其事件,慢慢彰显人的性格、思想和精神。在这个问题上,我们既不能迷信"语言拜物教",也不能唯事境至上。在"语言拜物教"那里,语言就是一切,语言能够改变事物,创造世界。尤其是在纯诗论者那里,诗就是声音和色彩。除此以外,对诗而言,其他都是不纯的,不能入诗的。其实,这些声音和色彩也是需要具体词语和意象以及它们之间的互动,才变得有意义。也就是说,它们只有对象化,才有所依托,才能被历史化,才能发挥效应。"词"生"词",只能是文字游戏,只能是"词语按摩"。只有把词置于一定的语境和事境中,"词"才能生"物",才能挣脱辞典意义,获得语境意义和事境意义。正如有的评论家所言:"事境对语言的基本要求就是它就事'说'事的能力"。① 如前所述,这里的"事"不一定就是历史和现实里的真实事件。它可以是虚构的、隐喻的事件。申言之,我们不能把事境看得太实。如果我们把语言的运动视为一种语言事件及其形成的语言情境,那么此时语境与事境就获得了同一性。

可以说,从封闭的诗歌境界到开放的诗歌事境,是诗歌写作与欣赏的一种"进步"。当然,中国古代事态叙事诗歌也零星有一些,而且到杜甫那里发展到了顶峰。杜甫的"三吏三别"是中国古代"事态叙写"的典范。他超越了"意象营造"的旧模式,建立了中国古诗"事态叙写"的新模式。② 也就是说,事态叙写模式的确立为杜甫获得"诗圣"的美誉发挥了重要作用。难怪,历朝历代有不少诗人向杜甫学习,向杜甫致敬。只不过因为中国古诗的事态叙事因其意志化和主体性不明显,所以,无论在感性层面和理性层面,还是在反思与超越层面,均不具备现代性。

如果说中国古诗过于偏重抒情,过于倚重线性时间,那么中国新诗则看重

① 敬文东:《诗歌在解构的日子里》,北京大学出版社 2008 年版,第 24—25 页。
② 邹进先:《从意象营造到事态叙写——论杜诗叙事的审美形态与诗学意义》,《文学遗产》2006 年第 5 期。

叙述,重视空间感,推崇即兴、偶然、震惊、洞见和美感。换言之,从偏重时间还是偏重空间的问题上,显示出了中国古诗与中国新诗的分野。中国新诗把空间形式问题提升到了醒目的位置,恰恰说明了中国古诗太过于注重诗歌的时间性,乃至忘记了诗歌的空间性存在。所以,一旦发现了这块不该被忘记的"新"大陆,中国新诗便如获至宝、欣喜若狂,着迷到了对时间性进行了一定程度的报复性遗忘。中国新诗突出的空间感,严格来讲是时空感,通过意象以及它们之间戏剧化的关联得以显现。质言之,中国新诗的事境是由时空关系,尤其是空间关系建构起来的。

中国现代主义诗人常常借用西方典故,以异域文化凸显其写作的文化性、思想性和现代性,如路易士《幼小的鱼》里的海伦,吴兴华《sonnet》里的荷马和但丁,穆旦《隐现》里的"主""穆罕穆德""耶稣",绿原《读〈最后一课〉》里的都德和巴黎公社等等。当然,作为中国的现代主义诗人,他们在诗中用得最多的还是中国典故,并以中国典故来对比和评说现实生活,用传统的光芒照亮迷茫的现实,或者说是现实的窘迫唤醒了沉睡的传统。穆旦《五月》里有"春花秋月何时了"和铁拐李,杜运燮《月》里有"低头思故乡",朱英诞《十五夜》里有"《从军行》"和《夏夜》里有"绿野无仙踪"。值得注意的是,中国的现代主义诗人,也不忘表现出惺惺相惜,对同时代文人墨客的写作在自己的诗中偶尔表示了敬意,将其视为现代经典并试图在自己的诗中使之流传,也就是"厚古不薄今",或者说"喜新不厌旧",例如穆旦《五月》里写到了"鲁迅的杂文",辛笛《赠别》里写到了卞之琳的"圆宝盒",郑敏《荷花——观张大千氏画》主要写张大千所画荷花的观感等等。质言之,无论是西方典故,还是中国典故,乃至中国现代的"准典故",这些"用典叙事"为中国新诗营造现代"事境"涂上了浓墨重彩。

更有甚者,这种事境有时以禅境的极端形式呈现。废名是中国现代诗人中写现代禅诗写得最隐晦也最好的诗人。原因不外有两个方面:一方面与他原本的超凡脱俗以及研习佛道有关;另一方面也与他的"新诗"观念脱不了干系,他说:"如要做新诗,一定要这个诗是诗的内容,而写这个诗的文字要用散文的文字"。① 何为"诗的内容"? 从某种意义上讲上,诗是无内容的,正如语言无物而语言本身就是物自体那样;诗无外物,诗本身就是物自体。废名所欣赏的"诗的内容"是灵魂深处的一点感觉和意念。波德莱尔的美学现代性,既与传统的美学权威敌对,又将技术现代性置于审判台上,主张诗人应该捕捉当下稍纵即逝的感觉。他说:"现代性是艺术昙花一现、难以捉摸、不可预料的一半,艺术的另一半是永恒和不可改变的"。② 废名择取的是艺术中具有现代性的"一半"。他把自己的第一本诗文集取名为《招隐集》,里面有首诗叫《掐花》:

> 我学一个"摘华高处赌身轻"
>
> 跑到桃花源攀手掐一瓣花儿,
>
> 于是我把它一口饮了。
>
> 我害怕我将是一个仙人,
>
> 大概就跳在水里淹死了。
>
> 明月出来吊我,
>
> 我欣喜我还是一个凡人,
>
> 此水不现尸身,
>
> 一天好月照澈一溪哀意。

"掐"是用指甲按住或截断,"拈"是用手指搓转。虽然这两个字的字义差异较大,但是,初看诗题"掐花",猛然令人联想到禅宗里的"拈花一笑"。据《五灯会元·七佛·释迦牟尼佛》载:"世尊在灵山会上,拈花示众。是时众皆默然,唯迦叶尊者破颜微笑。"③这是禅宗里"以心传心"的第一宗典故。为什

---

① 冯文炳:《谈新诗》,人民文学出版社 1984 年版,第 24 页。

② [美]马泰·卡林内斯库:《现代性的五副面孔:现代主义、先锋派、颓废、媚俗艺术、后现代主义》,顾爱彬、李瑞华译,商务印书馆 2003 年版,第 11 页。

③ 普济:《五灯会元》上册,苏渊雷点校,中华书局 1984 年版,第 10 页。

么我们会由此联想到禅宗呢？这是因为从废名的履历和他自己解读此诗的文字中，我们得知：他小时候有落水的危险经历；读过《维摩诘经》僧肇注解里引用鸠摩罗什的禅语"海有五德，一澄清，不受死尸"；又读过《大智度论》里菩萨故意死在海里的故事；还读过许地山《命命鸟》里写一对情人蹈水而死的美丽情形。废名与禅宗有缘，已是文学史上的共识。我们将这首《掐花》作为一首现代禅诗来解读，应该不会出什么差错。首行引出的一句诗"摘华高处赌身轻"，出自清代诗人吴梅村《浣溪沙·闺情》。废名对现实世界不感兴趣，转而面向自己的内心世界。在禅宗思想里，尘世空无一物。在此情境下，禅宗提倡静观本心，耽于内心生活，这与老庄倡导的"心斋"相通。"吾心即世界"。显然，废名是在偶然读到吴梅村的这句诗时顿悟到了禅宗境界。由一句古诗起兴，引发诗人对禅宗的参悟。那么他到底是如何参悟的？又参悟到了什么样的禅宗境界？废名说要从吴梅村的这句诗开始研习，由此联想到掐花、饮花这些令人欢喜之事，但终因害怕饮花而成仙，所以想到投水自尽，一死了之。也就是说，前五行因一句引诗而起，由一系列前后相继的动作及其心理连贯而成，而且设置了戏剧性的情节波澜，具有一定的叙事性。接下来的四句，采用几个典故，写想象中死后"不现尸身"的禅宗景象。诗人从空无开始，沉溺内心，然后展开漫想，最后又遁入一片空无之中，因为除了一片充满"哀意"的玄思外，其实什么也没有发生，"我"依然还是一个"凡人"，"我"根本就没有掐花、饮花，也没有随之而来的跳水身亡，当然，也就无所谓尸首了。这不由得使笔者想起禅宗里著名的"骑牛找牛"的公案。朱光潜说："废名先生富敏感好苦思，有禅家与道人的风味。他的诗有一个深玄的背景，难懂的是这个背景"。[1] 毕竟废名不是佛教徒。他的思想介乎禅宗世界与现实世界之间。他既掐花和饮花而又不愿成仙，从侧面表现了他对现实世界的无奈与否定，当然，其中的自嘲也是少不了的。

---

[1] 朱光潜：《编后记》，《文学杂志》第1卷第2期，1937年6月。

像废名那样以禅境来写"事境",在中国新诗中并不多见。大多数中国新诗事态叙事的主体性和意志化很强,因此其"事境"也就很现代。请读北岛的《触电》:

> 我曾和一个无形的人
>
> 握手,一声惨叫
>
> 我的手被烫伤
>
> 留下了烙印
>
> 当我和那些有形的人
>
> 握手,一声惨叫
>
> 他们的手被烫伤
>
> 留下了烙印
>
> 我不敢再和别人握手
>
> 总把手藏在背后
>
> 当我祈祷
>
> 上苍,双手合十
>
> 一声惨叫
>
> 在我的内心深处
>
> 留下了烙印

从意义结构上,我们可以把这首诗分为三个"意义单元"。第一个"意义单元"是前四行:写"我"与"无形的人"握手,受到伤害,留下了烙印。"无形的人"是指无所不在而又难以把握的人,或是一种强大的外部力量;"握手"指接触。一句话,就是写当"我"与外部世界打交道时,受到了深深的伤害。于是,"我"成了一个受害者。第二个"意义单元"是第五行至第八行:写"我"与历史和现实中特定的人("有形的人"所喻)打交道时,一不留神,竟然无意中伤害了别人。于是,"我"从之前的受害者俨然成了施害者。第三个"意义单元"是最后七行:写"我"为了既不让别人伤害自己也不去伤害到别人,于是,不但不再与别人握手,而且"总是把手藏在背后",并天真地以为如此一来就可以否极泰来!谁知,当"我"双手合十祈求上苍时,也就是自己与自己"握手"时,"我"竟然自己伤着自己了。这三个"意义单元",从意义上讲,是层层推进的;从"事境"上看,也是层层深入的。三种"握手"的状况,造成了三种伤害的"事境"——从受到别人伤害的"事境",到伤害别人的"事境",进而到自己伤害自己的"事境"。第一种"事境"具有萨特所说的"他人即地狱"——他人是自己的地狱——的况味。第二种"事境"呈现了完全不同于萨特的思想,那就是自己有时候也是他人的地狱。第三种"事境"更为睿智地发现了有时候自己是自己的地狱。从诗里文字背后,我们不难发现诗人是在对极左思潮进行批判和反思;但是诗又不止于此,它还是诗人对自己和世界的渐渐发现与认识,营造了超越历史和现实的哲学"事境"。诗里反复写到"烫伤""惨叫""烙印"这样一些暴力词语,同时,在诗的最后的"意义单元"又出现了"祈祷""双手合十",一方面呈现某种宗教"事境",忏悔意识明显,就像兰色姆说的我们都是有罪的成人①,也像卢梭在《忏悔录》里所言:"看看有谁敢于对您说:'我比这个人好!'"②,另一方面又以历史和现实的"事境"嘲讽了这种宗教"事境",毕竟上苍也救不了"我","我"最终还是受到了伤害,还是自我的伤害,那就更加荒唐可笑了。那么,"我"、我们人类、我们现代人、我们这些文明人,到底如何处世,又到底如何自处?纵然诗人认识了世界、认识了自我,但是还是无法掌握与世界打交道以及如何安顿自我的办法。除了心有余悸,留给我们的只有无地彷徨、无所适从……

---

① 兰色姆曾说过,现代诗就是反复铸下大错的"有罪的成人"的诗。这深刻地道出了现代诗的思想特征。

② [法]卢梭:《忏悔录》,上海译文出版社2013年版。原文为:"万能的上帝啊!我的内心完全暴露出来了,和你亲自看到的完全一样,请你把那无数的众生叫到我跟前来!让他们听听我的忏悔,让他们为我的种种堕落而叹息,让他们为我的种种恶行而羞愧。然后,让他们每一个人在您的宝座前面,同样真诚地披露自己的心灵,看看有谁敢于对您说,'我比这个人好!'"

第二节 现代叙述主体与诗歌"故事"生成

事态叙事的戏剧性,有个叙述者与叙述视角的关系问题。如果叙述主体比较突出,那么它的戏剧性就内在些;如果叙述主体比较隐蔽,那么它的戏剧性就外化些。

从郭沫若开始,中国新诗的叙述主体就强劲地凸显于中国新诗中,成为中国新诗最主要的现代性特征之一。只不过,郭沫若在浪漫主义道路上一路高歌、狂飙突进,而现代主义诗人则重视诗的策略和诗的质素。20世纪80年代以来的女性诗歌写作,以"自白派"自居,并以"身体语言"令人炫目地言说。诗中现代女性特有的身体构造、男人所不了解的女性思想状况和女性幽暗的生活方式与生存经验,及其渴望去中心、去遮蔽、去污名、去扭曲的诡异风格,引起了诗坛持续兴奋,创造了说不完、道不尽的女性诗歌故事。翟永明是那个时代女性诗歌写作中的"大姐大"。请读她的《母亲》:"无力到达的地方太多了,脚在疼痛,母亲,你没有/教会我在贪婪的朝霞中染上古老的哀愁。我的心只像你//你是我的母亲,我甚至是你的血液在黎明流出的/血泊中使你惊讶地看到你自己,你使我醒来//听到这世界的声音,你让我生下来,你让我与不幸构成/这世界的可怕的双胞胎。多年来,我已记不得今夜的哭声//那使你受孕的光芒,来得多么遥远,多么可疑,站在生与死/之间,你的眼睛拥有黑暗而进入脚底的阴影何等沉重//在你怀抱之中,我曾露出谜底似的笑容,有谁知道/你让我以童贞方式领悟一切,但我却无动于衷//我把这世界当作处女,难道我对着你发出的/爽朗的笑声没有燃烧起足够的夏季吗?没有?//我被遗弃在世上,只身一人,太阳的光线悲哀地/笼罩着我,当你俯身世界时是否知道你遗落了什么?//岁月把我放在磨子里,让我亲眼看见自己被碾碎/呵,母亲,当我终于变得沉默,你是否为之欣喜//没有人知道我是怎样不着边际地爱你,这秘密/来自你的一部分,我的眼睛像两个伤口痛苦地望着你//活着为了活着,我自取灭亡,以对抗亘古已久的爱/一块石头被抛弃,直到像骨髓一样风干,这世界//有了孤儿,使一切祝福暴露无遗,然而谁最清楚/凡在母亲手上站过的人,终会因诞生而死去"①。众所周知,新时期女性诗歌写作通过倾诉和自白,建立起与文化规训、历史道德、经验世界和拯救愿景之间的联系。诗中关于母女故事的叙述,是"我"一个人在自白。它不是一目了然的自白,而是有深度和张力的诗性自白。"她的肉体在讲真话,她在表白自己的内心"。它通过自白"说出"纯粹属于女性自身性别的、幽暗不明的生存经验,带有黑暗而神秘的自传色彩。浪漫主义者诺瓦利斯推崇黑夜、疾病、神秘和安逸,尤其对黑夜关爱有加,因为黑夜把我们周围的世界吞没了,我们与黑夜融为一体。这种表面看起来的逸乐其实内里充满了惶恐,因为一方面我们仿佛在黑夜中彻底失去了自我,另一方面黑夜又使我们的自我更加凸显,我们能够清醒地意识到我们自身被孤悬于茫无涯际的黑暗中。黑夜是生死交汇点,既是死亡的深渊,又是新生的腾跃。新时期女性诗歌写作的先驱翟永明,在29岁那年就写出了20首《女人》组诗及其被目为新时期女性写作宣言的《黑夜意识》。在黑夜意识方面,翟永明与诺瓦利斯是相通的。她说:"女性真正的力量就在于既对抗自身命运的暴戾,又服从内心召唤的真实,并在充满矛盾的二者之间建立起黑夜的意识"。这种既"对抗"又"召唤"的黑夜意识,使得《母亲》里"我"的叙述紧张、仓促、凌乱、絮叨、坚定。我们可以从弥漫全诗里的黑夜意识、无意识、本我和伊列克特拉情结(被动性和受虐性)中理出一条叙事线索——"我"的诞生,初入人世,"你是我的母亲,我甚至是你的血液在黎明流出","你让我生下来";"我"的成长,"我"先是在母亲怀中嗷嗷待哺,之后,"我"长成少女,具有"夏季""燃烧"般的青春和激情;但好景不长,因为是女人的缘故,"岁月把我放在磨子里","我终于变得沉默",也就是说,男权主义慢慢遮蔽女性,致使女性失语,乃至篡改女性,致使"我"受伤,使"我""痛苦",但"我"不

_____

① 陈超:《中国探索诗鉴赏辞典》,河北人民出版社1989年版,第477—478页。

会像母亲那一辈女性那样任命式地"哀愁";而且,"我"选取了"对抗"(叛逆抑或粉碎)的方式,即使"自取灭亡"也在所不惜。这种向死而生——"因诞生而死去"——的精神,一扫历代女性诗歌中女性的禁忌、怨艾、哀愁,为新时期女性解放扛起了一面猎猎飘扬的大旗。这就是新时期女性"自白派"写作的诗歌故事。《母亲》里的叙述主体,诗中的女人,由此前的小女人变成了顶天立地的"大女人",至少是与男子平分天下的现代女性。也就是说,翟永明没有采用放纵的、偏执的、自恋的激进方式,而是从人类的普遍经验、女性的特殊经验和女性个体的具体经验"三合一"角度,理性地处理两性之间长期共存的自然的、情感的、文化的、社会的关系。

诗不是发明,诗是发现。诗是对自然的发现、对社会的发现、对自我的发现、对传统的发现、对语言的发现,乃至是对发现的再发现。对于古代诗而言,它们钟情于大自然景点即"第一自然"。而对于现代诗来说,它们偏好人类进入电气时代之后的社会现实即"第二自然"和不断向内开掘人类生存境界的"第三自然",而"第三自然"纯粹是由诗人和艺术家创造的。[①] 艾略特的《荒原》和金斯伯格的《嚎叫》就是对"第三自然"的大胆探索与惊艳发现。余光中的诗观比较包容和深广。在他那里,诗对第一自然、第二自然和第三自然即"三个自然"均有发现。只不过,他不是用"三个自然"来表述,而是使用了"三度空间"[②]。1974年,他在诗集《白玉苦瓜》的《自序》里说:"书以'白玉苦瓜'为名,也许是因为这一首诗比较接近前面所悬'三度空间'的期望吧。故宫博物院珍藏的白玉苦瓜,滑不留指的莹白玉肌下,隐隐然透视一片浅绿的光泽,是我最喜欢的玉器之一。我当然也叹赏鬼刀神工的翠玉白菜和青玉莲藕之类,但是以言象征的含意,仍以白玉苦瓜最富。瓜而曰苦,正象征生命的现实。

---

① 罗门:《诗人与艺术家创造了存在的"第三自然"》,《创世纪》1974年第37期。
② "现代诗的三度空间,或许便是纵的历史感,横的地域感,加上纵横交错而成十字路口的现实感吧,不肯进入民族特有的时空,便泛泛然要'超越时空',只是一种逃避。以往的现代诗,太像抽象画了"。余光中:《自序》,见《白玉苦瓜》,台湾大地出版社1974年版。

神匠当日临摹的那只苦瓜,像所有的苦瓜,所有的生命一样,终必枯朽,但是经过了白玉也就是的艺术的转化,假的苦瓜不仅延续了,也更提升了真苦瓜的生命。生命的苦瓜成了艺术的正果,这便是诗的意义。短暂而容易受伤的,在一首歌里,变成恒久而不可侵犯的,这便是诗的胜利"①。所以,余光中在《白玉苦瓜》里发现了大自然的苦瓜、现实生活中的雕玉神匠及其最终雕就的不朽艺术品"白玉苦瓜",使其拥有地域感、现实感和历史感的"三度空间"。诗中的"白玉苦瓜"象征诗人自己、艺术和中华民族的前世今生和苦尽甘来,因为余光中期望自己的诗能够成为个人遭际和民族命运的诗性记录,并使之具有永恒的艺术价值。诗中的"你"其实也包括"我",包括"钟整个大陆的爱在一只苦瓜"的"我",包括最终"被永恒引渡,成果而甘"的"我"!在现代主义诗歌中,叙事主体往往是多重的,也就是说,"我"不仅仅是传统意义上的"我","你"也不仅仅是传统意义上的"你",依此类推。而且,有时不以"你"代"我",而是直接以第一人称出现,就像上文刚刚论述到的翟永明的《母亲》和上一节我们谈到北岛的《触电》那样。正是这种复数的叙事主体,无论是凸出的主体还是隐藏的主体,都为中国新诗戏剧化的事态演进创造了必要条件。

在臧克家的《三代》里,我们完全看不到叙述主体,换言之,叙述主体隐匿在叙述语流背后:"孩子/在土里洗澡;/爸爸/在土里流汗;/爷爷/在土里葬埋。"臧克家说:"想一想几千年来千千万万农民的生活的情景吧。活了一生,辛苦寂寞了一生,死后,一口小土坟,凄凉的、寂寞的在几株萧萧作响的杨树下躺着"②。这种用散文表达出来的思想,在《三代》中被高度浓缩为 21 个极其克制的字。这首诗只提供了三个场景,总体背景是"在土里",三种人或者说是一个人一生中三个时段的不同活动:"孩子"是"洗澡","爸爸"是"流汗","爷爷"是"葬埋";而从孩子、爸爸到爷爷,与土地的关系发生着巨变,依次是洗澡(隐喻尽情嬉戏)、流汗(隐喻辛勤劳作)和葬埋(隐喻入土为安)。这些

---

① 余光中:《自序》,见《白玉苦瓜》,台湾大地出版社 1974 年版。
② 《臧克家全集》第 12 卷,时代文艺出版社 2002 年版,第 28 页。

场景、这些人物、这些活动,就像哑剧那样无声地上演着,宛如默片那样缓慢地
演绎着。其实,诗中的场景化没有停留于具体化、实在化,而是具有很强的概
括力量。首先,"孩子"已不是某一个孩子,而是泛指所有的未成年人;"爸爸"
已不是某一个人的爸爸,而是泛指所有那些成家立业的人,那些养家糊口的青
壮年;"爷爷"也不是某一个人的爷爷,而是泛指所有劳碌了一辈子的老年人。
其次,此诗的概括力体现在"三代"之间内部是可以前后为继的:今天的孩子,
就是明天的爸爸,也是未来的爷爷;换言之,今天的爷爷曾经也为人子和为人
父。最后,此诗的概括力还体现在,"三代"象征了长期处于农业文明里的所
有中国人。他们祖祖辈辈、世世代代,与土地不离不弃,生于斯、长于斯、葬于
斯! 从这个意义上讲,此诗高度概写了中国人民的生活史、发展史和苦难史。
这种真知灼见及其高度的概括力,来自臧克家对生活本质的深刻认识以及哲
理思索。诗不是哲学,但诗离不开哲学,关键是如何将哲思融入诗歌表达之
中。《三代》给笔者提供了殷鉴。通过场景化、隐喻化和概括化,就可以做到
诗与哲学的巧妙融合。如果仅有场景化,固然能够体现戏剧性,但那也可能是
一堆没有多少意义的材料拼接;如果仅有概括化,固然揭示了某些生活本质,
给人一目了然之感,但终因枯燥乏味而与诗相距甚远。有人读《三代》时"感
到压得慌",为了"解压",竟然不明"诗理"地将《三代》的"句子调一调",使全
诗成为:"爷爷在土里葬埋,/爸爸在土里流汗,/孩子在土里洗澡。"①这个"改
诗"例子反证了,只有通过隐喻把场景叙述与概括叙述糅合起来,方能显示诗
的力量。当然,诗中的事态必须摆脱事态的自然进程,因为它不可以按照事态
的自然状态一五一十地像记流水账那样记录下来,而必须根据诗所要表达的
主旨,有所选择地挑选出个别的细节与场景,按照一定的情感逻辑进行组织与
叙述。质言之,诗中的事态不是自然过程而是诗化进程,"这种叙事,从抒发
情感的需要选取情感包孕最丰富的生活场景、片段、细节、人物言动,经过提

① 臧克家:《关于〈三代〉》,见《臧克家文集》第6卷,山东人民出版社1994年版,第735页。

炼、加工、熔铸,以诗的语言予以艺术的再现。诗人所遵循的主要是在具体情境中的情感逻辑,事态在诗中被置于一种主观化的结构形式与呈现方式之中"①。苏辙说:"事不接,文不属"②讲的就是这个意思。

在中国新诗发展史上,有很多诗的叙述主体是若隐若现的,叙述的分寸感把握得十分到位,如废名的《无题》:

> （糊糊涂涂的）睡了一觉,
>
> 把电灯忘了拧,
>
> 醒了（难得的）大醒,
>
> 冷清清的屋子夜深的灯。
>
>
> 目下的事情（还只有）埋头来睡,
>
> （好像）看鱼儿真要入水,
>
> （奇怪）庄周梦蝴蝶,
>
> （又）游到了明日的早晨。

诗中的括号是笔者添加的。"糊糊涂涂的""难得的""还只有""又"饱含着叙述主体的情感指向和价值判断。"好像"是叙述主体的幻觉,而"奇怪"是叙述主体的疑虑。如果我们把它们删除,那么全诗的叙述主体就隐匿起来了,整个事态就完全客观地自己演示自己,看不到叙述主体的情感、介入和评判。这个时候,当叙述者隐身与叙述视角隐蔽的时候,诗的戏剧性比较明显,因而,我们可以称之为外在戏剧性。反之,如果我们保持全诗原貌,几乎处处可以看到叙述者及其叙述视角,它们像事件及其情境的观察者和见证者那样,乃至以局内人的身份融入事态进展之中,使得整个事态出现了明显的主观性,如此一来,

---

① 邹进先:《从意象营构到事态叙写——试论杜诗叙事审美形态与诗学意义》,《文学遗产》2006 年第 5 期。

② 苏辙:《栾城第三集》卷八,见《栾城集》下册,曾枣庄、马德富点校,上海古籍出版社 1987 年版,第 1553 页。

它自身的戏剧性反倒更加内在化了。这种使叙述者和叙述视角个人化和主观化的戏剧性关系，我们姑且称之为内在戏剧性。总体而言，具有内在戏剧性的诗比具有外在戏剧性的诗的叙事性明显些。

戏剧性并非中国新诗之必需，在此前提下，非本质性的戏剧化就成了中国新诗，尤其是事态叙事的中国新诗所乐于借鉴和接受的表达手段。中国新诗里的戏剧化宛如一场独角戏，青睐"一个人的战争"、一个人的内心幻象及冲突。所以，中国新诗的戏剧化，十分强调幻象，而幻象与现实之间相对而非对立的关系构成了某种隐喻。这种间离效果使得中国新诗的空间感凸显，戏剧化也就由此而来。总之，戏剧化并非总要有戏剧性，而戏剧性却必然伴生着外在戏剧化。

中国新诗戏剧化首先需要借助意象。不像中国古诗，意象相对较少，而且意象与意象之间的逻辑关联比较清晰，易于把握；由于深受西方意象派的影响，中国新诗意象密集，意象彼此间的外在联系模糊，且内在关联又隐藏得很深，给人的感觉是"常常省略去那些从意象到意象之间的连锁，有如他越过了河流并不指点给我们一座桥，假如我们没有心灵的翅膀便无从追踪"①。中国新诗的意象就像诗歌海洋里的一座座孤岛，从水面上看，它们是彼此分隔的，但在水面下，它们又是相互连接的。与当代口语诗不同，中国新诗和中国古诗几乎都是广义上的意象诗，只不过它们的意象属性及其结构方式和呈现方式不同而已。中国新诗使用的意象具有现代性特征，并通过暗示、象征、写实、呈现、偶然、片面、并置、戏剧化等途径加以表现。当然，情况并非总是如此，五四白话诗的"兴象"抒情，包括此后的一些感伤浪漫主义抒情，像涉世不深的毛头小子与怀春少女，急躁、慌乱、轻佻、忸怩、青涩、空茫，青春气息很浓，乃至还有伪青春抒情。当时就有"酷评"对此进行了全面否定。有人发表《删诗》，认为《尝试集》《女神》《草儿》《冬夜》等当时颇有影响的新诗集都"不是诗"，都

---

① 何其芳：《梦中的道路》，《大公报·诗刊》第 1 期，1936 年 6 月 19 日。

是"未成熟的作品";①有人发表《诗之防御战》,认为中国新诗向小诗和哲理诗方向发展是错误的,应予以抵制。② 尽管这类酷评存在意气用事或党同伐异之弊,但它们部分地指出了初期白话诗兴象抒情的简陋和粗鄙。随着社会矛盾日趋尖锐,兴象抒情日显弱不禁风、捉襟见肘,越来越不适应时代发展的需要。一种更为精细、更为艺术地处理诗歌意象的写作方式,即把意象置于诗歌时空化的现代写作方式应运而生。

中国新诗时空化追求,有利于它的事态化衍生。意象在时空维度上的有序安排生成了诗歌"故事"。这种事态化一边让意象与事物自己演出自己,一边辅之以叙述者的适度的描述、概述和评论。1933 年 7 月 1 日,臧克家在《文艺月刊》第 4 卷第 1 期发表了《老马》:

> 总得叫大车装个够,
>
> 他横竖不说一句话,
>
> 背上的压力往肉里扣,
>
> 他把头沉重的垂下!
>
> 这刻不知道下刻的命,
>
> 他有泪只往心里咽,
>
> 眼前飘来一道鞭影,
>
> 他抬起头望望前面。

诗里的事件,是诗人心灵孵化而出的事件。它是事态叙事获得内在诗意的源泉,而事态诗化成熟的标志之一是有一个核心意象贯穿全诗。有了这样的核心意象,就能使叙事和抒情在一个诗意浓郁的天地里发挥最大效应,尽情地展现诗歌思想和艺术的魅力。《老马》核心意象是老马。围绕老马的

---

① 周灵均:《删诗》,《文学周报》17 号,1923 年 12 月。

② 成仿吾:《诗之防御战》,《创造周报》第 1 号,1923 年 5 月。

负重和拉车,刻画它在种种外在逼压下,忍辱负重的坚毅形象及其"咬紧牙关和磨难苦斗"①的坚忍精神。这是《老马》的表层意思。其实,《老马》的深层意思是依靠戏剧化的艺术得以传达的。具体来说,《老马》的戏剧化因素有以下五点。第一,叙述者尽量保持客观陈述的姿态,将他所见的场景向读者进行克制性叙述。第二,以"总得"开头,一下子就规定了全诗场景及叙述的假定性。还有,在"不说""垂下""咽""望望"等动词的前面加有限定性和修饰性的词语,也在一定程度上把整首诗引向虚拟情境。换言之,此类情况不是此时此刻真实发生的,全诗的意象及其动态均是叙述者的陈述、概括和评判,尤其是具有承上启下功用的那句"这刻不知道下刻的命"进一步强化了场景的虚拟性,叙述者实在忍不住要发表一下自己的看法。试想,如果诗歌叙述里没有叙述者主观情感的投入,没有诗人生命气息的适度灌注;那么它的叙述就变成了一堆硬邦邦的文字,就只剩下对事物和场面的简单记录了。第三,叙述语气严肃冷峻、外冷内热,把读者控制在一定的距离之外,仿佛能与老马面对面,但又无能为力,最终使读者深陷其中,欲罢不能。第四,对话、行动、表情和冲突,本是戏剧的基本要素,但对事态叙事诗歌而言,它们不可能像传统戏剧那样照单全收、一应俱全,当然也没有这个必要。而诗的事态叙事要在言语的戏剧化上做文章:言语中的动词就相当于戏剧中的动作;言语的对话化、交流化就相当于戏剧中的对话。当然,这里对话的对象既可以是自己,也可以是对象化的事物或意象,还可以是假想中的读者,而言语的语气和语调就相当于戏剧里的表情。具体到此诗而言,给我们印象最深的分别是第一节最后一个动词"垂下"和第二节最后一个动词"望望";前者对应的是老马把头沉重垂下的雕塑般的造型,反映的是老马默默忍受苦难("它横竖不说一句话","背上的压力往肉里扣");后者对应的是老马把头高高昂起的雕塑般的造型;尽管老马继续保持了坚忍的姿态("他有泪只往心里咽"),但更主要的是,在外力不断

---

① 臧克家《生活》初稿里的诗句,见闻一多:《〈烙印〉序》,载臧克家《烙印》,开明书店1934年版。

的催逼下,老马前后来了个逆转,内心燃起了"苦斗"的焰火,使我们看到了老马的前途、希望和未来。只是由于叙述者一以贯之的冷静、克制、理性和审慎,所以,我们只有通读全诗才能读出这样的讯息来。概言之,老马的这一"低头"以及随后的那一"抬头",使得全诗戏剧化冲突外在化。至于老马的命运结局到底如何,叙述者并没有交出答案,而这恰恰是好的戏剧化的高明之处。因为真正好的戏剧化,矛盾冲突一时半会儿是得不到解决的。燕卜苏说:"诗人应该写那些真正使他烦恼的事,烦恼得几乎叫他发疯。……我的几首较好的诗都是以一个未解决的冲突为基础的"。① 第五,正是因为诗中场景的虚拟化,以及言语的对话化,丰富了"老马"这个核心意象的内涵。它既可以象征旧中国农民,也可以象征整个农业文明中的中国人,还可以象征整个中华民族,甚至可以象征旧时代中国诗人自己的血泪史、屈辱史和"坚忍"史。对此,诗人阐释道:"你说《老马》写的是农民,他说《老马》有作者自己的影子,第三者说,写的就是一匹可怜的老马,我觉得都可以。诗贵含蓄,其中味听凭读者去品评"。② 从这首诗和上面谈到的《三代》,我们知道,纯粹场景化的诗,不一定就比夹叙夹议的诗好,也不一定就更具戏剧化与叙事性。

综上,叙述者尽量隐身,对意象事物及其事境尽量不介入、不评价,使其与读者处于直接的面对面的外在戏剧性关系中。这与中国新诗呈现叙事有些类似,但它更加突出戏剧性的紧张及冲突。也就是说,它不仅讲究叙述的形式问题,更加重视叙述的内容问题。

第三节　戏剧性/戏剧化的现代诗体语法

与中国古诗相比,善与恶、恶与恶、善与善、真与假、假与假、真与真之间的

---

① 王佐良:《燕卜苏·奥登·司班德——读诗随笔之四》,《读书》1987 年第 4 期。
② 臧克家:《关于〈老马〉》,见赵明顺、刘培平主编:《战士·学者·诗人——臧克家先生百年诞辰纪念文集》,山东大学出版社 2005 年版,第 439 页。

戏剧化,更严格来说是戏剧性,是中国新诗最突出的特征。中国古诗是静观的、封闭性的,以意境为重,它的结构态势是不断向语言内部旋转和收缩。而中国新诗注重事态和语言的动态以及结构的开放性,它的结构态势是不断向外拓展的。

在谈及中国新诗现代性特征时,我们通常将"戏剧性"和"戏剧化"混用,其实它们之间既有联系又有区别。在我看来,凡艺术势必有"戏"的成分。自然,最有"戏"的艺术是戏剧。诗歌是一门艺术,因而,也少不了"戏"的味道。布鲁克斯和沃勒认为,一首诗宛若一出戏,它有具体而特定的情境,即便是最短悍的抒情诗,也不失某种特定情境中的述说或对话。所以,诗中不乏叙述者、人物、事件和典故等或显在或隐在的叙事因子。① 诗与"戏"的关系不比真正文类意义上的戏剧。前者关系松散,并非必然。质言之,戏剧性并非为诗歌所有,但它却内在于戏剧的本质。戏剧通常包括目的、对目的的预期以及评判者三大要件,而"一个人一台戏"的独角戏是一种特殊的戏剧:其主角、对手和评判者为同一人。严格来说,戏剧性必备的诗是"剧诗"②。郭沫若是中国现代剧诗的奠基者,《凤凰涅槃》是其奠基之作。

众所周知,在现代中国文学史上,郭沫若是最优秀的"诗剧"与"剧诗"写作的两栖作家。别的不说,单就郭沫若《女神》(剧曲诗歌集)初版本而言,在第一辑里就有三篇诗剧,即《女神之再生》《湘累》《棠棣之花》,并将其置于这本重要"诗集"之首,足见诗剧对郭沫若的中国新诗写作之初始意义。《女神》里最长的、最重要的、最恢宏的一首诗是《凤凰涅槃》。就是这样一首冠以多个"最"的重要作品,通常被解读成现代性的浪漫主义抒情长诗。然而,其副标题"一名'菲尼克斯的科美体'"常常被人们所忽视。它补充说这首诗是一

---

① Brooks Cleanth & Robert Penn Warrer, *Understanding Poetry* Foreign Language Teaching and Research Press,2004,p.48.

② 包括郭沫若在内的不少诗人将"剧诗"同"诗剧"混用。纵然它们都具有跨文体的特征,但是"剧诗"是一种特殊的诗,而"诗剧"是一种特殊的戏剧。据此,笔者认为,《凤凰涅槃》不是如郭沫若所说的"诗剧",而是一首"剧诗"。

首关于"凤凰的喜剧"。这就提示我们,《凤凰涅槃》既不是一般意义上的诗歌,也不是普通意义上的喜剧,而是中国新诗与现代喜剧两种文体的融合。所以,我们在分析这首诗时就不能忽略其喜剧性因素。在结构的整体观念和浪漫主义气质上,它明显受到了瓦格纳歌剧的影响,而这也是它获得成功的重要保障之一。此诗发表后,经历了五次修改,除了添加《凤凰同歌》的冠名、貌似增加了一个诗章外,其他的并未改变。也就是说,全诗的总体结构在写作的当初就已经定下来了。按初版时的结构看,全诗分《序曲》《凤歌》《凰歌》《群鸟歌》《凤凰更生歌》五个诗章,由三个井然有序的抒情场景铺叙而成。第一个诗章《序曲》抒写的是第一场景,写凤凰自焚之前的准备,是喜剧情节的开端。《凤歌》《凰歌》《群鸟歌》三个诗章,抒写的是第二个场景,着重写凤凰集香木自焚的经过,尽情展示了凤凰勇敢赴死的决心以及群鸟的自私贪婪,是喜剧情节的发展。其中,《群鸟歌》是全诗批判性最强烈的部分,除了孔雀有些游离于中华民族审美心理外,其他鸟类的种种情状和心理均与鲁迅批判的"国民性"暗合。最后一个诗章《凤凰更生歌》抒写的是第三个场景,彰显的是古老神话的最终实现,将喜剧情节推向高潮。全诗三个场景之间的承上启下的诗句,使得三个场景、五个诗章环环相扣,滴水不漏,浑然天成。这种严谨的艺术结构,有助于诗歌"复调"主题的乐化表达:诅咒旧中国的毁灭,预言新中国的诞生;否弃旧式知识分子,呼唤新式知识分子;在新旧交替的历史转折点,弘扬弃旧图新、全面创新的现代思想。此外,《凤凰涅槃》的戏剧性还从它的间接性上得以体现,而这种间接性又是通过系列对应性来表现的。首先,它对应着中外的古代神话叙事及其译介。诗前的序言告诉人们,这只凤凰一度在阿拉伯神话里遨游过,也曾经在记载着中国古代神话的典籍里飞腾过,而现在却要在中国新诗里复活。其次,它对应一些有关凤凰的中国古诗,如杜甫在《朱凤行》里自比为凤,在《凤凰台》中以凤凰象征唐代中兴。最后,它还对应了某种西方的"中国观"。《凤凰涅槃》里的现代中国凤凰,既具外来性,又有本土性。只不过,这里的外来性仍然是东方性。质言之,在黑格尔的观念中,中国凤凰远远落后于西方凤凰；黑格尔鄙视东方、藐视中国，体现的是"欧洲中心主义"的文化霸权观。美国汉学家史美书说："当中国凤凰不得不以死亡来换取新生（前面提到的郭沫若诗歌也如是说）之时，黑格尔的西方凤凰正在从它先前的肉身中汲取力量以酝酿出一种新形式"。① 西方从古典到现代再到后现代的历史演进，从来都是在自身内部进行一系列连续性变革；而中国从古典到现代却是采取了与传统断裂的方式，至少姿态上是如此之激进！"颇为讽刺的是，一个世纪后，'五四'知识分子使这种理论区分成为了现实。因为急于否定传统的种种合法性，'五四'知识分子不自觉地证明和支持了黑格尔有关亚洲凤凰的观点。这一反讽表明了黑格尔的观点在'五四'有关现代性的思考中拥有着普遍的影响力"。② 这种多重的间接性、对应性和互文性，使《凤凰涅槃》的投射相当丰富。

在中国新诗史上，像《凤凰涅槃》这样戏剧特征如此明显的大型剧诗写作并不多见，大多数的中国新诗事态叙事的戏剧性/戏剧化"演事"是小型的、不露声色的。从叙事学角度看，叙事者向人们陈述和描写事态的方式属于叙事语式，而戏剧独白是一种特殊的叙事语式。维多利亚时期，罗伯特·勃朗宁创造了戏剧独白体诗（Dramatic Monologue），对后世的诗歌写作产生了深远的影响。戏剧独白体诗有以下三个特征。第一，通常由"剧中人"一个人独白，而非对白。第二，这种独白，不是通常意义上的独白和自白（"剧中人"在舞台上面对观众讲话；或者自言自语，而没有听众），而是"剧中人"对"剧中人"所说的话，人们可以从这种独白式的讲述中，体会戏剧冲突之所在。第三，这种独白不是完整的，而是片断的；不是连续的，而是断断续续的；但对于一首诗而言，它们又完全是自足的。1931年，卞之琳写的《投》，就是这样一首有代表性

---

① ［美］史美书：《现代的诱惑——书写半殖民地中国的现代主义（1917—1937）》，何恬译，江苏人民出版社2007年版，第61页。

② ［美］史美书：《现代的诱惑——书写半殖民地中国的现代主义（1917—1937）》，第61页。

的戏剧独白体诗：

> 独自在山坡上，
> 小孩儿，我见你
> 一边走一边唱，
> 都厌了，随地
> 捡一块小石头
> 向山谷一投。
>
> 说不定有人，
> 小孩儿，曾把你
> （也不爱也不憎）
> 好玩的捡起，
> 像一块小石头
> 向尘世一投。

这些诗句极其简练与克制。主要动词"投"，尽管由标题引领，但具体到正文里，一直到每一节末行的最后一个字才出现，其他辅助成分都围绕着它并最终将全部力量归结于它。从标题开始到第一节最后一个字和第二节最后一个字即全诗最后一个字，形成一个首、身和尾圆满统一的完形结构，体现的是"关键词"修辞、重复修辞的词语乌托邦。"小孩儿"投"小石头"，"有人"投"小孩儿"，"投"和被"投"，以及"小孩儿"和"小石头"之间本体和喻体之间的关联，构成了类似戏剧的情节冲突。从叙事行为方面看，诗中，有一个叙事者"我"即成年人，一个听众"你"即"小孩儿"。"故事"发生的顺序是"我"看见"小孩儿"独自一人在山坡上玩；刚开始，他还比较兴奋，边玩边唱，玩着玩着，唱着唱着就腻味了；在百无聊赖之中，随意从地上捡起来一块小石头，向山谷的方向投去；由此，"我"就想，"小孩儿"本身就像那块小石头，"说不定有人"将他"也不爱也不憎"、"好玩"地从某处"捡来"，并投放到了人世间。这里面有一前一后两个故事，并且是由第一节里的现实故事，生发出第二节里的象征故事。质言之，由前面的叙述衍生出了后面的叙述，而且在后面的场景叙述失去了现实性，变成了一种隐喻。尤其是在第二节的故事叙述中，还使用了括号，穿插进叙述者的叙述干预，打断叙述进程，短暂地延缓了叙述时间，强化了叙述者的主观情感。这样做的目的是突出叙述者的地位与功能，拓展读者的想象空间。如此一来，读者阅读的过程也就是整个故事完整的叙述过程。从这个角度看，虽然这个故事讲完了，但其意义没有完全被"讲述"出来。申言之，此诗不是一个传统意义上的"可读文本"，而是一个现代意义上的"可写文本"。从叙事体态上看，除了括号里插入了叙述者的声音外，诗人几乎不用自己的声音来叙述，而是全部由叙述者"我"出场来讲述，给人以现场感、真实感和亲切感。而"我"目睹一切，讲述一切，并想象一切。"我"全知全能，一切都在"我"的掌控之下。从叙事体态上讲，"我"既可以是叙述者，也可以是诗人；当"我"是诗人时，"我"与生活中的诗人又不完全相同，"我"只是"第二个自我"，"隐含作者""第二作者"，即一个被高度人格化和道德化的诗人。"我"像哲学家那样，同时以一个诗人哲学家的身份自居，在一个现实场景中思考生命偶然与人生荒诞之哲学命题。从叙事体式上看，整首诗全部由"剧中人""我"的独白构成。"我"仿佛在向另一个"剧中人""你"，讲述一件重要的然而"你"自己虽然置身其中却浑然不觉的事情。"我"的讲述既是讲述的产物，也是讲述的行为，前者十分客观，后者比较主观。从全诗来看，第一节是"我"讲述的客观场景和事件，这种善与善、真与真之间的戏剧化几乎使人忘记了它们的虚构性；第二节则是"我"对此事的看法和议论。全诗就是由现实故事和象征故事、客观讲述和主观态度耦合的叙事语式。正是先有了前面的客观讲述，才使得后面的主观情思和深沉哲思有了依托和基础。从叙事功能上看，依据雅可布森划分的语言的纵向聚合轴和横向组合轴，我们可以从纵向聚合轴的"标志"和横向组合轴的"功能"这样两个向度来看此诗的叙事。"标志"是具体所指，"功能"则是指向下一行为。此诗的叙事由一连串的标志和功能来完成。在第一故事里,第一个动作"玩",即"边走边唱",标志了一种人的生存状态,故事由此得以展开;第二个动作"捡投",标志着"小孩儿"无所事事、茫然无措的性格特征。在第二故事里,第一个动作依然是"玩",不同于第一个故事里的"玩"在于它们的主体不同,第一个故事里"玩"的主体是"小孩儿",这里"玩"的主体是"有人";第二个动作从"小孩儿"角度来讲是"被捡投",而从"有人"的角度来讲依然是"捡投"。因为"小孩儿"和"小石头"贯穿了全诗始终,而且第二节里的"小石头"其实还是"小孩儿"的象征,从这个意义上讲,"小孩儿"是全诗核心的"叙事元"。由此可知,第二节中第二个叙事功能"被捡投",标志了"小孩儿"的命运。质言之,从叙事功能上看,以"小孩儿"为核心"叙事元",依次有三个关键性的动作:"边走边唱""捡投""被捡投",而与之相应的叙事标志依次是"小孩儿"的状态、性格和命运。"小孩儿"的命运有双重意义:他来到这个世界上纯属造物主的偶然所为,而这种无法把握的命运又是造成他随波逐流的散淡性格的根本原因。总之,性格与命运互相成就。从这个角度上看,此诗形成了一个相对完整和自足的叙事结构(见图1)。

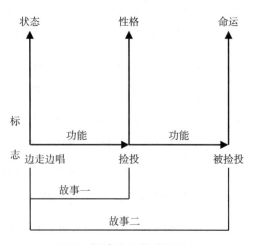

图1 《投》的叙事功能示意

进而言之,这首诗也是对叙述者自身的叙述。作为成年人的"我"何尝又不是作为"小孩儿"的"你"的未来呢? 反过来说,作为"小孩儿"的"你",何尝又不是作为成年人的"我"的过去呢？"我"和"你"其实是同一体，只是处于人生不同阶段而已。因此，从表面上看，"我"是在讲述"你"的故事；其实，从根本上讲，"我"讲述的是自己的故事，是"我"通过这两个故事，或者说一个故事的两个层面，揭示自我的生存状态和自我性格，并由此探究自我的命运。从这个角度上讲，此诗具有自我对话和自我陈述的性质。如前所述，"我"不仅指叙述者，还可以大于叙述者。作为后者，它既可以指诗人，也可以指人类。对"我"的命运的探讨，也就是对诗人自己命运以及人类共同命运的探究。但是，我们必须明白，所有这一切，无论是功能、标志和故事，都是在诗人的掌控之下进行的，从这个意义上讲，此诗最终的、最权威的叙述者是卞之琳。

如果说卞之琳的《投》属于正统的戏剧独白体诗，那么还有许多中国新诗属于戏剧独白体的变体。所谓变体，就是没有完全按"勃朗宁体"来写，而在某些环节上作了调整和改进，例如，诗中不一定出现两个或两个以上的"剧中人"，而是由一个叙述者独自讲述某件具有戏剧意义的事件。换言之，"用直接自由式写出的内心的思想过程就是内心独白。内心独白当然不等于独白也不等于自言自语"[1]。赵毅衡按从大到小的范畴依次排列出了"直接自由式转述语""内心独白""意识流"[2]，目的是廓清这三者之间的关系。换言之，内心独白介乎两者之间。请读闻一多的《荒村》："'……临淮关梁园镇一百八十里之距离，已完全断绝人烟。汽车道两旁之村庄，所有居民，逃避一空。农民之家具木器，均以绳相连，沉于附近水塘稻田中，以避火焚。门窗俱无，中以棺材或石堵塞。一至夜间，则灯火全无。鸡犬豚等觅食野间，亦无人看守。而间有玫瑰芍药犹墙隅自开。新出稻秧，翠蔼宜人。草木无知，其斯之谓欤？'——民国十六年五月十九日《新闻报》//他们都上那里去了？怎么/吓蟆蹲在甑上，水瓢里开白莲；/桌椅板凳在田里堰里漂着；/蜘蛛的绳桥从东屋往西屋牵；/门框里嵌棺材，窗棂里镶石块！/这景象是多么古怪多么惨！/镰刀让它

---

① 赵毅衡：《当说者被说的时候：比较叙述学导论》，四川文艺出版社 2013 年版，第 176 页。
② 赵毅衡：《当说者被说的时候：比较叙述学导论》，四川文艺出版社 2013 年版，第 177 页。

锈着快锈成了泥,/抛着整个鱼网在灰堆里烂。/天呀! 这样的村庄都留不住他们! /玫瑰开不完,荷叶长成了伞;/秧针这样尖,湖水这样绿,/天这样青,鸟声象露珠样圆。/这秧是怎样绿的,花儿谁叫红的?/这泥里和着谁的血,谁的汗?/去得这样的坚决,这样的脱洒,/可有什么苦衷,许了什么心愿?/如今可有人告诉他们:这里/猪在大路上游,鸭往猪群里攒,/雄鸡踏翻了芍药,牛吃了菜——/告诉他们太阳落了,牛羊不下山,/一个个的黑影在岗上等着,/四合的峦障龙蛇虎豹一般,/它们望一望,打了一个寒噤,/大家低下头来,再也不敢看;/(这也得告诉他们)它们想起往常/暮寒深了,白杨在风里颤,/那时只要站在山头嚷一句,/山路太险了,还有主人来搀;/然后笛声送它们踏进栏门里,/那稻草多么香,屋子多么暖! /它们想到这里,滚下了一滴热泪,/大家挤作一堆,脸偎着脸……/去! 去告诉它们主人,告诉他们,/什么都告诉他们,什么也不要瞒! /叫他们回来! 叫他们回来! /问他们怎么自己的牲口都不管?/他们不知道牲口是和小儿一样吗?/可怜的畜生它们多么没有胆! /喂! 你报信的人儿也上那里去了?/快去告诉他们——告诉王家老三,/告诉周大和他们兄弟八个,/告诉临淮关一带的庄稼汉,/还告诉那红脸的铁匠老李,/告诉独眼龙,告诉徐半仙,/告诉黄大娘和满村庄的妇女——/告诉他们这许多的事,一件一件。/叫他们回来,叫他们回来! /这景象是多么古怪多么惨! /天呀! 这样的村庄留不住他们;/这样一个桃源,瞧不见人烟!"①"在 20 世纪上半叶,政治诗歌有很大的影响,但这些年中的诗作中能达到真正诗歌的世界水平的是极少的。政治诗歌的作者们离新闻太近而离事件太远。新闻会在宣传中熔化而事件则是突然出现的历史"②。闻一多的《荒村》尽管是由一则新闻触发了灵感,但它并不等于新闻,而只能说它具有某种新闻性,因为闻一多已经诗意地将其转化为具有历史意味的事件了。全诗自始至终都是叙述者一个

---

① 《闻一多全编》,蓝棣之编,浙江文艺出版社 1995 年版,第 248—250 页。
② [墨]奥克塔维奥·帕斯:《批评的激情》,赵振江编译,云南人民出版社 1995 年版,第 84 页。

人的内心独白。它讲述了战乱后十室九空的荒村惨象,同时,我们也不难感受到叙述者内心激越的思想波澜。诗前"次文本"的小序,引述新闻报道,道尽整个事件的原委。诗的正文则是对此事的有感而发。与新闻报道不同的是,它丢弃事无巨细的记载,而择其要端,选取那些严重撞击诗人心灵的精神事件片断,并以诗歌戏剧化的方式生发开来。全诗事态叙事的情感线索是:一开始写荒村景象之"古怪"和惨淡;紧接着,笔锋转向写荒村人去村空,这里已然是"城春草木深"了;接下来,叙事视角又由自然景象转向了各类牲畜,写它们眼下的狼狈以及对过往的温暖回忆;最后,诗人终于按捺不住,起而直呼村民回归故里。诗人采用了类似于电影的叙事手法:先"特写",接着"闪回",再进行"切换",最后使用"并置"。诗人将对军阀混战的愤激之情内化为诗里的戏剧性情境。军阀混战导致村民流离失所,家园荒废,杂草丛生,牲畜狼狈,然而哪个村民不向往安居乐业、生态美好、六畜兴旺的生活。这种现实与愿望之间的冲突以及冲突的难以解决,体现了紧张的悲剧性。由于新月诗派提倡用理性节制情感,所以闻一多调动了暗示、反衬、对比、拟人、白描和象征等表现手法,同样达到了类似于"赋体诗"的史诗性效果。由此,我们能够看到闻一多《荒村》里随处可见杜甫"三吏三别"和《北征》的影子,足见身处乱世的闻一多具有"以诗写史"的雄心。除"诗史"特色外,《荒村》的语言也具有情境性。诗中有 13 处感叹,其中有两处惊叹加重复:"天呀! 这样的村庄都留不住他们!"表面上是为了引起读者的注意,但更重要的是,为全诗奠定愤激的情感基调。不是村庄留不住村民,而是战乱迫使村民不得不背井离乡! 不像臧克家在《难民》里直接书写难民的不利处境,闻一多在诗的正文里没有直接把战乱与难民联系起来叙述。他把这种写实性的内容交给诗前的小序去承担了,而在正文里集中叙述荒村的种种惨象。全诗透过表象揭示问题的本质,委婉地传出了诗人对军阀混战的痛恨之情。诗中有 7 处质询,由开头一句"他们都上那里去了"统领,试图得到灾难深重的、如"鬼村"般的、现实的回应,一方面发出了诗人对造成人间惨剧的罪魁祸首的持续诅咒,另一方面也表达出诗人对难民的深切同情以及对于重建家园的热切期望。此外,诗中还有反反复复的、接二连三的祈使与呼告,特别突出的是诗的最后一部分,以去"告诉"他们组成了一连串的排比,把诗人迫不及待的心情和盘托出,因为诗人实在难以忍受"瞧不见人烟"的"这样一个桃源"!诗人想尽早结束灾难以及由此造成的荒诞。总之,在《荒村》中,不论是感叹、疑问、祈使,不论是视角的转换、绘画的白描、强烈的对比、铺展的排比,都在展演一出人间惨剧,都体现为情不自禁、一吐为快的语言情境。叙述者一个人密集的滔滔不绝的独白,既创造了情境,又体现了行动,还紧紧抓住了读者的心,期待读者参与到对悲剧问题的审视与解决中来。难怪美国当代著名史学家史景迁在引用并评析《荒村》后,发出钦佩的感叹:"孜孜矻矻追求文艺之美、出自肺腑爱国的闻一多,此时得在一个对美学可能性极尽嘲讽的世界,再次确认自身对美学可能性所抱持的信念。"①

中国新诗事态叙事除了独白体及其变体外,常见的还有对话体,对话体是为了创设更加复杂的情境而存在的。既然是对话,至少有两个及其以上的"剧中人",围绕某件具有戏剧冲突的事件,彼此间进行对白。这种对白并非一般性地陈述某件事,而要以张力为矛盾交汇点,方能引人入胜。1924 年、1925 年刘半农先后在巴黎和北京,以《拟拟曲》为题,"摹拟"北京方言,写了两首诗。1925 年 2 月 21 日《京报副刊》发表了刘半农前一年作于巴黎的《拟拟曲》。刘半农不但在白话新诗创作上领先,而且在白话新诗理论建设方面也不甘落后。在有名的《我之文学改良观》里,刘半农提出了"增多诗体"的主张,并且指出了"自造""输入"和"别增"三种门径。② 他是这样说的,也是这样做的。我们在他的《瓦釜集》和《扬鞭集》里可以看到"纪游诗""拟古""拟儿歌""拟拟曲"、山歌、小诗、船歌、情歌、童谣、十四行诗、散文诗,等等。他曾

---

① [美]史景迁:《天安门:中国的知识分子与革命》,温洽溢译,台湾时报文化出版企业股份有限公司 2007 年版。第 316 页。
② 刘半农:《我之文学改良观》,《新青年》第 3 卷第 3 号,1917 年 5 月 1 日。

夫子自道："我在诗的体裁上是最会翻花样的"①。这里的"拟拟曲"就是他自造的新名词。"拟曲"的希腊文是 Mimiambal，英文是 Mimes，是伯罗奔尼撒战争时期的希腊杂剧，通常由一人唱、一人演，反映平民百姓的日常生活。周作人翻译了《希腊拟曲》12 篇。刘半农的"拟拟曲"显然是对"希腊拟曲"的戏仿，也就是借西方古体，为中国新诗自造新体。诗前小序写道："在报上看见了北京政变的消息，便摹拟了北京的两个车夫的口气，将我的感想写出"。1923 年，曹锟通过贿选，当上了中华民国第五任总统。第二年就被冯玉祥推翻。他的起起伏伏的命运就像曹操当年先是被捉后又被放那样，演绎出一部乱世政坛上的现代悲喜剧。刘半农通过两个车夫的轮流对话，写这件事对平民生活的影响以及平民由此生发的感想：北京政变无论多么滑稽可笑，但是"隶苦子的只是咱们几个老百姓"；在荒诞不经的世道面前，老百姓有了与前总统一比高下的勇气，并用不无自嘲的口气说："反正咱们有的是一条命！/他们有脸的丢脸，/咱们有命的拼命，/还不是一样的英雄好汉么？"这首诗的喜剧性就在于：曹锟不择手段当上了总统，当上总统后先是被捉后是被放，重演历史上曹操当年的悲喜剧。让他整日提心吊胆的事，偏偏就发生在他身上；人力车夫将自己的命运与曹锟的命运进行比较，发现他们也可以成为如此的"英雄好汉"，只是表现不同罢了。这首《拟拟曲》具有杂剧的风格，写出了普通老百姓在群魔乱舞的时代，悲苦无告、自嘲解闷的凄惨与无奈。1925年 9 月 16 日，刘半农写的另一首《拟拟曲》也是由纯对话体结构而成，而且是写人力车夫之间的对话，不同的是：人物由两人变成了三人；对话的形式由两人之间轮流对白，变成了三人之间交叉谈话；对话内容由谈时局大事，变为谈身边琐事；体制也由小变大，而且有往"诗史"方向发展的趋势，颇具杜甫神采。具言之，这首《拟拟曲》里有三个人力车夫：老五、老六和老九。我们只知道老九姓李，其他两人均无名无姓，也不知道他们的具体来历，足见他们的社

---

① 刘半农：《自序》，见刘半农：《扬鞭集》，北新书局 1926 年版。

会地位低下,用今天时髦的话来说就是"草根""蚁民"。在等级社会里,他们仅是符号,是编了码的草民。他们穷困潦倒,他们积劳成疾,他们有病无钱医,他们拖着病体继续劳作,他们拼命劳作也挣不来买棺材的钱,他们命若尘埃。诗中,老六是整个事件的知情者。一开始,老五向老六打听老九的消息,老六告诉他:老九病死了;接着,插入了老五与老九之间叙家常式的简单对话,并用了很大篇幅插入老六转述的老九临死前为病魔折磨而且拖着病体拉车的惨状,还在这种转述中再次插入他俩生前的最后谈话;最后又回到了老五与老六之间围绕老九"后事"的对话,并以老九辛劳一生而死后无钱埋葬的人间惨剧收束全诗。在整个叙述过程中,关键人物老九一直不在现场,他生前和死后的情况均出自老六之口,连他与老五和老六之间的对话也都是由后者转述出来的。也就是说,在整个悲剧里,悲剧人物老九连出面诉说的机会和权利都没有,他几乎是无声的。只有像老六这样极个别的同样是苦命的人才知道这可有可无的讯息,就连同样是命贱的老五也不知道整个情况,那些"阔人老爷"就更无从知晓,何况他们对此漠不关心。今天老九的悲剧正是未来老五和老六的悲剧。平头百姓的人间惨剧每时每刻都在上演。从全诗比较克制的叙述中,可以感受到诗人对那个吃人社会及其制度的强烈控诉与诅咒!概言之,对话体的事态叙事,"对于诗人来说,字词的发现和思想的追寻是同时进行的,结果并非是新的词汇的产生,而是新的语言、新的表述以及新词汇、新节奏与新的意义的结合"①。在对话体中,由"剧中人"通过对话,开展戏剧性事态的过程,也就是意义产生的过程;对话结束了,意义也就生成了。

需要说明的是,并非所有的事态叙事都得朝戏剧性方向发展。过程化是戏剧性的前奏,而戏剧性是过程化的深化。所以,我们在谈中国新诗事态叙事的戏剧性时,自然应该关注它的过程化。中国新诗的事态叙事,从某种程度上

① [美]S.W.道森:《论戏剧与戏剧性》,艾晓明译,昆仑出版社1992年版,第35页。

讲,只是尽量做到对过程的还原。这里所谓的还原,其实就是去蔽的过程,使诗人直接触摸到客观的、真实的生活样态。如何写? 如何"切中"(treffen)事物、事实? 这是一个令许多人伤透了脑筋的事,胡塞尔说:"认识如何能够确信自己与自在之物一致,如何能够'切中'这些事物?"①他从现象学的哲学高度提出了"还原",认为唯有如此方能"切中"事物。但是,作为诗歌写作,这种"切中"最终要通过语言得以落实。换言之,我们要在词与物之间建立起一种真实的对应关系。米沃什在《诗的艺术》一诗里写道:"我一直向往更为广阔的形式,/不受诗歌或散文的约束,/让我们都能理解清楚,/以免作者为难,也不必叫读者受苦。//诗歌的本质有些粗鄙:/它来自我们本事,我们却未注意,/它的发现使我们惊讶不已,/仿佛突然看到一头猛虎摆尾。"②现代诗歌应该具有混合风格,即将思想、说教、叙事与抒情混合在一起,尽量把诗写得不像诗,而是像诸子百家散文、小说和戏剧那样。这是一部分现代诗人的自觉追求。当然,中国新诗对过程体认是一回事,而对它的表现是另一回事。中国新诗不可能像小说和戏剧那样,注重过程的前后顺序和因果关系,而是以一种散漫的方式展开叙述,就像闲聊那样有一搭没一搭地叙述着。有时故意扭曲时间,使之空间化;有时用场面或事件、插入或转移等方式强行中止叙述,以语言和意象的歧义性去捕获意义的多重建构,而不是直接奔向一个预先设定的目标。对于诗的过程处置,通常有两种情况。一种情况是淡化过程及事态,以情写情。浦安迪说:"抒情诗有叙述人(teller)但没有故事(tale)"。③ 此种情况下的抒情,有时对事态诗意的获取造成负面效应;而有时也能使事态叙述获得诗意。哈罗德·布鲁姆说:"准确论者或具体论者可能是雪莱最有力的敌人,

---

① ［德］埃德蒙德·胡塞尔:《现象学的观念》,倪梁康译,上海译文出版社 1987 年版,第 7 页。

② ［波兰］米沃什:《诗的艺术》,见孙素丽、刘治贵主编,王历生、闻雨选编《1974—1982 年诺贝尔文学奖得主代表作全集》第 10 卷,山东美术出版社 2012 年版,第 339 页。

③ ［美］浦安迪:《中国叙事学》,北京大学出版社 1995 年版,第 18 页。

因为雪莱诗歌中有生命力的东西有意地偏离了经验细节"。① 虽然徐志摩像雪莱那样"有意地偏离了经验细节",但也能使其诗歌拥有生命力。当然,人们尽可以说像雪莱和徐志摩那样的浪漫主义诗人缺少事态叙事的感觉和能力,但我们必须明白,事态叙事并非诗意获得的灵丹妙药。纯诗拒绝世俗事物,视之为杂质,因此它远离事态叙事。我们不可以将中国新诗的事态叙事定于一尊。另一种情况是强化过程及事态,以事写情。此种情况下的叙事,通常能够获得丰沛的诗意,就像笔者在上文所论述的那样;有时由于过分沉溺于经验细节和过程叙述,而使诗不堪重负,落入俗套,诗意尽失! 对此,朱光潜说:"诗是一种惊奇,一种对于人生世相的美妙和神秘的赞叹,把一切事态都看得一目了然,视为无足惊奇底人们就很难有诗意或是见到诗意"。② 总之,尽管戏剧性是事态叙事的总体特征,过程化是其重要的途径之一,但是我们应该理性地看待事态叙事在中国新诗史上的地位,不可迷信中国新诗的戏剧性和过程化。

第四节　肉身化修辞与求真意志的杂语狂欢

中国新诗事态叙事,在新中国成立前,以西方现代主义为尺度,在戏剧性/戏剧化方面卓有成就。但是,到了 20 世纪 80 年代中期以后,尤其是在市场经济冲击和西方后现代主义思潮影响下,中国新诗事态叙事不再那么规规矩矩,故意往"非诗化"和"非经典化"的亦庄亦谐的路子上走,至少形成了以下四种写作范式。

第一种是中国新诗事态叙事的新闻体/报告体。这里的新闻,专指普通老百姓的日常生活,而几乎与国内外大事无涉。后者往往是中国新诗的写实叙

---

① ［美］哈罗德·布鲁姆:《饥饿的海:雪莱导论》,见《批评、正典结构与预言》,吴琼译,中国社会科学出版社 2000 年版,第 235 页。

② 朱光潜:《诗的难与易》,《文学杂志》第 2 卷第 1 期,1947 年 6 月 1 日。

事关注的对象。关于这一点,我们在前面的章节里已经论述过。第三代诗人往往偏好用新闻体进行事态叙事。韩东的《我们的朋友》,写他的朋友多为单身汉,经常来家里用胡子扎儿子的脸,到厨房看妻子烧鱼,喝多了就痛哭流涕……于坚的《尚义街六号》,写尚义街六号,这个文艺青年即诗人的文朋诗友常常聚会的地方,不像贵族化的文艺沙龙。他们在这儿既谈文艺,更多的是谈"文坛内幕",又谈"应当怎样穿鞋子/怎样小便　怎样洗短裤/怎样抄白菜　怎样睡觉　等等"。诗中叙事者和主人公都是一群游走在社会边缘的"多余人""零余者"。他们像美国"垮掉一代"那样的"文艺愤青",永远不回家,也不愿意融入社会。他们永远"在路上"漫游。因为在他们看来,"世界既不是有意义的,也不是荒诞的。它存在着,如此而已"①。他们以游走来证明他们的"在"。存在、活着,对他们来说就是意义和价值。他们反文化、反英雄、反崇高。他们只为自己和朋友而活,仿佛亲人都不那么重要。他们看重"诗江湖"。他们向世界"撒娇"。他们是"撒娇一代"。当年,"撒娇派"发表《撒娇宣言》:"活在这个世界上,就常常看不惯。看不惯就愤怒,愤怒得死去活来就破壁。头破血流,想想别的办法。光愤怒不行。想超脱又舍不得世界。我们撒娇"②。我曾经将这种撒娇式幽默称为"红色幽默"③。按德里达理解,"毫无疑问,移心化已构成我们时代的整体的一部分"④。"移心化",就是离开时代中心,就是主动边缘化。换言之,移心、撒娇、好玩,都是从侧面解构中心。请读李亚伟的《苏东坡和他的朋友们》:"古人宽大的衣袖里/藏着纸、笔和他们的手/他们咳嗽/和七律一样整齐//他们鞠躬/有时著书立说,或者/在江上向后人推出排比句/他们随时都有打拱的可能//古人老是回忆更古的

---

① 法国新小说家格里叶语,见陈超:《中国探索诗鉴赏辞典》,河北人民出版社 1989 年版,第 462 页。

② 京不特:《撒娇宣言》,见徐敬亚、孟浪、曹长青、吕贵品编:《中国现代主义诗群大观1986—1988》,同济大学出版社 1988 年版,第 175 页。

③ 杨四平:《中国新诗理论批评史论》,安徽教育出版社 2008 年版,第 207 页。

④ Jacques Derrida, *Writing and Difference*, London: Routledge, 1981, p.280.

人/常常动手写历史/因为毛笔太软/而不能入木三分/他们就用衣袖捂着嘴笑自己//这些古人很少谈恋爱/娶个叫老婆的东西就行了/爱情从不发生三国鼎立不幸事件/多数时候去看看山/看看遥远的天/坐一叶扁舟去看短暂的人生//他们这群骑着马/在古代彷徨的知识分子/偶尔也把笔扛到皇帝面前去玩/提成千韵脚的意见/有时采纳了，天下太平/多数时候成了右派的光荣先驱//这些乘坐毛笔大字兜风的学者/这些看风水的老手/提着赋去赤壁把酒/挽着比、兴在杨柳岸徘徊/喝酒或不喝酒时/都容易想到沦陷的边塞/他们慷慨悲歌//唉，这些进士们喝了酒/便开始写诗/他们的长衫也像毛笔/从人生之旅上缓缓涂过/朝廷里他们硬撑着/瘦弱的身子骨做人/偶尔也当当县令/多数时候被贬到遥远的地方/写些伤感的宋词"①。诗人写以苏东坡为代表的古代知识分子，其实也是在写中国现当代知识分子，而且是用黑色幽默和"红色幽默"调侃着写。他不但拿古人开涮，而且不把自己当外人，常常自嘲一番。一群连自己都敢嘲讽的青年人，在他们眼中还有什么东西可怕呢！因此，他们敢于把自己和朋友的日常言行和交往公之于世，就像自媒体时代那样，人人都是媒体人，人人都是记者。显然，这些自曝性的新闻，和官方发布的高大上新闻是极其不协调的，但更有广泛性和传播力。这种写作方式就是罗兰·巴特讲的"零度写作"。"零度写作根本上是一种直陈式写作"，"这就是一种新闻式写作"。② 而这种对普通人日常生活的新闻报道式陈述，从叙事学角度来讲，它们属于"小叙事"或者说"变叙事"。在"变叙事"那里，一切都变得支离破碎、疑点重重、平平常常、衰败涣散。"'变叙事'之'变'，取衰变之意。正像古代有'变风'与'变雅'一样"，"'变叙事'并不意味着与'大叙事'针锋相对地另搞一套，而只是意味着'大叙事'的内部结构被拆解开来，人们得以更清

---

① 李亚伟：《豪猪的诗篇》，花城出版社 2005 年版，第 18—19 页。
② ［法］罗兰·巴特：《写作的零度》，李幼燕译，中国人民大学出版社 2008 年版，第 48 页。

晰地窥见'大叙事'的究竟。"①"变叙事"使得诗歌文本成为"寓言体"，没有了"大叙事"及其"象征体""那种有机、完整和浑然一体的'象征'气象，而是体现出空间化、抽象性、零散性、含混性和反常态"。②

　　到了21世纪来临之前，中国新诗事态叙事慢慢从关注"亚文化状态青年"和文艺青年，转向更为广泛的"底层民众"，尤其是进城务工人员，于是，就有了饱受争议的"底层生存写作"和"打工诗歌"。1998年3月《诗刊》第14届"青春诗会"专号的头条发表打工诗人谢湘南的组诗《呼吸》，其中有一首《一起工伤事故的调查报告》。全诗如下："龚忠会/女/20岁/江西吉安人/工卡号：z0264/部门：注塑/工种：啤机/入厂时间：970824//啤塑时，产品未落，安全门/未开/从侧面伸手入模内脱/产品。手/触动/安全门/合模时/压烂/中指及无名指/中指2节，无名指1节/属'违反工厂　安全操作规程'//据说/她的手经常被机器烫出泡/据说/她已连续工作了十二小时/据说事发后　她/没哭　也没/喊叫　她握着手指/走//事发当时　无人/目睹现场"③。打工诗歌讲述的是打工者的身体遭遇。这种身体叙事不像"下半身写作"导向了肉欲。它不但没有写肉欲，反而写了肉体的磨损、伤残和疼痛。"但这种痛感不是纸上的，也不是一般诗人那样的遥远的痛，它们的痛是及物的，是到达我们血肉的痛，这种痛一直能够刺激我们，也能唤起人的情怀"④。此诗诗题明示这是一起"调查报告"，除了一开始用"表格""胸卡"形式简洁介绍了"工伤"受伤的青年女工外，用了绝大部分篇幅讲述她是如何受伤的以及受伤后的出奇冷漠的反应，一来事发现场没有目击证人，二来她不知道有"工伤"与"公伤"之

---

① 王一川：《修辞论美学：文化语境中的20世纪中国文艺》，中国人民大学出版社2009年版，第192页。
② 王一川：《修辞论美学：文化语境中的20世纪中国文艺》，中国人民大学出版社2009年版，第194页。
③ 谢湘南：《呼吸》，《诗刊》1998年3月号。
④ 许强、罗德远、陈忠村主编：《2008中国打工诗歌精选》，上海文艺出版社2009年版，第277页。

分。从事发后青年女工的第一反应来看,这样的事故在工厂里司空见惯,且依惯例一律按"违反工厂　安全操作规程"处置。又因为像青年女工这样的"蚁族",人微言轻,即使因公受伤了,也只好自认倒霉,到哪里索赔去?这既从侧面反映出现代工厂的恶劣环境及其非人制度,也表达出现代工人,尤其是进城务工人员的愚昧落后。作为新闻、报告,它们必须以真实性为第一要务。诗人完全客观、真实、完整、清晰地叙述事件起因、经过和结果,只是到第三节用了三次"据说",从本次事故讲述中延展开来,由此可见本次事故不是个案,而是"惯犯",以此展示其普遍性和典型性。如此一来,这种"事态"就变得严重起来。当然,如何使这种"非诗"材料产生诗意呢?除了笔者刚才讲的材料的真实性外,还有就是整个事件的"无理可讲"以及由此带来的"无理而妙",也就是说,诗人是用不动声色的反讽,让这些"非诗"材料生发出冷冷的诗意。陈仲义说:"像谢湘南这样的'调查',出色地处理应用文体格式与诗语的关系,取得成功经验,应当祝贺。面对那些可利用的应用文体材料,例如协会章程、企划方案、公告广告、合同协议、介绍信、公证书……犹如画家面对橡胶、碎玻璃、破铜烂铁等材质,在特定的语境与感悟中,如何出其不意,改造成奇迹呢?异质材料是很难诗化的,同时又特别容易诱导非诗倾向,这是不小的难度和挑战。谢湘南充分利用'材质'特性,顺从它,又引领改造它,不像有些人完全被牵着鼻子走,一味异质下去,或者只追求外表形式,最终造成貌合神离,都是不可取的"①。反讽是扭转乾坤的法宝,也是使其写作走向现代主义或者后现代主义的门径。

　　如果说韩东和于坚写自己和朋友日常交往的诗属于"自查报告"的话,那么年龄轻一些像谢湘南这样的打工诗人的此类诗就是"自查报告"与"调查报告"相结合的新闻报告体。20 世纪 40 年代,在国家民族处于生死存亡关口,闻一多提出要把诗写得不要太像诗,不妨像小说戏剧那样。他的意思是号召

---

① 　陈仲义:《百年新诗百种解读》,安徽文艺出版社 2010 年版,第 365—366 页。

诗人们创作属于那个时代的民族史诗,而少写无关紧要的抒情小品。那时的闻一多没有想到,诗还可以写得像新闻、报告、通讯。但抗战时期的街头诗、墙头诗、枪杆诗的作者们就是把诗当新闻、报告、通讯来写,只不过,它们写的是惊天伟业,而且是宏大抒情。而 21 世纪打工诗歌写的却是底层民众的血肉生活,属于冷漠的、客观的、记录的"零度写作"。

第二种是中国新诗事态叙事的"后档案"体。档案是集体记忆、社会记忆和国家记忆,是记忆的宫殿。它们是与权力共谋的结果。它们又是族群认同、形象建构和历史想象的依据。统治阶级通过掌握档案进而到达控制记忆和控制社会的目的。龚自珍说:"能见档册,能考档册","其福甚大"。① 因此,档案历来就具有政治性、机密性和机要性。历史上伪造档案、篡改档案、毁灭档案之事时有发生。不只是统治者和历史学家肆意涂抹档案,作家、艺术家和诗人也能偶尔为之。英国作家奥威尔的小说《1984》就是篡改历史的例证。前几年流行的"戏说历史"的宫廷戏也是对历史添油加醋、任意评说,给人以混淆视听、真假难辨之感。当然,任何事情都有两面性。这些"小历史"也有颠覆或弥补"大历史"之效。90 年代之后,后现代思潮在中国盛行,一股解构浪潮席卷而来,档案的正当性和合法性也遭到质疑。档案被视为一种"述事"、一种"文本",它也是具有建构性的,而非一成不变的。所以,笔者把这样的档案称为"后档案"。于坚的《0 档案》就是在这种档案文化背景下创作的。

不像伟人档案和国家档案那样事无巨细,普通人的档案往往极其简略,仿佛普通人因其普通而乏善可陈。但在持"后档案"观念的人看来,情况恰恰相反,普通人因其真实可信其档案可以丰厚些,而那些帝王将相因其虚伪龌龊其档案没什么可以值得记忆的。于坚的"0 档案"里的"0"可以指极其卑微,可以指不值一提,可以指一切归零——有就是无,也可以指零生一切——无就是有。《0 档案》里的"他"的档案"并不算太厚 此人正年轻 只有 50 多页 4

---

① 《龚自珍全集》,上海人民出版社 1975 年版,第 305 页。

万余字/外加　十多个公章　七八张照片　一些手印　净重1000克"。这也是一个普通青年人的档案实况,而这种普通人的档案多为民间档案,它记录了一个人从出生到死亡每个节点的具有档案价值的事件。鸟过留声,人过留痕,这些档案就是一个人的历史,一个人的形象及其价值都在这种档案里了。所以,每个人都很重视自己的形象,以便努力使之落实到档案记载中。与之相应的是,外界要正式了解这个人,依凭的就是他的档案记载。档案成了个人与外界共同拥有的资源。因此,档案对人就构成约束力,人的天性和自由就与档案记载格格不入,就像《0档案》里所写:"这些动词　全在现场　现场全是动词　浸在血泊中的动词",却"与人性无关"! 这首长诗除了第一个诗章《档案室》和最后一个诗章《卷末(此页无正文)》外,依次呈现了五卷:《卷一　出生史》《卷二　成长史》《卷三　恋爱史(青春期)》《卷三　正文(恋爱期)》《卷四　日常生活》《卷五　表格》。其实是六卷,因"卷三"分两册,"青春期"和"恋爱期"各一册,以此凸显青年人青春和恋爱之重要。按惯例,档案应以客观事实为依据,但是,所谓的客观事实也是以主观判断为基础,还有档案里很多个人陈述材料通常也是报喜不报忧,而且都说正经事。但《0档案》什么都说,如《卷三　正文(恋爱期)》的片断:

永恒啊11点　永恒啊公园关大门　永恒啊路灯　永恒啊长街

永恒啊依依　永恒啊回眸　永恒啊背影　永恒啊秋波

时间到了　请赶紧　时间到了　请赶紧　再见　比尔

再见　露　下次　梅　下次　华　再见　桂珍　下次　兰

总结:狂草　不及物动词　形容词　名词　情态状语

赋　比　兴　寓言　神话　拟人法　反讽　黑色幽默

自由派　通感　新古典主义　口语诗　头韵　腹韵　尾韵

主人公恋爱期的不严肃的云雨之事,频繁更换恋爱对象,不断地"再见",不断地"下次",就是难见真正的"永恒"。这显然是不能留存在档案里的,是极其私密性的,但又是实实在在发生过的。不仅如此,《0档案》"卷四　日常生活"里详细记载了"住址""睡眠情况""起床""工作情况""思想汇报""一组隐藏在阴暗思想中的动词""业余活动""日记"。"后档案"不干预档案主体的真实状况，不做任何增减，不放过任何细节，也几乎不带任何感情色彩。也就是说，"后档案"努力再现档案主体的原生态状态，哪怕有自然主义倾向也在所不惜。其实，这是一种现代反讽，一种现代寓言，也可以说是后现代寓言，属于詹明信所谓"第三世界民族寓言"。詹明信说："第三世界文化中的寓言性质，讲述关于一个人和个人经验的故事时最终也包含了对整个集体本身的经验的艰难叙述。"①《0档案》的寓言性被降低至零点，可以说它们是一种"冷寓言"或"后寓言"。毕竟你看不出作者有明显地暴露自己寓意的倾向，更难见其宣教色彩。一切都是不动声色的、冷冰冰的。如果从诗歌文体本身来讲，这首诗的妙处在于：它创造了一个巨大的语词场域；它貌似随意排列，却形成了一个具有巨大能量的语词磁场。于坚说："一首诗就是一个语词的场，像寺院、教堂那样的场，每一个词、每一个音都在生成着。好诗必须由读者自己进入，置身于诗人所创造的语词音乐现场，才能感受到那种'好'。"②

第三种是中国新诗事态叙事的"语言体"。它既与"后档案体"有联系，又有差异。如果说"后档案体"还存在档案意识的话，那么"语言体"基本上不考虑诗歌写作的内容，而是为叙述而叙述。此时诗中的事态，就是诗歌叙述语言的事态。在于坚看来，"诗是小道，因为它是对大道的模仿。它是象，象永远是局部的、片断的""在诗言体，它是道法自然，无言到有言，无象到有象"。③施塔格尔认为，戏剧式是强求的，抒情式是注入的，而叙事式是集合而成的；④

① ［美］詹明信：《晚期资本主义的文化逻辑》，张京媛译，生活·读者·新知三联书店2003年版，第545页。
② 于坚：《一己之见，谈谈好诗》，《遂宁日报·华语诗刊》2015年8月28日。
③ 于坚：《语言体》，见《于坚诗学随笔》，陕西师范大学出版总社有限公司2010年版，第65页。
④ ［瑞士］埃米尔·施塔格尔：《诗学的基本概念》，胡其鼎译，中国社会科学出版社1992年版，第66页。

而"真正的叙事式的结构原则便是'简单的相加'"①。这里的"简单",是指"拒绝隐喻"②,剥离那些装腔作势的象征,让诗回到语言自身。于坚写的"作品？号""便条集""事件:××"等等,都是这种"语言体"写作。这种中国新诗语言事态的"语言体"写作"'所发生的',仅仅是语言,是语言的历险"③。请读于坚的《对一只乌鸦的命名》:"从看不见的某处/乌鸦用脚趾踢开秋天的云块/潜入我眼睛上垂着风和光的天空/乌鸦的符号 黑夜修女熬制的硫酸/咝咝地洞穿鸟群的床垫/坠落在我内心的树枝/像少年时期在故乡的树顶征服鸦巢/我的手再也不能触摸秋天的风景/它爬上另一棵大树 要把另一只乌鸦/从它的黑暗中掏出/乌鸦 在往昔是一种鸟肉 一堆毛和肠子/现在 是叙述的愿望 说的冲动/也许 是厄运当头的自我安慰/是对一片不祥阴影的逃脱/这种活计是看不见的 比童年/用最大胆的手 伸进长满尖喙的黑穴更难/当一只乌鸦 栖留在我内心的旷野/我要说的 不是它的象征 它的隐喻或神话/我要说的 只是一只乌鸦 正像当年/我从未在鸦巢中抓出一只鸽子/从童年到今天 我的双手已长满语言的老茧/但作为诗人 我还没有说出过 一只乌鸦/深谋远虑的年纪 精通各种灵感 辞格和韵脚/像写作之初 把笔整枝地浸入墨水瓶/我想 对付这只乌鸦 词素 已开始就得黑透/乌鸦 就是从黑透开始 飞向黑透的结局/黑透 就是从诞生就进入永远的孤独和偏见/进入无所不在的迫害与追捕/它不是鸟 它是乌鸦/充满恶意的世界 每一秒钟/都有一万个借口 以光明或美的名义/朝这个代表黑暗势力的活靶 开枪/它不会因此逃到乌鸦之外/飞得高些 僭越鹰的坐位/或者降得矮些 混迹于蚂蚁的海拔/天空的打洞者 它是它的黑洞穴 它的黑钻头/它

① [瑞士]埃米尔·施塔格尔:《诗学的基本概念》,胡其鼎译,中国社会科学出版社1992年版,第99页。
② 于坚:《拒绝隐喻——一种作为方法的诗歌》,见《于坚诗学随笔》,陕西师范大学出版总社有限公司2010年版,第7—20页。
③ [法]罗兰·巴特:《叙事作品结构分析导论》,见张寅德编:《叙述学研究》,中国社会科学出版社1989年版,第41页。

只在它的高度　乌鸦的高度　驾驶着它的方位　它的时间　它的乘客/它是一只快乐的　大嘴巴的乌鸦/在它的外面　世界只是臆造/只是一只乌鸦无边无际的灵感/你们　辽阔的天空和大地　辽阔之外的辽阔/你们　于坚以及一代又一代的读者/都是一只乌鸦巢中的食物//我断定这只乌鸦　只消几十个单词　就能说出/形容的结果　它被说成是一只黑箱/可是我不知道谁拿着箱子的钥匙/我不知道谁在构思一只乌鸦黑暗中的密码/在第二次形容中它作为一位裹着绑腿的牧师出现/这位圣子正在天堂的大墙下面　寻找入口/可我明白　乌鸦的居所　比牧师　更挨近上帝/或许某一天它在教堂的尖顶上/已窥见过那位拿撒勒人的玉体/当我形容乌鸦是永恒黑夜饲养的天鹅/一群具体的乌　闪着天鹅之光　正焕然飞过我身旁那片明亮的沼泽/这事实立即让我丧失了对这个比喻的全部信心/我把'落下'这个动词安在它的翅膀之上/它却以一架飞机的风度'扶摇九天'/我对它说出'沉默'　它却伫立于'无言'/我看见这只无法无天的巫鸟/在我头上的天空牵引着一大堆动词　乌鸦的动词/我说不出它们　我的舌头被这些铆钉卡住/我看着它们在天空疾速上升　跳跃/下沉到阳光中　又聚拢在云之上/自由自在　变化组合着乌鸦的各种图案//那日我像个空心的稻草人　站在空地/所有心思　都浸淫在一只乌鸦之中/我清楚地感到乌鸦　感觉到它黑暗的肉/黑暗的心　可我逃不出这个没有阳光的城堡/当它在飞翔　就是我在飞翔/我又如何能抵达乌鸦之外　把它捉住/那日　当我仰望苍天　所有的乌鸦都已黑透/餐尸的族　我早就该视而不见　在故乡的天空/我曾经一度捉住它们　那时我多么天真/一嗅着那股死亡的臭味　我就惊惶地把手松开/对于天空　我早就该只瞩目于云雀　白鸽/我多么了解并热爱这些美丽的天使/可是当那一日　我看见一只鸟/一只丑陋的　有乌鸦那种颜色的鸟/被大空灰色的绳子吊着/受难的双腿　像木偶那么绷直/斜搭在空气的坡上/围绕着某一中心　旋转着/巨大而虚无的圆圈/当那日　我听见一串串不祥的喊叫/挂在看不见的某处/我就想　说点什么/以向世界表白　我并不害怕/那些看不见的声音"。不是诗人的人,对乌鸦可谓了如指掌、见惯不惊了。于坚却说:"但作为诗人　我还没有说出过　一只乌鸦"。他"知道"一只乌鸦,却"说不出"一只乌鸦。这只乌鸦不是象征意义上的、隐喻或神话中的乌鸦,那是别人说出的乌鸦。而别人用形容词和动词说出的乌鸦都不是真正意义上的乌鸦,只是他们对乌鸦的一种或几种理解,是极其片面的。但面对乌鸦,面对一只我想命名的乌鸦,"现在　是叙述的愿望　说的冲动"。那么,"我"到底如何命名一只乌鸦,"我"也只能描述"我"耳闻目睹的这只乌鸦。"我"不愿意用象征、隐喻、神话和形容词、动词去修饰他们,像胡适的《老鸦》所做的那样。"我"命名乌鸦的方式就是放弃"命名",放弃那种盖棺定论的做派,让乌鸦回到它黑暗的真实状态。而这种黑暗的真实状态,我们只可意会不可言传,毕竟它"巨大而虚无"。于坚式的后现代中国新诗叙事,采用的"移心化语言"①和"日常语言"②,既解构中心整体,又描述日常生活。总之,诗人一开始对别人命名乌鸦极为不满,因此试图自己命名一只乌鸦,但是最后他还是放弃了命名,只是尽力感知不同时刻的乌鸦。于坚说:"相对于历史和知识来说,诗只是一些废话。世界上最难讲的是废话,整个历史、文明都是它成为废话的强大障碍。"③这种诗的"废话",就是诗叙述的"不及物"特征;这种诗的"废话",关键在于重新"唤醒","唤醒"人们对语言和世界最初的真实的"切己"的认知。结构主义符号学家霍克斯说:"对任何诗歌来说,重要的不是诗人或读者对待现实的态度,而是诗人对待语言的态度,当这语言被成功地表达的时候,它就把读者唤醒,使他看见语言的结构,并由此

---

① 王一川:《修辞论美学:文化语境中的20世纪中国文艺》,中国人民大学出版社2009年版,第35页。德里达提出的"移心化(decentering)语言",是指去中心化、去整体化、碎片化、差异化的语言。

② 王一川:《修辞论美学:文化语境中的20世纪中国文艺》,第23—26页。维特根斯坦提出的分析美学意义上的"日常语言",既不同于存在主义的"诗意语言",也与形而上学的"理想语言"有异。他认为,日常语言具有语言游戏的多种用途,与生活形式紧紧相连;日常语言适应于描述和分析"日常生活特性、不确定性和开放性"的世界。

③ 于坚:《语言体》,见《于坚诗学随笔》,陕西师范大学出版总社有限公司2010年版,第55页。

看到他的新'世界'的结构"①。像于坚这样的"语言体"诗,的确不是为了使读者了解客观外在世界的事态进展,而是努力切断诗与现实的固有联系,把读者的注意力转移并集中到重新认识语言、重新解释名词上来,并在这种重新解释、命名过程中,让读者看到一种面目一新的语言结构,进而走进这座崭新的语言大厦,流连忘返地欣赏其内部语言世界的构造之美。

第四种是中国新诗事态叙事的"杂语体"。从鲁迅散文诗集《野草》开始,就要有中国新诗最高起点的叙事事态"杂语体"。在那里,从诗体上看,就是散文与诗歌的"杂交"而成的现代散文诗;从内容是看,现实、历史、文化、哲学等混溶在一起;从技法上,象征、隐喻、悖论和反讽交替使用。此后,绝大多数中国新诗一味追求其"纯度",如抒情诗的纯度、象征诗的纯度、社会诗的纯度、现代诗的纯度。只是到了20世纪90年代以后,在后现代氛围里,有一小部分诗人,开始往诗里掺进"非诗"、异质的因素。第三代诗人在这方面更为"放胆",如我们前面讲到的韩东和于坚等。这种混杂性的诗,我暂且将其称为"杂语体"的诗。对于在这方面进行探索实验的诗人来讲,这就是他们写作的诗的新意识形态,也就是他们写作的政治性。"作为一种象征行为,它必须将异质的叙事范式统一协调起来,尽管这些范式有其独特的、矛盾的意识形态意义"②。

从正统诗观来看,往诗里掺进叙事和议论,就是"非诗"的,乃至是"反诗"的。20世纪90年代,为了弥补此前诗歌高蹈带来的空洞,不管是所谓的"民间写作",还是所谓的"知识分子写作",都把诗歌叙事当作疗治诗歌疾病的良药。于是,诗歌叙事成为20世纪90诗歌写作的主潮。从与20世纪80年代诗歌写作的对比中,臧棣在陈述20世纪90年代诗歌叙事的必要性和正当性时说:"1.

---

① 特伦斯·霍克斯:《结构主义和符号学》,见《于坚诗学随笔》,陕西师范大学出版社有限公司2010年版,第14页。

② [美]费里德里克·詹姆逊:《政治无意识》,王逢振、陈永国译,中国社会科学出版社1999年版,第130页。

用现实景观和大量的细节对八十年代诗歌中的乌托邦情节进行清洗;2.用尽可能客观的视角来对八十年代诗歌中普遍存在的尖锐的高度主观化的语调作出修正;3.发明新的句法,对八十年代诗歌中的普遍僵化的修辞能力的反驳;4.运用陈述性的风格,对八十年代诗歌中的崇高意象的美学习气进行矫正;5.拓展并增进诗的现场感,对八十年代诗歌中流行的回应历史的经验模式的反思;6.从类型上改造诗歌的想象力,使之能适应复杂的现代经验"①。尽管20世纪90年代诗歌以叙事为其共同追寻,但是如果细致辨析,我们不难看到,"知识分子写作"偏好象征性叙事,而"民间写作"倾向本体化叙事。也就是说,前者依然久久不忘其诗的纯粹,而后者无所顾忌,背叛得更加彻底,不屑于固有的诗的纯粹。关于这一点,笔者已经在上文展开了论述。那么,在"知识分子写作"群体里,有没有诗人敢于进行自我革命,放弃此前坚持的"纯诗"写作,而改写"杂诗"呢?

西川就是这样一个有着"大河拐大弯"气度、卓识和作为的诗人,毕竟只有他清醒地认识到我们20世纪和21世纪的中国诗人的诗歌观念还停留在19世纪。他说:"20世纪初的中国诗人们并没有把自己20世纪化,而是纷纷把自己19世纪化了"②;"好像这个世界依然是19世纪的世界。20世纪的诗人假装19世纪的诗人,写所谓20世纪的诗,就那样了。21世纪的诗人还假装19世纪的诗人,多奇怪"③。所以,为了使"诗人观念和诗歌观念"之间不存在落差,消弭两者之间的隔阂,作为20世纪末21世纪初的中国诗人,就要写出这个特定时段的时代性作品。时代变得碎片状了,诗歌就相应地要呈现碎片化。陈超敏锐地捕捉到西川写作的这种巨变,并撰写了专题论文《从"纯于一"到"杂于一"——西川论》。他认为,西川早期以《在哈尔盖仰望星空》为代表的写作属于

① 臧棣:《记忆的诗歌叙事学》,《诗探索》2002年第1—2期。
② 西川:《诗人观念和诗歌观念的历史性落差》,见西川:《大河拐大弯——一种探求可能性的诗歌思想》,北京大学出版社2012年版,第56页。
③ 西川:《诗人观念和诗歌观念的历史性落差》,见西川:《大河拐大弯——一种探求可能性的诗歌思想》,第50页。

"新古典主义"，追求"元诗"意义上的间接暗示性、非个人化和自律自洽性①。随着 20 世纪 90 年代的到来，历史强迫西川修改他的新古典主义观，使他认识到含混、矛盾、尴尬、荒诞、悖论才是生活的真实状态。因此，从 20 世纪 90 年代开始，他彻底抛弃"元诗"观念和写法，用"大杂烩"的手法写出了"非诗"性的代表性诗歌《致敬》和《鹰的话语》。西川"杂语体"的诗，几乎难以找到中心，也几乎懒得分行，古代的、现代的、当代的、异域的、文学的、语言的、文化的、思想的、伦理的、哲学的、政治的、经济的、法律的、科学的、医学的、宗教的、军事的、正史的、野史的、方志的、抒情的、叙事的、戏剧的、议论的、反讽的、悖论的、戏仿的、箴言的、主体的、客体的、自然的、经验的、幻觉的、感觉的、意识流的、超验的等等，只要是他在写诗时能够想到的，他都悉数尽收，毫不犹豫写进诗中，形成一个块状堆积起来的"话语场""话语巨阵"，根本就不管它们是诗的还是非诗的。总之，西川的"杂语体"诗歌写作将诗歌叙事狂欢发挥到了极致，狂欢得灿烂至极，但它们又不是为了话语狂欢而狂欢，是经由狂欢传达诗人求真意志；它们就像尼采的写作，你很难分清诗与非诗，但总体上都是诗，如《鹰的话语》由 99 条分 8 大部分组成："关于思想既有害又可怕""关于孤独即欲望得不到满足""关于房间里的假因果真偶然""关于呆头呆脑的善与惹是生非的恶""关于我对事物的亲密感受""关于格斗、撕咬和死亡""关于真实的呈现""关于我的无意义的生活"②。仅仅从标题上就可以看出，西川"杂语体"中国新诗狂欢化叙事具有"后事态"的面影。请看第一大部分里节选的几个片段："1. 我听说，在某座村庄，所有人的脑子都因某种疾病而坏死，只有村长的脑子坏掉一半。因此常有人半夜跑到村长家，从床上拽起他来并且喝令："给我想想此事！"③；"6. 我的祖先曾上书他的君王建议禁止思想，君王欣

---

① 陈超：《从"纯于一"到"杂于一"——西川论》，见陈超：《诗与真新论》，花山文艺出版社 2013 年版，第 95 页。

② 西川：《鹰的话语》，《西川诗文集·深浅》，中国和平出版社 2006 年版。

③ 西川：《鹰的话语》，《西川诗文集·深浅》，中国和平出版社 2006 年版。

然接受。但时隔不久他又决定暂缓实行。他决定首先禁止人们在家中赤身裸体"①;"9. 在一个失眠之夜我听到有人喊我的名字,我追踪这喊声,逆风涉水,险些滑倒,却没有追上任何人,我因此断定这是我着魔的开始"②;"12. 我在镜中看到我自己,但看不到我的思想;一旦我看到我的思想,我的思想就停滞"③。显然,西川以此"片段写作"(梁小斌叫"断章集合"④),既远通尼采和本雅明等西方哲人,又接力梁小斌《独自成俑》《地主研究》《梁小斌如是说》之类的"诗散文"(残雪语)构思。这是一个被严重忽视、轻易埋没的基本诗歌事实:梁小斌早在 20 世纪 80 年代中后期就开始爆发式地写这种不分行的⑤、不为文体所困的、随心所欲的、话语块状呈现的、"杂语"体式的"片段写作";西川那时还在写纯诗(如《在哈尔盖仰望星空》和《夕阳中的蝙蝠》等),要等到 90 年代才醒悟过来,改写这种类似于梁小斌的"片段写作"。正是基于此,笔者才说,在中国新诗"片段写作"方面,西川"接力"了梁小斌。但与梁小斌笨拙地、有节制地构思不同,西川的"片段写作"一泻千里,大有一发不可收拾之气势。如果说梁小斌的每一篇"片段写作"是几个火把,那么西川的每一篇"片段写作"就是一片火海!两者相同的是,都是"片段写作",都是通过诸多"细节"推动沉重思维,展示汉语、诗思和人格的光亮与魅力。⑥

陈超说,西川前期写作"纯于一"⑦,"是纯诗风格意义上的共性的'一'"⑧;后

---

① 西川:《鹰的话语》,《西川诗文集·深浅》,中国和平出版社 2006 年版。
② 西川:《鹰的话语》,《西川诗文集·深浅》,中国和平出版社 2006 年版。
③ 西川:《鹰的话语》,《西川诗文集·深浅》,中国和平出版社 2006 年版。
④ 梁小斌:《断章集合》,见梁小斌:《地主研究》,文化艺术出版社 2001 年版,第 133 页。
⑤ 梁小斌:《不要逼我分行》,见梁小斌:《地主研究》,第 256 页。
⑥ 杨四平:《梁小斌论》,《20 世纪中国新诗主流》,安徽教育出版社 2004 年版,第 263—269 页。
⑦ 陈超:《从"纯于一"到"杂于一"——论西川晚近诗歌》,见《诗与真新论》,花山文艺出版社 2023 年版。
⑧ 陈超:《从"纯于一"到"杂于一"——论西川晚近诗歌》,见《诗与真新论》,花山文艺出版社 2023 年版。

期写作"杂于一"①，"则是诗人个体生命和灵魂话语的'（这）一（个）'"②。总之，西川"杂语体"诗歌写作是中国新诗事态叙事中最为狂欢化的，也是狂欢得最具诗性的，而且这种诗性常常登临哲学的高峰，使之成为一种"哲学的诗"或"诗的哲学"。因此，西川给我们以查拉图斯特拉式的中国新诗"超人"的强烈震撼与感受，但它们又与通常意义上的诗或哲学有别。西川的鹰没有尼采的超人神性，而是一个激情四射者、满腹经纶者、疑窦丛生者、四处游说者、布告天下者、滔滔不绝者、似是而非者、口是心非者……

"杂语体"中国新诗写作可以视为中国新诗写作的探索方向之一。西川对当代诗歌写作进展到哪一步了，可以说是了然于胸。正是在"门儿清"的前提下，他才大胆提出："这打开了语言大门的诗歌是人道的诗歌、容留的诗歌、不洁的诗歌，是偏离诗歌的诗歌"③。因此，他进一步说："我把诗写成了一个大杂烩，既非诗，也非论，也非散文，我不知道它叫什么，我不要那么多界限"④。谁一开始就把"杭育杭育"那种劳动号子叫作诗歌？又有谁一开始就认识到荷马到处演唱的《伊利亚特》《奥德赛》就是"荷马史诗"？现今，西川这种难以归类的"杂语体"，这类才思敏捷、才华横溢、口若悬河、妙笔生花的"片段写作"有谁能说它们不是诗？又有谁敢说它们不是诗呢！

概言之，我们在本章首先分析了中国新诗的事态叙事，既不像中国古诗那样追求静穆的"意境"，又不同于"纯诗"那么嗜好幽玄的"秘境"，而是侧重于营构一种现代意味的"事境"。当然，这种现代意义上的"事境"并不弃置意境和秘境，而是兼容并包，统而化之。其次，我们分析了在对现代"事境"的总体寻求下，现代诗人主要通过戏剧性/戏剧化和小说化的方式来安排诗歌意象，

---

① 陈超：《从"纯于一"到"杂于一"——论西川晚近诗歌》，见《诗与真新论》，花山文艺出版社 2023 年版。

② 陈超：《从"纯于一"到"杂于一"——论西川晚近诗歌》，见《诗与真新论》，花山文艺出版社 2023 年版。

③ 西川：《大意如此》，湖南文艺出版社 1997 年版，第 246 页。

④ 西川：《让蒙面人说话》，东方出版中心 1997 年版，第 279 页。

以便生成诗歌故事。再次,从诗歌体式及其表达方式上分析了现代诗剧、戏剧独白体、对话体及其变体对于事态叙事的具体落实。最后,从诗歌写作先锋探索性角度分析了 20 世纪 80 年代中期以来中国新诗狂欢叙事"嘉年华"的游戏与严肃并存的种种表现,均显示了中国新诗事态叙事对于现代性的孜孜以求。

中国新诗所叙之事,可以是"大"事,也可以是"小"事;可以是本事,也可以是"外"事;可以是实事,也可以是"情"事,还可以是"理"事。诗人们依据"事"的不同,采取了不同的"叙"法,如第三章至第七章所述,百年中国新诗叙事分叙事诗叙事、抒情诗叙事、写实叙事、呈现叙事和事态叙事五大类。我们依次分析了它们各自的历史背景、具体表现、主要特征及其对中国新诗发展的独特贡献。表面上,它们仿佛是中国新诗叙事海洋里的五座孤岛;其实,在内里,它们是通过现代性这一或明或暗的线索彼此勾连在一起。然而,"从诞生时起,现代性就在与自身斗争;其模糊性与不断变革的秘密正在于此。现代性产生批判的态度和思想就像章鱼喷墨液一样。这种批判,不可避免地要落到它自己身上。"①因此,中国新诗叙事的现代性面孔不是单一的、凝固的,而是多副的、流动的。它们要么关乎现代民族国家理念(而非古代朝廷观念),要么紧盯现代生活的瞬息万变(一种崭新的时空观,而非前现代生活田园诗般的凝固),要么张扬现代人的个体自由与权利(一整套关于现代主体的价值观,愿承担且能承担的独立性和担当性),要么渴求创造出艺术的新奇、震惊与永恒。如此一来,现代人、现代生活、现代汉语和现代诗歌就"四位一体"了。换言之,百年中国新诗的叙事诗叙事、抒情诗叙事、写实叙事、呈现叙事和事态叙事是中国新诗的现代性在中国新诗叙事形态领域里的五种艺术展现。

不仅如此,除了现代性这种宏大的具有笼罩性质的诗歌叙事品格外,中国新诗叙事还有属于形式方面的更具本体性质的艺术特征,也就是我们在下一

---

① [墨]奥克塔维奥·帕斯:《批评的激情》,赵振江编译,云南人民出版社 1995 年版,第 61 页。

章要展开论述的中国新诗的段位性。当然,这种中国新诗的段位性依旧是中国新诗的现代性在诗歌形式方面的艺术呈现。只不过,它不是诗歌的社会现代性,而是专属诗歌的美学现代性。可以说,一切诗歌叙事都是段位叙事,所有中国新诗叙事均是具有现代性的诗歌段位叙事。具言之,百年中国新诗段位叙事又可分为叙事诗叙事、抒情诗叙事、写实叙事、呈现叙事和事态叙事,反过来说,百年中国新诗的叙事诗叙事、抒情诗叙事、写实叙事、呈现叙事和事态叙事统属于中国新诗的段位叙事。它们之间类似于种属关系。正是这种诗歌美学意义上的段位性,使得百年中国新诗的叙事诗叙事、抒情诗叙事、写实叙事、呈现叙事和事态叙事彼此的联系更加紧密,只是这种联系比起它们之间的现代性关联来更加直观与微观罢了。

第八章 "段位":中国新诗叙事的现代诗意探寻

浓密的思想凝结在
浓密的雾里,平仄
就许在烟筒里调好了!①

你可会摆出形象的筵席,
一节节山珍海味的言语?②

现代性从宏观上统摄百年中国新诗的五大叙事形态——叙事诗叙事、抒情诗叙事、写实叙事、呈现叙事和事态叙事,而中国新诗的段位、空白和声音是从诗歌形式上来具体安排和落实。对于百年中国新诗的五大叙事形态而言,其现代性与段位性,构成了一"放"一"收"、开合有度的互动共生关系。以往,人们因过于迷恋中国新诗的现代性而忽视了中国新诗的段位性。其实,段位、空白和声音对于中国新诗叙事是必不可少的,在某些现代诗人眼里,它们既是诗歌的出发点,又是诗歌的落脚点;它们是诗歌的根本之所在。也就是说,诗

---

① 孙望:《感旧》,《水星》第 1 卷第 3 期,1934 年 12 月 10 日。
② 穆旦:《诗》,《中国新诗》第 4 期,1948 年 9 月。

歌叙事固然需要通过一定的外部材料(事实、史实、故事、人物和意绪等)才能展开,但我们不能因此就一厢情愿地将叙事视为外位性的、寄生性的。叙事,尤其是纯粹艺术的叙事、现代主义的叙事、本体意义上的叙事,均是本位性的、独立性的。一个标点符号,一种诗歌排列,一处特殊停顿,在诗中,尤其是在现代主义诗歌那里,都有它特殊的叙事意味。因此,我们可以把这种特殊的诗歌叙事视为"形式叙事"或者说"声音叙事",而这种特殊的叙事形式就是诗歌的段位与空白及其背后的声音。它们既是诗歌叙事之所依,又是诗歌叙事之所归。换言之,任何诗歌叙事,既要凭借诗歌的段位、空白和声音,又要最终归结于此,并呈现于纸面上①。

尽管中国古诗里也有图像诗之类的形式叙事和声音叙事意义上的诗歌段位叙事形态,但其段位的形态及其特征远没有中国新诗那么明显、丰富与诗意。质言之,百年中国新诗的五大叙事都是通过中国新诗的诸种段位来完成的,最终也是通过其段位、空白及其声音呈现出来的。从这个意义上讲,百年中国新诗的五大叙事均是种种特殊的段位叙事,它们的所有特性都得归结于各自独特的段位性。

第一节　中国新诗叙事文法正当性确立

美国叙事学家迪普莱西从话语方式和文类特征方面来界定诗的段位性。他认为,诗的段位性是"一种能够通过选择、使用和结合段位说出或生产意义的能力"②。这种能力就是如何运用语言组织将诗人的感觉、经验和思想表达出来的能力。在诗里,语言组织与思想组织之间应该契合无间。其实,非诗文体也可以说有段位,只不过,相对于诗来说,其段位意识比较弱化。它们主要

---

① 网络诗歌则呈现于"页面"上。
② [美]布赖恩·麦克黑尔:《关于建构诗歌叙事学的设想》,尚必武、汪筱玲译,《江西社会科学》2009年第6期。

靠材料及其组织材料的方式产生意义而不依赖段位。不但小说和戏剧如此，散文亦然①。只有诗才依靠韵律、词语及其结构形式生产意义，而且诗的段位具有相对独立性。别的暂且不说，单从文学角度看，没有哪一种文体像诗那样在诗歌文本的外在表现及其内在蕴含方面如此看重空白！从诗歌文本的外在形式上看，我们看到的是大面积的空白。一些字词、短语、诗行、句子和诗节，以时断时续的方式，遵循情感逻辑呈列于页面上。它们之间的停顿处、裂隙处和沉默处形成了大面积空白。"五四"时期的"小诗"具有代表性。空白不是"无"，而是以"无"寓"有"，进而虚实相生。质言之，段位以及与之相辅相成的空白是诗歌必不可少的要素。顺带说一句，虽然其他艺术也有段位和空白，但那不是它们的主要特征，而仅仅是辅助手段。在诗中，页面空白以及停顿、跨行、跨节、跨章形成的空白与段位在相互协调中产生意义。段位与空白都是诗歌意义生产过程中的限定单位，它们在范围和种类上有大有小，形式多样，通常有韵律、标点、单词、短语、诗行、句子、小节、诗章。它们是诗之所以成为诗的措辞方式、句法组织和语言模式，即无法用散文来表达的结构与肌质②。相对于散文的简洁性段位而言，诗的段位常常是多重的。它们之间的关系是矛盾的对立统一。诗歌不仅可以是分段的，同时也可以是反分段的。③ 也就是说，同样一种段位，由于所处的层面和范围不同，它们之间是对立的；不同的诗歌段位之间也是对立的。简言之，反段位是对段位的超越。

其实，叙事可以按故事、话语和视角划分段位，而对事件序列、声音性质和视角变化的跨越就是叙事的反段位。在诗歌叙事中，叙事自身的段位与诗歌

① 布赖恩·麦克黑尔说："关于散文是一个连续的不分段位的媒介是一个很有市场的错觉"，"虚构散文也是有段位的，尽管其段位可能附属于其叙事性"，"虚构散文也有自己的形式段位，如卷、部分、章节、段落、句子等跨越叙事段位的形式。"（[美]布赖恩·麦克黑尔：《关于建构诗歌叙事学的设想》，尚必武、汪筱玲译，《江西社会科学》2009 年第 6 期）

② [美]克林斯·布鲁克斯：《意释邪说》，见史亮编：《新批评》，四川文艺出版社 1989 年版，第 88—117 页。

③ 肖普托语，见[美]布赖恩·麦克黑尔：《关于建构诗歌叙事学的设想》，尚必武、汪筱玲译，《江西社会科学》2009 年第 6 期。

自身的段位之间应该"对位"。对位熨帖与否，耦合程度如何，直接影响到诗歌叙事的结构和质量。正是由于诗歌和叙事的段位性与反段位性，促成了诗歌叙事的里"诗歌性"与"叙事性"之间的互动共生。俞平伯说："诗总要层层叠叠话中有话"，"章法句法的前后变换，目的总在引起人的注意，鼓动人的兴趣"。①

在促使汉语文法现代化的进程中，有的语法学家将其可能与限度绾合起来予以综合考量。陈望道提出："一是原有文法的扩张"，"二是原有文法的颠倒或离合"。② 具言之，由于既创新宋元以来的"说话"传统，又借鉴西方的现代文法资源，现代汉语逐渐替代古代汉语成为现代中国人普遍使用的主要语言。其实，时至今日，现代汉语并没有完全取代文言文，作为中国古典传统载体的文言文不可能完全从现实生活中消失。我们都是有传统的人，没有传统的人是不可想象的。中国新诗的先驱们当年激进的言辞，完全是作为文学革命权宜之计的一种策略而已，大可不必紧扣某人在某处说了某一句话或某种观点不放，否则就会自陷囹圄。不过，中国新诗因为采用了现代汉语写作，的确经历了风风雨雨，同时，也的确使其段位丰富了，形式多样了，促进了中国诗歌叙事的现代发展。

中国古代没有系统研究语法的著作。《马氏文通》是中国首部以西方语法建构汉语语法的专著，为中国现代语法学奠基。它对胡适、钱玄同、康白情、朱自清、俞平伯等中国现代诗人产生了巨大影响。至于中国新诗到底要不要这种西化文法，当年有三种不同的意见。第一种意见以西化文法为准绳，指责中国古诗不讲求文法。胡适是这方面的代表，他那些提倡并阐发文学革命的言论，都力主"讲求文法"③。此外，钱玄同以江淹和杜甫的诗为例，指责其语法"不通"。他在写给陈独秀的信中说："江淹《恨赋》'孤臣危涕，孽子坠心'，

① 俞平伯：《社会上对于新诗的各种心理观》，《新潮》第2卷第1号，1919年10月。
② 陈望道：《语体文欧化的我观》，《民国日报·觉悟》，1921年6月16日。
③ 胡适：《文学改良刍议》，《新青年》第2卷第5号，1917年1月1日。

实'危心坠涕'也。杜诗'香稻啄余鹦鹉粒,碧梧栖老凤凰枝','香稻'与'鹦鹉','碧梧'与'凤凰',皆主宾倒置。此皆古人不通之句也"①。第二种意见既反对以西化文法否定中国古诗,又反对以西化文法做中国新诗,即主张"诗无文法"。康白情以追求自由与美为圭臬,旗帜鲜明地高喊:"打破文法底偶像!"②甚至提出"零乱也是一个美底元素"③。同时,他还针锋相对地回应了钱玄同对杜诗的批评。他认为,杜甫那两句诗的倒置,连修辞学家都认同,何况作为艺术的诗歌!他的意思是,不能以西化文法来批评诗歌文法的通与不通。换言之,语法逻辑上的通与不通,不是评判诗的标准,检验诗的标准应该是自由与美。俞平伯说:"文法这个东西不适宜应用在诗上"④,"那些主词客词谓词的位置更没有规定,我们很可以利用他把句子造得很变化很活泼,那章法的错综也是一样的道路"⑤。第三种意见虽然理论上反对,但在中国新诗写作实践中却大量采用西式文法。朱自清在理论上反对将西化文法掺入中国新诗,认为"流弊所至,写出'三株们的红们的牡丹花们'一类句子,那自然不行"⑥。然而,朱自清在《满月的光》里写道:"好一片茫茫的月光,/静悄悄躺在地上!/枯树们的疏影/荡漾出她们伶俐的模样"⑦。诗中的"的""在"和"们"的文法逻辑明晰,散文化倾向明显。其实,不管是哪一种意见,都很关心西化文法与中国新诗之间的关联,只是因为各自不同的出发点和立脚点而产生了意见分歧。极力倡导者与践行者,为了区分新文学与旧文学之不同,尤其是中国新诗与中国古诗的差异,几乎无条件地认同并采纳西化文法,乃至不分诗与非诗。大力反对者却站在维护诗的立场上,站在好诗不分新旧的美学立

---

① 钱玄同:《寄陈独秀》,《新青年》第3卷第1号,1917年3月1日。
② 康白情:《新诗底我见(有引)》,《少年中国》第1卷第9期,1920年3月15日。
③ 康白情:《新诗底我见(有引)》,《少年中国》第1卷第9期,1920年3月15日。
④ 俞平伯:《社会上对于新诗的各种心理观》,《新潮》第2卷第1号,1919年10月。
⑤ 俞平伯:《社会上对于新诗的各种心理观》,《新潮》第2卷第1号,1919年10月。
⑥ 朱自清:《读〈湖畔〉诗集》,《时事新报·文学旬刊》第39期,1922年6月1日。
⑦ 朱自清:《满月的光》,见李复威主编:《现代名家袖珍抒情诗赏析》,同心出版社1995年版,第15页。

场上,视西式文法为诗歌天敌。随后,穆木天进一步强化了诗文有别,进而区分了诗歌文法与散文文法。他认为,诗有其特殊的思维和逻辑,即"诗的思维术"和"诗的逻辑学";他称之为"诗的 Grammaire"①,即"很自由的超越形式文法的组织法"②。经过这种针锋相对的论争,到了 20 世纪 20 年代中期以后,人们慢慢确立了诗与散文有别的观念,尤其是能够认识到诗歌语法与散文语法之不同。

但是,在中国新诗的尝试期,人们对诗歌的特殊段位与空白的认识处于朦胧状态,对中国新诗具有特殊语法的思考与实践处于不断修正的过程中。冰心的《可爱的》发表前后的情况具有代表性。1921 年 6 月 23 日,当冰心把《可爱的》投给《晨报副刊》时,还是一篇短小散文,可是发表时,经过"记者"(据考证,该记者为孙伏园)改动,最终以分行的诗歌形式刊载出来:"除了宇宙,/最可爱的只有孩子。/和他说话不必思索,/态度不必矜持。/抬起头来说笑,/低下头去弄水。/任你深思也好,/微讴也好;/驴背上,/山门下,/偶一回头望时,/总是活泼泼地,/笑嘻嘻地"。与此诗同时刊发的还有"记者"的按语:"这篇小文,很饶诗趣,把它一行行的分写了,放在诗栏里,也没有不可(分写连写,本来无甚关系,是诗不是诗,须看文字的内容)。好在我们分栏,只是分个大概,并不限定某栏必当登载怎样怎样一类的文字。杂感栏也曾登过些极饶诗趣的东西,那么本栏与诗栏,不是今天才打通的"。③《可爱的》叙述了与宇宙同样可爱的孩子如何如何可爱,与她的小说和散文一样,此诗体现了冰心"爱的哲学"中的自然和童真两大主题。倘若按散文形式发表出来,就十分平常;后来,按诗的形式发表出来,因为有了诸多段位、反段位及其空白,凸显了孩子"可爱的"一个个场景和细节,让人慢慢回味。看来,当年不只是在冰

---

① 穆木天:《谭诗——寄沫若的一封信——》,《创造月刊》第 1 卷第 1 期,1926 年 3 月 16 日。

② 穆木天:《谭诗——寄沫若的一封信——》,《创造月刊》第 1 卷第 1 期,1926 年 3 月 16 日。

③ "记者"按语,参见《晨报》,1921 年 6 月 28 日。

心那里,诗与非诗的界限不甚清晰,就是在孙伏园那里,散文、杂感和诗的分类也只有个"大概"。他把"很饶诗趣""极饶诗趣"的文字当作诗歌发表;他区分诗与非诗的标准是"须看文字的内容",这与后来废名所说的"新诗"虽然使用的是"散文的文字"但必须有"诗的内容"①具有渊源关系。汉学家施托尔佐娃·鲍什科娃在《中国现代韵律学的起源》里说:"冰心的主要价值在于其诗歌与小说这两种文体的相互渗透……冰心在诗中,也像在她随意的散文中一样,无须尝试就解放了自由流动的语言。她把它熔入到她并不知晓的诗歌的特定形式中。在她的时代,这种做法并不巩固。"②

如果说《可爱的》是编辑擅作主张,将散文改为诗歌发表,并且作者也默认了,那么徐志摩的《康桥再会吧》就是编辑误解了作者本意,将诗歌当作散文,于1923年3月12日发表于《时事新报·学灯》。对此,作者并没有认可。随后,编辑在进行道歉的同时,于25日重新以诗的形式予以发表,并配发了"记者按":"原来徐先生作这首诗的本意,是在创造新的体裁,以十一字作一行(亦有例外),意在仿英文的不用韵而有一贯的音节与多少一致的尺度,以在中国的诗国中创出一种新的体裁。不意被我们的疏忽把他的特点掩掉了。这是我们应对徐先生抱歉,而且要向一般读者抱歉的。"③这里谈到了该诗的段位,每行大体相同的字数——全诗一百多行里有三分之二的诗行每行都是11个字,以及"一贯的音节与多少一致的尺度",彰显了徐志摩致力于创造现代格律诗的诗艺追求。此诗写于诗人离英归国的前夕,诗人肆无忌惮地铺叙了康桥生活对他所起到的"心灵革命"的再造之功。因此,他视康桥为自己海外最重要的"精神依恋之乡"。但由于叙述过于琐碎,枝枝蔓蔓,对细节也缺乏应有的提炼,难免出现拖沓的现象。所以,尽管它被收入了1925年由中华

---

① 废名(冯文炳):《新诗应该是自由诗》,见杨匡汉、刘福春编:《中国现代诗论》上册,花城出版社1985年版,第422页。

② [斯洛伐克]马立安·高利克:《捷克和斯洛伐克汉学研究》,李玲等译,学苑出版社2009年版,第85页。

③ "记者按":《时事新报·学灯》,1923年3月25日。

书局出版的《志摩的诗》，但再版时被删除了。1923 年 7 月 7 日在同一报纸上又发表了徐志摩的《康桥西野暮色》。时隔五年，徐志摩再写康桥，事不过三，最终写就了脍炙人口的传世之作《再别康桥》，1928 年 12 月 10 日发表在《新月》月刊上。这才为"康桥叙事"本身的叙事段位找到了最适宜它的诗歌段位——每节四行，有规律的"高低格"排列；每节押韵，逐节换韵，且首尾两节几乎是重章叠唱；每行六至八个字，几乎都是三个顿，且都有"一字尺""二字尺""三字尺"，只是位置不同而已。需要特别指出的是，徐志摩一开始反对在中国新诗中使用标点符号，但在这首名诗里，每一行都使用了标点符号，且逗号、分号、句号、感叹号和问号轮番使用，其中有一行还在行中使用了问号："寻梦？撑一支长篙"，表明诗人情感世界的丰富与跌宕。如果我们将此诗视为一首"乐诗"，那么首节与尾节就分别是序曲和尾声，造成一种听觉和视觉的回环美，反复渲染"浓得化不开"的离愁别绪；中间五节分为两个乐段——第二节至第五节为第一乐段，由四个乐章组成，突出了"放歌"种种；第六节为第二乐段，情感来了一个大逆转，由前面的"放歌"转而"沉默"起来，全诗情绪由高昂至低回。总之，整首诗是外在音乐与内在音乐的和鸣，在中国新诗的文法方面及语义学与语音学的融合方面均达到了难以企及的峰巅。对诗而言，"有时固然可以找到'部分'之间的某种语法关系；但是，不拘泥于语法的读者是不会去寻找"。[1] 然而，作为诗歌鉴赏者和研究者，很有必要找出那隐藏于诗中的松散的语法关联。

同年，《雨巷》发表在 8 月 10 日的《小说月报》上，比《再别康桥》稍早一点。叶圣陶说，《雨巷》"替新诗底音节开了一个新的纪元"[2]。朱湘在《〈雨巷〉的音乐性》里接着说，《雨巷》"兼有西诗之行断意不断的长处，在音乐上比

---

① ［瑞士］埃米尔·施塔格尔：《诗学的基本概念》，胡其鼎译，中国社会科学出版社 1992 年版，第 34 页。

② 杜衡：《序》，见戴望舒：《望舒草》，现代书店 1933 年版。

起唐人长短句来实在毫无逊色"。① 也就是说,《雨巷》用"行断意不断"的现代性的诗歌段位,叙述了一个青年在雨巷中彷徨,在彷徨中有所期待,当错失了这久盼的期待后,再次陷入更深的彷徨的精神历程。如果用音乐术语来表达的话,笔者觉得,《雨巷》是一支轻柔的、沉思的、寂寥的、苦闷的小夜曲。

尽管《死水》一诗于 1926 年春就发表了,但诗集《死水》也于 1928 年出版。总之,1928 年,《雨巷》和《再别康桥》的发表,以及诗集《死水》的出版,将中国新诗文法——中国新诗的段位、空白及其声音——运用到了登峰造极的地步,使得现代诗歌文法在中国新诗写作中获得了诗学上的正当性,并且激励着无数的有识之士继往开来地进行探索与实践。

第二节　中国新诗视觉段位的图像性叙事

在西化文法催生下,中国新诗出现了许多中国古诗里所没有的新段位。中国新诗叙事的段位从来不是孤立的、封闭的。它们使用简体字、新词语、长定语、后置附加语以及追加式和插入式的叙述方式与横排格式等,不是形式主义意义上的装饰品!它们将诗的声音与含义融于一体,成为诗本体的有机构造,体现了中国新诗段位叙事的现代性。

20 世纪上半叶中国新诗的叙事段位,既有显而易见的标点符号、字词、短语、诗行、诗句、诗节和诗章这些文字符号层面的段位及其空白,笔者将其称为"视觉段位";也有看不见的、但对中国新诗而言极其重要的韵律之类的诗歌声音,笔者将其称为"听觉段位"。前者是由各种视觉段位及其排列生发的"图像性叙事",后者是由各种听觉段位及其声音序列生发的"隐喻性叙事"。而且,前者的单位大小依据后者的长短、轻重和缓急来划定,也就是说,后者对前者具有决定作用。

---

① 朱湘:《〈雨巷〉的音乐性》,《新文艺》1929 年 3 月。

本节,我们先从符号到篇章,由小到大地论述 20 世纪上半叶中国新诗的四种视觉段位叙事及其音响性叙事的历史背景、艺术特征及其对中国新诗发展史的意义。

一、标点符号叙事

从外观上看,中国新诗明显不同于中国古诗的是,它们从西式诗歌段位里引入新式标点符号,以及由此而来的从左到右的横排格式。

其实,在中国,标点符号古已有之。如果从甲骨卜辞用以标明语言层次的"线号"算起,那么中国人使用标点符号已有三千多年的历史了。中国古代的标点符号极其简单,通常以"。"和"、"来标示文法上的句读单位,且一号多用,没有严格的限定。但中国古代标点不发达之弊端被大量的文言虚词以及简短句式所掩盖,换言之,大量文言虚词的存在以及超短句式致使中国古代标点符号稀少,由此还导致了书写语言与日常用语之间的割裂。在五四文学革命先驱看来,这是文言不能合一的罪魁祸首,必须起而反之。据现有资料看,在中国最早采用标点符号和横排形式的杂志,不是文学报刊,而是 1914 年创刊的《科学》杂志,其《例言》云:"本杂志印法,旁行上左,并用西文句读点之,以便插写算术及物理化学诸程式,非故好新奇,读者谅之"。[①] 1919 年 11 月,马裕藻、朱希祖、刘半复、钱玄同、周作人和胡适等人向教育部呈交《新式标点符号实施要点意见书》。次年 2 月,教育部正式通令全国各类学校采用"新式标点符号"。在中国最先采用横排的文学杂志是 1922 年 7 月郭沫若编辑的《创造季刊》。尽管早在 1917 年 3 月《新青年》发表钱玄同致陈独秀的公开信里,钱玄同曾经建议改竖排为横排,但并没有立即得到响应并付诸实践。由此可见,现代中国对标点符号及横排的采纳,是在学习西方自然科学的情势下逐渐发生的。在这一点上,现代科学启发了现代文学。如果按陈望道 1932 年在其

---

① 《例言》,《科学》创刊号,1914 年。

《修辞学发凡》里对标点所作的"文法上的标点"和"修辞上的标点"①区分,中国古代所使用的旧式标点与现代自然科学所使用的新式标点一样,只具有文法意义而不具备修辞意义。但是在现代中国文学领域引进新式标点符号,实际上更是为了凸显新式标点符号的修辞意义。

显然,将新式标点符号(包括古代的句号和顿号,它们已经不是那种纯粹文法意义上的标点符号,而是兼具文法意义和修辞意义的现代标点符号)应用于中国新诗写作中,对其文体、文气和本体均有十分重要的作用。请读李白凤的《幻想》:

> 我和你站在生满葱绿藓苔的岩石上
>
> 我伸出右手指着蔚蓝的天边。碧绿的海水仿佛生在指间和眼睛的波纹上。
>
> 你的怀里抱着我们初生的孩子。那带着善意的灵魂而来的孩子——他有一片乌云的头发。星子一样使人快意的眼。他好像要抓住飘过的白云似的把两只小手伸张开来。看着辽远的远方。
>
> 你微笑的望着我。
>
> 会意的。我笑了——
>
> 望着幸福的海水。我说
>
> ——我们的孩子叫什么名字呢?
>
> 你俯首问那被海水惊奇了的孩子。我知道你是有一颗慈祥的母亲的心的。
>
> 孩子伸出手来指着无尽的苍海。
>
> 白白的浪花丛中
>
> 三五只海鸥轻轻地飞向云间去——

---

① 陈望道:《修辞学发凡》,大江书铺1932年版,第411页。

李白凤是幻想型的现代派诗人,仅以"幻想"为名或者说题名中含有"幻想"的诗就有《幻想》《月幻想》《八个如云的幻想》。他还是文字学家,懂得如何用语言去表达幻想这一抽象的主题。这首诗通过一个故事来呈现诗人的心灵世界——"我"和"你",一对灵犀相通的夫妻,来到海边,望着碧绿的海水,指着蔚蓝的天边,会意地相视而笑,幸福地为初生的孩子取名字,乃至亲昵地向孩子探询;而孩子手抓白云,指着苍海,目视远方。这些似乎均暗示了"我""你""孩子"共同的幻想,那就是无拘无束的自由,高贵的远离尘世的自由。诗中意象群均指向了自由。除了意象群的段位叙事外,标点符号的段位叙事也显示了诗人很好的本体意识。全诗除了四个破折号和一个问号外,余下的标点符号均是句号。单就句号的功能来说,它们至少有两种作用。第一,每一个句号都标示着一种相对独立完整的语境;第二,句号与句号之间的先后使用,暂时延缓了叙述时间,使得叙事有了蒙太奇的剪辑和转换的效果,既有完整性又有具象性。例如,第二行使用了两个句号,使得诗的叙事段位彼此粘连在一起,语义既相对独立又具有延展性——"我"站在海边用手指着辽远的天边,在"我"低头看海的一刹那,"我"这一动作和形象在碧绿海水中的倒影,给人感觉仿佛是海水正在从手指间流过,同时,眼睛也能感受到海水的波澜。这两个句号的作用在于提供了两幅画面:当第一个句号出现,表示"我"指着天边的第一幅画面暂时结束;而当第二个句号出现,一方面将"我"导引回第一个画面,同时,又引出与之密切相关的第二幅画面,即"我"的此种情状在海水中的倒影。如果将第一个句号换成逗号,我们就只能看到一幅画面,而且叙述时间也会加快,就达不到令人遐想的效果。《幻想》里的标点符号段位,不但有助于诗歌叙事,而且它们本身就是诗歌叙事,但并不是所有的标点符号段位都能达到这样两全其美的效果。

"五四"时期,中国新诗诗人普遍重视运用新式标点符号,这并非为了追求时髦,给自己的诗贴上西式的现代标识,而是他们已经认识到新式标点符号对于诗体大解放以及发挥其作为诗歌段位的本体价值。并不是所有中国新诗诗人都认同新式标点符号,而且,在对待使用新式标点符号的问题上,没有流派之分,更多体现为不同诗人的认识差异。例如,同属新月诗派,徐志摩和陈梦家在理论上反对使用新式标点符号,而闻一多则力主使用它们。又如,同属唯美主义诗人,穆木天和冯乃超就不喜欢使用新式标点符号,而王独清则常常使用它们。徐志摩的长诗《康桥西野暮色》只用了两个标点符号,而且,在诗前700多字的序言里,徐志摩开门见山地说:"我常以为文字无论韵散的圈点并非绝对的必要。我们口里说笔上写得清利晓畅的时候,段落语气自然分明,何必添枝加叶去加点画"。从接下来的表白中,我们还发现,徐志摩反对新式标点符号的想法深受当时引起轰动的詹姆斯·乔伊斯《尤利西斯》的影响。步徐志摩后尘的陈梦家,当他的近百行长诗《悔与回——献给玮德》没有使用一个标点时,胡适和闻一多提出了严肃批评。胡适责之"开倒车"[1]。闻一多认为,标点符号在中国新诗中具有"界划句读"与"标明节奏"[2]的作用,诗人们没有放弃使用它的理由。接踵而至的是穆木天和冯乃超。比如,穆木天的《雨后》和冯乃超的《幻影》《梦》《红纱灯》《古瓶赋》《默》就没有使用一个标点符号,他俩即使在诗中使用标点符号也是极其克制的。穆木天说:"我主张句读在诗上废止"。[3] 纯诗论者往往不爱用标点符号。他们甚至认为,使用标点符号将影响诗的流畅性和音乐性,会使诗坠向散文。对此,歌德予以否定。他嘲讽那些少用或不用标点符号的诗是"闺秀体",好比妇女写的絮叨的书信。[4]

20世纪上半叶,围绕新式标点符号的使用还是禁用的问题,一直争论不休。这种争论还延续到了20世纪40年代。张耀翔在《心理》第2卷第2号上

---

[1] 胡适:《评〈梦家诗集〉》,《新月》第3卷第5、6期,1931年。
[2] 闻一多:《论〈悔与回〉》,《新月》第3卷第5、6期,1931年。
[3] 穆木天:《谭诗——寄沫若的一封信——》,《创造月刊》第1卷第1期,1926年3月16日。
[4] [瑞士]埃米尔·施塔格尔:《诗学的基本概念》,胡其鼎译,中国社会科学出版社1992年版,第32页。

发表《新诗人之情绪》一文,用抽样调查的方式,对 9 种"五四"时期中国新诗诗集里使用感叹号的情况进行了统计分析,制作了一份统计表。① 需要说明的是,原表里没有由横线和竖线勾画的表格。为了视觉上的便利,笔者按现在通行的表格样式对其作了补画,并在诗集的集名上添加了书名号,如表 2 所示。

表2 五四时期9种中国新诗诗集使用感叹号统计

集名	首数	行数	"!"数	平均每首("!"数)	平均每若干行有一"!"
《尝试集》	68	615	105	1.5	5.8
《草儿》	158	2659	394	2.5	6.7
《冬夜》	238	1517	918	3.9	1.6
《女神》	289	2767	455	1.6	6.1
《繁星》	164	695	108	0.7	6.4
《春水》	164	709	151	0.9	4.7
《浪花》	57	320	41	0.7	7.8
《新诗年鉴》	123	1511	321	2.6	4.7
《白话诗研究集》	82	546	137	1.7	4.0
总数	1261	11339	2630	2.1	4.3

这位学者的本意是,通过"新诗人"对感叹号使用的多寡,评判"新诗人之情绪"是否表现得恰如其分。从上表里,我们看到他得出的结论:在被抽查的 9 本诗集中,平均每首使用了 2.1 个感叹号,平均每若干行有 4.3 个感叹号。在现代语法家赵景深看来,这个数据成了"新诗人"滥用感叹号以及对情感表达缺乏节制的证据。由此,他发出了警示:"倘若多用,或是用之不当,人家也就把他当作家常便饭,他也就普遍化,失去特有的效力"。② 笔者倒是从此表

---

① 赵景深:《中国文法讲话》,北新书局 1946 年版,第 148—149 页。
② 赵景深:《中国文法讲话》,第 147 页。

中读出了别样的信息:这么多感叹号的频繁使用,恰恰表现出五四"新诗人"内心汹涌的激情与对个性解放的渴求;同时,也表明他们尝试用欧化诗体写诗并强化诗歌段位的现代文体意识。此外,尽管在诗句中或诗行内使用标点符号符合"正字法",但是它们的多寡将直接影响到诗的叙事性与抒情性的权重:一般来讲,标点符号越多,叙事性越强;标点符号越少,抒情性越强。

二、字词叙事

文学是语言的艺术,字斟句酌是文学的基本要求。有关具体的文学用语要求,福楼拜说:"我们不论描写什么事物:要表现它,唯有一个名词,要赋予它运动,唯有一个动词,要得到它的性质,唯有一个形容词。我们必须继续不断地苦心思索,非发现这个唯一的名词、动词与形容词不可"。① 连普通文学语言都要求这样,作为语言中"最高语言"的诗歌更需如此。毕竟"散文=安排得最好的语词;诗=安排得最好的最好的语词"②。质言之,诗人写诗必须把每一个字词安放在诗行、诗句、诗节、诗篇中的最佳位置,使之在诗歌时空里活络起来;因为"每句诗,每个字,都洋溢着无限的深意。"③

中国古代诗人对字词的考究到了极致,因此,有了"推敲"的故事,有了"吟安一个字,捻断数径须"(卢延让的《苦吟》)、"夜吟晓不休、苦吟鬼神愁"(孟郊的《夜感自遣》)、"莫怪苦吟迟,诗成鬓亦丝"(裴说的《洛中作》)和"吟成五字句,用破一生心"(方千的《感怀》)之类的说法。其实,只要是好诗,不论新与旧、中与外,每一个字都是一个深渊,都需要恰如其分,恰当到"增之一分由嫌长,减之一分则嫌短"(郭沫若的《白鹭》)的地步。当然,这里所说的字

① 《福楼拜谈修辞》,《译林》1983 年第 4 期。
② [英]柯尔律治语,见美国不列颠百科全书公司编著、中国大百科全书出版社不列颠百科全书编辑部编译:《不列颠百科全书国际中文版 13》,中国大百科全书出版社 1999 年版,第364 页。
③ 《梁宗岱文集Ⅱ》,中央编译出版社 2003 年版,第 14—15 页。

词,并不局限于自身,而更看重它们在诗中的语法意义。为了认识新事物,适应新形势,现代汉语通过翻译从外语里借用词汇以及伴随词汇而来的思维、逻辑与方法。与古代汉语相比,现代汉语更加清晰和实用。"语言的成长要充分依赖思维的发展"①。也就是说,现代汉语是伴随着现代思维而生的,考察中国新诗的问题就不能不顾及现代思维。

中国新诗追求"说话"的写法,总体上呈现散文化的倾向。它们留给人们的印象仿佛只重视"内容"而不大关心"文字"。其实不然,中国新诗对"文字"的严格要求丝毫不让于中国古诗,只不过后者是通过合辙押韵这些技术性修辞得以体现,而前者则牵动全局,需要通盘考量。从这个意义上讲,在文字择取和锤炼方面,中国新诗貌似变得简单了些,其实比起中国古诗来,要求更高,需要耗费更多的心力和智慧。臧克家以"苦吟诗人"名世,在他身上可以看到贾岛的影子。他的《难民》对"溶尽"的选用,简直就是贾岛的《题李凝幽居》选用"推敲"的当代版。"日头坠到鸟巢里,/黄昏还没有溶尽归鸦的翅膀"。一开始是"扇着",接着改为"还辨得出",最后敲定为"溶尽"。只有"溶尽"才能既贴切呈现古镇由暮入夜的自然时序,又饱含深意地烘托出连"归鸦"都不如的无家可归的难民的悲惨境遇。

对诗歌用字用词的细致琢磨,尽管主要属于诗人的个体行为,但有时也表现为集体的参与。人们常常指责胡适的白话诗没有摆脱文言诗词的陈腐味。因此,他在请人删改《尝试集》时,对原版70%的内容作了调整,体现出他对明白易解的诗歌语法之大力追求,彰显了他朦朦胧胧的诗歌段位叙事意识的部分觉醒。在《尝试集·四版自序》里,胡适说:"有些诗略有删改的。如《尝试篇》删去了四句,《鸽子》改了四个字,《你莫忘记》添了三个'了'字,《一笑》改了两处,《例外》前在《新青年》上发表时有四章,现在删去了一章。这些地方,虽然微细的很,但也有很可研究之点。例如《一笑》第二章原文'那个人不知

---

① [美]爱德华·萨丕尔:《语言论》,陆卓元译,商务印书馆1985年版,第15页。

后来怎样了。'蒋百里先生有一天对我说,这样的排列,便不好读,不如改为'那个人后来不知怎样了'。我依他改了,果然远胜原文。又如《你莫忘记》第九行原文是'嗳哟,……火就要烧到这里。'康白情从三万里外来信,替我加上了一个'了'字,方才合白话的文法。做白话的人,若不讲究这种似微细而实重要的地方,便不配做白话,更不配做白话诗"①。从这段表述中,我们知道,不少初期白话诗人和诗评家们以合不合白话文法作为检验理想白话诗的重要指标之一。胡适和他的朋友们所说的白话文法,其实就是指白话诗里的字词、句子和诗章之间的逻辑关联,而这些文法所处理的正是诗的段位和反段位的问题。总之,白话文法的选择和运用,使得中国新诗渐渐突破中国古诗向来推崇雅言和超逻辑的语法传统,试图实现"文"对"言"的诗语超越,当然也包含纯洁口语之目的。这日渐成为不少中国新诗诗人的自觉追寻。他们之中有人主张借用西方语法来革新白话诗的文法,也有人主张在没有完全掌握西方语法之前,不妨先"复活"古代汉语语法来"为我所用"。当然,适度地借用西方语法也是被允许的,而后者似乎比前者的势力要大些。1915 年 8 月 26 日,胡适在日记里写道:"吾国文本有文法。文法乃教文字语言之捷径,今当鼓励文法学,列为必须之学科"②。由此,我们明白胡适所说的白话,其实在很大程度上仍旧属于古代汉语体系。这就使得他的"作诗如作文"③的"作文"式诗体里口语的元素偏少。胡适一方面在尝试创作白话诗时运用大量的文言文法;另一方面,当朋友们以西方文法为指导为他删改这些诗时,他又能欣然接受,并多有会意,反映出在白话诗文法上,胡适所持的是文法进化论的历史观。正是因为如此,他的白话诗中,依然保留了一定的文言特征。日本汉学家木山英雄说:"'白话'实际上是被胡适看成了'素朴语',而其中在当初朦胧地含有的

---

① 《胡适文集》第3卷,人民文学出版社1998年版,第174页。

② 胡适:《逼上梁山——文学革命的开始——》,见胡适编选:《中国新文学大系·建设理论集》,上海良友图书印刷公司1935年版,第5页。

③ 胡适:《我为什么做白话诗——〈尝试集〉自序》,《新青年》第6卷第5号,1919年5月15日(实际出版于9月)。

当代口头语这一关键性的涵义竟随之抽掉了"①。当然,对于中国新诗而言,尤其是对于白话新诗而言,现代汉语与古代汉语在句法上有很多相通之处。我们切不可故意将两者绝对地分割开来,更不能将两者对立起来。

早期中国新诗里文白相杂不只出现在以写实叙事为主的胡适诗歌中,也残存于以呈现叙事为主的李金发诗歌里,如《里昂车中》里的一节:

> (啊,)无情(之)夜气,
>
> 蜷伏(了)我(的羽)翼。
>
> 细流(之)鸣声,
>
> (与)行云(之)漂泊,
>
> (长使)我(的金)发褪色(么)?

诗中几处"使动语态",导源于否定性的主词,美好瞬间的毁灭反衬出现实世界的丑恶。也就是说,诗歌的使动语法与现实的否定语法恰到好处地对位起来。诗中的括号系笔者所加。如果把括号里面的字和标点符号删除,此节诗仿佛就成了四言旧诗,当然是那种不好的四言旧诗。从中我们完全看不到西化味道浓烈的李金发诗歌的任何踪影。换言之,如果不是诗题《里昂车中》提醒我们,我们决不会把这种四言旧诗同西方象征主义联系起来。修改后的诗(如果还可以称之为诗的话),其段位变少了,且其意义单位也已经由以行为单位变成了以句为单位,与此同时,叙事空白有所增加,尽管大体上没有发生明显变化。单从虚词的使用情况来看,李金发硬是将文言词汇("之""么")与白话词汇("啊""了""与""的"),交杂地拼接在一起,尤其是"之"与"的"的轮番使用,体现了在白话诗写作中如何既不抛弃传统又能适应现代化的初步探索,显示出中西语汇与语法"杂交"的混生效果。

中国新诗必须避免陈词滥调。胡适提出文学改良的"八事"主张里,有

---

① [日]木山英雄:《从文言到口语》,见赵京华编译:《文学复古与文学革命》,北京大学出版社 2004 年版,第 116 页。

"不摹仿古人""务去烂调套语""不用典"①。胡适对这"三事"有态度上的区分,在"不摹仿古人"和"不用典"前面没有加"务必"那样的表示决断的词语。言下之意就是,不要去摹仿那些没有生命力的古人,不要采用那些已经死去了典故(典故是一种特殊的套语),但对其中仍然有效的古人和典故也可以适当借用。这种态度上的区分反映出来胡适的文学"改良"的姿态。当然,其中也有客观因素在起作用。因为文学革命刚开始,白话文刚刚战胜文言文,新的词语明显不够用,所以,就出现了当用旧典故时不妨适当用之的现象。但胡适坚决反对"烂调套语",极力主张采用白话。如前所述,胡适所说的白话并不等于日常口语,而是指一种大众化的朴素用语和以此为基础"化用而来"的比较通俗的书面语。其实,它们在宋元时期就已经成为文学最主要的表达工具,从这个角度来看,它们算得上老牌的文言和套语了,只不过不是那种使用了几千年的、已经失去了生命力的雅言——文言之文言、书面语里的书面语。质言之,在中国新诗草创期,诗人们的主观意愿与客观条件之间存在着难以调和的矛盾,加上有些诗人在古典与现代之间犹豫不决,促使中国新诗出现了大量的旧套语和新套语。

中国古诗里的套语浩如烟海,如紫陌、翠峦、云雨、关山、碧溪、韶光、萍踪、青蘋、鸿雁、宫殿、楼阁、蟠桃、瑶台、杜鹃、阆苑、销魂、等闲、心仪、归鸦、莫须、泪眼、玉钩、阑珊、急管繁弦、沉鱼落雁等等。就连晚清诗论里也出现了许多见惯不惊的套语,例如,"论到某诗人的诗风,总是说他'上规'什么人,'下逮'什么人;'涵源'什么人,'出入'什么人;'取径'什么人,'参以'什么人;'根极'什么人,'润泽'什么人;以何人为'门户',以何人为'树骨干';'瓣香'哪派,'直逼'哪一位"②。其实,中国新诗领域里,使用套语的现象也蔚然成风。糟糕的是,旧套语的问题还没有根除,新套语的问题又滋生了。新文学的反对派

---

① 胡适:《文学改良刍议》,《新青年》第 2 卷第 5 号,1917 年 1 月 1 日。
② 刘纳:《嬗变——辛亥革命时期至五四时期的中国文学》,中国人民大学出版社 2010 年版,第 167 页。

吴芳吉，早年就统计过新文学中出现新套语的情况。笔者感兴趣的不是当年那些套语本身，而是它们在古今之变中所折射出来的思想。有趣的是，吴芳吉统计的那些套语现在只有一小部分不大使用了，如"心幕、凭肩、肉颤、潜热、振动数、救主、秋姊、风姨、快乐之岛、艺术之宫、环珴玲、大餐间、跳舞会、淫嚣、血般的、火般的、弓儿般的、伞儿般的、黑魆魆的、沉闷闷的、哼哩、那末、偷回首、我待要"①。这自然反映出时代的沧桑巨变，一些不适应时代发展潮流的表述从历史舞台上黯然退场，或者说被更加合乎现实的表述所取代。而大部分当年的套语，至今仍在使用，仍然是套语，只不过已成旧套语了，如吴芳吉在《再论吾人眼中之新旧文学观》一文中所列示："心弦、脑海、神经、眼帘、耳鼓、泪泉、血管、色素、音波、灵魂、生命、接吻、拥抱、握手、微笑、含羞、电流、平民、贵族、阶级、群众、亲爱、仇敌、权威、奴隶、产业、人们、印象、观念、代价、使命、对流、新文化、新纪元、立方尺、宇宙观、自然界、上帝、爱神、天使、孩子、慈母、死尸、幻象、安琪儿、先驱者、密司、密司脱、约翰、玛丽、沙发、雪茄、白兰地、摩托卡、乌托邦、工场、农村、礼拜堂、实验室、蝶儿、蜂儿、花儿、鸟儿、月儿、雪儿、哥儿、妹儿、车儿、马儿、船儿、桥儿、恋爱、牺牲、奋斗、安慰、诅咒、赞美、掠夺、挣扎、批评、抵抗、失恋、落伍、宣传、打破、努力、原谅、沉默、恐惧、烦闷、悲惨、黑暗、光明、标致、热烈、漂亮、彻底、绝对、金的、玉的、红的、绿的、黄的、白的、怯怯的、软软的、轻轻的、缓缓的、匆匆的、微微的、活泼泼的、懒洋洋的、羞答答的、赤条条的、颤颤巍巍的、遮遮掩掩的、呢呢喃喃的、颠颠倒倒的、冷冷清清的、断断续续的、啊啊、哈哈、哎哟、什么、但是、并且、可惜我、只有你、更添上、何消说、倒不如、还有那、最伤心、你不该、忽地里、到而今、对不住、只落得"②。这种状况反映了生活中一些东西并不会随时代的发展而改变，"常"的力量在很多时候大于"变"的力量，尤其是语言习惯的变化要比社会生活的变化缓慢得多。总之，对套语的统计分析，反映的是社会风尚、主流心理、文化动态、价

---

① 吴芳吉：《再论吾人眼中之新旧文学观》，《学衡》第21期，1923年9月。

② 吴芳吉：《再论吾人眼中之新旧文学观》，《学衡》第21期，1923年9月。

值取向和语言习惯的变与不变。

旧套语总是比新套语更雅致。追求优雅是人类文明的总体趋势,是人类普遍的心理状况。用雅言写作,尽管可能产生"美文学",但那毕竟是别人的诗意,而不是发自肺腑之言。而且,"美文学"不一定是"真文学"。语言的套语化及其感受方式和表达方式的程式化,有可能把中国新诗带入沈从文所警示的"熟"和"滑"①的庸俗境地,长此以往,就会形成一种"准抄袭"的不良写作惯性。1924年,围绕石评梅一组以《微笑》为题的小诗以及赵秋吟的几首小诗,有人分别给《晨报》投书,指责前者抄袭了徐志摩和焦菊隐的诗句,后者抄袭了冰心的表达方式。尽管作者有所辩解,但"集句"式写作的弊端已经显露无遗。这种"暮气"写作,不管是不是抄袭,最起码是陈词滥调。这种陈腐写作,不但没有抒情能力,而且没有叙事能力。中国新诗需要的是那种朝气蓬勃的"稚气"写作。废名当年在北京大学讲解初期白话诗时,就从"朝气"的角度,肯定了沈尹默的《其实》:"风吹灭了我的灯,又没有月光,我只得睡了。/桌上的时钟,还在悉悉的响着。窗外是很冷的,/一只小狗哭也似的呜呜的叫着。/其实呢,他们也尽可以休息了。"在讲解此诗时,废名说:"这一首我们只能说写得幼稚,这个幼稚却正是新诗的朝气,诗里的情感无有损失了","幼稚而能令人敬重,令人感好,正是初期白话诗的价值。"②如前所述,陈腐是无力的,而"幼稚"却虎虎生威。俞平伯说:"雕琢是陈腐的,修饰是新鲜的"。③ 这首诗叙述的是一个没有月光的寒冷的夜晚,屋内的"我"与屋外的"小狗"截然不同的境遇:"我"可以安然入眠,而"小狗"却因寒冷只能呜呜地哭叫着。虽然诗人用了不少篇幅写人与自然的阻隔这一现代性主题("时钟"也有此种暗示功能),但在最后一行,通过两个副词"其实"和"也"把原本分离的两个世界沟通起来,人对自然的同情、理解与亲和这一传统主题再次得以回

---

① 沈从文:《新诗的旧账——并介绍〈诗刊〉》,《大公报·文艺》,1935年11月10日。
② 废名:《谈新诗及其他》,陈子善编订,辽宁教育出版社1998年版,第42页。
③ 俞平伯:《白话诗的三大条件》,《新青年》第6卷第3号,1919年3月15日。

归。也就是说,尽管现代人生活在现代性的追寻中,但仍然难以割舍传统。这是废名没有言明的诗人的"幼稚"!

为了保留初期白话诗的这份幼稚,为了彰显他们对于真情实意的不懈追求,有的诗人宁愿选择粗糙,乃至不惜背负粗俗的骂名。1922年,围绕"丑"的字词能否入诗,梁实秋与周作人进行了一场辩论。梁实秋认为,事物有美丑之分,美的可以入诗,丑的就不能入诗。在他看来,"丑的字词"不止是"强奸"和"如厕"等,还包括"无产阶级""共产主义""社会改造""基督教青年会""军警弹压处""北京电灯公司""小火轮""洋楼""蓝二太太"等。① 他把所有报章用语、日常用语、大众用语、政治用语和宗教用语一律视为"丑的字句"。在他的观念里,诗的语言是一套雅言系统,而不像世俗语言那样芜杂。周作人批驳了他的这种雅言"拜教",因为在它的背后起支撑作用的是一个相当封闭的古旧的符号世界以及思想体系。周作人认为,"世界上的事物都可以入诗",即使像"小便"这样的字词也不例外,理由是它能叙述"锐敏的实感"。② 但同样值得警惕的是,"真文学"也不一定就是"美文学"。就像实感与美感并非总是对立或对抗那样,"真文学"与"美文学"亦不是非此即彼,老死不相往来。梁实秋与周作人偏安一隅、各执一端,值得我们认真反思。粗糙也许只是中国新诗抵制和克服雅言的手段,而非它的终极目标;而雅言也不见得都是中国新诗的克星,有生命活力的雅言同样可以使中国新诗锦上添花。如何协调好"丑的字句"与雅言之间的关系,始终纠缠着中国新诗诗人。

为了抵制套语的"侵蚀",有些诗人径直使用外文或字母,造成现代汉语与外文或字母之间的杂糅。例如,有的完全以外文单词作诗题,如郭沫若的 *Venus*,李金发的 *A Lowisky* 和 *A mon ami de là-bas*、*Encon à toi*、*Something*,艾青的 *ADIEU*、*ORANGE*,徐迟的 *MEANDER*(此诗的内容是对这个英语单词的不同意义如闲逛、漫谈和溪流之类的联想,类似于兰波的《元音》);有的将外文单

---

① 梁实秋:《读〈诗的进化的还原论〉》,《晨报副刊》,1922年5月27—29日。

② 仲密(周作人):《丑的字句》,《晨报副刊》,1922年6月25日。

词掺杂在诗题中,如李金发的《给 Zeaune》《给 charlotte》《给 Doti》《诗人魏仑 P·verlaine》《Falien 与 Heliw》《Tannhauser 的诗人》《憾 Landa》《游 Posedam》,王独清的《我从 Café 中来》;有的是在诗中适时地插入少许外语单词或字母,如废名的《街头》中有 PO 和 X,穆木天的《弦上》里有"Romance";有的整行使用外文句子,如林松清的《梦幻》的末行直接引用了一句英语"'My Life,I love thee.'";更有甚者,在中国新诗中镶进整节外文诗,如王独清的长诗《动身归国的时候》里安插了整整一节法文诗。需要特别指出的是,第一,李金发是用外文作诗题或以中外文交杂作诗题最多的诗人;第二,王独清是在诗中插入外文最多且在诗中使用外文语种最多的诗人,如在《但丁墓旁》里插入意大利语"Addio,mia bolla!"和"Addio,mia Cara!",意思均为"再见了,亲爱的!";在《我从 Café 中来》里两次使用法语 Café,意思是"咖啡",而在《月下的歌声》两节诗里两次嵌入西班牙语"Rio"和"Carnaval",意思分别是"河流"与"狂欢节",此外还有插入德语和英语的情况。值得引起注意的是,有的诗人在诗中插入的不是外文单词或句子,而是罗马字母,如徐迟《都会的满月》的第二行是"Ⅰ Ⅱ Ⅲ Ⅳ Ⅴ Ⅵ Ⅶ Ⅷ Ⅸ Ⅹ Ⅺ Ⅻ 代表的十二个星"。对外文和字母这种特殊的诗歌段位,王独清评说道:"诗篇中加外国文字,也是一种艺术,近代欧洲诗人应用者甚多。这不但是在本国文字中所不能表的可以表出,并且能增加一种 exotic 的美;更可以使诗中有变化及与人刺激诸趣味。"①早期中国新诗中插入罗马字母、外语单词、外语句子和外语诗节的做法,是中国古诗里所没有的,此后这种现象也越来越少。这既反映了处于初期中国新诗抗拒陈词滥调的愿望和作为,也反映了向西方现代诗歌学习的踪迹,同时还反映出诗人们标新立异、大胆尝试的趣味追求以及语言历险的诗学努力。

① 王独清:《再谭诗——寄给木天、伯奇——》,《创造月刊》第 1 卷第 1 期,1926 年 3 月 16 日。

三、诗行和诗句叙事

人们一般只注意诗节、诗章和诗篇的整体性,而很少注意诗行和诗句的整体性。其实,"诗句和诗节各自都是一个整体"①。大体而言,中国古诗的诗行结构有四言诗行结构、五言诗行结构和七言诗行结构,且都有诗句的特征。也就是说,在中国古诗那里,诗行与诗句基本上属于同一个概念②。它们追寻时间性的节奏美和空间性的韵律美。中国古代诗人将其智慧高度浓缩于短小、精致、整齐而有规律化的时空合一的诗体结构之中,以"语不惊人死不休"作为诗歌的至境。中国古诗的语言组织形式以句为单位,而中国新诗主要以行为单位,以句为辅佐。究其原因,中国古代农业文明所沉淀的天人合一的"农舍意识"和宇宙观,以及在诗歌中与之长期应和的"四声八病"、粘与对、拗与救、平仄二元对立、平稳结构和耦合意识,在现代社会遭遇到猛烈冲击,直至最终瓦解。换言之,格律严谨的古典诗句世界逐渐让步于宽松的现代诗行世界。但不论是古典诗句还是现代诗行,都有一套相应的艺术装置。刘勰在《文心雕龙·章句篇》里说:"句者,局也。局言者,联字以分疆"。③ 也就是说,诗句和诗行具有区分诗歌语义和诗歌声音疆域的功能。凯塞尔说:"诗的拓展就有一个天然的界限"。④ 显然,中国古代人超稳定的逻辑思维,天人合一的宇宙观以及限制极其严格的超短小的形式体制,致使中国古诗的拓展受到了极大的限制;同时,其高度精微的技艺,使得它们与"天然"相距甚远。但对于中国新诗而言,因为最大限度地追求自由,使其时空拓展得以充分展现;它们的

---

① [法]让·絮佩维尔:《法国诗学概论》,洪涛译,四川文艺出版社1992年版,第7页。

② 在古希腊诗歌里,诗行与诗句具有同一性,即一行诗结束了,一句话随之完结。之后,诗里出现了"跨行"的现象,也就是说,尽管一行诗结束了,但那句话还在延续,需要紧随其后的诗行做进一步的表达。

③ 刘勰:《文心雕龙译注》,陆侃如、牟世今译注,齐鲁书社1995年版,第447页。

④ [德]沃尔夫冈·凯塞尔:《语言的艺术作品——文艺学引论》,陈铨译,上海译文出版社1984年版,第100页。

"天然的界限"就是一切依从诗歌内在的律令,除掉人工雕琢的痕迹。那么,中国新诗的分行、断句和分节模式到底是如何建立起来的? 它们又是如何发挥其叙事功能的呢?

从现有材料来看,最早汉译外国诗的不是中国人,而是英国人威妥玛。1864 年,他用无韵诗体汉译了美国诗人朗费罗的《人生颂》。随后,中国人董恂在此基础上以七绝形式为之润色。因为它们均是在旧体诗词的框架内翻译外国诗,不但不能给人以外国诗优于中国诗的印象,反而造成了前者不如后者,因此无须学习的错觉。在笔者看来,倒是稍后传教士中译的《圣经》,给了中国新诗分行以巨大的启示。1872 年,英国传教士里约翰与艾约瑟合作用中国新诗将《颂主圣诗》翻译成自由体诗,且用竖行排列,由京都福音堂印制。请读第 241 篇《日月如梭》:

> 一　又是一年过去
> 去了再不回来
> 转瞬之间顿更岁序
> 令我警醒心怀
> 二　又是一年过去
> 一年人事完了
> 各样危疑　万般忧虑
> 心内再不缠绕
> 三　又是一年过去
> 人生难免死亡
> 命数俱由我主晓谕
> 我生或也无常
> 四　又是一年过去
> 不觉便到百年
> 似箭光阴令我恐惧

　　来日如在眼前

　　五　又是一年过去

　　末日渐渐近我

　　审判之期与主相遇

　　平生罪报难躲

首先需要说明的是,为了排版的便利,更为了顺乎现代人读诗的习惯,笔者在这里改用了现在通行的横排形式。此诗叙述了时间飞逝、人事无扰、主定命数、忧惧来日、盼与主遇。这五节圣诗,节数由数字注明。每节四行,均以"又是一年过去"起头,除第三行8个字外(第二节第三行内还使用空格),其余三行都是6个字。每节第一行和第三行、第二行和第四行押韵,也就是说,全诗押的是单行与单行、双行与双行押韵的西式"交韵"。全诗第一行和第三行都押同样的韵,而每节第二行、第四行尽管押韵,但就全诗而言,它们所押之韵不同。这种种因素造成了全诗在整齐中有变化,变化而又不失规律。全诗基本上是用浅显易懂的日常语言译出,其目的是用大众化语言,用基督教教义和精神,教化大众。当胡适1916年写《答梅觐庄——白话诗》时,当其他白话诗的倡导者和尝试者分行写作最初一批白话诗时,分行书写的圣诗是不是给了他们某种启示?冰心是基督教徒,估计读过此类传教士翻译的圣诗,后来也翻译了不少。这些翻译过来的圣诗不但影响了她的"爱的哲学"的形成,也影响了她的小诗写作。只可惜,很少有人把圣诗翻译与初期白话诗的分行书写联系起来进行考察。

　　如果要用浅近通俗的语言与分行书写的形式来写一种不同于中国古诗的中国新诗,那么圣诗,这种特殊的译诗,是不是理想中的可资借鉴的诗行和诗句模式呢?有不少生理学家和心理学家的实验证明,人每秒钟最多阅读五至七个语言的最小单位。拉丁语诗的典型诗行是6个节奏单位,中国古代七言诗是7个节奏单位。也就是说,中西诗行和诗句的最佳时值为6—7个节奏单位。只不过受制于古典主义的严格要求,它们将诗情和"诗事"捆绑得太紧,以至于使其透不过气来。在分行和诗体长短上,中国新诗不事先设置条条框框,而是给予诗人充分表达的自由。如果说,中国新诗还有一些限制的话,那就是,它通常需要分行或分节以及遵循诗人的情绪节奏。当然,也有例外,散文诗虽然也要依从诗人情绪消长的规律,但几乎没有分行和分节的要求。中国新诗的文体自由是指它的行数、每行的字数,节数、每节的行数,诸如此类,都没有固定模式。

分行的文字不一定就是诗,但诗大约总是要分行的。现代诗分行应该遵从自然、容易、跳跃、解放和普遍的原则,而不能一味制造戏剧化或朗诵化的效果。对一段文字强行分行,其后果是用隔离文字的办法,驱使文字从事生硬的表演。林庚列举了把一句话"我看见一面红的旗飘在空中"分行排列如下:"我看见/一面/红的旗/飘/在空中"。他告诫说:"诗的形式正是要从自然的语吻上获得,从文字的普遍性上寻求;那些凸出的特殊的方式适足以破坏形式的普遍性"。① 强行分行,片面追求"诗形",有文字游戏之弊。不只在现代中国有生硬隔离文字,使文字朝着表演方向滑行之陋习;在当代西方,也存在类似情况。美国结构主义学家乔纳森·卡勒在其著作《结构主义诗学》第八章《抒情诗的诗学》里引用了将一则新闻报道分行排列成"诗"的例子:"昨天在七号公路上/一辆汽车以时速一百公里行驶撞上/一棵法国梧桐。/车内四人全部/丧生。"②其实,这则新闻叙事本身的散文性决定了它的散文性段位,但某些结构主义者,或者某些后现代主义者,偏偏要将其按照诗的段位进行分行排列处置,以致叙事段位与诗歌段位之间出现了严重错位,致使其最终变为非驴非马之文字游戏。诗之所以为诗,按照废名的说法,最终取决于"诗的内容"③。当然,分行排列,故意切断常态语流,让一个个字词和短语悬浮于纸面

---

① 林庚:《再论新诗的形式》,《文学杂志》第 3 卷第 3 期,1948 年 8 月。
② [美]乔纳森·卡勒:《结构主义诗学》,盛宁译,中国社会科学出版社 1991 年版,第239 页。
③ 废名(冯文炳):《新诗应该是自由诗》,见杨匡汉、刘福春编:《中国现代诗论》上册,第422 页。

上,使其背后的事物和形象产生空间美感,对于真正的诗歌来说,终究是有利于其表达的。

诗分行的长短与诗人写诗时情绪的强弱程度密不可分。当诗人情绪激越时,诗行或诗句就比较短促;当诗人情绪舒畅时,诗行或诗句就比较悠长。中国古典诗论里有这样的说法:"句长声弥缓,句短声弥促"①。西方文论里也有相关的评说:"一行诗越长,它越不容易作为一个统一体发生作用"②。诗的分行要依据诗人情绪波动把握好相应的度。如果觉得需要用稍长的诗行或诗句,才足以表达某一瞬间诗人舒缓的情绪,而又不至于有涣散之虞时,那么可以采取以下手段进行调节。

第一,在一行之中使用标点符号或空格。标点符号的情况我们在前面已经说过,这里就不赘述。而在诗行的某些词语之间留出空格,以空格替代标点符号,意味着更多的停顿、空白、悬置、静默与可能。此乃穆木天首倡,他在这方面的实验十分成功,做到了"诗形"与"诗意"的完美融合,如《苍白的钟声》的首节:

苍白的　钟声　衰腐的　朦胧

疏散　玲珑　荒凉的　蒙蒙的　谷中

——衰草　千重　万重——

听　永远的　荒唐的　古钟

听　千声　万声

钟声何以是苍白的? 一个听觉问题怎么会突然转换成了一种视觉现象?显然,是通感发挥了作用。首先需要追问的是,钟声来自何方? 从字面上看,来自"永远的　荒唐的　古钟"。"古钟"也是"故钟"。这表明,它不一定出

---

① 弘法大师著,王利器校注,《文镜秘府论校注》,中国社会科学出版社 1983 年版,第221 页。

② [德]沃尔夫冈·凯塞尔:《语言的艺术作品——文艺学引论》,陈铨译,上海译文出版社1984 年版,第 100 页。

现在现实生活中,它也许来自诗人的精神世界,然而,它又是永远存在的,是"荒唐"的、"衰腐"的、"朦胧"的、回环往复而又邈远不及的。至此,我们明白了,钟声主要是诗人主观心理的"客观对应物",苍白的钟声反衬出诗人的精神状态是慵倦的、暗淡的、古旧的、衰败的、敏感的、飘忽的。此诗所叙述的是诗人猝发的精神事件,当他找到了内心世界的外在对应物——钟声——之后,一切就由此滋生,并蔓延开来,例如,由"钟声",想到了山谷,由"谷中"又联想山谷中的庙宇,由庙宇进而想到了庙宇里的"古钟"……诗中频繁使用空格和破折号,一方面延缓了叙述进度,促进听觉尽可能地转换为视觉,或者说使听觉时间延长、悬搁和暂停;另一方面又凸显了苍白钟声之质感,表面隔断,内里却相连,造成一种像敲钟那样的一下、一下、又一下地打击在我们的"心钟"上,使得我们为之震颤!如此一来,现实世界与精神世界、诗的段位与空白叙事与诗人内在的意识流动相吻合、相和鸣。穆木天利用"行内空格"这样的诗歌段位及空白,强化了中国新诗的空间意识,提供了中国新诗空间构图的一种理想方案,体现了诗人对诗歌段位与空白艺术的高度自觉。余光中的《民歌》在这方面也出神入化:

> 传说北方有一首民歌
>
> 只有黄河的肺活量能歌唱
>
> 从青海到黄海
>
>   风   也听见
>
>   沙   也听见
>
>
>
> 如果黄河冻成了冰河
>
> 还有长江最最母性的鼻音
>
> 从高原到平原
>
>   鱼   也听见
>
>   龙   也听见

如果长江冻成了冰河

还有我,还有我的红海在呼啸

从早潮到晚潮

　醒　也听见

　梦　也听见

有一天我的血也结冰

还有你的血他的血在合唱

从 A 型到 B 型

　哭　也听见

　笑　也听见

　　第二,利用跨行技法造成意义生成的暂停、跌宕与延续。这在中国新诗中使用得比较普遍,如戴望舒《雨巷》的首节:"撑着油纸伞,独自／彷徨在悠长、悠长／又寂寥的雨巷,／我希望逢着／一个丁香一样地／结着愁怨的姑娘"①,整体上使用的是词牌式的长短句式,"兼采有西诗之行断意不断的长处"②。第一、第二、第三行之间采用了两处跨行;同样,在第四、第五、第六行之间同样采用了两处跨行;总共六行诗,"一句"话,却使用了四处跨行,给人不断跨行的"悠长、悠长／又寂寥"的书写感觉,尤其是第一、第二、第三行之间的跨行,辅之以标点符号,突出了"独自"的"我",与"悠长"的"雨巷",刚好与"我"的所思和所为相贴合。这种小夜曲般的"愁怨"情调是 20 世纪 20 年代的时代情绪的隐喻叙述,与 30 年代以后那种高亢的革命和抗战的进行曲扞格不通。此乃叙事段位与诗歌段位彼此对位的最佳诗例。

　　还有一种特别的跨行,不仅发生在一节之内的行与行之间,而且出现在毗邻两节里上一节的末行与下一节的首行之间。如此一来,它就不仅是简单的

---

① 梁仁编:《戴望舒诗全编》,浙江文艺出版社 1989 年版,第 27 页。
② 朱湘:《中书集》,姜德铭主编,中国戏剧出版社 2001 年版,第 289 页。

跨行,而是带有跨行意味的"跨节"了。其间的停顿、缓冲与延宕的幅度和力度比通常意义上的跨行要大得多,也明显得多,让人回味的空间也宽广得多。也许是受到了里尔克《致奥尔菲斯的十四行》"跨行跨在八九行之间的就有十二首"①的影响,冯至《十四行集》里的27首诗中,在第八行和第九行之间跨行的多达14首(江弱水说是13首②)。足见,冯至在跨行和跨节方面实践的代表性。以冯至的《十四行集·二一》为例,江弱水十分精彩地分析了其跨行与跨节的卓越之处:"三次跨行都巧妙地利用了每节之间的空白。一二节之间是'和我们用具的中间/也有了千里万里的距离',一行隔开,正好是个'距离';二、三节之间是'风雨中的飞鸟/各自东西',空白处又仿佛鸟儿飞行之所;三、四节之间,'狂风把一切都吹入高空'在前在上,'暴雨把一切又淋入泥土'在后在下,中间停顿一下,有个时间上的延宕。就这样,三处地方似断实连,整体上给人一气贯注之感。"③总体来说,冯至诗歌的跨行和跨节取得了成功,但也有失败的时候。他后来总结说:"成功的可以增加语言的弹性和韧性,失败的则给人以勉强凑韵的感觉"。④ 其实,废名早就指出了冯至的某些诗跨行之处存在问题,认为他不该把"可是"或"都"之类的词语置于一节末尾,如《十四行集·六》第一节最后一行以"可是"作结,显得突兀,有强硬跨行之弊。

在中国新诗中,诗行与诗句并不总是一致。前文列举《雨巷》的首节,六行,一句。然而,有的一行诗就是一句诗,如梁宗岱《晚祷——呈敏慧》的头两行就是一行一句,并以句号标明:"我独自地站在篱边。/主啊,在这暮霭底茫

---

① 江弱水:《影响无焦虑:关于冯至〈十四行集〉》,见江弱水:《中西同步与位移——现代诗人丛论》,安徽教育出版社2003年版,第163页。
② 江弱水:《影响无焦虑:关于冯至〈十四行集〉》,见江弱水:《中西同步与位移——现代诗人丛论》,安徽教育出版社2003年版,第162页。
③ 江弱水:《影响无焦虑:关于冯至〈十四行集〉》,见江弱水:《中西同步与位移——现代诗人丛论》,安徽教育出版社2003年版,第163页。
④ 冯至:《诗人自选琐记》,《新文学史料》1983年第2期。

昧中。"当然,中国新诗里的句子,有时是完整的,有时是片断性的(与"省略句"不同)。梁宗岱的这两句诗,第一句是完整的,而第二句只是"句子片断"。中国新诗几乎都是模拟日常说话的神态和语调,用精悍的散文化句子、"不完全句"、个别的词写就的。林语堂称之为"欧化语体"。他说:"白话文学提倡以来,文体上之大变有二,一则语体欧化,二则使用个人笔调。语体欧化,在词汇上多用新名词,在句法上多用子母句相系而成之长句。"①中国新诗词汇和句法方面的欧化,是中国新诗诗人崇尚科学与现代化的结果,唯其如此才足以婉曲幽深地传达出现代人丰富复杂的经验与细致入微的情感。与中国古诗追求优雅词句及其"忘言"境界不同,中国新诗推崇语言表达的精微及其"明辨"的境界,如胡适、艾青、臧克家等中国现代诗人要求诗歌声音的清晰,认为只有这样的声音才有诗意。因此,虚词的适度使用,对于中国新诗"明晰诗学"的形成起到了推波助澜的作用。李怡说:"连词、介词的显著增加使得句子获得了鲜明的层次感、秩序感,加强了语意的线性推进效果"。② 尽管欧化语体给中国新诗以巨大影响,但是锤炼字词、苦觅佳句的传统诗词的微雕技艺仍不时地诱惑着某些现代诗人回望李长吉的"因句成篇"和梦窗词的"只成片断,不成楼台"。例如,卞之琳采用电报式句子写诗,佶屈聱牙,甚是难懂。可喜的是,卞之琳没有就此止步,而是在现代科学思维的牵引下,更加注意于布局谋篇,使其诗歌超越了中国古诗拘囿于字词句的狭隘格局,做到了既有句又有篇,如《断章》。但总体而言,大多数现代诗人关心的是诗篇,而非诗句;是诗的整体,而非诗的局部。

中国新诗句式的使用十分灵活:自由并列式、多项选择式和层层推进式应有尽有。它们宛如波浪涌动,一个浪接着另一个浪,前浪与后浪层层叠加,形

---

① 林语堂:《欧化语体》,见任重编:《文言、白话、大众话论战集·白话》,上海书店1934年版,第8页。
② 李怡:《中国现代新诗与古典诗歌传统》(增订版),北京大学出版社2008年版,第124页。

成立体的语言潮涌景观,如陆晶清的《低诉》采用元曲调子和连绵长句写成。这些既受到了"欧化语体"的影响,又与中国新诗借用生活语言,追寻"散文美"密不可分。请读穆木天的《落花》的首节:

> 我愿/透着/寂静的/朦胧/薄淡的/浮纱
>
> 细听着/淅淅的/细雨/寂寂的/在檐上/激打
>
> 遥对着/远远吹来的/空虚中的/嘘叹的/声音
>
> 意识着/一片一片的/坠下的/轻轻的/白色的/落花

其实,诗人叙述的是一桩由雨打屋檐声而幻见白色落花片片坠下的精神事件:从"我"透着浮纱写起,听细雨激打屋檐;从其渺茫的声音里,"我"仿佛看到了白色的花朵一片片落下。整节诗一气呵成,在诗情上呈现为推进式延展:从"我"所见,到"我"所闻;再从"我"所闻,到"我"所臆。此中,不只是时空在流转,而且通感在开启:先是视觉转换为听觉,再是听觉转换为幻觉。其跌宕起伏、绵延相继的音乐美,既得益于诗里"二字尺""三字尺""四字尺""五字尺"的交错使用,它们被每一行里五个顿或六个顿以及双音节词收尾统一起来;又得益于贯穿始终的多个密集使用的定语而形成的叠唱,不断强化诗的情调和氛围。此节诗同其余三节诗一道,深化了全诗虚无主题的表达。各种诗歌段位的综合运用,即穆木天早期所倡导的"诗的统一性"和"诗的持续性",凸现了他所期待的"若讲出若讲不出的情肠才是诗的世界"①,而这种"诗的世界"与"散文的世界"存在天壤之别。

四、诗节与诗章叙事

眼下,译介学领域有一种意见认为,尽管翻译文学是一种二度创作,但那也是一种创造性文学,应该给予它们以本土原创文学同等地位。同样一种外国文学作品,经由不同文化背景与文学修为的人翻译,会产生面目各异的翻译

---

① 穆木天:《谭诗——寄沫若的一封信——》,《创造月刊》第 1 卷第 1 期,1926 年 3 月 16 日。

作品。

1916 年,美国意象派诗人萨拉·梯斯黛尔(Sara Teasdale)在 *Poetry* 发表了一首爱情诗 *Over the Roofs*①。胡怀琛用五言古诗体式将其译为《爱情》:"摄心如闭门,防彼情来袭。春风不解事,又送琴声入。春晖淡荡中,爱情为我说:不让我自由,便使你心裂"。这种雅训的翻译,将原诗中张扬个性的现代性完全"改写"成中国式的封建性。显然,对原诗产生了极大的误读。换言之,尽管胡怀琛没有采用押韵方式,但还是给一颗热烈追求爱情的心加上了五言诗体的旧镣铐。

胡适则力图遵循其原有的自由精神,用现代日常口语与自由诗体,将其译成一首标准的中国新诗。他没有把原诗的诗题直译为"在屋顶上",而是意译为"关不住了"。他 1919 年 2 月 26 日的译文如下:"我说'我把心收起,/像人家把门关了,/叫爱情生生的饿死,/也许不再和我为难了。'//但是屋顶上吹来,/一阵阵五月的湿风;/更有那街心琴调/一阵阵的吹到房中。//一屋里都是太阳光,/这时候爱情有点醉了,/他说:'我是关不住的,/我要把你的心打碎了"②!对此,胡适颇为得意,并将其称为"我的'新诗'成立的纪元"③。这里面包含如下的有关中国新诗的信息:第一,以爱情为代表的个性解放的时代主题;第二,与之应和的真正的现代口语无拘无束地使用;第三,与西方现代诗歌真正沟通起来;第四,译诗加速了中国诗歌的现代转型;第五,为中国新诗提供了标准样板。此外,四行一节的诗体形式,以及奇数行高出一个字,而偶数行缩进一个字的"高低格"排列,还有就是首节以"我说"起首而末节以"他

---

① 全诗原文如下:"I said, 'I have shut my heart,/As one shuts an open door,/That Love may starve therein,/And trouble me no more.'//But over the roofs there came/The wet new wind of May,/And a tune blew up from the curb/ Where the street-pianos play.//My room was white with the sun/And Love cried out in me,/'I am strong, I will break your heart/Unless you set me free.'"

② 胡适:《关不住了!(译诗)》,见谢冕主编,姜涛分册主编:《中国新诗总系》第 1 卷,人民文学出版社 2009 年版,第 5 页。

③ 胡适:《尝试集·再版自序》,见《胡适全集》第 10 卷,安徽教育出版社 2003 年版,第 35 页。

说"收束,把戏剧性的叙事因素带入中国新诗中,避免了此前中国新诗抒情的空泛与描写的平直。

中国新诗用四行一节叙事已经成为一种常态。至于一首诗里到底需要多少这样的节数,至今没有定论,也许永远都没有定论。笔者认为,这主要视叙事段位与诗歌段位以及它们之间的对位情况而定。"在写整首诗的时候,也最好依循着实境的情况或事件变化的律动而迹写"①。也就是说,无论是写自然纹理,写人事变迁,还是写经验的空间腾挪或心理起伏,都应该因境造语、因情定节、因事谋篇。申言之,我们既要注重字词、诗行、诗句、诗节、诗章,又要关注诗歌情绪的连续性和跳跃性,在诗歌的运筹与布局以及律令的坐实中,使诗歌段位与诗歌空白共生,进而产生诗歌意义。

如何写好中国新诗?的确存在一个谋篇布局的问题。而且,在茅盾看来,这是写好诗,尤其是写好长篇叙事诗的前提。他说:"先布置好全篇的章法"。② 虽然诗无定法,但还是有一些规律可循。综观 20 世纪上半叶的中国新诗,其常见的诗章段位叙事法有以下几种。

第一,总—分—总叙事法,即环形叙事法。它往往一开始就叙述了全篇所要揭示的主旨,同时也奠定了全诗的情感基调,以及接下来所要展开叙述的大体逻辑走向;中间部分是对首节的充分延展;最后一节又收拢起来,对首节进行首尾呼应式的重复,从而造成回环往复、余音绕梁的美学效果。陈江帆的《灯》,首节总写:"微风的静夜,/灿烂着无数宝石——/灯在近处,/灯在远处。"接下来的第二节至第五节写"远处的灯多噩梦",它有如"渔火",又像"野火";到第六节用了一个"然而"一下子跳转到写"近处的灯却很明静",使得视域中的一切像一幅山里人家风景画那样美丽,其中有一个"老行者"尽管精神"黯然",但他一直在"走他的路",就像一盏风烛残年的灯那样,"点染"

---

① [美]叶维廉:《语言的策略与历史的关联——五四到现代文学前夕》,《中国诗学》,生活·读书·新知三联书店 1992 年版,第 229 页。
② 茅盾:《叙事诗的前途》,《文学》第 8 卷第 2 号,1937 年 2 月 1 日。

着山村的夜晚,如此一来,远处的灯与近处的灯、真实的灯与幻象的灯,跨越时空叠加在一起了。其实,无论是哪一种灯,都是诗人的"心灯"。诗中叙述的一切,都是在诗人"心灯"的闪烁下显现出来的幻象,时而有远灯的效果,时而有近灯的效果。所以,诗人在最后一节再次将叙述与诗情收束起来:"微风的静夜,/灯在近处,/灯在远处。"这种总—分—总的叙述结构完美地呈现了诗人一次心灵之旅。其实,这是典型的中国式诗歌环形结构。与奚密所界定的"诗的环形结构"有些出入。她的定义"是指诗的开始和结尾都使用同一个意象或母题,而此意象或母题在诗的其他地方并不出现"①,"指涉一种回旋和对称的结构"。② 其实,如笔者刚刚列举的《帆》所示,开头和结尾中的意象或母题在诗歌的伸展部分也偶尔出现。奚密除了列举了名诗《雨巷》《再别康桥》和何其芳的《生活是多么广阔》外,还列举了不大知名的康白情的《江南》、郭沫若的《黄浦江口》和刘大白的《整片的寂寥》。据此,她归纳出中国新诗环形结构的三大功能:"建立一种空间结构感和诗的整体性""暗示自我赓续或循环""表达挫折感和无力感"③。它既是中国人"圆式思维"的现代体现——"中国式的思维可以说是一种圆式思维,思想发散出去,还要收拢回来,落到原来的起点上"④;又是如《氓》之类的中国古诗圆式叙述传统的现代再生。此外,需要特别指出的是,十四行诗呈现一种极其特殊的环形结构。下文要展开述说,这里暂且不表。

第二,展开叙事法。它往往由一点生发开去,由点及面,由人及物,由具象及抽象。李广田曾经从用字、意象、格式、韵法、句法和章法等方面把卞之琳的

---

① [美]奚密:《现代汉诗——一九一七年以来的理论与实践》,奚密、宋炳辉译,上海三联书店 2008 年版,第 130 页。

② [美]奚密:《现代汉诗——一九一七年以来的理论与实践》,奚密、宋炳辉译,上海三联书店 2008 年版,第 131 页。

③ [美]奚密:《现代汉诗——一九一七年以来的理论与实践》,奚密、宋炳辉译,上海三联书店 2008 年版,第 144 页。

④ 白云涛、刘啸:《中国古典诗歌的文化精神》,《文艺研究》1987 年第 1 期。

诗与徐志摩的诗进行比照,得出了前者优于后者的结论。在谈到卞之琳诗歌"特别的章法与句法"时,李广田说:"作者最惯于先由某一点说起,然后渐渐地向前扩伸,进一步又由有限的推行到无限的"。① 如卞之琳的《雨和我》就从"两地友人"对雨的抱怨写起,渐次推及他人和万物,进而又由个别到一般,由有限至无限,使得整个诗歌的叙述就在这种"扩伸"中得以完成。又如戴望舒的《断指》,叙述的是诗人常常独对"断指",进而展开对日后生活的种种思索。换句话说,全诗由"断指"展开了诗歌的叙述结构,以下的诗歌叙述及其意义均由此而来。

第三,总—分叙事法。它一开始就叙述总体印象;尔后,娓娓道来,没有归结式的收束,但留下了开放式的诗歌时空。如郑敏的《濯足》,先总写由"濯足"这幅画使诗人产生的幻觉,然后再采用散点透视法,写一些细微的东西,像雾一样弥散开来,无边无际。

第四,归结叙事法,即分—总叙事法或分—分—总叙事法。它并不平均分配叙述力量,也就是说,前面所有层峦叠嶂的叙述,完全是在为结尾作铺垫、聚力量,以期收到杜甫在《寄彭州高三十五使君、虢州岑二十七长史参三十韵》里所写到的"终篇接混茫"的效果。孙大雨和孙毓棠的爱情诗,句子较长,喜用铺叙,篇幅较大,往往于篇尾点睛,类似于中国古诗里的卒章显志,如孙毓棠的《地狱》和《劫掠》等。孙大雨的《诀绝》,前面 13 行的叙述,万川归流,集结成最后一句话:"为的都是她向我道一声诀绝!"一锤定音,全诗告结。此外,废名的《十二月十九夜》采用的也是分—分—总叙述结构。

第五,分—总—分叙事法。它一开始四处撒网;接着,在这种慢慢搜寻中,核心意象或主题浮现出来;但是,诗歌叙述至此并没有完结,而是再次延宕开去。如戴望舒的《印象》共三节:第一节,在诗人的直觉中出现了三个意象——微弱的"铃声"从深谷里隐约传来,小小的"渔船"驶向烟水中,以及青

---

① 李广田:《诗的艺术——论卞之琳的〈十年诗草〉》,见《李广田文学评论选》,云南人民出版社 1983 年版,第 234 页。

色的"珍珠"落入古井的暗水里；第二节，一开始就直接叙述"林梢闪着的颓唐的残阳"，一下子就使前面三个意象"铃声""渔船""珍珠"从诗意朦胧中向着"残阳"这个中心意象聚拢。如此一来，不仅核心意象明晰了，而且前面的三个辅助意象也相应地清晰起来；第三节，通过叙述残阳来去都是"遥遥的，寂寞的呜咽"这样的抽象表达，使得残阳这一本来清晰而具体的意象再次朦胧起来，诗的意境重新回到了当初的状态。

第六，散点透视叙事法。它多头并进地叙述，类似于印象派写法，与象征主义"契合论"相通。如辛笛的《航》，由帆写到明月，又由明月写到月下的水手，再由水手写到了日日夜夜"我们航不出这个圆圈"，最后，由此进而使其与生命的圆圈吻合——"将生命的茫茫/脱卸与茫茫的烟水"。

第七，平行叙事法。它把相同的、相近的，甚至相对的、相反的东西并置，通过意象并置、句群并置、诗节并置完成全诗的叙述。如李心若的《夜泊感》，四节诗，前两节写自然之美以及由此产生的幻想与幻听，后两节写现实之恶与真实心境，两者平行延展。诗人极力控制自己的情感，避免过多的叙事干预，属于我们前面所说的呈现叙事。这种通过平行结构呈现叙事的中国新诗还有一些复杂程式，如卞之琳的《无题·（四）》，两节诗，每节四行，前三行各句语义之间呈递进关系，而末句均以相近的句式煞尾。由此，这两节诗构成了总体上的平行关系。具言之，第一节是说"隔江泥"能够到"你梁上"，"隔院泉"的水能够到"你杯里"，"海外的奢侈品"中的胸饰能够到"你胸前"，它们一个个由远及近，由身外到胸前，与"你"越来越亲热，而"我"却不能像它们那样如此幸运地走近"你"贴近"你"与"你"形影不离。所以，诗人说"我想要研究交通史"，也就是要研究接近"你"以及最终被"你"爱恋的方法与路径。第二节是说"我"昨夜的努力，换来了"你"今朝的"微笑"，但这"微笑"令人难以捉摸，像镜中花、水中月那样迷离、凄美。所以，"我"写下这些并不能说明什么，只是像记"流水账"那样记录记录、备忘备忘而已！据相关"本事"记述，毕竟诗人与这位他曾经相识的女友分别了三年，三年内发生的变故谁人知晓！因此，对于他俩能否重续前缘,诗人心中没有底,正如诗题《无题》所示。

接下来,还需要谈谈两种比较特殊的诗章叙事:

(一)十四行诗叙事

从现有的资料来看,中国新诗史上首次采用彼特拉克体的正体(即"四四三三",而非"八六"的变体)来写的十四行诗是郑伯奇的《赠台湾的朋友》。该诗发表于 1920 年 8 月 15 日的《少年中国》,表达了诗人对《马关条约》将台湾割让给日本的台湾同胞给予感同身受的同情与鼓励。有一些诗人和学者认为,同中国古代律诗相比,十四行诗尽管内含起承转合的叙述逻辑,但就整体而言,"结构并不平衡"①,"呈现出前后失衡的现象"②。其实,他们都是以中国律诗的标准来要求十四行诗的,难以做到从十四行诗的客观实际和诗体特点出发得出理想的结论。笔者以为,1931 年,闻一多在给陈梦家的一封信中,对此作了最佳的阐释。他认为,从诗体的逻辑结构上讲,十四行诗的正体从第一节到第四节依次起、承、转、合,"'承'是连着'起'来的,但'转'却不能连着'承'走,否则转不过来了。大概'起''承'容易办,'转''合'最难,一篇的精神往往得靠一转一合。总之,一首理想的商籁体,应该是个三百六十度的圆形;最忌的是一条直线"③。借用十四行体写作中国新诗,或者说用现代汉语写十四行诗,到目前为止,写得最好的要算冯至。1943 年,李广田撰写了一篇专论冯至《十四行集》的长文《沉思的诗》,极富诗意地阐释了冯至用现代汉语写十四行诗的诗学缘由、成功秘诀和西方渊源。在文末,他用文采斐然的笔调写道:"像一个水瓶,可以给那无形的水一个定形,像一面风旗,可以把住些把不住的事体。而十四行体,也就是诗人给自己的'思,想'所设的水瓶与风旗,

---

① 余光中:《锈锁难开的金钥匙——序梁宗岱译〈莎士比亚十四行诗〉》,见《井然有序——余光中序文集》,九歌出版有限公司 1996 年版,第 235 页。

② 朱徽:《中西比较诗艺》,四川大学出版社 1996 年版,第 238 页。

③ 闻一多:《谈商籁体》,见《闻一多全集》第 2 卷,湖北人民出版社 1993 年版,第 16 页。

何况,十四行体,这一外来形式,由于它的层层上升而又下降,渐渐集中而又渐渐解开,以及它的错综而又整齐,它的韵法之穿来而又插去,……它本来是最宜于表现沉思的诗的,而我们的诗人却又能运用得这么妥帖,这么自然,这么委婉而尽致,叫我们不能不相信诗人在他一篇文章里引用过的,歌德在一首十四行里所写的,如下的句子:'谁要伟大,必须聚精会神,/在限制中才能显出来身手,/只有法则能给我们自由'。"①冯至不仅在中国新诗写作中成功地化用了十四行体这一外来的诗体形式,更为重要的是,他找到了开掘现代经验而非泛泛抒情的最佳言说方式。换言之,经由这种中国化的十四行体,冯至能够娴熟地艺术呈现那种既向外又向内,进而将外部世界与内面生活联通起来,最终实现他所崇尚的"思"与"想"的无间契合,如《十四行集·二》:"什么能从我们身上脱落,/我们都让它化作尘埃:/我们安排我们在这时代/像秋日的树木一棵棵//把树叶和些过迟的花朵/都交给秋风,好舒开树身/伸入严冬;我们安排我们/在自然里,像蜕化的蝉蛾//把残壳都丢在泥里土里;/我们把我们安排给那个/未来的死亡,像一段歌曲,//歌声从音乐的身上脱落,/归终剩下了音乐的身躯/化作一脉的青山默默"②。在西方文化和诗歌传统里,对冯至影响至深的有歌德和里尔克等诗人或哲学家。歌德的"蜕变论"主张,生与死可以相互转化,只不过是从一种物质形态向另一种物质形态转化而已。从这种意义上讲,死亡是生命辉煌的完成,我们与其被动地等待死亡的来临,还不如主动地安排我们的生存。而主动地安排我们自己的生存,也就能够坦然地面对不可逆转的死亡,即"先行至死",最终就能够抵达一种超越生死分割的"澄明"境界。在《给青年诗人的十封信》里,里尔克写道:"像树木似的成熟,不勉强挤它的汁液,勇敢地立在春日的暴风雨中,也不怕后边没有夏天来到"③。

---

① 李广田:《沉思的诗——论冯至的〈十四行集〉》,《明日文艺》第 1 期,1943 年。

② 冯至:《十四行集》,见谢冕主编,吴晓东分册主编:《中国新诗总系》第 3 卷,人民文学出版社 2009 年版,第 2 页。

③ [奥地利]莱纳·马里亚·里尔克:《给青年诗人的十封信》,《布老虎青春文学》2006 年第 2 期。

这与儒家实用思想里的"未知生,焉知死"①有天壤之别。在冯至看来,植物界、动物界和人类社会里所有的生命都是平等的,人像树木、蝉蛾和音乐一样,都有生死,且都可以发生蜕变,无所谓绝对地得到,也无所谓绝对地失去。在此诗中,3次出现了"我们安排我们",且相应地用了3个明喻,即"像秋日的树木""像蜕化的蝉蛾""像一段歌曲",一切既要遵从时序的安排,又要在自然安排的前提下做好心理应对的准备,方能无惊无惧,主动作为,从容面对。显然,冯至继承了歌德和里尔克的现代思想,同时又发展了它们。具体来说,他没有从春夏写起,而是接着里尔克的说法往下说,侧重写"我们安排我们"的秋冬的抉择。诗中纷呈的意象也随着"树木""蝉蛾""歌曲"的渐次转化,边"蜕化"边重生,最终升华为无言的永恒。这就使得冯至的十四行诗拥有了现代性的沉思品格。此诗采用的是意大利十四行正体的分节方式,叙述了生命的成熟、"脱落"和"归终",依次对应的是叙述逻辑上的起承转合:第一节从秋天的树木写起,末行通过跨节与第二节首行的树叶和花朵联系起来;第二节承接它们,并写它们在冬天的情况,同时,末行又通过跨节与第三节首行的蝉蛾脱壳后"丢在泥里土里"又连接起来;与第一节与第二节之间的小跨节不同,第二节与第三节之间是"大转折",毕竟树木入冬与歌声脱落没有蝉蛾脱壳那么厉害、明显。第三节叙述了严冬过后"像一段歌曲"那样的死亡,并通过此节末行的"歌曲"与最后一节首行的"歌声"贯穿起来;最后一节是对以上各节叙述内容的高度综合,将有形的变为无形的,将有声的变为无声的。总之,这首十四行诗,通过三次跨节,尤其是第二次大跨节,达到了节断意连的效果。冯至将十四行诗体的起承转合的叙述结构在中国新诗写作中进行了精彩演绎,使得人们有理由相信,十四行诗体能够在中国新诗中发挥它们应有的叙事功能,能够在现代中国落地生根、茁壮成长。除冯至外,在中国新诗史上,朱湘、

---

① 《论语·先进第十一》,见李泽厚:《论语今读》,天津社会科学院出版社2007年版,第190页。

孙大雨、卞之琳、唐湜、郑敏等人"将本土经验、现代汉语特征与十四行形式交融汇通的成功经验"①，为中国新诗话语形式的建构与规范提供了有益借镜。

（二）图像诗叙事

早在 20 年代，在西方象征主义诗学的启悟下，中国现代诗人一时间迷恋诗歌的音乐性。他们认为，中国新诗的音律/韵律，不应像中国古诗那样完全诉诸耳，而要求诸心。于是，他们把中国新诗音乐性建构的重心，转移并落实到了对印象、感觉和经验的刻画与描绘上。由此可见，对中国新诗而言，"看"远比"听"重要。1920 年，在《新诗略谈》里，宗白华指出，通过"文字的排列"、意象的空间组构，"表现时间中变动的情绪思想"，进而能够获得中国新诗的"图画形式的美"。② 中国新诗对这种"图画形式的美"的现代性追寻一直没有停止过。在某些具有实验精神的诗人那里，为了达到突破诗歌段位成规之目的，他们径直采用图像诗体来表达。

所谓图像诗，也叫具象诗、具体诗，指按某种具体的图案或特别有意味的形式，图像式地组织和排列诗中的词语与诗行。它故意扭曲诗的线性进程，阻断诗的时间流程，激发读者"内模仿"的心理反应机制，将注意力聚焦于诗的空间构图。换言之，图像诗故意摆脱诗歌内在的叙述关系，使诗的叙述外在化、空间化。这种超乎寻常的文法与排列，纯粹诉诸空间视觉，企图将诗歌艺术完全变成图案艺术，使诗从"听的诗"变为"看的诗"。如果使用得当，可以做到诗画共生、视听相通；但如果没有把握好它们之间的度，就会混淆视听和文体界限，变成非诗非画的、不伦不类的畸形品。其实，图像诗在古今中外都有先例。中国古代图像诗分两类。第一类是绘图填文的图像诗，如"盘中诗""酒壶诗""梅花形诗"等。第二类是文字排列的图像诗，如三角诗、宝塔诗等。西方现代主义诗人也喜欢写图像诗，因为其精巧构思暗含丰富的呈现叙事性。

---

① 王光明：《现代汉诗的百年演变》，河北人民出版社 2003 年版，第 678 页。
② 宗白华：《新诗略谈》，《少年中国》第 1 卷第 8 期，1920 年 2 月 15 日。

同"看图识字""按图索骥"一样,"依图制诗""因诗构图"反映出图像诗所包蕴的比较直观、具体和明晰的叙事信息。阿波利奈尔的"五角星图案诗"《五星》,事先画了一个五角星,然后再往里面填文字。威廉斯的"刺槐花开诗"《刺槐花开》,通过语言的特殊排列,模拟刺槐开花的自然过程。还有人将英文"concentric"排列成12个同心圆,以表达"同心"的意思。它们均类似于中国古代的梅花形图案诗。图案诗有或多或少的游戏趣味,有的乃至完全沦为文字游戏式的"诗谜"。那些完全违背作为心灵媒介的语言及其诗歌的基本特性的所谓图像诗,不足为训。其实,像艾略特《荒原》里部分诗行之间的错行排列,庞德《诗章》中黑体字与简体字的交杂使用,不唯"图"至上,乃至不以"图"为中心,而是以"图"佐文,受到了更多的现代诗人所认可。

中国新诗自身的秩序是时间性的。如何使中国新诗获得空间性,取得转喻效果,成为不少中国现代诗人苦苦探索的课题。图像诗令人着迷之处正在于此。

《再别康桥》和《采莲曲》中有规律的错行排列,乃至闻一多关于现代格律诗"三美"主张里的"建筑的美",[1]都含现代图像诗的因子。1928年11月,王独清出版长诗《IIDdc》,其中出现了将"pong pong pong"的字号逐渐放大的现象。对此,鲁迅不屑一顾,批评说:"有模仿勃洛克的《十二个》之志而无其力和才"[2]。而陈望道在《修辞学发凡》里却肯定了其作为一种修辞手法对于建构现代图像诗的实验意义。[3]

纵观中国新诗史,欧外鸥才是真正创立现代图像诗的诗人。他主要受了苏联未来主义诗人马雅可夫斯基的影响。他的图像诗写作就是这种影响下的产物。1941年,香港沦陷后,他来到桂林。在这里,他发现了西方除了武力侵

---

① 闻一多:《诗的格律》,《晨报副刊·诗镌》第7号,1926年5月13日。按闻一多自己的说法,"建筑的美"指"节的匀称和句的均齐"。

② 鲁迅:《现今的新文学的概观》,见《鲁迅全集》第四卷,人民文学出版社1973年版,第145页。

③ 陈望道:《修辞学发凡》,大江书铺1932年版。

略中国外,西方的文化侵略也给这块偏僻的"未开垦的处女地"带来了文化病菌。因此,像未来主义诗人那样,他写"大杂烩"式的图像诗,以与当时混乱的社会现实相匹配。在《传染病乘了急列车》里,他除了在诗中将英文"Smart Girl""Yes Sir, Yes Sir.""Love Me Tonight"掺杂在中文诗句里外,还多次改变字号大小。还有,一些字句字号的大小,除了与大部分字句的大小不同外,它们相互之间的大小亦不同,且有越来越大的趋势,如"寄生在先生的钱袋上的""花枝招展的 Smart Girl 来了""'Yes Sir, Yes Sir.'的侍者来了""唱着 *Love Me Tonight* 西洋恋歌的少爷""写着'我的佐治'的情书的小姐""美国开发西部的电影片的场面一样"。仿佛电影里的特写镜头,慢慢调焦、对焦,使被拍摄对象越来越大、越来越醒目,冲击着读者的视觉感官,起到了强化印象的作用。也像我们读诗做笔记那样,给一些重要的句子做记号。显然,这些中英文夹杂的诗行,这些字号越来越大的诗行,就是这首诗里重要的句子。我们只要将它们串起来,就能了解到这首诗所讲述的主要事情以及诗人对它的情感倾向。诗人故意制造参差不齐、杂乱无章之感,狠狠地鞭笞了那些精神上的混血儿。欧外鸥最有代表性的图像诗要算《被开垦的处女地》。请读首节:

```
    北南      西西      东东
又都面面      山    面面山      面面山
是是望望      山山    一望    山山    一望        山
山山——      带一    带一    山
    望望      望    望
```

此诗当初在《诗》月刊发表时,就是从右向左竖排的,而且,黑体与简体交杂排列。从诗体的外观形式上,诗人想模拟桂林是座山城而人们只能从文字的缝隙中向外张望的立体效果。然而,西方外来文明正在"开垦"这座"原始的城"。为此,诗人吁请人们"注意"其埋下的"现代文明的善抑或恶"的种子!对于这种"以图叙事"的图像诗,聚讼纷纭。当年就有人轻侮地说:"欧外鸥之流,机械地反映着现象"①。我们不能排除某些图像诗的形式主义倾向,但又不能因此而否定现代图像诗对古代图像诗游戏趣味的超越。我们不能因噎废食。现代图像诗的"图像"具有句法与文法的结构意义。作为特殊的空间布局,它"是作品意义单位的某种比较有规律的排列。在这里,逻辑关系和时间关系都退居次要地位或者干脆消失,而其结构组成依赖于各因素之间空间关系(不言而喻,这里所说的'空间'是特殊意义上的空间,它指的是作品的一个内在概念)"②。诗歌不同于其他文体之处,恰恰就在于空间意义上的分行排列而成行、成节、成篇,从这个意义上讲,诗歌原本就是广义上的图像诗。诗歌用非几何学意义上的空间排列,冲淡诗行之间的因果关系和时间关系,使其隐而不显。但这并不是说它们就不重要,诗歌往往是空间关系、时间关系和因果关系综合布局的共生形式。

这里顺便提一下,在中国新诗中,偶然也出现现代"回文诗"这种特殊的图案诗,如徐志摩的《为要寻一颗明星》的首节:

我骑着一匹拐腿的瞎马,

向着黑夜里加鞭;——

向着黑夜里加鞭,

我跨着一匹拐腿的瞎马。

以下3节在章法结构上均与之相似。每一诗节里的第一行、第二行与第三行、第四行之间迹近回文关系,换言之,第三行、第四行几乎就是第一行、第二行的颠倒。而且,每一节第一行和第四行是间隔重复,而第二行与第三行是连续重复。仿佛一位饶舌的老妇人在反反复复地叙述同一件事,全诗在貌似单调的重复中,凸显了诗歌的主旋律,使诗歌的主题得到了乐化表达。

以上我们讨论了20世纪上半叶中国新诗"诗歌段位"的几种类型,侧重

① 蒙寒:《诗散论》,《诗恳地丛刊》第5辑,1943年8月。
② [法]兹维坦·托多罗夫:《文学作品分析》,黄晓敏译,见张寅德编选:《叙事学研究》,中国社会科学出版社1989年版,第80页。

于论述它的叙述方式,在一定程度上"怠慢"了20世纪上半叶中国新诗"叙事段位"的问题,尤其较少专门将两者结合起来详谈。为了弥补此种不足,接下来,我们以何其芳的《预言》为例,专门谈谈它们是如何对位和契合的。

20世纪30年代初,受法国象征主义诗人瓦雷里的影响,尤其是其《年轻的命运女神》的直接诱发,何其芳创作了名诗《预言》。在象征主义诗人那里,诗人通过艰苦卓绝的努力和持久虔诚的守候,就能与上帝对话,因此达到短暂而宝贵的迷狂状态,写出一些既像启示录又像诗谶的神秘句子。仅仅从这首诗每一节的首行——"这一个心跳的日子终于来临""你一定来自那温郁的南方""请停下,停下你疲劳的奔波""不要前行!前面是无边的森林""一定要走吗?请等我和你同行""我激动的歌声你竟不听"——就可以读出一个较为完整的故事。作为通灵者的年轻诗人与"预言中的年轻的神",在幻念中幸运地邂逅了,随后,他们之间围绕要不要留下来、要不要一同前行之类的话题,出现了分歧和矛盾。"预言中的年轻的神",既可以理解成西方文化里的"绝对精神"或者说上帝;也可以对应瓦雷里《年轻的命运女神》中的"年轻的命运女神";甚至可以呼应屈原《九歌·少司命》中的贵族气度非凡的"少司命";还可以解读为诗人理想中的另一个自我,或者说是作为诗人人格化身的"隐含作者"。如果是后一种情况的话,此诗就是诗人的"独语",也是诗人的"画梦录";而诗中那些彼此争辩的声音,就可以看成诗人内心矛盾的外化。其结果是,理想的自我已经无语地离开了,留下来的只有现实中孤苦无告的自我,致使诗人愁肠百结、黯然神伤:"呵,你终于如预言中所说的无语而来,/无语而去了吗,年青的神?"仿佛一切皆是事先被一股超自然力量安排好似的,谁也抗拒不了命运之神的伟力!当然,我们也可以从神话原型的角度来读解此诗的反段位叙事。在希腊神话里,自负的美男子那耳喀索斯,一开始拒绝了"回声女神"埃科的爱情,致使埃科抑郁而亡,其尸骨变成了石头,在森林里发出经久不息的回声。后来,那耳喀索斯受到了惩罚:整日只能顾盼自己倒映在水面上的容颜,终因憔悴而死,变成了水仙。这个神话原型触发了许多西方诗人的创作灵感,同样也会启发深受西方文化影响的何其芳。从这个角度来说,埃科也许就是《预言》中的"年青的神";她回荡在森林中的叹息,也许就是《预言》中时有时无的"骄傲的足音"以及自始至终的"无语"。从段位叙事与反段位叙事的角度看,《预言》在本体层面上涉及神("你")的层面、人("我")的层面以及"元诗"("以诗论诗"的叙述者与受叙者)的层面。其实,神在诗中一直没有露面,是"我"的叙述与想象。但它却成为叙述焦点,暗中左右一切;它跨越各种叙述层面,具有叙事层面上的反段位性。如果从诗歌段位上看,这首诗基本上是以诗行为分段单位,在这个意义上,句子就是反分段的。概言之,这首诗文字雕琢、诗意朦胧,曲折传达了30年代初中国知识青年面对急剧变化的社会现实而无所适从的微妙心理。

第三节　中国新诗听觉段位的隐喻性叙事

上一节,我们详细分析了中国新诗视觉段位叙事的背景、特征及价值,这一节,我们将着重分析中国新诗听觉段位叙事的艺术表现、本体特征及文学史价值。

在法国象征主义诗人那里,"音乐至上"。他们用音乐思维,用音乐传达。其实,诗歌叙事既关涉语义学,又离不开语音学。中国新诗向来重视"意义",忽视"声音",存在重"意"轻"声"之弊端,显得"质感"有余而"乐感"不足。然而,好诗应该是"意义"和"声音"之间的无缝对接,和谐共生。而诗的"声音"既指显在的符号和文字,也包括隐含的韵律。质言之,诗中的声音,既指诗中标点符号、字、词、句、行、节、章及其排列所产生的音乐,又指隐喻意义上的声音,关乎诗的韵律和魂魄,昭示诗的某种品质。前者就是笔者在上一节讲到的音响性的诗歌声音叙事,后者是本节笔者即将要谈到的隐喻性的诗歌声音叙事。苏格拉底将诗的声音分为"不用摹仿的单纯叙述"("只有诗人在说话")

和"摹仿和单纯叙述掺杂在一起",前者是颂歌,后者为史诗之类的诗体。① 艾略特曾经把诗的声音分为三种:"第一种声音是诗人对自己或不对任何人讲话。第二种声音,是诗人对一个或一群听众发言。第三种声音是诗人创造一个戏剧的角色,他不以自己的身份说话,而是按照他虚构出来的角色对另一个虚构出来的角色说他能说的话。"②显然,艾略特谈的是隐喻意义上的诗歌声音。它们依次是诗的抒情声音、叙述声音和戏剧声音。换言之,它们就是诗的独白、宣叙调和戏剧对话。他们都是从诗的叙述主体层次上,对诗的不同声音进行区分的。

诗中抒情的声音,虽说总体上是抒情,但也内蕴着叙事的因子。郭沫若的《炉中煤——眷恋祖国的情绪》,按照副标题提示,全诗抒发的是诗人对祖国的眷恋。它先是用"炉中煤"比喻"我"对"年青的女郎"的挚爱,再用"我"对女郎的爱比喻"我"对祖国的爱。这首抒情诗的叙事线索是,由自然之爱,述及男女之爱,最后升华至诗人对祖国的爱。伴随着这种自然之爱—小爱—大爱的递进,诗的声音由自然产生,渐次洪亮,直至高亢。"五四"时期,这种启蒙性的黄钟大吕很快就被随之而来的革命进行曲所取代。诗中的叙述声音得到不断增强。它响彻了整个20世纪三四十年代。早期无产阶级革命诗人、中国诗歌会诗人、左联诗人和抗战诗人大声宣称,诗歌是匕首、炸弹,诗歌是口号、旗帜。从殷夫的《血字》到田间的《给战斗者》,都发挥了开辟文化战场、鼓舞革命士气的政治作用。它们不是个人呢哝,更非个人呻吟,而是集体大合唱、进军号角。在这种时代宣叙调之外,三四十年代还出现了另一种诗歌声音,那就是戏剧化对话。从30年代的卞之琳到40年代的穆旦,中国新诗里既容纳了时代潮音又不乏个人独特的声响,使得他们的诗歌成为那个时代难能可贵的"多声部"。

其实,中国新诗声音诗学的丰富实践,远远超出了艾略特所划分的三种声

---

① [古希腊]柏拉图:《文艺对话集》,朱光潜译,人民文学出版社1963年版,第50页。

② [英]托·斯·艾略特:《诗的三种声音》,见《艾略特诗学文集》,王恩衷编译,国际文化出版公司1989年版,第294页。

音。也就是说,艾略特的划分尽管有统揽全局的气魄,但仍不能让人真切地感受到中国新诗声音诗学的真正魅力。笔者认为,对于中国新诗声音叙事的分析宜细不宜粗。

如上一章第三节所述,《凤凰涅槃》是一曲关于凤凰集香木自焚、复从火中更生的诗歌喜剧。从音乐段位上划分,它依次有以下几个段位:序曲、主曲("凤歌""凰歌""凤凰同歌")、变奏曲("群鸟歌")和高潮曲("凤凰更生歌")。我们通常将其解读为历史青春期的时代颂歌。郭沫若独步"五四",雄姿豪迈。但自20世纪80年代以来,受西方人文思潮影响,国内开始出现否定郭沫若的思潮,而这种"倒郭"思潮恰好又与海外现代中国文学研究遥相呼应。德国汉学家顾彬在《二十世纪中国文学史》里的观点有一定的代表性。他把冰心与郭沫若相比,以冰心的"零碎的思想""片断的思想""短小的、静谧的、克制的形式",否定郭沫若的"好为大言""对现实世界不分青红皂白地一并否弃""用最高级语式召唤即将到来的永恒时代""冗长的、高分贝的、直白的形式"。① 现今,有些学者认为,西方汉学家对现代中国文学的评判是以西方意识形态反对现代中国的意识形态,这种"冷战"式的对抗思维使得他们不能客观公正地看待现代中国文学。非此即彼不是常态,两种或者多种诗歌声音是可以同时并存的。

中国新诗史上,像《凤凰涅槃》这样如此明显、如此完整、如此丰富的诗歌音乐段位结构是罕见的。尽管不少叙事长诗试图以类似庞大而完整的音乐段位来组织材料,提炼主题与完善架构,但是成功的范例并不多见。在我的中国新诗知识体系中,它们之中成功的典范似乎只有两篇活用民歌体完成的叙事长诗——李季的《王贵与李香香》和阮章竞的《漳河水》。因篇幅所限,这里仅以《漳河水》为例来谈谈20世纪上半叶中国新诗"民歌体"的诗歌段位与叙事段位之关联性问题。"作品刻画了三个妇女形象:荷荷、苓苓、紫金英。荷荷

---

① [德]顾彬:《二十世纪中国文学史》,范劲等译,华东师范大学出版社2008年版,第75页。

勇敢、苓苓机智、寡妇紫金英则较懦弱。她们性格不同，但最终殊途同归，都走上了争取幸福的道路"①。全诗由"往日""解放"和"长青树"三个部分组成，以常见的新旧对比、解放前与解放后对比、人物性格及命运的前后变化为主导的革命写实叙事模式，佐以人物的多重对照和总分的戏剧化结构，既表达了宏大主题，又避免了单调呆板。"戏剧化结构、多种歌谣形式解决的是叙事诗歌的大框架问题，阮章竞还解决了叙事诗大结构和小细节的融合问题、叙事性跟民歌体式相融合问题、诗歌篇幅有限性跟多线人物的复杂性相协调问题、讲故事与塑造人物的问题、写景与抒情的结合问题、诗歌如何进行心理描写问题。必须承认，在一首诗中把所有这些问题解决并非易事，然而，《漳河水》却进行了努力的尝试，并且成功了。"②为了使这个故事讲得生动、形象、感人，阮章竞借鉴了流行在漳河一带的"开花""四大恨""割青菜""漳河小曲""牧羊小曲"等民间小曲，仅第三部"长青树"就由"漳河谣""翻腾""牧羊小曲"三组套曲组成。换言之，阮章竞是根据情景变化、基调明暗和情节起伏来取舍诸种歌谣，杂采成章，形成了歌谣的"大杂烩"。但是，为了更利于表达主题、传达情感，使大众喜闻乐见，阮章竞对它们进行了加工，最终形成了拟歌谣体的文人诗。

要成为优秀的中国新诗，自身音乐的完整性是最起码的要求，只不过表现形式和程度有所不同：它们有的显在，有的隐匿；有的丰富，有的单纯……

中国新诗中的三部曲，也是一种完整的诗歌音乐段位结构。徐志摩的散文诗《命运的逻辑》，用"前天""昨天""今天"串起声音三部曲和命运三部曲。全诗用了一个整体比喻，把命运比作一个女人：青春期（"前天"），天真无邪，激情奔放；中年期（"昨天"），追名逐利，出卖灵魂；老年期（"今天"），令"神道""摇头"，使"魔鬼""哆嗦"。命运由青春而坠向暮年，由美好变为丑陋。诗的声音也随之由激越渐渐降至低沉，再由低沉升至诅咒。这既是命运演变

① 阮章竞：《异乡岁月·太行山》（未刊稿），阮章竞口述，方铭执笔，1989年7月。
② 陈培浩、阮援朝：《阮章竞评传》，漓江出版社2013年版，第94页。

的逻辑,也是诗歌声音变奏的逻辑。

在中国新诗草创期,浪漫抒情诗歌不注重诗歌音乐性,写实性叙事诗歌(如《漳河水》)也是如此,而呈现性叙事诗歌更不在意,对于那些徒有外在标识的音乐性不屑一顾。李金发说:"我做诗不注意韵,全看在章法、造句、意象的内容"。① 正是由于草创期中国新诗普遍不重视诗的音乐性,致使其出现了伪浪漫、伪感伤的通病。

新月诗派提倡现代格律诗理论及其实践,为拯救中国新诗于危难起到了力挽狂澜的作用。由此,中国新诗诗坛还发生了一波波的现代格律诗论争,成为中国新诗声音探索和实践中影响甚巨的事件。最重要的理论文章是闻一多的《诗的格律》。闻一多要求中国新诗必须做到"音乐的美"(音节)、"绘画的美"(辞藻)、"建筑的美"(节的匀称和句的均齐)②。它们几乎是从中国古诗理论那里转化而来的,尤其是从前面"两美"里可以看到"在声为宫商,在色为翰藻"③的影子。当然,这其中也不乏西方唯美主义诗论的影响。新月诗派最重要的代表作品除了前面提到的《再别康桥》和《雨巷》外,还有《死水》和《采莲曲》了。《死水》里诗人的愤激和诅咒之情,在象征和反讽技术的牵引下,通过"三美"的处理和转化,没有成为脱缰的野马,没有变成直白的口号,而是被牢牢地控制在诗歌音乐表现的理性范畴之内。"诗句欲雄壮不难,雄壮而有绵至之思为难,故外强中干,诗家切忌"。④ 全诗每节四行,每行九个字,形成了一种有别于七言古诗的九言长方形诗体;各行都是四顿,由三个"二字尺"和一个"三字尺"构成,开头和结尾均是"二字尺",且都以双音节复合词收尾。质言之,在一行之内,闻一多采用了西式轻重律和长短律,通过它们之间的协

① 李金发:《卢森著〈疗〉序》,诗时代出版社 1941 年版。
② 闻一多:《诗的格律》,《晨报副刊》第 7 号,1926 年 5 月 13 日。
③ 阮元:《文韵说》,见顾俊编:《中国历代文论选》下册,台湾木铎出版社 1981 年版,第 285 页。
④ 乔亿:《剑溪说诗》卷下,见赵永纪编:《古代诗话精要》,天津古籍出版社 1989 年版,第 839 页。

和来完成一行里的韵律结构。如果说这些体现了中国新诗"音乐的美"和"建筑的美",那么诗中的否定性意象"破铜""烂铁""剩菜""残羹"就体现了中国新诗的"绘画的美"。以往,大家谈得比较多的是"音节","建筑的美"常常包含于其中隐而不显;而对于"绘画的美"谈得很少,因为当时人们很少注意到"词藻"对于建设中国新诗格律的意义。其实,如果从语义上讲,首节就已经婉曲地叙述出了"索性让'丑恶'早些'恶贯满盈','绝望'里才有希望"①的主题,读者也不难品味到"强烈的恨"下掩藏着"绝望的爱"。从这个角度看,其他诗节作为它的"复调",只是在不断变化的旋律中,强化这一主题的深入表达。在那个礼乐尽失的惨不忍睹的时代,在诗歌写作中追求和展示独立、整饬、和谐与完美,依然是作为一位中国现代诗人对那个时代最佳的美学回答。此乃波德莱尔所言"恶之花"的美学政治:在貌似回避现实叙述中,仍然曲折地关心着社会变革。朱湘的《采莲曲》以"形式的完美""文字的典则""东方的静美"②,殊途同归地创造了又一首中国现代格律诗的经典。由于篇幅所限,我们也只列举首节:"小船呀轻飘,/杨柳呀风里颠摇;/荷叶呀翠盖,/荷花呀人样娇娆。/日落,/微波,/金丝闪动过小河。/左行,/右撑,/莲舟上扬起歌声。"朱湘说:"天下没有崭新的材料,只有崭新的方法"。③ 根据他在不同场合的各种各样的表述,综合起来,可以得到朱湘做中国新诗的"崭新的方法"有:注重情与景、物与我的统一;用字的新颖与规范;用韵严格且要与诗的情趣相协调;诗体形式要独立、匀配、紧凑、整齐。总体来看,朱湘是在现代格律诗中复活了诗、画、乐一体的古典传统。刚一接触此诗,回响在我们耳畔的是"江南可采莲,荷叶何田田",再细读下去,又能从"日落/微波/金丝闪动过小河"听到苏轼《调啸词》的历史回响。具言之,如果从诗与画方面讲,全诗先后

---

① 朱自清:《朱序》,见《闻一多全集》第 1 卷,生活·读书·新知三联书店 1982 年版,第 14 页。

② 沈从文:《论朱湘的诗》,《文艺月刊》第 3 卷第 1 期,1931 年。

③ 朱湘:《朱湘书信集·寄赵景深》,天津人生与文学社 1936 年版,第 53 页。

展示了"溪间采莲图""溪头采藕图""溪中采蓬图",最后共同构成一幅"江南采莲图"的总图。其实,它也勾画了先在溪间采莲,接着在溪中采藕,最后在溪中采蓬的叙事历程。如果从诗与乐上讲,朱湘在这里践行了考德威尔所说的诗乐之共同理想是美,因为考德威尔认为,"诗的幻象"就是"诗永远渴望变为音乐"。① 具体来说,朱湘化用了"长短句"的诗词格律,每节韵式整齐中有变化,变化中又不失规律,且押"人辰韵"。这种先重后轻的韵律,奇妙地传达出了采莲小船在水面滑行时随波轻晃的情韵。质言之,此诗的叙事段位与诗歌段位之间对位熨帖。它的现代性在于:对纯语言、纯形式的意愿及其音乐方面的唯美主义体现,还有那不经意间表露出来的古典主义倾向。

复调与变奏也是中国新诗常见的音乐形式。前面说的《死水》可以作如是观。下面,请读孙毓棠的《踏着沙沙的落叶》:

踏着沙沙的落叶,

唉,又是一年了,秋风!

独自背着手踏着

沙沙的落叶;穿过疏林,

和疏林的影,穿过黄昏。

黄昏静悄悄的,长的

是林影。沙沙地踏着,

踏着,是自己的梦,

枯干的。又一年秋风

吹过了,自己的梦。

看枝头都已秃尽了,

---

① [英]考德威尔:《考德威尔文学论文集》,陆建德、黄梅、薛鸿时等译,百花洲文艺出版社1995年版,第133页。

今年好早啊,秋天!
年年在白的云上描
自己的梦,总描不团圆。
描不整,描不完全。

等秋风一吹,便随黄叶
沙沙地碎落了。秋风早,
只好等明年吧。
看秋风吹白了野草,
吹得凄凉,吹得老。

踏着沙沙的落叶,
唉,又是一年了,秋风!
独自惆怅着,在落叶上
走;穿过疏林,和疏林
淡淡的影,穿过黄昏。

这首诗所叙之事很淡,情也不浓;整整 5 节,仅仅叙述了叙述者在一个秋日黄昏,独自踏着落叶,感受着梦境与凉意。这多少会让人想起理查德·克莱德曼弹奏的钢琴曲《秋日私语》。沉思者内心里的低吟与长叹,其实,在首节诗里就已经通过迂回、重复和缠绕的表达方式大体得以呈现。从这个意义上,我们可以说,其余各节都是对它的复调和变奏,尤其是末节,几乎是首节的复现,营造了变奏与叠唱共生的音乐效果。音乐最重要的品质就是重复和变化,在重复中变化,在变化中重复。其中,通过大量在句末和行中使用标点符号造成的停顿,以及跨行形成的跳跃,加上韵脚 en、eng、an、ao 的不断变换,全诗音乐不再单一,反而变得丰富起来。这种音乐性与传统意义上的格律不同,后者是辅助性的、装饰性的、事先就有的,只能导致诗歌写作意象的集约化、句法的淡漠化和诗节的板结化。诗人写作应该尊重语言自身的本性。在我看来,理想中的诗歌语言其实是一种"自然"语言。当然,在非现代主义诗人看来,这种说法具有一定的虚幻性。而我们从孙毓棠的这首诗里反证了此种说法的虚幻性,因为它的音乐既看得见也听得见。

需要说明的是,有些诗歌的音乐很深邃,很邈远,难以听见。1937年3月到5月,卞之琳写了5首"无题诗"。请读这年4月他写的《无题二》:

窗子/在等待/嵌你的/凭倚。

穿衣镜/也怅望,/何以/安慰?

一室的/沉默/痴念着/点金指,

门上/一声响,/你来得/正对!

杨柳枝/招人,/春水面/笑人。

鸢飞,/鱼跃;/青山青,/白云白。

衣襟上/不短少/半条/皱纹,

这里/就差/你右脚——/这一拍!

首节叙述的是:叙述人在室内"等待""你","怅望""你";就在这焦急的、枯寂的、痴情的等待和怅望中,突然听到"你"的敲门声;叙述人由衷地发出感叹:"你"来得正是时候啊! 末节叙述的是:当叙述人打开大门迎接"你"这位贵客的时候,所见到一切,所感受到一切,如沐春风,有了春天重临人间的感觉,一句话,有了重生的感觉(第一、第二行用场面来暗示);当叙述人从亢奋中缓过神来后,仔细端详久违的"你",发现"你"还是预想中的"你",丝毫不差! 如果说眼下"这里"还有什么美中不足的话,那么就差"你"抬起右脚跨进室内了! 这是从语义层面上来说的。如果从语音层面上看,此诗每节四行,押交叉韵;每行十个字或十一个字,"二字尺"和"三字尺"交替着使用。尤其值得提出的是,作为收束全诗的"这一拍",是内容和形式上的双关。对此,当年卞之琳在送给废名他的诗集《十年诗抄》时,曾专门做了解释——虽然所等之人"右脚已到了"，但是"诗的韵律"还"差一拍"。① 具体来说，从内容上看，"一室的沉默"都在等待"你右脚"，等待"你右脚"进来打破"一室的沉默"，恢复这里的生气和活力。从形式上看，因为整首诗每行都是四顿，末节也在等待"这一拍"才能完满。这种韵已经完全不同于古典诗词的格律，而是一种内在音乐性。值得补充的是，"这一拍"也是卞之琳富有创意地将古典诗词的"三音尾"化用于此。也许是由于这种双关的巧夺天工，也许是由于卞之琳诗歌一贯的联想繁富、暗示浓缩、运思玄妙和观念跳脱，所以，他把此类诗取名"无题"。由此可见，卞之琳写诗之智性、痴情与功力。

当然，中国新诗史上曾经有人热心为中国新诗制造"新模子"，然后再往这种自制的"新模子"里"填词"。这里举个极端的例子。1928 年 11 月《乐群》半月刊第 4 期发表了陈启修的《有律现代诗》，提出诗歌必须有韵律；没有韵律的诗，只能是"可看的东西"而不能成为"可吟的东西"，所以"应该在诗的形态上研究，去造成诗的韵律，一面要用'相关韵'的脚韵，一面要确定每首诗每一句的音数和逗数，标在诗题的下面。（如 3/14 为十四音三逗诗，2/14 为十四音二逗诗）以示这首诗的格局"②。按照他的理论，就是一个字一个"音数"，一个逗号一个"逗数"，整首诗的音数与逗数需"确定"。他本人的《飞鸟山看花 3/14》就是这种理论的实验品：在 8 行诗中，每行都有用 3 个逗号隔开的"逗数"；除第 7 行为 13 个字外，每行均为 14 个字，也就是说，只有一行诗例外，其余各行都是 14 个音数。如果按他的这种理论，像《死水》和《采莲曲》这样优秀的现代格律诗都不合格。难怪，1929 年 3 月 3 日《海风周报》第 9 号发表祝秀侠的《评陈勺水的有律现代诗》，对此提出质询，并引发了持续到 20 世纪 30 年代中期的"有律现代诗"的诗学论争。

---

① 废名说"作者送我一本《十年诗草》的时候，曾把这首诗指给我看，生怕我不懂最后一行破折号后面的'这一拍'，他说'这一拍'的地位是所差的右脚已经到了，诗的韵律虽差一拍，而人到了"。见冯文炳：《谈新诗》，人民文学出版社 1984 年版，第 179 页。
② 勺水（陈启修）：《有律现代诗》，《乐群》半月刊第 4 期，1928 年 11 月。

笔者丝毫不怀疑这类诗人对中国新诗音乐性探索的真诚,完全理解他们建设中国新诗形式的热情。笔者认为偶一为之,实验实验,无伤大雅;但对他们那种过激的言论与偏执的行动应持批判态度。没有固定的形式,不重视诗的声音,的确是中国新诗为人诟病的原因,也是导致中国新诗写作乱象丛生的根源之一。但是,我们可以反过来想想,没有固定形式(但必须有形式感和形式意义)恰恰就是中国新诗最主要的形式。不注重诗歌外在音乐性并不意味着就不重视诗的内在音乐性,毕竟现代汉语的语音是辅助性的,句法是散漫的。中国新诗与中国古诗在语言上的区别十分明显:中国古诗使用单音节的具有完整意义的字,通过平仄来调节,把助词控制在极小的范围内,使得诗体严整、简练、短悍到了极致;中国新诗极少用单音节的字,替代它们的是双音节和多音节的复合词,如"冷漠""凄清""又惆怅""轻轻的""悄悄的"。捷克汉学家雅罗斯拉夫·普实克说:"在汉语中,只有有重音的字词才发出清晰的字调,而非重音的字词的发音只是陪衬整个句子的韵律色彩。中国诗句正由音调的和谐转变为重音作诗法,在这方面中国的新诗正逐渐向欧洲的诗,包括捷克的诗接近"。[1] 中国新诗不是靠平仄来调节节奏,而是凭情绪节奏的轻重缓急来组织。诗无定式,诗无定律,恰恰就是中国新诗最初追寻的梦想。笔者认为,诗人们要做的事情是,如何根据自己的写作个性,尽量做到所写题材与所选形式及声音之间保持最大的适切度;不要先给自己定一个模子,或者说给自己一生的写作制定一个模子或若干模子;更不能将其强加给别人,何况那种一厢情愿注定是徒劳的。

其实,中国新诗的音乐性不是装饰性的,而是伴随着题材,随着诗人对题材的个性化处理,随着字词行句、标点符号和书写形式"一起到来"。也就是说,中国新诗的音乐性是"与诗俱来"的。正是在这个意义上,就有"诗不可译"之类的说法。这种翻译不仅指不同语种之间互译,也应该指同一语种内

---

① [捷]雅罗斯拉夫·普实克:《中国——我的姐妹》,丛林、陈平陵、李梅译,外语教学与研究出版社 2006 年版,第 267 页。

古代语言与现代语言之间互译。具体到中国新诗而言,这种翻译既指将中国新诗与外文诗歌之间互译,也指中国新诗与中国古诗之间互译。徐志摩的《沙扬娜拉——赠日本女郎》脍炙人口："最是那一低头的温柔,/像一朵水莲花不胜凉风的娇羞,/道一声珍重,道一声珍重,/那一声珍重里有蜜甜的忧愁——/沙扬娜拉!"当代诗评家江弱水为了说明最终是中国古典诗词的因素而不是英国浪漫主义造就了徐志摩诗歌"在读者接受方面上的成功",至少是为了说明《沙扬娜拉——赠日本女郎》将"古典情韵与异域情调结合得相当好",他发挥自己的聪明才智,将后者改写(翻译)成一首极具苏曼殊式哀婉艳情的绝句："最是温柔一低头,凉风不胜水莲羞。一声珍重殷勤道,贻我心头蜜样愁。"①两相比较,优劣分明。当然,值得肯定的是江弱水将中国新诗戏仿成中国古诗的雅趣。改写后的绝句难以传达出原诗的情调和韵致。最初的《沙扬娜拉——赠日本女郎》有18节,夹杂不少日文,且平声过多。修改后,压缩为一节,而且将"睡莲花"改成"水莲花",将"寒风"改成"凉风"。针对该诗的用字以及后来的修改,金克木在《读书》1991年第5期上发表《"寒"与"凉"有别》,认为唯有用凉风吹花方能贴切地传达出日本女子待人接物时,尤其是在与客人道别时的娇羞柔情与"蜜甜的忧愁"②。徐志摩将"寒"改"凉",使日本女郎道别时的心态、情态、神态、语态,乃至体态,以及诗人对其的怦然心动,得以完美呈现。如果从叙事角度来讲,全诗仅仅描述了日本女郎在向客人道别时,边"低头"边说"沙扬娜拉"的情景。如果用散文来叙述,则兴味全无。正是由于徐志摩将诗歌段位与叙事段位完美结合,才写出了如此令人爱不释手、反复吟诵的诗篇。一上来就用"最是那"起首,用最高级的词语表达,就是想一下子吸引读者的注意,抓住读者的心。然后,在"头""柔""羞"三个字的重复"尤"韵中,"一朵水莲花"般清纯可人的日本女郎登场了。随之,在接二连三、轻声细语地道"一声珍重"里,诗人分明感受到了世界上最难得的、

① 江弱水:《中西同步与位移——现代诗人丛论》,安徽教育出版社2003年版,第29页。
② 金克木:《"寒"与"凉"有别》,《读书》1991年第5期。

弥足珍贵的"蜜甜的忧愁"。而破折号的使用又延缓了诗人享受这种姿态、这种声音和这份情感的过程。真的不忍心"沙扬娜拉",但毕竟"沙扬娜拉"了。诗人写下这首《沙扬娜拉——赠日本女郎》,就是要将其保存下来,作为永久的纪念。一个小小的举止,一声轻轻的道别,诗人就能从中品味出一个言有尽而意无穷的情感故事来,足见诗歌写作,不仅需要经验,也需要体验,更需要想象力和表现力。试想,如果将"沙扬娜拉"改成"再见",将"道"改成"说",将"蜜甜"改成"甜蜜",而且,继续用"睡莲花""寒风",那么这首诗的品质将会大打折扣。进一步说,只要改动其中任何一处,这"一字之差""一音之别"都会给人"差之毫厘失之千里"的感觉,更何况全面译介乎!朱自清说:"一切翻译比较原件都不免多少有所失,译诗的损失也许最多。"①的确,对于原诗而言,译诗往往面目全非、吃力不讨好。叶公超当年曾告诫:"严格说来,译一个字非但要译那一个而已,而且要译那个字的声、色、味以及一切的联想。实际上,这些都是译不出来的东西"。② 可见,诗歌段位的重要性和不可更改性。每一首诗的诗歌段位都是唯一的,不可复制的。赴德留学的冯至反思自己早年写诗的经验时表示,如有可能,他要从"小学"③学起,要从蕴含着丰富中国传统文化的汉字及文法里汲取智慧。像冯至这样的现代主义诗人,到后来才娴熟地驾驭西化式的反讽、叙述、独白等声调和语调,短句与长句交错,句式与场景对照,意象与场景叠加,形成立体乐感与多重声音。

英国诗评家 K.S.威尔逊说:"我们可以像欣赏纯音乐那样地去欣赏诗,我们可以把诗的意义完全抛开,而仅仅作为一种美的、印象深刻的声音的连续而去欣赏它"。④ 如果我们不全盘照搬他的思想,而只是将其视为对诗歌声音的"提醒",在写作与欣赏中不要将其遗忘,那么我们就能从中得到我们想要得

---

① 《朱自清全集》第 2 卷,江苏教育出版社 1988 年,第 371 页。

② 叶公超:《论翻译与文字的改造——答梁实秋论翻译的一封信》,《新月》第 4 卷第 6 期,1933 年 3 月 1 日。

③ 冯至:《〈萨拉图斯特〉的文体》,《今日评论》第 1 卷第 24 期,1939 年。

④ 朱狄:《当代西方美学》,人民出版社 1984 年版,第 477 页。

到的真知。我认为,中国新诗不同于中国古诗的重要一点,就在于后者的声音没有"意义",而前者的声音是有"意义"的声音。总之,在中国新诗中,声音是有意义的声音,意义是有声音的意义。

第四节 中国新诗联觉段位的有机性叙事

为了论述的便利,我在以上两节中策略性地把中国新诗叙事的视觉段位和听觉段位分而述之。其实,两者是骨连着筋、筋连着骨,就像我们人的各种感觉是互通的那样,中国新诗叙事的各种段位也是联通的。我称之为"联觉段位"。这种段位也可以叫作"通感段位"。只不过,为了与视觉段位和听觉段位相对称,加上通感侧重于修辞,联觉作用于接受,而接受包括修辞以及由修辞引发的系列反应,所以,我最终选用了"联觉段位"。

这种段位主要由视觉和听觉联通融合而成。它们不是机械地拼凑起来的,而是内在有机地生成的。具体到中国新诗叙事段位,它们是完美地融合了视觉段位和听觉段位、音响性段位和隐喻性段位的有机性叙事段位。

众所周知,字有形、声、义。诗也有诗形、诗声、诗义。但诗最重要的是,由诗形、诗声和诗义一起有机生成而出的诗意。所以,诗歌段位就有诗形段位、诗声段位和诗义段位。诗形段位就是我们讲的诗的视觉段位,诗声段位就是我们讲的诗的听觉段位,诗义段位就是由诗形段位和诗声段位耦合而成的诗的联觉段位。但无论是哪一种诗歌段位,如果没有诗意,没有最终形成诗意段位,那它就是非诗段位。英国爵士亨利·纽波尔特就嘲讽过一首"永垂不朽"的打油诗:"加油!加油!光明正大地玩转地球"①。清代咄咄夫戏作过一首笑话诗《增补一夕话》:"一树黄梅个个青,打雷落雨满天星,三个和尚四方坐,不言不语口念经。"②为了戏谑当年盛行一时的"豆腐干"诗,徐志摩写了如下

---

① [英]伊格尔顿:《文学原理引论》,刘峰译,文化艺术出版社1987年版,第477页。
② 咄咄夫:《增补一夕话》,大兴堂刻本,道光十二年(1832)卷六。

文字:"他戴了一顶草帽街上去走/碰见了一只猫又碰见了一只狗"①。诸如此类古今中外的打油诗和笑话诗等游戏性分行文字就是了无诗意的"非诗"。把"打油"和"诗"、"笑话"和"诗"硬性加在一起,本身就构成了讽刺,其内在矛盾对彼此进行了瓦解。也就是说,"打油"成不了诗,"笑话"也成不了诗,因为它们形成不了诗意段位。

诗是一门特殊的语言艺术。从语义学方面,瑞恰慈认为,"诗歌语言"与"科学语言"的不同在于,它是"伪陈述",在于它能激发情感和想象。这是诗的真实性,与现实性无关,因为"诗歌的'真实性'系于艺术自身的逻辑"②。尽管打油诗和笑话诗在某种程度上也属于"伪陈述",带有显而易见的游戏成分,但它们不能激发人们的感情与想象,更不符合诗歌真实性的艺术逻辑。宗白华早年从纯诗角度出发,指出锤炼诗歌段位对于诗意产生的重要性。他说:"字,句,和它的微妙不可思议的组织,就是诗底灵魂,诗的肉体"③;"诗忌无病呻吟,但有病呻吟也还不是诗。诗要从病痛中提炼出意,味,声,色,诗心与诗境"④。宗白华提到的"意,味,声,色,诗心与诗境"就是我所说的诗的有机性联觉段位及其诗意段位。

各种文字段位,只要是被安置于诗的语境中,就会变成诗歌段位,都会产生意想不到的诗意。例如,很普通的"悔"和"梅",本来互不相干,但张枣发现了它们之间联系(至少都有一个"每"字)。他的《镜中》通过爱情的得与失,精确而细腻地表达了此间诗意的语法关联,使其有了"意,味,声,色,诗心与诗境":

> 只要想起一生中后悔的事
>
> 梅花便落了下来

---

① 徐志摩:《〈诗刊〉放假》,《晨报副刊·诗镌》第11期,1926年6月10日。
② 张松建:《抒情主义与中国现代诗学》,北京大学出版社2012年版,第41页。
③ 宗白华:《诗闲谈》,《中国诗艺》复刊第1号,1941年6月。
④ 宗白华:《诗闲谈》,《中国诗艺》复刊第1号,1941年6月。

比如看她游泳到河的另一岸

比如登上一株松木梯子

危险的事固然美丽

不如看她骑马归来

面颊温暖

羞惭。低下头,回答着皇帝

一面镜子永远等候她

让她坐到镜中常坐的地方

望着窗外,只要想起一生中后悔的事

梅花便落满了南山

诗题为"镜中",表明不在现实里,暗示此诗在叙述一段往事。那么,诗人在叙述什么样的往事? 对此,一开始诗人就作了交代,并且在结尾时再次强调:他要叙说的是"一生中后悔的事"。这件让他后悔一辈子的事,常常让他想起,既使他刻骨铭心,也感天动地,连梅花都感动得落了下来,并且最终落满了南山。情况每每如此,无一例外。这到底是一件什么样的往事呢? 通读全诗后,不难发现诗人在写自己的一段爱情往事。他曾经多么地爱恋着对方! 对方一举手一投足都会牵动诗人的神经,引发诗人浓厚的兴趣。情人眼里出西施嘛。所以,在他眼里,对方"游泳"、登梯、"骑马"、低头、照镜诸如此类这些在外人看来再也平常不过的日常生活的细枝末节,都闪闪发亮,都心满意足,都诗意浓郁,都百看不厌,都趣味无穷。但是,由于"皇帝"之类强大的外力作用,使得这场原本幸福的爱情失败了,"灯芯绒的幸福舞蹈"(张枣语)消失了。眼前,只剩下冷冰冰的镜子,只留下诗人与"她"留下的镜子对视,只余下诗人对着镜子回忆那段勾魂的情事。回忆很温馨,而现实很冷酷。回忆从一开始还只是使"梅花便落了下来",经过细致的长时间的记忆回溯,使那些往事历历在目地呈现,到最后回忆使"梅花便落满了南山"。每每想起往事,每每回忆不已,也每每感天动地,这就是"悔"与"梅"在诗中的妙处。而从诗歌叙事线索看，整个事件有始有终。这个故事的开端、发展、高潮和结局，把诗人错综复杂的愁肠百结，事无巨细地传达出来。由此，我们体味到《镜中》音响性段位与隐喻段位之间的熨帖。

由于中国新诗看重其段位，所以它有化腐朽为神奇之功效。它能使日常散文趣味的语言变成"诗家语"，例如，"美丽"几乎再也无法成为"诗家语"了，但罗门在《蜜月旅行》中重新将其点亮了：

美的情意，丽的旅程

三轮车四轮车如鸟飞在蜜月的花林中……

马松的《灿烂》①也是如此，他把"灿烂"真的变得"灿烂"了：

我曾经与花平分秋色

一灿一烂

他没有写"春花秋月何时了"，而是写"秋花"，写与它"平分秋色"，因此才有"一灿一烂"，既灿又烂，美轮美奂！也就是说，"美丽"和"灿烂"可能难成诗意，但经罗门和马松如此妙笔点化，就立即诗意闪亮了。就连崔健的摇滚歌词也常常如此安排歌词段位，如《快让我在雪地上撒点野》里有"却感觉不到西北风的强和烈"，又如《让我睡个好觉》里有"不要再吵和闹　我的男女和老少"；从歌词的题目到内文，都有把固有的词语段位做恰到好处的拆解——撒野到"撒点野"、强烈到"强和烈"、睡觉到"睡个好觉"、吵闹到"吵和闹"、男女老少到"男女和老少"。因为，诗人们重新处理了这些词语固有的语法搭配，使其原有的视觉段位和听觉段位产生了延宕，其联觉段位也发生了结构性变化，诗意就从这些变化中扑面而来。

中国新诗里的词语是这样，句子和章节亦如此。与笔者在前两节单独讲视觉段位和听觉段位不同，在这里，笔者要讲的是词与词、词与句、句与节、篇之间的扭结及其相互勾连而产生的诗意。请读徐志摩的《四行诗一首》："忧

---

① 杨四平主编：《中产阶级诗选》，内部交流资料，2008 年印，第 259 页。

愁他整天拉着我的心,/像一个琴师操练他的琴;/悲哀像是海礁间的飞涛;/看他那汹涌,听他那呼号"①! 这首诗严格来讲没有题目,其实它叙写的是忧愁和悲哀。因为忧愁在情感色彩上轻于悲哀,所以诗人先写忧愁,再写悲哀。这种由轻而重、由浅入深,暗合了人们在情感波澜上的渐次堆积、推进和爆发的过程。具言之,第一、第二行是从听觉上写忧愁。因为"情"与"琴"近音,所以诗人想到了"琴",而由"琴"又联想到"拉琴"。当然诗人不是真的在"拉琴",所以成了"拉心",毕竟忧愁每时每刻都涌上诗人心头! 因而,琴声也就成了心声。如此一来,诗人在这里就创造了三重契合:"琴"与"情","拉琴"与"拉心","琴声"与"心声"。前者是虚拟的,后者是实写的。虚实相生,诗意产生。第三、第四行既从视觉上也从听觉上写悲哀。这里的海涛,既指大自然的海涛,也指人们内心经久不息、汹涌呼号的大海(心海)! 前面因忧愁而渐渐涌起的烦闷,到后面终于爆发成震耳欲聋的哀号。也就是说,此诗的叙述逻辑既与人们的情感逻辑吻合,也与读者审美期待的心理逻辑吻合。将叙述逻辑与情感逻辑如此完美结合的例子还有很多,如舒婷《神女峰》的结尾:"在向你挥舞的各色花帕中/是谁的手突然收回/紧紧捂住了自己的眼睛/当人们四散离去,谁/还站在船尾/衣裙漫飞,如翻涌不息的云/江涛/高一声/低一声"②。衣裙、云翳和江涛"翻涌不息"。这是外在客观存在的情况。而诗人内心世界也在翻江倒海。江涛"高一声""低一声"按高低格分行排列的视觉段位,暗合了诗人久久不能平息的心潮"高一声""低一声"。这种双关语,将视觉段位、听觉段位和心觉段位融合起来,形象生动地展示了联觉段位和诗意段位的无限魅力。如果说《神女峰》呈现的是20世纪80年代女性诗歌现代启蒙的流畅声音的话,那么伊沙的《结结巴巴》则用段位故意编排出后现代语境里结结巴巴的语流、语感和语意:

> 结结巴巴我的嘴

---

① 徐志摩:《四行诗一首》,《晨报·副刊》1925年8月24日。
② 舒婷:《神女峰》,《绿洲》1982年第1期。

　　　　二二二等残废
　　　　咬不住我狂狂狂奔的思维
　　　　还有我的腿

　　　　你们四处流流流淌的口水
　　　　散着霉味
　　　　我我我的肺
　　　　多么劳累

　　　　我要突突突围
　　　　你们莫莫莫名其妙
　　　　的节奏
　　　　急待突围

　　　　我我我的
　　　　我的机枪点点点射般
　　　　的语言
　　　　充满快慰

　　　　结结巴巴我的命
　　　　我的命里没没没有鬼
　　　　你们瞧瞧瞧我
　　　　一脸无所谓

诗里的狂乱、口水、节奏、快慰和无所谓，展现的是类似于后现代摇滚的叙说
口吻和语言风格。而结结巴巴的语言之所以成为诗歌语言，是因为它们除
了明显的大面积押韵外，在行与行之间、节与节之间安排了具有周期性"时

长"的韵律、顿、音尺、音步等节奏。基于此，我们认为，此诗与其说是一首自由诗，不如说是一首韵律诗。林庚说："自由诗在今日纵是如何重要，韵律的诗也必须有起来的一天。"①尤其是所谓的"口语诗"和"后口语诗"，如果没有重复、对称、排比和差异形成韵律和节奏，那么它们无疑就是记流水账，就真的成为"口水诗"了！而《结结巴巴》十分注意叙事的分寸感和节奏感：语流的大面积阻塞，使全诗的语言段位不规则地分割开来，形神兼备地表现了后现代文化的碎片感和荒诞感，进而将此诗的音响段位和隐喻段位有机地融合起来。

话说回来，如果我们明白了徐志摩《四行诗一首》里的"琴"和"海涛"从何而来的话，那么我们也就不难明白马松《醉》②首节里的"扁担"这样的诗歌段位从何而来：

> 我的毛醉了
>
> 现在醉意如春蚕
>
> 顺腿一口咬去
>
> 现在我已成脉络成一根筋
>
> 成一根扁担挑起夜晚在晃

口口声声说自己是"在人间喝酒，在天上写诗"的马松，既醉了，也写成诗了。此诗的诗义段位始于连"毛"都醉了标志着真的醉了，人醉酒的感觉，宛如沉醉于春风的春蚕"顺腿一口咬去"，因而人渐渐从上身往下身失去知觉。这才有了醉成"脉络"，醉成"一根筋"，醉成"一根扁担"。至此，醉酒之人才有了"担挑起夜晚在晃"的感觉。整首诗都在写"醉"的感觉，而且把这种难以言说的感觉（醉意），通过触觉、知觉、心觉等联觉段位，写得酣畅淋漓、如痴如醉。笔者曾将这一节诗改写如下：

> 我的毛都醉了

---

① 林庚：《问路集》，北京大学出版社 1984 年版，第 169—170 页。

② 杨四平主编：《中产阶级诗选》（自印），第 262 页。

　　　　醉成一根筋

　　　　醉成一根扁担

　　　　挑着整个世界在晃

尽管改写后的诗歌段位减少了,似乎更简洁了,但是在诗义段位与诗意段位方面都明显缩水了。马松从感觉到醉了开始写,一直细致地精确地写,随着时间和喝酒进程的推移,醉意如何渐次扩大、聚焦、收紧,到最后的涣散,尤其是醉成"一根筋"用得绝妙! 好的诗歌段位、诗意段位都会让人沉醉。

　　叙事插笔是增强诗意段位的叙事手段之一,这在现代主义诗歌里比较常见。它在诗中的段位一般通过括号或引号标注出来,起补充说明作用,以引起读者关注,如卞之琳《距离的组织》里的"(醒来天欲暮,无聊,一访友人吧。)",又如杜运燮《月》里既有用括号标注的叙事插笔"(看遍地梦的眼睛)",又有用引号标示的叙事插笔:"异邦的兵士枯叶一般/被桥栏挡住在桥的一边,/念李白的诗句,咀嚼着/'低头思故乡','思故乡',/仿佛故乡是颗橡皮糖"①。这里也是视觉、听觉和心觉的联动。这首诗写于印度。当时诗人到印度参加抗日战争,因此在那里成了"异邦的士兵"。这种特殊身份的异邦士兵反复念叨着祖国诗人李白的诗句,其荒诞和悖论的诗意瞬间产生,也足见这场战争之艰巨,以及诗人渴望早日结束这场战争回到祖国的强烈意愿。这种反讽性的诗意段位,是增强诗歌现代性的重要力量。只不过,有些反讽是局部反讽,如上面的引诗;而有些反讽却是整体反讽,如伊蕾的组诗《独身女人的卧室》。该组诗由《镜子的魔术》《窗帘的秘密》《自画像》《一封请柬》《星期日独唱》《暴雨之夜》《象征之梦》《生日蜡烛》《女士香烟》《想》《绝望的希望》14首诗构成,每一首都以"你不来与我同居"作结。这组女性诗歌,像美国和加拿大的"自白派"那样,旗帜鲜明地反抗"性占有",以现代"同居"对抗传统婚恋诸如此类属于男权主义的性政治。这种反抗和对抗,都是通过身体与语言,

---

① 杜运燮:《月》,见谢冕主编,吴晓东分册主编:《中国新诗总系》第3卷,人民文学出版社2009年版,第139页。

进行被动性、受虐性和自恋性的性革命。诗人想借此扭转女性长期以来失语的焦虑和被篡改的命运。由此,女娲消失了,黑夜诞生了,倾诉和独白成功地建构起了现代女性与外部世界审美交往的新范式,如埃莱娜·西苏所期盼的:"妇女的身体带着一个通向激情的门槛,一旦她通过粉碎枷锁、摆脱监视而让它明确表达出四通八达贯穿全身的丰富含义时,就将让陈旧的、一成不变的母语以多种语言发出回响"。①

还有一些中国新诗,借用古诗的诗意段位,并将其置于现代语境中,最终在古今交融中,产生现代诗意,如昌耀的《斯人》:

静极——谁的叹嘘?

密西西比河此刻风雨,在那边攀缘而走。

地球这壁,一人无语独坐。

笔者曾解读过此诗:"到底是谁在死寂中叹嘘?抑或是诗人自己在喟叹多舛的命运,抑或是多舛的命运在喟叹诗人。'谁'的设置由此获得了诗意的弹性。而且,'叹嘘'二字奠定了全诗的情感基调,渲染了一种悲怆的气氛。第二节出现两组相对的词。一是'那边'(密西西比河)和'这壁'(长江的发源地,与密西西比河在同一纬度上,一东一西);时光在飞逝,而诗人束手无策,在此种强烈的反差和失调中,诗人无奈又无为。正如杜甫诗云:'冠盖满京华,斯人独憔悴'。昌耀点化古诗,以'斯人'命题,可见其用意。"②如此点化古诗,回应传统,确定自身价值的中国新诗写作十分普遍。

在百年中国新诗叙事中,还有点化西方现代诗的。这种借用有时显得生硬,因此常常为人诟病为"翻译体写作"。如马拉美有句名言:"我说,花! 我的声音让任何轮廓都被遗忘,音乐般升起的,是这个美妙的观念本身,其形式

---

① [法]埃莱娜·西苏:《美杜莎的笑声》,见张京媛主编:《当代女性主义文学批评》,北京大学出版社 1992 年版,第 201 页。

② 吕进主编:《新诗三百首》,河北人民出版社 1996 年版,第 502 页。

与已知的一切花朵都不同,那就是所有花朵的缺席"①。观念性与实践性独一无二的糅合,成就了马拉美心目中一朵世界上从来没有过的花。1937年,李白凤仿写了马拉美:"再过五百个五百年/是我开花的时候了/我将开一朵/你永远看不见的花"。② 这种仿写出来的诗歌段位就难说有多大的诗意!

但是,具体情况要具体分析,中国新诗叙事文本,常常通过借意象、借字词、借句子、借诗节、借情节、借整首诗等形成化典与互文。转化经典,重建文学的隐喻框架,将意义建立在文学传统和诗人写作自身上,即通过借用文学经典而使自己的诗歌写作获取意义,并试图以此给予自己诗歌写作的某种荣耀和地位。这是此类写作的普遍心态。如新时期有位诗人改写和戏仿了田间著名的抗战诗《假如我们不去打仗》而成的讽刺诗《假如我们不去送礼》,辛辣嘲讽了商品经济条件下索贿和行贿的歪风邪气。

最后,笔者要谈谈中国新诗叙事的一种非常特殊的诗歌段位。这种段位既可以称为"片段段位",也可以称为散文诗段位或"杂语段位"。我在前面曾经论述过"片段写作"和"杂语体"写作。在此,我将从联觉段位的角度来分析西川《致敬》里的片段:"那巨兽,我看见了。那巨兽,毛发粗硬,牙齿锋利,双眼几乎失明。那巨兽,喘着粗气,嘟囔着厄运,而脚下没有声响。那巨兽,缺乏幽默感,像竭力掩盖其贫贱出身的人,像被使命所毁掉的人,没有摇篮可资回忆,没有目的地可资向往,没有足够的谎言来为自我辩护。它拍打树干,收集婴儿;它活着,像一块岩石,死去,像一场雪崩"③。尽管诗人没有分行,或者说,因情绪激动,加上文思泉涌,有很多话要说,来不及分行,就急忙记下这些天籁之音,生怕它们丢掉了。诗中既有重复("那巨兽……"),又有排比("像……"和"没有……"),由此使得诗的叙述张弛有度、摇曳多姿。这只

---

① [美]J.希利斯·米勒:《文学死了吗?》,秦立彦译,广西师范大学出版社2007年版,第26—27页。
② 李白凤:《花》,《新诗》第4期,1937年1月10日。
③ 西川:《致敬》,《花城》1994年第1期。

"厄运"的巨兽,来无影去无踪,生与死都轰轰烈烈。它显然不存在于现实世界,而偶然出没于神异世界。我们可以说它是诗人的幻影,也可以说它是诗人的梦境,还可以说它是诗人的灵感,乃至可以说它是诗人精神的自我投射等等。总之,西川这类"片段写作",是块状倾诉、杂语迸发、散点共振、立体雕塑、词场效应、求真意志和灵魂历险。

联觉段位的诗歌写作,既是中国新诗求真意志之使然,也是一场场灵魂的历险,还是一次次语言的探索。它们使诗人流动的思想有了形状,就像冯至在《十四行集·二七》里所说,水瓶使"无形的水"定形,旗帜赋予风的形状,"向何处安排我们的思,想?/但愿这些诗象一面风旗/把住一些把不住的事体"①;也像冯至在《十四行集·二》里所写:"歌声从音乐的身上脱落,/归终剩下了音乐的身躯/化作一脉的青山默默"②。

总之,中国新诗叙事的诗歌段位,既有文字和符号层面的显在的诗歌段位,又有韵律及其灵魂层面的隐在的诗歌段位,还有显在的诗歌段位和隐在的诗歌段位融合而成的综合段位,即我们前面所讲中国新诗的联觉段位。如果说显在的诗歌段位是某种视觉段位,那么隐在的诗歌段位至少就是某种听觉段位。为什么说是"至少"呢?因为它拥有其他声音所没有的魔力。这种独特的声音魔力除了来自诗歌段位及其排列所造成的声音外,还来自其渊源有自的隐喻,使得诗歌的文字段位和符号段位也具有同样的魔力。换言之,诗歌的文字段位和符号段位的魔力源自沉潜的诗歌声音段位的魔力。显在段位取决于隐在段位,隐在段位"给定"显在段位。如果说显在段位是肉体,那么隐在段位就是灵魂。只有二者合二为一成有机性的联觉段位,方能完成一首诗的叙事,才能成就一首完整的诗篇。

---

① 冯至:《十四行集》,见谢冕主编,吴晓东分册主编:《中国新诗总系》,人民文学出版社2009年版,第11页。

② 冯至:《十四行集》,见谢冕主编,吴晓东分册主编:《中国新诗总系》,人民文学出版社2009年版,第2页。

行文至此,可以说基本上完成了本书所预设的任务了,该是收束全书主体论述的时候了。笔者始终认为,对中国新诗叙事而言,现代性是其统摄,段位性是其归结,现在仍然可以以此来收揽全书的主体论述。中国新诗叙事形态的形成至少有以下四个方面的文学史意义。第一,从现代性的角度来看,中国新诗叙事形态是"新"的,在中国古诗里几乎找不到它们的踪影,而这种"新"在精神文化层面与现代性相通。正如王富仁所说,即使"'现代性'的观念与古典的、经典的、传统的观念也是交错、交织在一起的",但它们"到底还是冲破了中国固有的、古典的、经典的、传统的观念的束缚而进入到中国社会、中国文化和中国文学之中,并在总体上改变了中国社会、中国文化和中国文学的发展方向"①。质言之,对中国新诗写作而言,中国新诗叙事形态具有打破中国古诗写作的禁锢与困局、开辟诗歌写作"新时空"的方向性意义。第二,从段位性的角度来看,中国新诗的叙事段位有视觉段位、听觉段位和联觉段位。换言之,中国新诗的叙事段位具有视觉性、听觉性、联觉性、心觉性和隐喻性,尤其是其隐喻性,是小说、散文和戏剧等非诗文体的叙事段位所不具备的。申言之,是隐喻性将诗、画和乐"合三为一",使得中国新诗的叙事段位具有其他文体,乃至中国新诗的抒情与议论所无法比拟的综合性和丰富性。由此,我们可以说,诗歌叙事的段位性,是视觉性、听觉性、联觉性、心觉性和隐喻性兼具的诗歌特性。这种诗歌特性既具有由语言原始的诗性隐喻带来的自述功能,又拥有因其所处的特殊历史语境而显示出来的逻辑分析性二者结合使得中国新诗段位叙事成为可能,并且具有现代性特征。第三,中国新诗叙事的现代性与段位性是共生的。中国新诗叙事的语义学与语音学的充分熔冶,促成了中国新诗叙事从开初的蹒跚学步到最后的健步前进,形成了相对成熟的写实叙事、呈现叙事和事态叙事的现代诗歌写作体系,提供了中国现代抒情诗和中国现代智性诗所无法提供的新经验、新景观,部分地刷新了现代中国诗歌,乃至现

① 王富仁:《"现代性"辩正》,《北京师范大学学报》2013年第5期。

代中国文学传统。第四，借此，我们也明显看到了中国新诗的历史性进步。其最重要的标志之一就在于：诗人完全拥有对语言的取舍权，抛弃任何诗歌的成规，充分发挥自己的个性、才能、禀赋和意志。一言以蔽之，现代诗人可以自由拥抱语言。如此一来，现代诗人既解放了语言，也解放了自己，更解放了诗歌。此前，诗人们一提笔写作，那些固有的字词、短语、句子、典故、意象和技法就蜂拥而至、麇集笔端。在此情境下，有的诗人难以下笔；有的诗人虽然勉强硬撑着写，但那也是一种模拟性或仿古性的写作，了无生趣。本来，诗歌与叙事、诗意与散文之间具有天然的难以化解的矛盾。但是，对于中国新诗而言，这种矛盾既是挑战又是机遇。它总是激励着诗人们迎难而上，进行自由创造，并在艺术创造中尽享诗歌写作带来的自由。正是这种自由的探索与探索的自由，将伴随现代诗人迈进新的历史时空。

结　语　未完成的中国新诗叙事

叙事是一种广义的修辞行为,既指叙事的具体运行,又指文字层面和声音层面上的修辞格。人们往往偏重叙事的语义学价值,而忽视其语言学特征。而且,在叙事畛域里,小说这种文体长期受宠。尤其到了20世纪中叶以后,在"语言学转向"的大体背景下,"小说修辞学"日益成为文学研究中的显学,取得了至高无上的地位。而在诗歌领域,抒情诗长久以来被视为诗歌的正宗,其他叙事性诗体如叙事诗、史诗、剧诗、讽刺诗等则处于边缘,仿佛只有此类"小语种"式的诗歌门类才与叙事发生关联。因此,叙事在诗歌家族里地位之低就可想而知了。直至21世纪初,西方才有人对此进行了深刻反思,并从19世纪以前世界文学发展史的角度,提出"世界上大部分的文学叙事都是诗歌叙事"的观点,进而提出"建构诗歌叙事学的设想"。① 正是在西方叙事学和当下西方叙事性诗歌创作及其诗歌叙事研究的启发下,近年来,国内开始有人研究中国古诗的叙事性;同时,有些诗人也开始渐渐认识到叙事对于诗歌创作的重要作用,并自觉创作叙事性较强的诗歌。但这并不意味着,在中国诗歌史上不存在诗歌叙事。实际情况恰恰相反。从古至今,中国诗歌叙事从未停歇过。远的不说,单就中国新诗而言,诗歌叙事也是边走边唱,形态各异,精彩纷呈。因此,我们要将中国古诗叙事与中国新诗叙事作为一个整体来加以把握。只

---

① ［美］布赖恩・麦克黑尔:《关于建构诗歌叙事学的设想》,尚必武、汪筱玲译,《江西社会科学》2009年第6期。

不过,本书研究的对象和重点是百年中国新诗叙事。

正是在此种诗学前景下,本书写作获得了灵感和动力。理论上看,本书剖析了诗歌与叙事的本体关系,考察了中国新诗叙事的产生因由,进而勾勒其追寻现代性的历史踪迹。在此背景下,着重分析了中国新诗五种典型的叙事形态:叙事诗叙事、抒情诗叙事、写实叙事、呈现叙事和事态叙事,以及它们共有的本体特征,即段位性。从结构上看,中国新诗叙事不会完整地讲述一个故事,仅仅讲述诗人心灵上的事件,而且是这些事件的片段和某些具有心理逻辑意义的细节,呈现一种"亚叙事"的结构形态。无论是写实叙事的"显性叙事",还是呈现叙事与事态叙事的"深度叙事",均经由诗中的张力,形成跳脱灵动的诗歌结构。从语言上看,中国新诗既不像非诗文体那样完全采用日常语言,也不像现代抒情诗那样完全使用主观性语言,而是采用一种现代张力语言。从美学上看,审美不是中国新诗最适切之目的,"审智"才是其主要追求。正是以上这些独具特色的艺术标识,使得叙事传统能够作为中国新诗的又一传统,且与其抒情传统并立而存。

比较而言,我们谈论中国新诗叙事的优长较多,而较少谈论其不足,例如,现代汉语叙事诗叙事常显笨拙,因过于看重形象化和史诗化而淡化了诗的色彩。又如,现代汉语抒情诗叙事要么纠结于大众化,要么纠结于纯诗化,难以在大众化和纯诗化之间找到平衡。再如,中国新诗的写实叙事,采用线性叙述,展示已经发生的事。这种"仿真叙事"常常混淆生活与诗歌的界线,有偏向散文叙事的危险;有时,这种写实叙事还采取"典型性叙事",塑造诗歌形象,彰显宏大主题,富有寓言传奇色彩,但容易导致观念的演绎。还如,中国新诗的呈现叙事,与日常叙事迥然有别,既采用意象,又利用道具或行为的细节,象征或暗示事件的此在性和本真性,这种"隐喻性叙事"容易导致学院气和晦涩诗风。最后中国新诗的事态叙事,以戏剧性为手段,综合了写实叙事与呈现叙事之优长,能够处理日益复杂的现代经验,但也容易使诗歌变得杂芜。就是中国新诗的段位叙事这种本体性的诗歌叙事,讲究诗歌段位和空白之诗意经营,尤其是"图像诗",通过纯粹的形式达到诗歌叙事之目的,容易滑入形式主义的泥潭。以上这五点缺憾,使笔者想起本书归结出来的叙事诗叙事、抒情诗叙事、写实叙事、呈现叙事和事态叙事仅仅止步于诗歌叙事的本体层面,由于"心力"和"识力"等诸种原因,没能像西方现代哲学家那样睿智地将这些诗歌类型提升至"哲学人类学"的高度。也就是说,本书提出的五大叙事类型最终没有能够很好地与人类生存的诸种可能性贯通起来。

中国新诗叙事的得与失,给我们留下了丰富的历史启示。

第一,要把控好诗歌叙事与抒情、议论之间的融合度。中国新诗叙事容易陷入对事件的琐碎描述中,造成诗歌的通货膨胀,因为诗人们不明白:诗歌叙事,但不拘泥于事。韦勒克和沃伦认为,"文学的突出特征"是"虚构性""创造性""想象性"[1]。诗歌,即便是叙事性诗歌也需如此,古今皆然,中外概莫能外。"诗者述事以寄情,事贵详,情贵隐"。[2] 事详情隐不仅是普通叙事性诗歌的律求,更是叙事诗的美学规则。何其芳说:"按照我们中国的传统,叙事诗就是咏事诗。"[3]以叙事性见长的汉乐府,就是通过省略与聚焦、呈现与凝聚,以情叙事,有时还将矛盾作为叙事推进的动力,具有行为叙事的雏形。但均没有"完整的叙事片断",只有"片断叙事"方式[4],甚至连叙事语法都是临时的。其叙事特征也不像小说那样突出,尽管有时"小说与诗歌重合"[5]!

纵然中国新诗叙事是针对伪浪漫的感伤以及古典派和现代派的"不及物"提出来的,但不能从一个极端走向另一个极端。也就是说,既不能将曾经

---

[1] [美]雷·韦勒克、奥·沃伦:《文学理论》,刘象愚等译,生活·读书·新知三联书店1984年版,第14页。

[2] 魏泰:《临汉渔隐诗话》,见何文焕编:《历代诗话》上册,中华书局1981年版,第322页。

[3] 何其芳:《谈写诗》,见杨匡汉、刘福春:《中国现代诗论》上册,花城出版社1985年版,第453页。

[4] 赵敏俐:《乐歌传统与〈诗经〉的文体特征》,《学术研究》2005年第9期。

[5] 帕斯说:"但有时候,小说不仅是对社会和世界的批评(如巴尔扎克或狄更斯的作品),也是对自身、对语言的批评。在那一时刻,小说与诗歌重合。"([墨]奥克塔维奥·帕斯:《批评的激情》,赵振江编译,云南人民出版社1995年版,第143页)。

过了头的抒情一下子降至情感冰点,也不能使曾经"不及物"的形式主义突然哗变为僵硬的絮叨。梁启超曾经主张"新学之诗"/"新派诗"写实时"专用冷酷客观"。他要求诗人不能把个人情感带入叙述中,认为只有这样,才是"写实派的正格"。① 对此,质疑之声不绝于耳。朱光潜、冯雪峰等就曾诘问过"将诗看成新闻记事"②的状况。何况世界上不可能存在纯而又纯的所谓的"纯客观"写实! 从"同情之理解"的历史态度,进入历史现场,我们完全理解梁启超当年面对清谈诗风盛行的愤懑以及由此而发出的愤激之辞。其实,我们也表示相信,梁启超不可能犯如此低级之错误。它不过是一项权宜之计罢了。不只是诗歌写实,就是小说里的写实,也只能是仿真性叙事和典型性叙事,而且诗歌写实还不能像小说写实那样以集矢式描写人物为依归。吴宓曾经归纳出荷马史诗的"直叙法"和"曲叙法"。③ 其中,"直叙法"偏向叙事诗叙事和写实叙事;而"曲叙法"类似于我们前面讲到过的抒情诗叙事、呈现叙事和事态叙事。总之,中国新诗叙事不能自陷于对生活过程中细枝末节的展示,其实它们也可能是情感的寄寓与象征的依托。不少中国新诗人在诗歌叙事过程中自觉地把写实、激情和象征糅合起来。此外,还需要提出的是,尽管中国新诗叙事具有修复诗歌与社会生活关系的可能,但不能因此而将其神化,要兼顾抒情和议论对修复诗歌与现实关系的同样的不可替代的作用。也就是说,我们要客观理性地看待中国新诗叙事,不要唯叙事而叙事,不要把叙事泛化,不要将中国新诗叙事变成现代中国版的诗的"天方夜谭",要认清叙事之外,中国新诗空间依然十分辽阔。尤其是,当我们评价中国新诗时,要力避空泛的整体性,要认清诗歌叙事只是诗人的个体选择和诗歌态度,而不能将其视为某种普适性的诗歌标准,更不能据此妄言一切诗歌的价值和担当。否则,既封闭了、僵

---

① 梁启超:《中国韵文里头所表现的情感》,见刘梦溪主编:《中国现代学术经典·梁启超卷》,河北教育出版社 1996 年版,第 680—685 页。

② 冯雪峰:《论两个诗人及诗的精神与形式》,见杨匡汉、刘福春编:《中国现代诗论》上册,花城出版社 1985 年版,第 382 页。

③ 吴宓:《希腊文学史》,《学衡》第 13 期,1923 年 1 月。

化了、抽象化了、本质化了、霸王化了诗歌叙事性,也看不到诗歌叙事性与其他的诗歌特性之间的多种张力及其无限可能。20世纪90年代的"知识分子写作"与"民间写作"之争,在某种程度上,就落入了这种诗歌整体性中。

有没有文类意义上的"纯"诗?有没有纯抒情诗?纯叙事诗?显然,这种诗歌范本层面上的价值判断,虽根深蒂固,但终难立足。我们只能说,一首诗不同程度地参与了所有诗的类型,而其中某一种因素较为明显、突出,我们就将其称为某类诗。我认为,在一首诗里,如果兼有叙事、抒情和议论,那么它们之间越是融合无间,这首诗就越是趋于完美。据此,我主张,在中国新诗写作中,应该把叙事与抒情、议论结合起来。首先我们要准确理解和把握诗的抒情。如果我们仅仅把抒情等同于古典的牧歌情绪,那么我们就在不知不觉中将"抒情"偷偷置换成了"抒情对象",与此同时,还悄悄地将它们都符号化了。据此,我们需要将抒情和抒情对象再历史化,恢复其本来面目,呈现出它们原本拥有的多样和生机。只有这样,抒情性就不再与叙事性风马牛不相及,抒情性就不再是某些诗人想象中的敌人了。在写抒情诗时,郭沫若虽然是狂飙突进地抒情,但他并没有放弃叙事,更没有丧失理智地走偏锋,而是始终把情、事和理勾连在一起。不同于中国古典诗词叙事,除了段位性的"形式叙事"外,大部分中国新诗叙事是主体性叙事,以情感为目的,事以情观,情随事发。[1]"叙事中往往有诗,正如抒情不能脱离一定的事","抽掉了叙事,抒情即失去根基"。[2] 中国新诗叙事应该与抒情、议论熔冶,如果没有这种艺术熔冶,中国新诗叙事就容易犯"客观主义"和"形式主义"的毛病。为叙事而叙事,割裂了叙事与抒情、议论之间的血脉联系,没有顾及叙事中诗的质素,没有发挥诗的想象力,没有注重诗的技巧,诗歌叙事就会苍白无力。因此,先叙后抒、边叙边抒、叙中有抒、叙抒合一,乃至叙、抒、议"三合一",就像白话诗刚出现不久俞

---

[1] 董乃斌主编:《中国文学叙事传统研究》,中华书局2012年版,第336页。
[2] 董乃斌主编:《中国文学叙事传统研究》,中华书局2012年版,第513页。

平伯所期望的那样,"说理要深透、表情要切至、叙事要灵活",①唯有如此,方能发挥诗歌以少胜多的优势和特色。但是,中国新诗叙事、抒情和议论的关系问题并没有就此得以解决。例如,叙抒、叙议、叙抒议,不一定总是能够结合,正如雅俗不一定总是能够共赏那样! 平缓叙事的内面常常涌动着不为人知的澎湃激情,这种"外冷内热"型叙事,固然值得欣赏,但是避免出现抒情无情、叙事无事、议理无理的法宝何在? 中国新诗难道只有抒情传统和叙事传统这两个传统吗? 是不是还有包括"议论传统"在内的其他传统? 诸如此类悬而未决的问题值得我们更加深入细致地探究。

　　第二,要处置好诗歌意境、"秘境"和事境的关系。中国新诗叙事在诗歌美学境界的追寻与营构上,常常因迷恋古典意境而难以舒展自己。其实,叙事是诗里的一种因子。叙事不仅是一种推动诗歌抒情和审智的修辞策略,也不仅是为了营造中国新诗的意境,更为主要的是以此营构一种有别于传统抒情意境的现代事境。往深里说,叙事既是空间的,又是时间的,是空间与时间的、意义与声音的和谐体。"一言以蔽之,诗不止是我们逼视的文字(空间),更是要我们倾听的语音(时间)。"②这是中国新诗叙事理应遵从的诗歌规范。在马拉美看来,散文的语言是粗鄙而临时的,诗歌的语言是纯粹而本质的;现实与语言之间不相符,纯诗中容不得现实的东西,"叙述,教育,甚至描写这些都过时了"。③ 显然,在纯诗论者眼中,诗是神秘的、不可解的,像谜一样,因而像叙事这种貌似意义明朗的东西是诗歌杂质。也就是说,纯诗诗人既反对意境,又不满事境,而追求"秘境"。像古典抒情诗人以意境否定事境那样,纯诗诗人以秘境否定意境和事境,不能用联系和辩证的观点来看待问题,这是形而上学

---

①　俞平伯:《白话诗的三大条件》,《新青年》第6卷第3号,1919年3月15日。

②　江弱水:《中西同步与位移——现代诗人丛论》,安徽教育出版社2003年版,第179页。

③　[法]斯特凡·马拉美:《白色的睡莲·诗的危机》,见《马拉美诗全集》,葛雷、梁栋译,浙江文艺出版社,第280页。版权页上并未标注出版年月,根据葛雷《译序》落款时间"1996年6月"推算,该书大约出版于1996年。

思维从中作梗的结果。

其实,意境、事境和秘境是彼此勾连的,只不过侧重点不同而已。具体到中国新诗的叙事而言,它们侧重于事境的营构。以"纪事"为特征的叙事诗叙事和写实叙事追求明朗的事境,而抒情诗叙事、呈现叙事和事态叙事追求幽深的事境。不管是哪一种诗歌叙事,不论追求的是明朗事境还是幽深事境,"每首诗都自成一种境界。无论是作者还是读者,在心领神会一首好诗时,都必有一幅画境或是一幕戏景"。① 这也牵涉叙事与读者的问题。汉乐府以代言和旁言的方式不断转换视角,推进叙事,就是出于"为听者计"的诗学考虑与安排。徐志摩受波德莱尔的影响很深。在《波特莱的散文诗》一文里,他将希腊神话典故中的"埃奥利亚的竖琴"演绎为"伊和灵弦琴"(The Harp Aeolian)。但是,当他在写《再别康桥》这样的域外题材时,他没有使用西方文化里的"伊和灵弦琴",而是十分灵活地回归中国传统文化,并在那里找到了"笙箫"来取而代之,因此就有了那句名诗"悄悄是别离的笙箫"而非"悄悄是别离的伊和灵弦琴"。徐志摩自由游走于中西文化,既要以陌生化和惊奇美满足读者的审美期待,又不忘顾及读者的欣赏惯性。② 质言之,中国新诗叙事在营造事境时,在明朗与幽深之间,要适当从读者接受的角度,综合考虑它们的适度问题。

第三,要调适诗歌叙事的自由度与分寸感。这个问题是承接上面两个问题而来。中国新诗不同于中国古典诗词最大的特点就是自由。这种自由既指形式上自由,也指精神上的自由,还指诗人个体对于语言取舍的自由。但也正是由于这么多自由,以及中国新诗不懈的实验精神,随之伴生了无节制的琐碎和散文化之弊端。

其实,"作诗如作文"③及其写实诗创作,并非始自五四白话诗人。一些古

① 朱光潜:《诗论》,安徽教育出版社1997年版,第40页。
② 江弱水:《中西同步与位移——现代诗人丛论》,安徽教育出版社2003年版,第30页。
③ 胡适:《我为什么做白话诗——〈尝试集〉自序》,《新青年》第6卷第5号,1919年5月15日(实际出版于9月)。

代诗人,如同光体诗人,在 1912—1919 年创作了大量的时事诗,其中还有不少
是叙事性长诗。早期中国新诗里有不少即兴之作,但由于写的是古典诗词里
所没有的社会内容,就像当下的摇滚乐是一种时髦那样,受到了那个时代青年
读者的热捧。对此,当时于赓虞没有随大流,反而友好提醒与理性评说道:
"他们的诗作的草率,正与他们所受的欢迎相等"①。这就警示人们不能对其
进行拔高式评价。周作人曾经明确表示自己不喜欢没有节制的所谓的诗歌自
由,"不喜欢唠叨的叙事,不必说唠叨的说理"②,因为这些"唠叨"里缺少诗的
"余香与回味"③。诗不是信手涂鸦,而是一种美的技术,因而修辞是必不可少
的。在古典中国,技术诗学渊源有自。美国汉学家宇文所安说:"从 13 世纪
以来,批评家越来越倾向于把诗歌视为一种相对自治的活动,这种倾向集中表
现在对技术诗学发生浓厚兴趣:对师法前辈诗人提出质疑,开创和发展一些新
的话语以谈论那些纯而又纯的'诗'的特性。"④需要说明的是,技术诗学不等
于技术主义。我们要警惕的是技术至上、唯技术而技术。中国新诗叙事同样
需要属于自己的一整套技术诗学,至少要认清和处置好叙事的自由和节制之
间的辩证关系,要在叙事的可能性与不可能性之间寻找中国新诗的叙事张力。
肖开愚反躬自省道:"场所是不是太多?情节是不是左右了诗人的想象力?
叙事的时候夹进去的评论是不是有点儿像无可奈何地投降?"⑤质言之,中国
新诗叙事的现代性、段位性和有效性的获取,在很大程度上取决于现代诗人对
自由和节制的把控。太随意,太散漫,太杂芜,肯定没有诗意可言。当然,我们
所说的诗意既不是披着现代外衣的古典诗词里的诗意,如废名所说的诗不承

---

① 于赓虞:《世纪的脸·序语》,见《于赓虞诗文辑存》,解志熙、王文金编校,河南大学出版
社 2004 年版,第 307 页。

② 周作人:《序》,见刘半农《扬鞭集》,北新书局 1926 年版。

③ 周作人:《序》,见刘半农《扬鞭集》,北新书局 1926 年版。

④ [美]宇文所安:《中国文论:英译与评论》,王柏华、陶庆梅译,上海社会科学院出版社
2003 年版,第 548 页。

⑤ 肖开愚:《当代中国诗歌的困惑》,《读书》1997 年第 11 期。

担叙事、说理,甚至抒情,而只写自己的一点意念,一个感觉的"诗的内容";①也不是纯诗意义上的西方现代诗歌里的诗意,像沈从文说的那样"一首诗,告诉我们不是一个故事,一点感想,应当是一片霞,一园花"。② 我们所说的诗意,是逆反古典甜腻诗意和现代苦涩诗意的现代智性诗意,它通常经由"冷抒情""冷叙事"和"热叙事"而获取。也就是说,中国新诗表面上的"反诗意",并不就真的否弃了诗意,但是这些试图通过反对甜腻诗意和苦涩诗意,委曲抵达智性诗意的简朴方式必须把握好"度"。申言之,朴素、冷静、克制固然有可能产生美,但是如果过了头,就会弄巧成拙,更显粗糙和寒碜,此时的朴素就离感伤不远了,或者说就是感伤和矫情了。换句话说,虽然中国新诗叙事的综合力的确拓展了诗歌表达的深广度,但是,无节制地往诗里"填料",会使诗变得难以承受如此重负。我们应该把握好中国新诗叙事的自由与节制,在诗歌叙事的临界点上给诗减负,使其拥有更大的自由、自足和自觉。

考德威尔在谈到"诗的未来"时说:"诗在技巧上达到了空前的高水准;它越来越脱离现实世界;越来越成功地坚持个人对生活的感知与个人的感受,以致完全脱离社会生活,直至先是感知然后是感觉都全然不存在了。大多数人不再读诗,不再觉得需要诗,不再懂得诗,因为诗随着它的技巧的发展,脱离了具体生活,而这一脱离本身无非是整个社会中类似发展情况的对应物而已。"③诗脱离社会,社会报复式地、变本加厉地脱离诗,这多少有些悲观。因为考德威尔"不成熟"地排斥现代主义,致使其只能看到问题的一方面,或者说把问题简单化、道德化和社会化了。因为,在笔者看来,诗的"向内转",诗注重自身的段位性,并不一定就脱离了社会,也不必然意味着是条诗歌窄路,更不等同于诗歌死路。但是,吊诡的是,他当年对诗的谶语,在当下中国诗界似乎得到了应验。面对此种诗歌险境,当下中国诗人不但没有放弃"向内

---

① 冯文炳:《谈新诗》,人民文学出版社1984年版,第24页。
② 沈从文:《论闻一多的〈死水〉》,《新月》第3卷第2号,1930年4月10日。
③ [英]考德威尔:《考德威尔文学论文集》,百花洲文艺出版社1995年版,第301页。

转",反而在挖空心思地考虑如何在诗的"叙事背后""叙事之外"大做文章,大有可为。西川说:"在杜甫的叙事背后有强大的历史感,在莎士比亚的叙事背后有上蹿下跳的创造力,在但丁叙事背后有十个世纪的神学和对神学的冒犯。我们不必向伟人看齐,但我们总得在叙事之外弄点别的。"①其实,中国新诗史上不乏这方面的探索与实践。徐玉诺就是通过戏剧性绝境,将写实叙事拓展为对生存境况的拷问,而且极力不使其风格化,始终保持多样化的活力。也许唯有如此,当下诗歌才能产生叙事的诗意。它不再是单一的诗意,而是修辞的诗意、事境的诗意、秘境的诗意和意境的诗意之间的相互熔冶,是对异质因素的具有分寸感的扭结,是反常合道的意趣和理趣,是陌生化和奇特化对自动化的阻断,是对事物内在隐秘的准确、生动而有力的诗意揭示。这种现代的叙事的诗意,也许就是中国新诗未来发展的着眼点和支撑点。

叙事为中国新诗塑造了丰富的历史形象、生动的现实影像和宝贵的诗学启迪。我相信,它必将继续为中国新诗的未来发展提供信心、资源和动力。

---

① 西川:《大河拐大弯——一种探求可能性的诗歌思想》,北京大学出版社2012年版,第190页。

附　录　中国新诗"性命论"与当下新诗建设

中国新诗之问：为什么我们写不出伟大的中国新诗？

如何看待百年新诗，是我们今天讨论新时代新诗建设的背景、前提和条件，也是我们谈论新时代新诗建设的逻辑起点。面对百年中国新诗，你总不能说它乏善可陈吧？但偏偏有人这么说，如季羡林的"新诗失败论"①，更有甚者，有人曾急于给包括中国新诗在内的中国现当代文学与文论撰写酷评性质的"悼词"。② 反之，面对百年中国新诗，你也不能说它登峰造极吧？虽然没有多少人明目张胆地这么宣告，但在不少诗人心中的确存在着如此强烈的成就感、荣耀感和自傲感。但是，面对百年中国新诗，你一定能够说它可圈可点。至于哪些可圈可点，哪些弃之如敝屣；在可圈可点时，其分寸感又如何把握，这些都是十分复杂的诗学命题。总之，面对百年新诗，在众说纷纭的背后，表明更大范围、更高层级、更多共识的中国新诗的"诗学共同体""诗人共同体""诗

---

① 《季羡林生命沉思录》，国际文化出版公司 2008 年版。
② 葛红兵：《为二十世纪中国文学写一份悼词》，《芙蓉》1999 年第 6 期；葛红兵：《为二十世纪中国文艺理论批评写一份悼词》，《芙蓉》2000 年第 1 期。

评家共同体",虽经百年,仍未形成。这已是明摆着的事实,我们仅仅"知道了"还不够,还需要深究它们是怎样形成的以及如何着手去解决。

那么,我们到底"知道了"怎样的"百年中国新诗事实"呢? 其实,在这一点上,人们的分歧很大。而我所知道的、认识到的"百年中国新诗事实"是:百年新诗产生了一大批代表性诗人和标志性作品,形成了不同于古典"诗话"的现代诗学观念,而且,在经典化、知识化和思想化的过程中,积淀了有别于但又能接续于中国古诗传统的中国新诗传统。这是一个客观事实,也是一个基本判断。但是,我们又应该认识到,在百年中国新诗发展进程中,虽然出现了不少"好诗",但"大诗"少,"伟大的诗歌"(以下简称"伟诗")更是少之又少,少得几近于无! 在《诗品》里,钟嵘依据诗的质量和为政治服务适切与否,把诗区分为上中下三个等级,并激起了热烈的讨论。我想,像产品、景区和宾馆被划分为不同等级那样,诗定然有歪诗、一般的诗、好诗、大诗、伟诗等不同的价值等级。在此,我暂不想纠缠于如何厘定它们。我只想弄清楚,为什么我们写不出大诗和伟诗? 原因是多方面的。但就中国新诗自身而言,肯定与我在这里所说的中国新诗"性命"有着密切的关联。具体来说,新时代中国新诗建设,需要重新辨识我在下文即将展开讨论的中国新诗的"三性"和"三命"。

中国新诗"三性":抒情性、戏剧性和叙事性

何为中国新诗的"三性"? 我指的是,中国新诗的抒情性、戏剧性和叙事性。

中国新诗的抒情性,是新诗最基本的特性。"抒情性"是克罗齐发明的诗学术语。他认为一切文体皆具抒情性,诗与散文没有分别;如果有区别的话,那也只是抒情性强弱的差别。① 在古代中国,有"诗言志"和"诗缘情"二说,

---

① Daniel Albright, *Lyricality in English Literature*(Lincoln:University of Nebraska Press,1985).

而"言志"与"缘情"之辨,并没有动摇诗歌抒情性的千年根基。只是到了清末,诗歌抒情已然成为陈词滥调,被目为"文言误国""文言亡国"的"谬种""妖孽",因此白话新诗顺理成章地荣登历史舞台,成为启蒙和革命的左膀右臂。正是此种现实功利的诉求与律求,使得郭沫若"狂飙突进"式的现代抒情诗,成为长期占据中国新诗长河里的主流。因此,在百年中国新诗记忆里,经久不息地回荡在我们脑海和耳际的经典诗句有,"我是一条天狗呀!"(郭沫若)、"立在地球边上放号"(郭沫若)、"教我如何不想她"(刘半农)、"轻轻的我走了,/正如我轻轻的来"(徐志摩)、"撑着油纸伞,独自/彷徨在悠长、悠长/又寂寥的雨巷"(戴望舒)、"大堰河,我的保姆"(艾青)、"雪落在中国的土地上"(艾青)、"我爱这土地"(艾青)、"生活是多么广阔"(何其芳)、"假使我们不去打仗"(田间)、"哭亡女苏菲"(高兰)、"夜莺飞去了,/带走迷人的歌声"(闻捷)、"情一样深啊,梦一样美,/如情似梦漓江的水"(贺敬之)、"放声歌唱"(贺敬之)、"甘蔗林—青纱帐"(郭小川)、"小时候/乡愁是一枚小小的邮票"(余光中)、"这是四点零八分的北京"(食指)、"一月的哀思"(李瑛)、"祖国呵,我亲爱的祖国"(舒婷)、"中国,我的钥匙丢了"(梁小斌)、"小草在歌唱"(雷抒雁)、"我骄傲,我是中国人"(王怀让)、"将军,你不能这样做"(叶文福)、"为高举的和不举的手臂歌唱"(刘祖慈)、"请举起森林一般的手,制止!"(熊召政)、"阳光,谁也不能垄断"(白桦)、"中国,站在高高的脚手架上"(曹汉俊)、"面朝大海,春暖花开"(海子),等等。这些脍炙人口的中国新诗抒情,其情感的饱和度恰到好处。但情况并不总是如此,百年中国新诗抒情不尽如人意之处比比皆是。我们常常听到这样的说辞:诗写得是好是坏并不重要,重要的是要写出真实的自我。因此,回归自我、凸显自我、迷恋自我,乃至沉溺自我,就成为持"中国新诗自我论"者高扬的旗帜。殊不知,一个多世纪以来,中国人完全误读了西方人本主义。人本主义主要针对的是西方"创世神话",是专门用来反对神权的;而到了现代中国人这里,被"改写"为本土化的自我与个性的伸张了。一句话,中国的自我中心论和个性解放与西方的人本主义完全是两码事。长期以来,在吸收外来思想和文化时,我们很容易犯了望文生义、张冠李戴的错误。而且,这种"唯我独尊",不能看到真正的自我,抒发的只能是缥缈的自我。如此一来,"中国新诗自我论"就成了许多诗评家口诛笔伐的"新诗小我论"。有的专家将其定义为"浪漫的""纯诗化"的抒情主义。① 同样,我们也常常听到这样的高论,诗人是人民的代言人,诗歌是时代的宣传品;中国新诗要抛弃个人的小情小调及其伪感伤伪浪漫,要大抒特抒人民之情、时代之情、家国之情。如此一来,"中国新诗人民论"就成了不少诗评家力挺的"中国新诗大我论"。有的专家将其定义为"写实的""大众化"的抒情主义。② 但是,许多此类写作过分青睐、依赖激情,只是他们不明白激情本身并不是诗,必须经过诗性转化方能成为诗。一言以蔽之,有的中国新诗抒情,因抒情主体的收缩,其情感凸显苍白干瘪;有的中国新诗抒情,因抒情主体的扩张,其情感空洞虚假。其实,中国新诗抒情既不排斥自我,也不背弃人民,反而既要抒"自我之情",也要抒"人民之情"。这与戴望舒的"情绪和谐论"比较吻合。他说,诗是"以文字来表现的情绪的和谐"。③ 至于怎样才能使诗歌抒情做到"情绪的和谐",关键在于如何理性把握好抒情主体的"情度"——情感的量是否饱和、情感的质是否醇正。针对当年到处弥漫的不守纪律的"抒情主义",梁实秋以白璧德的新古典主义和亚里士多德的"净化"为支援,充满喟叹地说:"'抒情主义'的自身并无什么坏处,我们要考察情感的质是否纯正,及其量是否有度。从质量两方面观察,就觉得我们新文学运动对于情感是推崇过分。情感的质地不加理性的选择,结果是:(一)流于颓废主义,(二)假理想主义。"④总之,要用理性节制情感,要把生活情感转化为艺术情感。

百年中国新诗抒情传统比较丰厚。它们在不断地唤醒和重临中,如幽灵

① 张松建:《抒情主义与中国现代诗学》,北京大学出版社 2012 年版。
② 张松建:《抒情主义与中国现代诗学》,北京大学出版社 2012 年版。
③ 戴望舒:《诗论零札》,《华侨日报》"文艺周刊",1944 年 2 月 6 日。
④ 梁实秋:《浪漫的与古典的》,新月书店 1927 年版,第 16 页。

般不断与现代抒情彼此呼应和创化，因而也就不断地厚植起来。正如莎士比亚的影响对英国文学来说是一场巨大灾难那样，中国新诗抒情传统对中国新诗接续发展也带来了不小的阴影，致使中国新诗抒情越来越趋向同化和固化。中国新诗抒情追寻"纯艺术"，外加社会运动风起云涌，还有西方新的诗学理论及时输入，致使中国新诗抒情"在凝聚了强大能量的同时，也蕴含着内爆的危机和走向衰颓的可能性"。[①] 为化解中国新诗"抒情之困"，抵御遍及中国新诗领域的情绪感伤和政治感伤，一批现代派诗人主动摒弃西方诗歌的抒情观念，与时俱进，与西方现代诗观念对接，提出"诗底戏剧性"（袁可嘉语）。袁可嘉说："'客观联系物'彻底粉碎了这种迹近自杀的狭窄圈子，吸收一切可能的相关的感觉方式，平行或甚至相反的情绪都可融在一起，假使你具有足够的'融'的能力，现代诗中所表现的现代人思想感觉的细致复杂，戏剧意味的浓厚——实际上就等于说，人性的丰富——不可比拟地超过了幼稚而天真的浪漫诗人"。[②] 更有甚者，利维斯在其《作为诗人的约翰逊》里说，"没有戏剧感觉""不能戏剧性地呈现或构思他的主题"，是差诗人的表现。[③] 徐迟倡导"抒情的放逐"。[④] 艾略特说："诗歌不是感情的放纵，而是感情的脱离；诗歌不是个性的表现，而是个性的脱离。当然，只有具有个性和感情的人们才懂得想要脱离这些东西是什么意思"。[⑤] 虽然他们口头上说"放逐""脱离"，但是他们的原意不是弃绝抒情，而是要用"非个人化"的新的表现手段以期达到诗意效果。持中国新诗戏剧性观念的诗人，不是从情感而是从经验出发，并且用理性和机智来调动、组织经验，尤其是那些具有戏剧性的现代经验，或者说直接凸显经验里具有矛盾冲突的元素，创作出具有较强思想内涵和艺术张力的现代

---

① 张松建：《抒情主义与中国现代诗学》，北京大学出版社 2012 年版，第 75 页。

② 袁可嘉：《论诗境的拓展与结晶》，《经世日报》"文艺周刊"第 5 期，1946 年 9 月 15 日。

③ ［美］S.W.道森：《论戏剧与戏剧性》，艾晓明译，昆仑出版社 1992 年版，第 106 页。

④ 徐迟：《抒情的放逐》，《星岛日报》"星座"278 期，1939 年 5 月 13 日。

⑤ ［英］托·斯·艾略特：《传统与个人才能》，见《艾略特诗学文集》，王恩衷编译，国际文化出版公司 1989 年版，第 11 页。

诗。这种戏剧性中国新诗曾有效地克服了中国新诗创作领域里大面积存在的主观主义和公式主义。卞之琳的《断章》,把一些在时空上具有相对意义的元素并置在一起,使得"看"与"被看"、"装饰"与"被装饰"、主体与客体、实体与表象、微观与宏观具有戏剧性,传达出诗人片刻体悟到的心情或意境。戏剧性中国新诗里的经验,有些是直接经验,有些是间接经验。它们平常散落在世界的各个角落,彼此之间没有多少关联,更谈不上戏剧冲突;只是当诗人把这些平日里见惯不惊的经验"特别一提"即艺术转化之后,它们之间的戏剧性才得以彰显。这种对经验的诗性处理,西方叫"陌生化""文学性",中国叫"化腐朽为神奇"。当然,这些经验,有的的确是"陌生"的;有的却很熟悉,只不过诗人要使熟悉的经验再次陌生化。正是在这个意义上,我们才声称:诗是发现,不是发明。超现实主义所想象的西红柿上跑马、苹果上驰象常常为人诟病。其实,西红柿上跑马、苹果上驰象,这些"超验"的想象,完全可以成为艺术性的想象,也可以说是具有梦幻性质的经验,完全没有必要大惊小怪,更不能妄加指责。总之,中国新诗戏剧化,需要很强的理性,很高的机智和很妙的技巧。首先,戏剧性中国新诗里的主体常常是分裂的。在一首戏剧性中国新诗里,通常有两个或两个以上的主体,如有感性的主体和理性的主体,有现实的主体、历史的主体和梦幻的主体,等等。穆旦《诗八首》就存在此种分裂的现代主体。早在 1948 年,唐湜就说,穆旦诗中的自我是一分为二的,一个是自然的生理的自我,另一个是社会的心理的自我。① 正是这种分裂的自我,使得穆旦诗歌呈现情感线团化。其次,戏剧性中国新诗的"线团型情感",是通过"冷抒情"的表现方式呈现的,具体来说,是通过使用象征、暗示和玄学等现代技法达到戏剧化的诗歌效果的。不过,对于中国新诗戏剧化而言,如果用脑过度、用力过猛,再加上,如果违背生活逻辑、过分追求戏剧化紧张冲突的艺术效果,"戏份"过足,就会出现雕琢痕迹,产生"做诗"的嫌疑。也许,正是出于此种考

---

① 唐湜:《穆旦论》,《中国诗歌》1948 年第 8—9 号。

量,史蒂文斯才说"诗歌必须成功地抵制智力"(《打东西的人》)。其实,王维老早就把思维视为写诗的"毒龙"加以防御。① 这是由于诗的基质是情,而不是智,智只是达情的手段之一。因此,我们不能错把手段当作目的,一犯再犯本末倒置的错误。质言之,中国新诗写作可以"跨文体"地借鉴戏剧的表现技法,克服自身艺术表现的惰性和疲乏,提升和增强自身的表现张力,拓宽自身艺术表现的新的可能和时空;但切不可将其视为一场智力竞赛,更不可故弄玄虚,最终写出一些不知所云的"诗谜"来,就像近年来出现的机器人"小冰"所谓的"写诗"那样! 我想,没有几个人会认同机器人根据预先设计好的软件程序随机排列组合出来的分行文字是诗吧!

回到日常,回到常态,已然成为自中国新诗诞生以来一直隐而不现,但在20世纪80年代中后期强劲表现的诗学张目和诗歌特色。如果说此前的新诗写作多为在庙堂里、广场上的主流意识形态写作,那么80年代中后期的新诗写作则更加倾向于民间写作了。在西方现象学、后现代主义、解构主义等人文思潮影响下,在国内政治生态和思想渐进解放的历史条件下,"日常生活美学"开始消解"启蒙美学"和"革命美学",具体到新诗写作而言,就是"第三代诗歌"以及90年代的"民间写作"和"知识分子写作"的高调登场。从历史脉络和直接影响上看,90年代"民间写作"是80年代中后期"第三代诗歌"的接续发展;而90年代"知识分子写作"是对80年代前期"朦胧诗"的反思与创化,其转向的风向标是欧阳江河的宏论《1989年后国内诗歌写作:本土气质、中年特征与知识分子写作》。"民间写作"与"知识分子写作"诗学观念上的分歧以及历史上的矛盾由来有自。晚清前,知识分子几千年来在政治舞台上发挥着"为天地立心,为生民立命,为往圣继绝学,为万世开太平"(张载)的重要作用。晚清后,知识分子退出庙堂、走上社会,对底层进行启蒙,鼓动他们去翻身解放。但是,"属下能说话吗?"②底层能担当叙述主体吗? 历史经验表明,

① 王维的《过积香寺》里有"安禅制毒龙"。
② 南帆:《五种形象》,复旦大学出版社2007年版,第46页。

从"五四"到延安文艺座谈会,包括工农兵在内的底层,仍不是叙述主体。站在发言席上的依然是知识分子。真正的底层认识不到他们是具有共同阶级意识的共同体。"他们无法表述自己;他们必须被别人表述"。① 此后虽然有很长一段时间,党和国家力挺工农兵当家作主,请他们到政治舞台中心发言;但自改革开放以还,在多元价值体系下,底层话语再次退为背景,知识分子的再启蒙话语重新登台,使得文学的底层结构再度缺失;到了80年代中后期,草根性的底层话语以"新民间文学"②的面貌,在攻坚克难中东山再起,并以造反的极端方式,力图恢复文学的底层结构。但是,底层话语与知识分子话语之间,有无对话的可能呢? 就90年代的诗歌论争来说,表面上看,对话是不能的;其实,往深里看,对话却在悄然发生,而且是以诡异的、对抗的方式进行的,如西川当年在诗中所言,"从一场蒙蒙细雨开始"。以我个人之见,民间写作修复了文学底层结构,并与文学上层结构,乃至文学中层结构一道,创建均衡发展的文学社会,所作出的历史贡献要远远大于知识分子写作。尽管两者都主张并践行新诗叙事,但是前者把叙事姿态放得更低,使叙事视角尽可能客观,努力看到眼前的事物、日常生活的场景和普普通通的生活细节。要做到这些,在当时,对一个诗人来说,是多么难啊! 毕竟,叙事性的民间写作,其场景细节、客观视角、叙述风格、摇曳句法,既从诗体类型上改造并丰富了诗歌想象力,也从实际效果上给中国新诗写作与阅读带来了潜力、活力和冲击力。那么,我们如何估价民间叙事性中国新诗的消极面呢? 首先,这种民间叙事性中国新诗写作体现的是一种亚文化。诗歌主体自恋倾向严重,有时还故作自我矮化的恶作剧。叙述主体不停地絮叨,叙述吃喝拉撒睡;而且其叙述语调要么冷嘲热讽,要么波澜不惊,呈现一种自然主义的写作态度,乃至有人讥之为"段子诗歌"、口水诗。民间写作还存在明显的物质主义倾向,把琐碎灰暗视为一切,

---

① ［巴勒斯坦］萨义德:《东方学》,王宇根译,生活·读书·新知三联书店1999年版,第29页。

② 欧阳友权:《网络文学概论》,北京大学出版社2008年版,第104—109页。

但这并非生活的真相,更不是生活的全部。"生活是一圈明亮的光环"。① 诗人要把内心的光亮传给世人。海子曾恳切地吁请道:"诗人必须有力量把自己从大众中救出来,从散文中救出来,因为写诗并不是简单的喝水,望月亮,谈情说爱,寻死觅活。重要的是意识到地层的断裂和移动,人的一致和隔离。诗人必须有孤军奋战的力量和勇气"。② 其次,民间叙事性中国新诗写作努力把新诗写得不像诗,不像先前那种抒情性和戏剧性那般诗意浓浓的诗,有行为主义的嫌疑。再次,民间叙事性中国新诗写作把新诗写成"说话的诗",主张陈述即展示——不只是诗人在自说自话,而且还让语言说出它自己,更有甚者,仿佛不是诗人在陈述、展示,而是语言在自动陈述、展示。这就使得此类写作具有存在论的哲学意味。诗里的一切均不言自明,常常出现"是""在""有"这样一些自明性的词语,完全不顾念词语、陈述、展示的历史图谱,仿佛以此宣示:诗只有陈述! 诗到陈述为止! 最后,民间叙事性中国新诗写作采用的是"说话"的叙述方式,常常出现"以文为诗"的状况。尽管有"散文诗"一体,但我们的不少诗人在看到诗与文统一性的同时,却没能区分两者的矛盾性,致使许多叙事性很强的诗类同于分行的散文。郑敏曾经警示:虽然有跳跃,不一定是好诗;但是没有跳跃的诗,仅"尸存"而已!③ 概言之,新诗在叙事时,切不可把"叙"变成"絮",不能深陷"事"潭,亦不能就事说事,而要"抒事"。

如果从通常意义上的"现代"进行考察,在中国新诗百年的历史进程中,中国新诗的抒情性给人"前现代"感觉,仿佛中国新诗的戏剧性才是十足的"现代",而中国新诗的叙事性给人冷冰冰的"后现代"的感受。如果从"诗皆

---

① [英]伍尔夫:《论现代小说》,见《论小说与小说家》,瞿世镜译,上海译文出版社1986年版,第8页。

② 《海子诗全编》,西川编,上海三联书店1997年版,第888页。

③ 郑敏:《中国诗歌的古典与现代》,见《诗歌与哲学是近邻》,北京大学出版社1999年版,第318页。

抒情"的"泛抒情论"出发,中国新诗一开始推崇"抒情主义",随后由于诗歌内外变迁,更由于诗人对于抒情的再认识、再发现和再巩固,"反抒情主义"和"深度抒情"(中国新诗戏剧性和中国新诗叙事性)的呼吁与实践就出现了。由此,我们不难认识到,中国新诗抒情性、戏剧性和叙事性,的确存在一个明显的"进化"过程,给人节节攀升的良好感觉,而且仿佛后来者都是对前者的危机、断裂与超越,长江后浪推前浪,一个比一个先锋,不先锋、毋宁死!先锋永远在路上!好像只有先锋方能推动中国新诗进步。先锋就像一条疯狗不停地追赶着诗人一路狂奔!这种各领风骚不几年的窘迫和焦虑,致使诗人们在还没有做好充分准备的情况下,不得不通过炫奇搞怪等类似于行为艺术的方式来标明自己先锋的符号、身份和形象,从而制造了比比皆是的"伪先锋",给中国新诗带来了灾难性的虚假与媚俗。时至今日,先锋观念以及先锋行为本身,说轻一点,已经黯淡无光;说重一点,令人不胜其烦。其实,笔者不大赞同中国新诗历史进化观。就新诗"三性"而言,后来者未必就比前者优秀,因为对文学来说,进化不等于进步!无论是就"文类"还是就"模式"而言,中国新诗"三性"难分伯仲。它们只是表明百年中国新诗在不同历史阶段各有侧重而已。我们可以把后者视为对前者的纠偏、丰富和创化。正如一首诗在另一首诗中那样,一种诗观也往往在另一种诗观里。然而,许多诗人持中国新诗历史进化观和中国新诗"永远先锋观",因此总好以先锋者自居自傲,仿佛先锋就等同于优秀;"因新障目",看不到自身的历史与传统,仿佛自己是从石头缝里蹦出来的,仿佛自己写的诗字字句句都是神来之笔,首首篇篇都是旷世杰作!因而也就不会从前人那里汲取营养,出现营养不良也就顺理成章了。申言之,如果持中国新诗抒情性观,持中国新诗戏剧性观,持中国新诗叙事性观的诗人们懂得彼此欣赏,互为借镜,相互成就,并且能以反讽贯之,笔者所说的大诗和伟大的诗就有可能产生。正是基于此,笔者主张:以抒情性为基质的新诗"三性",必须进行诗性的深度融合。

中国新诗"三命":天命、生命和使命

何为中国新诗的"三命"？笔者说的是,中国新诗拥有天命、生命和使命。长久以来,因受"文以载道"观念的影响,中国古代文论偏好从文学社会学的角度谈论文学的内容,而忽视文学的形式。这种"重质轻文"的文学批评风尚一直影响到中国当代文学批评。自 20 世纪 80 年代中期,俄国形式主义、普通语言学、新批评、结构主义、现象学、叙述学蜂拥而入,无论是食洋不化,还是吃通弄透,好像由此一下子就扭转了主宰中国人几千年的文学社会学观念,转而将文学批评的兴奋点放在文学形式批评上了。自此,关于新诗的"写法"与"读法"不绝于耳。这也再次证明:中国人喜欢矫枉过正,仿佛必须"过正"才能"矫枉"。文学社会学与文学形式论,各执一端,厚此薄彼,均是简单粗暴的二元对立思维,当然也排除此中仍有坚持"片面真理"的真诚。歌德说,只知其一,便一无所知。① 所以,为了克服这种思维惯性,更为了体现中国新诗作为诗偏重形式(当然是"有意味的形式")的特性,在本文中,笔者对中国新诗的"三性"与"三命"进行了通盘考量,并把中国新诗"三命"置于中国新诗"三性"之后来谈。

"命者,人所禀受"(《疏》)。何为"三命"？《中庸》开门见山云:"天命之谓性,率性之谓道,修道之谓教",高度概括了人的天命、生命和使命问题。

所谓天命问题,就是认识自我的问题,关乎人与自我,主要思考人性是怎么来的,它包括哪些内容,又是如何表现的。在中国古典诗歌里,人还没有真正觉醒,诗人们几乎没有去追问自我与人性的问题。到了 18 世纪,赵执信就站出来痛批王士禛伪饰失实、"诗中无人"②；力挺吴乔在《围炉诗话》里所倡导的"诗中须有人在"③,诗要写个体化经验,发个人化声音。一句话,诗人要

---

① ［英］麦克斯·缪勒:《宗教学导论》,陈观胜、李培茱译,上海人民出版社 2010 年版,第 9 页。
② (清)赵执信:《〈谈龙录〉注释》,齐鲁书社 1987 年版,第 39—40 页。
③ (清)赵执信:《〈谈龙录〉注释》,齐鲁书社 1987 年版,第 39—40 页。

写有"肌理"的诗。至此,虽然人们已经觉识到诗的天命问题,但作为一代人的集体觉悟和积极践行,要等到"五四"。"五四"以来,文学人性论与阶级论之争及其变种,从未消停过。人首先要认识自我,其次要发展自我,最终是为了成就自我。正是在这个意义上,惠特曼将他的伟诗《草叶集》的主旨锁定为"自我之歌"。正如笔者在前面谈中国新诗抒情性时所讲到的,许多诗人把自我窄化为过分自恋和自私的小我。对此,闻一多有着高度的警觉。在《口供》里,他自嘲道:"苍蝇似的思想,垃圾桶里爬"。而有些诗人则有违天命,大写特写畸形的性,在现代中国有邵洵美的《颓加荡的爱》("啊和这一朵交合了,/又去和那一朵缠绵地厮混")和《蛇》("好像是女人半松的裤带/在等待着男性的颤抖的勇敢")等,在当代中国有"下半身写作",如沈浩波自印的诗集《一把好乳》等。一个人没有性不正常,但把性视为一切更不正常。我的意思是,诗人当然可以写性,只是不要言必称性。何况性只能短暂地使人忘记孤独,性具有很大的欺骗性。以上我讲的是两种认识自我的"自画像"方式:一种是如闻一多那样的漫画式的自画像,另一种是如邵洵美那样的自然式的自画像。除此两种外,还有一种通过借镜外部的社会、现实、文化和历史来综合评判内部的自我,我们可以把这种认识自我的方式称为透视式的自画像,如北岛的《单人房间》:"他出生时家具又高大又庄严/如今很矮小很破旧/没有门窗,灯泡是唯一的光源/他满足于室内温度/却大声诅咒那看不见的坏天气/一个个仇恨的酒瓶排在墙角/瓶塞打开,不知和谁对饮/他拼命地往墙上钉钉子/让想象的瘸马跨越这些障碍//一只追赶臭虫的拖鞋践踏/天花板,留下理想带花纹的印迹/他渴望看到血/自己的血,霞光飞溅",诗中虽然言"他",写的却是自我的觉醒、幽闭、挣扎和渴望。与这三种自画像的认识自我方式不同的是,在理性十足的现代诗人那里,闭目塞听有时也不失为清醒认识自我的一种有效的途径和方式。冯至的《瞽者的暗示》("黄昏以后了,/我在这深深的/深深的巷子里,/寻找我的遗失。//来了一个瞽者,/弹着哀怨的三弦,/望没有尽头的/暗森森的巷中走去!"),揭示了生命就是过程,边走边唱才是生命的真谛。它用寓言的方式讽刺了芸芸众生的"睁眼瞎",艺术表现告诉人们:唯有闭上眼睛才能真正看清自我与世界。也许正是在这个向度上,杜运燮在《盲人》里说:"成为盲人或竟是一种幸福","只有我,能欣赏人类的脚步","只有我,没有什么可以诱惑我","只有我,永远生活在他的恩惠里:/黑暗是我的光明,是我的路"。那么,新诗人们到底认识到了怎样的自我呢? 有单纯统一的自我,如何其芳的《我为少男少女们歌唱》("轻轻地从我的琴弦上/失掉了成年的忧伤/我重新变得年轻了")。有复杂分裂的自我,如海子的《春天,十个海子》("春天,十个海子全部复活""春天,十个海子低低地怒吼""在春天,野蛮而悲伤的海子/就剩下这一个,最后一个"),海子一会儿"一分为十",一会儿"合十为一"。不像古诗,诗中无人;新诗大有人在。

所谓生命问题,就是认识世界的问题,关乎人与自然,主要思考人与自然的关系怎样? 老子说:"天地不仁,以万物为刍狗"。世间众生平等。人不能狂妄自大,无法无天。人应该敬畏自然,敬畏生命,同时,更要"担当生命"! 在这方面,古代诗人已经给我们作出了典范。白居易诗云:"谁说群生性命微,一样骨肉一样皮"(《鸟》)。苏轼诗云:"钩帘归乳燕,空牖出痴蝇;爱鼠常留饭,怜蛾不点灯"(《次韵定慧钦长老见寄八首(并引)》)。现代诗人继承和发扬了这种精神,如徐玉诺的《小鼠》,叙述主体"他"一开始因小鼠溜进抽屉偷吃面包而气得"他"将其关在抽屉,"后来想着一条死鼠/凸出黑磁眼睛的悲剧,/他又轻轻地把他放走了",这种前"关"后"放",前憎后怜,体现了诗人生命意识的萌动。只是到了当代那个特殊时期,中国人在人定胜天的政治指挥棒下,忘乎所以,无限膨胀,居然写出"喝令三山五岳开道,我来了"(陕西安康新民歌《我来了》)之类的头脑狂热的贻笑大方的句子。这股强劲的不珍视自然、不尊重生命的思潮席卷中国长达数十年之久。直到20世纪90年代末、21世纪之初,生态美学、科学发展观才开始重新引起人们的重视,并且慢慢上升为国家主流意识形态。正是在这种博大深厚的生命意识的烛照下,杨键写出了《母羊与母牛——赠庞培》。这里征引第一诗章:"有一年,/在山坡上,/我的心融化了。/在我的手掌上,/在我捏碎的一粒粒羊粪里。/那原来是田埂上的青草,/路边的青草。/我听见/自行车后架上/倒挂母羊的叫声,/就像一个小女孩/在喊:/'妈妈、妈妈……'/我的心融化了,/在空气里,/在人世上"。受存在主义哲学和实存观念的影响,以"生命沉思"著称的冯至,像诺瓦利斯那样,愿意化身为一条小河(《我是一条小河》)。在他的《十四行集》里,他倾心的是,"什么能从我们身上脱落,/我们都让它化作尘埃","我们并立在高高的山巅/化身为一望无边的远景,/化成前面的广漠的平原,/化成平原上交错的蹊径","我们准备着深深地领受","我们整个的生命在承受"。他认为,社会上、文化里,到处都是欺瞒,"谁若是要真实地生活,就必须脱离开现成的习俗,自己独立成为一个生存者,担当生活上种种的问题。"① 只可惜,从现代到当代一直到当下,如此强烈地彰显生命意识、生命伦理和生命担当的新诗写作实在是太少了,其中优秀的诗作更是凤毛麟角。这必须引起新时代诗人们的高度重视。新时代中国新诗写作的生命意识,应该解构人类中心主义的现代理性神话,清除霸凌主义的现代竞争法则,着力张扬众生平等的现代生命观念,守护好、普及好现代宇宙正义论。

所谓使命问题,就是认识社会的问题,关乎人与社会,主要思考人的一生应当怎样度过,人如何身处现实、面向未来。"命,使也"(《说文》)。人生在世,不能由着性子来。人有个体自由性,还有公共伦理性。也许是从这个意义上,高尔基才甚赞:人有"燃烧的心",人是"骄傲的称号"!② 至少他本人欣赏并追寻这种个人性和人民性的融合。在现代中国很长一段历史时期,人们有反对封建专制、争取翻身解放的政治自由追求。闻一多从"地方色彩"和"时代精神"两个层面高度赞扬了郭沫若的《女神》。之后,又出现了反对清规戒律、风俗习惯、权威神话、体制机制的个性自由追求。北岛《回答》开篇的两句

---

① 冯至:《〈给一个青年诗人的十封信〉译本序》,见[奥地利]里尔克:《给一个青年诗人的十封信》,冯至译,生活·读书·新知三联书店1996年版,第4页。
② [苏]高尔基:《伊泽吉尔老婆子:高尔基小说》,何茂正译,浙江文艺出版社2001年版。

"卑鄙是卑鄙者的通行证,/高尚是高尚者的墓志铭"至今言犹在耳。人把追求自由视为最高目标。可是,不少诗人,尤其当代诗人,误读并滥用了自由。网络诗歌具有典型性。网络匿名的写作属性,使得网络诗人拥有前所未有的自由写作的心理基础;而网络诗歌发表的零审查和无门槛机制,又给网络诗歌提供了自由传播的制度保障。然而,绝大部分网络诗歌毫无顾忌、胡图乱写、肆意宣泄,亵渎了神圣的自由。自由是一把双刃剑。难怪弗洛姆将自由区分为"摆脱束缚,获取自由"的消极自由和"自由地发展"的积极自由。① 很多网络诗歌偏向消极自由。中国新诗写作的自由,应当是有关怀的自由,创造的自由,是那种积极意义上的自由。积极自由要有"见龙在田"的担当精神。杜甫诗云:"诗是吾家事,人传世上情"(《宗武生日》),意思是,诗歌写作虽然是"吾家事",但要有传达"世上情"的担当。杜甫这样的担当是一种积极主动的有为大义的担当,体现了诗人与人民休戚与共的悲天悯人的崇高境界。此乃人人敬仰的第一等襟抱。由此,杜甫的写作获得了开阔的视野,创造了无尽的时空。从这个意义上,我们应该向杜甫鞠躬,向杜甫致敬!难就难在:这种责任担当将怎样担当?换言之,我们如何能够巧妙地做到既在时代里,又在时代外(自由地出入时代)?我们如何既勇敢拥抱我们的时代,又能清醒地拒绝并超越我们的时代?难怪有人发出如此喟叹:放眼文学史的浩瀚长河,有的作品有现实意义,而无永久价值;有的作品有永久意义,而无现实价值。② 我们怎样才能创造出既有现实意义又具永久价值的作品呢?而这种难得一见的作品,才是我,我想也是我们,长久以来翘首以盼的伟诗。

综上所述,新诗的天命、生命和使命,依次处理的是人与自我、人与自然、人与社会的命题。以往的不少中国新诗写作,因受其视界和观念的束缚,通常偏居一隅,只青睐某一命题而无视或漠视其他命题。而且,有的将天命问题和

---

① [美]艾瑞克·弗洛姆:《逃避自由》,刘林海译,国际文化出版公司 2000 年版,第 27 页。
② 木心:《1989—1994 文学回忆录》(全 2 册),木心讲述,陈丹青笔录,广西师范大学出版社 2013 年版,第 850 页。

生命问题窄化,有的却将使命问题泛化,从而致使自己的写作发育不良、缺胳膊断腿,难以形成大的格局和大的气象。总之,新诗"三命"要在以反叛(连反叛本身还要反叛)为统领的前提下,彼此融会贯通,相互激荡,才能写出经得起时间检验的不朽之作。

人间要好诗,更要大诗和伟大的诗!

至此,我们可以得出一个关于"好诗"的公式:好诗的"性命"=诗的"三性"(抒情性+戏剧性+叙事性)+诗的"三命"(天命+生命+使命)。我们不妨称之为"中国新诗性命论"。

需要特别指出的是,中国新诗写作若只是为了"活命",那是远远不够的,因为活命仅是中国新诗生存和发展的最基础的层面。如果中国新诗写作仅是苟延残喘(如歪诗),那么这样的"性命"我们宁可不要!中国新诗不但要活命,而且要活得精彩、活出辉煌!这就不只需要一性一命、二性二命的新诗,更需要三性三命的中国新诗。

同时,我们还要认识到:无论是中国新诗的"三性"、新诗的"三命",还是中国新诗的"三性三命",最终都要落实到中国新诗的语言、形式和结构上;反过来看,中国新诗的语言、形式和结构也是对中国新诗"三性""三命""三性三命"的历史达成与外在表现。在此种认识下,真正优秀的诗人会"把创造让给词语"①,使词语增值,并由此标示出不同于其他诗人的专属自己的语言边界,最终使自己的诗拥有独一无二的绝对性。

回到开头我们提及的话题——新时代"中国新诗之问":新时代诗人如何才能写出好诗? 能不能写出大诗? 有没有希望写出伟诗? 笔者想到以下内容。首先要重新回到诗歌常识,因为只有回到常识,才能使新诗发展的许多命题,再度历史化、问题化和复杂化。到时候了,重新做一个诗人,同时,也重新做一个读者。其次,我所提出并谈论的中国新诗抒情性、戏剧性和叙事性,以

---

① ［法］马拉美:《诗的危机》,见《马拉美诗全集》,葛雷、梁栋译,浙江文艺出版社 1998 年版,第 279 页。

及中国新诗的天命、生命和使命，不是一个个孤立的中国新诗命题，而是看起来像一座座孤岛，其实在水下由大陆连接在一起。它们之间不但不产生对抗，反而产生对话，而且是复调性的多重对话。诗人何为？诗人写诗能够使"人，诗意地栖居"①。不少诗人把这种极具现代性的诗一厢情愿地认定为"诗是感觉""诗是经验""诗是词语"等所谓的"纯诗"。其实，荷尔德林、海德格尔心目中的"诗意"不是一元化、本质化、同质化的，而是多元化、历史化、复杂化的。在《〈动作〉（〈太阳·断头篇〉代后记）》里，海子把诗分为两种："纯诗（小诗）和唯一的真诗（大诗）"。② 而其他文章里，他又反复论及"伟大的诗歌"。③ 由是观之，在海子诗观里，诗应该分"纯诗（小诗）""唯一的真诗（大诗）""伟大的诗歌"三类。笔者赞同这种分类，因为，在笔者看来，诗歌至少存在三种诗意。一种是像奥登那样为争取"诗歌主权"④而创造的诗意。它类似于海子所说的"纯诗（小诗）"。另一种是像叶芝那样的为争取"人民主权"而创造的诗意。它类似于海子所说的"唯一的真诗（大诗）"。海子说："诗人必须有力量把自己从自我中救出来，因为人民的生存和天、地是歌唱的源泉，是唯一的真诗。'人民的心'是唯一的诗人"。⑤ 还有一种是既为争取人民主权又为争取诗歌主权而创造的诗意。笔者理想中的"伟诗"类似于海子所说的"伟大的诗歌"。在《诗学：一份提纲·伟大的诗歌》里，海子高屋建瓴地说："伟大的诗歌，不是感性的诗歌，也不是抒情的诗歌，不是原始材料的片段流动，而是主体人类在某一瞬间突入自身的宏伟——是主体人类在原始力量中的一次性诗歌行动。这里涉及原始力量的材料（母力、天才）与诗歌本身的关

---

① ［德］海德格尔：《人，诗意地栖居——超译海德格尔》，郜元宝译，北京时代华文书局2007年版。

② 《海子诗全编》，西川编，上海三联书店1997年版，第888页。

③ 《海子诗全编》，西川编，上海三联书店1997年版，第898页。

④ ［爱尔兰］希尼：《测听奥登》，见《希尼诗文集》，胡续冬译，作家出版社2001年版，第341页。希尼说："诗歌主权我指的是自然地添加到嗓音里的权力和重量"。

⑤ 《海子诗全编》，西川编，上海三联书店1997年版，第888页。

系,涉及创造力化为诗歌的问题"。① 他还提供了创作这种令人钦羡的"伟大的诗歌"的诗学方案,那就是,"必须清算、打扫一下。对浪漫主义以来丧失诗歌意志力与诗歌一次性行动的清算,尤其要对现代主义酷爱'元素与变形'这些一大堆原始材料的清算"。② 他极其严苛地说:"在伟大的诗歌方面,只有但丁和歌德是成功的,还有莎士比亚。这就是作为当代中国诗歌目标的成功的伟大诗歌"。③ 由此可见,海子心目中的"伟诗",既非人类历史上"英雄时代"出现的"正式史诗"④,亦非中世纪出现的传奇色彩很浓的"英雄史诗",而是像文艺复兴以来先后出现的神性十足的《神曲》《浮士德》那样的具有史诗般恢宏的"新史诗"。而在梁实秋看来,只要具备"情感的自然流露"、"艺术的安排"和"整个的印象"就可视为"伟大的诗"。⑤ 显然,对真正的伟诗标准而言,这些要求太低了,它们顶多算是好诗的条件。综上,在笔者的观念里,优秀诗人、大诗人和伟大诗人之间有区别。优秀诗人在争取诗歌主权方面表现不俗,大诗人在争取人民主权上表现出色,而伟大诗人在争取诗歌主权与人民主权以及融合天命、生命和使命意识方面表现卓绝。这就是笔者心目中好诗(人)、大诗(人)和伟诗(人)的不同愿景。最后,新时代中国新诗想要有更大的作为,就必须通盘思考其数量与质量、视野与格局、精神与襟怀、智性与审美、创新与超越、精品与极品等六个方面的重大议题。

　　"天意君须会,人间要好诗"(《读李杜诗集,因题卷后》)! 白居易这句旧诗在新时代应该升级为:天意君须会,人间要大诗! 天意君须会,人间要伟诗! 因为只有大诗和"伟诗"才能真正做到"吟咏留千古,声名动四夷"。

---

① 《海子诗全编》,西川编,上海三联书店 1997 年版,第 898 页。
② 《海子诗全编》,西川编,上海三联书店 1997 年版,第 898 页。
③ 《海子诗全编》,西川编,上海三联书店 1997 年版,第 900 页。
④ ［德］黑格尔:《美学》第三卷下册,朱光潜译,商务印书馆 1981 年版,第 115 页。
⑤ 梁实秋:《诗与伟大的诗》,见梁实秋:《偏见集》,正中书局 1934 年版,第 279—281 页。

参 考 文 献①

一、原版汉语书籍

新诗社编:《新诗集》,新诗社 1920 年版。

胡适:《尝试集》(增订四版),亚东图书馆 1922 年版。

刘大白:《旧梦》,商务印书馆 1923 年版。

朱自清:《毁灭》,商务印书馆 1924 年版。

梁实秋:《浪漫的与古典的》,新月书店 1927 年版。

钱杏邨:《暴风雨的前夜》,泰东图书局 1928 年版。

钱杏邨:《现代中国文学作家》第 1 卷,泰东图书局 1928 年版。

草川未雨:《中国新诗坛的昨日今日和明日》,海音书局 1929 年版。

蓬子:《银铃》,水沫书店 1929 年版。

陈望道:《修辞学发凡》,大江书铺 1932 年版。

戴望舒:《望舒草》,现代书店 1933 年版。

臧克家:《罪恶的黑手》,生活书店 1934 年印行。

任重编:《文言、白话、大众话论战集·白话》,上海书店 1934 年版。

梁实秋:《偏见集》,正中书局 1934 年版。

赵家璧主编:《中国新文学大系》,良友图书印刷公司 1935 年版。

王亚平:《都市的冬》,国际书店 1935 年版。

朱湘:《朱湘书信集·寄罗皑岚》,人生与文学社 1936 年版。

朱自清选编:《中国新文学大系·诗集》,良友图书印刷公司 1936 年版。

---

① "参考文献"里的各大项均按出版时间的先后顺序排列。

黄宗羲:《南雷文定》前集卷一,商务印书馆 1936 年版。

蒲风:《五四到现在的中国诗坛鸟瞰》,诗歌出版社 1938 年版。

臧克家:《我的诗生活》,读书出版社 1942 年版。

臧克家:《古树的花朵》,东方书社 1942 年版。

艾青:《北方》(增补本),文化生活出版社 1942 年版。

臧克家:《十年诗选》,现代出版社 1943 年版。

赵景深:《中国文法讲话》,北新书局 1946 年版。

臧克家:《生命的零度》,新群出版社 1947 年版。

李季:《王贵与李香香》,中国出版社 1947 年版。

朱自清:《新诗杂话》,作家书屋 1947 年版。

任钧:《新诗话》,国际文化服务社 1948 年版。

郑敏:《诗集 1942—1947》,文化生活出版社 1948 年版。

谭彼岸编:《晚清的白话文运动》,湖北人民出版社 1956 年版。

高兰:《高兰朗诵诗选》,新文艺出版社 1956 年版。

何其芳:《关于现实主义》,新文艺出版社 1956 年版。

邵燕祥:《给同志们》,作家出版社 1956 年版。

白桦:《鹰群》,中国青年出版社 1956 年版。

巴人:《革命的里程碑》,人民文学出版社 1958 年版。

李季、闻捷:《我们遍插红旗》,敦煌文艺出版社 1958 年版。

李季:《难忘的春天》,人民文学出版社 1959 年版。

臧克家:《李大钊》,作家出版社 1959 年版。

梁启超:《饮冰室诗话》,人民文学出版社 1959 年版。

王国维:《观堂集林》第 1 册,中华书局 1959 年版。

黄声孝:《站起来了的长江主人》(第一部),中国青年出版社 1962 年版。

安旗:《论叙事诗》,作家出版社 1962 年版。

丁福保辑录:《清诗话》上册,中华书局 1963 年版。

人民文学出版社古典文艺理论译丛委员会编:《古典文艺理论译丛》第 11 册,人民文学出版社 1966 年版。

《鲁迅全集》第三卷、第四卷,人民文学出版社 1973 年版。

张曼仪、黄继持等编:《现代中国诗选 1917—1949》第 1 册,香港大学出版社 1974 年版。

《胡适文存》第二卷,远东图书公司 1975 年版。

《龚自珍全集》,上海人民出版社 1975 年版。

魏庆之编:《诗人玉屑》,上海古籍出版社 1978 年版。

司马长风:《中国新文学史》中卷,昭明出版社有限公司 1978 年版。

伍蠡甫编:《西方文论选》下册,上海译文出版社 1979 年版。

《辞海·文学分册》,上海辞书出版社 1979 年版。

郭沫若:《文艺论集》,人民文学出版社 1979 年版。

郭绍虞主编:《中国历代文论选》第四册,上海古籍出版社 1980 年版。

赵执信:《谈龙录·石洲诗话》,人民文学出版社 1981 年版。

丁玲、老舍、周立波等著:《作家谈创作》,花城出版社 1981 年版。

顾俊编:《中国历代文论选》下册,木铎出版社 1981 年版。

何文焕编:《历代诗话》上册,中华书局 1981 年版。

《人境庐诗草笺注》全二册,黄遵宪,钱仲联笺注,上海古籍出版社 1981 年版。

《茅盾文艺杂论集》上册,上海文艺出版社 1981 年版。

《郭沫若谈创作》,黑龙江人民出版社 1982 年版。

梁启超:《饮冰室诗话》,人民文学出版社 1982 年版。

《闻一多全集》,生活·读书·新知三联书店 1982 年版。

《何其芳文集》,人民文学出版社 1982 年版。

《李广田文学评论选》,云南人民出版社 1983 年版。

《文镜秘府论校注》,弘法大师著,王利器校注,中国社会科学出版社 1983 年版。

王瑶:《中国新文学史稿》(下),上海文艺出版社 1983 年版。

普济:《五灯会元》上册,苏渊雷点校,中华书局 1984 年版。

朱狄:《当代西方美学》,人民出版社 1984 年版。

《胡风评论集》中册,人民文学出版社 1984 年版。

冯文炳:《谈新诗》,人民文学出版社 1984 年版。

钱钟书:《谈艺录》(补订本),中华书局 1984 年版。

梁宗岱:《诗与真·诗与真二集》,外国文学出版社 1984 年版。

卞之琳:《雕虫纪历 1930—1958》(增订版),人民文学出版社 1984 年版。

舒舍予:《文学概论讲义》,北京出版社 1984 年版。

吕荧:《文艺与美学论集》,上海文艺出版社 1984 年版。

管林等:《龚自珍研究》,人民文学出版社 1984 年版。

林庚:《问路集》,北京大学出版社 1984 年版。

《周礼今注今译》,周公旦著,林尹注译,书目文献出版社 1985 年版。

杨匡汉、刘福春编:《中国现代诗论》上册,花城出版社 1985 年版。

罗皑岚、柳无忌等著:《二罗一柳忆朱湘》,生活·读书·新知三联书店 1985 年版。

黄安榕等编:《蒲风选集》(上),海峡文艺出版社 1985 年版。

曾小逸主编:《走向世界文学:中国现代作家与外国文学》,湖南人民出版社 1985 年版。

朱湘:《中书集》,上海书店 1986 重印本。

张隆溪:《二十世纪西方文论述评》,生活·读书·新知三联书店 1986 年版。

谢冕:《中国现代诗人论》,重庆出版社 1986 年版。

杨光治:《诗艺·诗美·诗魂》,花城出版社 1986 年版。

苏辙:《栾城集》下册,曾枣庄、马德富点校,上海古籍出版社 1987 年版。

祝宽:《五四新诗史》,陕西师范大学出版社 1987 年版。

唐明邦、程静宇编:《中国古代哲学名著选读》,武汉大学出版社 1988 年版。

徐敬亚、孟浪、曹长青、吕贵品编:《中国现代主义诗群大观 1986—1988》,同济大学出版社 1988 年版。

袁可嘉:《论新诗现代化》,生活·读书·新知三联书店 1988 年版。

温儒敏:《新文学现实主义的流变》,北京大学出版社 1988 年版。

《朱自清全集》第 2 卷,江苏教育出版社 1988 年版。

《戴望舒诗全编》,梁仁编,浙江文艺出版社 1989 年版。

陈超:《中国探索诗鉴赏辞典》,河北人民出版社 1989 年版。

赵永纪编:《古代诗话精要》,天津古籍出版社 1989 年版。

胡明编注:《胡适文存》,人民文学出版社 1989 年版。

王锦厚、毛迅、周健编:《中国新文学大系 1937—1949》(第一集·文学理论卷),上海文艺出版社 1990 年版。

王富仁:《文化与文艺》,北岳文艺出版社 1990 年版。

孙文波编:《语言:形式的命名》,人民文学出版社 1991 年版。

杨匡汉:《矫矫不群》,陕西人民出版社 1991 年版。

赵毅衡:《苦恼的叙述者——中国小说的叙述形式与中国文化》,四川文艺出版社 1991 年版。

公木主编:《新诗鉴赏辞典》,上海辞书出版社 1991 年版。

张京媛主编:《当代女性主义文学批评》,北京大学出版社 1992 年版。

叶维廉:《中国诗学》,生活·读书·新知三联书店 1992 年版。

傅修延:《讲故事的奥秘:文学叙述论》,百花文艺出版社 1993 年版。

郭延礼:《中国近代文学史》(1),高等教育出版社1993年版。

钱仲联编著:《近代诗钞》(3),江苏古籍出版社1993年版。

唐小滨:《再解读——大众文艺与意识形态》,牛津大学出版社1993年版。

罗钢:《叙事学导论》,云南人民出版社1994年版。

龚自珍:《龚自珍全集》,上海书店1994年版。

蓝棣之:《现代诗的情感与形式》,华夏出版社1994年版。

《臧克家文集》第6卷,山东人民出版社1994年版。

陈旭光编:《快餐馆里的冷风景》,北京大学出版社1994年版。

[美]浦安迪:《中国叙事学》,北京大学出版社1995年版。

周晓风:《现代诗歌符号美学》,成都出版社1995年版。

《文心雕龙译注》,刘勰著,陆侃如、牟世今译注,齐鲁书社1995年版。

施蛰存:《施蛰存七十年文选》,上海文艺出版社1996年版。

李振声:《季节轮换》,学林出版社1996年版。

吕进主编:《新诗三百首》,河北人民出版社1996年版。

穆旦:《穆旦诗全集》,李方编,中国文学出版社1996年版。

梁启超:《中国现代学术经典·梁启超卷》,刘梦溪主编,河北教育出版社1996年版。

朱光潜:《诗论》,安徽教育出版社1997年版。

周发祥:《西方文论与中国文学》,江苏教育出版社1997年版。

《海子诗全编》,西川编,上海三联书店1997年版。

西川:《大意如此》,湖南文艺出版社1997年版。

西川:《让蒙面人说话》,东方出版中心1997年版。

吴雁南等主编:《中国近代社会思潮》,湖南教育出版社1998年版。

废名:《论新诗及其他》,陈子善编订,辽宁教育出版社1998年版。

高楠:《中国古代艺术的文化学阐释》,辽宁人民出版社1998年版。

陈圣生:《现代诗学》,社会科学文献出版社1998年版。

《欧阳修全集》,张春林编,中国文史出版社1999年版。

金克木:《挂剑空垄》,北京三联书店1999年版。

刘小枫:《沉重的肉身——现代性伦理的叙事纬语》,上海人民出版社1999年版。

周伦佑:《反价值时代》,四川人民出版社1999年版。

王先霈主编:《文学批评术语词典》,上海文艺出版社1999年版。

傅修延:《先秦叙事研究:关于中国叙事传统的形成》,东方出版社1999年版。

胡风:《胡风全集》1—10卷,河北人民出版社1999年版。

郑敏:《诗歌与哲学是近邻——结构—解构诗论》,北京大学出版社1999年版。

王家新、孙文波编:《中国诗歌九十年代备忘录》,人民文学出版社2000年版。

《〈说文解字〉今注》,许慎著,苏宝荣注,陕西人民出版社2000年版。

陈建华:《"革命"的现代性——中国革命话语考论》,上海古籍出版社2000年版。

何其芳:《何其芳全集》第1卷,河北人民出版社2000年版。

梁小斌:《独自成俑》,天津社会科学出版社2001年版。

杨克主编:《2000中国新诗年鉴》,广州出版社2001年版。

王平:《中国古代小说叙事研究》,河北人民出版社2001年版。

张志欣、何香久主编:《二十世纪中国散文大系》,河北教育出版社2001年版。

《闻一多经典》,李威主编,京华出版社2001年版。

朱湘:《中书集》,姜德铭主编,中国戏剧出版社2001年版。

梁小斌:《地主研究》,文化艺术出版社2001年版。

叶维廉:《叶维廉文集》第三卷,安徽教育出版社2002年版。

龙泉明、邹建军:《现代诗学》,湖南人民出版社2002年版。

《卞之琳文集》中卷,安徽教育出版社2002年版。

《臧克家全集》第12卷,时代文艺出版社2002年版。

蓝棣之:《现代诗歌理论:渊源与走势》,清华大学出版社2002年版。

牛宏宝:《西方现代美学》,上海人民出版社2002年版。

高永年:《中国叙事诗研究》,江苏教育出版社2002年版。

《黄遵宪集》,吴振清编,天津人民出版社2003年版。

王靖宇:《中国早期叙事文研究》,上海古籍出版社2003年版。

黄宗英:《抒情史诗论——美国现当代长篇诗歌艺术管窥》,北京大学出版社2003年版。

程光炜:《中国当代诗歌史》,中国人民大学出版社2003年版。

江弱水:《中西同步与位移——现代诗人丛论》,安徽教育出版社2003年版。

王光明:《现代汉诗的百年演变》,河北人民出版社2003年版。

祖国颂:《叙事的诗学》,安徽大学出版社2003年版。

《梁宗岱文集Ⅱ》,马海甸等编,中央编译出版社2003年版。

谢昭新、吴尚华主编:《中国现当代文学作品选》,安徽教育出版社2003年版。

陈平原:《中国小说叙事模式的转变》,北京大学出版社2004年版。

《于赓虞诗文辑存》上册,解志熙、王文金编校,河南大学出版社2004年版。

吕家乡:《品与思》,中国戏剧出版社 2004 年版。

王荣:《中国现代叙事诗史》,中国社会科学出版社 2004 年版。

杨景龙:《古典诗词与现当代新诗》,河南文艺出版社 2004 年版。

李怡主编:《中国现代诗歌欣赏》,高等教育出版社 2004 年版。

杨四平:《20 世纪中国新诗主流》,安徽教育出版社 2004 年版。

申丹、韩加明、王丽亚:《英美小说叙事理论研究》,北京大学出版社 2005 年版。

龙泉明:《中国新诗的现代性》,武汉大学出版社 2005 年版。

洪子诚、刘登翰:《中国当代新诗史》,北京大学出版社 2005 年版。

曲春景、耿占春:《叙事与价值》,学林出版社 2005 年版。

张桃洲:《现代汉语的诗性空间——新诗话语研究》,北京大学出版社 2005 年版。

陆耀东:《中国新诗史(1916—1949)》第一卷,长江文艺出版社 2005 年版。

沈天鸿:《现代诗学形式与技巧 30 讲》,昆仑出版社 2005 年版。

赵明顺、刘培平主编:《战士·学者·诗人——臧克家先生百年诞辰纪念文集》,山东大学出版社 2005 年版。

祖国颂主编:《叙事学的中国之路——全国首届叙事学学术研讨会论文集》,中国社会科学出版社 2006 年版。

梁实秋:《雅舍谈书》,陈子善编,山东画报出版社 2006 年版。

沈用大:《中国新诗史(1918—1949)》,福建人民出版社 2006 年版。

王先霈、王又平主编:《文学理论批评术语汇释》,高等教育出版社 2006 年版。

穆旦:《穆旦诗文集》第 2 卷,人民文学出版社 2006 年版。

周伦佑:《红色写作——1992 艺术宪章或非闲适诗歌原则》,花城出版社 2006 年版。

汪静之:《漪漪讯》,西泠印社 2006 年版。

李泽厚:《论语今读》,天津社会科学院出版社 2007 年版。

刘进才:《语言运动与中国现代文学》,中华书局 2007 年版。

陈爱中:《中国现代新诗语言研究》,中国社会科学出版社 2007 年版。

南帆:《五种形象》,复旦大学出版社 2007 年版。

罗书华:《中国叙事之学:结构、历史与比较的维度》,中国社会科学出版社 2008 年版。

高楠、王纯菲:《中国文学跨世纪发展研究》,人民文学出版社 2008 年版。

欧阳友权:《网络文学概论》,北京大学出版社 2008 年版。

吴欢章主编:《中国现代分体诗歌史》,上海大学出版社 2008 年版。

杨四平:《中国新诗理论批评史论》,安徽教育出版社 2008 年版。

季羡林:《季羡林生命沉思录》,国际文化出版公司 2008 年版。

周筱云主编:《一叶的怀念——唐湜纪念文集》,中国戏剧出版社 2008 年版。

王家新:《为凤凰找寻栖所——现代诗歌论集》,北京大学出版社 2008 年版。

颜同林:《方言与中国现代新诗》,中国社会科学出版社 2008 年版。

耿占春:《失去象征的世界》,北京大学出版社 2008 年版。

王泽龙:《中国现代诗歌意象论》,中国社会科学出版社 2008 年版。

李怡:《中国现代新诗与古典诗歌传统》(增订版),北京大学出版社 2008 年版。

杨义:《中国叙事学》,人民出版社 2009 年版。

彭刚:《叙事的转向:当代西方史学理论的考察》,北京大出版社 2009 年版。

谢冕总主编:《中国新诗总系》1—10 卷,人民文学出版社 2009 年版。

张艳华:《新文学发生期语言选择与文体流变》,山东大学出版社 2009 年版。

王一川:《修辞论美学:文化语境中的 20 世纪中国文艺》,中国人民大学出版社 2009 年版。

许强、罗德远、陈忠村主编:《2008 中国打工诗歌精选》,上海文艺出版社 2009 年版。

叶锦编著:《艾青年谱长编》,人民文学出版社 2010 年版。

曹万生主编:《中国现代汉语文学史》(第二版),中国人民大学出版社 2010 年版。

王晓生:《语言之维——1917—1932 年新诗问题研究》,上海三联书店 2010 版。

赵炎秋主编:《中国古典叙事思想研究》三卷,湖南师范大学出版社 2010 年版。

刘纳:《嬗变——辛亥革命时期至五四时期的中国文学》,中国人民大学出版社 2010 年版。

《于坚诗学随笔》,陕西师范大学出版总社有限公司 2010 年版。

姜涛:《巴枯宁的手》,北京大学出版社 2010 年版。

朱云涛:《缪斯的身影:面向艺术本身的艺术形态研究》,南京大学出版社 2010 年版。

陈仲义:《百年新诗百种解读》,安徽文艺出版社 2010 年版。

林贤治:《中国新诗五十年》,漓江出版社 2011 年版。

毛信德、朱隽编:《诺贝尔文学奖获奖作家随笔精品》,百花洲文艺出版社 2011 年版。

杨炼:《叙事诗》,华夏出版社 2011 年版。

鲁枢元:《文学的跨界研究:文学与语言学》,学林出版社 2011 年版。

张松建:《抒情主义与中国现代诗学》,北京大学出版社 2012 年版。

唐欣:《说话的诗歌:20 世纪 80 年代以来的口语诗研究》,中国社会科学出版社 2012 年版。

汪民安:《现代性》,南京大学出版社 2012 年版。

方长安:《新诗传播与建构》,中国社会科学出版社 2012 年版。

西川:《大河拐大弯——一种探求可能性的诗歌思想》,北京大学出版社 2012 年版。

赵思运:《诗人陆志韦研究及其诗作考证》,东南大学出版社 2012 年版。

王一川主编:《现代文学中的汉语形象——文学现代性的语言论观照》,北京师范大学出版社 2012 年版。

董乃斌主编:《中国文学叙事传统研究》,中华书局 2012 年版。

赵毅衡:《当说者被说的时候——比较叙述学导论》,四川文艺出版社 2013 年版。

魏源:《中国近代思想家文库·魏源卷》,夏剑钦编,中国人民大学出版社 2013 年版。

周剑之:《宋诗叙事性研究》,中国社会科学出版社 2013 年版。

陈培浩、阮援朝:《阮章竞评传》,漓江出版社 2013 年版。

木心:《素履之往》,广西师范大学出版社 2013 年版。

陈超:《诗与真新论》,花山文艺出版社 2013 年版。

彭建华:《现代中国作家与法国文学》,上海三联书店 2013 年版。

刘福春:《中国新诗编年史》(上下卷),人民文学出版社 2013 年版。

木心:《文学回忆录(全 2 册)/木心讲述;陈丹青笔录》,广西师范大学出版社 2013 年版。

瞿秋白:《论中国文学革命》,生活·读书·新知三联书店 2014 年版。

闻一多:《闻一多书信集》,北京群言出版社 2014 年版。

朱湘:《朱湘全集·散文卷·北海游记》,安徽文艺出版社 2017 年版。

杨亮:《新时期先锋诗歌的"叙事性"研究》,人民出版社 2017 年版。

谢冕、孙玉石、洪子诚主编:《新诗评论》1—18 辑,北京大学出版社 2006—2014 年版。

二、汉译外文书刊

《古典文艺理论译丛》第 1 辑,人民文学出版社 1961 年版。

[古希腊]柏拉图:《文艺对话集》,朱光潜译,人民文学出版社 1963 年版。

［俄］别林斯基：《别林斯基选集》第 2 卷，满涛译，上海文艺出版社 1963 年版。

伍蠡甫编：《西方文论选》下册，上海译文出版社 1979 年版。

［德］爱克曼辑录：《歌德谈话录》，朱光潜译，人民文学出版社 1978 年版。

［德］黑格尔：《美学》第三卷（上册），朱光潜译，商务印书馆 1979 年版。

［德］黑格尔：《美学》第三卷（下册），朱光潜译，商务印书馆 1981 年版。

［德］黑格尔：《美学》第一卷，朱光潜译，商务印书馆 1981 年版。

［古希腊］亚里士多德：《诗学》，罗念生译，人民文学出版社 1982 年版。

［法］居斯塔夫·福楼拜：《福楼拜谈修辞》，《译林》1983 年第 4 期。

［德］沃尔夫冈·凯塞尔：《语言的艺术作品——文艺学引论》，陈铨译，上海译文出版社 1984 年版。

［美］雷·韦勒克、奥·沃伦：《文学理论》，刘象愚等译，生活·读书·新知三联书店 1984 年版。

［美］爱德华·萨丕尔：《语言论》，陆卓元译，商务印书馆 1985 年版。

［英］伍尔夫：《论现代小说》，《论小说与小说家》，瞿世镜译，上海译文出版社 1986 年版。

伍蠡甫、胡经之编：《西方文艺理论名著选编》，北京大学出版社 1987 年版。

［美］斯诺整理：《鲁迅同斯诺谈话整理稿》，安危译，《新文学史料》1987 年第 3 期。

［法］波德莱尔：《波德莱尔美学论文选》，郭宏安译，人民文学出版社 1987 年版。

［德］埃德蒙德·胡塞尔：《现象学的观念》，倪梁康译，上海译文出版社 1987 年版。

杨匡汉、刘福春编：《西方现代诗论》，花城出版社 1988 年版。

［英］艾略特：《艾略特诗学文集》，王恩衷编译，国际文化出版公司 1989 年版。

黄晋凯、张秉真、杨恒达主编：《象征主义·意象派》，王忠琪译，中国人民大学出版社 1989 年版，

史亮编：《新批评》，四川文艺出版社 1989 年版。

《叙事学研究》，张寅德编选，中国社会科学出版社 1989 年版。

［德］热拉尔·热奈特：《叙事话语　新叙事话语》，王文融译，中国社会科学出版社 1990 年版。

［美］乔纳森·卡勒：《结构主义诗学》，盛宁译，中国社会科学出版社 1991 年版。

［德］马克思·韦伯：《新教伦理与资本主义精神》，于晓、陈维纲译，生活·读书·新知三联书店 1992 年版。

［法］让·絮佩维尔：《法国诗学概论》，洪涛译，四川文艺出版社 1992 年版。

［英］艾·阿·瑞恰慈：《文学批评原理》，杨自伍译，百花洲文艺出版社 1992 年版。

[瑞士]埃米尔·施塔格尔:《诗学的基本概念》,胡其鼎译,中国社会科学出版社1992年版。

[美]S.W.道森:《论戏剧与戏剧性》,艾晓明译,昆仑出版社1992年版。

[德]特奥多·阿尔多诺:《否定的辩证法》,张峰译,重庆出版社1993年版。

[奥地利]彼埃尔·V.齐马:《社会学批评概论》,吴岳添译,广西师范大学出版社1993年版。

[丹麦]克尔凯郭尔:《恐惧与颤栗——辩证的抒情诗》,刘继译,贵州人民出版社1994年版。

《不列颠百科全书》第七卷,中国大百科全书出版社编辑部、中国大百科全书总编辑委员会编,中国大百科全书出版社1994年版。

[美]Frank Lentricchia and Thomas Mclaughlin编:《文学批评术语》,张京媛等译,牛津大学出版社1994年版。

[墨]奥克塔维奥·帕斯:《批评的激情》,赵振江编译,云南人民出版社1995年版。

[美]考德威尔:《考德威尔文学论文集》,陆建德、黄梅、薛鸿时等译,百花洲文艺出版社1995年版。

[奥地利]里尔克:《给一个青年诗人的十封信》,冯至译,生活·读书·新知三联书店1996年版。

[法]马拉美:《马拉美诗全集》,葛雷、梁栋译,浙江文艺出版社1996年版。

赵毅衡编选:《"新批评"文集》,中国社会科学出版社1997年版。

[美]张隆溪:《道与逻各斯》,冯川译,四川人民出版社1998年版。

[美]艾瑞克·弗洛姆:《爱的艺术》,赵军译,外文出版社1998年版。

[美]小约翰·B.科布、大卫·R.格里芬:《过程神学》,曲跃厚译,中央编译出版社1999年版。

[法]德里达:《多义的记忆》,中央编译出版社1999年版。

[巴勒斯坦]萨义德:《东方学》,王宇根译,生活·读书·新知三联书店1999年版。

[美]哈罗德·布鲁姆:《批评、正典结构与预言》,吴琼译,中国社会科学出版社2000年版。

[美]艾瑞克·弗洛姆:《逃避自由》,刘林海译,国际文化出版公司2000年版。

[法]托多罗夫:《巴赫金、对话理论及其他》,百花文艺出版社2001年版。

[爱尔兰]希尼:《测听奥登》,胡续冬译,《希尼诗文集》,作家出版社2001年版。

[苏]高尔基:《伊泽吉尔老婆子:高尔基小说》,何茂正译,浙江文艺出版社2001年版。

［日］鸟居昭美:《育人金典》,《育人金典》编译组译,中国轻工业出版社 2001
年版。

［美］马泰·卡林内斯库:《现代性的五副面孔:现代主义、先锋派、颓废、媚俗艺术、
后现代主义》,顾爱彬、李瑞华译,商务印书馆 2002 年版。

［英］奇格蒙特·鲍曼:《流动的现代性》,欧阳景根译,生活·读书·新知三联书
店 2002 年版。

［美］詹姆斯·费伦:《作为修辞的叙事:技巧、读者、伦理、意识形态》,陈永国译,
北京大学出版社 2002 年版。

［美］J.希利斯·米勒:《解读叙事》,申丹译,北京大学出版社 2002 年版。

［美］戴卫·赫尔曼:《新叙事学》,马海良译,北京大学出版社 2002 年版。

［美］苏珊·S.兰瑟:《虚构的权威——女性作家与叙述声音》,黄必康译,北京大学
出版社 2002 年版。

［美］雷纳·韦勒克:《近代文学批评史》第 5 卷、第 6 卷,杨自伍译,上海译文出版
社 2002 年版。

［日］吉川幸次郎:《读杜札记》,李寅生译,凤凰出版社 2002 年版。

［美］詹姆逊:《现代性的神话》,张旭东译,《上海文学》2002 年第 10 期。

［英］马克·柯里:《后现代叙事理论》,宁一中译,北京大学出版社 2003 年版。

［美］海登·海特:《后现代历史叙事学》,陈永国、张万娟译,中国社会科学出版社
2003 年版。

［美］苏珊·桑塔格:《疾病的隐喻》,程巍译,上海文艺出版社 2003 年版。

［美］宇文所安:《中国文论:英译与评论》,王柏华、陶庆梅译,上海社会科学院出
版社 2003 年版。

［英］济慈:《济慈书信选》,王昕若译,百花文艺出版社 2003 年版。

［美］詹明信:《晚期资本主义的文化逻辑》,张京媛译,生活·读者·新知三联书
店 2003 年版。

［美］詹姆逊:《现代性、后现代性和全球化》,王丽亚译,中国人民大学出版社 2004
年版。

［日］木山英雄:《文学复古与文学革命》,赵京华编译,北京大学出版社 2004 年版。

［美］本尼迪克特·安德森:《想象的共同体——民族主义的起源与散布》,吴叡人
译,世纪出版集团、上海人民出版社 2005 年版。

［美］杰姆逊:《后现代主义与文化理论》,唐小兵译,北京大学出版社 2005 年版。

［捷克］雅罗斯拉夫·普实克:《中国——我的姐妹》,丛林、陈平陵、李梅译,外语

教学与研究出版社 2006 年版。

[日]柄谷行人:《日本现代文学的起源》,赵京华译,生活·读书·新知三联书店 2006 年版。

[奥地利]莱纳·里亚·里尔克:《给青年诗人的十封信》,《布老虎青春文学》2006 年第 2 期。

[美]史美书:《现代的诱惑——书写半殖民地中国的现代主义(1917—1937)》,何恬译,江苏人民出版社 2007 年版。

[德]海德格尔:《人,诗意地栖居——超译海德格尔》,郜元宝译,北京时代华文书局 2007 年版。

[美]史景迁:《天安门:中国的知识分子与革命》,温洽溢译,台湾时报文化出版企业股份有限公司 2007 年版。

[美]J.希利斯·米勒:《文学死了吗?》,秦立彦译,广西师范大学出版社 2007 年版。

[美]奚密:《现代汉诗:1917 年以来的理论与实践》,奚密、宋炳辉译,上海三联书店 2008 年版。

[德]顾彬:《20 世纪中国文学史》,范劲等译,华东师范大学出版社 2008 年版。

[法]罗兰·巴特:《写作的零度》,李幼燕译,中国人民大学出版社 2008 年版。

[斯洛伐克]马立安·高利克:《捷克和斯洛伐克汉学研究》,李玲等译,学苑出版社 2009 年版。

[美]布赖恩·麦克黑尔:《关于建构诗歌叙事学的设想》,尚必武、汪筱玲译,《江西社会科学》2009 年第 6 期。

[美]田晓菲:《隐约一坡青果讲方言:现代汉诗的另类历史》,宋子江、张晓红译,《南方文坛》2009 年第 6 期。

[德]胡戈·弗里德里希:《现代诗歌的结构:19 世纪中期至 20 世纪中期的抒情诗》,李双志译,译林出版社 2010 年版。

[捷]亚罗斯拉夫·普实克:《抒情与史诗——现代中国文学论集》,李欧梵编,郭建玲译,上海三联书店 2010 年版。

[英]麦克斯·缪勒:《宗教学导论》,陈观胜、李培茱译,上海人民出版社 2010 年版。

[法]卢梭:《忏悔录》,陈筱卿译,上海译文出版社 2013 年版。

[德]马克思·舍勒:《道德意识中的怨恨与羞感》,林克译,北京师范大学出版社 2014 年版。

三、英文书籍

1. Theodor W·Adorno. *Prisms*:*Culture Critism and Society*. trans., Samuel and Shierry Weber, Cambridge:The MIT Press,1981.

2. Hayden White. *The Content of the Form*. Baltimore:The Johns Hopkins University Press,1987.

3. Martin Whallace. *Recent Theories of Narrative*. Beijing:Beijing PeKing University Press,2006.

4. Brooks Cleanth , Robert Penn Warrer. *Understanding Poetry*. Beijing:Foreign Language Teaching and Research Press,2004.

5. Kinney, Ckaire Regan. *Strategies of Poetic Narrative*:*Chaucer, Spenser, Molton, Eliot*. Cambridge:Cambridge University Press, 1992.

四、现代汉语论文

梁启超:《汗漫录》,《清议报》第 36—38 册,1900 年 2 月 10 日。

黄遵宪:《酬曾重伯编修·(一联)A》,《新民丛报》第 4 号,1902 年 3 月 24 日。

胡适:《文学改良刍议》,《新青年》第 2 卷第 5 号,1917 年 1 月 1 日。

陈独秀:《文学革命论》,《新青年》2 卷 6 号,1917 年 2 月 18 日。

钱玄同:《寄陈独秀》,《新青年》第 3 卷第 1 号,1917 年 3 月 1 日。

刘半农:《我之文学改良观》,《新青年》第 3 卷第 3 号,1917 年 5 月 1 日。

周作人:《人的文学》,《新青年》第 5 卷第 6 号,1918 年 12 月 15 日。

俞平伯:《白话诗的三大条件》,《新青年》第 6 卷第 3 号,1919 年 3 月 15 日。

胡适:《我为什么做白话诗——〈尝试集〉自序》,《新青年》第 6 卷第 5 号,1919 年 5 月 15 日(实际出版于 9 月)。

胡适:《谈新诗——八年来的一件大事》,《星期评论》"双十节纪念号",1919 年 10 月 10 日。

俞平伯:《社会上对于新诗的各种心理观》,《新潮》第 2 卷第 1 号,1919 年 10 月。

宗白华:《新诗略谈》,《少年中国》第 1 卷第 8 期,1920 年 2 月 15 日。

梁宗岱:《诗人与劳动问题》,《少年中国》第 1 卷第 8—9 期,1920 年 2 月 15 日至 3 月 15 日。

康白情:《新诗底我见(有引)》,《少年中国》第 1 卷第 9 期,1920 年 3 月 15 日。

陈望道:《语体文欧化的我观》,《民国日报·觉悟》,1921年6月16日。

俞平伯:《诗底进化的还原论》,《诗》第1卷第1号,1922年1月15日。

朱自清:《短诗与长诗》,《诗》第1卷第4期,1922年4月。

梁实秋:《读〈诗的进化的还原论〉》,《晨报副刊》,1922年5月27—29日。

朱自清:《读〈湖畔〉诗集》,《时事新报·文学旬刊》第39期,1922年6月1日。

仲密(周作人):《丑的字句》,《晨报副刊》,1922年6月25日。

郭沫若:《论国内的评坛及我对于创作上的态度》,《时事新报·学灯》,1922年8月4日。

畹春:《〈不值钱的花果〉》,《时事新报·学灯》,1922年11月24日。

吴宓:《希腊文学史》,《学衡》第13期,1923年1月。

成仿吾:《诗之防御战》,《创造周报》,1923年5月13日。

梁实秋:《〈繁星〉与〈春水〉》,《创造周报》第12号,1923年7月29日。

吴芳吉:《再论吾人眼中之新旧文学观》,《学衡》第21期,1923年9月。

周灵均:《删诗》,《文学周报》17号,1923年12月。

穆木天:《谭诗——寄沫若的一封信——》,《创造月刊》第1卷第1期,1926年3月16日。

王独清:《再谭诗——寄给木天、伯奇——》,《创造月刊》第1卷第1期,1926年3月16日。

梁实秋:《现代中国文学之浪漫的趋势》,《晨报副刊》,1926年3月25日。

志摩(徐志摩):《诗刊弁言》,《晨报副镌·诗镌》第1号,1926年4月1日。

余上沅:《论诗剧》,《晨报副刊·诗镌》第5号,1926年4月29日。

闻一多:《诗的格律》,《晨报副刊·诗镌》第7号,1926年5月13日。

穆木天:《写实文学论》,《创造月刊》第1卷第4期,1926年6月。

自清(朱自清):《白采的诗——赢疾者的爱》,《一般》第2期,1926年10月5日。

钱杏邨:《批评与抄书》,《太阳月刊》1928年4月号。

藻雪:《卷头语》,《泰东》第2卷第2期,1928年10月。

勺水(陈启修):《有律现代诗》,《乐群》半月刊第4期,1928年11月。

朱湘:《〈雨巷〉的音乐性》,《新文艺》,1929年3月。

朱光潜:《替诗的音律辩护》,《东方杂志》第30卷第1期,1930年1月。

沈从文:《论闻一多的〈死水〉》,《新月》第3卷第2号,1930年4月10日。

穆木天:《我的文艺生活》,《大众文艺》第2卷第5—6期合刊,1930年6月1日。

胡适:《评〈梦家诗集〉》,《新月》第3卷第5、6期,1931年。

闻一多:《论〈悔与回〉》,《新月》第 3 卷第 5、6 期,1931 年。

梁实秋:《新诗的格调及其他》,《诗刊》创刊号,1931 年 1 月。

徐志摩:《前言》,孙大雨《自己的写照》,《诗刊》,1931 年 4 月 20 日。

石崩(茅盾):《〈黄人之血〉及其它》,《文学导报》第 1 卷第 5 期,1931 年 9 月。

晏敖(鲁迅):《"民族主义文学"的任务与运命》,《文学导报》第 1 卷第 6—7 期,1931 年 10 月 23 日。

沈从文:《论朱湘的诗》,《文艺月刊》3 卷 1 期,1931 年。

柳无忌:《为新诗辩护》,《文艺杂志》第 1 卷第 4 期,1932 年 9 月。

茅盾:《徐志摩论》,《现代》第 2 卷第 4 期,1933 年 2 月 1 日。

本刊同人:《关于写作新诗歌的一点意见》,《新诗歌》创刊号,1933 年 2 月 11 日。

叶公超:《论翻译与文字的改造——答梁实秋论翻译的一封信》,《新月》第 4 卷第 6 期,1933 年 3 月 1 日。

雪林(苏雪林):《论朱湘的诗》,《青年界》5 卷 2 号,1934 年 2 月。

梁宗岱:《谈诗》,《人间世》第 15 期,1934 年 11 月 5 日。

蒲风:《五四到现在的中国诗坛鸟瞰》,《诗歌季刊》第 1 卷第 1—2 期,1934—1935 年。

沈从文:《新诗的旧账——并介绍〈诗刊〉》,《大公报·文艺》,1935 年 11 月 10 日。

郭沫若:《七请》,《质文》第 4 号,1935 年 12 月。

何其芳:《梦中的道路》,《大公报·诗刊》第 1 期,1936 年 6 月 19 日。

胡风:《田间的诗——〈中国牧歌〉序》,《现实文学》第 2 期,1936 年 8 月 1 日。

商寿(徐迟):《读〈蝙蝠集〉》,《新诗》第 1 期,1936 年 10 月。

茅盾:《初期白话诗》,《文学》第 8 卷第 1 期,1937 年 1 月 1 日。

柯可(金克木):《论中国新诗的新途径》,《新月》第 1 卷第 4 期,1937 年 1 月 10 日。

李白凤:《花》,《新诗》第 4 期,1937 年 1 月 10 日。

矛盾(茅盾):《叙事诗的前途》,《文学》第 8 卷第 2 号,1937 年 2 月 1 日。

胡风:《吹芦笛的人》,《文学》第 8 卷第 2 期,1937 年 2 月 1 日。

杜衡:《读〈大堰河〉》,《新诗》第 1 卷第 6 期,1937 年 3 月 10 日。

冯沅君:《读"宝马"》,天津《大公报·文艺》第 336 期,1937 年 5 月 6 日。

孙毓棠:《我怎样写〈宝马〉》,《大公报·文艺》第 336 期,1937 年 5 月 16 日。

朱光潜:《望舒诗稿》,《文学杂志》第 1 卷第 1 期,1937 年 5 月。

穆木天:《民族叙事诗时代》,《时调》创刊号,1937 年 11 月。

胡风:《吹芦笛的人》。《文学》1937 年 12 月。

张申府:《战时文化应该怎样再开展——文化的从军》,《战时文化》2 卷 1 期,1939 年 1 月 10 日。

徐迟:《抒情的放逐》,香港《顶点》第 1 卷第 1 期,1939 年 7 月 10 日。

冯至:《〈萨拉图斯特〉的文体》,《今日评论》第 1 卷第 24 期,1939 年。

胡风:《今天,我们的中心问题是什么——其一:关于创作与生活小感》,《七月》5 集 1 期,1940 年 1 月。

胡风:《关于诗和田间的诗》,《七月》5 集 2 期,1940 年 2 月。

穆旦:《〈慰劳信集〉》,《大公报》"文艺"副刊 826 期,1940 年 4 月 28 日。

艾青:《关于〈火把〉》,《新蜀报》,1940 年 10 月 12 日。

雷石榆:《诗评——〈火把〉照着什么》,《西南文艺》第 1 卷第 1 期,1941 年 1 月。

艾青:《为了胜利——三年来创作的一个报告》,《抗战文艺》第 7 卷第 1 期,1941 年 1 月。

宗白华:《诗闲谈》,《中国诗艺》复刊第 1 号,1941 年 6 月。

《我们的广播》(社论),《诗》第 3 卷第 3 期,1942 年 8 月。

茅盾:《文艺杂谈》,《文艺先锋》第 2 卷第 2 期,1943 年。

简壤:《古树的花朵》,《新华日报》,1943 年 2 月 9 日。

姚雪垠:《略论士大夫的文学趣味》,《大公报·战线》,1943 年 5 月 23—30 日。

蒙寒:《诗散论》,《诗恳地丛刊》第 5 辑,1943 年 8 月。

李广田:《沉思的诗——论冯至的〈十四行集〉》,《明日文艺》第 1 期,1943 年。

闻一多:《时代的鼓手》,《生活导报》1943 年 11 月 13 日。

闻一多:《文学的历史动向》,《当代评论》第 4 卷第 1 期,1943 年 12 月。

唐湜:《关于〈森林的太阳与月亮〉》,《语林》第 243 期,1944 年。

戴望舒:《诗论零札》,《华侨日报》"文艺周刊",1944 年 2 月 6 日。

臧克家:《向黑暗的"黑心"刺去——谈政治讽刺诗》,《新华日报》,1945 年 6 月 14 日。

高兰:《诗的朗诵与朗诵的诗》,《时与潮文艺》第 4 卷第 6 期,1945 年 2 月 15 日。

闻一多:《艾青与田间》,《联合晚报》,1946 年 6 月 22 日。

袁可嘉:《论诗境的拓展与结晶》,《经世日报》"文艺周刊"第 5 期,1946 年 9 月 15 日。

袁可嘉:《新诗现代化——新传统的寻求》,《大公报·星期文艺》,1947 年 3 月 30 日。

洁泯:《诗的战斗前程》,《新诗歌》第 1 卷第 4 号,1947 年 4 月。

袁可嘉:《新诗现代化的再分析》,《大公报·星期文艺》,1947 年 5 月 18 日。

朱光潜:《诗的难与易》,《文学杂志》第 2 卷第 1 期,1947 年 6 月 1 日。

唐湜:《诗的新生代》,《诗创造》第 1 卷第 8 期,1947 年。

谢冰莹:《臧克家的诗》,《黄河》复刊第 4 期,1948 年 6 月 1 日。

袁可嘉:《新诗戏剧化》,《诗创造》第 12 期,1948 年 6 月。

唐祈:《时间与旗》,《中国新诗》第 1 期,1948 年 6 月。

林庚:《再论新诗的形式》,《文学杂志》第 3 卷第 3 期,1948 年 8 月。

唐湜:《穆旦论》,《中国诗歌》1948 年第 8—9 号。

郭沫若:《关于诗歌的一些意见》,《大众诗歌》第 1 卷第 1 集,1950 年 1 月 1 日。

马凡陀:《诗歌与传统的关系》,《文艺报》第 1 卷第 12 期,1950 年 3 月 10 日。

中华全国文学工作者协会编辑部:《一九五〇年文学工作者创作计划调查》,《人民文学》1950 年第 6 期。

《创世纪的路向——代发刊词》,《创世纪》创刊号,1954 年 10 月 10 日。

未央:《我学写诗的体会》,《长江文艺》1956 年 3 月号。

臧克家、郭小川:《沸腾的生活和诗》,《文艺报》1956 年第 3 期。

潘旭澜:《新的颂歌,新的收获——试谈未央长诗"杨秀珍"》,《长江文艺》1956 年 7 月号。

洪永固:《邵燕祥的创作歧路》,《诗刊》1958 年 3 月号。

商文健:《这不是我们的丁佑君》,《诗刊》1958 年 12 月号。

沙鸥:《一面灰旗》,《文艺报》1958 年第 15 期。

北京师范大学中文系学生:《〈红缨〉不是一部成功的作品》,《解放军文艺》1959 年第 1 期。

殷晋培:《唱什么样的赞歌》,《诗刊》1960 年 1 月号。

安旗:《沿着和劳动人民结合的道路探索前进——略论李季的诗歌创作》,《文艺报》1960 年第 5 期。

陈荣衮:《论报章宜改用浅说》,《近代史资料》1963 年第 2 期。

叶珊(杨牧):《写在〈回顾〉专号的前面》,台湾《现代文学》1972 年 3 月第 46 期"诗专号"。

罗门:《诗人与艺术家创造了存在的"第三自然"》,《创世纪》1974 年第 37 期。

毛泽东:《毛泽东给陈毅同志谈诗的一封信》,《诗刊》1978 年第 1 期。

文晓村:《健康、明朗与中国——谈现代诗的三个基本观念》,《文风》1978 年第

32 期。

冬晓：《艾青谈诗及写长篇小说的新计划》，香港《开卷》1979 年第 2 期。

谢冕：《和新中国一起歌唱》，《文学评论》1979 年第 4 期。

李又然：《诗人艾青》，《长春》1979 年第 7 期。

臧云远：《雾重庆诗朗诵小记》，《诗刊》1979 年第 11 期。

张学梦：《请听听我们的声音》，《诗探索》1980 年第 1 期。

丁芒：《〈海陵王〉》，《诗刊》1981 年 1 月号。

邵燕祥：《献给历史的情歌·后记》，《读书杂志》1980 年第 4 期。

冯至：《诗人自选琐记》，《新文学史料》1983 年第 2 期。

杨匡汉：《诗美的崇高感》，《文学评论》1983 年第 4 期。

石天河：《重评〈诺日朗〉》，《当代文坛》1984 年 9 月号。

谢冕：《诗在超越自己——论当代诗的史诗性》，《黄河》1985 年第 1 期。

肖驰：《〈太阳和他的反光〉的反光——江河新作的民族性独创性》，《文学评论》1985 年第 5 期。

唐晓渡：《痛苦与追求——儿子们的年代》，《星星》1985 年 9 月号。

卞之琳：《孙毓棠诗集·序》，《文论报》，1986 年 5 月 21 日。

韩东、于坚：《现代诗歌二人谈》，《云南文艺通讯》，1986 年第 9 期。

白云涛、刘啸：《中国古典诗歌的文化精神》，《文艺研究》1987 年第 1 期。

王佐良：《燕卜荪·奥登·司班德——读诗随笔之四》，《读书》1987 年第 4 期。

谢冕：《选择体现价值》，《诗刊》1988 年第 1 期。

李劼：《〈荒原〉情结与死亡焦虑——〈死城〉系列》，《人民文学》1989 年第 1 期。

王运熙：《王昌龄的诗歌理论》，《复旦学报》（社会科学版），1989 年第 5 期。

袁忠岳：《抒情诗中叙事功能及其形式转换》，《诗刊》1991 年第 1 期。

金克木：《"寒"与"凉"有别》，《读书》1991 年第 5 期。

洛夫：《超现实主义的诗与禅》，《江西社会科学》1993 年第 10 期。

程光炜：《不知所终的旅行——九十年代诗歌综论》，《山花》1997 年第 11 期。

肖开愚：《当代中国诗歌的困惑》，《读书》1997 年第 11 期。

朱多锦：《发现"中国现代叙事诗"》，《诗探索》1999 年第 4 期。

葛红兵：《为二十世纪中国文学写一份悼词》，《芙蓉》1999 年第 6 期，《为二十世纪中国文艺理论批评写一份悼词》，《芙蓉》2000 年第 1 期。

龙泉明、汪方霞：《中国现代诗歌的智性建构——论卞之琳的诗歌艺术》，《武汉大学学报》2000 年第 4 期。

欧阳友权:《网络文学:挑战传统与更新观念》,《湘潭大学学报》2001 年第 1 期。

杨四平:《马凡陀:中国现代讽刺诗写作的重镇》,《中国现代文学研究丛刊》2001 年第 2 期。

臧棣:《记忆的诗歌叙事学》,《诗探索》2002 年第 1—2 期。

江弱水:《伪奥登风与非中国性:重估穆旦》,《外国文学评论》2002 年第 3 期。

谢应光:《论何其芳诗歌叙事因素的迁移》,《文学评论》2003 年第 2 期。

唐晓渡:《热爱自由与平静——北岛答记者问》,《中国诗人》2003 年第 2 期。

高永年:《新诗叙事艺术概观》,《南京师范大学学报》2003 年第 4 期。

朝戈金:《构筑"中国史诗学"体系》,《中国社会科学院院报》2003 年 7 月 3 日。

孙芳:《从〈寂寞〉一诗的分析看卞之琳抒情诗创作中的叙事因素》,《新乡教育学院学报》2005 年第 1 期。

陈晓明:《"后人民性"与美学的脱身术》,《文学评论》2005 年第 2 期。

杨四平等:《〈金龙禅寺〉鉴赏》,《扬子江诗刊》2005 年第 3 期。

赵敏俐:《乐歌传统与〈诗经〉的文体特征》,《学术研究》2005 年第 9 期。

杨四平:《对经典阅读要有主体意识——谈〈错误〉的可写性》,《名作欣赏》2005 年第 13 期。

姜飞:《叙事与现代汉语诗歌的硬度——举例以说,兼及"诗歌叙事学"的初步设想》,《钦州师范高等专科学校学报》2006 年第 4 期。

邹进先:《从意象营造到事态叙写——论杜诗叙事的审美形态与诗学意义》,《文学遗产》2006 年第 5 期。

钱伟:《鲁迅与现代汉语诗歌——以〈我的失恋〉为中心》,《学术论坛》2006 年第 7 期。

梁小斌:《我为写出〈中国,我的钥匙丢了〉而忏悔》,《诗歌月刊》(下半月)2007 年第 1—2 期。

脱剑鸣:《美国当代"新叙事诗"运动和戴那·乔亚的叙事诗创作》,《当代外国文学》2007 年第 3 期。

李佩仑:《诗的复活:从叙事的"无能"到意义的重构——兼论一种呈现诗学》,《文艺理论研究》2007 年第 5 期。

陈国球:《如何了解"汉学家"——以普实克为例》,《读书》2008 年第 1 期。

蒋道文:《鲁迅新诗的叙述模式与叙述者身份》,《西南农业大学学报》2008 年第 2 期。

奚密:《卞之琳:创新的继承》,《江苏大学学报》2008 年第 3 期奚密:《反思现代主义:抒情性与现代性的相互表述》,《渤海大学学报》2009 年第4 期。

董乃斌:《古典诗词研究的叙事视角》,《文学评论》2010 年第 1 期。

高永年、何永康:《论百年中国新诗之叙事因素》,《文学评论》2011 年第 1 期。

杨四平:《公民意识、中产阶级立场写作与当代中国诗歌》,《南方文坛》2011 年第2 期。

舒婷:《都是木棉惹的祸》,《诗江南》2012 年第 1 期。

谭君强:《论抒情诗的叙事学研究:诗歌叙事学》,《思想战线》2013 年第 4 期。

王富仁:《"现代性"辩正》,《北京师范大学学报》2013 年第 5 期。

叶舒宪:《"神话学文库"17 种书出版:论神话学的当代意义》,《人民日报》2014 年1 月 28 日。

伊沙:《口语诗论语》,《诗潮》2015 年第 2 期。

于坚:《一己之见,谈谈好诗》,《遂宁日报·华语诗刊》2015 年 8 月 28 日。

初红:《农民诗人王老九》,《工农文学》2018 年第 2 期。

何弘:《网络时代之文学》,《网络文学评论》2018 年第 4 期。

黎保荣:《网络文学评论的关键词》,《网络文学评论》2018 年第 5 期。

后　记　中国新诗:诗不离事,诗事绵延

自 2012 年博士学位论文选题以来,到 2015 年国家社会科学基金立项,一直到本书的最终出版,已有 10 余年。这 10 多年,萦绕在我脑际里的常常是如何从现代性和段位性的维度研讨百年中国新诗的叙事手段、机制、规律及其文学史意义。我脑海里总是出现如下的百年中国新诗叙事框架总图:

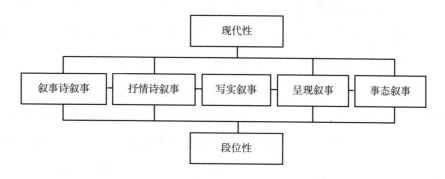

本书写作在内在逻辑进路上呈"总—分—总"的结构间架。

首先,从百年中国新诗叙事的发生因由及其历史演进两大方面探究其追寻现代性的踪迹。其一,从发生学的维度,分析现代生活的沧桑巨变、现代诗人身份的角色转换、现代汉语的推广普及、国外诗歌启蒙运动及其"新体诗"的启发、现代汉诗意志化/事态化"诗的共和国"取代物态化/社会化"诗的王国"的诗学新变,以及现代汉语与中国新诗叙事能力的不断增强,探赜中国新

诗叙事发生的外因和内因。其二,从溯端竟委的角度,梳理中国新诗叙事追寻现代性的百年踪迹:从晚清至 20 世纪 20 年代中国新诗叙事成形、30 年代中国新诗叙事的"多声部"协奏、40 年代中国新诗叙事的深度融合,到 50—70 年代中国新诗叙事的乌托邦、新时期中国新诗叙事的理性回归和诗学分野、21 世纪中国新诗叙事的扁平化和口语化,既为本书的系统论述勾勒历史全景,也阐明百年中国新诗叙事历史承递的内在脉理,还为从创作现象和诗歌历史方面引发中国新诗叙事的"问题意识"提供事实依据。

其次,归纳和辨析百年中国新诗的五大叙事形态及特征。其一,百年现代汉语叙事诗中的叙事及其"运事"特征:先纵向考察现代汉语叙事诗的百年形象化历程——从"五四"被启蒙的贫贱农民、启蒙与自我启蒙的城市知识分子、30—40 年代城市青年、工人与暴动和抗战的农民,到新中国工农兵形象、新时期"讲真话"的人、80 年代中期后的平民;再纵向梳理现代汉语叙事诗的百年史诗化追寻——从晚清客观纪实的"诗史"式写作、五四长诗史诗化写作的自觉、30 年代呐喊型、颓废型和歌咏型的史诗化写作、40 年代庄严的"民族革命的史诗"写作,到新中国成立以来的"创世"的、英雄的和历史的史诗性写作,以及新时期"文化寻根诗""现代史诗"写作。其二,百年现代汉语抒情诗中的叙事及其"咏事"(或称"抒事")特征:从历时性角度,先论述百年现代汉语抒情诗叙事的大众化——从"五四"开始急切呼唤个性解放的抒情诗,到 50 年代牧歌体抒情诗和 50—60 年代颂歌型和战歌型政治抒情诗,最后到 80 年代控诉的、申诉的、不满的政治抒情诗;再论述百年现代汉语抒情诗叙事的纯诗化——从早期象征派的纯诗化、新月派的纯诗化、后期象征派的纯诗化,到 50—70 年代台湾"乡愁诗"的纯诗化、"白洋淀诗群"的纯诗化、朦胧诗的纯诗化和第三代诗的纯诗化。其三,百年中国新诗的写实叙事及其"纪事"特征:主要考察中国新诗写实叙事的三类叙事形态及嬗变:失声平民成为怨恨叙事主体的人道写实,在道德盘诘与政治针砭之间的批判写实,以及现代史诗性营构的革命写实。其四,百年中国新诗的呈现叙事及其"暗事"特征:以意象隐喻事件为核心的现代汉诗呈现叙事,在20年代表现为于中西夹生中音色形的象征化,在30年代表现为"非个人"的客观化,在40年代表现为线团型的有机综合化,在新时期表现为蒙太奇的冷风景化。其五,百年中国新诗的事态叙事及其"演事"特征:论述中国新诗事态叙事的历史合理性和社会现实性,及其独特的叙事风貌与戏剧性/戏剧化的总体特征:从意境到"事境"、叙述主体时隐时现、现代诗剧、独白体和对话体及其变体,以及肉身化修辞和求真意志的杂语狂欢。其中,前两大叙事形态是特殊意义上(文类/诗体意义上)的中国新诗叙事,后三大叙事形态属于一般意义上的中国新诗叙事;它们之间存在由特殊到一般的逻辑关系。

最后,从中国新诗叙事"段位"的现代诗意角度,全面归结百年中国新诗叙事的最终或者最高追求。毕竟对诗而言,叙事最终的目的是获取诗意。因此,在本书主体研究的最后,以中国新诗的语言及文法这种诗歌意义产生的最基本单位——段位与空白及其背后的声音——来收束前面所说的"五大叙事";剖析标点符号叙事、字词叙事、诗行叙事、诗句叙事、诗节叙事、诗章叙事等现代汉诗"视觉段位""听觉段位""联觉段位"叙事的诗意表现,进而探究音响性诗歌声音叙事、隐喻性诗歌声音叙事和有机性诗歌声音叙事在现代汉语文学史上的独特价值。

要言之,百年中国新诗叙事,在现代性统摄下,形成了较为成熟的由叙事诗叙事、抒情诗叙事、写实叙事、呈现叙事和事态叙事构成的中国新诗叙事体系,并最终归结于其"段位性"。

本书创新之处有三。第一,学术思想方面:在诗歌与叙事的本体关系上,首次揭橥与"诗言志""诗缘情"具有同等诗学意义的"诗叙事""诗言事"一说;以诗歌类型学替代诗歌分类学,明确区分传统文类意义上的叙事诗与现代开放意义上的多种诗歌叙事形态;视叙事传统与抒情传统为贯穿中国新诗发展的两条线索。第二,学术观点方面:认为"诗叙事""诗言事",虽然由最初的"趣味化"已经过渡至"历史化",但其"系统化"却有待时日;首次将百年中国新诗叙事形态概括为兼具现代性和段位性的叙事诗叙事、抒情诗叙事、写实叙事、呈现叙事和事态叙事五大类,且分别将其特征概括为"运事""咏事""纪事""暗事""演事";还首次提出了标点符号叙事、字词叙事、诗行叙事、诗句叙事、诗节叙事、诗章(十四行诗/图像诗)叙事等"视觉段位"叙事、"听觉段位"叙事和"联觉段位"叙事,并将其提升至诗歌本体论高度。第三,研究方法方面:既不把中国新诗叙事研究简化为"外部研究",也不一味地使之成为"内部研究",而是着力使之成为一项内外兼顾的诗歌话语研究;不聚焦于"是什么",而着眼于"为什么";不把中国新诗叙事框定于"叙事主义",而是着力于开放性的对话协商。

综上,本书将从诗歌叙事形态的角度,揭示百年中国新诗叙事发生的因由,勾勒其发展的历史轮廓,重点分析中国新诗百年进程中形成的五种主要叙事形态,探赜中国新诗现代性和段位性的艺术规律,进而,为解读中国新诗文本,分析中国新诗现象、重写中国新诗史以及归结中国新诗传统,提供一种全新的视角、方法、观念和图景。当然,由于中国新诗时间跨度百年,叙事形态多样,叙事经验丰富,对此,仅用五大类型加以归结,显然有化繁为简之利与弊,毕竟,百年中国新诗叙事形态是难以穷尽的;还有,在将百年中国新诗叙事与百年中国新诗抒情和百年中国新诗议论通盘考量等方面,本书有待强化和深入。

论述至此,也许有人"猛回头"地质问一句:对新诗而言,到底是用"叙事"好,还是用"叙述"好? 我坚持使用前者。那是因为,我始终是从"文体"意义上展开对百年中国新诗叙事研究的,毕竟"叙事具有文体的含义,而叙述表现的是叙事的具体话语行为"①。

需要特别说明的是,本书是国家社科基金项目"现代汉诗的叙事形态研究"(编号 15BZW123)的"优秀"结项成果(证书号 20191909);本书出版获中

---

① 祖国颂:《叙事的诗学》,安徽大学出版社 2003 年版,第 1 页。

央高校基本科研业务费以及上海外国语大学学术著作出版资助,同时,获上海外国语大学"志远卓越学者"引进人才科研启动经费资助。最后,我要特别感谢我最敬爱的谢冕老师和吴思敬老师不顾年事已高欣然拨冗为本书作序,以及本书责任编辑宰艳红女士专业敬业的编辑工作!

杨四平

2024 年于上海外国语大学